山东大学儒学高等研究院教授自选集

《文心雕龙》与中国文论话语

戚良德 著

山东大学出版社
SHANDONG UNIVERSITY PRESS
·济南·

图书在版编目(CIP)数据

《文心雕龙》与中国文论话语/戚良德著.—济南:
山东大学出版社,2023.10
(山东大学儒学高等研究院教授自选集)
ISBN 978-7-5607-7721-4

Ⅰ.①文... Ⅱ.①戚... Ⅲ.①《文心雕龙》-古典文学研究 Ⅳ.①I206.2

中国国家版本馆 CIP 数据核字(2023)第 002260 号

责任编辑 张铭芳
封面设计 王秋忆

《文心雕龙》与中国文论话语
WENXIN DIAOLONG YU ZHONGGUO WENLUN HUAYU

出版发行 山东大学出版社
社　　址 山东省济南市山大南路 20 号
邮政编码 250100
发行热线 (0531)88363008
经　　销 新华书店
印　　刷 山东新华印务有限公司
规　　格 880 毫米×1230 毫米 1/32
19 印张 443 千字
版　　次 2023 年 10 月第 1 版
印　　次 2023 年 10 月第 1 次印刷
定　　价 96.00 元

总序

山东大学素以文史见长,人文学科为山东大学学术地位和学术声誉的铸就做出了极为重要的贡献。而在目前山东大学的人文学科集群中,2012年重组的儒学高等研究院当之无愧地位于第一方阵,是打造"山大学派"的一支生力军。山东大学儒学高等研究院已成为目前国内规模最大、实力突出的国学研究机构。而儒学高等研究院的前身和主体是2002年成立的文史哲研究院。如此说来,儒学高等研究院已然走过了20年的岁月,恰如一个刚刚走出懵懂、朝气蓬勃的青年。

在这20年的生命历程中,儒学高等研究院锻造形成了鲜明的学术特色,即以中国古典学术为重心,以古文、古史、古哲、古籍为主攻方向。本院学者在中国古典学术领域精耕细作,取得了一批具有时代高度的标志性成果,受到学术界广泛赞誉。这一学术特色使儒学高等研究院积极融入了当代学术主流。20世纪90年代以降,中国人文学术发展的大趋势是从西方化向本土化转型,而古典学术是实现本土化的一项重要资源。儒学高等研究院顺应时势,合理谋划,全力推进,因此成为近20年来中国古典学术研究复兴与前行的重要参与者和推动者。

儒学高等研究院的另一特色是横跨中文、历史、哲学、社会学(民俗学)四个一级学科,并致力于打破学科壁垒,在合理分工的基础上力求多学科协同融合。儒学高等研究院倡导和推行的儒学研究实质上是广义的国学,不以目前通行的单一学科为限。在这种开放多元的学术空间中,本院学者完全依据自身的兴趣和能力进行自主探索、自由创造,做到术业有专攻。目前,本院在史学理论、文献学、民俗学、先秦两汉文学、杜甫研究等若干领域创获最丰,居于海内外领先地位。今后的工作重点是在学科协同和学科整合上做进一步探索尝试,通过以问题为轴心的合作研究产生新的学术优势和学术生长点。

在20年的发展中,儒学高等研究院一方面继承前辈山大学者朴实厚重、精勤谨严的学风,一方面力图贯彻汉宋并重、考据与义理并重、沉潜与高明并重、传世文献与出土文献并重、国学与西学并重、历史与现实并重、基础研究与开发应用并重、个人兴趣与团队合作并重、埋头做大学问与形成大影响并重的科研方针,致力于塑造一种健康、合理、平衡的新学风。本院学者中,既有人沉潜于古籍文献的整理考释,也有人从事理论体系的创构发明,他们能够得到同等的尊重和支持。古典学术研究的学派或机构具有自身特色或专长无可厚非,但必须克服偏颇和极端倾向,摒弃自大排他心态。唯有兼顾各种风格、路向的平衡,才能更好地契合学术发展规律,更大限度地释放学术创造力。

当下，古典学术研究正面临五四以来百年未有的历史机缘。中央高度重视中华优秀传统文化的创造性转化、创新性发展，注重发挥传统文化在提升国家文化软实力、推动世界文明交流互鉴、为社会治理提供历史智慧等方面的独特功用。儒学高等研究院将顺势而为，与时俱进，将现有的学术优势与国家重大需求相对接，在古典文献整理研究、儒家思想理论阐释、传统文化精华推广普及等领域齐头并进，努力为古典学术研究的全面繁荣做出新的贡献。

2005年的"山东大学文史哲研究院专刊"第一辑出版说明中曾提出："'兴灭业，继绝学，铸新知'，是本院基本的科研方针；重点扶持高精尖科研项目，优先资助相关成果的出版，是本院工作的重中之重。"这是当年我们这项学术事业"筚路蓝缕，以启山林"时的初心。而今机构名称虽已更易，但初心不变。"山东大学儒学高等研究院教授自选集"即是这一事业的赓续和拓延。这套书是本院33位专家学者历年学术成果的集中盘点和展示，有的甚至是毕生心血之结晶。这同时也是对文史哲研究院成立20周年暨儒学高等研究院重组10周年的一个纪念。期待学界同行的检阅和批评。

山东大学儒学高等研究院
教授自选集编辑委员会
2022年10月

自　序

我的第一篇“龙学”论文是发表在《文史哲》1987年第2期的《〈文心雕龙·总术篇〉新探》，那时我还是一名二年级的研究生。“岁月飘忽，性灵不居”，三十五载已悄然而去，从少年到白头，从走上讲台到面临退休，虽然不能说一事无成，但“书生襟抱本无垠”的豪情已然远去，只剩下“百无一用是书生”的感慨了。

能够为自己编选并出版一本文集，这要衷心感谢山东大学及其儒学高等研究院的领导。从陆侃如先生到牟世金先生，再到笔者现在主持的“龙学”项目，山东大学的“龙学”传统得以香火赓续，这首先得益于一代代山大领导对人文学科的切实重视和大力弘扬，没有这样的学术环境，就不会有一本本著述的诞生。同时，我要格外感谢儒学高等研究院的执行院长王学典教授，他是继承、发展山大“龙学”的有力推动者，没有他的督促和鼓励，我的一些“龙学”著述可能就不会问世。

收在这本文选中的十九篇文章，除了第一篇取自两年前完成的《文心雕龙学术史》一书，其他均来源于我的两本小书——《〈文心雕龙〉与中国文论》和《百年“龙学”探究》，由此决定了这本文选的内容主要是两个方面：一是对《文心雕龙》与中国文论话语体系的探讨，二是对《文心雕龙》研究史的评说。除此之外，我对《文心雕龙》文本的校勘、注释和整理工作，主要体现在《文心雕龙校注通译》以及两个《文心雕龙》读本，属于刘勰所谓"解散论体"的注释之词，也就无法选到这里面了。

我是个非常缺乏仪式感的人，但还是想把这本小书郑重献给永远活在我心中的父母双亲。今年是我的父亲诞辰110周年，我的母亲诞辰105周年，父亲已经去世32年，母亲也已去世整整10年了。我是他们的老生子，从我记事的时候开始，父亲的头发就是花白的，母亲的头发则基本是雪白的。父亲身体不好，年轻时动过手术，一直不能干重活，母亲便里外操持，不分昼夜地劳作，用她粗糙干裂的双手，捡柴、喂猪、种地，把我们姐弟八个养大成人，最后又供我完成了从小学到研究生的学业，这在我们那个不到一千人口的小山村，创造了一项前所未有的记录。

我永远忘不了父亲拉着我的手把我交给小学老师时的一句话："就算要饭，我也让这个孩子上学。"沂蒙山人说的"要饭"就是讨饭、乞讨的意思。父亲年轻时给人种地、织布，有过乞讨的日子，他认识不了几个字，母亲则一个字也不认识。他们一生颠沛流离，尝尽人间冷暖、世态炎凉，却始终没有改变对文化的敬畏之心，希望我能成为一个文化人——他们说的能"识文断字"的人。父亲见过我在《文史哲》发表的文章，他可以认出我的名字;母亲见过我出的几本小书,她只是轻轻抚摸书本,那些书本在她手中的分量,不啻“洪钟万钧”。我知道,那便是他们需要的最好回报。

良　德

壬寅年二月

目 录

《文心雕龙》与中国文论

《文心雕龙》的文论话语

百年“龙学”探究

《文心雕龙》与中国文论

《文心雕龙》的性质及其理论体系*

《文心雕龙》全书五十篇，最后一篇《序志》具有“序言”性质，正文部分四十九篇，自《原道》至《程器》，说明刘勰之作以“道”为根本，最终落实到文人之成“器”，显然符合《周易·系辞》所谓“形而上者谓之道，形而下者谓之器”①之意，其结构经过精心安排而部伍严整，其思想观点之间讲究次序而回环照应，互相补充而逻辑严谨，形成一个完整、精密的庞大理论系统。所谓“体大虑周”“体大思精”，在中国文论史上，具有如此宏伟建构之著作，确乎是独一无二的。但也正因如此，欲准确把握《文心雕龙》之体系就成为一件并不容易的事情。牟世金先生从二十世纪六十年代便强调研究“《文心雕龙》自身的理论体系”，认为“有探讨刘勰自己的文学理论体系的必要”②，此后不断推出相关研究成果，被称为“最执着于探索《文心》体系的学者”③，其何以不遗余力地对《文心雕龙》理论体系进行坚

---

* 本文原为作者《〈文心雕龙〉学术史》第二章，济南出版社 2022 年版，第 43—88 页。

① 高亨：《周易大传今注》，齐鲁书社 1979 年版，第 543 页。

② 牟世金：《近年来〈文心雕龙〉研究中存在的几个问题》，《江海学刊》1964 年第 1 期。

③ 滕福海：《〈文心雕龙〉理论体系研究述评》，《语文导报》1985 年第 7 期。

持不懈的探索呢？他说："搞清刘勰的这个体系，对我们进一步深入研究《文心雕龙》，准确地认识其成就和不足之处，都可提供重要的依据。"①

一、《文心雕龙》的性质

《文心雕龙》是一部什么书？这是一个看起来不成问题的问题，却自古以来有着不同的认识和结论，其关乎对这部书理论体系的把握，不得不辩。如所周知，在《四库全书》中，《文心雕龙》被列入"诗文评"之第一，似乎还是颇受重视的，这样的安排也就很少有人提出异议。然而，近代国学天才刘咸炘说："彦和此篇，意笼百家，体实一子。故寄怀金石，欲振颓风。后世列诸诗文评，与宋、明杂说为伍，非其意也。"②他认为，《文心雕龙》乃"意笼百家"的一部子书，将其归入"诗文评"，是不符合刘勰之意的。其实，以今天的观点看，"子书"与"诗文评"未必有绝对的高下之别，但所谓"与宋、明杂说为伍"，说明在刘咸炘的心目中，《文心雕龙》乃是富有体系的著作，并非散漫的"杂说"，这显然是符合其理论实际和刘勰的著述初衷的。以此而言，《四库全书》对《文心雕龙》的认识和安排确乎是有些问题的。

无独有偶，现代学术大家刘永济先生虽然把《文心雕龙》

① 牟世金：《〈文心雕龙〉的总论及其理论体系》，《中国社会科学》1981年第2期。

② 刘咸炘：《文心雕龙阐说》，《推十书》（增补全本）戊辑，上海科学技术文献出版社2009年版，第959页。

当作文学批评之书，但也认为其书性质乃属于子书。他说："刘勰《文心雕龙》一书，为我国文学批评论文最早（约成于公元500年以前）、最完备、最有系统之作。……此书总结齐、梁以前各代文学而求得其规律，复以其规律衡鉴各体文学而予以较正确之品评。……历代目录学家皆将其书列入诗文评类。但彦和《序志》，则其自许将羽翼经典，于经注家外，别立一帜，专论文章，其意义殆已超出诗文评之上而成为一家之言，与诸子著书之意相同矣。……彦和之作此书，既以子书自许，凡子书皆有其对于时政、世风之批评，皆可见作者本人之学术思想（参看《诸子》篇），故彦和此书亦有匡救时弊之意。吾人读之，不但可觇知齐、梁文弊之全貌，而且可以推见彦和之学术思想。……按其实质，名为一子，允无愧色。"[①]一方面，《文心雕龙》为我国文学批评论文最早、最完备、最有系统之作，另一方面它又"超出诗文评之上而成为一家之言"，"可以推见彦和之学术思想"。刘永济之论更为具体而明确，可以说是对刘咸炘之说的进一步发挥。

其实，把《文心雕龙》作为"诗文评"，以之"与宋、明杂说为伍"，固然有一些问题，但把《文心雕龙》当成子书，亦未必符合刘勰自己的定位，虽然这可能符合他的学术志向和理论胸襟；毕竟，他自己是用"论文"来明确称呼这部《文心雕龙》的。那么，我们能不能找到更为准确的界定《文心雕龙》一书之理论性质的说法呢？笔者以为，较之"诗文评"和子书说，明清一些学者的认识可能更为符合刘勰的著述初衷和《文心雕龙》一书

---

① 刘永济校释：《文心雕龙校释》，中华书局1962年版，"前言"，第1—2页。

的性质。

明人张之象论《文心雕龙》有曰:"至其扬榷古今,品藻得失,持独断以定群器,证往哲以觉来彦,盖作者之章程,艺林之准的也。"①较之《四库全书》的定位,张之象的看法显然更为准确,评价也更高。所谓"持独断以定群器,证往哲以觉来彦",不仅指出其"意笼百家"的特点,更明白无误地肯定其创为新说之功,从而具有继往开来之用;所谓"作者之章程,艺林之准的",则具体地确定了《文心雕龙》一书的性质,那就是文章写作必须遵循的"章程"和"准的"。清人黄叔琳延续了张之象的这一看法,论述更为具体,其云:"刘舍人《文心雕龙》一书,盖艺苑之秘宝也。观其苞罗群籍,多所折衷,于凡文章利病,抉摘靡遗。缀文之士,苟欲希风前秀,未有可舍此而别求津逮者。"②所谓"艺苑之秘宝",与张之象的定位可谓一脉相承,都肯定了《文心雕龙》作为文章写作章程的独一无二的重要性。同时,黄叔琳还特别指出了刘勰"多所折衷"的思维方式及其对"文章利病,抉摘靡遗"的特点,从而认为《文心雕龙》乃"缀文之士"的"津逮",舍此而别无所求,这样的评价自然也就不"与宋、明杂说为伍"了。

清代著名学者章学诚则有着流传更广的一段话,其曰:

> 《诗品》之于论诗,视《文心雕龙》之于论文,皆专门名家,勒为成书之初祖也。《文心》体大而虑周,《诗品》思深

---

① 张之象:《文心雕龙序》,杨明照校注拾遗:《增订文心雕龙校注》,中华书局2000年版,第958页。

② 黄叔琳注,纪昀评:《文心雕龙辑注》,中华书局1957年版,"序",第1页。

而意远;盖《文心》笼罩群言,而《诗品》深从六艺溯流别也。①

这段话言简意赅,历来得到研究者的肯定,因而经常被引用,一些论断已成为对《文心雕龙》的定评。但笔者以为,章氏论述较为笼统,其中或有未必然者,需要进行认真分析。从《诗品》和《文心雕龙》乃是中国文论史上两部最早的专书(即所谓"成书")而言,章学诚的说法是有道理的,但仅止于此而已。这里所谓"论诗"和"论文"的对比是并不准确的,实际上二者显然是并不对等的;所谓"《诗品》之于论诗,视《文心雕龙》之于论文",这样的类比显系未搞清六朝"诗""文"概念的粗率之说。《诗品》确乎为论"诗"之作,且所论只限于五言诗;而《文心雕龙》所论之"文",却决非与"诗"相对而言的"文",乃是既包括"诗"也包括各种"文"在内的。即使《文心雕龙》中的《明诗》一篇,其论述范围都超出了《诗品》,更遑论一部《文心雕龙》了。所以,所谓"皆专门名家"云云,这样的说法实在是不伦不类的,两部书的性质和意义乃是根本不同的。当然,假如抛开章氏的对比,其于两书本身的评价倒是较为准确的,尤其是对《文心雕龙》的两句评语,一则曰"体大而虑周",一则曰"笼罩群言",这确乎是符合实际的,是应当予以肯定的,但这并非对《文心雕龙》一书性质的论说了。

与章学诚的论述相比,清人谭献的说法就不一样了,其云:

---

① 章学诚著,叶瑛校注:《文史通义校注》,中华书局 2014 年版,第 648 页。

“并世则《诗品》让能，后来则《史通》失隽；文苑之学，寡二少双。”[①]不得不“让能”者，之所以“失隽”者，原本不属于一个重量级之谓也。不是说一定要比出一个谁高谁低，更不意味着“让能”“失隽”者便无足轻重，而是说它们的论述范围不同，理论性质有异。所谓“寡二少双”者，乃就“文苑之学”而谓也。《文心雕龙》乃是中国古代的“文苑之学”，这个“文”不仅包括“诗”，甚至也涵盖“史”（刘勰分别以《明诗》《史传》论之），因而才有“让能”“失隽”之论；若单就诗论和史论而言，《明诗》《史传》两篇显然是无法与《诗品》《史通》两书相提并论的。章学诚谓《诗品》“思深而意远”，尤其是“深从六艺溯流别”，这便是刘勰的《明诗》所难以做到的。所以，这里有专论和综论的区别，有刘勰所谓“一隅之解”和“万端之变”[②]的不同；作为综合性的“文苑之学”，刘勰的《文心雕龙》乃是“寡二少双”的，谭献之论是高度概括的，又是极为准确的。

令人遗憾的是，当西方现代文学观念传入中国之后，我们对《文心雕龙》一书性质的认识渐渐出现了偏差。我们先看鲁迅先生的著名论断，其云：“篇章既富，评骘遂生，东则有刘彦和之《文心》，西则有亚里士多德之《诗学》，解析神质，包举洪纤，开源发流，为世楷式。”[③]这段论述颇类章学诚之说，得到研究者的肯定和重视，实则仍有不够准确之处。首先，所谓“篇章既富，评骘遂生”，虽其道理并不错，却显然延续了《四库全

① 谭献：《复堂日记》，河北教育出版社 2001 年版，第 118 页。

② 刘勰：《文心雕龙·知音》，戚良德辑校：《文心雕龙》，上海古籍出版社 2015 年版，第 276 页。

③ 鲁迅：《题记一篇》，《鲁迅全集》第八卷，人民文学出版社 2005 年版，第 370 页。

书》的思路，把《文心雕龙》列入“诗文评”一类。其次，所谓“东则……西则……”之论，乃是“诗文评”归类的必然结果，《文心》与《诗学》的对举恰如《文心》与《诗品》的比较，如果后者的比较不确，则前者的对举自然也就是不当的。诚然，《诗学》不同于《诗品》，并非诗歌之专论，但就其与《文心雕龙》的论述范围相比而言，《诗学》之作仍是需要“让能”的。从而，第三，所谓“解析神质，包举洪纤，开源发流，为世楷式”，这四句用以评价《文心雕龙》则可，用以论说《诗学》则未免言过其实，尤其是“解析神质，包举洪纤”二句，当是专就《文心雕龙》而发，至于“开源发流，为世楷式”二句，用于评价《文心雕龙》固然名副其实，以谓《诗学》当然亦无不可。

鲁迅先生之后，传统的“诗文评”演变为文学理论与批评，《文心雕龙》也就理所当然地成了文学理论或文艺学著作。1979 年，中国古代文学理论学会在昆明成立，仅从名称便可看出，中国古代的文论之作已然等同于西方的所谓“文学理论”，作为中国古代文论的代表，《文心雕龙》也就成为继承和发扬中国古代文学理论的重点研究对象。1982 年，首届全国《文心雕龙》学术讨论会在济南召开，翌年，中国《文心雕龙》学会在青岛成立，正是在这次重要会议上，周扬先生对《文心雕龙》作出了高度评价，他说：

> 特别是《文心雕龙》，在古文论中占有首屈一指的地位，它是中国古文论中内容最丰富、最有系统、最早的一部著作，在中国没有其他的文论著作可以与之相比……这样的著作在世界上是很稀有的。《文心雕龙》是一个典型，古代的典型，也可以说是世界各国研究文学、美学理论最

> 早的一个典型，它是世界水平的，是一部伟大的文艺、美学理论著作。我看可以称得起伟大两字。在文论这个范围里，一千多年前能写出这样的著作，恐怕世界上很难找出来……它确是一部划时代的书，在文学理论范围内，它是百科全书式的。①

一方面是高度的评价和崇高的地位，另一方面则把《文心雕龙》限定在了文学理论的范围之内。这基本上代表了二十世纪对《文心雕龙》一书性质的认识。显然，较之《文心雕龙》一书的实际，较之刘勰自己的定位，这一认识既比不上刘咸炘、刘永济等人的子书说，更比不上张之象、谭献等明清人的上述说法了。

当然，在文学理论的主流学说之外，也有少数研究者注意观照刘勰的著作初衷，力图认识《文心雕龙》的本来面目。如王运熙先生指出："人们一提到《文心雕龙》，总认为它是我国古代最有系统的一部文学理论书籍，其性质相当于今天的文学概论那样。我过去也是这样看的。诚然，《文心雕龙》对不少重要的文学理论问题，如文学与现实的关系、内容与形式的关系、文学批评的标准和方法等等，都作了系统的论述，发表了精到的见解，理论性相当强，不妨把它当作一部文学理论专著来研究；但从刘勰写作此书的宗旨来看，从全书的结构安排和重点所在来看，则应当说它是一部写作指导或文章作法，而不是

---

① 周扬：《关于建设具有中国民族特点的马克思主义文艺理论问题——周扬同志答〈社会科学战线〉记者问》，《社会科学战线》1983年第4期。

文学概论一类书籍。”①应该说,王先生此论是具有实事求是的初衷和勇气的,但在文艺学的语境下,一方面这样的论说被视为对《文心雕龙》地位的轻视,自然很难得到呼应和赞同;另一方面这个所谓“写作指导或文章作法”亦与所谓文学理论相对而言,也就很难说是符合《文心雕龙》的理论实际的。

又如詹锳认为:“通过几十年的摸索,我感到《文心雕龙》主要是一部讲写作的书,《序志》篇一开始就说得很清楚:‘夫文心者,言为文之用心也。’过去有人把《文心雕龙》当作论文章作法的书,也有人把《文心雕龙》当作讲修辞学的书,都有一定的道理。但这部书的特点是从文艺理论的角度来讲文章作法和修辞学,而作者的文艺理论又是从各体文章的写作和对各体文章代表作家作品的评论当中总结出来的。”②此论首先认定“《文心雕龙》主要是一部讲写作的书”,然后又明确地把文艺理论与“文章作法和修辞学”统一起来,而真正统一二者的理论视野则是美学。詹先生说:

> 《文心雕龙》研究文采的美,因而以“雕镂龙文”为喻,从现代的角度看起来,《文心雕龙》中所涉及的理论问题属于美学范畴。然而以《文心雕龙》为代表的中国古代文艺理论,毕竟不同于西方的文艺理论。西方文艺理论的鼻祖是亚里士多德的《诗学》,其中所研究的主要对象是史诗和戏剧,因而一开头就离不开人物形象。罗马时代讲究

---

① 王运熙:《〈文心雕龙〉的宗旨、结构和基本思想》,《复旦学报》1981年第5期。

② 詹锳义证:《文心雕龙义证》,上海古籍出版社1989年版,“序例”,第1页。

> 演说，西方的古典文学理论和修辞学，有一部分是从演说术中总结出来的。我们今天从美学的角度来研究《文心雕龙》，不能不和西方的美学对照，却不能生硬地用西方的文艺理论和名词概念来套。①

从美学的角度认识刘勰的“雕镂龙文”之说，确如牟世金先生所说：“美学和文学两说并不矛盾，但如果说《文心雕龙》的某些内容不属文学理论，美学则有更大的容量。……视《文心雕龙》为古代美学的‘典型’，可能给龙学开拓更为广阔的天地。”②同时，詹锳先生亦清醒地认识到《文心雕龙》“毕竟不同于西方的文艺理论”，因而“不能生硬地用西方的文艺理论和名词概念来套”，这是非常正确的。

与王运熙、詹锳两位先生上述观点都不同的是台湾王更生的看法：“时至晚近，由于明、清诸儒校勘评注的贡献；民元以来，文坛先进又竭力推阐，目前由国内到国外，整个学术界人士，对它的研究也有了突破性的发现；不幸的是大家太拘牵西洋惯用的名词，乱向《文心雕龙》贴标签。说它是中国最具系统的一部‘文学评论’专著，刘勰是‘中国古典文论专家’。可是，我们经过反复揣摩，用力愈久，愈觉得《文心雕龙》自有它独特的面目。因为我国往昔对作品多谈‘品鉴’，无所谓‘批评’，这种西方习见的名词，用到我国传统的著作上，总觉得有点不对劲。即令是勉强借用，而《文心雕龙》亦决非‘文学评

---

① 詹锳义证：《文心雕龙义证》，“序例”，第2—3页。

② 牟世金：《“龙学”七十年概观》（下），《社会科学战线》1988年第1期。

论'或'文学批评',这种单纯的意义所能范围。"[①]可以说,王先生的这些分析都是切中要害的,把《文心雕龙》当成中国最具系统的一部"文学评论"专著,把刘勰当成是"中国古典文论专家",并非绝对错误,但"总觉得有点不对劲"。那么,应该怎么说?王先生指出:

> 这种"振叶寻根,观澜索源",述先哲之诰,益后生之虑,既有思想,又有方法,思想为体,方法为用,体用兼备的巨著;不仅在六朝时代,是文成空前;就是六朝以后,也无人继武。我说《文心雕龙》是"文评中的子书,子书中的文评",最能看出刘勰的全部人格,和《文心雕龙》的内容归趣。[②]

可见,王先生乃统一"诗文评"与子书之说,以《文心雕龙》为"文评中的子书,子书中的文评"。这一说法既照顾了刘勰自己所谓"论文"的出发点,又体现了其"立德""含道"的思想追求,确乎更加切合刘勰的著述初衷与《文心雕龙》的理论实际。不过,所谓"文评"与"子书"皆为传统之说,他们的相互包含毕竟是一个略带艺术性的说法,王先生之所以将"文评中的子书,子书中的文评"二语加上引号,大约也是觉得,此虽颇有概括性,却又并非一个准确的定义。

着眼于《文心雕龙》的独特价值和历史地位,笔者认为可

① 王更生:《重修增订文心雕龙导读》,(台北)华正书局 2004 年版,第 10—11 页。

② 王更生:《重修增订文心雕龙导读》,第 13 页。

以从以下五个方面把握《文心雕龙》一书的性质。第一,它是中国文论的元典。中国文论浩如烟海,但是,真正可以称之为元典的著作,我觉得只有一部《文心雕龙》。"元典"是武汉大学冯天瑜教授提出的一个概念,所谓"元典",就是首要之典、根本之典。《文心雕龙》是中国文论的元典,意味着中国文论后来很多著作、很多理论,特别是很多范畴,都是从它生发出来的。第二,它是中国古代文论和美学的枢纽。枢纽者,关键也,《文心雕龙》是中国古代文论和美学的一个关键环节,不仅创造性地融汇了六朝之前的理论成果,而且完成了中国文论和美学范畴、体系的基本话语建构,奠定了此后千余年中国文论和美学的话语范式。第三,它是中国文学的锁钥。《文心雕龙》是中国文学的紧要之处,或者说,我们要打开中国文学的宝库,就必须用《文心雕龙》这把钥匙。比如我们中国古代讲"《文选》烂,秀才半",但要读懂、读通《文选》,就离不开《文心雕龙》。《文选》的选文标准,《文选》的文体分类,和《文心雕龙》都密切相关;《文选》所选文章的写作方法,更是《文心雕龙》研究的主要内容。因此,《文心雕龙》是打开中国文学宝库的一把钥匙。第四,它是中国文章的宝典。我们今天所谓"文学",是从西方引进的一个概念,事实上中国古代叫"文章"。但中国古代的"文章"比我们今天的"文学"宽广得多,包括众多的实用文章和文体。要写好这些文章,读《文心雕龙》是一个捷径。也就是明代张之象所说的"作者之章程,艺林之准的",清代黄叔琳说的"艺苑之秘宝"。第五,它是中国文化的教科书。《文心雕龙》的"文",不仅不等于今天的"文学",而是范围宽广得多,而且其地位也重要得多。重要到什么程度呢?那就是《序志》篇所说的:"五礼资之以成,六典因之致用;君臣所以炳焕，军国所以昭明。”①即是说，社会生活的各个方面——政治、经济、军事、仪节、制度、法律，都离不开这个“文”。因此，《文心雕龙》虽是一本文论著作，但这个“文”不同于今天的“文学”，则所谓“文论”也就不等于今天的“文学理论”，刘勰的论述实际上提供了一部中国传统文化的教科书。汪春泓先生亦认为：“刘勰是南朝时期乃至整个中国文化史上的巨人，《文心雕龙》博大精深、包罗万象，可以称之为中国古代文化的百科全书。但是《文心雕龙》以美丽的骈体文写成，写作宗旨在于‘论文’，文化作为一个至大无外的概念，其中文章或文学正是中国文化的高度结晶，看《文心雕龙》对于中国文学发展所产生的影响，也是文化史研究的一个重要方面。”②这是非常正确的。

二、《文心雕龙》的体系

《文心雕龙》全书五十篇，最后一篇《序志》相当于全书“序言（后序）”，对《文心雕龙》的书名含义、写作缘起、指导思想、结构体系以及著述态度等方面作了说明，是阅读和理解全书的一把钥匙。在谈到《文心雕龙》的理论结构和安排时，刘勰说：

盖《文心》之作也，本乎道，师乎圣，体乎经，酌乎纬，

① 刘勰：《文心雕龙·序志》，戚良德辑校：《文心雕龙》，第286页。

② 汪春泓：《文心雕龙的传播和影响》，学苑出版社2006年版，第136页。

> 变乎骚；文之枢纽，亦云极矣。若乃论文叙笔，则囿别区分：原始以表末，释名以章义，选文以定篇，敷理以举统。上篇以上，纲领明矣。至于剖情析采，笼圈条贯：摛神、性，图风、势，苞会、通，阅声、字。崇替于《时序》，褒贬于《才略》，怊怅于《知音》，耿介于《程器》；长怀《序志》，以驭群篇。下篇以下，毛目显矣。位理定名，彰乎"大易之数"；其为文用，四十九篇而已。①

即是说，《文心雕龙》分为上、下篇，有类《周易》的"上经"与"下经"，上、下篇各包括二十五篇，合为五十篇，正好符合"大易之数"。所谓"大易之数"，范文澜先生说："大易，疑当作大衍。"②《周易·系辞上》有曰："大衍之数五十，其用四十有九。"③"衍"者，演也；"大衍之数"亦即天地演变之数。其实，刘勰所谓"大易之数"，亦可视为"大衍之数"的另一种说法；"易"者，变也，变化、演变之意。东汉著名经学家马融认为，"大衍之数"包括太极、两仪（天地）、日月、四时、五行（水火木金土）、十二月和二十四气，合为五十之数。古人认为，"太极"乃产生天地万物的根本，所以成为后天之用者，便是除"太极"之外的"四十有九"了。《文心雕龙》真正论文的篇章，当然不包括《序志》一篇，这便是所谓"其为文用，四十九篇而已"。刘勰以自己的著作篇目符合"大衍之数"，既表明其乃精心结撰、自成系统之作，也包含着这样的意思：一部《文心雕龙》，可以

---

① 刘勰：《文心雕龙·序志》，戚良德辑校：《文心雕龙》，第287页。

② 范文澜注：《文心雕龙注》，人民文学出版社1958年版，第743页。

③ 高亨：《周易大传今注》，第524页。

说概括了文章的千变万化，论述了写作的全部问题，所谓“按辔文雅之场，环络藻绘之府，亦几乎备矣”①。确如清代纪昀所说，刘勰是“自负不浅”②的。

上面这段话是刘勰对《文心雕龙》理论结构体系的说明，历来受到研究者的重视，但对它的解读却并不容易，需要我们用心体会。刘勰的叙述可以分为两个层次，第一个层次为：“盖《文心》之作也，本乎道，师乎圣，体乎经，酌乎纬，变乎骚……若乃论文叙笔，则囿别区分……上篇以上，纲领明矣。至于剖情析采，笼圈条贯……崇替于《时序》，褒贬于《才略》，怊怅于《知音》，耿介于《程器》；长怀《序志》，以驭群篇。下篇以下，毛目显矣。位理定名，彰乎大《易》之数；其为文用，四十九篇而已。”第二个层次为：“……文之枢纽，亦云极矣。……原始以表末，释名以章义，选文以定篇，敷理以举统。……摛神、性，图风、势，苞会、通，阅声、字。……”下面我们分别予以说明。

第一个层次是对《文心雕龙》学术体系主干的说明，所谓“盖《文心》之作也”，说明这段话是叙述《文心雕龙》一书的结构和体系，不是论说文章写作本身的问题。按照这个体系说明，《文心雕龙》首先分出上、下篇，上、下篇中各自有着不同的内容，结构也并不相同。“上篇”为：本乎道，师乎圣，体乎经，酌乎纬，变乎骚；论文叙笔。“下篇”为：剖情析采；崇替于《时序》，褒贬于《才略》，怊怅于《知音》，耿介于《程器》；长怀《序志》。全书则是：其为文用，四十九篇。

---

① 刘勰：《文心雕龙·序志》，戚良德辑校：《文心雕龙》，第287页。

② 黄叔琳注，纪昀评：《文心雕龙辑注》，第437页。

第二个层次是对第一个层次中各部分内容的具体说明。首先是“文之枢纽,亦云极矣”一句,是对“本乎道”五句的附带说明,因为有这一总括,加之这五句概括的句式相同,所以认为这五句有着相同的性质,在《文心雕龙》学术体系中可算作一个大的部分,或称为总论,这是合理的;但通常用“文之枢纽”来概括《文心雕龙》的总论,其实是不对的,至少是不准确的。“亦云”之语已经明确表明,所谓“文之枢纽”,在这里只是一个附带的说明,“《文心》之作”才是中心问题。我们可以选用“枢纽”来概括这个总论,因为“枢纽”一词与“总论”有着某种共通性,但必须明确,这个“枢纽”是《文心雕龙》的“枢纽”;至于所谓“文之枢纽”,乃是刘勰顺带说明的另一个问题,亦即这五个问题对文章写作而言,也带有根本性,是关键问题。正因为有这种不同,所以牟世金先生曾强调“枢纽”不等于“总论”①,只是我们以前未能从这个角度来理解牟先生这一看法,实际上若以“枢纽”指称刘勰所谓“文之枢纽”,则其与《文心雕龙》的“总论”确实不是一个性质的问题,因而牟先生所说是完全正确的。其次是“原始以表末”四句,这是对“论文叙笔”的说明。最后是“摛神、性”四句,这是对“剖情析采”的说明和概括。

但是,这里有不同的看法。即“摛神、性”四句和第一个层次中的“崇替于《时序》”四句,这两个四句怎么理解?其与“剖情析采”是什么关系?大多数研究者认为“摛神、性”四句是对“剖情析采”的说明,而“崇替于《时序》”四句则是单独的一个部分,每一句话都概括一篇,其性质相当于“本乎道”五句,只

① 参见牟世金:《〈文心雕龙〉的总论及其理论体系》,《中国社会科学》1981 年第 2 期。

是刘勰没有用一个词来统一概括它们。实际上,我们已经说明,所谓“文之枢纽”,虽然是刘勰对“本乎道”五句的概括,但这是从文章写作角度的一个概括,这个概括只是一个附带的说明;就“《文心》之作”而言,刘勰对这五句同样是没有概括的。以此而言,“崇替于《时序》”四句的性质确乎是有类“本乎道”五句的。但有研究者把这四句也归入第二层次,认为它们同样属于“剖情析采”。即是说,刘勰的“剖情析采”共有八句话,用了两类句式说明,中间可以是个分号。

实际上,一直有研究者是这么认为的,主张“剖情析采,笼圈条贯”可以贯彻到“崇替于《时序》”四句,即所谓“‘剖情析采’管到底”①,因而认为《文心雕龙》的“下篇”都属于“剖情析采”。王弋丁先生说:“我认为《时序》等五篇,不必另外分出来作第四部分,可以统统属于‘剖情析采’部分。”②应该说,这么理解也有一定的道理。认真研究《时序》等五篇的理论问题,也都关乎“情采”,都有着情采的角度。从这个意义上说,认为这四句与“摛神、性”四句都属于“剖情析采”,是完全可以说得通的。

然而,细细体会,“崇替于《时序》”四句与“摛神、性”四句还是有区别的,这是大多数研究者将其作为单独一个部分的根本原因。有什么不同呢?首先,从刘勰的行文叙述来看,“剖情析采,笼圈条贯”之语,与前面“论文叙笔,则囿别区分”之语性质相同,“囿别区分”之后用了四句话概括“论文叙笔”的方

---

① 王弋丁:《文心雕龙译析》,广西师范大学出版社 2012 年版,第 323 页。

② 王弋丁:《文心雕龙译析》,第 8 页。

式,同样的道理,“笼圈条贯”之后的四句,则是概括“剖情析采”的内容,这不仅仅是个用语形式的问题,事实上也是如此,“摛神、性”四句概括了十九篇内容;与之形成鲜明对照的是,“崇替于《时序》”四句乃是具体的一一说明,其性质类似于“本乎道”五句。这是“剖情析采,笼圈条贯”这一概括不可以贯彻到后四句的最为明显之处,否则,也就说不上“笼圈条贯”了。其次,虽然“崇替于《时序》”四项都有“情采”的角度,都涉及“情采”问题,因而从这个意义上说是可以属于“剖情析采”的;但刘勰之所以采取了不同的叙述方式,则又说明,其必有超出“情采”的内容。与“摛神、性”四句相比,刘勰一一说明的这几篇,所论明显不再完全属于写作问题,而是以文章的发展、欣赏、批评等内容为中心了。正因如此,不少研究者认为它类似于“本乎道”五项,是针对《文心雕龙》全书的一个单独结构。进而,借助用“枢纽”概括“本乎道”五项的做法,也给它一个概括,王运熙先生曾谓之“附论”①,应该说,这是有道理的。笔者也曾与“文之枢纽”的附带说明相类比,称之为“文之知音”②,也就是说对文章而言,这些问题的中心是“知音”问题。从理论性质而言,这些认识和概括都是有一定道理的。

因此,立足于刘勰自己的安排,除了《序志》篇以外,《文心雕龙》的学术体系分为四个部分的内容,可以概括为枢纽论、文笔论、情采论和崇替论。若用今天的理论语言进行概括,则可以称之为总论、文体论、创作论、发展论。同时,还有两点需

---

① 参见王运熙:《〈文心雕龙〉的宗旨、结构和基本思想》,《复旦学报》1981 年第 5 期。

② 参见戚良德:《刘勰与〈文心雕龙〉》,山东文艺出版社 2004 年版,第 129 页。

要略加甄别。一是在“情采论(创作论)”十九篇之中,又明显分出两个部分:前六篇(《神思》至《情采》)为写作的基本原理问题,可以称之为“文理论”;后十三篇(《镕裁》至《总术》)则为具体的写作方法研究,可以称之为“文术论”。二是关于“崇替论(发展论)”的名称,如上所述,有研究者称之为“附论”,亦有“综论”“外总论”等称呼,以与“枢纽论”或“总论”相对;多数研究者则称之为“批评论”,实则并不准确,原因很简单,《时序》等五篇所论述的问题显然超出所谓“批评论”的范围,这部分确有文章鉴赏和批评的重要问题,但所谓“崇替”“褒贬”“怊怅”“耿介”等用语,说明刘勰的根本目的乃是文章事业的发展问题,因此或可借用刘勰的“崇替”之语概括之,用今天的话来说,也就是所谓“发展论”。总起来说,多年以来大多数研究者把《文心雕龙》分为四个部分的做法,是符合其理论体系的,只是称谓上不够准确,需要略予辨明而已。

与《文心雕龙》理论结构体系相关的一个重要问题,是《文心雕龙》的篇次问题。这仍然源于刘勰在《序志》篇的那段说明。一是所谓“摛神、性,图风、势,苞会、通,阅声、字”的概括,其所涉及的篇目,与现有《文心雕龙》的篇目顺序不完全一致。“摛神、性”是说讨论了“神思”和“体性”等问题,“图风、势”是说描述了“风骨”和“定势”等问题,“苞会、通”是说考察了“附会”以及“通变”等一系列问题,“阅声、字”是说研究了“声律”以及“练字”等许多问题。《神思》和《体性》的顺序是没有问题的,《风骨》和《定势》之间却有一篇《通变》;当然,以“图风、势”而概括《通变》于其中也无不可,但“苞会、通”却显然又把《通变》包含其中了。二是“崇替于《时序》”四句的概括,看起来是每一句话概括一篇内容,以整齐的句式叙述《时序》《才略》《知音》和《程器》之旨,却偏偏没有说明《时序》之后的《物色》。诚然,刘勰对下篇结构的说明,只是概而言之,并非篇篇提及,所以不能胶柱鼓瑟地予以理解;但以刘勰如此精心地构筑自己的体系,连篇章数目的安排都要符合《周易》所谓“大衍之数五十”,则其对下篇的安排必是从理论上精心布置、环环相扣,对下篇篇次的说明亦必不至于草率从事。

正因如此,一些研究者认为《文心雕龙》通行本下篇的篇次有错讹,于是便试图探索其原貌,并根据刘勰在《序志》的说明以及自己的理解,予以调整和改编。如郭晋稀先生的《文心雕龙注译》、李曰刚先生的《文心雕龙斠诠》等,都对《文心雕龙》下篇的篇次进行了较大调整。尤其是《物色》篇的位置,不少研究者认为是有问题的,无论从上述刘勰自己的说明来看,还是从《物色》篇的内容来说,似乎这一篇都不应该排在《时序》之后,而应该属于“剖情析采”的篇章。如周振甫先生认为:“《文心雕龙》是有严密体系的书,但《物色》的排列似不合适,《物色》似不应排在《时序》的后面。”①那应该排在哪里呢?这就是个言人人殊的问题了。范文澜先生说:“本篇当移在《附会篇》之下,《总术篇》之上。盖物色犹言声色,即《声律篇》以下诸篇之总名,与《附会篇》相对而统于《总术篇》,今在卷十之首,疑有误也。”②笔者也曾经赞同两位先生的意见,认为应该将《物色》置于“剖情析采”部分。实际上,这样的想法未必是符合刘勰的初衷的。如刘咸炘论《物色》谓:“此篇专论

---

① 周振甫:《文心雕龙今译》,中华书局 1986 年版,“例言”,第 1 页。

② 范文澜注:《文心雕龙注》,第 695 页。

感物之理,作文之境也,故末兼言地,与上篇言时相对。”[①]这不仅意味着《物色》篇次不误,而且还说明刘勰的安排乃是有其道理的。牟世金先生则认为:“《时序》《物色》则是一个问题的两个方面。这正是《序志》篇未提到《物色》的主要原因。诸家对此篇怀疑最多,但从《时序》《物色》位于创作论和批评论之交,又是分别就‘时序’‘物色’两个方面来论述客观事物对文学创作的影响来看,又何疑之有?”[②]王运熙先生也指出:

> 如果注意到《物色》篇前面部分着重论述外界事物与文学创作的关系,那末,对《物色》篇位置在《时序》之后,不但不会产生怀疑,而且会感到有它的合理性。《时序》论述时代(包括政治、社会、学术思想等)与文学创作的关系,《物色》论述自然景物与文学创作的关系,正是在论述外界事物或环境与文学创作关系这一点上,有着共同之处。《时序》开头说:“时运交移,质文代变,古今情理,如可言乎!”指出文学随着时代的变化而变化。这四句和《物色》开头“春秋代序”四句不但内容上有相通之处,而且词句格式也非常接近,看来这出自刘勰精心的安排,而不是偶然的巧合。[③]

显然,这样的说明是非常有力的。尤其从《时序》与《物色》的

---

① 刘咸炘:《文心雕龙阐说》,《推十书》(增补全本)戊辑,第 972 页。

② 牟世金:《〈文心雕龙〉理论体系初探》,《雕龙集》,中国社会科学出版社 1983 年版,第 178 页。

③ 王运熙:《〈物色〉篇在〈文心雕龙〉中的位置问题》,《文史哲》1983 年第 2 期。

篇名看，这两篇似乎也有着紧密的联系，而从其开篇之语来看，《时序》曰："时运交移，质文代变；古今情理，如可言乎？"[①]《物色》云："春秋代序，阴阳惨舒；物色之动，心亦摇焉。"[②]其相互照应而为密切相关的两个篇章确乎可以说是有意而为。实际上，刘勰所谓"崇替于《时序》"，明指《时序》，但也可以认为概括了《物色》，或者说《物色》可附于本句，这个"时序"甚至可以理解为"时"乃《时序》之"时"，而"序"则《物色》之"春秋代序"之"序"。《物色》之主旨在于探究"物色"之于文章发展的作用，仍有"崇替"之义，所以本篇最后归结为"通变"，归结为"江山之助"。尽管其中深入研究了情与物的关系，但这种研究是为其主旨服务的，这正是本篇在《时序》之后的道理，也是不再另予专门说明的原因。

可见，无论《物色》一篇还是整个《文心雕龙》的下篇，我们首先应该考虑的是现有面貌的合理之处，而不是按照研究者自己的理解予以调整。正如牟世金先生所说，"按照自己的见解来调整或改正篇次，其必然的结果是所改不同而改后的面目互异"，以至于"很可能使之面目全非"。[③] 所以，根据研究者自己的理解而对《文心雕龙》篇次进行调整，这样的做法显然是不可取的。

综上所述，《文心雕龙》的理论结构体系可列表如下：

---

① 刘勰：《文心雕龙·时序》，戚良德辑校：《文心雕龙》，第 251 页。

② 刘勰：《文心雕龙·物色》，戚良德辑校：《文心雕龙》，第 264 页。

③ 牟世金：《文心雕龙研究》，人民文学出版社 1995 年版，第 92、97 页。

<table>
<tr><td rowspan="18">文心雕龙</td><td rowspan="9">上篇</td><td colspan="2">本乎道</td><td rowspan="5">文之枢纽</td><td rowspan="5">枢纽论</td></tr>
<tr><td colspan="2">师乎圣</td></tr>
<tr><td colspan="2">体乎经</td></tr>
<tr><td colspan="2">酌乎纬</td></tr>
<tr><td colspan="2">变乎骚</td></tr>
<tr><td rowspan="4">论文叙笔</td><td colspan="2">原始以表末</td><td rowspan="4">文笔论</td></tr>
<tr><td colspan="2">释名以章义</td></tr>
<tr><td colspan="2">选文以定篇</td></tr>
<tr><td colspan="2">敷理以举统</td></tr>
<tr><td rowspan="9">下篇</td><td rowspan="4">剖情析采</td><td colspan="2">摛神性</td><td rowspan="4">情采论</td></tr>
<tr><td colspan="2">图风势</td></tr>
<tr><td colspan="2">苞会通</td></tr>
<tr><td colspan="2">阅声字</td></tr>
<tr><td colspan="3">崇替于时序</td><td rowspan="4">崇替论</td></tr>
<tr><td colspan="3">褒贬于才略</td></tr>
<tr><td colspan="3">怊怅于知音</td></tr>
<tr><td colspan="3">耿介于程器</td></tr>
<tr><td colspan="3">长怀序志</td><td>序</td></tr>
</table>

三、《文心雕龙》的理论

《文心雕龙》这个书名是什么意思？刘勰说："夫'文心'者，言为文之用心也。昔涓子《琴心》，王孙《巧心》，心哉美矣夫，故用之焉。"[①]在通行本中，"心哉美矣夫"作"心哉美矣"，但《梁书·刘勰传》的引文多了一个"夫"字，加重了感慨的语气。这个"美矣夫"的长叹，既是说"心"这个字很美，同时也意味着由"心"而生之文是美的，亦即《原道》所谓"心生而言立，言立而文明"[②]的道理。所以，所谓"为文之用心"，当然是说写文章要"用心"，而"用心"的关键在于把文章写得"美"。那么怎样才算"美"呢？或者说要"美"到什么程度呢？这便是"文心"之后"雕龙"的含义了。刘勰解释说："古来文章，以雕缛成体，岂取驺奭之群言'雕龙'也？"[③]就像"心"字已被人用作书名一样，前人亦有"雕龙奭"[④]之称，但刘勰特别指出，古往今来，"文章"这一称谓本身，便意味着其必"以雕缛成体"，则"雕龙"之称同样具有普遍的意义。即是说，要写出美的文章必须经过精雕细琢，要像雕刻龙纹那样。反过来说，没有经过用心雕刻之作，也就不能称之为"文章"了，所谓"雕琢其章，彬彬君

① 刘勰：《文心雕龙·序志》，戚良德辑校：《文心雕龙》，第286页。

② 刘勰：《文心雕龙·原道》，戚良德辑校：《文心雕龙》，第3页。

③ 刘勰：《文心雕龙·序志》，戚良德辑校：《文心雕龙》，第286页。

④ 《史记》卷七十四《孟子荀卿列传》，中华书局2013年修订本，第2838页。

子矣”[①]。因此,“文心雕龙”者,“文心”如“雕龙”也。一部《文心雕龙》,刘勰要讨论的中心问题,便是如何用心写出美的文章。

(一)枢纽论

按照上述刘勰的说明,《文心雕龙》之“上篇”分为两个部分。第一部分为前五篇,借用刘勰的话,可以将其概括为“枢纽”论,研究者通常称之为总论。《序志》所谓“盖《文心》之作也,本乎道,师乎圣,体乎经,酌乎纬,变乎骚;文之枢纽,亦云极矣”[②],包含了两层意思:一是就《文心雕龙》的理论体系而言,乃是以道为根本、以圣人为老师、以儒家经典为主体、以纬书为参考、以《离骚》为变体,从而体现出刘勰论文的基本思想;二是就“为文”而言,文章写作的根本问题,也都包含其中了。

作为全书总论,《文心雕龙》前五篇对文章本身以及文章写作中一些带有根本性的问题进行探讨,从而形成全书的指导思想及其理论体系的总纲。首先是对“文”的探讨。《原道》开篇有曰:“文之为德也,大矣!与天地并生者,何哉?”[③]显然,这也是一部《文心雕龙》的开篇语,刘勰之所以“搦笔和墨,乃始论文”,其直接的原因当然是“文体解散”,而根本的原因则是这个“文”格外重要,即所谓“唯文章之用,实经典枝条”[④]。所以,这个“大矣”的“文之为德”实即“文之德”,相当于“文章之用”。作为一部论文之作的开篇语,强调文章有着巨大的作

① 刘勰:《文心雕龙·情采》,戚良德辑校:《文心雕龙》,第194页。
② 刘勰:《文心雕龙·序志》,戚良德辑校:《文心雕龙》,第287页。
③ 刘勰:《文心雕龙·原道》,戚良德辑校:《文心雕龙》,第3页。
④ 刘勰:《文心雕龙·序志》,戚良德辑校:《文心雕龙》,第286页。

用,可谓自然而然、顺理成章。与“文之德”并行的另一句话是文“与天地并生”,这从另一个角度再次强调了文章的重要性。如果说,文章有着巨大作用已然是现实的写照或者对文章现状的描摹,那么,文章乃与天地并生则是历史的叙说或者追本溯源的论证。即是说,无论历史还是现实,都说明文章是极为重要的,则《文心雕龙》之作的重要性也就不言而喻了。

然则,这个“文”何以如此重要?这是《原道》要回答的问题。一则曰天地万物皆有文,此乃自然之道。刘勰说,无论日月山川还是动物植物,都是“形立则章成矣,声发则文生矣”,无不各有自己的文。这说明,刘勰心目中的“文”,首先是一种文饰,具有感性形式美。二则曰“言之文也,天地之心哉”,人类有文也是自然之道。刘勰认为“人文之元,肇自太极”,亦即人文乃是与天地一同产生的。而且,刘勰特别指出:“夫以无识之物,郁然有彩;有心之器,其无文欤?”即是说,较之天地自然之文,人文的特点在于“有心”,“文心雕龙”之“文心”者,盖谓此也。三则曰“写天地之辉光,晓生民之耳目”,这是对人文的要求,当然也就是《文心雕龙》的主旨。值得注意的是,这一宗旨来自对“夫子继圣,独秀前哲”的概括,所谓“雕琢性情,组织辞令”,所谓“木铎启而千里应,席珍流而万世响”,在刘勰的心目中,圣人之文是最好的榜样。正因如此,刘勰总的结论便是“道沿圣以垂文,圣因文而明道”①,这个“道”当然是自然之道,但真正抓住其精神实质的则是圣人,于是,“征圣”“宗经”便成为顺理成章的选择。

当然,为文必须“征圣”“宗经”,不仅有着上述基本的概

① 刘勰:《文心雕龙·原道》,戚良德辑校:《文心雕龙》,第3—4页。

括,而且刘勰更作了切实的考察,所谓"师乎圣,体乎经",此乃文章写作的基本遵循,决非"装点门面"[①]而已。刘勰说:

> 先王声教,布在方册;夫子文章,溢乎格言。是以远称唐世,则焕乎为盛;近褒周代,则郁哉可从:此政化贵文之征也。郑伯入陈,以立辞为功;宋置折俎,以多文举礼:此事绩贵文之征也。褒美子产,则云"言以足志,文以足言";泛论君子,则云"情欲信,辞欲巧":此修身贵文之征也。然则志足以言文,情信而辞巧,乃含章之玉牒,秉文之金科矣。[②]

所谓"政化贵文""事绩贵文""修身贵文",刘勰以无可辩驳的事实证明,孔门之教即是"文"之教,从而其"志足以言文,情信而辞巧"的原则,便可以作为为文的原则,成为"含章之玉牒,秉文之金科"。具体而言,圣人"文成规矩,思合符契",这个"规矩"和"符契"便是"或简言以达旨,或博文以该情,或明理以立体,或隐义以藏用",所谓"圣文之雅丽,固衔华而佩实者也",当然也就可以"征之周、孔,则文有师矣"。[③]

"师乎圣"既为当然之举,"体乎经"更有必然之理。在《宗经》之中,刘勰重点谈了两个方面,一是所谓"禀经以制式",即儒家经典乃文章之源头。其云:

---

① 黄叔琳注,纪昀评:《文心雕龙辑注》,第29页。

② 刘勰:《文心雕龙·征圣》,戚良德辑校:《文心雕龙》,第9页。

③ 刘勰:《文心雕龙·征圣》,戚良德辑校:《文心雕龙》,第9页。

> 故论说辞序，则《易》统其首；诏策章奏，则《书》发其源；赋颂歌赞，则《诗》立其本；铭诔箴祝，则《礼》总其端；记传盟檄，则《春秋》为根。并穷高以树表，极远以启疆；所以百家腾跃，终入环内。①

仔细追究起来，刘勰所说当然未必尽是，但大体而言却是不错的，尤其是从儒家经典的影响而论，所谓“百家腾跃，终入环内”，虽然略有夸张，但在相当长的一个时期之内，这基本符合事实。从而，刘勰以此得出的结论就是极为重要的：“故文能宗经，体有六义：一则情深而不诡，二则风清而不杂，三则事信而不诞，四则义贞而不回，五则体约而不芜，六则文丽而不淫。”②这是刘勰对文章的基本规范和要求，当然也是用以解决《序志》所提出的“去圣久远，文体解散……离本弥甚，将遂讹滥”③问题的理论法则。

圣人及其经典具有无与伦比的重要意义，与此有关的问题也就需要予以辨别，这是“酌乎纬”和“变乎骚”成为《文心雕龙》之“枢纽论”的道理之所在。纬书原本配经，其假托经义而“乖道谬典”④，故理应拨乱反正，《正纬》乃不得不然。《辨骚》何为？从正面而言，“自《风》《雅》寝声，莫或抽绪；奇文郁起，其《离骚》哉”，所谓“轩翥诗人之后，奋飞辞家之前”，如此突出的文坛奇景，不能不引起刘勰的思考。从反面而言，对《离骚》和“楚辞”的各种评论则是“鉴而不精，玩而未核”，既有“举以

① 刘勰：《文心雕龙·宗经》，戚良德辑校：《文心雕龙》，第14页。

② 刘勰：《文心雕龙·宗经》，戚良德辑校：《文心雕龙》，第14页。

③ 刘勰：《文心雕龙·序志》，戚良德辑校：《文心雕龙》，第286页。

④ 刘勰：《文心雕龙·正纬》，戚良德辑校：《文心雕龙》，第19页。

方经”者，亦有“谓不合传”者，均是“褒贬任声，抑扬过实”，也就尤需予以辨别。通过仔细甄别，刘勰得出两个方面的结论，其一曰：“固知《楚辞》者，体宪于三代，而风杂于战国；乃《雅》《颂》之博徒，而词赋之英杰也。”即是说，以《离骚》为代表的“楚辞”既有取法前代之格式，亦有体现时代新风之特色，可以视之为《诗经》之兄弟，又是后世辞赋之出类拔萃者。其二曰：“观其骨鲠所树，肌肤所附，虽取镕经旨，亦自铸伟辞。”这意味着，从内到外，由表及里，所谓“楚辞”，虽有取法儒家经典之处，但已然是独创之作了。重要的是，这一独创性体现在什么地方呢？那就是：“故能气往轹古，辞来切今，惊采绝艳，难与并能矣。”①这里关键的一句是“惊采绝艳，难与并能”，而这一无与伦比之“惊采”的基础则是“气往轹古，辞来切今”，即通古而贯今。这正是“雕龙”之意蕴所在，所谓“古来文章，以雕缛成体”②，以《离骚》为代表的“楚辞”，无疑很好地体现了“雕龙”之主旨，那就是既有令人惊艳的文采，又在精神上做到了古今的融会贯通。

通过“变乎骚”，刘勰得出了这样的结论：“若能凭轼以倚《雅》《颂》，悬辔以驭楚篇，酌奇而不失其贞，玩华而不坠其实；则顾盼可以驱辞力，欬唾可以穷文致，亦不复乞灵于长卿，假宠于子渊矣。”③他认为，对后世作者来说，《诗经》和“楚辞”就像车前的横木，又如马前之鞍辔，乃是须臾不可离的；原本不同的两类作品，既然皆为不可或缺的凭借，则意味着这是一个很高

① 刘勰：《文心雕龙·辨骚》，戚良德辑校：《文心雕龙》，第24—25页。

② 刘勰：《文心雕龙·序志》，戚良德辑校：《文心雕龙》，第286页。

③ 刘勰：《文心雕龙·辨骚》，戚良德辑校：《文心雕龙》，第25页。

的要求,也就成为写作的原则。所谓“酌奇而不失其贞,玩华而不坠其实”,可以视为刘勰从《原道》开始的一系列考察,最终得出的为文的基本原则。毫无疑问,这样的原则对写文章而言,可以说越来越具体了。遵循这一原则,便“顾眄可以驱辞力,欬唾可以穷文致”,离成功也就不远了。

（二）文笔论

《文心雕龙》“上篇”的第二部分,包括从《明诗》至《书记》的二十篇,刘勰谓之“论文叙笔”,可以简称之为“文笔论”,研究者通常称之为文体论。《总术》有云:“今之常言,有文有笔,以为无韵者笔也,有韵者文也。”①因此,刘勰所谓“论文叙笔”,意味着他基本接受了六朝文笔之分的观念,至少是他借用了这样的分法,来论述文章之各种体裁。从《明诗》至《谐隐》的十篇基本属于“有韵之文”(一般认为,《杂文》《谐隐》两篇兼有“文”“笔”)。从《史传》至《书记》的十篇则论述“无韵之笔”。从“论文叙笔”二十篇的篇名看,刘勰便论及诗、乐府、赋、颂、赞、祝、盟、铭、箴、诔、碑、哀、吊、杂文、谐、隐、史、传、诸子、论、说、诏、策、檄、移、封禅、章、表、奏、启、议、对、书、记等三十四种文体,其中一些篇章又列出若干子目,如《杂文》便讨论了“对问”“七发”“连珠”等形式,又述及所谓“汉来杂文,名号多品”②,不一而足。《书记》一篇则除对“书牍”和“笺记”作重点论述外,还对各类“笔札杂名”分别予以考察,达六类二十四种之多。因此,《文心雕龙》的“文笔论”不仅成为南北朝之前文

---

① 刘勰:《文心雕龙·总术》,戚良德辑校:《文心雕龙》,第 246 页。
② 刘勰:《文心雕龙·杂文》,戚良德辑校:《文心雕龙》,第 87 页。

体论的系统总结,而且也成为中国古代文体论的渊薮。

刘勰对每一种"文"或"笔"的考察大体皆从四个方面进行,所谓"原始以表末,释名以章义,选文以定篇,敷理以举统"①,亦即考察文体的源流演变而做到知本知末,解释文体的各种名称而明确其基本含义,选择各体文章的代表作品而予以铨别品评,敷陈各体文章的写作之理而总结共同的为文之道。王运熙先生认为,从《明诗》到《书记》的二十篇,"更确切地说,应称为各体文章写作指导,因为其宗旨是阐明写作各体文章的基本要求"②。但需要指出的是,这里的"敷理以举统",若仅仅理解为总结各种文体的写作经验,还是远远不够的。所谓"敷理"便意味着总结各种文体写作之理,"敷理"的目的则是"举统",也就是概括出共同的文章写作之道。因此,《文心雕龙》的文体论既立足于每一种文体,更放眼整个文章的写作;则所谓"论文叙笔",既与下篇的"剖情析采"有着明确分工,又有着密切联系,前者乃后者的立论之基,后者为前者的理论升华。

《文心雕龙》的"文笔论"有着自己鲜明的特色。一是明确的文体规范意识,这是《文心雕龙》之作的基本出发点,所谓"论古今文体",其中的"文体"确乎首先与文章体裁密不可分。《通变》有云:"凡诗赋书记,名理相因,此有常之体也。"③这是刘勰对文体的基本认识,"论文叙笔"的首要任务,便是对各种文体进行规范,这是解决所谓"文体解散"问题的入口或抓手。

---

① 刘勰:《文心雕龙·序志》,戚良德辑校:《文心雕龙》,第 287 页。

② 王运熙:《〈文心雕龙〉的宗旨、结构和基本思想》,《复旦学报》1981 年第 5 期。

③ 刘勰:《文心雕龙·通变》,戚良德辑校:《文心雕龙》,第 185 页。

之所以要“原始以表末”，盖以“原始以要终，虽百世可知也”①，这是文体规范的不二法门；所谓“释名以章义”，亦即明确各种文体历代相承的“名理”。这是文体规范的首要之务。因此，所谓“原始以表末，释名以章义”，二者相互为用，对“有常之体”予以明确和规范，既有历史的根据，又着眼现实的发展，这样的论述方式，正是由其基本任务所决定的。

二是着眼各种文体写作实践的指导性，即王运熙先生所谓“各体文章写作指导”的意义。《文心雕龙》具有充分的实践品格，“文笔论”更是从文体角度进行文章写作训练的行动指南，这是为研究者所公认的。所谓“选文以定篇”，所谓“敷理以举统”，可以说皆首先为具体的写作实践而设计。但刘勰的文体论又不只是写作手册，这也是显然可见的。如《明诗》篇，所谓“铺观列代，而情变之数可鉴”，其对历代诗歌演进的精确评说，已不啻为一篇诗歌简史。而所谓“撮举同异，而纲领之要可明”，其对诗歌基本纲领的概括，所谓“四言正体，则雅润为本；五言流调，则清丽居宗：华实异用，唯才所安”②，这种对主要诗歌体裁的准确把握，固然可以指导具体的诗歌写作，更是高屋建瓴的诗歌理论，从而为下篇的“剖情析采”奠定重要的理论基础。

三是广阔的文化视野和人文通观意识，这是《文心雕龙》不同于一般“诗文评”的一个显要之处。如《史传》篇，所谓“原始要终，创为传体”，所谓“实圣文之羽翮，记籍之冠冕”，所谓“原夫载籍之作也，必贯乎百氏，被之千载，表征盛衰，殷鉴兴

① 刘勰：《文心雕龙·时序》，戚良德辑校：《文心雕龙》，第253页。

② 刘勰：《文心雕龙·明诗》，戚良德辑校：《文心雕龙》，第32页。

废。使一代之制,共日月而长存;王霸之迹,并天地而久大",所谓"史之为任,乃弥纶一代;负海内之责,而赢是非之尤:秉笔荷担,莫此之劳"①,等等,这些对史传的基本认识和概括,充分说明刘勰所谓"论文",即《文心雕龙》的文论,这个"文"决非今天所谓文学之文所可范围,而是包括所有的文,即章太炎所谓"文学者,以有文字著于竹帛,故谓之文;论其法式,谓之文学"②。其实质乃是对中国已有文化形态的通观和总结,决非仅限于文艺之文,从而所谓"文心",也就成为对中华文化精神的全面体认。

四是刘勰对各种文体的考察,均采取了"情采"视角。就"论文"而言,无论《明诗》的"舒文载实"③,还是《乐府》的"志不出于慆荡,辞不离于哀思"④;无论《铨赋》的"铺彩摛文,体物写志"⑤,还是《颂赞》的"约举以尽情,照灼以送文"⑥……均从"实"与"文"、"志"与"辞",亦即情与采的结合立论。就"叙笔"而言,无论《史传》的"立义选言"⑦,还是《诸子》的"气伟而采奇""心奢而辞壮"⑧,无论《论说》的"义贵圆通,辞忌枝

---

① 刘勰:《文心雕龙·史传》,戚良德辑校:《文心雕龙》,第 99—101 页。

② 《章太炎全集·国故论衡先校本、校定本》,上海人民出版社 2017 年版,第 47 页。

③ 刘勰:《文心雕龙·明诗》,戚良德辑校:《文心雕龙》,第 31 页。

④ 刘勰:《文心雕龙·乐府》,戚良德辑校:《文心雕龙》,第 42 页。

⑤ 刘勰:《文心雕龙·铨赋》,戚良德辑校:《文心雕龙》,第 49 页。

⑥ 刘勰:《文心雕龙·颂赞》,戚良德辑校:《文心雕龙》,第 57 页。

⑦ 刘勰:《文心雕龙·史传》,戚良德辑校:《文心雕龙》,第 101 页。

⑧ 刘勰:《文心雕龙·诸子》,戚良德辑校:《文心雕龙》,第 109 页。

碎”[1],还是《诏策》的“义炳重离之辉”“笔吐星汉之华”[2]……亦均从“义”与“言”、“气”与“采”,亦即情与采的统一着眼。“文笔论”的这一共同视角既是对“情采论”基本理论范式的运用,也为创作论的理论总结奠定了写作实践基础,从而使得《文心雕龙》的文体论和创作论相互为用而连为一体。

(三)情采论

如上所述,《文心雕龙》之“下篇”,除《序志》为全书“序言(后序)”外,也可以分成两个部分。第一部分包括从《神思》至《总术》的十九篇,刘勰谓之“剖情析采”,也就是探讨“为文之用心”的理论与方法,研究者通常称之为《文心雕龙》的创作论,历来受到极大的重视。应该说,这不是偶然的。“论文叙笔”的文体论本就既着重于每种文体的写作方法,更放眼整个文章的创作之道;而所谓“弥纶群言”,正是要在“论文叙笔”的基础上寻找文章写作的大道通衢。《总术》有云:“夫不截盘根,无以验利器;不剖文奥,无以辨通才。才之能通,必资晓术。”[3]刘勰说,如果不能截断弯曲交错的树根,那就无法考验刀锯是否锋利;如果不能剖析为文的精理奥义,那就算不上通达之才。他认为,要想成为通才,重要的是懂得“术”,也就是文章写作的方法。所谓“文场笔苑,有术有门”[4],既说明文体论之于“术”的重要,更说明整个“文场笔苑”亦即文章的写作有其“术”在;所谓“总术”正是点明这个问题,而整个“剖情析

① 刘勰:《文心雕龙·论说》,戚良德辑校:《文心雕龙》,第117页。
② 刘勰:《文心雕龙·诏策》,戚良德辑校:《文心雕龙》,第127页。
③ 刘勰:《文心雕龙·总术》,戚良德辑校:《文心雕龙》,第246页。
④ 刘勰:《文心雕龙·总术》,戚良德辑校:《文心雕龙》,第247页。

采”的创作论也正是对这个“术”的研究和总结。王运熙先生曾指出，从《神思》到《总术》的十九篇，“更确切地说，应称为写作方法通论，是打通各体文章，从篇章字句等一些共同性的问题来讨论写作方法的”①，应当说，这是很有道理的。

关于刘勰“情采论”的宏观把握，或当关注如下几个问题。一是《文心雕龙》创作论的总纲问题。王元化先生曾提出："《神思篇》是《文心雕龙》创作论的总纲，几乎统摄了创作论以下诸篇的各重要论点。”②这一看法得到不少研究者的赞同。但“总纲”者，总的纲领也，基本原则和要点也。以此而言，《神思》篇固然很重要，却并不具备“总纲”的性质，或者说其中并没有可以统帅整个创作论的纲领。但王先生提出的这个创作论总纲的想法是有意义的，可以使我们抓住整个创作论的灵魂，具有提纲挈领之功。实际上，《文心雕龙》的创作论，刘勰自己称之为“剖情析采”，这提示我们，情采关系才是创作论最重要的问题，而论述情采关系的篇章乃是《情采》篇，其为创作论的总纲可谓顺理成章。所谓“情者，文之经；辞者，理之纬。经正而后纬成，理定而后辞畅：此立文之本源也”③。这样的说明也显然具有纲领的意义。可以说，“情采”的视角和框架是刘勰建构《文心雕龙》理论体系的基本思维模式。如上所述，这一视角甚至贯彻到了“论文叙笔”的文体论部分，更遑论“剖情析采”的创作论。

① 王运熙：《〈文心雕龙〉的宗旨、结构和基本思想》，《复旦学报》1981年第5期。

② 王元化：《文心雕龙创作论》，上海古籍出版社1984年版，第246页。

③ 刘勰：《文心雕龙·情采》，戚良德辑校：《文心雕龙》，第193页。

二是创作论的首要问题是什么。“神思”并非创作论的总纲,但却有着重要意义,那就是其为“驭文之首术,谋篇之大端”,亦即创作论的首要问题。首要问题的意义在于,它是文章写作的关键,是创作成功的要害,“首术”者,此之谓也。何以如此?刘勰说:“思理为妙,神与物游。神居胸臆,而志气统其关键;物沿耳目,而辞令管其枢机。枢机方通,则物无隐貌;关键将塞,则神有遁心。”所谓“思理为妙,神与物游”,这一概括确乎成为创作之“首术”与“大端”,文章写作正是在此基础上,“寻声律而定墨”,“窥意象而运斤”。也正因有此重要性,刘勰便认真研究了其中的“关键”和“枢机”,亦即如何成功地做到“神与物游”。从“神”的角度而言,其“关键”在于“陶钧文思,贵在虚静;疏瀹五藏,澡雪精神”。从“物”的角度而言,其“枢机”则是“意授于思,言授于意;密则无际,疏则千里”。①这样的概括无论在理论还是实践上,都是“深得文理”的。也许正是从这个意义上,《神思》篇被当成了创作论的总纲。实际上,《文心雕龙》之创作论的总纲与文章写作的关键,显然是两个范畴的问题。前者说的是刘勰在《文心雕龙》之“下篇”第一部分的理论建构,后者说的是刘勰对文章写作中首要问题的认识,它们并非一回事。

三是刘勰的文章理想是什么。在《文心雕龙》创作论的研究中,最受重视的应该说是从《神思》至《情采》的前六篇,这当然不是无缘无故的,而是因为这六篇确乎可以说是刘勰创作论的理论中心。如上所述,《情采》乃创作论的总纲,《神思》则为写作之首务,除此之外,在这六篇之中,还有一篇具有格外重要

① 刘勰:《文心雕龙·神思》,戚良德辑校:《文心雕龙》,第173页。

的意义，那就是《风骨》。刘勰在这一篇中提出了自己关于文章的理想或理想文章的标准，“风骨论”可以说是刘勰创作理论和实践的基本归宿。刘勰说：“怊怅述情，必始乎风；沉吟铺辞，莫先于骨。故辞之待骨，如体之树骸；情之含风，犹形之包气。”即是说，“风骨”之于文章不仅不可或缺，而且是文章的灵魂。所谓“若丰藻克赡，风骨不飞，则振采失鲜，负声无力”，所谓“其为文用，譬征鸟之使翼也”①，试想，对远飞的鸟儿来说，没有了扇动翅膀之力，岂非一事无成？需要进一步研究的是，刘勰何以如此看重“风骨”？或者说，他为什么找到“风骨”作为文章写作的理想或标准？这仍然要从《文心雕龙》之作说起，所谓“辞人爱奇，言贵浮诡；饰羽尚画，文绣鞶帨”②，六朝文坛的根本问题便是“振采失鲜，负声无力”，而“风骨”正是医治此病的良药，所谓“使文明以健，则风清骨峻，篇体光华”③，要成为“文笔之鸣凤”，舍此岂有他途？

四是文章的语言之美。《文心雕龙》创作论有十九篇，《情采》之后的十三篇，刘勰从不同角度研究文章写作的具体问题，从篇章布局到声律运用，从遣词造句到比兴用典，从夸张修饰到字形选用，从调养气息到附辞会义，可谓“雕龙”有术，“文心”有法，所谓“文场笔苑，有术有门”，“术”之所存，正是美之所在。创作论的最后一篇是《总术》，刘勰在其中总结了文章的语言之美，即所谓“断章之功”，亦即通过上述种种努力，将会使文章达到何种语言境界？取得什么样的表达效果？或者

① 刘勰：《文心雕龙·风骨》，戚良德辑校：《文心雕龙》，第181页。

② 刘勰：《文心雕龙·序志》，戚良德辑校：《文心雕龙》，第286页。

③ 刘勰：《文心雕龙·风骨》，戚良德辑校：《文心雕龙》，第182页。

说,什么样的文章才是好文章?其云:“数逢其极,机入其巧,则义味腾跃而生,辞气丛杂而至;视之则锦绘,听之则丝簧,味之则甘腴,佩之则芬芳:断章之功,于斯盛矣。”①所谓“腾跃而生”,所谓“丛杂而至”,面对如此丰富多彩而势不可挡的文章,你还有什么抵抗力?这样的文章要用五官来体验,有锦缎的色彩,有丝簧的声韵,有甘美的滋味,有芬芳的气息——这是文章吗?这样的美原本不属于文章,或者不属于一般的文章,然而我们不能否认,如果文章达到这样的境界,那确乎“于斯盛矣”。所谓“情采”,刘勰心目中的文章语言之美确乎是非同一般的,这正是汉语的表现力之所在。“为文之用心”者在此,“雕缛成体”“雕琢其章”者在此,“文心雕龙”之所作者亦在乎此也!

(四)崇替论

《文心雕龙》“下篇”的第二部分包括《时序》《物色》《才略》《知音》和《程器》五篇;除了《物色》一篇外,刘勰对另外四篇一一作了说明,所谓“崇替于《时序》,褒贬于《才略》,怊怅于《知音》,耿介于《程器》”②,即《时序》总结历代文章盛衰兴亡的规律,《才略》褒贬历代文人或高或低的才能,《知音》表达自古以来文章难于理解的怅惘,《程器》寄托刘勰对文人成就事业的希望。从其总的理论趋向而言,我们借用刘勰自己的话,将其称之为“崇替论”;若用现代理论话语加以概括,则可谓之发展论。研究者通常将这一部分称之为批评论,应该说是不够准确的。刘勰在这部分论述的问题,有批评论的内容,但不仅

① 刘勰:《文心雕龙·总术》,戚良德辑校:《文心雕龙》,第247页。
② 刘勰:《文心雕龙·序志》,戚良德辑校:《文心雕龙》,第287页。

比批评论广泛得多,更重要的是刘勰有自己的着眼点,与现代文艺理论中的批评论是并不一致的。

首先,如上所述,这五篇的理论问题,既不同于“剖情析采”的篇章,又都关乎“情采”,都有着情采的角度。《时序》上来就说“时运交移,质文代变;古今情理,如可言乎?”,赞词则说“蔚映十代,辞采九变”“质文沿时,崇替在选”①;《物色》的基本思想是“情以物迁,辞以情发”“写气图貌,既随物以宛转;属采附声,亦与心而徘徊”“四序纷回,而入兴贵闲;物色虽繁,而析辞尚简”②;《才略》开篇说“九代之文,富矣盛矣;其辞令华采,可略而详也”,赞词说“才难然乎!性各异禀。一朝综文,千年凝锦”③;《知音》的基本思想是“缀文者情动而辞发,观文者披文以入情”④;《程器》则强调“摛文必在纬军国,负重必在任栋梁;穷则独善以垂文,达则奉时以骋绩”,赞词是:“瞻彼前修,有懿文德。声昭楚南,采动梁北。雕而不器,贞干谁则?岂无华身,亦有光国!”⑤可见刘勰对这些问题的探讨,均没有脱离“情采”的视角,这说明这部分的内容与“剖情析采”仍然有着密切关系,这也是有的研究者把《时序》等五篇仍然归属于“剖情析采”部分的原因。

其次,作为经典之“枝条”,文章的发展问题是刘勰首先的

① 刘勰:《文心雕龙·时序》,戚良德辑校:《文心雕龙》,第251、254页。

② 刘勰:《文心雕龙·物色》,戚良德辑校:《文心雕龙》,第264、265页。

③ 刘勰:《文心雕龙·才略》,戚良德辑校:《文心雕龙》,第268、270页。

④ 刘勰:《文心雕龙·知音》,戚良德辑校:《文心雕龙》,第277页。

⑤ 刘勰:《文心雕龙·程器》,戚良德辑校:《文心雕龙》,第282页。

着眼点，也是这五篇内容的一个核心问题。“崇替”“褒贬”“怊怅”“耿介”的用语说明，刘勰在这些篇章所要研究的，不再是如何“雕琢其章，彬彬君子”①的问题，而是文章作为“经国之大业”②的盛衰兴亡问题，亦即文章的发展问题。《时序》从文学与社会发展的关系，考察历代文学的兴衰。所谓“时运交移，质文代变”，所谓“歌谣文理，与世推移；风动于上，而波震于下者”，所谓“文变染乎世情，兴废系乎时序”，这些“原始以要终，虽百世可知也”③的总结，其指向的正是文章事业如何能够长盛不衰的问题。《物色》看起来是总结“情以物迁，辞以情发”的规律，因而被认为属于创作论，实则刘勰本篇归结于这样的论断：“古来辞人，异代接武，莫不参伍以相变，因革以为功；物色尽而情有余者，晓会通也。”仍然是文章的发展问题，所谓“屈平所以能洞监《风》《骚》之情者，抑亦江山之助乎”④，这样的概括之语显然并非着眼具体为文的法则，而是文章如何发展的规律问题。《才略》着眼作家的才气，论述百家之文章。其对“九代之文”的梳理，对“崇文之盛世，招才之嘉会”的向往，对“古人所以贵乎时”的慨叹，对“一朝综文，千年凝锦”⑤的提示，则明白无误地说明，刘勰的着眼点是文章事业的顺利发展

---

① 刘勰：《文心雕龙·情采》，戚良德辑校：《文心雕龙》，第194页。

② 曹丕：《典论·论文》，魏宏灿校注：《曹丕集校注》，安徽大学出版社2009年版，第313页。

③ 刘勰：《文心雕龙·时序》，戚良德辑校：《文心雕龙》，第251、253页。

④ 刘勰：《文心雕龙·物色》，戚良德辑校：《文心雕龙》，第265页。

⑤ 刘勰：《文心雕龙·才略》，戚良德辑校：《文心雕龙》，第268、270页。

问题。《知音》开篇“知音其难哉”以及“逢其知音,千载其一乎”的浩叹,对“缀文者情动而辞发,观文者披文以入情”原理的揭示,对“知音君子,其垂意焉”[①]的希冀,都说明“知音”问题关乎文章的兴衰。至如《程器》一篇,所谓“将相以位隆特达,文士以职卑多诮,此江河所以腾涌,涓流所以寸折者也”,其拳拳护文之心,可谓昭昭如日月;所谓“摛文必在纬军国,负重必在任栋梁;穷则独善以垂文,达则奉时以骋绩”[②],“若此文人”之论,则不仅重在文章发展,而且这种发展还不仅仅是文章本身的问题,而是关乎军国大业。

第三,“知音”乃是刘勰贯穿这几篇的一个共有的视点。《时序》对历代文章盛衰兴亡之规律的考察,涉及很多方面的内容,而其中一个重要问题在于统治者能否成为作家的“知音”。《才略》对历代文人创作才能的褒贬,可以说是刘勰具体的“知音”之举;其虽云“褒贬”,但实际上几乎都是“褒”而很少“贬”,正体现出刘勰的一番苦心。《程器》寄托着对文人成就一番事业的殷切期望,则体现出刘勰乃是千古文人之真正的“知音”。至于《知音》一篇,当然更集中论述了“知音”之于文章的重要性;所谓“怊怅于知音”,其中显然包含着“文章千古事,得失寸心知”[③]的感慨。刘勰所谓“知音”,与文学欣赏和文学批评都有一定的关系,却又并不完全一致。

---

① 刘勰:《文心雕龙·知音》,戚良德辑校:《文心雕龙》,第276、277页。

② 刘勰:《文心雕龙·程器》,戚良德辑校:《文心雕龙》,第281、282页。

③ 杜甫:《偶题》,仇兆鳌注:《杜诗详注》,中华书局1999年版,第1541页。

第四,《时序》等五篇的内容是较为复杂的,不主于一端,不限于一隅,不止于一论,而是相互交织,综合为论,具有多种视角,涵盖多方面的意义。如《时序》《才略》两篇,一为"论世",一为"知人",既有批评论的内容,又有创作论的视角。从创作论的角度而言,前者指出文章写作与时代密切相关,时势可以造英雄;后者则谓文章既受制于作家主体的才能,也关乎时运。仅《才略》一篇,其内容之丰富,恰如黄叔琳所评:"上下百家,体大而思精,真文囿之巨观。"①又如《知音》专论文章的鉴赏和批评,《程器》则探讨作家的品德和修养。除《序志》篇外,《程器》作为《文心雕龙》的最后一篇,更有为作家鸣不平的愤懑和呼喊。纪昀评曰:"观此一篇,彦和亦发愤而著书者。"②确是有道理的。《知音》《程器》可视为文章鉴赏和批评论,前者乃从作品的角度谈,后者则从作家的角度谈。刘勰要求读者和批评家要充分顾及作家作品的独特性和复杂性,尽可能做到鉴赏、批评的全面客观和恰如其分,尤其要顾及作品的独特性和作家的个性。

凡此种种,正说明《时序》等五篇的内容具有相对的独立性,理应单独成为下篇的一个部分。这部分内容既与"情采论"有着密切的联系,不同于一般的所谓文学批评论,又比"情采论"有着更为广阔的视野,刘勰力图在全面探讨了"为文之用心"的种种理论和方法之后,对文章事业的发展问题作出多方面的思考,从而完成《文心雕龙》"弥纶群言"的全面建构,客观上也就呈现出所谓"体大而虑周"的理论特色。

---

① 黄叔琳注,纪昀评:《文心雕龙辑注》,第404页。

② 黄叔琳注,纪昀评:《文心雕龙辑注》,第427页。

《文心雕龙》与中国文论话语体系*

《文心雕龙》全书只有三万七千余字①，但对这部书的研究已经形成一门著名的学问:“龙学”。近百年来，国内外已出版《文心雕龙》研究专著400余种，发表研究论文7000余篇。悠悠三千年中国文艺理论史，文论名家灿若星辰，文论著作汗牛充栋，学说流派五花八门，理论观点异彩纷呈；而如《文心雕龙》之殊遇，实为绝无仅有。当我们回首百年“龙学”史，期望开拓新的学术空间之时，理应对这一耐人寻味的文化现象进行反思，重新审视和把握刘勰这部旷世文论宝典，特别是其于中国文论话语体系之建构的根本意义。

一、以情为本，文辞尽情:《文心雕龙》的文论话语体系

季羡林先生有言:“我们中国文论家必须改弦更张，先彻

---

* 本文原载于《文史哲》2004年第3期，修订收录于作者文集《〈文心雕龙〉与中国文论》，中国书籍出版社2017年版，第5—14页。

① 刘勰《文心雕龙》一书的字数，按照笔者的校勘，应该是三万七千九百余字，这是没有标点的字数，也不包括《隐秀》的补文。

底摆脱西方文论的枷锁,回归自我,仔细检查、阐释我们几千年来使用的传统的术语,在这个基础上建构我们自己的话语体系……”①我想,“仔细检查、阐释”工作的重要性,研究者们大多已认识到了;但要“彻底摆脱西方文论的枷锁”而“回归自我”,则是一个相当艰苦的过程。比如,“文心雕龙”之“文”,在现代汉语中就很难找到与之相适应的词语。之所以出现这种窘境,一个重要的原因是我们现代文学理论的“失语”——我指的是失去了我们传统的文论话语。

实际上,《文心雕龙》正有着“自己的话语体系”。刘勰说:“万趣会文,不离辞情。”②又说:“绘事图色,文辞尽情。”③他认为,文体的种类固然名目繁多,文章的旨趣更是千变万化,然而只要是“文”,就离不开“情”和“辞”两个方面;绘画讲究设色布彩,而文章则注重表现感情。所以,他把创作论的全部问题概括为“剖情析采”④,并以《情采》篇作了系统论证。其云:“故情者,文之经;辞者,理之纬。经正而后纬成,理定而后辞畅:此立文之本源也。”刘勰以饱蘸激情的笔墨写道:“夫桃李不言而成蹊,有实存也;男子树兰而不芳,无其情也。夫以草木之微,依情待实;况乎文章,述志为本!言与志反,文岂足

① 季羡林:《季羡林人生漫笔》,同心出版社2000年版,第422页。

② 刘勰:《文心雕龙·镕裁》,戚良德:《文心雕龙校注通译》,上海古籍出版社2008年版,第378页。

③ 刘勰:《文心雕龙·定势》,戚良德:《文心雕龙校注通译》,第357页。

④ 刘勰:《文心雕龙·序志》,戚良德:《文心雕龙校注通译》,第570页。

征?”[①]文章必须以表现作家的思想感情为根本,文采的运用是为了更好地表达感情。整个《文心雕龙》的创作论,正是以感情之表现为根本和中心,对感情之产生、感情表现的原则以及感情表现的方法等问题进行全面、系统的阐述,从而构成一个“以情为本,文辞尽情”的“情本”论的话语体系。

艺术构思乃文学创作之始,其特点是什么呢?刘勰说:“思理为妙,神与物游。”即作家之精神与客观之物象一起活动。之所以能够“神与物游”,是因为作家之“神”与自然之“物”产生了共鸣,所谓“物以貌求,心以理应”。[②] 一方面,“神居胸臆,而志气统其关键”,没有作者思想感情的激动,是不可能“神与物游”的,所谓“关键将塞,则神有遁心”。所以,艺术构思乃至整个文学创作的过程必然是“登山则情满于山,观海则意溢于海;我才之多少,将与风云而并驱矣”。[③] 另一方面,“情”固然为“本”,但只有表现为语言文辞,才能形成作品,所谓“物沿耳目,而辞令管其枢机”“枢机方通,则物无隐貌”[④]。不过,“枢机”之“通”又并非易事,所谓“暨乎篇成,半折心始”[⑤],那么“文辞”如何“尽情”,就是一个关乎创作成败的极

---

① 刘勰:《文心雕龙·情采》,戚良德:《文心雕龙校注通译》,第367、369页。

② 刘勰:《文心雕龙·神思》,戚良德:《文心雕龙校注通译》,第321、327页。

③ 刘勰:《文心雕龙·神思》,戚良德:《文心雕龙校注通译》,第321、323页。

④ 刘勰:《文心雕龙·神思》,戚良德:《文心雕龙校注通译》,第321页。

⑤ 刘勰:《文心雕龙·神思》,戚良德:《文心雕龙校注通译》,第323页。

为重要的问题了。

与艺术构思论密切相关，刘勰的艺术风格论仍然是从感情的表现入手的。刘勰说:“夫情动而言形，理发而文见;盖沿隐以至显，因内而符外者也。然才有庸俊，气有刚柔，学有浅深，习有雅郑:并情性所铄，陶染所凝，是以笔区云谲，文苑波诡者矣。”艺术风格问题归根结底还是感情的表现问题，不同的感情表现是形成不同艺术风格的关键。所以，“故辞理庸俊，莫能翻其才;风趣刚柔，宁或改其气;事义浅深，未闻乖其学;体式雅郑，鲜有反其习:各师成心，其异如面”[①]。无论艺术风格如何繁花似锦，只要从“情动而言形，理发而文见”的根本入手，就可以看得清清楚楚而找到其中的规律。刘勰一方面说“笔区云谲，文苑波诡”，另一方面却又把艺术风格归结为区区八种类型，所谓“若总其归涂，则数穷八体”[②]，正因其抓住了文学创作的根本问题。

然而，人的思想感情纷纭复杂，所谓“人禀七情”[③];作品思想感情的表现是不应任性而为、随意所之的，而是应当有所规范、有所制约。质言之，作家要有自己的艺术理想和追求。刘勰说:“是以怊怅述情，必始乎风;沉吟铺辞，莫先于骨。”[④]作者情动于中而欲一吐为快，必然首先具有感化的作用;展纸落墨

---

① 刘勰:《文心雕龙·体性》，戚良德:《文心雕龙校注通译》，第330页。

② 刘勰:《文心雕龙·体性》，戚良德:《文心雕龙校注通译》，第331页。

③ 刘勰:《文心雕龙·明诗》，戚良德:《文心雕龙校注通译》，第55页。

④ 刘勰:《文心雕龙·风骨》，戚良德:《文心雕龙校注通译》，第338页。

而著成文章,也就必然体现某种力量。所以,“风骨”正是对作品思想感情的一种规定和要求。刘勰以为,“情与气偕,辞共体并;文明以健,圭璋乃聘”①,作者的感情决定了作品的风格倾向,也从根本上决定着语言文辞的面貌;而真正为人们所喜爱、为时代所需要的作品,应当具有“风骨”的力量。“风骨”论使刘勰的“情本”论具有了更为丰富而深厚的内容。

“以情为本”的思想既来自对文学创作现实的全面把握,亦来自对文学发展历史的深入考察。刘勰说:“文律运周,日新其业。变则其久,通则不乏。”②一代有一代之文学,只有不断创新才能持久长远,只有贯通古今才能生生不已。然则,文学创新的原则是什么?融会贯通的根据又是什么?那就是:“凭情以会通,负气以适变。”③无论“通”还是“变”,都必须“以情为本”。只有从作者的情志出发,充分展现自己的个性和生命,文学之花才能永远灿烂,才能产生出类拔萃的不朽篇章,所谓“采如宛虹之奋鬐,光若长离之振翼,乃颖脱之文矣”④;而美如彩虹、艳若凤凰之文章,其“采”、其“光”又是通过语言文辞的形式美而表现出来的,这便是所谓“文辞尽情”。

《文心雕龙》乃“深得文理”⑤之作,这是公认的事实;但刘

---

① 刘勰:《文心雕龙·风骨》,戚良德:《文心雕龙校注通译》,第343页。

② 刘勰:《文心雕龙·通变》,戚良德:《文心雕龙校注通译》,第352页。

③ 刘勰:《文心雕龙·通变》,戚良德:《文心雕龙校注通译》,第351页。

④ 刘勰:《文心雕龙·通变》,戚良德:《文心雕龙校注通译》,第351页。

⑤ 《梁书》卷五十《刘勰传》,中华书局1973年版,第712页。

勰无意于写一部干巴巴的“文学原理”或“文学概论”，而是深入创作过程，使其具有充分的实践品格。这一方面体现了刘勰对《易传》哲学“入神致用”[①]之精神的弘扬，另一方面则决定于“文辞尽情”[②]这一理论中心的确立。如《定势》要求文章的写作必须遵循文体的特点和规范，文体的风格特点相对而言应是较为客观的，但刘勰却恰恰从作者的主观之情说起：“夫情致异区，文变殊术，莫不因情立体，即体成势也。”[③]这样，刘勰对文体风格特点的研究就不再是泛泛之谈，而是着眼作家具体创作过程的生动活泼的文体风格论了。如此看似纯粹的理论问题，一旦纳入刘勰“情本”论的话语系统，便立刻具有了源头活水而摇曳多姿。

刘勰的文论话语体系既深深地植根于中国思想文化的沃土，又以“为艺术而艺术”的时代文艺思潮为背景，更建立在遍搜“文场笔苑”[④]的文体论的基础之上；从而，它不仅属于一部《文心雕龙》，也不仅是一个空前的中国文论话语系统，而是指向了未来。

---

① 刘勰：《文心雕龙·宗经》，戚良德：《文心雕龙校注通译》，第22页。

② 刘勰：《文心雕龙·定势》，戚良德：《文心雕龙校注通译》，第357页。

③ 刘勰：《文心雕龙·定势》，戚良德：《文心雕龙校注通译》，第356页。

④ 刘勰：《文心雕龙·总术》，戚良德：《文心雕龙校注通译》，第488页。

二、神用象通，心物交融:《文心雕龙》的创作理论话语

刘勰说:“夫文心者,言为文之用心也。”[①]又说:“文果载心,余心有寄。”[②]所以,所谓“为文之用心”,首先是说文章要表现人的内心世界。这个“心”是文章的内容和根本,刘勰正是由此建立起“以情为本,文辞尽情”的文论话语体系,并进而形成了“神用象通,心物交融”的创作论话语中心。其丰富的理论内容和独特的话语创造,成为中国古代文论的话语之本。下面仅以其艺术构思论和艺术风格论为例,略予考察。

刘勰称艺术构思为“神思”。其云:“文之思也,其神远矣。故寂然凝虑,思接千载;悄焉动容,视通万里。吟咏之间,吐纳珠玉之声;眉睫之前,卷舒风云之色:其思理之致乎!”这种超越时空的想象活动,正是艺术构思的典型特点。刘勰进一步对艺术构思的形象性作了理论概括,那就是“思理为妙,神与物游”[③]。这一精炼的概括不仅极为准确地抓住了艺术构思的形象思维特征,而且深刻地揭示出这种形象思维的特点在于心物

① 刘勰:《文心雕龙·序志》,戚良德:《文心雕龙校注通译》,第564页。

② 刘勰:《文心雕龙·序志》,戚良德:《文心雕龙校注通译》,第572页。

③ 刘勰:《文心雕龙·神思》,戚良德:《文心雕龙校注通译》,第321页。

交融，所谓“神用象通，情变所孕。物以貌求，心以理应”①。季羡林先生曾经不止一次地呼吁：“中国文艺理论必须使用中国国有的术语，采用同西方不同的判断方法，这样才能在国际学坛上发出声音。”②对此，笔者深以为然。可以说，“神与物游”这一既生动形象而又高度概括的独特用语正是富有生命力的中国国有的文艺理论术语之一。

心物交融而深情贯注的结果，一方面是感情的形象化、物象化，另一方面则是客观物象的感情化、主观化，从而艺术意象也就呼之欲出了。刘勰说：“然后使玄解之宰，寻声律而定墨；独照之匠，窥意象而运斤。”③显然，“意象”的产生是“神与物游”的结果，它既非纯粹的客观物象，也不再是抽象而单纯的思想感情，而是寄托和表达作者思想感情的生动而形象的艺术内容了。需要强调指出的是，作为艺术构思的成果，“意象”这一概念既有客观形象性的含义，又包孕着心绪、意念、情感、思想等诸多内容，具有极大的包容性和概括性，是又一极富中国特点的文论术语。

刘勰艺术构思论的一系列概念和理论成为中国古代艺术构思论的基本话语。唐代王昌龄有云：“诗有三格……生思一：久用精思，未契意象，力疲智竭，放安神思，心偶照境，率然

---

① 刘勰：《文心雕龙·神思》，戚良德：《文心雕龙校注通译》，第327页。

② 季羡林：《季羡林人生漫笔》，第392页。

③ 刘勰：《文心雕龙·神思》，戚良德：《文心雕龙校注通译》，第322页。

而生。……取思三:搜求于象,心入于境,神会于物,因心而得。"①这里不仅运用了刘勰艺术构思论的两个重要概念:"神思"和"意象",而且对"生思"的描述,正合于刘勰所谓"秉心养术,无务苦虑;含章司契,不必劳情"②之论。所谓"取思",则是刘勰"神与物游""神用象通"之论的发挥。宋元以后而至明清时期,"神思"一词被广泛地运用于诗论、文论、画论之中;而"神与物游"的理论,则成为艺术构思和文学创作论的中心话语之一。如明代的王世贞说:"遇有操觚,一师心匠,气从意畅,神与境合。"③类似之论,不胜枚举。

至于刘勰所独创的"意象"这一重要概念,更是得到了文论家们的充分重视而被普遍运用,成为中国诗学的中心范畴之一。明代李东阳评温庭筠的"鸡声茅店月,人迹板桥霜"之句而谓:"音韵铿锵,意象具足,始为难得。"④王世懋亦说:"盛唐散漫无宗,人各自以意象、声响得之。"⑤胡应麟更是屡次用到"意象"一词,如:"古诗之妙,专求意象。"⑥"《大风》千秋气概之祖,《秋风》百代情致之宗,虽词语寂寥,而意象靡尽。"⑦"五

① 王昌龄:《诗格》,王大鹏等编选:《中国历代诗话选》,岳麓书社1985年版,第39页。

② 刘勰:《文心雕龙·神思》,戚良德:《文心雕龙校注通译》,第323页。

③ 王世贞:《艺苑卮言》,丁福保辑:《历代诗话续编》,中华书局1983年版,第964页。

④ 李东阳:《麓堂诗话》,丁福保辑:《历代诗话续编》,第1372页。

⑤ 王世懋:《艺圃撷余》,何文焕辑:《历代诗话》,中华书局1981年版,第778页。

⑥ 胡应麟:《诗薮》,上海古籍出版社1979年版,第1页。

⑦ 胡应麟:《诗薮》,第49页。

言古意象浑融,非造诣深者,难于凑泊。"[①]显然,"意象"已经成为诗歌最重要的审美标准。

在艺术构思论的基础上,刘勰提出了关于艺术风格的著名论断:"各师成心,其异如面。"[②]这一从"情本"论出发的精彩论断,被后世发展成"文如其人"的命题,亦成为中国文艺理论的基本话语。白居易诗云:"言者志之苗,行者文之根,所以读君诗,亦知君为人。"[③]所谓"言者志之苗",乃是刘勰所谓"志以定言"[④]的引申;由"读君诗"而知"君为人",正因"诗如其人"。苏轼评价其弟苏辙之文而谓:"其文如其为人",所以"终不可没"。[⑤] 明代方孝孺则认为:"自古至今,文之不同,类乎人者","其人高下不同而文亦随之"[⑥],正是"文如其人"而"其异如面"之意。清代叶燮有云:"诗是心声,不可违心而出,亦不能违心而出。"[⑦]他认为,如果说心为日月,那么诗就是日月之光,由光可见日月,由诗亦可见人心。他把这种"诗如其人"之论作为诗之根本,认为离开这一根本而"勉强造作",便为"欺

---

① 胡应麟:《诗薮》,第 81 页。

② 刘勰:《文心雕龙·体性》,戚良德:《文心雕龙校注通译》,第 330 页。

③ 白居易:《读张籍古乐府》,周祖譔编选:《隋唐五代文论选》,人民文学出版社 1990 年版,第 247 页。

④ 刘勰:《文心雕龙·体性》,戚良德:《文心雕龙校注通译》,第 332 页。

⑤ 苏轼:《答张文潜书》,陶秋英编选:《宋金元文论选》,人民文学出版社 1984 年版,第 168 页。

⑥ 方孝孺:《张彦辉文集序》,蔡景康编选:《明代文论选》,人民文学出版社 1993 年版,第 62、63 页。

⑦ 叶燮:《原诗》外篇上,丁福保辑:《清诗话》,上海古籍出版社 1978 年版,第 597 页。

人欺世之语"。[①] 这不仅同于刘勰的艺术风格论,亦与其"言与志反,文岂足征"[②]之论完全一致了。

不仅诗文,即如书法、绘画亦同样"如其人"。欧阳修评颜真卿书法云:"斯人忠义出于天性,故其字画刚劲独立,不袭前迹,挺然奇伟,有似其为人。"[③]所谓"出于天性""不袭前迹",正是师心为书,从而形成"似其为人"的独特艺术风格。清代刘熙载更说:"书,如也。如其学,如其才,如其志,总之曰:如其人而已。"[④]书法艺术全面反映一个人的学问、才气、情志,而归根结底是反映作者的人格,可谓彻底的"书如其人"之论。清代王昱则说:"学画者,先贵立品……文如其人,画亦有然。"[⑤]学画先重人品的修养,正以"画如其人"。

季羡林先生说:"我们在文论话语方面,决不是赤贫,而是满怀珠玑。我们有一套完整的与西方迥异的文论话语。"[⑥]诚哉斯言！笔者以为,这套完整的中国文论话语就基本形成于《文心雕龙》。

---

① 叶燮:《原诗》外篇上,丁福保辑:《清诗话》,第 597 页。

② 刘勰:《文心雕龙·情采》,戚良德:《文心雕龙校注通译》,第 369 页。

③ 欧阳修:《唐颜鲁公二十二字帖》,《欧阳修全集》,中国书店 1986 年版,第 1177 页。

④ 刘熙载:《艺概·书概》,《艺概》,上海古籍出版社 1978 年版,第 170 页。

⑤ 王昱:《东庄论画》,俞剑华编著:《中国画论类编》,人民美术出版社 1986 年版,第 188 页。

⑥ 季羡林:《季羡林人生漫笔》,第 436 页。

三、风清骨峻，即体成势:《文心雕龙》的文章审美理想

“文心雕龙”四个字是什么意思？刘勰说:“心哉美矣夫，故用之焉。”①这并非仅仅指“心”这个词很美，更意味着心生之文是美的。所谓“为文之用心”，除了要求文章表现人的内心世界，还指如何把文章写得美，而写得美的关键在于“用心”。如何“用心”呢？除了贯彻“以情为本”，还必须懂得“文辞尽情”。《风骨》所谓“雕画奇辞”②，《序志》所谓“雕缛成体”③，都说明文章之美必然来自精雕细琢。所以，“文心雕龙”者，“文心”如“雕龙”也。《文心雕龙》的大量篇幅，就是研究如何“用心”使文章臻于“辞采芬芳”④的美的境界。

这个美的境界，首先表现为“风骨”之美。刘勰说:“若能确乎正式，使文明以健，则风清骨峻，篇体光华。”作品既要充分表现作者的思想感情、突显作者的个性，又要坚实而有骨气，

---

① 刘勰:《文心雕龙·序志》，戚良德:《文心雕龙校注通译》，第564页。

② 刘勰:《文心雕龙·风骨》，戚良德:《文心雕龙校注通译》，第341页。

③ 刘勰:《文心雕龙·序志》，戚良德:《文心雕龙校注通译》，第564页。

④ 刘勰:《文心雕龙·颂赞》，戚良德:《文心雕龙校注通译》，第98页。

从而产生激动人心的艺术力量,所谓“刚健既实,辉光乃新”。[1]因此,“风骨”是刘勰关于“文”的基本观念的具体化,是他对文章写作的总要求,是其美学理想。这一艺术理想论既充分重视了“为艺术而艺术”的时代倾向,充分重视了作家艺术个性的张扬,又毫不含糊地批判了“习华随侈,流遁忘反”[2]的“文滥”之风,从而成为文章写作的一个所谓“正式”。

这个“正式”,得到了中国历代文论家的一致赞同。初唐的陈子昂便全面接受了刘勰的“风骨”论,高举起“汉魏风骨”的旗帜,批判齐梁时期“彩丽竞繁,而兴寄都绝”的文风,并希望以此挽救“风雅不作”[3]的文坛。此后,“风骨”一词成为历代诗人和文论家最常用的概念之一。如李白“蓬莱文章建安骨,中间小谢又清发”[4],高适“东道有佳作,南朝无此人;性灵出万象,风骨超常伦”[5],殷璠“今陶生实谓兼之,既多兴象,复备风骨”[6],严羽“阮籍《咏怀》之作,极为高古,有建安风骨”[7],

---

① 刘勰:《文心雕龙·风骨》,戚良德:《文心雕龙校注通译》,第342、338页。

② 刘勰:《文心雕龙·风骨》,戚良德:《文心雕龙校注通译》,第342页。

③ 陈子昂:《与东方左史虬修竹篇序》,周祖譔编选:《隋唐五代文论选》,第70页。

④ 李白:《宣州谢朓楼饯别校书叔云》,瞿蜕园、朱金城:《李白集校注》,上海古籍出版社1980年版,第1077页。

⑤ 高适:《答侯少府》,孙钦善校注:《高适集校注》,上海古籍出版社1984年版,第190页。

⑥ 殷璠:《河岳英灵集》,元结、殷璠等选:《唐人选唐诗(十种)》,上海古籍出版社1978年版,第69页。

⑦ 严羽:《沧浪诗话·诗评》,郭绍虞校释:《沧浪诗话校释》,人民文学出版社1983年版,第155页。

胡应麟"《敕勒歌》……大有汉、魏风骨"[①]，王士禛"夺魏晋之风骨，变齐梁之俳优，陈伯玉之力最大"[②]，等等。

诗文之外，中国古代其他艺术形式也特别讲究"风骨"。唐代李嗣真评张僧繇而谓："骨气奇伟，师模宏远。"[③]张彦远论画则云："古之画或能移其形似而尚其骨气"，"夫象物必在于形似，形似须全其骨气"[④]，这些所谓"骨气"，与"风骨"别无二致。书法之要求有"风骨"则更为普遍。唐代张怀瓘说，书法当"以风神、骨气者居上"，尤其是草书，更须"以风骨为体，以变化为用"。[⑤] 徐浩在其《论书》一文中，更大段引用了刘勰论"风骨"之语。[⑥] 清初宋曹所谓"筋力老健，风骨洒落"[⑦]，清末周星莲所谓"物象生动，自成一家风骨""波折钩勒一气相生，风骨自然遒劲"[⑧]，皆以"风骨"为书法艺术的关键。

文章之美的另一具体要求，乃是"定势"，即文章的"体势"之美。"风骨"之美侧重于对作家主体的要求，刘勰以之解决文风之"滥"的问题；"体势"之美则侧重于适应文体的要求，刘

---

① 胡应麟：《诗薮》，第 45 页。

② 王士禛：《带经堂诗话》（上），人民文学出版社 1963 年版，第 93 页。

③ 李嗣真：《续画品录》，俞剑华编著：《中国画论类编》，第 395 页。

④ 张彦远：《论画·论画六法》，沈子丞编：《历代论画名著汇编》，文物出版社 1982 年版，第 36 页。

⑤ 张怀瓘：《书议》，徐震堮等选编：《历代书法论文选》，上海书画出版社 1979 年版，第 146、148 页。

⑥ 参见徐震堮等选编：《历代书法论文选》，第 276 页。

⑦ 宋曹：《书法约言》，徐震堮等选编：《历代书法论文选》，第 570 页。

⑧ 周星莲：《临池管见》，徐震堮等选编：《历代书法论文选》，第 726、728 页。

勰以之解决文风之“讹”的问题。一部《文心雕龙》,从正面说是要探讨文章如何才能写得美,从反面说则是要纠正所谓“离本弥甚,将遂讹滥”①的文风;《风骨》和《定势》正是集中论述文章之美的理想和原则的两个篇章,一起构成了刘勰关于文章之美的“两翼”,《序志》所谓“图风、势”,正说明了这点。

文章的“体势”之美充分注意了文章风格的客观因素,强调文章写作不能脱离各种文体的规范,要顺应文体的特点。刘勰特别指出:“文之任势,势有刚柔;不必壮言慷慨,乃称势也。”②这正是提醒人们,“壮言慷慨”的“风骨”之力既是他的艺术理想,同时又是针对齐梁文坛的柔弱文风而发;着眼文章本身,则“势有刚柔”,文章之美是多姿多彩的。但这又是有“度”的,所以“文之任势”而又“势”必有“定”,那就是必须遵循“因情立体,即体成势”③的原则,从而最终回归“以情为本,文辞尽情”的文论体系。

刘勰是系统研究文学“体势”之美的第一人。《文心雕龙》之后,文学艺术之“势”成为一个重要的理论和实践问题。唐代皎然在其《诗式》中多处论及诗之“势”,并于开篇列“明势”一题,其云:“高手述作,如登荆、巫,觌三湘、鄢、郢之盛,萦回盘礴,千变万态。”④因“体”的不同而有“势”的“千变万态”,正

---

① 刘勰:《文心雕龙·序志》,戚良德:《文心雕龙校注通译》,第566页。

② 刘勰:《文心雕龙·定势》,戚良德:《文心雕龙校注通译》,第359页。

③ 刘勰:《文心雕龙·定势》,戚良德:《文心雕龙校注通译》,第356页。

④ 皎然:《诗式》,李壮鹰校注:《诗式校注》,齐鲁书社1986年版,第9页。

是刘勰之“定势”思想的运用。明清之际的王夫之则把“势”作为其诗学的一个重要范畴,要求诗歌创作必须“以意为主,势次之”,而“势者,意中之神理也”。[①] 他认为,诗歌要“以意为主”,但这个“意”必须是自然而然的,所以“势”为其“神理”,“势”乃“意”之灵魂。这与刘勰所谓“因情立体,即体成势”的“自然之势”[②]乃是一脉相承的。

可以说,《文心雕龙》的美学思想不仅呈现出立足于古代诗文创作实践的中国文艺美学的独特风貌,更成为中国古代美学史的关键和“枢纽”,乃是中国古典美学的理论之源。

---

① 王夫之:《姜斋诗话》,丁福保辑:《清诗话》,第8页。

② 刘勰:《文心雕龙·定势》,戚良德:《文心雕龙校注通译》,第356页。

《文心雕龙》之“文”与中国文论话语*

《文心雕龙》是一部什么书，二十世纪八十年代初曾有过一场小小的争论。其中影响最大的，应该算是王运熙先生的观点了。他在《〈文心雕龙〉的宗旨、结构和基本思想》一文中说：

> 人们一提到《文心雕龙》，总认为它是我国古代最有系统的一部文学理论书籍，其性质相当于今天的文学概论那样。我过去也是这样看的。诚然，《文心雕龙》对不少重要的文学理论问题，如文学与现实的关系、内容与形式的关系、文学批评的标准和方法等等，都作了系统的论述，发表了精到的见解，理论性相当强，不妨把它当作一部文学理论专著来研究；但从刘勰写作此书的宗旨来看，从全书的结构安排和重点所在来看，则应当说它是一部写作指导或文章作法，而不是文学概论一类书籍。①

---

* 本文原载于《山东大学学报》（哲学社会科学版）2010年第4期，修订收录于作者文集《〈文心雕龙〉与中国文论》，中国书籍出版社2017年版，第15—28页。

① 王运熙：《〈文心雕龙〉的宗旨、结构和基本思想》，《复旦学报》1981年第5期。

王先生在《刘勰论文学作品的范围、艺术特征和艺术标准》一文中又指出："刘勰心目中的文学范围虽然很宽泛"，但"可以肯定地说，刘勰心目中文学作品的主要对象是诗赋和富有文采的各体骈散文，而诗赋尤占首要地位"。[①] 在《魏晋南北朝文学批评史》中，王先生又贯通以上观点而谓："《文心雕龙》全书，广泛评论了历代作家作品，涉及到不少重要文学理论问题，论述有系统而又深刻，无疑是一部伟大的文学理论批评著作。但从刘勰写作此书的宗旨看，从全书的结构安排和重点所在看，它原来却是一部写作指导或文章作法。"[②]李淼先生则从完整认识《文心雕龙》理论体系的角度，指出："不能把《文心雕龙》说成是'文章理论'或'写作指导和文章作法'，或其他什么理论，而应该明确确定是文学理论，其理论体系是文学理论体系。"[③]这场争论涉及的范围不大，更没有充分地展开，但实际上，直到今天，关于《文心雕龙》一书的性质，仍然难以得出一个公认的结论。笔者认为，在当代文艺学的语境下，王先生说《文心雕龙》"不是文学概论一类书籍"，是完全正确的；但王先生何以又小心地说《文心雕龙》"无疑是一部伟大的文学理论批评著作"呢？原因可能是"说它是一部写作指导或文章作法"，也与现代文章写作学并不一致，这也正是李淼先生不同意《文心雕龙》是文章作法的原因。这里，笔者想借此指出的

---

① 王运熙：《刘勰论文学作品的范围、艺术特征和艺术标准》，《文心雕龙》学会编：《文心雕龙学刊》第三辑，齐鲁书社 1986 年版，第 3、4 页。

② 王运熙、杨明：《魏晋南北朝文学批评史》，上海古籍出版社 1989 年版，第 330 页。

③ 李淼：《略论〈文心雕龙〉的文学理论体系》，齐鲁书社编：《文心雕龙学刊》第一辑，齐鲁书社 1983 年版，第 125 页。

是，解决诸如《文心雕龙》性质等问题认识上的两难之困，可能需要暂时走出现代文艺学的语境，着力于《文心雕龙》乃至中国古代文论话语的还原。即以《文心雕龙》一书的性质而论，假如以现代文艺学的概念体系来衡量，无论说它是文学概论还是文章作法，都会让人觉得似是而非而心有未安；而从《文心雕龙》的实际出发，搞清楚刘勰所论之“文”的内涵，或许会有不同的认识。

一

按照笔者的校勘，《文心雕龙》全书共有587个“文”字(不包括《隐秀》篇补文)，其中用于人名35个、地名2个、篇名10个，出于引文者23个，属于衍文者1个，合计71个①；除此之外的“文”字，可以说皆为《文心雕龙》专用术语，共有516个。②显然，被刘勰用得如此频繁的这个“文”字，称得上《文心雕龙》

---

① 用于人名者，如“文王患忧”(《原道》)、“文帝、陈思”(《明诗》)、“文举属章”(《书记》)等；用于地名两处，分别为“讲文虎观”(《时序》)、“置崇文之观”(《时序》)；用于篇名者，如“独制《文言》”(《原道》)、“昔陆氏《文赋》”(《总术》)等；出于引文者，如“‘夫子文章，可得而闻’”(《征圣》)、“桓谭称‘文家各有所慕’”(《定势》)等；属于衍文者一处，为“斯则得百氏之华采，而辞气文之大略也”(《诸子》)。

② 陆侃如、牟世金先生《文心雕龙译注》曾据巴黎大学北京汉学研究所编《文心雕龙新书通检》，谓《文心雕龙》全书中单独用“文”字共三百三十七处(见《文心雕龙译注》上册，齐鲁书社1981年版，第2页)，乃《通检》一书不确。陈书良先生《〈文心雕龙〉释名》之第九单元“文”则谓“文412处”(见该书第48页，湖南人民出版社2007年版)，未知何据。

的第一术语了。正因如此,不少“龙学”家对这个字予以极大的关注。

陆侃如、牟世金先生《文心雕龙译注》全书的第一条注释就是关于“文”的,其云:“一般来说,刘勰用这个字来指文学或文章,但有时也用来指广义的文化、学术;有时指作品的修词、藻饰;有时则指一切事物的花纹、彩色……”①冯春田先生在《文心雕龙语词通释》中,概括了“文”的五个义项:一是“广义上包括世界万物的形容声貌以及社会文化和文学辞章等。……专指文学、文章。……又指韵文。……指文采,文辞形式,与‘质’或‘实’相对。”二是“指彩纹、花纹”,三是“有文采”,四是“文字”,五是“法,规章”。② 在此基础上,冯先生列举了诸如“文人”“文人相轻”“文士”“文才”等以“文”为首的70多个词组,并逐一进行了解释,可以说是对《文心雕龙》之“文”的一次前所未有的大规模检视。周振甫先生在由他主编的《文心雕龙辞典》中,专门作了“文释”,其云:“刘勰讲的‘文’,有各种不同的含义。一指文字……二指文彩……三指音律……四指文辞……五指韵文……六指骈文……”又说:“刘勰讲的文,主要是讲文章……原来刘勰讲的文章,主要是讲骈文。”③陈书良先生在其《〈文心雕龙〉释名》中,将“文”的含义概括为九个方面:一是“文学作品或文章”,二是“讲究音节、声韵的作品”,三是“花纹色彩”,四是“人为美的作品的文

① 陆侃如、牟世金:《文心雕龙译注》上册,齐鲁书社1995年版,第96页。

② 参见冯春田:《文心雕龙语词通释》,明天出版社1990年版,第642—643页。

③ 周振甫主编:《文心雕龙辞典》,中华书局1996年版,第190页。

采、华美”，五是“作品的艺术形式”，六是“文化、学术”，七是“人为美的声音”，八是“文字”，九是“文治、礼法”。①

上述对“文”的解释，除了周振甫先生以外，都有一个共同的义项，也可以说是中心义项，那就是“文学或文章”。显然，以“文学或文章”来解释《文心雕龙》之“文”，则这个“文学或文章”当然是现代文艺学中的“文学或文章”。然而，刘勰自己也恰恰经常把“文”叫作“文学”或“文章”，只不过刘勰的“文学”或“文章”与我们今天所谓“文学或文章”大相径庭了。因此，在现代文艺学的语境下，对《文心雕龙》之“文”，似乎也只能以“文学或文章”来解释了；但这对《文心雕龙》本身而言，此“文学”非彼“文学”，此“文章”非彼“文章”，也就有些不伦不类而龃龉难通了。或许正是因为如此，周振甫先生便舍弃了这个“文学或文章”，而用“韵文”“骈文”来代替，而且特别指出“刘勰讲的文章，主要是讲骈文”。但如此一来，《文心雕龙》岂非成了一部“骈文概论”？这显然又是不符合《文心雕龙》一书的实际的。

其实，《文心雕龙》一书所用“文”字虽多，其含义却并不复杂。笔者以为，《原道》以下这段话中的三个“文”字，正好概括了全书之“文”的中心含义：

> 自鸟迹代绳，文字始炳。炎皞遗事，纪在《三坟》；而年世渺邈，声采靡追。唐虞文章，则焕乎为盛。元首载歌，既发吟咏之志；益、稷陈谟，亦垂敷奏之风。夏后氏兴，业

---

① 参见陈书良：《〈文心雕龙〉释名》，湖南人民出版社2007年版，第48—50页。

> 峻鸿绩；九序惟歌，勋德弥缛。逮及商周，文胜其质；《雅》《颂》所被，英华日新。①

从“文字”到“文章”再到“文质”，正包含了《文心雕龙》之“文”的基本内容。正如周振甫先生所说，“刘勰讲的文，主要是讲文章”，但这个“文章”并非“主要是讲骈文”，当然也不是现代文艺学中与“文学”相对的“文章”，而是形诸书面的所有“文字”，也就是章太炎所谓“以有文字著于竹帛，故谓之文”②。对此，刘勰说得是非常明白的。《练字》有云：“夫文象列而结绳移，鸟迹明而书契作，斯乃言语之体貌，而文章之宅宇也。”刘勰认为，文字乃是语言的形象符号，也是文章写作的工具。因此，“心既托声于言，言亦寄形于字；讽诵则绩在宫商，临文则能归字形矣”。③ 也就是说，作者的思想感情表现为有声的语言，语言则落实到有形的文字。吟咏讽诵，在于声韵的和谐；落笔成文，则视文字的运用了。所谓“声画昭精，墨采腾奋”④，文字运用精确，作品自然奋飞。可见，在刘勰的心目中，用“文字”写成的“文章”，必然也必须追求辞采，以便能够充分表现作者的思想感情，这也就是“文胜其质”了。正因如此，刘勰所谓“文”，就与“采”或“彩”密不可分，如《征圣》所谓“精理为

---

① 刘勰：《文心雕龙 · 原道》，戚良德：《文心雕龙校注通译》，上海古籍出版社 2008 年版，第 4—5 页。

② 章太炎：《国故论衡 · 文学总略》，傅杰编校：《章太炎学术史论集》，中国社会科学出版社 1997 年版，第 43 页。

③ 刘勰：《文心雕龙 · 练字》，戚良德：《文心雕龙校注通译》，第 439、443 页。

④ 刘勰：《文心雕龙 · 练字》，戚良德：《文心雕龙校注通译》，第 446 页。

文，秀气成采”[1]，《铨赋》所谓“铺彩摛文”[2]，《才略》所谓“刘桢情高以会采，应场学优以得文”[3]等。从而，所谓文章的写作，关键也就是文采的运用问题了。如《情采》：“若择源于泾渭之流，按辔于邪正之路，亦可以驭文采矣。”[4]《镕裁》：“情理设位，文采行乎其中。……蹊要所司，职在镕裁：檃括情理，矫揉文采也。”[5]显然，“文章”也就意味着“文采”了。

因此，尽管刘勰“以有文字著于竹帛”者均谓之“文”，但这个“文”或“文章”却又必须是美的，必须是富有文采的。这正是罗宗强先生所指出的：“我国古代虽然所有文章都称为文，但是有一条发展线索在这所有文章中或有或无、或隐或现、或充分或不充分地存在着，那就是对于艺术特质（或称文学特质）的展开和探讨。”罗先生又说：“在刘勰的文学思想中，不仅存留有学术未分时的文章观，而且有文学独立成科过程中逐步展开的对于文学艺术特质的追求。他不仅论述了神思、风骨、体势等命题，而且论述了比兴、声律、丽辞、夸饰、隐秀等主要属于艺术技巧方面的问题。重视神思、重视声律、重视骈辞俪句，酌奇玩华，都是文学自觉的趋势起来之后的追求。这样我们就可以清楚

---

① 刘勰：《文心雕龙·征圣》，戚良德：《文心雕龙校注通译》，第16页。

② 刘勰：《文心雕龙·铨赋》，戚良德：《文心雕龙校注通译》，第84页。

③ 刘勰：《文心雕龙·才略》，戚良德：《文心雕龙校注通译》，第532页。

④ 刘勰：《文心雕龙·情采》，戚良德：《文心雕龙校注通译》，第366页。

⑤ 刘勰：《文心雕龙·镕裁》，戚良德：《文心雕龙校注通译》，第374页。

地看到刘勰文学思想的另一面。这一面,就是他反映着我国古代文学思想中明确追求艺术特质的发展趋向。"[①]所以,刘勰所谓"文""文章",与我们今天所说的"文章"是显然不同的。

至于刘勰所谓"文学",亦如章太炎先生所说:"文学者,以有文字著于竹帛,故谓之文;论其法式,谓之文学。"[②]《文心雕龙》中有三处用到"文学"一词,一处是《颂赞》篇的"崔瑗《文学》"[③]一语,指的是崔瑗的《南阳文学颂》一文;另外两处都在《时序》篇,一云"唯齐楚两国,颇有文学",一云"自献帝播迁,文学蓬转"[④],这两处"文学"皆有文化学术、文人学士之意,也就是关于"文"的学问。除此之外,刘勰关于"文"和"学"的对举,也有助于我们理解所谓"文学",如《时序》所谓"元皇中兴,披文建学"[⑤],《才略》所谓"二班、两刘,奕叶继采,旧说以为固文优彪,歆学精向",以及"然自卿、渊已前,多役才而不课学;向、雄以后,颇引书以助文"[⑥],等等。这些"文学",与我们现代文艺学中的所谓"文学",也是显然不同的。

实际上,中国古代很早就有"文学"一词。《论语·先进》

---

① 罗宗强:《读文心雕龙手记》,生活·读书·新知三联书店 2007 年版,第 124—125 页。

② 章太炎:《国故论衡·文学总略》,傅杰编校:《章太炎学术史论集》,第 43 页。

③ 刘勰:《文心雕龙·颂赞》,戚良德:《文心雕龙校注通译》,第 100 页。

④ 刘勰:《文心雕龙·时序》,戚良德:《文心雕龙校注通译》,第 493、500 页。

⑤ 刘勰:《文心雕龙·时序》,戚良德:《文心雕龙校注通译》,第 504 页。

⑥ 刘勰:《文心雕龙·才略》,戚良德:《文心雕龙校注通译》,第 528、530 页。

云:"德行:颜渊,闵子骞,冉伯牛,仲弓。言语:宰我,子贡。政事:冉有,季路。文学:子游,子夏。"①"文学"乃是孔门四科之一,杨伯峻先生谓:"指古代文献,即孔子所传的《诗》《书》《易》等。"②所以,"文学"之"学",从一开始就是"学问"之意。《荀子·大略》有云:"人之于文学也,犹玉之于琢磨也。诗曰:'如切如磋,如琢如磨。'谓学问也。和之璧,井里之厥也,玉人琢之,为天子宝。子赣、季路,故鄙人也,被文学,服礼义,为天下列士。"③这段话中有两个"文学",且荀子自己已经作了解释:"谓学问也。"在司马迁的《史记》中,更有不少"文学",值得我们仔细玩味,如:

> 元年,汉兴已六十余岁矣……而上乡儒术,招贤良,赵绾、王臧等以文学为公卿……后六年,窦太后崩。其明年,上征文学之士公孙弘等。④

> 晁错者,颍川人也。……以文学为太常掌故。⑤

> 夫齐鲁之间于文学,自古以来,其天性也。⑥

---

① 《论语·先进》,杨伯峻译注:《论语译注》,中华书局1980年版,第110页。

② 杨伯峻译注:《论语译注》,第110页。

③ 《荀子·大略》,王先谦:《荀子集解》,中华书局1988年版,第508页。

④ 《史记》卷十二《孝武本纪》,中华书局2013年修订本,第570—571页。

⑤ 《史记》卷一百一《袁盎晁错列传》,第3306页。

⑥ 《史记》卷一百二十一《儒林列传》,第3761页。

> 及今上即位，赵绾、王臧之属明儒学，而上亦乡之，于是招方正贤良文学之士。……及窦太后崩，武安侯田蚡为丞相，绌黄老、刑名百家之言，延文学儒者数百人。①

> 公孙弘为学官，悼道之郁滞，乃请曰："……郡国县道邑有好文学，敬长上，肃政教，顺乡里，出入不悖所闻者……一岁皆辄试，能通一艺以上，补文学掌故缺。……治礼次治掌故，以文学礼义为官，迁留滞。……先用诵多者，若不足，乃择掌故补中二千石属，文学掌故补郡属，备员。"……自此以来，则公卿大夫士吏斌斌多文学之士矣。②

> 倪宽既通尚书，以文学应郡举，诣博士受业，受业孔安国。③

> 于是汉兴，萧何次律令，韩信申军法，张苍为章程，叔孙通定礼仪，则文学彬彬稍进，诗书往往间出矣。④

这众多的"文学"，皆为文章博学之意，与《论语》《荀子》所谓"文学"，是完全一致的。因此，自古以来，我们的"文学"指的主要就是关于"文"的学问。《文心雕龙》对"文学"一词的运

---

① 《史记》卷一百二十一《儒林列传》，第3762页。

② 《史记》卷一百二十一《儒林列传》，第3763—3764页。

③ 《史记》卷一百二十一《儒林列传》，第3769页。

④ 《史记》卷一百三十《太史公自序》，第3998页。

用,可以说渊源有自,与中国古代文化乃是一脉相承的。

二

可以看出,在《文心雕龙》和中国古代文论中,"文学"一词与现代文艺学的"文学"完全不同,而"文章"才大约相当于我们今天所谓"文学作品"。这在中国古代文论中,也仍然是一以贯之的。《论语·公冶长》云:"子贡曰:'夫子之文章,可得而闻也。'"①《论语·泰伯》云:"子曰:'大哉尧之为君也!……巍巍乎其有成功也,焕乎其有文章!'"②显然,这个"文章"乃是"文学"中的"文",指的是作品。《荀子·非相》云:"故赠人以言,重于金石、珠玉;劝人以言,美于黼黻、文章;听人以言,乐于钟鼓、琴瑟。"③可以看出,"文章"还包含华美、文采之意,这可以说是"作品"的引申之意了。《史记·儒林列传》载公孙弘语云:"臣谨案诏书律令下者,明天人分际,通古今之义,文章尔雅,训辞深厚,恩施甚美。"④这个"文章",当然也是作品。班固《两都赋序》云:

> 至于武、宣之世,乃崇礼官,考文章,内设金马石渠之署,外兴乐府协律之事,以兴废继绝,润色鸿业。……故言语侍从之臣,若司马相如、虞丘寿王、东方朔、枚皋、王褒、

① 《论语·公冶长》,杨伯峻译注:《论语译注》,第46页。
② 《论语·泰伯》,杨伯峻译注:《论语译注》,第83页。
③ 《荀子·非相》,王先谦:《荀子集解》,第83—84页。
④ 《史记》卷一百二十一《儒林列传》,第3763—3764页。

刘向之属,朝夕论思,日月献纳;而公卿大臣,御史大夫倪宽、太常孔臧、太中大夫董仲舒、宗正刘德、太子太傅萧望之等,时时间作。或以抒下情而通讽谕,或以宣上德而尽忠孝。雍容揄扬,著于后嗣,抑亦雅颂之亚也。故孝成之世,论而录之,盖奏御者千有余篇。而后大汉之文章,炳焉与三代同风。①

这段话中的两个"文章",已经不是一般的作品,而是文人"或以抒下情而通讽谕,或以宣上德而尽忠孝"的辞赋之作,那就更是今天所谓"文学作品"了。班固在其《汉书》中,也用了不少"文章",如:

明年当封禅,式又不习文章,贬秩为太子太傅,以倪宽代之。②

汉之得人,于兹为盛,儒雅则公孙弘、董仲舒、倪宽,……文章则司马迁、相如,……而萧望之、梁丘贺、夏侯胜、韦玄成、严彭祖,尹更始以儒术进,刘向、王褒以文章显。③

及司马相如游宦京师诸侯,以文辞显于世,乡党慕循其迹。后有王褒、严遵、扬雄之徒,文章冠天下。④

---

① 萧统编,李善注:《文选》,上海古籍出版社1986年版,第2—3页。

② 《汉书》卷五十八《公孙弘卜式倪宽传》,中华书局1962年版,第2628页。

③ 《汉书》卷五十八《公孙弘卜式倪宽传》,第2634页。

④ 《汉书》卷二十八《地理志》,第1645页。

这些“文章”或“文辞”，指的显然是不同于学术著作的艺术之作。尤其是以“儒雅”与“文章”相对而言，其意就更为明显了。王充的《论衡》一书，也屡用“文章”一词，如“学士有文章之学，犹丝帛之有五色之巧也”①，“汉世文章之徒，陆贾、司马迁、刘子政、扬子云，其材能若奇，其称不由人”②，等等，这些“文章”亦与学术显然有别，其别在“犹丝帛之有五色之巧也”，“文章”乃是一种具有形式美的艺术。

魏晋南北朝的文论家们更是经常以“文章”来概括五花八门的文体。曹丕说：“盖文章，经国之大业，不朽之盛事。”③陆机云：“游文章之林府，嘉丽藻之彬彬。”④挚虞的著作题名即为“文章流别论”。萧子显认为：“文章者，盖情性之风标，神明之律吕也。”⑤萧统评价陶渊明说：“其文章不群，词采精拔。”⑥萧纲勉励其弟萧绎云：“文章未坠，必有英绝，领袖之者，非弟而谁？”⑦又论口：“立身之道与文章异，立身先须谨重，文章且须

---

① 王充：《论衡·量知》，刘盼遂：《论衡集解》，古籍出版社1957年版，第254页。

② 王充：《论衡·书解》，刘盼遂：《论衡集解》，第562页。

③ 曹丕：《典论·论文》，穆克宏、郭丹编著：《魏晋南北朝文论全编》，江苏教育出版社2004年版，第15页。

④ 陆机：《文赋》，张少康集释：《文赋集释》，上海古籍出版社1984年版，第14页。

⑤ 《南齐书》卷五十二《文学传》，中华书局1972年版，第907页。

⑥ 萧统：《陶渊明集序》，逯钦立校注：《陶渊明集》，中华书局1979年版，第10页。

⑦ 萧纲：《与湘东王书》，穆克宏、郭丹编著：《魏晋南北朝文论全编》，第485页。

放荡。”[①]至于《文心雕龙》，则有24处用到“文章”一词，如《原道》：“唐虞文章，则焕乎为盛”[②]，《征圣》：“圣人之文章，亦可见也”“天道难闻，且或钻仰；文章可见，宁曰勿思”[③]，《宗经》：“洞性灵之奥区，极文章之骨髓”“性灵镕匠，文章奥府”[④]，《正纬》：“事丰奇伟，辞富膏腴，无益经典，而有助文章”[⑤]，《风骨》：“文章才力，有似于此”[⑥]，《定势》：“文章体势，如斯而已”[⑦]，《情采》：“夫以草木之微，依情待实；况乎文章，述志为本”[⑧]，《声律》：“故言语者，文章神明枢机”[⑨]，《事类》：“文章由学，能在天资”[⑩]，《指瑕》：“丹青初炳而后渝，文章岁

① 萧纲：《诫当阳公大心书》，穆克宏、郭丹编著：《魏晋南北朝文论全编》，第481—482页。

② 刘勰：《文心雕龙·原道》，戚良德：《文心雕龙校注通译》，第4页。

③ 刘勰：《文心雕龙·征圣》，戚良德：《文心雕龙校注通译》，第15、16页。

④ 刘勰：《文心雕龙·宗经》，戚良德：《文心雕龙校注通译》，第20、28页。

⑤ 刘勰：《文心雕龙·正纬》，戚良德：《文心雕龙校注通译》，第37页。

⑥ 刘勰：《文心雕龙·风骨》，戚良德：《文心雕龙校注通译》，第341页。

⑦ 刘勰：《文心雕龙·定势》，戚良德：《文心雕龙校注通译》，第356页。

⑧ 刘勰：《文心雕龙·情采》，戚良德：《文心雕龙校注通译》，第369页。

⑨ 刘勰：《文心雕龙·声律》，戚良德：《文心雕龙校注通译》，第382页。

⑩ 刘勰：《文心雕龙·事类》，戚良德：《文心雕龙校注通译》，第429页。

久而弥光”[①],《附会》:“凡大体文章,类多枝派”[②],《时序》:“磊落鸿儒,才不时乏;而文章之选,存而不论”[③],《才略》:“虞夏文章,则有皋陶‘六德’,夔序‘八音’,益则有赞”[④],《序志》:“古来文章,以雕缛成体”“唯文章之用,实经典枝条”[⑤],等等。显然,《文心雕龙》之“文”,主要就是指“文章”;从这个意义上说,《文心雕龙》正是一部“文章学”。但必须明确的是,这里的“文章”决非今天与所谓“文学创作”相对而言的一般文章,而根本就是所谓的“文学作品”。

然则,六朝人所谓的“文章”,主要包括哪些文体呢?这只要看一看范晔在《后汉书·文苑传》中所用到的大量“文章”,就非常清楚了:

> 王隆字文山,冯翊云阳人也。……能文章,所著诗、赋、铭、书凡二十六篇。[⑥]

> 初,王莽末,沛国史岑子孝亦以文章显,莽以为谒者,

---

① 刘勰:《文心雕龙·指瑕》,戚良德:《文心雕龙校注通译》,第461页。

② 刘勰:《文心雕龙·附会》,戚良德:《文心雕龙校注通译》,第475页。

③ 刘勰:《文心雕龙·时序》,戚良德:《文心雕龙校注通译》,第499页。

④ 刘勰:《文心雕龙·才略》,戚良德:《文心雕龙校注通译》,第523页。

⑤ 刘勰:《文心雕龙·序志》,戚良德:《文心雕龙校注通译》,第564、566页。

⑥ 《后汉书》卷八十《文苑列传》,中华书局1965年版,第2609页。

著颂、诔、复神、说疾凡四篇。①

永元元年，车骑将军窦宪复请毅为主记室，崔骃为主簿。及宪迁大将军，复以毅为司马，班固为中护军。宪府文章之盛，冠于当世。毅早卒，著诗、赋、诔、颂、祝文、七激、连珠凡二十八篇。②

黄香字文强，江夏安陆人也。……遂博学经典，究精道术，能文章，京师号曰“天下无双江夏黄童”。③

李尤字伯仁，广汉雒人也。少以文章显。和帝时，侍中贾逵荐尤有相如、杨雄之风，召诣东观，受诏作赋，拜兰台令史。……所著诗、赋、铭、诔、颂、七叹、哀典凡二十八篇。尤同郡李胜，亦有文才，为东观郎，著赋、诔、颂、论数十篇。④

崔琦字子玮，涿郡安平人，济北相瑗之宗也。少游学京师，以文章博通称。⑤

边韶字孝先，陈留浚仪人也。以文章知名，教授数

---

① 《后汉书》卷八十《文苑列传》，第 2610 页。
② 《后汉书》卷八十《文苑列传》，第 2613 页。
③ 《后汉书》卷八十《文苑列传》，第 2613—2614 页。
④ 《后汉书》卷八十《文苑列传》，第 2616 页。
⑤ 《后汉书》卷八十《文苑列传》，第 2619 页。

百人。①

> 刘表及荆州士大夫先服其才名，甚宾礼之，文章言议，非衡不定。……衡时年二十六，其文章多亡云。②

很明显，这些所谓“文章”，乃是诗、赋、铭、诔、颂、祝等的统称，都是当时的语言艺术之作。

也许正因如此，鲁迅先生专论魏晋之文的著名论文《魏晋风度及文章与药及酒之关系》，题“文章”而不称“文学”，论述过程中则是二者并用而以“文章”为多。如说“汉末魏初这个时代是很重要的时代，在文学方面起一个重大的变化”，又说“汉末魏初的文章是清峻、通脱”。③ 在引证刘勰“嵇康师心以遣论，阮籍使气以命诗”之后，鲁迅先生解释说：“这‘师心’和‘使气’，便是魏末晋初的文章的特色。”④显然，这些“文章”都是我们今天所谓“文学作品”，而且有时主要是指诗。实际上，在诗歌艺术辉煌灿烂的唐代，人们恰恰是喜欢用“文章”来概括以诗歌为主体的艺术之文的。如王勃说：“夫文章之道，自古称难。”⑤陈子昂说：“文章道弊五百年矣。”⑥李白诗云：“蓬

---

① 《后汉书》卷八十《文苑列传》，第 2623 页。

② 《后汉书》卷八十《文苑列传》，第 2657—2658 页。

③ 鲁迅：《鲁迅全集》第三卷，人民文学出版社 2005 年版，第 523、525 页。

④ 鲁迅：《鲁迅全集》第三卷，第 537 页。

⑤ 王勃：《上吏部裴侍郎启》，周祖课编选：《隋唐五代文论选》，人民文学出版社 1990 年版，第 62 页。

⑥ 陈子昂：《与东方左史虬修竹篇序》，周祖课编选：《隋唐五代文论选》，第 70 页。

莱文章建安骨，中间小谢又清发。”①杜甫感叹：“文章千古事，得失寸心知。”②又说：“庾信文章老更成，凌云健笔意纵横。”③韩愈有云：“国朝盛文章，子昂始高蹈。”④又曰：“李杜文章在，光焰万丈长。”⑤这许多“文章”，大多说的是诗歌或辞赋。

三

在中国古代文论中，“文章”与“文学”、“文”与“学”是分得很清楚的。刘劭《人物志·流业》有云：“盖人流之业，十有二焉：……有智意，有文章，有儒学。”⑥又说：“能属文著述，是谓文章，司马迁、班固是也。能传圣人之业，而不能干事施政，是谓儒学，毛公、贯公是也。”⑦他指出：“儒学之材，安民之任也。文章之材，国史之任也。”⑧可见，“文章”与“儒学”乃是不同的才能，一为“属文著述”，一为“传圣人之业”。《三国志·

---

① 李白：《宣州谢朓楼饯别校书叔云》，王琦注：《李太白全集》，中华书局1999年版，第861页。

② 杜甫：《偶题》，仇兆鳌注：《杜诗详注》，中华书局1999年版，第1541页。

③ 杜甫：《戏为六绝句》，仇兆鳌注：《杜诗详注》，第898页。

④ 韩愈：《荐士》，张清华主编：《韩愈诗文评注》，中州古籍出版社1991年版，第628—629页。

⑤ 韩愈：《调张籍》，张清华主编：《韩愈诗文评注》，第708页。

⑥ 刘劭：《人物志·流业》，李崇智：《人物志校笺》，巴蜀书社2001年版，第63页。

⑦ 刘劭：《人物志·流业》，李崇智：《人物志校笺》，第65页。

⑧ 刘劭：《人物志·流业》，李崇智：《人物志校笺》，第73页。

魏书》载夏侯惠称赞刘劭语云:“故性实之士服其平和良正,清静之人慕其玄虚退让,文学之士嘉其推步详密,法理之士明其分数精比,意思之士知其沉深笃固,文章之士爱其著论属辞,制度之士贵其化略较要,策谋之士赞其明思通微,凡此诸论,皆取适己所长而举其支流者也。”①这里所谓“文学之士”和“文章之士”,已经清楚地表明了“学”与“文”的区别与联系,也就明确了“文学”与“文章”的不同含义。

萧绎《金楼子·立言》有一段著名的论述:

> 古人之学者有二,今之学者有四。夫子门徒,转相师受,通圣人之经者,谓之儒。屈原、宋玉、枚乘、长卿之徒,止于辞赋,则谓之文。今之儒,博穷子史,但能识其事,不能通其理者,谓之学。至如不便为诗如阎纂,善为章奏如伯松,若此之流,泛谓之笔。吟咏风谣,流连哀思者,谓之文。而学者率多不属辞,守其章句,迟于通变,质于心用。学者不能定礼乐之是非,辩经教之宗旨,徒能扬榷前言,抵掌多识,然而挹源知流,亦足可贵。笔退则非谓成篇,进则不云取义,神其巧惠,笔端而已。至如文者,惟须绮縠纷披,宫徵靡曼,唇吻遒会,情灵摇荡。②

这里的“古人之学者有二”,指的是“通圣人之经”的“儒”和“止于辞赋”的“文”,郭绍虞先生主编的《中国历代文论选》

① 《三国志》卷二十一《魏书·刘劭传》,中华书局1959年版,第619页。

② 萧绎:《金楼子·立言》,穆克宏、郭丹编著:《魏晋南北朝文论全编》,第488—489页。

说:“前二者属于学术的范畴,后二者属于文章的范畴。”[①]是非常正确的。这里的“今之学者有四”,实际上只论及“学”“笔”“文”三者。所谓“学”,指的是“博穷子史”的学者,他们“率多不属辞”,而只是“守其章句”,虽然“徒能扬榷前言,抵掌多识”,但其“挹源知流,亦足可贵”。至于“笔”和“文”,《文心雕龙·总术》有云:“今之常言,有文有笔;以为无韵者笔也,有韵者文也。”[②]当然,萧绎所谓“笔”和“文”,除了以是否有韵相区别,还有文采多寡等的不同,但无论如何,二者显然都属于“文章”的范畴。所以,尽管六朝以来较之前代名目更多,实际上仍然是“学”和“文”,即“文学”与“文章”两个方面。

唐代姚思廉撰《梁书》,其《文学传》有云:

> 昔司马迁、班固书,并为《司马相如传》,相如不预汉廷大事,盖取其文章尤著也。固又为《贾、邹、枚、路传》,亦取其能文传焉。范氏《后汉书》有《文苑传》,所载之人,其详已甚;然经礼乐而纬国家,通古今而述美恶,非文莫可也。是以君临天下者,莫不敦悦其义,缙绅之学,咸贵尚其道,古往今来,未之能易。高祖聪明文思,光宅区宇,旁求儒雅,诏采异人,文章之盛,焕乎俱集。每所御幸,辄命群臣赋诗,其文善者,赐以金帛,诣阙庭而献赋颂者,或引见焉。其在位者,则沈约、江淹、任昉,并以文采,妙绝当时。至若彭城到沆、吴兴丘迟、东海王僧孺、吴郡张率等,或入

---

① 郭绍虞主编:《中国历代文论选》第一册,上海古籍出版社 1979 年版,第 341 页。

② 刘勰:《文心雕龙·总术》,戚良德:《文心雕龙校注通译》,第 483 页。

> 直文德,通宴寿光,皆后来之选也。约、淹、昉、僧孺、率别以功迹论。今缀到沆等文兼学者,至太清中人,为《文学传》云。①

这里,姚思廉说得很明白,之所以叫"文学传",乃是"文兼学者","文"就是"文章"或"文采",所谓"文章尤著""文章之盛""文采妙绝",等等;"学"则是对"文"之研究,所谓"文学"。正因如此,刘勰、锺嵘等文论家就都被列入了"文学传",他们可谓真正的"文兼学者",这是毫不含糊的。

诚然,中国古代文论有着漫长的历史,"文学""文章"观念也并非一成不变的,而是有着不少变通的用法,应该说情况是颇为复杂的。但万变不离其宗,可以说,在整个中国古代文论史上,上述关于"文学""文章"的基本含义,乃是一以贯之的。只是到了二十世纪初,英文的"literature"一词被翻译为"文学",用以指语言的艺术;五四运动以后,这一翻译被广泛接受并流行至今。对此,现代文艺学早已习焉不察了。但从中国古代文论的角度而言,这实在是一个历史的误会;因为这一误会,使得现代汉语中的"文学"一词面临诸多尴尬的境地。比如,研究哲学的人叫哲学家,研究历史的人叫历史学家,研究数学的人叫数学家,那么研究文学的人呢?显然不能叫文学家,因为文学家一般是指那些创作"文学作品"的人。再如,我们的中文系都有"文艺学概论"之类的课程,但这里的"文艺"一般不包括绘画、音乐等的艺术,而只是指文学;所谓"文艺学",严

---

① 《梁书》卷四十九《文学传》,中华书局1973年版,第685—686页。

格说来是“文学学”，只是这个“文学学”实在太拗口了，只好用不包括艺术的“文艺学”来代替。又如，现在很多大学都有文学院，但实际上文学院的人很少从事文学创作，应该说只有我们的鲁迅文学院才是名副其实的。所以，大学里的文学院其实是指“文学学院”。还如，著名的《文史哲》杂志，这个“史”当然是史学，这个“哲”当然是哲学，可是这个“文”是文学吗？《文史哲》杂志显然不刊登文学作品，这个“文”是指对文学的研究；对文学的研究只能叫“文学学”，所以“文史哲”并非“文学、史学、哲学”的简称，而是“文学学、史学、哲学”的简称。那么，同样一个“学”字，在同样的使用环境中，却面临如此的尴尬。为什么会有这样的尴尬呢？就因为我们把“literature”一词翻译成了“文学”。这一翻译首先是无视汉语的基本规范，试想，这里的“学”如果不是指学术、学问、学科，又能指什么呢？可是英文的“literature”似乎并没有“学”的这些含义。也许正因如此，现代文艺学所谓“文学”之“学”，其实是不知所指、没有意义的，上述所谓“文学作品”的习惯说法，实际上根本就是不伦不类的。因此，笔者以为，把“literature”一词翻译为“文学”，乃是一个历史的误会，因为它不仅无视汉语的基本规范，而且无视中国古代文论的传统，割断了中国古代文论的传统。

那么，还原中国古代文论的话语，是否就能摆脱这一尴尬的境地呢？应该说，这是一个极为复杂的问题，不是简单的肯定或者否定可以回答的。但就“文学”“文章”之词而言，笔者认为是可以解决的。按照上述罗列的中国古代文论中关于“文学”“文章”的基本话语，研究“文”（文章）的人自然就是文学家了，所谓《文史哲》，当然是“文学、史学、哲学”的简称，原本是名副其实的。所以,“literature”不能翻译为“文学”,而应该翻译为“文章”;而作为“文章之学”(literary study)的“文学”,或可翻译为“philology”。①

不过,问题并非如此简单。笔者在拙著《文论巨典——〈文心雕龙〉与中国文化》的“后记”中曾说过这样一段话:“本书探索《文心雕龙》的文论思想,多用‘文章’一词,或径用一个‘文’字,有时则‘文章’‘文学’并用。此无他,主要是想符合刘勰思想的实际。‘文心雕龙’之‘文’,在现代汉语中很难找到与之相适应的词语。今天的‘文学’一词固然不能概括这个‘文’,即使‘文章’一词也是差强人意;刘勰之‘文’的实质固然是‘美’,但径直称之为‘美’有时却并不妥当。之所以出现这种‘两难’之境,我以为一个重要的原因是我们现代文学理论的‘失语’——失去了我们自己的语言。实际上,《文心雕龙》的理论体系有着很强的自洽性,其概念的运用是并不含糊的,‘文’也一样。我之所以慎用‘文学’一词,一个重要的原因就是企图‘复原’刘勰的理论话语。”②显然,当“文学”一词在现有意义上被普遍运用了一个世纪之后,它已经不仅仅是一个单一的词了,而是与众多词、文句乃至文化现象相关联,而且又直接影响到人们对“文章”一词的理解和使用。所以,居今而言,把“literature”翻译为“文章”,恐怕还难以被接受,这也正是笔者所谓“两难”的原因所在,则所谓文论话语的还原也就决非一蹴而就的了。

---

① 笔者的英文水平实不足以担此重任,此权为抛砖引玉耳。

② 戚良德:《文论巨典——〈文心雕龙〉与中国文化》,河南大学出版社 2005 年版,第 393 页。

季羡林先生有言:“我们中国文论家必须改弦更张,先彻底摆脱西方文论的枷锁,回归自我,仔细检查、阐释我们几千年来使用的传统的术语,在这个基础上建构我们自己的话语体系,然后回头来面对西方文论,不管是古代的,还是现代的,加以分析,取其精华,为我所用。”①对此,笔者深以为然,并曾指出:“我想,‘仔细检查、阐释’工作的重要性,研究者们大多已认识到了;但这个检查和阐释要‘彻底摆脱西方文论的枷锁’而‘回归自我’,则是一个相当艰苦的过程。”②这里,笔者想要补充的是,无论这一回归过程如何艰苦,要想摆脱现代文艺学中诸如“文学”等词语的诸多尴尬,我们都必须认真面对并最终踏上中国文论话语的回归和还原之路。

---

① 季羡林:《门外中外文论絮语》,《季羡林人生漫笔》,同心出版社2000年版,第422页。

② 戚良德:《文论巨典——〈文心雕龙〉与中国文化》,第394页。

《文心雕龙》为当代文艺学提供了什么*

作为中国古代最为引人注目的文论元典,《文心雕龙》当然没有被当代文艺学所忽略。从大学生、研究生的文艺学教材,到各种当代文艺学著作,可以说随处可见对《文心雕龙》的征引、阐释以至发挥。因此,说《文心雕龙》已经深入当代文艺学或许并不过分。但是,笔者觉得当代文艺学对《文心雕龙》的关注又仅限于观点的征引和阐发。显然,在当代文艺学的观念体系下,对《文心雕龙》的引证再多,也只是提供佐证的问题,并不能完整地对《文心雕龙》予以把握,当然更不可能从根本上改变文艺学的现状。

应该说,出现上述情况,又实在是难以避免的。《文心雕龙》乃中国古代难度最大的文论文本。据笔者的粗略统计,近百年来,国内外已出版《文心雕龙》研究著作 400 余种,发表研究文章 7000 余篇,《文心雕龙》研究已经发展成一门显赫的学问——"龙学"。在此情况下,我们很难要求当代文艺学对《文心雕龙》作出整体概括,其往往只能引证部分观点,也就是可

---

* 本文原载于《文史哲》2007 年第 5 期,全文转载于人大复印报刊资料《中国古代、近代文学研究》2008 年第 2 期,修订收录于作者文集《〈文心雕龙〉与中国文论》,中国书籍出版社 2017 年版,第 29—44 页。

以理解的了。因此,《文心雕龙》研究者放眼文艺学的古今联系,力求回答这部文论“元典”之于当代文艺学的整体价值,乃是极为必要和重要的。这里,笔者只是做一个初步思考,以期抛砖引玉。

一

《文心雕龙》中既有“文学”一词,也有“文艺”一词,但刘勰主要以“文”和“文章”来概括他所研究的对象;也就是说,今天所谓“文学”,在《文心雕龙》中叫“文”或“文章”。以前有学者说,《文心雕龙》不是文学理论,而是文章学理论。如果从用词来说,这个说法是对的,《文心雕龙》的确是用“文章”一词;但从理论意义上说,《文心雕龙》当然不是一般的文章学。那么是什么呢?这要看刘勰赋予“文章”一词的具体含义。概括而言,刘勰所谓“文章”,有两大内涵:一是心学,二是美学。前者体现了《文心雕龙》以情为本的理论中心,后者体现了《文心雕龙》辞采芬芳的文章美学观念。二者相辅相成,构成了刘勰基本的文学观念。

《情采》有云:“故立文之道,其理有三:一曰形文,五色是也;二曰声文,五音是也;三曰情文,五性是也。五色杂而成黼黻,五音比而成《韶》《夏》,五性发而为辞章,神理之数也。”①这里的“立文之道”并非文章写作之道,而是说文采成立之道,

---

① 刘勰:《文心雕龙·情采》,戚良德:《文心雕龙校注通译》,上海古籍出版社2008年版,第365页。

是说文采有种种不同。有“形文”，这是绘画的文采；有“声文”，这是音乐的文采；有“情文”，这才是文章的文采。这些“文”指的都是文采，也就是美。与绘画和音乐相比较，文章写作之文采的特点在于它是“情文”，是人的感情的载体，所谓“五性发而为辞章”。实际上，以现代文艺理论的观点看，不仅文学创作是“情文”，绘画、音乐也同样是“情文”。但在文学艺术发展的早期，绘画和音乐首先以其突出的色彩美和声音美而吸引了人们的注意力；与之相比，文章写作之表现人的感情确是更显突出。不过，更重要的是，刘勰的着眼点在于说明文章之“文”的特点，那就是表情之文。这样，这个“采”就并非仅仅是艺术的形式问题，而是离不开作者之性情，且以感情为根本的。正因如此，刘勰强调“文质附乎性情”，也就是文采（“文质”是偏义复词）是以性情为依托的；而反对“华实过乎淫侈”①，也就是华丽（“华实”亦是偏义复词）过分而至于泛滥。

从而，文采在文章写作中的地位便明确了：“夫铅黛所以饰容，而盼倩生于淑姿；文采所以饰言，而辩丽本于情性。故情者，文之经；辞者，理之纬。经正而后纬成，理定而后辞畅：此立文之本源也。”②这种所谓“立文之本源”，既是文采运用的根本原理，也是文学创作之根本原理，那就是：文章以表现作家的思想感情为根本，文采的运用是为了更好地表达感情。因此，这是一种“情本”论的文学观。《情采》说：

① 刘勰：《文心雕龙·情采》，戚良德：《文心雕龙校注通译》，第366页。

② 刘勰：《文心雕龙·情采》，戚良德：《文心雕龙校注通译》，第367页。

> 昔诗人什篇，为情而造文；辞人赋颂，为文而造情。何以明其然？盖《风》《雅》之兴，志思蓄愤，而吟咏情性，以讽其上：此为情而造文也。诸子之徒，心非郁陶，苟驰夸饰，鬻声钓世：此为文而造情也。故为情者要约而写真，为文者淫丽而烦滥。而后之作者，采滥忽真，远弃《风》《雅》，近师辞赋；故体情之制日疏，逐文之篇愈盛。故有志深轩冕，而泛咏皋壤；心缠几务，而虚述人外。真宰弗存，翩其反矣。夫桃李不言而成蹊，有实存也；男子树兰而不芳，无其情也。夫以草木之微，依情待实；况乎文章，述志为本！言与志反，文岂足征？①

一部《文心雕龙》，刘勰从不同的角度，屡次批判文章写作中的不良风气，可以说皆各有其理，而从"情采"角度的这种分析和批判则最具说服力和感染力。之所以如此，乃是因为刘勰抓住了文章写作的根本问题，准确地把握了文章表现思想感情的特征，从而立论坚实有力、击中要害而一针见血。在这里，刘勰也毫不含糊地再次表明了他的"情本"论的文学观。

"文心雕龙"之"文"，含义相当广泛；除了指各种各样的文章以外，"文"的一个重要含义是感性形式美。《原道》所谓"道之文""动植皆文"②，《情采》所谓"形文""声文"，等等，都与文章无关，但却和"美"有缘。而所谓"文章"，刘勰也首先赋予它"美"的含义。《情采》开篇而谓："圣贤书辞，总称'文章'，

① 刘勰：《文心雕龙 · 情采》，戚良德：《文心雕龙校注通译》，第368—369页。

② 刘勰：《文心雕龙 · 原道》，戚良德：《文心雕龙校注通译》，第1、2页。

非采而何?"①所以,无论刘勰的"文章"如何包罗万象,却总有一个共同的特点,那就是"美"。詹锳先生曾指出:"《文心雕龙》讲究文采的美,因而以'雕镂龙文'为喻,从现代的角度看起来,《文心雕龙》中所涉及的理论问题属于美学范畴。"②这是很有道理的。牟世金先生则说:"如果说《文心雕龙》的某些内容不属文学理论,美学则有更大的容量。……视《文心雕龙》为古代美学的'典型',可能给'龙学'开拓更为广阔的天地。"③这是完全正确的。

"文心雕龙"是什么意思?《序志》说:"夫'文心'者,言为文之用心也。"所谓"为文之用心",其意甚明,但也用意甚深;所谓"心哉美矣夫,故用之焉"④,这个"美矣夫"并非仅仅指"心"这个词很美,更意味着心生之文是美的,也就是《原道》所谓"心生而言立,言立而文明"⑤的道理。所以,"为文之用心"并非仅仅指如何写文章,更是说如何把文章写得美;而写得美的关键在于"用心",这才是所谓"文心"的含义。也因此,"文心"之后又有了"雕龙"二字。刘勰解释说:"古来文章,以雕缛成体,岂取驺奭之群言'雕龙'也?"⑥虽然前人曾有"雕龙奭"

---

① 刘勰:《文心雕龙·情采》,戚良德:《文心雕龙校注通译》,第365页。

② 詹锳义证:《文心雕龙义证》,上海古籍出版社1989年版,第2页。

③ 牟世金:《雕龙后集》,山东大学出版社1993年版,第56页。

④ 刘勰:《文心雕龙·序志》,戚良德:《文心雕龙校注通译》,第564页。

⑤ 刘勰:《文心雕龙·原道》,戚良德:《文心雕龙校注通译》,第1页。

⑥ 刘勰:《文心雕龙·序志》,戚良德:《文心雕龙校注通译》,第564页。

之称，但刘勰以为，更重要的是“古来文章”皆“以雕缛成体”；也就是说，要写出美的文章必须经过精雕细琢，像雕刻龙纹那样。所以，“文心雕龙”者，“文心”如“雕龙”也。

因此，“文心雕龙”之“文”，既是“美”的同义语；同时，文章之美又在于表现人的心灵世界，所谓“心生而言立，言立而文明”，所谓“有心之器，岂无文欤”①，人类必然有美的文是因为人类独具思想感情，文学乃是“心学”。刘勰这一基本的文学观念不仅贯穿《文心雕龙》的始终，而且也成为中国古代文艺学的基本观念。

二

与各种各样的当代文艺学著作相比，《文心雕龙》首先引人注目的一个突出特点是文体论，刘勰称之为“论文叙笔”②。《文心雕龙》五十篇，“论文叙笔”有二十篇，占全书的五分之二。因此，其文体观念是值得当代文艺学认真思考和借鉴的。这种思考和借鉴，当然首先是文体论的宏大建构，是文体论作为文艺学根基的理论视野。《文心雕龙》与当代文艺学的一个重要不同在于对创作实践的认真总结，从而对文章写作具有切实的指导意义。即在今天，很多作家甚至新闻工作者仍然对《文心雕龙》情有独钟，就因为这部著作对他们的写作有很具

---

① 刘勰：《文心雕龙·原道》，戚良德：《文心雕龙校注通译》，第1、2页。

② 刘勰：《文心雕龙·序志》，戚良德：《文心雕龙校注通译》，第569页。

体的指导意义和实践价值。而之所以如此,一个重要的原因就是《文心雕龙》的理论来源于具体的文章总结,即来源于二十篇"论文叙笔"。正如周振甫先生所指出:"他的创作论,就是从文体论里归纳出来的;他的文学史、作家论、鉴赏论、作家品德论,也是从他的文体论中得出来的……没有文体论,就没有创作论、鉴赏论等,也没有文之枢纽,没有《文心雕龙》了,所以文体论在全书中是很重要的部分。"①

《总术》有云:"昔陆氏《文赋》,号为曲尽;然泛论纤悉,而实体未该。故知九变之贯匪穷,知言之选难备矣。"②陆机在谈到《文赋》的写作时说,希望自己对"作文之利害所由"的探讨,能够帮助人们"曲尽其妙"③;刘勰所谓"号为曲尽",即指陆机此言。但是,陆机着重论述的乃是写作的种种技巧,所谓"泛论纤悉",所谓"巧而碎乱"④,实际上难以做到"曲尽其妙"。那么,问题在哪里呢?刘勰指出,《文赋》的缺陷在于"实体未该",也就是陆机的文体论不够完备。《文赋》只论及诗、赋、碑、诔、铭、箴、颂、论、奏、说等十种文体,谓其"实体未该"可谓不诬。陆机在《文赋》中也说过:"体有万殊,物无一量。"⑤李善的注解是:"文章之体有万变之殊,众物之形无一定之量

---

① 周振甫:《文心雕龙今译》,中华书局1986年版,第49页。

② 刘勰:《文心雕龙·总术》,戚良德:《文心雕龙校注通译》,第484页。

③ 陆机:《文赋》,张少康集释:《文赋集释》,上海古籍出版社1984年版,第1页。

④ 刘勰:《文心雕龙·序志》,戚良德:《文心雕龙校注通译》,第567页。

⑤ 陆机:《文赋》,张少康集释:《文赋集释》,第71页。

也。”[1]刘勰以为，“九变之贯匪穷，知言之选难备矣”，即不穷尽纷纭复杂的众多文体，就难以提出真正懂得写作的理论。《文赋》对艺术技巧的探讨纵然相当“纤悉”，却也因“实体未该”而不能具备“知言之选”。《文心雕龙》之所以用二十篇的篇幅“论文叙笔”，就是为了找到正确的为文之术。

刘勰说：“自非圆鉴区域，大判条例，岂能控引情源，制胜文苑哉？”[2]所谓“圆鉴区域”，就是全面考察各种文体；所谓“大判条例”，就是明确总结写作法则。前者是后者的基础，后者是前者的总结和升华。所谓“文场笔苑，有术有门”[3]，为文之术不仅是“剖情析采”的创作论的问题，同样是“论文叙笔”的文体论的问题；所谓“文体多术”[4]，离开了“论文叙笔”，“术”便无从谈起。因此，文体论的所谓“敷理以举统”[5]，既是对各种文体之术的总结，更是在此基础上总结共同的为文之道；而整个“剖情析采”的创作论，其实正是对整个“论文叙笔”之文体论的“敷理以举统”。没有“论文叙笔”就难以“剖情析采”，没有文体论就没有创作论，也就难以找到真正的为文之术，最终便难以“控引情源”而“制胜文苑”了。

同时，《文心雕龙》文体论对当代文艺学的启发，还在于其

---

① 萧统编，李善注：《文选》，上海古籍出版社1986年版，第765页。

② 刘勰：《文心雕龙·总术》，戚良德：《文心雕龙校注通译》，第486页。

③ 刘勰：《文心雕龙·总术》，戚良德：《文心雕龙校注通译》，第488页。

④ 刘勰：《文心雕龙·总术》，戚良德：《文心雕龙校注通译》，第487页。

⑤ 刘勰：《文心雕龙·序志》，戚良德：《文心雕龙校注通译》，第569页。

文体分类和规范，这是一种明确的立足写作实践的文艺学建构。刘勰"论文叙笔"的方式，《序志》篇有明确的说明："原始以表末，释名以章义，选文以定篇，敷理以举统。"①即追溯各种文体的起源并考察其演变，解释文体的名称和含义，评述有代表性的作家作品，概括各种文体的写作经验并总结共同的文章写作之道。这就决定了，文体论不是作为理论观点的点缀，甚至也不仅仅是基础或者佐证，而是成为切实指导文章写作的文艺手册。如刘勰在对历代诗歌详细考察的基础上，对诗歌体裁的总结：

> 故铺观列代，而情变之数可鉴；撮举同异，而纲领之要可明矣。若夫四言正体，则雅润为本；五言流调，则清丽居宗；华实异用，惟才所安。故平子得其雅，叔夜含其润，茂先凝其清，景阳振其丽；兼善则子建、仲宣，偏美则太冲、公干。然诗有恒裁，思无定位；随性适分，鲜能圆通。若妙识所难，其易也将至；忽以为易，其难也方来。②

因为《诗经》主要是四言诗，所以刘勰谓四言为"正体"；五言诗是发展变化后的体裁，谓之"流调"：一为源，一为流。刘勰以为，四言诗的主要风格是"雅润"，即典雅而润泽；五言诗的主要风格是"清丽"，即清纯而华丽。其主要区别在于四言诗较为质朴，而五言诗较为华丽；所谓"华实异用，惟才所安"，作者

① 刘勰：《文心雕龙·序志》，戚良德：《文心雕龙校注通译》，第569页。

② 刘勰：《文心雕龙·明诗》，戚良德：《文心雕龙校注通译》，第63—64页。

可以根据自己的特点作出选择。重要的是“随性适分”，即作者应当着眼于自己的个性特点而选择体裁，从而发挥所长，取得创作的最大成功。如此切实简要的文体概括，自然具有充分的实践品格而对创作具有指导意义。

三

在明确的文体分类和规范的基础上，《文心雕龙》的理论有着鲜明的作品观念，即切实做到以作品为中心，从具体作品出发考察一切文艺现象，并最终落实到作品的成功与否。实际上，任何文艺学著作当然都离不开对具体作品的考察和分析，但能否做到以作品为中心并最终回归作品，则就不一定了。大量的现代文艺学著作的情形是，作品分析只是作为某种概念的例证，因而经常显得可有可无；至于那些纯粹出于理论抽象的空洞之论，更是连例证也不需要，大有自给自足之势。这也正是很多作家不喜欢文艺学著作、不看文艺学著作，甚至对文艺学著作怀有强烈抵触情绪的原因之一。然而，中国古代文艺学原本不是这样的。中国古代文艺学是一种感悟式的、知行合一的理论，有着很强的实践性和现实针对性；其中一个重要的体现便是处处以作品为中心，力求做到有的放矢而不发空论。中国古代大量的诗话、赋话、文话、词话、曲话以及作品评点等，正是这样产生的。

我们经常说，像《文心雕龙》这样具有理论体系的著作，在中国古代属于凤毛麟角；《文心雕龙》不仅有着自己严密的理论体系、深入翔实的理论阐发和分析，而且同样是实而有征的可以具体指导文学创作的文艺学;从作品的角度,它同样是中国古代的"文话"之作。其占全书五分之二篇幅的"论文叙笔"部分自不必说,即如"文之枢纽"[①]这一《文心雕龙》中最具理论色彩的总论,同样处处体现出以作品为中心的观念。

《原道》考察人文发展历程而谓:"逮及商、周,文胜其质;《雅》《颂》所被,英华日新。"文章发展至商周时代,其文采超过了前代;《雅》《颂》等影响所及,使得富有文采的作品日益增多。到了孔子,则"独秀前哲":"镕钧'六经',必金声而玉振;雕琢情性,组织辞令;木铎起而千里应,席珍流而万世响:写天地之辉光,晓生民之耳目矣。"[②]可以说,刘勰既是在考察人文发展的历史,并企图通过这种考察总结出人文发展的规律,从而找到为文之道,又是在以自己"道之文"的观念来观照人文发展的历史。其结果则是他不仅找到了符合"自然之道"精神的文之"道",而且更找到了集中体现文之"道"理想的代表,那就是圣人及其经典。

所谓"征圣""宗经",儒家圣人之可"征",正在于其作品堪为文章之楷模。圣人的思想是通过经典表现出来的,圣人的作品更明白无误地体现着其创作的原则,所以,取法儒家经典乃是学习圣人的必由之路。刘勰对儒家经典的推崇和赞扬应该说是无以复加了,所谓"经也者,恒久之至道,不刊之鸿教也"[③],

---

① 刘勰:《文心雕龙·序志》,戚良德:《文心雕龙校注通译》,第569页。

② 刘勰:《文心雕龙·原道》,戚良德:《文心雕龙校注通译》,第5—6页。

③ 刘勰:《文心雕龙·宗经》,戚良德:《文心雕龙校注通译》,第20页。

经典乃是永恒的真理、不变的教义。但其具体的特点又是什么呢?《宗经》说,儒家经典“洞性灵之奥区,极文章之骨髓”,“义既埏乎性情,辞亦匠于文理”①,其深入人的灵魂,从而真正体现出文章之精髓;其充分表现人的性情,从而抓住了文章写作的根本道理。那么,刘勰的着眼点就决不是儒家之教义而是文章之写作,是表现人的心灵和性情的美的文了。所以,刘勰通过“宗经”而得出的结论,既是文章写作的原则和规律,更是优秀作品的标准。他说:

> 故文能宗经,体有六义:一则情深而不诡,二则风清而不杂,三则事信而不诞,四则义贞而不回,五则体约而不芜,六则文丽而不淫。②

为文而能“宗经”,其文章便可具备六个方面的特点和优点:一是感情深厚而不造作,二是思想纯正而不繁乱,三是叙事真实而不怪诞,四是说理切当而不邪辟,五是文体规范而不芜杂,六是辞采华美而不过分。

同时,对以“弥纶群言”③为目的而“论文”的刘勰来说,既然要通过“征圣”“宗经”而确立文章写作的原则和成功作品的典范,那么对与儒家经典密切相关的两个问题,亦不能视而不

---

① 刘勰:《文心雕龙·宗经》,戚良德:《文心雕龙校注通译》,第20、21页。

② 刘勰:《文心雕龙·宗经》,戚良德:《文心雕龙校注通译》,第26页。

③ 刘勰:《文心雕龙·序志》,戚良德:《文心雕龙校注通译》,第571页。

见:一是如何看待兴于西汉而盛于东汉的纬书,二是如何评价在《诗经》之后“奇文郁起”①的楚辞。于是,刘勰在《文心雕龙》的“总论”部分,又写下了《正纬》和《辨骚》两篇。

纬书问题之有“正”的必要,是因为纬书乃假托经义之作。它借用孔子之名,宣扬符瑞迷信,以致“乖道谬典”而搅乱了经书。如果不予以拨乱反正,则有可能使真正的圣人及其经典淹没其中,则所“征”何“圣”、所“宗”何“经”,也就难以说得清了。不过,既然“征圣”“宗经”的角度是“文”而不是儒家教义,那么“正纬”的着眼点就更应是文章的写作了。其云:

> 若乃羲农轩皞之源,山渎钟律之要,白鱼赤雀之符,黄银紫玉之瑞,事丰奇伟,辞富膏腴,无益经典而有助文章。是以古来辞人,捃摭英华。②

刘勰以为,纬书中那些荒诞不经之说,其事迹颇为奇特而辞采又相当丰富,虽然对经书无益,却有助于文章的写作,以至后世作者经常采用其中一些精彩的部分。那么,对文章写作而言,“征圣”“宗经”之外,便又有了新的内容;《正纬》之成为“总论”,其意在此。于此我们也可以更为清楚地看到,刘勰谈论一切问题的着眼点都在于“文”,在于“为文之用心”。

从而,刘勰对“骚”之“辨”,不仅是辨别汉代以来各家的评论,更重要的是对屈原作品本身的辨别。通过这种辨别,刘勰

---

① 刘勰:《文心雕龙·辨骚》,戚良德:《文心雕龙校注通译》,第41页。

② 刘勰:《文心雕龙·正纬》,戚良德:《文心雕龙校注通译》,第37页。

发现了一个重要的问题，那就是楚辞的“变”，所谓“变乎骚”①，正是指明了这个问题。汉代诸家对屈原及其作品的评价之所以不得要领，正在于不懂得其“变”。这个“变”，当然是相对于儒家经典的“变”。刘勰不仅认识到了这一“变”，而且充分肯定了变化之后的楚辞，这并非说明刘勰改变了“征圣”“宗经”的宗旨，而是再一次证明，刘勰的着眼点是“文”，是文章的写作。他说：

> 若能凭轼以倚《雅》《颂》，悬辔以驭楚篇，酌奇而不失其贞，玩华而不坠其实；则顾盼可以驱辞力，欬唾可以穷文致，亦不复乞灵于长卿，假宠于子渊矣。②

作为儒家经典的《诗经》，其风格在于平正、实在；作为与儒家经典不同的楚辞，其风格则是奇伟、华丽。刘勰认为，如果能把这两者结合起来，既有奇伟的气势而又不失平正的格调，既有华美的词采而又不失朴实的文风，那么驰骋文坛便易如反掌，何须再向司马相如和王褒这些辞赋家借光讨教呢？

显然，所谓“文之枢纽”，既是《文心雕龙》理论体系的关键，更是文学创作以及作品成功的根本。作为“总论”的“文之枢纽”尚且以作品观念为中心，“剖情析采”的创作论也就自不待言了。

---

① 刘勰：《文心雕龙·序志》，戚良德：《文心雕龙校注通译》，第569页。

② 刘勰：《文心雕龙·辨骚》，戚良德：《文心雕龙校注通译》，第49页。

四

如果说,《文心雕龙》的作品观念虽然立足文章的实际,但仍然具有静态的理论性,那么,刘勰的写作观念就完全立足于创作的实践而处处着眼“为文之用心”了。正因如此,《文心雕龙》自古就被作为“艺苑之秘宝”[①]而受到重视,这与当代文艺学的自给自足形成了鲜明对照,这是不能不令人深长思之的。一部《文心雕龙》,可以说是中国古代的文艺学,但更是中国古代的写作手册。王运熙先生曾指出,从《明诗》到《书记》的二十篇,“更确切地说,应称为各体文章写作指导,因为其宗旨是阐明写作各体文章的基本要求”,而从《神思》到《总术》的十九篇,“更确切地说,应称为写作方法通论,是打通各体文章,从篇章字句等一些共同性的问题来讨论写作方法的”。[②] 应当说,这是很有道理的。这也正体现出《文心雕龙》的写作观念和鲜明的中国文论特色。

文章的写作从感情的产生开始。作者之情不是凭空产生的,而是受到外物的感召,所谓“人禀七情,应物斯感;感物吟志,莫非自然”[③],这是文章写作的规律。《文心雕龙》的创作论

① 黄叔琳注,纪昀评:《文心雕龙辑注》,中华书局 1957 年版,第 1 页。

② 参见王运熙:《文心雕龙探索》(增补本),上海古籍出版社 2005 年版,第 11、16 页。

③ 刘勰:《文心雕龙·明诗》,戚良德:《文心雕龙校注通译》,第 55 页。

以《神思》开篇，正是要总结这一规律。艺术构思乃文章写作之始，所谓“驭文之首术，谋篇之大端”，这是《神思》列创作论之首的直接原因。但就艺术构思本身而言，其基本问题又是什么呢？这可能就是言人人殊的问题了。刘勰以为，“思理为妙，神与物游”，这才是《神思》为创作论之始的根本原因。作者艺术构思的突出特点，在于作家之精神与客观之物象一起活动。实际上，之所以能够“神与物游”，乃是因为作家之“神”与自然之“物”产生了共鸣，也就是外界景物引发了作者的思想感情；所谓“神居胸臆，而志气统其关键”，没有作者思想感情的激动，是不可能“神与物游”的，所谓“关键将塞，则神有遁心”。所以，艺术构思的过程必然是“登山则情满于山，观海则意溢于海；我才之多少，将与风云而并驱矣”。① 这样，作为创作过程之始的艺术构思，就贯穿了作者充沛的感情。

《神思》之后的《体性》是所谓艺术风格论，刘勰的研究仍然是从感情的表现入手的。他说：“夫情动而言形，理发而文见；盖沿隐以至显，因内而符外者也。然才有庸俊，气有刚柔，学有浅深，习有雅郑：并情性所铄，陶染所凝，是以笔区云谲，文苑波诡者矣。”②人们内心产生某种思想感情，就要用语言表达出来，这是一个从隐藏至显露、由内在到外在的表现过程。然而，人们先天的才华和气质不同，人们后天的学识和爱好也不同，这既决定于人的性情，又受制于环境的陶冶，从而便有了纷纭复杂的各种文章。所以，艺术风格问题归根结底还是感情的

① 刘勰：《文心雕龙·神思》，戚良德：《文心雕龙校注通译》，第321—323页。

② 刘勰：《文心雕龙·体性》，戚良德：《文心雕龙校注通译》，第330页。

表现问题,不同的感情表现是形成不同艺术风格的关键。刘勰也正是这样说的:“故辞理庸俊,莫能翻其才;风趣刚柔,宁或改其气;事义浅深,未闻乖其学;体式雅郑,鲜有反其习:各师成心,其异如面。”①因此,无论艺术风格如何繁花似锦,只要从“情动而言形,理发而文见”的根本入手,则就可以看得清清楚楚而找到其中的规律。

《体性》之后是《风骨》篇。关于《风骨》的主旨,研究者有不同的看法,但“风骨”乃是刘勰对文章的某种规定和要求,则可以说是已有的共识。这种规定和要求,其对象实质上是文章所表现的感情。刘勰说:“是以怊怅述情,必始乎风;沉吟铺辞,莫先于骨。”②作者情动于中而欲一吐为快,必然首先具有感化的作用;展纸落墨而著成文章,也就必然体现某种力量。所以,所谓“风骨”,乃是对作品思想感情的一种规定和要求,它要求作品应当具有感人至深的艺术力量。所谓“情与气偕,辞共体并;文明以健,圭璋乃骋”③,作家的思想感情与其个性气质相一致,作品的文辞则与其风格相统一;只有作品具有“风骨”之力,才能为人们所喜爱。也就是说,作者的感情决定了作品的风格倾向,也从根本上决定着语言文辞的面貌;而真正为人们所喜爱、为时代所需要的作品,应当具有“风骨”的力量。这样,刘勰就赋予了“风骨”规范感情的作用和

---

① 刘勰:《文心雕龙·体性》,戚良德:《文心雕龙校注通译》,第330页。

② 刘勰:《文心雕龙·风骨》,戚良德:《文心雕龙校注通译》,第338页。

③ 刘勰:《文心雕龙·风骨》,戚良德:《文心雕龙校注通译》,第343页。

意义。

《风骨》之后的《通变》,也是一个颇有争论的问题。但刘勰在本篇的"赞词"是观点明确而无可争辩的,那就是:"文律运周,日新其业;变则其久,通则不乏。"这种着眼"日新其业"的"通变"观,可以说是刘勰的卓见之一;而在此基础上提出的具体的"通变之术",则更为精彩,那就是:"凭情以会通,负气以适变;采如宛虹之奋鬐,光若长离之振翼,乃颖脱之文矣。"① 刘勰强调,必须根据自己的情志对古人的作品进行融会贯通,更要从作者的个性出发进行不断创新。只有这样,才能使作品的文采犹如奋飞的彩虹,其光芒就像展翅的凤凰,从而产生出类拔萃的不朽篇章。所谓"凭情以会通,负气以适变",乃是"情本"论在"通变"观中的贯彻。

《通变》之后是《定势》篇,要求文章的写作必须遵循文体的特点和规范。文体的风格特点相对而言应是较为客观的,但刘勰却恰恰从作者的主观之情说起:"夫情致异区,文变殊术,莫不因情立体,即体成势也。"②这样,刘勰对文体风格特点的研究就不再是泛泛而谈,而是着眼作家具体创作过程的生动活泼的文体风格论了。这里再次表明,《文心雕龙》决非干巴巴的"文艺学概论",而是具有充分实践品格的活生生的理论著作;尤其是它的创作论,理论上的"深得文理"③自不必说,其深入创作过程的实践精神更是有目共睹。

---

① 刘勰:《文心雕龙·通变》,戚良德:《文心雕龙校注通译》,第352、351页。

② 刘勰:《文心雕龙·定势》,戚良德:《文心雕龙校注通译》,第356页。

③ 《梁书》卷五十《刘勰传》,中华书局1973年版,第712页。

至于如何表现感情问题的技术探索，也就是专门研究“文辞”如何“尽情”的问题，刘勰可谓煞费苦心了。从《声律》到《练字》，以及《隐秀》《指瑕》和《养气》等篇，刘勰实际上用了十余篇的篇幅来论述“文辞”如何“尽情”，其对种种艺术技巧的探索不仅皆各有其理而具有切实可行的指导意义，而且诸如“声律”“章句”“丽辞”“事类”“练字”等这些看上去纯属形式因素的问题，实际上既是魏晋南北朝这一“为艺术而艺术”的时代人们所普遍关注的问题，更是着眼中国古代文学创作实践的重要理论成果。

在对各种艺术表现手法的运用进行了详细探索以后，刘勰以《附会》篇加以总结，所谓“总文理，统首尾，定与夺，合涯际：弥纶一篇，使杂而不越者也”①。《附会》之后的《总术》篇，既是整个创作论的总结，又放眼文体论和创作论的关系，从总体上对“论文叙笔”和“剖情析采”两个部分加以贯通。从《神思》至《总术》，从作者感情之产生到一篇文章之完成，刘勰深入具体的创作实践，全程描绘了文章产生的过程，从而也完成了创作论理论体系的建构。这一“以情为本，文辞尽情”的“情本”论的创作论体系②，既立足于穷搜“文场笔苑”③的文体论，具有深刻的实践品格，又着眼时代人文发展的历史事实，提出自己重要的理论主张，从而不仅在当时具有极强的现实针对性

---

① 刘勰：《文心雕龙·附会》，戚良德：《文心雕龙校注通译》，第474页。

② 参见戚良德：《文论巨典——〈文心雕龙〉与中国文化》，河南大学出版社2005年版，第83页。

③ 刘勰：《文心雕龙·总术》，戚良德：《文心雕龙校注通译》，第488页。

和指导意义，而且成为此后中国古代文学创作的理论渊源和实践指南。

五

现代文艺学把文学研究分成三个主要的部门：文学理论、文学批评和文学史。韦勒克、沃伦在其名著《文学理论》中便主张"对文学理论、文学批评和文学史三者加以区别"，并称："似乎最好还是将'文学理论'看成是对文学的原理、文学的范畴和判断标准等类问题的研究，并且将研究具体的文学艺术作品看成'文学批评'（其批评方法基本上是静态的）或看成文学史。"①刘若愚在《中国的文学理论》一书中则认为："一般人似乎都同意把文学研究分成两个主要的部门——文学史和文学批评——尽管有时也随之而出现一种三分法：文学理论、文学批评和文学史。后一种分法所说的'文学批评'其实指的是实际的批评，但这一分法并没有被普遍采用，很多作者使用'文学批评'这一术语时，仍旧包括理论探讨和实际批评两个方面。"②韦勒克在其巨著《近代文学批评史》中则说："'批评'这一术语我将广泛地用来解释以下几个方面：它指的不仅是对个别作品和作者的评价，'判断的'批评，实用批评，文学趣味的征象，而且主要是指迄今为止有关文学的原理和理论，文学的

---

① [美]勒内·韦勒克、[美]奥斯汀·沃伦：《文学理论》，刘象愚、邢培明等译，生活·读书·新知三联书店1984年版，第31页。

② 刘若愚：《中国的文学理论》，田守真、饶曙光译，四川人民出版社1987年版，第1页。

本质、创作、功能、影响，文学与人类其他活动的关系，文学的种类、手段、技巧，文学的起源和历史这些方面的思想。"[①]

以此而言，《文心雕龙》与现代文艺理论显然不同，乃是广义的"文学批评"；尤其是它的着眼历史发展的文学史观念，与现代文艺学大异其趣。不仅"论文叙笔"以全面而系统的方式考察各类文体，从而使其成为一部分体文学史；而且《文心雕龙》的创作论、批评论，无不贯穿对文学史的考察。尤其如《时序》《才略》等篇，更可谓文学史的专论。

《序志》所谓"崇替于《时序》"[②]，也就是以《时序》研究文学盛衰兴亡的规律。黄叔琳评曰："文运升降，总萃此篇。"[③]可谓深得彦和之旨。本篇开宗明义而谓："时运交移，质文代变；古今情理，如可言乎？"[④]刘勰以为，文学的命运与时代的命运紧紧相连；随着时世的变迁，文学亦随之演进。所以，"时"之于文学和文学家是至关重要的。《才略》篇曾谈到这样一种情况：东汉作家之才并不亚于西汉作家，晋代文才之盛亦可与建安时期媲美；然而，曹魏时人言必称汉武，宋齐之人则崇奉建安。何以如此？刘勰说："岂非崇文之盛世，招才之嘉会哉？嗟夫，此古人所以贵乎时也！"[⑤]原因就在于汉武、建安乃是崇

① ［美］雷纳·韦勒克：《近代文学批评史》第一卷，杨岂深、杨自伍译，上海译文出版社 1997 年版，第 1 页。

② 刘勰：《文心雕龙·序志》，戚良德：《文心雕龙校注通译》，第 570 页。

③ 黄叔琳注，纪昀评：《文心雕龙辑注》，第 376 页。

④ 刘勰：《文心雕龙·时序》，戚良德：《文心雕龙校注通译》，第 491 页。

⑤ 刘勰：《文心雕龙·才略》，戚良德：《文心雕龙校注通译》，第 537 页。

尚文章的盛世、广招人才的良时。《程器》篇说“是以君子藏器,待时而动”①。能否得其“时”,确乎关系重大。

其实,所谓“崇文之盛世,招才之嘉会”,已经透露出了个中消息。在皇权至上的时代,无论“崇文”之举还是“招才”之措,离开最高统治者是无从谈起的。正因如此,刘勰所谓“时序”的着眼点就自然地落到了帝王的身上。所谓“枢中所动,环流无倦”②,就是说,如果人类的历史是一条长河,那么以帝王为中心的政治状况便是长河的中流,文学的浪花则围绕其奔腾跳跃、旋转变化。《时序》所探讨的文学与时代的关系,其中心乃是文学与帝王政治的关系。

除此之外,刘勰指出,学术风气的变化,亦影响于文学的面貌。他举例说,战国时期,齐、楚两国颇为重视文化学术:“齐开庄衢之第,楚广兰台之宫;孟轲宾馆,荀卿宰邑;故稷下扇其清风,兰陵郁其茂俗。”影响所及,文学面貌为之一新:“邹子以谈天飞誉,驺奭以雕龙驰响;屈平联藻于日月,宋玉交彩于风云。观其艳说,则笼罩《雅》《颂》。”刘勰由此得出结论:“故知炜烨之奇意,出乎纵横之诡俗也。”③也就是说,这些极富光彩的奇特之作,正来自于此时纵横驰骋的非凡的学术风气。再如东晋时期,刘勰说:

① 刘勰:《文心雕龙·程器》,戚良德:《文心雕龙校注通译》,第560页。

② 刘勰:《文心雕龙·时序》,戚良德:《文心雕龙校注通译》,第508页。

③ 刘勰:《文心雕龙·时序》,戚良德:《文心雕龙校注通译》,第493页。

> 自中朝贵玄,江左弥盛;因谈余气,流成文体。是以世极迍邅,而辞意夷泰;诗必柱下之旨归,赋乃漆园之义疏。故知文变染乎世情,兴废系乎时序;原始以要终,虽百世可知也。[①]

从西晋开始崇尚玄谈,到东晋则更为兴盛;其影响所及,逐渐形成一种文风和文体。如玄言诗,便是玄学影响下的产物。刘勰说,尽管此时世道维艰,但文学作品的内容却平淡而安泰,诗赋皆成为老、庄思想的发挥和注疏。这里的所谓"世情",既指学术风气;但又不仅仅是学术风气的问题,而是包括社会政治的整个时代状况了;所谓"文变染乎世情,兴废系乎时序",乃是文学之盛衰兴亡的千古不易之理。

由《时序》一篇即可看出,刘勰对文艺学的考察与现代文艺学迥然不同;应该说,这种把文学理论、文学批评、文学史熔为一炉的做法,是值得现代文艺学借鉴的。

六

《文心雕龙》不仅涵盖了众多的文论思想,所谓"弥纶群言"[②],而且包容了儒道玄佛各家的思想精义。实际上,《文心雕龙》之所以被称为中国文论史上之"空前绝后"的体大思精

---

① 刘勰:《文心雕龙·时序》,戚良德:《文心雕龙校注通译》,第505页。

② 刘勰:《文心雕龙·时序》,戚良德:《文心雕龙校注通译》,第571页。

之作[①],其对中国古代各家思想的吸收借鉴乃是一个重要的原因。中国古代浩如烟海的文论著作中,实在不乏深入创作过程本身而探得文章精理奥义的成功之作和精彩之言,缺乏的乃是那些从更高的理论视野来反思文学艺术,并建构起自己理论体系的伟大作品。而这种文艺理论体系的产生,除了对艺术规律的深入理解,还有赖于文艺理论家文化、哲学思想的形成,至少是对文化、哲学思想的借鉴、吸收和融会贯通,并有意识地运用于文学艺术现象的思考。没有这个方面,伟大的文艺理论体系是不可能产生的。《文心雕龙》之不同于一般的中国古代文论著作的独特之处,也正在于其作者刘勰对中国古代文化、哲学思想的融会贯通,并以之作为自己思考文学艺术问题的重要借鉴,甚至直接用作自己的文艺思想资料。正因如此,《文心雕龙》对"文""文章"的考察,不仅具有空前的理论深度,而且有着极为广泛的着眼点,有着非常开阔的理论胸襟和视野;尤其是其着眼人文背景的文化观念,使得《文心雕龙》之"文"几乎包罗无遗,从而成为中国古代文章的百科全书,所谓"艺苑之秘宝"[②],乃是名副其实的。

一些研究者曾经指出,从《文心雕龙》的文体论来看,刘勰的文学观念是有问题的。二十篇"论文叙笔"把当时所能见到的文体种类搜罗殆尽,谱、籍、簿、录,方、术、占、式……无一漏遗,哪里有什么真正的文学观念呢?所以,到底应当怎样认识占全书五分之二篇幅的文体论,就不仅是"论文叙笔"本身的

---

① 参见游国恩等主编:《中国文学史》(一),人民文学出版社 1963 年版,第 317 页。

② 黄叔琳注,纪昀评:《文心雕龙辑注》,第 1 页。

问题,而且关乎对整个《文心雕龙》的认识和评价了。

著名美学家莫·卡冈说:“自古以来,人的意识不仅不认为艺术的样式、种类和体裁间的差别有任何重要意义,而且竟未看到艺术、手工技艺和知识间的原则性区别。”①又说:“自古以来人类活动的艺术的和非艺术的(生活实践的、交际的、宗教的等)领域的界限十分不确定,不明显,有时简直不可捉摸……在那里我们也看不到任何确定和清楚的体裁、种类、样式结构。语言创作尚未从音乐创作中分离出来,叙事诗的创作尚未同抒情诗创作相分离,历史—神话创作也未同表现日常生活的创作分离开来。”②就中国文艺的发展而言,这种情形也是相当明显的。因此,别林斯基的话对我们颇有启发:“真正的美学的任务不在于解决艺术应该是什么而在解决艺术实际是怎样。换句话说,美学不应把艺术作为一种假定的东西或是一种按照美学理论才可实现的理想来研究。不,美学应该把艺术看作对象,这对象原已先美学而存在,而且美学本身的存在也就要靠这对象的存在。”③刘勰之所以用了极大的精力穷搜“文场笔苑”④,把当时所能见到的几乎所有文体都纳入了自己的考察范围,正是从“文”的历史实际出发的理论建构。实际上,魏晋南北朝乃至中国古代的“文章”,是很难截然分成后世所

---

① [俄]莫·卡冈:《艺术形态学》,凌继尧、金亚娜译,生活·读书·新知三联书店1986年版,第20页。

② [俄]莫·卡冈:《艺术形态学》,凌继尧、金亚娜译,第189页。

③ 转引自朱光潜:《西方美学史》,人民文学出版社1979年版,第524页。

④ 刘勰:《文心雕龙·总术》,戚良德:《文心雕龙校注通译》,第488页。

谓文学和非文学的。诗赋可算纯文学作品了，然而当"诗必柱下之旨归，赋乃漆园之义疏"①时，诗赋成了阐释老庄思想的工具，也就变得"理过其辞，淡乎寡味"②了。"表"是臣下向帝王呈辞的一种文体，然而孔融的《荐祢衡表》、诸葛亮的《出师表》却成为传诵千古的文学名篇。"移"是用于政治、军事文告的一种文体，然而孔稚圭的《北山移文》历来是文学史上的名篇。《文心雕龙》文体论的最后一篇是《书记》，"书"即书信；然而一读丘迟的《与陈伯之书》："暮春三月，江南草长，杂花生树，群莺乱飞。见故国之旗鼓，感平生于畴日，抚弦登陴，岂不怆悢！"③谁又能否认其盎然诗意呢？类似之例，可谓举不胜举。所谓"真正的美学的任务不在于解决艺术应该是什么而在解决艺术实际是怎样"，刘勰正是从"文"的实际出发而全面考察各类"文章"，这毋宁是一种文化视野中的文艺学。

实际上，从文化观念的角度来看《文心雕龙》的文体论，那就不仅不是什么理论缺陷，而且乃是一种值得推崇和借鉴的文艺学范式。一方面，随着人类社会的发展和社会分工的越来越细，文学确乎早已成为一个特别的部类而得到专门研究；但另一方面，不仅现代文体的种类愈趋繁杂，而且各种文体之间的区别和联系亦呈纠结之势。随着网络文学等各种文体的兴起，文学和非文学的概念实际上已经越来越模糊不清；随着人们阅读观念的转变和审美趣味的变化，一些边界模糊的文体必然会

---

① 刘勰：《文心雕龙·时序》，戚良德：《文心雕龙校注通译》，第505页。

② 锺嵘著，陈延杰注：《诗品注》，人民文学出版社1961年版，第1页。

③ 萧统编，李善注：《文选》，第1947页。

更加兴盛。可以说，以文化的视野和胸襟建构新的文艺学范式，或许将是未来文艺学的一个方向；以此而论，则《文心雕龙》对当代文艺学的启发，便是不言而喻的了。

通过上述粗浅的勾勒，笔者力图说明，《文心雕龙》以其独具特色的六大文艺观念，即文学观念、文体观念、作品观念、写作观念、文学史观念和文化观念，形成一个独特的文艺学范式。因此，《文心雕龙》决不仅仅可为当代文艺学提供资料，而是从文艺学的整体观念架构上，为我们提供了一个基于中国文学实践的经典范式，从而可为当代文艺学提供整体借鉴，并有望引起当代文艺学的根本变革，以最终形成“中国文艺学”。

《文心雕龙》的文章观念与儒学视野*

自从清代《四库全书》把《文心雕龙》纳入集部，并作为“诗文评”之第一以后，《文心雕龙》这部书就主要停留在文艺学的视野中。但在不同的历史时期，对这部书的性质还是有不同的认识。直到今天，当《文心雕龙》研究已成为国内外瞩目的“龙学”，研究论著总字数超过一亿字以后，《文心雕龙》是一部什么书，反而愈加成为一个问题，这是颇为耐人寻味的。这从另一方面提醒我们，文艺学视野中的《文心雕龙》或许是有些变形的；或者说，《文心雕龙》研究不仅需要文艺学的视野，更需要多维度、超文艺学的视角。特别是从其作者刘勰的身世际遇、思想倾向以及《文心雕龙》思想根源、创作动机的角度，重新认识这部书的性质，可能更有助于使我们接近其真相，从而更好地发掘其当代意义。从儒学角度研究《文心雕龙》的必要性正在这里。

---

* 本文原载于《文史哲》2014 年第 2 期，修订收录于作者文集《〈文心雕龙〉与中国文论》，中国书籍出版社 2017 年版，第 45—56 页。

一

范文澜先生曾经指出："刘勰是精通儒学和佛学的杰出学者……刘勰撰《文心雕龙》，立论完全站在儒学古文学派的立场上。……刘勰自二十三四岁起，即寓居在僧寺钻研佛学，最后出家为僧，是个虔诚的佛教信徒，但在《文心雕龙》（二十三四岁时写）里，严格保持儒学的立场，拒绝佛教思想混进来，就是文字上也避免用佛书中语……"①范先生的这段话现在很少被人提起了，因其观点并没有得到大多数《文心雕龙》研究者的认同，因而也就没有引起我们充分的注意和重视。特别是认为《文心雕龙》的写作"完全站在儒学古文学派的立场上"以及"严格保持儒学的立场"，现在很多《文心雕龙》的研究者可能颇不以为然。但认真考察刘勰的思想及其《文心雕龙》写作的背景、动机和目的，我们不难发现，范先生所论基本是符合实际的。反思现代"龙学"的百年历程，我们可以清晰地看到，儒学角度的《文心雕龙》研究一是从未得到真正的重视和开展，二是越来越受到忽视，因而关于《文心雕龙》的一些根本问题也就没有得到很好的说明和阐发；在很多问题的研究中，我们不是离刘勰及其《文心雕龙》越来越近，而是越走越远了。

那么，造成这种现象的原因是什么呢？笔者以为，文艺学的主要或者唯一视角可能是根源所在。把《文心雕龙》当成一

① 范文澜：《中国通史简编》修订本第二编，人民出版社 1964 年版，第 418—419 页。

部文艺学著作或者一部中国古代的文学概论，使得我们的《文心雕龙》研究离刘勰写作这部书的初衷越来越远，从而我们对这部书的认识也就越来越走样了。《文心雕龙》是“论文”之作，因而它当然是一部“文论”，但问题是，刘勰心目中的“文论”与我们从西方引进的“文艺学”或“文学概论”不是一回事。正因如此，当我们以现代文艺学或文学概论的视角去观察、研究《文心雕龙》之时，我们一方面背离了刘勰写作这部书的初衷，抓不住《文心雕龙》的理论中心和实际，另一方面也就很难看到这部书的理论价值和意义，或者说我们对这部书的理论价值和意义的阐发只能是文艺学或文学概论的，因而是不全面的、有很大局限的。这样最终的结果就是，尽管《文心雕龙》的文艺学研究取得了大量和重要的成果，但《文心雕龙》这部书既难以成为文艺学的主流，而在其他的意义上也同样得不到应有的重视和地位。基于此，笔者以为《文心雕龙》乃至整个中国古代文论的研究所面临的一个当务之急是中国文论话语的还原。所谓“儒学视野中的《文心雕龙》研究”，正是这种回归和还原的一个方式或尝试。

《文心雕龙》研究的文艺学视角之所以占据主流或中心地位，这与近代以来西学东渐进而以西学为主流的整个学术文化背景是密切相关的。曹顺庆先生曾指出：

> 中国的传统文论是世界文论中的重要组成部分，在悠久的中国古代文化史上，它一直在有效地解说和阐释着中国自己的文学，但是近现代以来，众所周知，中国传统文论受到很大的冲击，可以毫不夸张地说，中国传统文论被冲击到“边缘”的地位，有时候甚至被当作了“异端”，这些发

> 生在现当代中国文化史上的现象大家有目共睹……我要反问的是,这样的现象在文化上是“合理”或者“合法”的吗?近现代的激进思想者认为:“是合理合法的。”……但是,我不得不说这样的“合理”性是中国人自己对自己文化进行的“暴力”而形成的,从这个意义上说,它又是极其不合理的。近代以来,成为西方殖民地的国家和地区不在少数(近现代中国还不是完全的殖民地),但像中国人这样自己摧残自己的文化而自失对自己文化的自信心的现象可能仅此一见。这说明,近现代以来对传统文化、文论的这一“反动”只有情绪上的依据,没有学理上的依据和合法性。这也给百年后的我们提出了一个文化的学术的任务,那就是反思这百年的问题并纠正过去的倾向。①

笔者以为,曹先生的上述论断切中肯綮,应当引起我们充分的注意和重视;中国古代文论的研究,亟须回归我们自己的话语范式和语境。可以说,尽管近百年的《文心雕龙》研究取得了丰硕的成果,甚而形成引人瞩目的所谓“龙学”,但实际上刘勰及其《文心雕龙》的地位仍然是很尴尬的,特别是新中国成立后中国大陆《文心雕龙》的研究尤其如此。笔者觉得,这种尴尬不是因为研究者不努力,而是因为我们的研究视角,因为我们把《文心雕龙》牢牢地钉在了文艺学的柱子上,从而把这部书弄得非驴非马、左右为难了。文化学者李兆忠先生有一个很

---

① 曹顺庆:《〈价值理性与中国文论〉序》,刘文勇:《价值理性与中国文论》,巴蜀书社2006年版,“序”,第3—4页。

形象的说法，他说："传统的中国好比是驴，近代的西方好比是马，驴马杂交之后，产下现代中国这头骡；现代中国文化从此变成一种非驴非马、亦驴亦马的'骡子文化'。"①这话听起来似乎不怎么顺耳，但却是很形象地说明了一些问题。他进而指出："中国现代的'骡子文化'是一种不自然的、主体性欠缺的文化，它摇摆多变，缺乏定力，在外部世界的影响刺激下，每每陷于非理性的狂奔。过去不到一百年的时间里，中国的文化语境至少经历了六次剧烈的变化，令人眼花缭乱，无所适从。"②不过笔者以为，"骡子文化"只是一个比喻，任何比喻都是不准确的，但近代以来中国文化研究的"主体性欠缺"问题确是非常突出的，西方文艺学话语范式影响下的《文心雕龙》乃至中国文论研究亦难以例外。诚如曹顺庆先生所说："百年的文化痼疾当然不能凭几个人的努力就可以一下子解决，需要文化界、文论界的同仁一起来理性地反思过去，或宏观或微观地从各个方面来进行这样的文化工作，指出过去的失误并为未来中国的文化文论的健全走向贡献自己的一点力量。"③因此，无论《文心雕龙》还是整个中国古代文论的研究，首先面临着一个回归和还原的问题，那就是回归中国古代文化和文论的语境，还原其话语的本意和所指。

实际上，不少中国古代文论的研究者早已意识到了这个问

① 李兆忠：《喧闹的骡子——留学与中国现代文化》，人民文学出版社2010年版，"自序"，第5页。

② 李兆忠：《喧闹的骡子——留学与中国现代文化》，"自序"，第5页。

③ 曹顺庆：《〈价值理性与中国文论〉序》，刘文勇：《价值理性与中国文论》，"序"，第4页。

题，并提出了一些很好的想法和意见。如党圣元先生曾说："在以往之反思的基础上，近来我集中思考了一个问题，就是在当下的思想文化语境中，应该建立一种国学视野下的文化通观意识和'大文论'观念，以为我们研究古代文论的学术理念和方法论。"①为什么要"建立一种国学视野下的文化通观意识和'大文论'观念"呢？笔者的理解就是因为这是回归和还原的需要，不如此不足以认识《文心雕龙》以至中国古代文论的本来面目和历史现实意义。党先生指出：

> 这就要求我们必须以一种务实求真的态度，重建国学视野下的文化通观意识，充分尊重中国文化思想史上文史哲合一的学术大传统，在还原的基础上阐释和建构中国传统的"大文论"话语体系。……于此，刘勰在《文心雕龙》中所采用的"振叶以寻根，观澜而索源"和"擘肌分理，唯务折衷"的态度和方法，确实应该奉为楷模。而只有这样，我们方才可以对中国传统的以天—地—人、道—圣—经为轴心，层层展开、层层交织在一起，与传统的伦理、政治、哲学、历史、宗教等同生共长（有时甚至附着于伦理、政治、哲学、历史、宗教上面），因而具有超乎寻常的开放性和生命力的"大文论"体系达到较为深切的认识。②

---

① 党圣元：《返本与开新——中国传统文论的当代阐释》，河南大学出版社2011年版，"自序"，第2页。

② 党圣元：《返本与开新——中国传统文论的当代阐释》，"自序"，第2—3页。

显然，党先生谈的也正是“还原”问题，而所谓“国学视野”“文史哲合一的学术大传统”等，与笔者所谓“儒学视野”乃是并行不悖的。对《文心雕龙》研究而言，强调“儒学视野”正是从刘勰的思想理论实际出发的，因而具有更为切实的意义。饶有趣味的是，党先生特别指出了《文心雕龙》的研究方法对今天中国古代文论研究方法的重要意义，这是颇具启发性的。以刘勰著《文心雕龙》的态度和方法来研究《文心雕龙》乃至中国古代文论，确乎有可能回归中国文论的文化语境，从而体验原汁原味的中国文论话语，从而真正延续中华文化一以贯之的血脉和承传，并进而为复兴中华文化作出切实的贡献。

二

长期以来，《文心雕龙》一直停留在文艺学的视野中，因而这部书主要就是被作为文学理论和批评著作来研究。除此之外，由于《文心雕龙》所论文体的广泛性，也有一些研究者认为这部书是泛文学理论或杂文学理论著作，甚至干脆说它是文章学；但这也恰好说明研究者的参照系仍然是文艺学，《文心雕龙》还是没有超出文艺学的视野。《文心雕龙》是文论，因而文艺学的研究是必须的，也是重要的，但我们却往往忽略了刘勰“论文”的出发点，尤其是刘勰所论之“文”在儒学中的地位和作用。

刘勰为什么要写《文心雕龙》这样一部“论文”之作呢？这缘于他对“文章”重要性的认识。他明确指出：“唯文章之用，实经典枝条。五礼资之以成，六典因之致用；君臣所以炳焕，军国所以昭明：详其本源，莫非经典。”[①]显然，刘勰心目中的“文章”、刘勰所论之“文”，与我们今天的“文学”并不一致，并非我们今天的“文学”，而是儒家经典的“枝条”，是军国社稷须臾不可或缺的重要工具。从这个意义上说，《文心雕龙》这部书首先不是我们今天所理解的指导人们如何进行所谓“文学创作”的书。那么，它到底是一部什么书？这是儒学视野中的《文心雕龙》研究所要回答的首要问题。

《文心雕龙》是一部什么书呢？《序志》说：“搦笔和墨，乃始论文。”[②]因而《文心雕龙》是一部“论文”之作，这是刘勰自己的说明，那么说《文心雕龙》是一部“文论”肯定是没有问题的。既然是一部文论，似乎当然也就是文学理论。实则不然。这里的问题就在于刘勰的这个“文”不是今天我们说的“文学”，因而所谓“文论”，也就决不等于今天所谓文艺学或者文学概论。正是看到了这个问题，所以王运熙等先生认为《文心雕龙》不是文学理论，而是“文章作法”[③]，这样说的出发点是完全正确的，是企图还原《文心雕龙》本来面目的做法。但这样说对不对呢？在当代文艺学的背景下，说《文心雕龙》不是文学理论而是文章理论，与说《文心雕龙》是文学理论一样，仍然不全对。因为刘勰的“文”也不是今天我们说的“文章”。那么《文心雕龙》的“文”是什么？它是今天的“文学”和“文章”的

---

① 刘勰：《文心雕龙·序志》，戚良德：《文心雕龙校注通译》，上海古籍出版社2008年版，第566页。

② 刘勰：《文心雕龙·序志》，戚良德：《文心雕龙校注通译》，第566页。

③ 王运熙：《〈文心雕龙〉的宗旨、结构和基本思想》，《复旦学报》1981年第5期。

总和。在刘勰的概念中，在《文心雕龙》中，这个“文”也叫“文章”，但却不是今天的“文章”，而是包括今天所有的“文学”和“文章”。所以，无论说《文心雕龙》是文学理论还是文章理论，都并未抓住刘勰著作的初衷，也就并不完全符合《文心雕龙》的实际。

实际上，刘勰的初衷是要对孔门四教之一端——“文教”进行研究。所以，《文心雕龙》不仅是一部文学理论，更是一部儒家人文修养和文章写作的教科书，必须明确，这里的文章写作既包括今天所谓“文学创作”，更包括政治、经济、文化以及日常生活中所有的文字工作。可以说，凡是需要动笔的事情，都是《文心雕龙》所要研究的范围；而且，在刘勰的观念中，写一张假条和写一首诗同样重要。而“动笔的事情”最终所体现出的，正是一个人全部的文化修养和教育，所以刘勰所要研究的不仅仅是文学创作，而是一个人全部的文化教养，也就是孔门四教之“文教”。所谓“五礼资之以成，六典因之致用；君臣所以炳焕，军国所以昭明”①，显然，在刘勰的观念中，这个“文章”比我们今天的“文学”可是重要得多了，它是实实在在的“经国之大业，不朽之盛事”②。所谓“文章千古事”③，我们虽然经常说这句话，但文章何以是“千古事”，这“千古事”又是什么事，在当代文艺学的语境下，我们的理解可能与古人相去甚

① 刘勰：《文心雕龙·序志》，戚良德：《文心雕龙校注通译》，第566页。

② 曹丕：《典论·论文》，穆克宏、郭丹编著：《魏晋南北朝文论全编》，江苏教育出版社2004年版，第15页。

③ 杜甫：《偶题》，仇兆鳌注：《杜诗详注》，中华书局1999年版，第1541页。

远了。至少我们未必理解古人的心情,未必能对这“千古事”感同身受,因为它决不仅仅是表现一己之情的所谓“文学创作”。所以说《文心雕龙》是文学理论,是文艺学著作,假如刘勰泉下有知,可能是不会同意的,可能是要摇头的;他一定会说,那是大材小用了,根本没有得其“用心”所在。

刘勰有句很有名的话,叫作“安有丈夫学文,而不达于政事哉”①,笔者一直很欣赏,但以前只是觉得刘勰不迂腐,不是让人学文就只知道文,而是还要充分地参与政事、关注现实、建功立业。其实,那仍然是没有得刘勰“用心”之所在的。刘勰之所以那样说,根本是决定于他论述的“文”,“学文”而“达于政事”乃是一个必然之理。刘勰所论述的“文”,其关乎社稷军国,关乎礼乐典章,关乎人文化成,当然是要达于政事的,那甚至根本就是为政的一个方面而已。假如《文心雕龙》只是所谓“文学理论”,那么以我们今天的观念而论,学文学的人多半是要远离“政事”的,哪有刘勰所谓必达于政事的道理呢?

正是从这个意义上,笔者觉得范文澜先生说刘勰著《文心雕龙》“严格保持儒学的立场”是符合刘勰的精神的,因而是基本正确的。诚然,刘勰的思想很复杂,他不仅“精通儒学和佛学”,当时流行的玄学他也非常精通。同时,他的思想意识又具有极大的包容性、灵活性和开放性。正因如此,很多研究者都认为刘勰及其《文心雕龙》的思想不是定于一尊的,而是具有很大的概括性,是多家思想的融合和贯通,而不能用一家思想来涵盖。正如许多研究者所指出,刘勰所保持的这个儒学是

---

① 刘勰:《文心雕龙·程器》,戚良德:《文心雕龙校注通译》,第559页。

六朝时期的儒学,带有儒道玄佛融合的色彩,但尽管如此,笔者觉得其基本色调却是未改儒家思想和精神的。即如香港石垒先生,他认为:“《文心雕龙》《原道》篇所原的道是佛道,即神理、神或‘般若之绝境’(《论说》篇)状态中的般若。”①但同时他也承认:“刘勰所著的《文心雕龙》,是以儒家的文学观为它立言、论文的宗师和征验的。他不但将人文的创作与评价,用孔子所镕钧的六经作标准来衡量,即有关人文的肇始,也引用了《易经》和《礼记》中的一些词和语句来加以说明。”②因此,“儒道在《文心雕龙》中,占着极为重要的地位,全书中有关论文的部分,几乎都是以儒道和它的六经为中心的。这种情况,以在《原道》《征圣》《宗经》《序志》《正纬》《杂文》《史传》《论说》《通变》《总术》等篇中,表现得特别显著”,只是石先生同时认为,“但问题的关键是……《文心雕龙》作者所原、所本、所明的道,是佛道,而不是其他任何一家之道”③,并说“《文心雕龙》所原、所明的道,是佛道,这是一个颠扑不破的定论,‘自谓颇能得彦和本心,发千载之覆’,给以后研究《文心雕龙》和中国文学批评的人们,开创了一条崭新的较前更为精确的道路”④,对这后面的结论,笔者是不敢苟同的。

实际上,在近年来的《文心雕龙》研究中,佛学之于《文心雕龙》的重要性越来越受到重视,但这种重要性的评估也有问题,一是佛学对刘勰“论文”而言的重要性体现在什么地方,二

① 石垒:《文心雕龙与佛儒二教义理论集》,(香港)云在书屋1977年版,“自序”,第1—2页。

② 石垒:《文心雕龙与佛儒二教义理论集》,第1页。

③ 石垒:《文心雕龙与佛儒二教义理论集》,第78页。

④ 石垒:《文心雕龙与佛儒二教义理论集》,第101页。

是这一重要性的程度有多深。无论石垒先生的“佛道”说,还是已故“龙学”家马宏山先生著名的“以佛统儒,佛儒合一”①说,固然夸大了佛教之于刘勰,特别是《文心雕龙》的重要性,而近年来对佛教之于《文心雕龙》影响的评估,也已经远远超出了当年范文澜先生的说法,这是否是实事求是之论?笔者以为,佛教之于刘勰的影响是显然存在的,而这种影响主要在刘勰的人生观、哲学观;对“论文”之作的《文心雕龙》而言,则主要是经由刘勰的人生观和哲学观产生一定影响,至于具体的文论观点,范先生所谓“拒绝佛教思想混进来”,应该说不仅是有道理的,而且很可能是深得彦和之“用心”的。这就像刘勰高举“征圣”“宗经”的大纛而最终却着眼于“文”一样,他在人生观和哲学观上崇尚佛学,却并不影响他以纯粹的态度来“论文”。笔者之所以不能同意“《文心雕龙》所原、所明的道,是佛道”这一说法,正在于刘勰是在“论文”,是在研究孔门之“文教”,所谓“五礼资之以成,六典因之致用;君臣所以炳焕,军国所以昭明”②,这哪里是佛家对文章的认识呢?

三

从清代到当代,《文心雕龙》得到了高度的评价。在大量的精彩论断中,如下三个人的说法极为有名。一是清人谭献,

---

① 马宏山:《文心雕龙散论》,新疆人民出版社1982年版,第1页。

② 刘勰:《文心雕龙·序志》,戚良德:《文心雕龙校注通译》,第566页。

他说《文心雕龙》是“文苑之学，寡二少双”①。二是鲁迅先生，其云：“东则有刘彦和之《文心》，西则有亚里士多德之《诗学》，解析神质，包举洪纤，开源发流，为世楷式。”②三是中国《文心雕龙》学会成立时的名誉会长、著名文艺理论家周扬先生，他指出，《文心雕龙》“在古文论中占有首屈一指的地位，它是中国古文论中内容最丰富、最有系统、最早的一部著作，在中国没有其他的文论著作可以与之相比”，同时，“这样的著作在世界上是很稀有的。《文心雕龙》是一个典型，古代的典型，也可以说是世界各国研究文学、美学理论最早的一个典型，它是世界水平的，是一部伟大的文艺、美学理论著作”，“它确是一部划时代的书，在文学理论范围内，它是百科全书式的”。③

这三个时代的关于《文心雕龙》的三个说法，都是在毫无保留地肯定《文心雕龙》，但却各有自己的角度；肯定和赞美的本意无可厚非，但却并非都是符合刘勰的初衷及其《文心雕龙》的实际的。可以说，清人谭献的说法最近《文心雕龙》的实际，因为所谓“文苑之学”，这个“文”当然还是中国古代原有的“文章”，而不是我们今天的“文学”。鲁迅先生所谓“解析神质，包举洪纤，开源发流，为世楷式”的这四句话，显然是对《文心雕龙》和《诗学》的共同赞美，但把这两部书放在一起说，实际上却有些不伦不类。笔者觉得，这四句话用来说刘勰及其

---

① 谭献：《复堂日记》，河北教育出版社 2001 年版，第 118 页。

② 鲁迅：《集外集拾遗补编 · 题记一篇》，《鲁迅全集》第八卷，人民文学出版社 2005 年版，第 370 页。

③ 参见周扬：《关于建设具有中国民族特点的马克思主义文艺理论问题——周扬同志答〈社会科学战线〉记者问》，《社会科学战线》1983 年第 4 期。

《文心雕龙》倒是很合适，但以之概括亚里士多德的《诗学》就未必名副其实了。之所以如此，正因为这两部书原本性质不同、研究对象不同、论述范围不同，其产生的时代及其理论意义也完全不同，根本是完全不同的两部书。当然，两部书的比较研究毫无疑问是可以且可行的，实际上王毓红教授在这方面就作出了出色的成绩①，但这是另一个问题了。所谓“东则有刘彦和之《文心》，西则有亚里士多德之《诗学》”这样的说法，实在是有些很不对称，这就像把两个形状和重量均有极大差异的东西放在了天平的两端，让人多少觉得有些滑稽。但多年以来，我们却一直推崇鲁迅先生这个说法（包括笔者），原因就是我们没有走出《文心雕龙》研究的文艺学视野。至于周扬先生的论断，一方面至为高明，有着非常正确的见解；另一方面却也同样是从文艺学出发的，因而仍然有片面而不符合实际的地方。所谓“在文学理论范围内，它是百科全书式的”，“文学理论”这个范围并不算大，或者说很小，是百科全书又如何呢？试看我们今天的哪一本“文学概论”不是文学理论范围内的百科全书呢？所以这虽然本意是对《文心雕龙》的一个高度评价，实际上却未必抓住了要害，问题就在于《文心雕龙》其实已经远远超出了“文学理论”的范围。

比如，从“百科全书”的角度说，《文心雕龙》的文体论是当之无愧的，但它却不是在“文学理论”的范围内。它的价值和意义也不是文艺学视野所能解决的。《文心雕龙》的文体论占有全书五分之二的篇幅，但在近百年的“龙学”史上一直没有

---

① 相关内容参见王毓红：《在〈文心雕龙〉与〈诗学〉之间》，学苑出版社 2002 年版。

得到充分的重视和研究;虽然近年来已有部分学者开始关注这个问题,但其视野主要还是文艺学的。实际上,《文心雕龙》文体论之所以长期不受重视,正是因为文艺学视野的限制,因为刘勰所讨论的大部分文体不属于今天所谓“文学”的体裁,也就难以纳入文艺学的论述范围。因此,从文艺学的角度研究《文心雕龙》的文体论,一是不可能真正重视它,二是不可能准确认识它,从而也就不可能真正认识其理论和实践意义之所在。所以,彻底搞清刘勰用近一半的篇幅来“论文叙笔”的真正目的,是儒学视野中的《文心雕龙》研究所要回答的又一个重要问题。显然,从所谓“文学创作”的角度说,《文心雕龙》文体论所涉及的大部分文体已经没有什么意义了;换言之,占《文心雕龙》五分之二篇幅的“论文叙笔”,实际上只有少数几篇与今天所谓“文学”有关,它又怎么能进入文艺学的视野,又怎么能在文艺学的框架内得到肯定和重视呢?然则,有着如此文体论的一部《文心雕龙》,其在文艺学视野中的尴尬也就是可想而知的了。假如走出文艺学的视野,那么从各种应用文的写作角度说,《文心雕龙》之“论文叙笔”乃是中华文章写作的宝典,在今天仍有着广泛而重要的实用价值。

实际上,不仅是《文心雕龙》的文体论,即使在现代“龙学”史上备受关注的“创作论”部分,仅仅局限于文艺学视野的研究也仍然是大有问题的。《文心雕龙》的创作论部分,因为其与现代文艺学可以较好地接轨,所以“龙学”家们普遍认为《文心雕龙》的核心部分是“剖情析采”的创作论,因此对这一部分的研究也最为充分,成果最为丰富。但饶有趣味的是,这一部分的十九篇,实际上得到研究者极大关注的只是开头的五六篇,而后面的十几篇与文体论一样,一直并未得到充分的研究和重视。这仍然是文艺学视野中的《文心雕龙》研究所必然出现的结果。因为"剖情析采"部分的大量内容,其实仍然与现当代文艺学的着眼点完全不同。刘勰说:"文场笔苑,有术有门。"[①]一方面,这个所谓创作论,仍然是基于二十篇"论文叙笔"的创作论[②];另一方面,刘勰真正费尽心力进行研究的,乃是为文之"术",也就是具体的写作方法,而这在现当代文艺学中是不被重视的,何况刘勰所讨论的那些方法,针对的并不是今天所谓文学创作。因此,儒学视野中的《文心雕龙》研究仍然需要重新审视所谓"创作论",并回答其真正的价值和意义在哪里。

无论从"论文叙笔"的文体论来说,还是从"剖情析采"的创作论而言,《文心雕龙》不仅是文章写作的宝典,也是打开中国古典文化大门的一把钥匙。一方面,刘勰把当时所能见到的各种文体都纳入了自己的论述范围,从而使这部书成为一部分体文章史,成为中华文章的渊薮,因而要进入中国古典文学文化之门,谙熟《文心雕龙》便成为一条捷径;另一方面,刘勰又有意识地集中探讨文章写作和鉴赏的原理,认为"缀文者情动而辞发,观文者披文以入情:沿波讨源,虽幽必显",并说"世远莫见其面,觇文辄见其心"[③],从而提出了一系列正确解读文章的方法,这就更为我们进入中国古典文学文化堂奥提供了一把

① 刘勰:《文心雕龙·总术》,戚良德:《文心雕龙校注通译》,第488页。

② 参见戚良德:《〈文心雕龙·总术篇〉新探》,《文史哲》1987年第2期。

③ 刘勰:《文心雕龙·知音》,戚良德:《文心雕龙校注通译》,第549页。

金钥匙。比如,多年前,著名古典文学专家萧涤非先生曾说:“如果说我那本写于解放前的《汉魏六朝乐府文学史》还不无可取之处,那也是由于得到《文心雕龙》‘文变染乎世情,兴废系乎时序’这两句话的启发。”①不仅古典文学,实际上整个中国文化都在刘勰的视野中,他说“书亦国华,玩绎方美”,从而要求人们做“知音君子”。② 可以说,刘勰乃是中华文明的忠实传承者。

作为中国古代“寡二少双”的“文苑之学”,《文心雕龙》为我们提供了一个极为精密而又颇具开放性的理论体系,因而成为中国古典文论中“笼罩群言”③的空前绝后之作,从而得到了世人的广泛认可和重视,并进而形成一门所谓“龙学”。一百年来,许多国学大师都兴趣盎然地把目光投向了《文心雕龙》,诸如刘师培、黄侃、刘咸炘、范文澜、刘永济、陆侃如、杨明照、王利器、詹锳、王元化,等等,都有著名的“龙学”著作问世,这既说明了《文心雕龙》之非凡的价值和吸引力,也说明了“龙学”形成之必然,更说明其必然具有的强大生命力。但在现当代西方文艺学的话语体系中,《文心雕龙》的理论体系一方面受到了关注、重视和研究,但另一方面其研究的成果又是极其有限的,特别是其融入现当代文艺学的可能和实践,都还远远不如人意。一方面大家无不承认《文心雕龙》建构了一个体大思精

---

① 萧涤非著,萧海川编:《风诗心赏》,中华书局 2008 年版,“代前言”,第 1 页。

② 刘勰:《文心雕龙·知音》,戚良德:《文心雕龙校注通译》,第 551 页。

③ 章学诚:《文史通义·诗话》,叶瑛校注:《文史通义校注》,中华书局 1985 年版,第 559 页。

的理论体系,另一方面这个体系又难以为现当代文艺学所用,问题在哪里?因此,我们必须重新思考:这是一个什么样的体系?它的真正价值和当代意义是什么?

毫无疑问,文艺学视野中的《文心雕龙》研究已经取得了丰硕的成果,但所谓“龙学”,目前还基本处于自给自足的封闭或半封闭状态,即使在文艺学的视野中,其于当代文艺学的价值和意义,也还没有得到很好的阐释,更谈不上应用了。其中的原因,除了“龙学”本身的独立性和较大的研究难度,造成研究者很难进行古今的融会贯通以外,研究视野的局限是一个根本的问题。正是因为文艺学视野中的《文心雕龙》研究并未完全理解刘勰写作这部书的初衷,得出的很多结论也就并不符合这部书的理论实际,从而也就难以准确认识和阐释它的当代价值、理论和现实意义。儒学视野中的《文心雕龙》研究就是要对这部中国古代文论的“元典”进行重新认识,既可能着眼局部而提出某些新观点,更要对这部书进行全新认识和评价。在此基础上,对这部书的理论和实践意义进行重新思考,从而重新评估《文心雕龙》的历史文化及当代价值。

中国的“文论”不仅是“文艺学”或者“文学概论”,而是关乎所有政治、经济以及社会领域的人生通识,是通向人生自由境界的文化能力。因此,刘勰的《文心雕龙》,既是一部中国文章写作之实用宝典,又是一部培育中国人文精神的教科书;既是中国文艺学和美学之枢纽,也是中国文章宝库开启之锁钥。“安有丈夫学文,而不达于政事哉”①,不仅是说大丈夫学文是

① 刘勰:《文心雕龙·程器》,戚良德:《文心雕龙校注通译》,第559页。

为了从政，学文是出人头地、建功立业的一个手段，更是说“文”与“政”原本是密不可分的，所谓“文武之术，左右惟宜”①，学文和学政是一致的，学文必然通向学政，因为“文”的能力也就关乎“政”的能力，这才是刘勰的认识和初衷，这才是《文心雕龙》一书的出发点。从这个角度去认识刘勰及其《文心雕龙》一书，我们就可以明白，这部书既是文艺学的、文学概论的，因而对所谓“文学创作”有着重要的意义，同时又是“写作学”“秘书学”乃至“新闻学”的，它着眼于一个人的文字、文化能力和修养，进而着眼于一个人的人文素养和基本能力，从而关乎一个人的人生境遇和全部事业。

因此，站在中国思想文化经典巨人之肩上的刘勰及其《文心雕龙》，毫无疑问也奉献了一部新的思想文化经典，这部经典述往知来、开学养正，为当时以及后来之人提供了一个人生文化修养的指南，也提供了一个可以具体操练的思路和程式。应该说，《文心雕龙》这部经典是贵族的、高傲的，立足于精英文化的，但也是具体、切实而富有实践意义的。它是从最基本和基础的“童子功”开始的。所谓“童子雕琢，必先雅制”②，这对我们今天的整个文化教育是富有重要意义的，可能比《三字经》《弟子规》之类的意义要大得多；从某种程度上说，也迫切、现实得多，比如对于我们中小学的作文课以及大学里的写作课，乃至公务员考试中的“申论”，笔者觉得《文心雕龙》可能正具有非常现实而具体的指导意义。宋代黄庭坚曾告诫后学谓：

① 刘勰：《文心雕龙·程器》，戚良德：《文心雕龙校注通译》，第559页。

② 刘勰：《文心雕龙·体性》，戚良德：《文心雕龙校注通译》，第334页。

"刘勰《文心雕龙》,刘子玄《史通》,此两书曾读否?所论虽未极高,然讥弹古人,大中文病,不可不知也。"①宋代对《文心雕龙》的评价尚不高,但他们也已经认识到了这部书的普遍意义。可以说,无论在古代还是现代,《文心雕龙》都应该是我们的一部文化修养教科书。

---

① 黄庭坚:《与王立之》,《黄庭坚全集》,四川大学出版社 2001 年版,第 1370 页。

《文心雕龙》的文论话语

《文心雕龙》的思想之本*

《文心雕龙》之所以成为中国古代无与伦比的“一部伟大的文艺、美学理论著作”①,一个重要的原因是其对哲学思想的借鉴和吸收。刘勰生当儒、道、玄、佛大融汇的南北朝时期,既以儒家思想为根本,复以道家思想为重要的参照,同时又充分运用玄学、佛学的思想成果,从而为“论文”找到了一个全面、合理的思想支点。② 其中最为引人注目的,则是他对《周易》一书的融会贯通。笔者以为,《周易》对《文心雕龙》的影响不是枝节性的,而是全方位的;尤其是《易传》哲学,乃是《文心雕龙》的思想之魂。可以说,离开《周易》,我们是很难准确认识和把握《文心雕龙》的。

---

* 本文原载于《周易研究》2004 年第 4 期,修订收录于作者文集《〈文心雕龙〉与中国文论》,中国书籍出版社 2017 年版,第 57—69 页。

① 周扬:《关于建设具有中国民族特点的马克思主义文艺理论问题——周扬同志答〈社会科学战线〉记者问》,《社会科学战线》1983 年第 4 期。

② 参见戚良德:《文论巨典——〈文心雕龙〉与中国文化》,河南大学出版社 2005 年版,第 93 页。

一

如所周知，《周易》包括《易经》和《易传》两个部分，前者乃是古代占筮之书，而后者虽为前者最古的注解，但如高亨先生所说，"《易传》是借旧瓶装新酒"，早已"超出筮书的范畴"①，而成为李泽厚先生所谓"整个儒家最基本和最高的哲学典籍"②。对《文心雕龙》产生重要影响的，主要是《易传》；但《易传》既为《易经》之注，则其联系是无论如何也割不断的，《易传》影响于《文心雕龙》的同时，其实也意味着《易经》对《文心雕龙》必然会产生一定程度的影响。而且，如任继愈等先生所指出，由于《易经》本身"体现了一种数学上的变化规律，形式上严整而有秩序，对思维材料还是起了一定的组织作用"，它"蕴含着一种形式上的条理性"③；应该说，这种"形式上的条理性"对《文心雕龙》所谓"位理定名，彰乎大《易》之数"④的严整的组织结构也是有影响的。当然，对《文心雕龙》产生全方位影响的还是《易传》哲学。

《易传》利用《易经》的形式框架，建构起一个天、地、人相统一的完整的哲学思想体系，《系辞》所谓"《易》与天地准，故

---

① 高亨：《周易大传今注》，齐鲁书社 1979 年版，"自序"，第 2 页。

② 李泽厚：《中国古代思想史论》，人民出版社 1986 年版，第 122 页。

③ 参见任继愈主编：《中国哲学发展史（先秦）》，人民出版社 1983 年版，第 586、587 页。

④ 刘勰：《文心雕龙·序志》，戚良德：《文心雕龙校注通译》，上海古籍出版社 2008 年版，第 571 页。

能弥纶天地之道"[①],所谓"夫《易》广矣大矣,以言乎远则不御,以言乎迩则静而正,以言乎天地之间则备矣"[②],所谓"《易》之为书也,广大悉备,有天道焉,有人道焉,有地道焉"[③],等等,都在说明其着眼世界万物而欲建立一个庞大的思想系统。任继愈等先生曾指出:"中国《易传》哲学并不着重讨论世界是由什么构成的问题,而一直是把世界如何生成的问题作为思考的中心。……世界构成的问题着重讨论的是实体问题,而世界生成的问题着重讨论的是规律问题。"[④]也就是说,《易传》作者更感兴趣的不是世界的本体是什么,而是丰富多彩的大千世界本身,其欲探寻的正是人们所生活的现实世界之运动变化的规律。其云:"有天地,然后万物生焉,盈天地之间者唯万物。"[⑤]又说"生生之谓易"[⑥],"天地之大德曰生"[⑦],这种充满感情的对天地万物之生生不已的现象描述,实际上早已承认了其自然而必然,确乎把世界的构成问题抛在了一边。

当然,对天地万物的生成过程,《易传》有着详尽的叙述:

> 大哉乾元,万物资始,乃统天。[⑧]

---

① 《周易·系辞上》,高亨:《周易大传今注》,第511页。
② 《周易·系辞上》,高亨:《周易大传今注》,第516—517页。
③ 《周易·系辞下》,高亨:《周易大传今注》,第592页。
④ 任继愈主编:《中国哲学发展史(先秦)》,第618页。
⑤ 《周易·序卦》,高亨:《周易大传今注》,第643页。
⑥ 《周易·系辞上》,高亨:《周易大传今注》,第515页。
⑦ 《周易·系辞下》,高亨:《周易大传今注》,第558页。
⑧ 《周易·乾·彖》,高亨:《周易大传今注》,第53页。

至哉坤元，万物资生，乃顺承天。①

天地交而万物通也。②

天地不交而万物不通也。③

日月丽乎天，百谷草木丽乎土。④

天地感，而万物化生。⑤

天地解而雷雨作，雷雨作而百果草木皆甲坼。⑥

天地相遇，品物咸章也。⑦

天地节，而四时成。⑧

日月运行，一寒一暑。乾道成男，坤道成女。⑨

---

① 《周易·坤·彖》，高亨：《周易大传今注》，第 76 页。
② 《周易·泰·彖》，高亨：《周易大传今注》，第 147 页。
③ 《周易·否·彖》，高亨：《周易大传今注》，第 155 页。
④ 《周易·离·彖》，高亨：《周易大传今注》，第 280 页。
⑤ 《周易·咸·彖》，高亨：《周易大传今注》，第 290 页。
⑥ 《周易·解·彖》，高亨：《周易大传今注》，第 349 页。
⑦ 《周易·姤·彖》，高亨：《周易大传今注》，第 376 页。
⑧ 《周易·节·彖》，高亨：《周易大传今注》，第 473 页。
⑨ 《周易·系辞上》，高亨：《周易大传今注》，第 505 页。

> 日往则月来，月往则日来，日月相推而明生焉。寒往则暑来，暑往则寒来，寒暑相推而岁成焉。①

> 天地絪缊，万物化醇。男女构精，万物化生。②

这些叙述已经蕴含着对天地万物之运行规律的探索和概括，但看上去颇有些漫不经心，以至于人们感受最为突出的还是现象描述的本身。毋宁说，它们都不过是"天地之大德曰生"的注脚。但不应忽视的是，这种对现象世界的充分而又满含深情的描述，不仅是中国古代哲学的特点，笔者以为也是中国古代哲学的优点。古希腊哲学把生动活泼的自然世界归结为一种单纯普遍的本质（或水、或火、或原子），固然有其值得重视之处，但中国古代哲学中这种贴近自然和人生的思维却更易为人们所接受，从而产生激动人心的力量。所谓"天行健，君子以自强不息"③，既是《易传》哲学的必然结论，更是一幅现实世界的波澜壮阔的生动画卷。更重要的是，这种详尽的现象描绘实际上为规律的总结作好了充分的准备，从而使得那些看上去极为简略甚至颇不引人注意的几点规律的概括，成为千古不易的法则而具有永恒的魅力，这就是中国哲学。

正是《易传》的这一思维特点，给了刘勰"论文"以重要的启发。《文心雕龙》开篇而谓："文之为德也，大矣！"正是对生动文学现象的一种现实描摹和肯定，而所谓"与天地并生者，

---

① 《周易·系辞下》，高亨：《周易大传今注》，第570页。

② 《周易·系辞下》，高亨：《周易大传今注》，第577页。

③ 《周易·乾·象》，高亨：《周易大传今注》，第56页。

何哉”①,并非对“文”之起源的追问,而是对文章规律的探寻。在刘勰的观念中,“人文之元,肇自太极”②,其与天地一同产生,这是毋庸置疑的事实,他无意于探究;而人类何以会有丰富多彩的“文”,其意义是什么,其运行发展的规律又是什么,这才是他感兴趣的问题。实际上,“文”何以与天地一同产生,这个问题本身并非不可以导向“文”之起源的研究,然而,刘勰的回答是:天有天之“文”,地有地之“文”,人自然也有人之“文”,所谓“心生而言立,言立而文明,自然之道也”③,这是自然而必然的,是不以人的意志为转移的;从而,“文是什么”不再成为问题,“文应当如何”才是中心所在。刘勰对“文”的思考起点很高,具有哲学家的气度和胸襟;而这种哲学乃是中国哲学,刘勰的思维模式,与《易传》可谓如出一辙。也正因如此,《易传》的一系列范畴和命题,对《文心雕龙》产生了全方位的影响。

二

首先是“道”和“神”等一系列范畴。《易传》当然不会满足于上述现象的描述,而是要探寻其中的规律。也就是说,天

---

① 刘勰:《文心雕龙·原道》,戚良德:《文心雕龙校注通译》,第1页。

② 刘勰:《文心雕龙·原道》,戚良德:《文心雕龙校注通译》,第3页。

③ 刘勰:《文心雕龙·原道》,戚良德:《文心雕龙校注通译》,第1页。

地万物是如何产生的呢？《易传》认为，天地之间存在着“阴”“阳”二气，天地万物的产生就是“阴”“阳”二气交互作用的结果，所谓“阴阳相薄”①；而阳性事物的特点在于刚健，阴性事物的特点在于柔顺，所以阴阳的对立也就具体化为“柔”“刚”的对立，所谓“柔上而刚下，二气感应以相与”②。类似的说法在《易传》中随处可见：

> 大哉乾乎！刚健中正，纯粹精也。③
>
> 坤至柔而动也刚，至静而德方。④
>
> 刚柔相摩，八卦相荡。⑤
>
> 刚柔相推而生变化。⑥
>
> 刚柔相推，变在其中矣。⑦
>
> 刚柔者，立本者也。⑧

---

① 《周易·说卦》，高亨：《周易大传今注》，第 613 页。
② 《周易·咸·彖》，高亨：《周易大传今注》，第 289 页。
③ 《周易·乾·文言》，高亨：《周易大传今注》，第 70 页。
④ 《周易·坤·文言》，高亨：《周易大传今注》，第 83 页。
⑤ 《周易·系辞上》，高亨：《周易大传今注》，第 505 页。
⑥ 《周易·系辞上》，高亨：《周易大传今注》，第 507 页。
⑦ 《周易·系辞下》，高亨：《周易大传今注》，第 555 页。
⑧ 《周易·系辞下》，高亨：《周易大传今注》，第 556 页。

> 乾,阳物也;坤,阴物也。阴阳合德,而刚柔有体。①

> 观变于阴阳而立卦,发挥于刚柔而生爻。②

> 乾,健也。坤,顺也。③

> 乾刚坤柔。④

从而,阴阳刚柔的对立、转化和统一也就成为大千世界的规律,所谓“立天之道曰阴与阳,立地之道曰柔与刚”⑤,最终概括为“一阴一阳之谓道”⑥的总的原则和规律。那么,阴阳之“相摩”“相荡”“相推”的具体变化特点又是怎样的呢?《易传》用一个“神”字来概括,所谓“阴阳不测之谓神”⑦,“神也者,妙万物而为言者也”⑧。这里的“神”并无神秘的色彩,不过是对万事万物之变化特点的一种概括和描述。这种描述首先承认了事物变化之“不测”的特点,其实也就是其颇难认识之处,这自然是与科学发展的程度以及人们的认识水平相联系的;但更重要的是,这种描述并没有推向有神论或不可知论,而是认定事

---

① 《周易·系辞下》,高亨:《周易大传今注》,第579页。
② 《周易·说卦》,高亨:《周易大传今注》,第609页。
③ 《周易·说卦》,高亨:《周易大传今注》,第616—617页。
④ 《周易·杂卦》,高亨:《周易大传今注》,第654页。
⑤ 《周易·说卦》,高亨:《周易大传今注》,第609页。
⑥ 《周易·系辞上》,高亨:《周易大传今注》,第514页。
⑦ 《周易·系辞上》,高亨:《周易大传今注》,第516页。
⑧ 《周易·说卦》,高亨:《周易大传今注》,第614页。

物之阴阳的转化乃是复杂而多变的，所谓"神无方而易无体"①，这种认识水平未必非常之高，却既是实事求是的，更是抓住了事物发展和变化的某种要害之处；所以所谓"神也者，妙万物而为言也"，更多的是一种自信，认为用"神"字来概括阴阳刚柔之"相摩相荡"的特点乃是非常合适的。这种自信，还不仅在于"神无方而易无体"的概括本身，而且更在于进一步地要求人们主动适应事物的多变，所谓"变通者，趋时者也"②，所谓"唯变所适"③；也就是说，尽管"阴阳不测"，尽管"无方""无体"，人却并不是被动的，而是仍然可以适应其变，仍然可以"自强不息"。所以，"阴阳不测之谓神"实际上一点也不神秘，所谓"知变化之道者，其知神之所为乎"④，所谓"精义入神，以致用也"⑤，通其"变"也就知其"神"，而致于"用"才是最终的目的。

可以说，刘勰正是通其"变"且致于"用"之人。《夸饰》有云："夫'形而上者谓之道，形而下者谓之器'。神道难摹，精言不能追其极；形器易写，壮辞可得喻其真。"⑥这里的"形而上者谓之道，形而下者谓之器"，乃是《周易·系辞下》之语⑦，这说明刘勰的所谓"道"，与《周易》是有着一脉相承的关系的。这

---

① 《周易·系辞上》，高亨：《周易大传今注》，第513页。

② 《周易·系辞下》，高亨：《周易大传今注》，第556页。

③ 《周易·系辞下》，高亨：《周易大传今注》，第587页。

④ 《周易·系辞上》，高亨：《周易大传今注》，第531页。

⑤ 《周易·系辞下》，高亨：《周易大传今注》，第571页。

⑥ 刘勰：《文心雕龙·夸饰》，戚良德：《文心雕龙校注通译》，第418页。

⑦ 参见《周易·系辞下》，高亨：《周易大传今注》，第543页。

种关系的最明显之处，是刘勰经常用“神”的概念来说明“道”的特点。这里所谓“神道难摹”，正是用“神”来表现“道”的“阴阳不测”的特点。《原道》篇既用“自然之道”来说明“文”之自然而必然，又数次用“神理”一词说明“道”的特点，认为“道心惟微，神理设教”①，其与《周易》的思想是极为一致的。《征圣》篇说：“天道难闻，且或钻仰；文章可见，宁曰勿思?”②此类与《周易》相通的论述，在《文心雕龙》中随处可见。《宗经》篇说：“夫《易》惟谈天，入神致用。”③可见刘勰确乎是深通《周易》言“道”“神”之三昧的。至于上述刚柔、通变等思想，更为刘勰借以“论文”，而成为《文心雕龙》之重要的文学观念。《风骨》篇所谓“刚健既实，辉光乃新”“文明以健”④等，其与《周易》的联系是显然可见的。《通变》一篇则从篇名至内容，无不渗透着《周易》所谓“通其变”⑤的思想。

三

其次是“文”和“章”等一系列范畴。在《周易》的思想体

---

① 刘勰：《文心雕龙·原道》，戚良德：《文心雕龙校注通译》，第8页。

② 刘勰：《文心雕龙·征圣》，戚良德：《文心雕龙校注通译》，第16页。

③ 刘勰：《文心雕龙·宗经》，戚良德：《文心雕龙校注通译》，第22页。

④ 刘勰：《文心雕龙·风骨》，戚良德：《文心雕龙校注通译》，第338、342页。

⑤ 《周易·系辞上》，高亨：《周易大传今注》，第533页。

系中,“文”乃是天地万物的一个重要特点,《姤·象》说:“天地相遇,品物咸章也。”①天地相合而万物产生,所谓“品物咸章”,“章”即是明,也就是《周易》所谓“文”。《贲·象》有云:

> 贲亨,柔来而文刚,故亨。分,刚上而文柔,故小利有攸往。刚柔交错,天文也;文明以止,人文也。观乎天文,以察时变;观乎人文,以化成天下。②

《序卦》说:“贲者,饰也。”③“贲”卦是讲文饰的,所以就和“文”有着密切的关系。除去其中对卦象的一些牵强附会的解释,这里值得我们注意的是其对“文”本身的观点。“刚柔交错”形成天之“文”,也就意味着所谓“天文”,乃是自然之文,是不以人的意志为转移的;所谓“文明以止”而形成人之“文”,则是说“人文”的特点在于使人有所节制,也就是能够遵守礼仪(这里便孕育着后世所谓“文明”一词的含义)。所以,上观“天文”可以察知自然时节之变化,下观“人文”则可以教化天下百姓。

从而,《周易》所谓“文”,也就蕴含着五个方面的重要思想:一是“文”乃是“美”,所谓“饰”,所谓“章”,都含有“美”的意思。《革·象》说:“大人虎变,其文炳也。”又说:“君子豹变,其文蔚也。”④这里的“文”乃是虎豹皮毛之美丽,就是“美”的同义语。二是“文”乃自然之美,天有天之文,地有地之文,人有人之文,动植万物亦无不有其文,这是自然而必然的。《系

① 《周易·姤·象》,高亨:《周易大传今注》,第376页。

② 《周易·贲·象》,高亨:《周易大传今注》,第226页。

③ 《周易·序卦》,高亨:《周易大传今注》,第646页。

④ 《周易·革·象》,高亨:《周易大传今注》,第411、412页。

辞上》所谓“仰以观于天文,俯以察于地理”[①],《系辞下》所谓“仰则观象于天,俯则观法于地,观鸟兽之文与地之宜”[②],等等,正说明了天地万物无不各有其“文”,也就是各有其美。三是“文”有其“度”,所谓“柔来而文刚”“刚上而文柔”等,除去其中神秘的占卜说明,就“文”而言,其实乃是一个或柔或刚的“度”的问题。《系辞下》说:“物相杂,故曰文,文不当,故吉凶生焉。”[③]“文”固然是“美”,固然是修饰,但却有“当”与“不当”之别,也就是修饰要恰当,这也就是柔刚有度的意思。四是“文”与“变”有着密切的关系,“文”乃是“变”的结果。所谓刚柔之“度”的问题,正体现在变化的过程中,这也就是“观乎天文”而可“以察时变”的道理。《系辞下》有云:

> 《易》之为书也不可远,为道也屡迁。变动不居,周流六虚;上下无常,刚柔相易。不可为典要,唯变所适。其出入以度……苟非其人,道不虚行。[④]

所以,“变”是绝对的,“通其变,遂成天下之文”[⑤],没有“变”也就没有“文”,不懂得“变”也就不懂得“文”了。同时,“变”又是有原则的,所谓“出入以度”,“度”的掌握也就成了“变”的关键。五是作为人类之“文”,有着重要的教化作用,所谓“文明以止”,所谓“化成天下”,都是这个意思。任继愈等先生曾

---

① 《周易·系辞上》,高亨:《周易大传今注》,第511页。
② 《周易·系辞下》,高亨:《周易大传今注》,第559页。
③ 《周易·系辞下》,高亨:《周易大传今注》,第593页。
④ 《周易·系辞下》,高亨:《周易大传今注》,第587—588页。
⑤ 《周易·系辞上》,高亨:《周易大传今注》,第533页。

指出:"《易传》站在儒家的立场,强调教化的作用。"①"文"就是实现这一教化作用的重要手段之一。

可以说,关于"文"的这五个方面的含义,都被纳入了《文心雕龙》的理论体系之中。"文心雕龙"之"文",在很多地方就是"美"的同义语;《原道》所谓"道之文",所谓"形立则章成矣,声发则文生矣",所谓"夫以无识之物,郁然有彩;有心之器,岂无文欤",等等,其所谓"文"就是"美"之意。这个"文"和"美"的自然而必然,则是《原道》以至整部《文心雕龙》一以贯之的观点,所谓"心生而言立,言立而文明,自然之道也"②。至于文之"度"的问题,乃是刘勰之欲"论文"的直接原因。《文心雕龙》之作,乃因文章"去圣久远,文体解散",也就是所谓"辞人爱奇,言贵浮诡;饰羽尚画,文绣鞶帨:离本弥甚,将遂讹滥"③。实际上也就是要解决文之"度"的问题。与"度"的问题密切相关的"变"的问题,当然也是《文心雕龙》最为关注的问题之一。所谓"文律运周,日新其业。变则其久,通则不乏"④,刘勰既要求把握文章之"度",同时又极力倡导文章之发展和变化,其理论之源正来自《周易》。最后,所谓文之"化成天下"的作用,也是刘勰所一再强调的。《原道》所谓"观天文以极变,察人文以成化",直接化用了《周易》的文句自不必说;

---

① 任继愈主编:《中国哲学发展史(先秦)》,第662页。

② 刘勰:《文心雕龙·原道》,戚良德:《文心雕龙校注通译》,第1—2页。

③ 刘勰:《文心雕龙·序志》,戚良德:《文心雕龙校注通译》,第566页。

④ 刘勰:《文心雕龙·通变》,戚良德:《文心雕龙校注通译》,第352页。

刘勰对文章“晓生民之耳目”①作用的重视,乃是贯穿《文心雕龙》全书的。

四

最后是“象”“辞”和“意”等一系列范畴。《周易》之“象”指的是卦象,而这种卦象乃是对天地自然的模仿。《系辞上》说:“圣人有以见天下之赜,而拟诸其形容,象其物宜,是故谓之象。”②“赜”乃“杂乱”之意,“象”就是对纷纷扰扰的大千世界之模拟。《系辞下》说得更为明确:“八卦成列,象在其中矣。……爻也者,效此者也;象也者,像此者也。”③不仅八卦乃是对天地万物的模仿,而且爻辞也不例外,所谓“效”也正是模仿之意;只不过八卦本身就是一种形象,所以称为“象”,而爻辞则是用文辞的形式来模仿大千世界的。正因如此,所以《系辞下》说:“《易》者,象也;象也者,像也。”④整个《周易》都是对世界自然的模仿。其具体的情形则是:

> 古者包牺氏之王天下也,仰则观象于天,俯则观法于地,观鸟兽之文与地之宜,近取诸身,远取诸物,于是始作

① 刘勰:《文心雕龙·原道》,戚良德:《文心雕龙校注通译》,第7、6页。

② 《周易·系辞上》,高亨:《周易大传今注》,第518页。

③ 《周易·系辞下》,高亨:《周易大传今注》,第555—557页。

④ 《周易·系辞下》,高亨:《周易大传今注》,第568页。

> 八卦,以通神明之德,以类万物之情。①

“八卦”之作,乃是对天地自然万物进行模仿的产物,而其所模仿者,乃是天之“象”、地之“形”,所谓“在天成象,在地成形”②,这正是《周易》所谓天地万物之“文”,也就是天地万物之“美”。

《周易》之“辞”,主要是指卦爻辞,所以其与“象”便密不可分,所谓“圣人设卦观象系辞焉,而明吉凶”③,“辞”乃是对卦象的进一步说明。其云:

> 是故君子所居而安者,《易》之象也;所乐而玩者,爻之辞也。是故君子居则观其象而玩其辞,动则观其变而玩其占,是以自天祐之,吉无不利。④

既要“观其象”,又要“玩其辞”,“象”和“辞”确是相依相伴的。这种相依相伴的关系,在《周易》而言,当然是指占卜,是卦象和卦爻辞的统一,但这个“象”和“辞”却是通向语言文学的。就“象”而言,如上所说,其所模仿的对象乃是天地万物之“文”,而其对现实的模仿而创为八卦,则是为了“以通神明之德,以类万物之情”,所以这种模仿就必然具有感性而具体的形象特征。就“辞”而言,其本身即为言辞的一种自不必说,而且它必须尽可能地对“象”予以说明或阐发;在很大程度上,

① 《周易·系辞下》,高亨:《周易大传今注》,第558—559页。
② 《周易·系辞上》,高亨:《周易大传今注》,第504页。
③ 《周易·系辞上》,高亨:《周易大传今注》,第507页。
④ 《周易·系辞上》,高亨:《周易大传今注》,第508—509页。

“象”之目的和意义都要靠它来发挥,所谓“辩吉凶者存乎辞”①,所谓“辞也者,各指其所之”②,所谓“鼓天下之动者存乎辞”③,所谓“圣人之情见乎辞”④,等等,这个“辞”之通向、同于文章之“辞”乃是显然可见的。

当然,无论“象”还是“辞”,它们都是用以表达某种思想感情,即“意”的,所以“象”“辞”“意”三者乃是紧密相连而不可分割的。《系辞上》有云:

> 子曰:“书不尽言,言不尽意。”然则圣人之意,其不可见乎?子曰:“圣人立象以尽意,设卦以尽情伪,系辞焉以尽其言,变而通之以尽利,鼓之舞之以尽神。”⑤

值得注意的是,除了“象”“意”“辞”三个概念,这里还有“言”的概念;这段话以为,语言是不能完全表达人的思想感情亦即“意”的,但人的“意”又并非“不可见”,这就要借助语言以外的手段了,那就是“象”和“辞”。也就是说,卦象是可以“尽意”的,是可以表现出事物的虚虚实实(情伪)的;但这种以形象而表现的虚实之情又毕竟是不确定的,所以仍然要用“辞”来说明,以充分表达所要表现的内容。因此,在卦象之下系之以“辞”乃是一种变通的做法,是为了“尽其利”,也就是把卦象的内涵完全表达出来,从而能够使人受到鼓舞而充分把握

---

① 《周易·系辞上》,高亨:《周易大传今注》,第510页。
② 《周易·系辞上》,高亨:《周易大传今注》,第511页。
③ 《周易·系辞上》,高亨:《周易大传今注》,第544页。
④ 《周易·系辞下》,高亨:《周易大传今注》,第558页。
⑤ 《周易·系辞上》,高亨:《周易大传今注》,第541—542页。

"道"的特点和规律，也就是所谓"以尽神"。这就意味着，"象"是第一位的，是最能"尽意"的，而"辞"只是一种补充手段，至于"言"则是不能"尽意"的。但在现实中，"言"乃是表达思想感情的普遍形式，要使一般人体会并把握"道"的特点（"尽神"），往往首先通过语言，而不是直接诉诸"象"，所以要在卦象之下"系辞"，所谓"以言者尚其辞"①，所谓"系辞焉以尽其言"，把语言中不能表现的东西表达出来，最终充分体会"象"所蕴含的丰富的"意"。所以，这是一个从"言"到"辞"再到"象"，最后到"意"并"尽神"的过程；无论"言""辞"还是"象"，都是"尽意"并"尽神"的手段。

显然，所有这些都并非讲文章写作，却又和文章息息相通。如果把人们口头说的称之为"言"，则形诸文章的就是"辞"；人们不仅正是以文章来"尽其言"的，而且更是在文章中以形象来表情达意的，正所谓"立象以尽意"了。实际上，《周易》关于"象""辞"和"意"的思想，可以说给了刘勰以无尽的思想资源。《神思》所谓"窥意象而运斤"，所谓"神用象通"②，乃是关于文学创作的重要思想；作为《文心雕龙》最为重要的概念之一，"意象"一词的创造，不能不说是受到《周易》之重要启发的。至于"辞"，刘勰更有不少说法直接来自《周易》。如《原道》说"《易》曰：'鼓天下之动者，存乎辞。'辞之所以能鼓天下者，乃道之文也"③，直接化用了《系辞上》的论述。又如《征

---

① 《周易·系辞上》，高亨：《周易大传今注》，第531页。

② 刘勰：《文心雕龙·神思》，戚良德：《文心雕龙校注通译》，第322、327页。

③ 刘勰：《文心雕龙·原道》，戚良德：《文心雕龙校注通译》，第7页。

圣》有这样一段：

> 《易》称"辨物正言，断辞则备"，《书》云"辞尚体要，不唯好异"。故知正言所以立辨，体要所以成辞，辞成则无好异之尤，辨立则有断辞之美。虽精义曲隐，无伤其正言；微辞婉晦，不害其体要。体要与微辞偕通，正言共精义并用：圣人之文章，亦可见也。①

刘勰不仅化用了《系辞下》所谓"开而当名辨物，正言断辞，则备矣"②的论断，而且据以进行发挥，并结合《尚书》之论，提出了自己关于文章语言的重要观点。他认为，运用正确的语言是为了辨明事理，而突出中心才算用好了文辞；文辞运用得当，便无标新立异之嫌；事理阐释确切，则有文辞明快之功。他说，虽然有时文章义理精深而曲折，但不应妨碍语言之正确；文辞也可以委婉含蓄，却不应伤害要点之突出；突出主体应与委婉曲折相通，语言正确应与义理精深并用。显然，刘勰这种发挥，既以《周易》的论述作为基础，却又完全着眼文章语言运用的问题，而有了自己的创造。再如《系辞下》有云："将叛者，其辞惭。中心疑者，其辞枝。吉人之辞寡。躁人之辞多。诬善之人，其辞游。失其守者，其辞屈。"③这段话论述人的文辞与其内心思想感情的联系，认为不同的文辞反映着不同的内心状况，可谓非常准确；应该说，《文心雕龙》论述艺术风格而谓"各

---

① 刘勰：《文心雕龙·征圣》，戚良德：《文心雕龙校注通译》，第15页。

② 《周易·系辞下》，高亨：《周易大传今注》，第580页。

③ 《周易·系辞下》，高亨：《周易大传今注》，第597—598页。

师成心，其异如面”[①]，很可能便有着《周易》这段话的启发。

五

可以看出，《周易》对《文心雕龙》的影响是毋庸置疑的，但却不是简单的、一般的引用，而是往往经过了刘勰重要的转化。这种转化，有的是直接把《周易》对天地自然之理的论述改造成“论文”之语，如《镕裁》篇开始所谓“情理设位，文采行乎其中”[②]，便直接化用了《系辞上》所谓“天地设位，而《易》行乎其中矣”[③]的语句；如《原道》篇赞颂孔子而谓“木铎起而千里应”[④]，便化用了《系辞上》所谓“君子居其室，出其言善，则千里之外应之”[⑤]的语句；再如《祝盟》篇所谓“修辞立诚”[⑥]，便来自《乾·文言》“修辞立其诚”[⑦]之句；又如《比兴》篇有“观夫兴之托谕，婉而成章；称名也小，取类也大”[⑧]之论，则来自《系辞

① 刘勰：《文心雕龙·体性》，戚良德：《文心雕龙校注通译》，第330页。

② 刘勰：《文心雕龙·镕裁》，戚良德：《文心雕龙校注通译》，第374页。

③ 《周易·系辞上》，高亨：《周易大传今注》，第518页。

④ 刘勰：《文心雕龙·原道》，戚良德：《文心雕龙校注通译》，第6页。

⑤ 《周易·系辞上》，高亨：《周易大传今注》，第519页。

⑥ 刘勰：《文心雕龙·祝盟》，戚良德：《文心雕龙校注通译》，第114页。

⑦ 《周易·乾·文言》，高亨：《周易大传今注》，第64页。

⑧ 刘勰：《文心雕龙·比兴》，戚良德：《文心雕龙校注通译》，第411页。

下》所谓“夫《易》彰往而察来……其称名也小,其取类也大”①之句;等等。但更重要的则是整个思想的借用、转化或改造,情况是颇为复杂的。如《系辞上》有这样一段话:

> 是故《易》有太极,是生两仪,两仪生四象,四象生八卦,八卦定吉凶,吉凶生大业。是故法象莫大乎天地,变通莫大乎四时,县象著明莫大乎日月……是故天生神物,圣人则之;天地变化,圣人效之;天垂象,见吉凶,圣人象之;河出图,洛出书,圣人则之。《易》有四象,所以示也;系辞焉,所以告也;定之以吉凶,所以断也。②

这段话主要说明《周易》卦象以及卦爻辞之产生过程,主旨是相当明确的;但其中所表现出的思想,却被刘勰化用到了《文心雕龙》的许多地方,既不能说与《周易》的本意相去甚远,又和卦象及卦爻辞没有多少关系。如《原道》所谓“仰观吐曜,俯察含章;高卑定位,故两仪既生矣”,“人文之元,肇自太极”,“河图孕乎八卦,洛书韫乎九畴”③,等等,都来源于《周易》的这段话,却又被融入了刘勰“论文”的思想体系之中。

综上所述,在一定程度上可以说,没有《周易》,便没有《文心雕龙》。

---

① 《周易·系辞下》,高亨:《周易大传今注》,第580—581页。

② 《周易·系辞上》,高亨:《周易大传今注》,第538—541页。

③ 刘勰:《文心雕龙·原道》,戚良德:《文心雕龙校注通译》,第1、3页。

《文心雕龙》论“道”与“文”*

牟世金先生曾以为:“可以毫不夸大地说,若不知‘原道’之‘道’为何物,便无‘龙学’可言。”①这决非耸人听闻之谈,而是从《原道》在《文心雕龙》中的实际地位出发的实事求是之论。也正因如此,考察刘勰的艺术观念,对“原道”的认识成为首要的和根本的任务。也可以说,不明“原道”之“道”的本质及其意义,对刘勰文艺观念的考察便成一句空话。

在现有大量研究成果的基础上,本文强调以下两点,并以此出发研究刘勰的“原道”论。其一,必须充分注意刘勰自己对“道”的具体规定和命意,探讨刘勰的“道”,探讨《文心雕龙》的“道”,探讨刘勰的“文之道”。在以往对《文心雕龙》之“道”的研讨中,之所以出现“都是道其所道”②的情形,其中重要原因之一,便是研究者总试图把《文心雕龙》之“道”纳入某

---

* 本文原载于《怀化师专社会科学学报》1989 年第 3 期和第 4 期,修订收录于作者文集《〈文心雕龙〉与中国文论》,中国书籍出版社 2017 年版,第 70—94 页。

① 牟世金:《〈文心雕龙〉研究的回顾与展望》,《文心雕龙》学会编:《文心雕龙学刊》第二辑,齐鲁书社 1984 年版,第 44 页。

② 袁枚:《答友人论文第二书》,王英志主编:《袁枚全集》第二册,江苏古籍出版社 1993 年版,第 322 页。

一家之中。儒道、佛道、老庄之道不一而足，却偏偏没有刘勰之“道”。考察刘勰及其《文心雕龙》与思想史的关系，理清其思想的去脉来龙，当然是非常必要的。但是，追源溯流的目的只能是有助于理解刘勰，却不应削足适履，使刘勰失去自己。所谓“道其所道”，刘勰实际上也有自己的“道”，决非儒道、佛道等所可范围。其二，必须充分利用刘勰《文心雕龙》之外所可肯定的仅存的两篇文字：《灭惑论》和《梁建安王造剡山石城寺石像碑》(以下简称《石像碑》)。早在六十年代，杨明照先生曾批评：“有的文章在论证刘勰的思想时，取材于《灭惑论》的地方反而比这篇多得多，甚至还有只字未提的，似乎不怎么恰当。”[①]我们并非要重复杨先生所早已批评过的做法，但笔者以为，近年来对《文心雕龙》之“道”和刘勰思想的研究，却多少忽略了《灭惑论》和《石像碑》两篇重要文章。《文心雕龙》是文学理论著作，研究刘勰的文学思想自应以此为主。但是，惟其是文论著作，从中探寻作者文学之外的思想，虽非决不可能，却毕竟有其固有的局限，这是显而易见的。全面研究刘勰的思想，充分重视《文心雕龙》是非常必要的；同时，注意于《灭惑论》和《石像碑》同样是非常必要和重要的。而如果置《文心雕龙》之外的著作于不顾，反而根本不利于完整认识刘勰的思想。

一、道

从现存刘勰的著作看，《文心雕龙》为“体大而虑周”“笼罩

---

① 杨明照：《从〈文心雕龙·原道·序志〉两篇看刘勰的思想》，《学不已斋杂著》，上海古籍出版社 1985 年版，第 473 页。

群言”①的皇皇巨著,则称刘勰为文艺理论家是当之无愧的。但是,首尾完整的《灭惑论》和《石像碑》合近六千言,则可说明刘勰不仅是一个文艺理论家;尤其是三千余字的《灭惑论》,更应引起我们充分的注意和重视。

《灭惑论》为破道教著作《三破论》而作。就其作为佛学著作而言,刘勰虽口不离涅槃、般若,但其实他并没有在佛学本身下什么功夫。正如王元化先生所指出:“《灭惑论》在佛教义学方面并没有什么独到的见解,其中许多说法都承袭旧作、雷同前说,很难据以分析刘勰的佛学思想。”②值得我们注意的是,刘勰不是从一个虔诚的佛徒出发去盲目地崇奉佛教,而是站在哲学的高度理解佛教,予佛教教义以哲学高度的解释和阐发,从而他的《灭惑论》不只是佛教教义,而是哲学。应该说,这是值得庆幸的。我们无法从《灭惑论》分析刘勰的佛学思想,却可以从中考察刘勰的哲学思想。

其实,破道教《三破论》的目的已经决定了《灭惑论》不可能把重点放在佛教义学的阐发上。尤其是刘勰所选择重点批驳的《三破论》的六个论点,更是决定了刘勰的论辩不可能仅局限于佛教义理,而是需要从哲学的高度予以说明。无论是道教《三破论》对“道家之教”与“佛家之化”之生死不同的比较,还是对佛教“破国”“破家”“破身”的指控;无论是《三破论》对“三破之法”为何“不施中国,本正西域”的说明,还是其对

① 章学诚:《文史通义·诗话》,叶瑛校注:《文史通义校注》,中华书局1985年版,第559页。

② 王元化:《〈灭惑论〉与刘勰的前后期思想变化》,《文心雕龙讲疏》,广西师范大学出版社2004年版,第36页。

"道"的阐发[1],实际上涉及了世界人生的方方面面,是非从哲学的高度而局限于一家教义所难以圆满回答的。刘勰之所以选择这些问题,更不能说是偶然,而必有其兴趣所在;他敢于回答这些问题,则更说明他对这些问题有着自己的哲学思考。因此,如果说,限于《文心雕龙》"言为文之用心"[2]的目的而不可能在其中大谈人生哲学的话,那么,《灭惑论》则是难得的刘勰的哲学论文。其对研究《文心雕龙》的重要,正在这里。一个文艺理论家,他可以不是哲学家,可以没有自己的哲学体系;但一个有深度的文艺理论家,一个能建立起自己体系的文艺理论家,则至少要有自己对世界、人生的哲学思考和较为清晰的世界观、人生观;他可以服膺一种哲学,接受一个哲学体系,但必须是吃透它、消化它,变成自己的哲学。否则,要成为一个有创建的文艺理论家,一个能建立体系的文艺理论家,是根本不可能的。这个问题,似乎还没有引起我们充分的注意。笔者以为,刘勰作为一个文艺理论家的伟大成功,其根本的原因,就在于他从世界、人生的哲学高度出发去理解文学艺术,就在于他以自己对世界、人生的哲学思考为根基,去建立自己的文艺理论体系。刘勰对自己赖以建立文艺理论体系的哲学的思考,正始自《灭惑论》。[3]

《灭惑论》的中心当然是"道"。关于《灭惑论》之"道",因

---

① 参见刘勰:《灭惑论》,石峻等编:《中国佛教思想资料选编》第一卷,中华书局1987年版,第323—326页。

② 刘勰:《文心雕龙·序志》,戚良德:《文心雕龙校注通译》,上海古籍出版社2008年版,第564页。

③ 关于《灭惑论》撰年尚无定论,本文采《灭惑论》撰于《文心雕龙》之前说。

为有刘勰“梵言菩提，汉语曰道”①的明确规定，向被认为即“佛道”一词的异名而少有异议。但笔者以为，《灭惑论》既非专明佛教教义，这个“道”也并不就是“佛道”，而是有着刘勰自己的含义。针对《三破论》关于“道”的如下论述：“道以气为宗，名为得一；寻中原人士，莫不奉道。今中国有奉佛者，必是羌胡之种；若言非邪，何以奉佛？”②刘勰阐述了自己对“道”的看法：

> 至道宗极，理归乎一；妙法真境，本固无二。佛之至也，则空玄无形，而万象并应；寂灭无心，而玄智弥照。幽数潜会，莫见其极；冥功日用，靡识其然。但言万象既生，假名遂立；梵言菩提，汉语曰道。其显迹也，则金容以表圣；应俗，则王宫以现生。拔愚以四禅为始，进慧以十地为阶；总龙鬼而均诱，涵蠢动而等慈。权教无方，不以道俗乖应；妙化无外，岂以华戎阻情？是以一音演法，殊译共解；一乘敷教，异经同归。经典由权，故孔释教殊而道契；解同由妙，故梵汉语隔而化通。但感有精粗，故教分道俗；地有东西，故国限内外：其弥纶神化，陶铸群生，无异也。固能拯拔六趣，总摄大千。道惟至极，法惟最尊；然至道虽一，歧路生迷：九十六种，俱号为道，听名则邪正莫辨，验法则真伪自分。③

---

① 刘勰：《灭惑论》，石峻等编：《中国佛教思想资料选编》第一卷，第326页。

② 刘勰：《灭惑论》，石峻等编：《中国佛教思想资料选编》第一卷，第326页。

③ 刘勰：《灭惑论》，石峻等编：《中国佛教思想资料选编》第一卷，第326—327页。

这真堪称一篇“道”论。仅从“梵言菩提，汉语曰道”这八个字看，道即菩提，菩提即道，我们很难说究竟“道”是“佛道”的异名，抑或“佛道”是“道”的异名。所以，“菩提”也好，“道”也好，关键在于刘勰赋予它们以什么样的具体含义。

《三破论》把“道”与“佛”相对立，刘勰却说：“至道宗极，理归乎一；妙法真境，本固无二。”达个“至道”，这个“妙法真境”，显然不仅指“佛道”，而是涵盖众有，包容各方。这也不只是“三教同源”的简单调和，而首先是对世界、宇宙独立的哲学思考和概括。所以，“空玄无形，而万象并应；寂灭无心，而玄智弥照”的情形，既是“佛之至也”，是“佛道”，同时，这个“佛道”又是与众不同的。“空玄无形”与“寂灭无心”互文足义，看似虚无，其实际意义是要求以一种清澈澄明的心境“应”“万象”、“照”“万象”。“空玄无形”的目的是要使“万象并应”，“寂灭无心”是为了“玄智弥照”；客观世界的万事万物，宇宙人生的纷纷扰扰，要应于“空玄”，照于“无心”。所以，并非真的“空玄”，不是彻底“无心”，而是要求有体道之心、“至道”之心。这种“空玄无形”“寂灭无心”的境界，正是体验了“道”、把握了“道”的境界，也就是所谓“妙法真境”。而正是这个能体验、把握“至道”，达到“妙法真境”的心灵，能“应”“照”“万象”。实际上，这个“应”，这个“照”，正是一种契合、一种符合。所谓“夫道源虚寂，冥机通其感；神理幽深，元匠（玄德）思其契”①，“通其感”“思其契”正是“应”“照”之意；而这个“道

① 刘勰：《梁建安王造剡山石城寺石像碑》，杨明照：《文心雕龙校注拾遗》，上海古籍出版社 1982 年版，第 805 页。

源"、这个"神理"正乃"万象"之"道源"、"万象"之"神理"。所以，这种"通其感""思其契"的契合之境，正是客观世界万事万物的规律与主体心灵相呼应、相扣合、相统一的境界。所谓"冥机通其感""玄德思其契"，所谓"幽数潜会""冥功日用"，正是这个统一的说明。这个"道"，这个能为主体心灵所"感"所"契"的"道源"和"神理"，来自"万象"，正是客观世界的规律。所谓"幽数潜会，莫见其极；冥功日用，靡识其然"，一方面表现出对"道"的客观性之带有神秘色彩的体验，另一方面却是明明白白地肯定了其不以人的意志为转移的特点；而"但言万象既生，假名遂立"，则清楚地说明这个不以人的意志为转移的"道"不是上帝，亦非神灵，而是客观世界之不以人的意志为转移的规律。所谓"至道宗极，理归乎一"，所谓"道惟至极，法惟最尊"，正因为这个"道"既来自客观世界的万事万物，又不是其中任一具体事物，而是高于具体的事事物物，统驭万事万物，是"拯拔六趣，总摄大千"的客观世界的规律。也正因此，刘勰以为"孔释教殊而道契""梵汉语隔而化通"，它们都可以"弥纶神化，陶铸群生"，这也正是"梵言菩提，汉语曰道"二者统一一致的秘密之所在。

所以，刘勰的确是在大谈"菩提"，倡言"佛道"，但所谈又只是刘勰自己心目中的"菩提"和"佛道"，并非真的佛门释家之道。实际上，刘勰之"道"，既非儒道，又非佛道，也非老子之道，却又能包容涵盖各道。在刘勰看来，佛道、儒道等并不相同，所谓"九十六种，俱号为道"，其区别的标准在于哪一个更能以"空玄""寂灭"之心"应""照""万象"，从而臻于"至道"，亦即哪一个更能体认客观世界的规律，而达到"通其感""思其契"之境。所谓"至道虽一，歧路生迷"，所谓"听名则邪正莫辨,验法则真伪自分”,所谓“校以形迹,精粗已悬;核以至理,真伪岂隐?”①这个“法”,这个“至理”,正是“至道”,正是“总摄大千”的客观规律。很显然,“佛道”在刘勰这里具有较之儒、道(道家之道)等更为显要的地位,所谓“夫泥洹妙果,道惟常住”,所谓“涅槃大品,宁比玄妙上清;金容妙相,何羡鬼室空屋?”②对佛道确是极为推崇的。对儒道,刘勰既以为“孔释教殊而道契”,又云“若乃三皇德化,五帝仁教,此之谓道,似非太上”③。至于道教,是刘勰这里批判的对象;但对老子,刘勰仍称其善:“寻柱史嘉遁,实惟大贤;著书论道,贵在无为;理归静一,化本虚柔。”老子之外,别无可赞,所谓“上中为妙,犹不足算;况效陵鲁,醮事章符,设教五斗,欲拯三界:以蚊负山,庸讵胜乎?”④一方面,刘勰撰《灭惑论》专就道教之论而发,有道佛之辨的性质,扬佛抑道也就本不足怪,且为情中之理。另一方面,即就佛教本身而言,其道亦有至有不至;“空玄无形,而万象并应;寂灭无心,而玄智弥照”的体道境界,只是“佛之至也”。所以,这里值得注意的仍然是,刘勰衡量各道的标准不是佛道,当然也非儒道,而是刘勰自己的“道”,是“道惟至极”“至道宗极”之“道”。刘勰之所以不同意把“三皇德化,五帝仁教”称作“道”,正因为它们“似非太上”,还不符合“至道”的标

---

① 刘勰:《灭惑论》,石峻等编:《中国佛教思想资料选编》第一卷,第327页。

② 刘勰:《灭惑论》,石峻等编:《中国佛教思想资料选编》第一卷,第323、327页。

③ 刘勰:《灭惑论》,石峻等编:《中国佛教思想资料选编》第一卷,第326页。

④ 刘勰:《灭惑论》,石峻等编:《中国佛教思想资料选编》第一卷,第327页。

准,还不是客观世界的规律。正像佛有至有不至一样,儒也有至有不至。所以,尽管刘勰对儒、佛、道各道的褒贬抑扬实际上大可指摘,佛道也并不见得有那么伟大,但刘勰扬此抑彼的标准却是清楚明白的。从而,更应引起我们注意的,不在于刘勰对各道的锱铢必较,而在于刘勰衡量各道的标准本身,在于刘勰自己的“道”。实际上,刘勰正是以自己的“至道”来统摄佛、儒、道各“道”。所以,不是“以佛统儒,佛儒合一”①,而是刘勰以一“道”统众道,众道归一。这个归一之道,既非儒道亦非佛道,而是客观世界之不以人的意志为转移的自然规律。

刘勰论“道”的一个重要特点,是经常把作为客观世界之规律的“道”本身,同人们对它的体认和把握密切地联系起来。所以,一方面是“道”作为客观规律具有不以人的意志为转移的特性,甚至还因此而带有某种程度的神秘性,所谓“幽数潜会,莫见其极;冥功日用,靡识其然”,所谓“道源虚寂”“神理幽深”;而另一方面却又是人们对这个“道”的极力体认和把握,所谓“冥机通其感”“玄德思其契”。从而,“道”虽显得神秘莫测而不可捉摸,实际上却又仍然为主体心灵所掌握、所认识,主体心灵在这里便具有极为重要的地位和作用。也正因此,儒道、佛道等虽不同于作为客观规律的“道”,但它们又仍然有相通的一面。在刘勰看来,儒、佛各道都是有可能体认、把握“至极”之“道”的。所谓“孔释教殊而道契”,“道”和“教”看似泾渭分明,但这里的“教”与“梵汉语隔而化通”之“语”相对,主要指孔释二教的具体内容及其表现形式有不同的特点,并不具有规律、功能的意义;相反,这种具体内容及其表现形式一旦发

① 马宏山:《论〈文心雕龙〉的纲》,《中国社会科学》1980年第4期。

挥其功能和作用而真正敷“教”之时,这个“教”也就是与“道”相对的“化”了,也就“梵汉语隔而化通”了。所谓“是以一音演法,殊译共解;一乘敷教,异经同归”,“道”与“教”是统一而不可分的。所谓“但感有精粗,故教分道俗;地有东西,故国限内外:其弥纶神化,陶铸群生无异也”。“弥纶神化”是体“道”,“陶铸群生”是敷“教”;“道”为规律,“教”是目的,二者通过主体的中介而统一在一起了。刘勰说:“夫塔寺之兴,阐扬灵教;功立一时,而道被千载。”又说:“澄神灭爱,修道弃饰;理出常均,教必翻俗。”刘勰之所以推尊佛教,正基于他的如下认识:“况佛道之尊,标出三界;神教妙本,群致玄宗。”[①]佛道与神教相一致,主体的目的和愿望正体现了客观世界的规律。所谓“孔释教殊而道契”,其“教”之所以“殊”,那是因为“道”的变化,所谓“神化变通,教体匪一;灵应感会,隐现无际”[②],大千世界之“道”是不断变化的,主体心灵对“道”的体验、把握也就是“隐现无际”的,从而其具体的内容、形式和方式也就因地域、语言等的不同而多种多样,这也就是“教体匪一”“孔释教殊”。总之,“道”与“教”密不可分,规律与目的紧紧统一,客体与主体息息相通。刘勰之所以能以一道统众道,把儒、佛、道各家纳入自己的体系而不致矛盾,其秘密也正在这里。实际上,儒、释、道各“道”在刘勰那里经常只是“似非太上”的“教”而非“至极”之“道”;但各“道”的目标却是一致的,即都是为了体认、把握“至极”之“道”。一方是囊括世界、统驭大千的客观规

① 刘勰:《灭惑论》,石峻等编:《中国佛教思想资料选编》第一卷,第324—325页。

② 刘勰:《灭惑论》,石峻等编:《中国佛教思想资料选编》第一卷,第326页。

律，一方则是对这个“至道”的极力体认和把握，以及由之产生的功能、目的、作用和意义；从而前者可以统驭后者、包括后者，后者可以纳入前者、归属前者。于是，一个真正能包罗各家、归纳众道的哲学之“道”也就建立起来了。

因此，刘勰所谓“菩提”，所谓“佛道”，其实只是他自己的“道”的异名。这个“道”披着佛学的外衣，其实它与中国传统哲学，尤其是《易传》的“道”有着一线相承的联系，同时又有着刘勰自己对世界、人生进行独立思考后而产生的新的特点和含义。这个“道”是刘勰的哲学中心，是他赖以建构自己庞大文艺理论体系的哲学根基，是其文艺理论之“本”，是其研究文学艺术的指导思想。

二、道之文

可以说，“道”作为刘勰的基本宇宙观，成为《文心雕龙》的重要的哲学思想基础。《文心雕龙》之第一篇《原道》，正紧承《灭惑论》对“道”的论证和阐发。

《原道》开篇曰：“文之为德也，大矣！与天地并生者，何哉？”[①]对这两句话，近来研究者颇有歧义。所谓“一言失道，众伪可见”[②]，对刘勰精心结撰之巨著的开篇语，如不得确解，则下文便难以理清。这里首先遇到的问题是：“文之为德”之

① 刘勰：《文心雕龙·原道》，戚良德：《文心雕龙校注通译》，第1页。

② 刘勰：《灭惑论》，石峻等编：《中国佛教思想资料选编》第一卷，第326页。

“文”是广义的“文”还是狭义的“文”？对此，研究者似乎没有异议，都认为这是广义的“文”，包括《情采》篇所谓“形文”“声文”和“情文”[①]，包括自然之文和人类之文。但是，细绎《原道》上下文义，这个“文”其实只是“情文”，即《文心雕龙》之“文”。《文心雕龙》是“言为文之用心”[②]，“文心”之“文”显然是情文；在这部“言为文之用心”的著作之始，作者先说一句“文之为德也大矣”，是自然的开篇语；这个“文”也就不是广义的“形文”“声文”和“情文”之“文”，不包括自然之“文”，而是“文心”之“文”，是“言为文之用心”之“文”。所谓“文……与天地并生”正是下文的“人文之元，肇自太极”[③]，“与天地并生”之“文”正指“人文”，这应该是确凿无疑的。至于“德”，释为作用、功能、意义均可。所谓“文之为德也大矣”一语，其主要意义也就是“文之德也大矣”，其义甚为平常。“文之为德”与“文之德”在表意功能上的细微区别在于，后者只是静态地表述文之“德”，侧重于文所表现出的功能、作用本身，直接陈述结果；前者则表示出文之发挥作用和功能的动态过程，而作为这一过程的结果仍然是其陈述的重点。“文之为德”表意更为丰富，“文之德”表意则较单纯，其所要表达的主要意义却是一致的；二者表意功能的差别主要是由句型不同所致，并无本

---

① 参见刘勰：《文心雕龙·情采》，戚良德：《文心雕龙校注通译》，第365页。

② 刘勰：《文心雕龙·序志》，戚良德：《文心雕龙校注通译》，第564页。

③ 刘勰：《文心雕龙·原道》，戚良德：《文心雕龙校注通译》，第3页。

质区别。《论语·雍也》有:“中庸之为德也,其至矣乎!”[1]与“文之为德也大矣”句型相同。

一旦释“文之为德”为“文之德”,则“德”为功能、作用、意义就显然可见,所谓“大矣”也才于理可通。《原道》开篇的这两句话,实际上肯定了两个事实,提出了一个问题,这两个事实是“文之德大矣”与“文与天地并生”。刘勰所认为的这两个事实之间有密切联系,而从行文看,刘勰真正的开篇语只是:“文之为德也,大矣!”在这部“言为文之用心”的著作的开始,作者先说一句“文的作用、功能、意义是非常大的啊”,然后导入论述,既说明作者论“为文之用心”的必要,又是行文的自然而然。所谓“文之为德也大矣”,其意在斯亦止于斯,并无深意。至于“与天地并生者何哉”一语,从文义看是属于下文的。它除了实际上肯定了“文与天地并生”这个刘勰所认定的事实之外,还提出了一个问题:文为什么与天地并生?所谓“与天地并生者,何哉”,只能解释为:文与天地一同产生、出现的原因是什么呢?为什么文竟与天地一同产生、出现了呢?那就且听刘勰慢慢道来了。

王弼《老子指略》谓:

> 夫欲定物之本者,则虽近而必自远以证其始;夫欲明物之所由者,则虽显而必自幽以叙其本。故取天地之外,以明形骸之内;明侯王孤寡之义,而从道一以宣其始。故使察近而不及流统之原者,莫不诞其言以为虚焉。是以云

---

① 《论语·雍也》,杨伯峻译注:《论语译注》,中华书局1980年版,第64页。

云者,各申其说,人美其乱(辞);或迂其言,或讥其论;若晓而昧,若分而乱,斯之由矣。①

追本求源,探幽触微,所谓"虽近而必自远以证其始""虽显而必自幽以叙其本",这不只是玄学家的思考、论述方式和方法,更是一个真正理论家思考、论述的必由之路。"明形骸之内"而要"取天地之外","明侯王孤寡之义"而须"从道一以宣其始","察近"还要"及流统之原";刘勰欲论人类之文,而从天地分判讲起,从天地之文讲起,也就不足为奇而是思维之必然了。刘勰说:"夫玄黄色杂,方圆体分。日月叠璧,以垂丽天之象;山川焕绮,以铺理地之形:此盖道之文也。"②日圆月满,自成"天之象";山美水秀,织就"地之形":它们都是"道之文"。所谓"天文""地理"的说法,这并非刘勰的创造,而是自先秦以来中国古代思想家们的普遍说法;所谓"上揆之天""下验之地"③,这实在是古代哲人思考的重要方式和方法。试看:

大哉乾元,万物资始,乃统天。云行雨施,品物流形,大明终始,六位时成。时乘六龙以御天。④

① 王弼:《老子指略》,楼宇烈校释:《王弼集校释》,中华书局 1987 年版,第 197 页。

② 刘勰:《文心雕龙·原道》,戚良德:《文心雕龙校注通译》,第 1 页。

③ 吕不韦:《吕氏春秋·序意》,陈奇猷校释:《吕氏春秋新校释》,上海古籍出版社 2002 年版,第 654 页。

④ 《周易·乾·彖》,高亨:《周易大传今注》,第 53—54 页。

至哉坤元，万物资生，乃顺承天。坤厚载物，德合无疆。①

离，丽也。日月丽乎天，百谷草木丽乎土。②

天尊地卑，乾坤定矣。……在天成象，在地成形，变化见矣。③

《易》与天地准，故能弥纶天地之道。仰以观于天文，俯以察于地理，是故知幽明之故。④

是故法象莫大乎天地，变通莫大乎四时，县象著明莫大乎日月……天垂象，见吉凶，圣人象之；河出图，洛出书，圣人则之。⑤

古者包牺氏之王天下也，仰则观象于天，俯则观法于地，观鸟兽之文与地之宜，近取诸身，远取诸物，于是始作八卦，以通神明之德，以类万物之情。⑥

---

① 《周易·坤·彖》，高亨：《周易大传今注》，第76页。
② 《周易·离·彖》，高亨：《周易大传今注》，第280页。
③ 《周易·系辞上》，高亨：《周易大传今注》，第504页。
④ 《周易·系辞上》，高亨：《周易大传今注》，第511页。
⑤ 《周易·系辞上》，高亨：《周易大传今注》，第539—540页。
⑥ 《周易·系辞下》，高亨：《周易大传今注》，第558—559页。

以水银为百川江河大海，机相灌输；上具天文，下具地理。①

升谓之阳，降谓之阴；在地谓之理，在天谓之文。②

总之，上有苍天，下有黄土；天有日月星辰，地有山川陵谷；天有天文，地有地理：这就是中国古代哲人的思考起点。它不属于一人的发明，而是人们对自己所居住的客观环境的观察所得。刘勰也正是从此谈起的。但是，刘勰的任务不在于指出人们熟知的“天文”“地理”，而在于解释文“与天地并生”的原因。所以，刘勰的特点在于，他把天象、地形之“文”解释为“道之文”；这是刘勰回答文与天地并生之原因的第一个层次，是“自远以证其始”“自幽以叙其本”。实际上，这个“文”并没有多少好讲，它只不过是刘勰思维之“始”；对刘勰欲明的“形骸之内”——文（人文）为何与天地并生而言，它只不过属于“天地之外”。

不过，刘勰之标出“道之文”又确是一种回答。一方面，从最根本的天地之文说起，既是逻辑之必然，也是行文之方便；另一方面，刘勰特地把天地之文解释为“道之文”，又为下文“人文”何以与天地并生的说明铺平了道路。所谓“夫欲定物之本者，则虽近而必自远以征其始”，既云“必”，则就决非可有可无。从而，“道之文”之“道”就是一个非常关键的问题。其实，

① 《史记》卷六《秦始皇本纪》，中华书局1959年版，第265页。

② 阮籍：《达庄论》，《阮籍集》，上海古籍出版社1978年版，第32页。

把天地之文归结为“道之文”又是极为自然的事情。《易传》有云:“天道下济而光明,地道卑而上行。天道亏盈而益谦,地道变盈而流谦。”[①]又云:“恒,久也……天地之道,恒久而不已也。……日月得天而能久照,四时变化而能久成,圣人久于其道,而天下化成。”[②]天有“天道”,地有“地道”,天地有“天地之道”,从而天文、地文也就很容易被理解为“道之文”。然而,刘勰没有述及“天道”“地道”一层意思,而是把“道”作为一个既成的概念而加以使用。所以,我们与其从《周易》中找“道”的含义,倒不如从刘勰已经写成的《灭惑论》中寻答案。刘勰同思想史的联系是广泛且复杂的。探源溯流而寻其解答自然非常必要;但是,刘勰自己的著作不是更为重要而需首先予以注意吗?刘勰明明有一篇堪称“道”论的文章,则他把“道”作为一个既成概念在《文心雕龙》中加以运用,也实在是自然而然。刘勰不是说“但言万象既生,假名遂立;梵言菩提,汉语曰道”吗?那么,说天地之形、日月之象为“道之文”,岂非顺理成章?“道”既为“拯拔六趣,总摄大千”的客观世界的规律,所谓“道之文”也就是天地、日月、山川按其本身的规律所具有的“文”,是不以人的意志为转移的“文”。如果说,这个“道之文”的形成受到《易传》“天道”“地道”和“天地之道”这一环节的启发,那也无不可,因为刘勰之“道”正与《易传》之“道”相通。所谓“一阴一阳之谓道”[③],所谓“日中则昃,月盈则食;天地盈虚,与时消息”[④],《易传》之“道”的主要含义也正是大千世界盈虚消

---

① 《周易·谦·彖》,高亨:《周易大传今注》,第178页。

② 《周易·恒·彖》,高亨:《周易大传今注》,第396—398页。

③ 《周易·系辞上》,高亨:《周易大传今注》,第514页。

④ 《周易·丰·彖》,高亨:《周易大传今注》,第447页。

长、生生不已的不以人的意志为转移的客观世界运动变化的规律。总之,刘勰对文何以"与天地并生"的问题,作了第一个层次的最基本的逻辑陈述:天地本身即有文,这种文是客观世界按其本身不以人的意志为转移的规律而固有之文,这是"道之文"。这个陈述正为"有心之器,岂无文欤"①的论证作好铺垫,是为最终回答文(人文)为何与天地并生而迈出的第一步。

论述天地之文,不过是"自远以证其始","取天地之外"终为"明形骸之内":刘勰的真正目的还在于论述人类之文。

> 仰观吐曜,俯察含章;高卑定位,故两仪既生矣。惟人参之,性灵所钟,是谓三才。为五行之秀,实天地之心。心生而言立,言立而文明,自然之道也。②

"上揆之天,下验之地"之外,还要"中审之人","若此,则是非可不可,无所遁矣"③。所谓"天人之征,古今之道也"④,更何况,刘勰本就是欲论人类之文。这里,从天地而及人类,就不仅是一个思考方式的问题,而是论证的中心了。对于天地之生,刘勰并无所以然之理,而只是陈述这个事实。《易传》云:"天

---

① 刘勰:《文心雕龙·原道》,戚良德:《文心雕龙校注通译》,第2页。

② 刘勰:《文心雕龙·原道》,戚良德:《文心雕龙校注通译》,第1页。

③ 吕不韦:《吕氏春秋·序意》,陈奇猷校释:《吕氏春秋新校释》,第654页。

④ 《汉书》卷五十六《董仲舒传》,中华书局1962年版,第2515页。

尊地卑,乾坤定矣。”[①]又云:“是故易有太极,是生两仪。”[②]刘勰跳过“太极”这个环节,而直言“故两仪既生矣”,实际上已经肯定了《易传》的说法,运用了《易传》之结论。人配天地为三,成为五行之秀、天地之心;至于人从何而来,既非刘勰所能回答,他也本不欲追究。在这里,刘勰既非探讨天地之起源,也非考察人类之所由生,而是采用成说,从天地人说起,为论述人类之文作好铺垫。天地既生,人亦出现;人心既动,言语遂生,人类之文也就产生了。刘勰认为,这是“自然之道”。这个“自然之道”,可以理解为、翻译成自然而然的道理,但这里的“道”仍然与“道之文”之“道”一脉相承。这个“道”本身并不能作一般的“道理”讲;它的确有“道理”的意义,但这个“道理”是不以人的意志为转移的必然之理,亦即客观世界的必然规律。所谓“自然之道”,并不仅仅是“自然的道理”一句普通用语的文言说法。王充说:“天动不欲以生物,而物自生,此则自然也;施气不欲为物,而物自为,此则无为也。”[③]又说:“春温夏暑,秋凉冬寒,人君无事,四时自然。”[④]所谓“自然无为,天之道也”[⑤],这里的“自然”被提到“天之道”的哲学高度,已非自然而然的一般用语所可范围,尽管可以作这种理解。实际上,“自然”与“道”在这里所指相同。只不过,“道”是静观的概括,而“自然”是动态的描述;前者侧重于概念的抽象,后者侧

① 《周易·系辞上》,高亨:《周易大传今注》,第504页。

② 《周易·系辞上》,高亨:《周易大传今注》,第538页。

③ 王充:《论衡·自然》,刘盼遂:《论衡集解》,古籍出版社1957年版,第366页。

④ 王充:《论衡·寒温》,刘盼遂:《论衡集解》,第293页。

⑤ 王充:《论衡·初禀》,刘盼遂:《论衡集解》,第59页。

重于特征的把握和描述：二者都指客观世界之运动变化的规律。所以，所谓“有生者必有死，有始者必有终，自然之道也”①，所谓“夫晦以理，物则得明；浊以静，物则得清；安以动，物则得生：此自然之道也”②，所谓“夫御体失性，则疾病生；辅物失真，则疵衅作；信不足焉，则有不信：此自然之道也”③，所谓“夫山静而谷深者，自然之道也”④，等等，都并不就是今天“自然的道理”一语所可范围，而是实际上成为一个哲学术语，它毋宁是“自然无为，天之道也”的缩略说法。“自然”和“道”虽在语法关系上有着定语和中心词的关系，但实际上二者具有同位的性质；它们组成“自然之道”一词，用“道”作为抽象的概念，而用“自然”作为对这一概念特点的规定。从而，“自然之道”的实质仍然是作为客观规律的“道”；只不过，它更清楚地显示了“道”的特点。刘勰用“自然之道”说明，人类有文乃是客观世界的规律所决定的；同天地有文一样，人类有文同样是不以人的意志为转移的。这也正是刘勰对文为何“与天地并生”的直接回答。

思维的行程是迂回反复的，理论家总是全面考虑，周详论证。从天地之文到人类之文，完成了回答“与天地并生者，何哉”这一问题的第一个思维行程。从“傍及万品，动植皆文”，到“有心之器，岂无文欤”，则是进一步论述这一问题的第二个思维行程。

---

① 扬雄：《法言·君子》，汪荣宝：《法言义疏》，中华书局 1987 年版，第 521 页。

② 王弼：《老子道德经注》，楼宇烈校释：《王弼集校释》，第 34 页。

③ 王弼：《老子道德经注》，楼宇烈校释：《王弼集校释》，第 41 页。

④ 阮籍：《达庄论》，《阮籍集》，第 34 页。

> 傍及万品，动植皆文。龙凤以藻绘呈瑞，虎豹以炳蔚凝姿。云霞雕色，有逾画工之妙；草木贲华，无待锦匠之奇：夫岂外饰？盖自然耳！至于林籁结响，调如竽瑟；泉石激韵，和若球锽。故形立则章成矣，声发则文生矣。夫以无识之物，郁然有彩；有心之器，岂无文欤？①

天文、地文之外，动植万品亦各各有文；而之所以有文，“夫岂外饰，盖自然耳”，同样是自然而必然的。这里的“自然”亦即上文的“自然之道”，亦即“道”。不仅龙凤虎豹、云霞草木有文，林籁泉石亦有文，所谓“形立则章成矣，声发则文生矣”，这仍然是“自然之道也”的具体说法。为避重复，刘勰一则曰“自然之道”，再则曰“盖自然耳”，三则曰“形立则章成，声发则文生”，其义一也。无论形文之“自然”，抑或声文之“自然”，所谓“形立则章成矣，声发则文生矣”，不过是要归结为如下的结论：“夫以无识之物，郁然有彩；有心之器，岂无文欤？”至此，刘勰用“道”的理论回答了、解释了文为何与天地一同产生、出现的问题。从天地之文的自然而必然引出人类有文的“自然之道”，从动植万品之文的“自然”引出“有心之器，岂无文欤”的结论，总之是从天地之文和动植之文两个方向论证人类有文的自然而必然，论证人类有文乃是不以人的意志为转移的，也就是回答“（文）与天地并生者，何哉”的问题。从而，这个“与天地并生”之“文”，即“文之为德”之“文”，指的是人文而非包括

---

① 刘勰：《文心雕龙·原道》，戚良德：《文心雕龙校注通译》，第2页。

自然之文的广义的文，也就非常清楚了。

至于文的起源问题本身，刘勰并未深究，而是一开始就把文“与天地并生”作为一个事实肯定下来。刘勰感兴趣的是，文为什么竟与天地一同产生？刘勰运用“道”的理论，对这个问题作了回答。“道之文”不只是解释天地之文，人类之文也同样是“道之文”。刘勰说明，人类有文乃是客观世界的规律所决定的，是不以人的意志为转移的。所谓“原道”，首先就是从根本上，站在哲学的高度回答人类何以有文的问题。从而，这个“道”就成了决定文、指导文的最根本的思想和原则；所谓“盖《文心》之作也，本乎道”①，这个“道”已成为《文心雕龙》写作之纲领，成为《文心雕龙》理论体系的总纲，并将从根本上决定“文之道”，形成为文（文学创作）的纲领。

三、文之道

在从哲学的高度对人类何以有文的问题进行阐述之后，刘勰进入对人类之文发展历程的具体考察。这一考察一方面是对人类何以有文之“道”的具体历史的证实，另一方面又是“道”与文之关系的落实和具体化。前者说明“自然之道”在考察人类之文发展历程中同样具有指导、统领作用，对人文的考察是服从于“原道”主旨的；后者则是“道之文”向“文之道”的转化，是要从人文发展历程中初步总结出“文之道”。

---

① 刘勰：《文心雕龙·序志》，戚良德：《文心雕龙校注通译》，第569页。

刘勰说：“人文之元，肇自太极。”[①]这句话向被看成刘勰对文学起源的论述，其实这是误解。刘勰没有论述文学起源问题，而是把文“与天地并生”作为既成结论而加以肯定。“元”者，“肇”者，皆始也。所谓“人文之元，肇自太极”，这是骈文四字句表意的格式，其意不过是“人文肇自太极”。开始与起源有一定的联系，却又并非一回事。从哪里开始，主要陈述时间的远近；从何处起源，则是探讨事物的发生和源起。显然，刘勰只是概括地说人文始自太极，却并无意追究人文之起源。刘勰的这两句话，既是概括上文而来，又为领起下文，不过是叙述人文发展历程的开篇之语。上文说，天地分判，“惟人参之”，人与天地并生；而“心生而言立，言立而文明”，则文也就与天地并生。这都是事实的陈述，刘勰何时研究过人文的起源问题？“太极”，是《易传》“易有太极，是生两仪”[②]之“太极”，刘勰曾化用《易传》之说谓：“高卑定位，故两仪既生矣。”[③]所谓“人文之元，肇自太极”，与“人文之元，肇自两仪”并无区别，惟“两仪”已用，此言“太极”而已。“人文肇自太极”也就是上文的文“与天地并生”，是刘勰认定的事实。当刘勰对“（文）与天地并生者，何哉”进行回答之后，再一言以蔽之曰“人文肇自太极”，正是水到渠成的总结之语；同时，以之作为具体考察人文发展历程的开篇语，也正合理合情。至于人文是否真的与天地并生，同天地一样古老，那当然不一定，刘勰的认识也并不见得正

① 刘勰：《文心雕龙·原道》，戚良德：《文心雕龙校注通译》，第3页。

② 《周易·系辞上》，高亨：《周易大传今注》，第538页。

③ 刘勰：《文心雕龙·原道》，戚良德：《文心雕龙校注通译》，第1页。

确,但这是另外的问题,而且刘勰此论又自有其固有的出发点,我们后面再作讨论。

“幽赞神明,《易》象惟先。庖牺画其始,仲尼翼其终;而《乾》《坤》两位,独制《文言》。言之文也,天地之心哉!”[①]“神明”一词出自《易传》。《说卦》云“昔者圣人之作《易》也,幽赞于神明而生蓍……”[②]而“神也者,妙万物面为言者也”[③],即“神”是用以概括万物之神妙变化的一个词。人们把客观万物不以人的意志为转移的运动、变化叫作“神”,只是表明对这种变化的难以理解和把握,这个“神”与“道”是不可分割的。因为“一阴一阳之谓道”,“阴阳不测之谓神”[④],“道”是客观世界阴阳变化规律的哲学概括,而“神”则是对这个阴阳变化之特点的描绘;“道”是理性的抽象,“神”是感性的体验,二者统一而不可分割。前引《系辞上》有云:“《易》与天地准,故能弥纶天地之道。仰以观于天文,俯以察于地理,是故知幽明之故。”[⑤]这里的“幽明”大体同于“神明”,所谓仰观俯察而知“幽明之故”,与“《易》与天地准,故能弥纶天地之道”,其意略同;所以“幽明之故”亦即“天地之道”,区别也在于一侧重于现象的体验和描述,一侧重于哲学的抽象和概括。《系辞下》所谓“古者包牺氏之王天下也,仰则观象于天,俯则取法于地,观鸟兽之文与地之宜,近取诸身,远取诸物,于是始作八卦,以通神

---

① 刘勰:《文心雕龙·原道》,戚良德:《文心雕龙校注通译》,第3页。

② 《周易·说卦》,高亨:《周易大传今注》,第608页。

③ 《周易·说卦》,高亨:《周易大传今注》,第614页。

④ 《周易·系辞上》,高亨:《周易大传今注》,第514、516页。

⑤ 《周易·系辞上》,高亨:《周易大传今注》,第511页。

明之德,以类万物之情”①,这里的“神明”就是“天地之道”的异名了。刘勰肯定、接受《易传》对《易经》的解释,认为《易经》卦象的作用在于“幽赞神明”,亦即在于“弥纶天地之道”,在于“知幽明之故”,在于“通神明之德”,并不是对《易传》观点的简单重复。所谓“幽赞神明,《易》象惟先”,这里的“幽赞神明”一语已经作为一个既定的原理和原则而先行出现,“《易》象惟先”一语不过说明《易经》之卦象最先承担了这个任务。所以,这与简单重复《易传》的“幽赞于神明而生蓍”是并不相同的。之所以如此,正因为“幽赞神明”“弥纶天地之道”的观点在根本上与刘勰“道之文”之“道”相通。刘勰的“道”不是别的,正乃“天地之道”;既然文是“道之文”,既然“心生而言立,言立而文明,自然之道也”②,那么,作为人类之文开始的《易》象,当然也是“道之文”。所谓“幽赞神明,《易》象惟先”,与其说在接受、肯定《易传》对《易经》的解释,不如说是刘勰在用自己“道之文”的理论说明、解释《易》象之文。

至于“而《乾》《坤》两位,独制《文言》。言之文也,天地之心哉”,纪昀早已指出:“此解《文言》,不免附会。”③纪评当然是不易之论。然而,彦和何尝有心“解《文言》”?所谓“言之文也,天地之心哉”,之所以重要,不在于它对《文言》的解释,而在于刘勰所表述的自己的重要观点。“天地之心”,陆侃如、牟世金先生以为:“这和上面说的‘天地之心’不同,是取《易经·

① 《周易·系辞下》,高亨:《周易大传今注》,第558—559页。

② 刘勰:《文心雕龙·原道》,戚良德:《文心雕龙校注通译》,第1页。

③ 黄叔琳注,纪昀评:《文心雕龙辑注》,中华书局1957年版,第24页。

复卦》中'复其见天地之心乎'的意思。'心'是本性,指天地有文,是其本来就有的特点。"[①]这是正确的。所谓"天地之心"即"天地之意",亦即不以人的意志为转移的"天地的意旨",实际上,也就是"自然之道",也就是"夫岂外饰,盖自然耳"[②]。总之,刘勰是在说明,"言"之有"文",乃是不以人的意志为转移的必然之理。很显然,刘勰仍然是阐述自己"道之文"的理论;与其说他是在客观地考察人类之文的发展历程,不如说他是在以人类之文的发展来验证、证明自己的"道",是从"道"的理论出发观察人文的历史。纪昀谓之"附会"可谓不诬,而细察彦和之用心,却是理解《文心雕龙》所尤为需要的。

"若乃河图孕乎八卦,洛书韫乎九畴;玉版金镂之实,丹文绿牒之华:谁其尸之?亦神理而已。"[③]刘勰相信了河图、洛书的带有迷信色彩的传说,这招惹了几乎众口一致的指责。谁也无法为刘勰缺乏科学思想而相信迷信作辩解,然而,借用刘勰的话说,"大原大理,唯字是求;宋人申束,岂复过此!"[④]刘勰的"大理"不在相信河图、洛书的传说,而在他对"文"之出现的解释。王充也曾相信河图、洛书的传说,认为"河出图,洛出书",

---

① 陆侃如、牟世金:《文心雕龙译注》上册,齐鲁书社 1981 年版,第 5—6 页。按:"复其见天地之心乎"一语,实出《周易·复·彖》,参见高亨:《周易大传今注》,第 241 页。

② 刘勰:《文心雕龙·原道》,戚良德:《文心雕龙校注通译》,第 2 页。

③ 刘勰:《文心雕龙·原道》,戚良德:《文心雕龙校注通译》,第 3 页。

④ 刘勰:《灭惑论》,石峻等编:《中国佛教思想资料选编》第一卷,第 325 页。

“此皆自然也”;王充认为“天道自然,故图书自成”①,他用以说明的是“自然无为,天之道也”②的理论。刘勰之值得注意之处也仍然是“谁其尸之,亦神理而已”。对“神理”一词,有的研究者特别敏感,其实这不过是“天地之心”的同义语。“若乃……亦……”的句型清楚地说明,此句紧承“言之文也,天地之心哉”一语而来,刘勰对河图、洛书、玉版、丹文之出现的解释与对“文言”的解释相同,也是“天地之心哉”。所谓“亦神理而已”,刘勰认为,它们都是不以人的意志为转移的自然之理使然。从而,刘勰又用“道之文”的理论解释了河图、洛书之出现。

实际上,对人类开始阶段的“文”,无论是《易经》卦象、《易传》“文言”,还是河图、洛书、玉版、丹文,刘勰都并无多少话可说,他只是用自己“道”的理论对这些“文”作了说明和解释。所可注意者,首先便是刘勰在对这些“文”之出现的解释中表现出的思想。这个思想正是“自然之道”的初步而又具体的说明,是“道”在人文发展上的初步落实。换言之,刘勰用“道”解释了人类早期之“文”。除此之外,还值得注意的是,刘勰也初步从真正的“文”的角度,从文学之文的角度,从文采的角度,对人类早期之“文”作了特别考察。所谓“言之文也,天地之心哉”,对“言之文也”的特别注意已经表现出这点。所谓“玉版金镂之实,丹文绿牒之华”,不仅“金镂”“绿牒”云云特指华美的文采,而且“实”“华”并举,已经从刘勰考察文学的特定角度(即情与采的角度,详下)来考察这些人类之文了。从而“道”对文的决定、支配和原则作用,已经开始具体化为对文学的作

① 王充:《论衡·自然》,刘盼遂:《论衡集解》,第367页。
② 王充:《论衡·初禀》,刘盼遂:《论衡集解》,第59页。

用,“道之文”已经开始成为文学之“文”,“文之道”也就开始形成了。

“自鸟迹代绳,文字始炳”之后,有“大德”之文才真正开始了它的历史;刘勰对它的考察也就自然而然地采取了真正文学的角度。对此,我们的注意是非常不够的。

> 自鸟迹代绳,文字始炳。炎皞遗事,纪在《三坟》;而年世渺邈,声采靡追。唐虞文章,则焕乎为盛。元首载歌,既发吟咏之志;益稷陈谟,亦垂敷奏之风。夏后氏兴,业峻鸿绩;九序惟歌,勋德弥缛。逮及商周,文胜其质;《雅》《颂》所被,英华日新。文王患忧,繇辞炳曜;符采复隐,精义坚深。重以公旦多才,振其徽烈,制诗缉《颂》,斧藻群言。至夫子继圣,独秀前哲。镕钧“六经”,必金声而玉振;雕琢情性,组织辞令;木铎起而千里应,席珍流而万世响:写天地之辉光,晓生民之耳目矣。①

也许由于很少有文字理解上的分歧,这段话很少引起研究者的注意。其实,这是刘勰从以“道”为中心而转移到以“文”为中心后对“文”的真正考察。上文已指出,对《周易》、河图、洛书等的考察已经表现出了真正“文”的角度,而同时又仍然侧重于对“天地之心”“神理”作用的说明,可以视为由“道”至“文”的一个过渡;而“自鸟迹代绳,文字始炳”之后,“文”就大有可谈了。

刘勰对“文”的考察,有其特定的角度,这就是质与文、情

① 刘勰:《文心雕龙·原道》,戚良德:《文心雕龙校注通译》,第4—6页。

与采的结合和统一;所谓“玉版金镂之实,丹文绿牒之华”,已经清楚地表现出这个角度。记载炎皞遗事的《三坟》,由于“年世渺邈”已无从可考了,刘勰说“声采靡追”;“焕乎始盛”的“唐虞文章”,既有“元首载歌”,亦有“益稷陈谟”,刘勰谓之“既发吟咏之志”,“亦垂敷奏之风”。一个标出“声采”,一个特举“志”“风”,是分而言之,更应合而观之:它们是刘勰考察“文”的统一的两个方面。至于商周的“文胜其质”、“繇辞”的“符采”与“精义”,更是明言文质,特标义采。尽管“九序惟歌”只重“勋德弥缛”,却也与《雅》《颂》之“英华”遥相呼应。当然,“至夫子继圣,独秀前哲”,其文质、情采之统一是自不待言的了。“雕琢情性,组织辞令”,所谓“金声而玉振”;其结果是“木铎起而千里应,席珍流而万世响”,是“写天地之辉光,晓生民之耳目”。“情性”与“辞令”的密切配合和统一,既可“写天地之辉光”,又可“晓生民之耳目”;至此,文与道的密切关系、“道”对“文”的决定作用,以及“文”本身的重大作用,都已是非常清楚的了。文与道是如此息息相关,文能“写天地之辉光”;而其之所以能“写天地之辉光”,又在于文本身“情性”与“辞令”的和谐而完美的统一。

从而,以下的结论也就实在是水到渠成——既是人类之文发展的规律,更是“道”的理论所决定:

> 爰自风姓,暨于孔氏;玄圣创典,素王述训:莫不原道心以敷章,研神理而设教。取象乎河洛,问数乎蓍龟,观天文以极变,察人文以成化;然后能经纬区宇,弥纶彝宪,发挥事业,彪炳辞义。故知道沿圣以垂文,圣因文而明道;旁通而无滞,日用而不匮。《易》曰:“鼓天下之动者,存乎

辞。”辞之所以能鼓天下者,乃道之文也。①

“道心”与“神理”相对,刘勰有云:“言之文也,天地之心哉!”又云:“谁其尸之,亦神理而已。”所谓“原道心以敷章,研神理而设教”,正是对此的概括和总结。“道心”也就是“天地之心”,也就是“道”。至于“道沿圣以垂文,圣因文而明道”,是刘勰基于对“道”和“文”的分别考察而得出的关于二者关系的结论,已得到研究者普遍的重视。仍需指出的是,刘勰赋予道、文本身的含义及其对文道关系的处理,与后世探讨文道关系者既有一定的联系,又有重要的差别。这个联系并不简单,这个差别亦需深究。

纪昀评《原道》说:“自汉以来,论文者罕能及此。彦和以此发端,所见在六朝文士之上。文以载道,明其当然;文原于道,明其本然,识其本乃不逐其末。首揭文体之尊,所以截断众流。”②纪评向来受到重视。其实,纪昀之见如黄侃所说:“纪氏又傅会载道之言,殊为未谛。”③即使纪氏指出“文以载道”与“文原于道”有明“当然”与“本然”之别,并因此而谓刘勰所见在六朝文士之上,但所谓“文以载道”“文原于道”的立论本身就基本上是不得要领的,也就难以说明二者的联系和不同。黄侃谓:“案彦和之意,以为文章本由自然生,故篇中数言自然。一则曰:心生而言立,言立而文明,自然之道也。再则曰:夫岂外饰,盖自然耳。三则曰:谁其尸之,亦神理而已。寻绎其旨,

① 刘勰:《文心雕龙·原道》,戚良德:《文心雕龙校注通译》,第7页。

② 黄叔琳注,纪昀评:《文心雕龙辑注》,第23—24页。

③ 黄侃:《文心雕龙札记》,中华书局1962年版,第9页。

甚为平易。盖人有思心，即有言语，既有言语，即有文章，言语以表思心，文章以代言语，惟圣人为能尽文之妙，所谓道者，如此而已。此与后世言文以载道者截然不同。”[①]说彦和之论“与后世言文以载道者截然不同”，是看到了一些问题的；但不仅说“截然不同”未免有些绝对，而且基于对“道”的“寻绎其旨，甚为平易”的认识而言“截然不同”，就更成问题。笔者觉得，黄侃对“道”的理解多少囿于刘勰表面的文字叙述，没有看到其重要的作为文艺理论基础的哲学意义，更没注意“道”之于刘勰其来有自。所谓“甚为平易”，可能还有失彦和之用心。倒是黄侃对“道沿圣以垂文”二句的解释更可注意：“物理无穷，非言不显，非文不传，故所传之道，即万物之情，人伦之传，无小无大，靡不并包。”[②]这其实已多少说明，“道”并非“甚为平易”，并非“如此而已”。

关键还是“道”与“文”本身的含义。刘勰之“道”，是客观世界之不以人的意志为转移的规律，它对“文”有着客观的决定作用。这个作用首先说明人类有文乃是自然而必然的，是不以人的意志为转移的；同时，这个“文”又是情采兼备、文质彬彬之文。从而，也就是“道”以客观的力量而要求“文”达到文质兼备、情采统一。所谓“道沿圣以垂文”，这个“文”之所以要“沿圣”而“垂”，正因为它不是一般的文，而是“文胜其质”之文，是“金声而玉振”之文，而只有“圣人”才做到了这点，只有“圣人”才能“雕琢情性，组织辞令”，才使得情采的结合完美无缺。所以“道沿圣以垂文”之必要，首先在于“圣因文而明道”，

① 黄侃：《文心雕龙札记》，第 3 页。

② 黄侃：《文心雕龙札记》，第 9 页。

这是一方面;这一方面倒的确可以称之为"文以明道",但这个"道"的含义显然与后世不同,正是这个不同使其与后世的"文以载道"明确区别开来。另一方面,由于这个"文"并非一般的文,而是情采统一、文质彬彬之"文",所以"圣因文而明道",则又是非此"文"难以"明道",圣人之能"明道",正在于这个非同一般之"文","文"也就显得尤为重要了。从而,所谓"道沿圣以垂文",虽首先肯定、强调的是"道"对文的决定、支配作用,却又仍然必须"沿圣",必须通过"圣"这个中间环节。"道"要沿圣而垂文,是因为圣人能"雕琢情性,组织辞令",从而能明道之文就不再只是"道"的功劳,而是有着圣人不容忽视的对"文"的主体创造作用了。实际上,离开了"圣人","道"又怎么能使"文"达到"金声而玉振"的程度?所以,"道"对"文"的支配作用、决定作用,实际上就转化为对"文"的文质关系、情采关系的要求和原则,而且只是一个要求和原则;具体实现这一原则,实际上要靠"圣人",是"道"所无能为力的。所谓"辞之所以能鼓天下者,乃道之文也",这个"道"仍然是"日月叠璧,以垂丽天之象;山川焕绮,以铺理地之形:此盖道之文也"①的"道",却又增加了远为丰富而贴近文学的内容。这里的"道之文"实际上已不再是不以人的意志为转移的客观之文,而是通过圣人的"雕琢"和"组织"之后的情采兼备的文。从开始的"道之文"到结束的"道之文",已经引申出了"文之道";这个"文之道"不是别的,正是情采统一、文质兼备之"道"。所谓"原道心以敷章,研神理而设教",其具体的"敷章"工作就主要遵循由"道之文"而推论出的"文之道",即遵循

---

① 刘勰:《文心雕龙·原道》,戚良德:《文心雕龙校注通译》,第1页。

一个情采关系的标准和准则。这个标准和准则,一方面刘勰从哲学意义的“道”找到理论根据,另一方面又从儒家圣人及其经典找到具体的依托;前者是《原道》篇的主旨,后者已在《原道》开其端,而在《征圣》《宗经》得以具体的落实。至于刘勰通过由“道之文”至“文之道”的复杂曲折的过程,首先为“文之道”树立一个理论之“本”,这有其重要的理论贡献,也有其时代的原因;这是我们下文将要叙述的问题。

四、道与文

论《文心雕龙》之思想渊源者,首先看重《易传》对刘勰的影响,这是很有道理的。尤其是《易传》之于《原道》,其间联系更是不可忽视。“上揆之天,下验之地,中审之人”①的论述方式,非《易传》所独有,但却是只有《易传》最先企图以此建立自己对世界、宇宙的解释模式;而且,《易传》也的确以天、地、人为基本的框架结构建立起了较为完整的哲学体系。因此,当刘勰也“上揆之天道,下质诸人情”②,以立自己论文之“本”时,我们看到《易传》对它的重要影响,是非常必要的。尤其值得注意的是,刘勰从天、地、人的论述,到“心生而言立,言立而文明”,再到“原道心以敷章,研神理而设教”,其基本的思维方式与解决问题的方法,都与《易传》有相通之处。在这方面看到

① 吕不韦:《吕氏春秋·序意》,陈奇猷校释:《吕氏春秋新校释》,第654页。

② 《汉书》卷五十六《董仲舒传》,第2515页。

《易传》与《原道》之联系，考察刘勰从哲学所受到的思维方式和方法的影响、启发，可能有助于更准确地理解刘勰、评价刘勰及其“原道”思想。

任继愈主编《中国哲学发展史》曾指出，《易传》既有意于维护封建宗法等级制度，同时又不得不接受当时唯物主义自然观，以建立自己完整的哲学思想体系；为解决这个矛盾，《易传》提出了所谓“神道设教”的思想。① 这个思想的积极含义，有如李泽厚、刘纲纪所指出：“天与人是相通的、一致的，自然本身的运动变化所表现出的规律也就是人类在他的活动中所应当遵循的规律。”“‘以神道设教’即是把人事的活动看作是遵循自然规律而来的东西，并以此教示天下。……由于自然的规律（‘神道’）是这样的，所以人事的活动也必须是这样的。”②但实际上，《易传》之“神道设教”虽涉及了人的活动与自然规律这两个方面，而这两个方面如何联系、相互推动，其中间环节还都语焉未详；从“天道”“地道”到“人道”，还并未明其所以然。也正因此，《易传》以“神道设教”而解决上述矛盾的努力并不是成功的，而这种不成功归根结底在于封建宗法等级秩序并不是与自然规律相符合的。但应当注意的是，《易传》所谓“教”，虽以封建宗法等级秩序为其根本内容，但所谓“君子以教思无穷，容保民无疆”③，所谓“先王以省方观民设教”④，所谓

---

① 参见任继愈主编：《中国哲学发展史（先秦）》，人民出版社 1983 年版，第 663 页。

② 李泽厚、刘纲纪主编：《中国美学史》第一卷，中国社会科学出版社 1984 年版，第 286、287 页。

③ 《周易·临·象》，高亨：《周易大传今注》，第 208 页。

④ 《周易·观·象》，高亨：《周易大传今注》，第 214 页。

“君子以振民育德”[1],其所“教”的内容和含义还不只是封建宗法等级秩序,从而所谓天道、地道与人道之间,也就并非全无任何联系,尤其是客观上、实际上的联系。同时,其“神道设教”的直接目的和作用虽为巩固封建宗法等级秩序,但天道、地道与人道之间的联系,却更是一个思维和哲学的问题,其实际意义已经远远超出了其主观的功利目的,而上升为一个宇宙论、世界观的问题。

在文学领域,刘勰面临着思想性质相似的矛盾和问题。随着文学的逐步自觉,文学的独立地位愈来愈突出,文学家被“俳优畜之”[2]的情形已成昔日的荒唐,而“盖文章,经国之大业,不朽之盛事”的新认识已成时代潮流,所谓“年寿有时而尽,荣乐止乎其身,二者必至之常期,未若文章之无穷”[3],所谓“岁月飘忽,性灵不居;腾声飞实,制作而已”[4],都并不只是看重个人功名、希图自己不朽的个人主义,而首先是给文学以前所未有的重要地位,为文学的真正自觉提供首要保证。随着文学地位之提高,人们的文学活动也理所当然地形成前所未有的盛况,创作上是“才能胜衣,甫就小学,必甘心而驰骛焉”,批评上是“淄渑并泛,朱紫相夺,喧议竞起,准的无衣”[5],如此闹闹嚷嚷,为中国文学史留下了说不尽、道不完的话题。也正因此,

---

① 《周易·蛊·象》,高亨:《周易大传今注》,第202页。

② 《汉书》卷六十四《严朱吾丘主父徐严终王贾传》,第2775页。

③ 曹丕:《典论·论文》,穆克宏、郭丹编著:《魏晋南北朝文论全编》,江苏教育出版社2004年版,第15页。

④ 刘勰:《文心雕龙·序志》,戚良德:《文心雕龙校注通译》,第564页。

⑤ 锺嵘著,陈延杰注:《诗品注》,人民文学出版社1961年版,第3页。

总结文学的特征，探寻文学本身发展的规律，便成为刻不容缓的事情。文学有没有自己的规律？文学既要有自己的特征，又必须担当社会教化的任务，如何处理二者之间的关系？有人不满地说："自是闾阎年少，贵游总角，罔不摈落六艺，吟咏情性。"①有人则针锋相对："未闻吟咏情性，反拟《内则》之篇；操笔写志，更摹《酒诰》之作。迟迟春日，翻学《归藏》；湛湛江水，遂同《大传》。"②孰是孰非，又当如何评说？

理论家的敏感在于，其善于从看似没有问题之处发现问题，愿意于司空见惯的"常理"之中问一个为什么。刘勰所谓"（文）与天地并生者，何哉"，实际上是在问：人类为什么会有文章？这热闹非凡的文坛盛景，为什么会出现？这看似平常而又简单的问题，既是刘勰企图从哲学的、理论的高度概括、把握纷纷扰扰的文学现象，从而从根本上回答文学之于人类的必要性和重要性，更是所谓文学自觉的真正标志。正像《易传》以"天地之道"论人道一样，刘勰也以天地之文论人文。他认为，天地有文、万物富彩乃是客观世界本身的规律所决定的，是自然而然的；而"夫以无识之物，郁然有彩；有心之器，岂无文欤"③，人类有文也是自然而然的。同《易传》一样，刘勰也并未真正在理论上解决这个问题。从天地之文的自然而然到人类之文的自然而然，其所以然之理，其理论的中介，刘勰也不得不略而不谈。所以，以天地万物之文来说明人类何以有文，刘勰

① 裴子野：《雕虫论》，穆克宏、郭丹编著：《魏晋南北朝文论全编》，第462页。

② 萧纲：《与湘东王书》，穆克宏、郭丹编著：《魏晋南北朝文论全编》，第485页。

③ 刘勰：《文心雕龙·原道》，戚良德：《文心雕龙校注通译》，第2页。

虽层层道来，有条不紊，但其所反复陈述的中心思想不过是：人类有文是自然而然的，人类必须有文也必然有文。但实际上，“无识之物”有彩，“有心之器”就一定有文吗？“心生而言立，言立而文明”①，真是那么自然而然么？刘勰都并未答其所以然。

不过，感到人类有文是个问题，而且要回答这个问题，这是真正文学理论家诞生之标志。所谓“心生而言立，言立而文明，自然之道也”②，这个“文”并非一般的文，而是有文采的文、美的文、艺术的文，与此相比的，是日月叠璧之丽、山川焕绮之美，是龙凤之藻绘、虎豹之炳蔚，是云霞雕色、草木贲华。总之，只有“有逾画工之妙”“无待锦匠之奇”的绘画美和“调如竽瑟”“和若球锽”的音乐美，才能与之相提并论。从而，“有心之器，岂无文欤”，虽实际上讲不出多少道理，却是明明白白地肯定了美的文，肯定了作为艺术的文学。因此，说“《文心雕龙》的美学”“同样十分鲜明地体现了魏晋以来‘文’的自觉这一历史潮流，而且比魏晋玄学更为重视美的意义与价值”③，便是非常正确的。实际上，“道”的理论所给予刘勰的，还不仅仅是“有心之器，岂无文欤”的富有时代意义的理论成果。当刘勰像前代哲人一样，从天地分判讲起，从天地之文讲起时，他实际上是以一个哲学家的胸怀和眼光在严肃地思考人类的文学现

---

① 刘勰：《文心雕龙·原道》，戚良德：《文心雕龙校注通译》，第1页。

② 刘勰：《文心雕龙·原道》，戚良德：《文心雕龙校注通译》，第1页。

③ 李泽厚、刘纲纪主编：《中国美学史》第二卷，中国社会科学出版社1987年版，第761页。

象,他对“道”的长期思考及其运用于文学研究,使他有了一个更高的立足点,获得了更广阔的视野,具备了更博大的胸怀。从而,他的理论成果不仅是富有时代意义的,而且不同于拘限一隅的偏颇之论,具有相当的理论深度和更普遍、更本质的意义。

宋黄庭坚说:“刘勰《文心雕龙》,刘子玄《史通》,此两书曾读否?所论虽未极高,然讥弹古人,大中文病,不可不知也。”① 明都穆亦云:“夫文章与时高下,时至齐梁,佛学昌炽,而文随以靡,其衰盛矣!当斯之际,有能深于文理,折衷群言,究其指归,而不谬于圣人之道如刘子者,诚未易得。”②两家论《文心雕龙》都并不精彩,但认为《文心雕龙》有针砭时弊的目的,这确是历来研治《文心雕龙》者的共同认识。这一认识有着刘勰自己的论述作明证:

> 唯文章之用,实经典枝条。“五礼”资之以成,“六典”因之致用;君臣所以炳焕,军国所以昭明:详其本源,莫非经典。而去圣久远,文体解散。辞人爱奇,言贵浮诡;饰羽尚画,文绣鞶帨:离本弥甚,将遂讹滥。盖《周书》论辞,贵乎“体要”;尼父陈训,恶乎“异端”:辞训之异,宜体于要。于是搦笔和墨,乃始论文。③

---

① 黄庭坚:《与王立之》,《黄庭坚全集》,四川大学出版社 2001 年版,第 1370 页。

② 都穆:《文心雕龙跋》,杨明照:《文心雕龙校注拾遗》,第 745 页。

③ 刘勰:《文心雕龙·序志》,戚良德:《文心雕龙校注通译》,第 566 页。

据贾树新先生统计,《文心雕龙》直接论及齐梁文风弊端达十八次之多。[①] 与之形成鲜明对照的,则是对儒家经典的极力推崇:不仅“征圣”“宗经”明标圣、经为仪则,而且“文之枢纽”的“正纬”“辨骚”也至少在形式上以儒家经典为“正”“辨”之准绳。从而,《文心雕龙》似乎只是一部以儒家正统面目出现的批判齐梁文风之作。而“道沿圣以垂文,圣因文而明道”[②],也就很容易令人想起中国文学史上经久不衰的“文以明道”“文以载道”说。朱光潜先生曾谓:“齐梁时有两部重要的批评著作,恰好代表当时文学上两种相反的倾向。一部是刘勰的《文心雕龙》,代表传统的‘文必明道’的思想。……另外一部是锺嵘的《诗品》,代表重纯文学的倾向。”[③]应该说,刘勰的“圣因文而明道”,虽并未直接简化成“文以明道”,但二者的表意功能是大致相同的,即与“文以载道”也没有本质区别。但是,刘勰的“圣因文而明道”又根本区别于传统的“文以明道”“文以载道”说。我们已经指出,关键就在于它们各自“道”的内容与性质是根本不同的。韩愈的“道”[④],是儒家圣人之道。他的

---

① 参见贾树新:《〈文心雕龙〉数据信息》,《吉林大学社会科学学报》1987年1期。

② 刘勰:《文心雕龙·原道》,戚良德:《文心雕龙校注通译》,第7页。

③ 朱光潜:《文艺心理学》,《朱光潜美学文集》第一卷,上海文艺出版社1983年版,第101页。

④ 韩愈《原道篇》:“吾所谓道也,非向所谓老与佛之道也。尧以是传之舜,舜以是传之禹,禹以是传之汤,汤以是传之文、武、周公,文、武、周公传之孔子,孔子传之孟轲,轲之死,不得其传焉。”(余冠英等主编:《唐宋八大家全集》,国际文化出版公司1998年版,第145页。)

"明道"①,谈的是文学的内容和作用;刘勰的"道"是客观规律,"圣因文而明道"是在"原道"这一立《文心雕龙》之"本"的主旨下,寻找立文的原则。所以,必须明确的是,在刘勰那里,"道"不是文学的内容。

其实,所谓"去圣久远,文体解散。辞人爱奇,言贵浮诡;饰羽尚画,文绣鞶帨:离本弥甚,将遂讹滥",主要是说文学创作离开了文学本身的规律和法则;所谓"言为文之用心"②,正是要探讨文学创作的规律,探讨文学创作如何才能沿着正确的轨道进行,如何才能创造出优秀的作品。这是文学的"美"的问题。同时,刘勰又的确有着类似的"文以明道"的思想,但这个"道"在刘勰那里是"教",所谓"垂敷奏之风""晓生民之耳目",所谓"研神理而设教""辞之所以能鼓天下者,乃道之文也"③,这是文学的"善"的问题。"原道心以敷章,研神理而设教"表明,刘勰要求于文学的,正是"美"和"善"在"道心""神理"亦即"道"的基础上的和谐统一。文学要"美",要像"日月叠璧""山川焕绮"一样美,然而像天地万物之美"夫岂外饰,盖自然耳"④一样,文学之"美"也必须是自然而然的,决不能"饰羽尚画""将遂讹滥"。而且,文学之美的这种自然而然,具体

---

① 韩愈《争臣论》:"君子居其位,则思死其官;未得位,则思修其辞,以明其道。我将以明道也,非以为直而加人也。"(余冠英等主编:《唐宋八大家全集》,第175页。)

② 刘勰:《文心雕龙·序志》,戚良德:《文心雕龙校注通译》,第564页。

③ 刘勰:《文心雕龙·原道》,戚良德:《文心雕龙校注通译》,第4、6、7页。

④ 刘勰:《文心雕龙·原道》,戚良德:《文心雕龙校注通译》,第2页。

体现为“文胜其质”,体现为“雕琢情性,组织辞令”[①],从而做到文质彬彬、辞采芬芳。这就不只是抽象的“自然之道”,不只是抽象的“道之文”,而是具体的“文之道”了。同时,文学又要“善”,又要起到教育、教化的目的和功用,要“晓生民之耳目”;而这种“善”又必须是“研神理而设教”,必须是自然而然的,不是矫揉造作、虚情假意的。从而,文学之美和善的统一第一次自觉地找到了自己的理论之本,找到了自己的理论原则和标准。

《序志》有云:“盖《文心》之作也,本乎道。”[②]则首先说明《文心雕龙》的写作以“道”为根本、为指导思想。从《文心雕龙》本身的理论结构而言,其首篇为“原道”,“原,本也”[③],则“道”为《文心雕龙》理论体系的根本,为《文心雕龙》理论体系的总纲。刘勰又说:“文之枢纽,亦云极矣。”[④]则“道”亦是文之本,是为文(文学创作)的关键之一。刘勰正是从“本乎道”的这两层含义出发,从哲学的高度树立起自己的文艺理论之“本”,并以此论证人类有文的合理性和必然性,进而树立起文学创作之美、善统一的纲领和准则。《文心雕龙》之成为“笼罩群言”[⑤]之作,没有《原道》,确是难以想象的。

---

① 刘勰:《文心雕龙·原道》,戚良德:《文心雕龙校注通译》,第6页。

② 刘勰:《文心雕龙·序志》,戚良德:《文心雕龙校注通译》,第569页。

③ 《淮南子·原道训》高诱注,张双棣:《淮南子校释》(上),北京大学出版社1997年版,第2页。

④ 刘勰:《文心雕龙·序志》,戚良德:《文心雕龙校注通译》,第569页。

⑤ 章学诚:《文史通义·诗话》,叶瑛校注:《文史通义校注》,第559页。

《文心雕龙》的“论文叙笔”*

从《明诗》到《书记》的二十篇，刘勰称之为“论文叙笔”①，研究者通称之为“文体论”。重视《文心雕龙》之文体论的研究，是“龙学”家们早有的呼吁。“龙学”发展至今天，更很少有人否认《文心雕龙》之文体论的重要性。但是，具体探讨二十篇“论文叙笔”的价值和意义，却又是一件相当艰难的事情。

一些研究者以为，《文心雕龙》是一部具有文章学性质的著作，甚至干脆称之为古代文章学概论。其重要根据之一便是占《文心雕龙》五分之二篇幅的“论文叙笔”。应该说，这不是没有道理的。二十篇“论文叙笔”把当时所能见到的文体种类搜罗殆尽，谱、籍、簿、录，方、术、占、式……无一漏遗，称之为文章学理论，确乎是言之有据的。但是，不少研究者却又从“文之枢纽”②的总论，尤其是“剖情析采”③的创作论出发，认为

---

* 本文原载于《文心雕龙学刊》第六辑，修订收录于作者文集《〈文心雕龙〉与中国文论》，中国书籍出版社2017年版，第95—111页。

① 刘勰：《文心雕龙·序志》，戚良德：《文心雕龙校注通译》，上海古籍出版社2008年版，第569页。

② 刘勰：《文心雕龙·序志》，戚良德：《文心雕龙校注通译》，第569页。

③ 刘勰：《文心雕龙·序志》，戚良德：《文心雕龙校注通译》，第570页。

《文心雕龙》乃是中国古代的文学概论,而且建立起了完整的文学理论体系。

其实,"论文叙笔"的文体论作为体大思精的《文心雕龙》的一个重要组成部分,其与"剖情析采"的创作论是密切相关的。周振甫先生在《文心雕龙今译》中指出:"他的创作论,就是从文体论里归纳出来的;他的文学史、作家论、鉴赏论、作家品德论,也是从他的文体论中得出来的……没有文体论,就没有创作论、鉴赏论等,也没有文之枢纽,没有《文心雕龙》了,所以文体论在全书中是很重要的部分。"①

本文即拟具体考察"论文叙笔"与"剖情析采"的关系,以明"论文叙笔"的文体论在《文心雕龙》中的地位及其意义;同时,究明"论文叙笔"与"剖情析采"的具体关系,亦正有利于完整认识《文心雕龙》的理论性质。

一

《序志》有云:"若乃论文叙笔,则囿别区分:原始以表末,释名以章义,选文以定篇,敷理以举统。"②其实,整个"剖情析采"的创作论,正是对"论文叙笔"的文体论的"敷理以举统"。所谓没有文体论就没有创作论,这是实而有征的。

《神思》是"剖情析采"的第一篇,论述"驭文之首术,谋篇

---

① 周振甫:《文心雕龙今译》,中华书局1986年版,第49页。

② 刘勰:《文心雕龙·序志》,戚良德:《文心雕龙校注通译》,第569页。

之大端”的艺术构思问题。《神思》的许多问题，在“论文叙笔”部分都是有所涉及的。《神思》论艺术构思的特点是“神与物游”，这个“神”亦即“心”。所谓“形在江海之上，心存魏阙之下，神思之谓也”，则“神思”即是“心思”。所谓“博而能一，亦有助乎心力矣”①，“心力”正指神思之力，亦即进行艺术构思的能力。《序志》说“文果载心”②，文学是用以“载心”的，“心思”当然正是文学创作的起点。从而，所谓“神与物游”亦即“心与物游”，即作者之心与客观物象一起活动，二者交融、渗透、统一，达到一种情景交融的境界，所谓“登山则情满于山，观海则意溢于海；我才之多少，将与风云而并驱矣”③。艺术构思的“神与物游”的特点，文体论早有所及。《明诗》谓：“人禀七情，应物斯感，感物吟志，莫非自然。”评《古诗十九首》说：“观其结体散文，直而不野，婉转附物，怊怅切情。”④《铨赋》云：“原夫登高之旨，盖睹物兴情。情以物兴，故义必明雅；物以情睹，故词必巧丽。”⑤“神与物游”的艺术构思特点，正是从诗赋创作的具体经验总结而来。《神思》所谓“神用象通，情变所孕。

---

① 刘勰：《文心雕龙·神思》，戚良德：《文心雕龙校注通译》，第321、325页。

② 刘勰：《文心雕龙·序志》，戚良德：《文心雕龙校注通译》，第572页。

③ 刘勰：《文心雕龙·神思》，戚良德：《文心雕龙校注通译》，第323页。

④ 刘勰：《文心雕龙·明诗》，戚良德：《文心雕龙校注通译》，第55、59页。

⑤ 刘勰：《文心雕龙·铨赋》，戚良德：《文心雕龙校注通译》，第90页。

物以貌求,心以理应"[①],与"情以物兴""物以情睹"是一脉相承的。

《明诗》论诗歌创作同艺术构思的关系谓:"然诗有恒裁,思无定位,随性适分,鲜能圆通。若妙识所难,其易也将至;忽以为易,其难也方来。"[②]《神思》则说:"是以意授于思,言授于意;密则无际,疏则千里。或理在方寸,而求之域表;或义在咫尺,而思隔山河。"[③]《明诗》具体论述诗歌创作同艺术构思的关系,指出艺术构思之飘忽不定的特点以及因之而带来的诗歌创作的难与易;《神思》则上升为一般的理论,指出艺术构思之于整个创作的难易问题。《神思》以为:"人之禀才,迟速异分;文之制体,大小殊功。"具体而言,"若夫骏发之士,心总要术;敏在虑前,应机立断。覃思之人,情饶歧路;鉴在疑后,研虑方定。机敏故造次而成功,虑疑故愈久而致绩。"但无论如何,"难易虽殊,并资博练",所谓"博见为馈贫之粮,贯一为拯乱之药;博而能一,亦有助乎心力矣"[④],博而能一,成为艺术构思成功的关键之一。这个关键,文体论也屡有所述。《奏启》云:"夫奏之为笔,固以明允笃诚为本,辨析疏通为首。强志足以成务,博

---

① 刘勰:《文心雕龙·神思》,戚良德:《文心雕龙校注通译》,第327页。

② 刘勰:《文心雕龙·明诗》,戚良德:《文心雕龙校注通译》,第64页。

③ 刘勰:《文心雕龙·神思》,戚良德:《文心雕龙校注通译》,第323页。

④ 刘勰:《文心雕龙·神思》,戚良德:《文心雕龙校注通译》,第323、325页。

见足以穷理;酌古御今,治繁总要:此其体也。”[①]既要博见穷理,又须治繁总要,与《神思》之“博而能一”是息息相通的。《议对》要求:“郊祀必洞于礼,戎事宜练于兵,田谷先晓于农,断讼务精于律。然后标以显义,约以正辞。”[②]这正是“积学以储宝”“研阅以穷照”[③]等艺术构思的基本前提。

《风骨》是“剖情析采”的重要篇章,有的研究者视之为刘勰的文学本质论。[④] 对“风骨”的许多问题,研究者聚讼纷纭,难求一致。其实,“风骨”问题在“论文叙笔”中也多有涉及,那正是《风骨》篇的理论之源。《风骨》说:“若能确乎正式,使文明以健,则风清骨峻,篇体光华。”[⑤]“文明以健”“风清骨峻”,可以说是“风骨”的基本特点。这一特点,《檄移》有较为具体的说明。“观隗嚣之檄亡新,布其‘三逆’;文不雕饰,而辞切事明:陇右文士,得檄之体矣!陈琳之檄豫州,壮有骨鲠。虽奸阉携养,章密太甚;发丘摸金,诬过其虐;然抗辞书衅,皦然曝露。……钟会檄蜀,征验甚明;桓温檄胡,观衅尤切:并壮笔也。”所谓“辞切事明”,所谓“壮有骨鲠”等等,确有助于具体理解“风骨”之义。刘勰论“檄”体的“敷理以举统”是:“凡檄之

① 刘勰:《文心雕龙·奏启》,戚良德:《文心雕龙校注通译》,第275页。

② 刘勰:《文心雕龙·议对》,戚良德:《文心雕龙校注通译》,第290页。

③ 刘勰:《文心雕龙·神思》,戚良德:《文心雕龙校注通译》,第321—322页。

④ 参见毕万忱、李淼:《“风骨”论是文学的本质论》,《文心雕龙》学会编:《文心雕龙学刊》第四辑,齐鲁书社1986年版,第80页。

⑤ 刘勰:《文心雕龙·风骨》,戚良德:《文心雕龙校注通译》,第342页。

大体……植义飏辞,务在刚健。插羽以示迅,不可使辞缓;露板以宣众,不可使义隐。必事昭而理辨,气盛而辞断,此其要也。”所谓“植义飏辞,务在刚健”,所谓“气盛而辞断”,正可看成对“文明以健”“风清骨峻”等的具体说明。刘勰论“移”体也说:“移者,易也;移风易俗,令往而民随者也。相如之《难蜀老》,文晓而喻博,有移檄之骨焉。及刘歆之《移太常》,辞刚而义辨,文移之首也。”①所谓“辞刚而义辨”,亦正与“文明以健”相通。

如果说,《檄移》强调了“风骨”刚健有力的特点,强调了“壮有骨鲠”的一面,而“文不雕饰”“辞切事明”等对文采有所忽略,那么《封禅》则正好补其不足。《封禅》称赞扬雄的《剧秦美新》“骨掣靡密,辞贯圆通”,称赞班固的《典引》“雅有懿乎”,“其致义会文,斐然余巧”,而批评邯郸淳《受命述》“风末力寡,辑韵成颂:虽文理颇序,而不能奋飞”。刘勰论封禅文的“敷理以举统”是:“兹文为用,盖一代之典章也。构位之始,宜明大体:树骨于训典之区,选言于宏富之路;使意古而不晦于深,文今而不坠于浅;义吐光芒,辞成廉锷,则为伟矣。虽复道极数殚,终然相袭,而日新其采者,必超前辙焉。”②树骨选言,既要义吐光芒,又要辞成廉锷,正《风骨》所谓“唯藻耀而高翔,固文笔之鸣凤也”③。尤其值得注意的是,刘勰认为“日新其采

① 刘勰:《文心雕龙·檄移》,戚良德:《文心雕龙校注通译》,第244—246页。

② 刘勰:《文心雕龙·封禅》,戚良德:《文心雕龙校注通译》,第255—257页。

③ 刘勰:《文心雕龙·风骨》,戚良德:《文心雕龙校注通译》,第341页。

者,必超前辙焉”,文采是何等重要!《章表》也说“章以造阙,风矩应明;表以致禁,骨采宜耀”,不仅“风”“骨”对举值得注意,且“骨采宜耀”正说明对“采”的重视。本篇“赞”谓“君子秉文,辞令有斐”①,斐然的文采正是杰出作家的重要标志之一。

不过,刚健有力毕竟是“风骨”的基本特点,所谓“骨髓峻”“风力遒”,所谓“蔚彼风力,严此骨鲠”②,强调的都是“风骨”之“力”的特点。《风骨》说:“若丰藻克赡,风骨不飞,则振采失鲜,负声无力。”又说:“若瘠义肥辞,繁杂失统,则无骨之征也。”③文采不可或缺,过分雕琢却可能有损“风骨”之力。《铨赋》在总结了“立赋之大体”之后说:“然逐末之俦,蔑弃其本,虽读千赋,愈惑体要。遂使繁华损枝,膏腴害骨,无实风轨,莫益劝戒。”④《议对》评陆机作品也说:“及陆机《断议》,亦有锋颖;而腴辞弗剪,颇累文骨。”又说:“文以辨洁为能,不以繁缛为巧;事以明核为美,不以深隐为奇……空骋其华,固为事实所摈;设得其理,亦为游辞所埋矣。”⑤可以说,“风骨”的基本理论,正是从“论文叙笔”对大量创作实践的具体考察总结而

① 刘勰:《文心雕龙·章表》,戚良德:《文心雕龙校注通译》,第267、269页。

② 刘勰:《文心雕龙·风骨》,戚良德:《文心雕龙校注通译》,第339、343页。

③ 刘勰:《文心雕龙·风骨》,戚良德:《文心雕龙校注通译》,第338、339页。

④ 刘勰:《文心雕龙·铨赋》,戚良德:《文心雕龙校注通译》,第91页。

⑤ 刘勰:《文心雕龙·议对》,戚良德:《文心雕龙校注通译》,第289—291页。

来;“风骨”的基本思想,已经包含在“论文叙笔”的文体论之中。

《情采》一篇在“剖情析采”中占有尤为重要的地位。“情采”的基本思想,以联系创作实践的具体形态,在“论文叙笔”中发其端。如《铭箴》评王朗《杂箴》谓:“观其约文举要,宪章武铭;而水火井灶,繁辞不已:志有偏也。”①之所以出现“繁辞不已”的情形,是因其“志有偏也”。在这里,作者之“志”是起决定作用的。《情采》所谓“情者,文之经;辞者,理之纬。经正而后纬成,理定而后辞畅”,这乃是“立文之本源”②。《哀吊》谓:“原夫哀辞大体,情主于痛伤,而辞穷夫爱惜。……隐心而结文则事惬,观文而属心则体夸。夸体为辞,则虽丽不哀。必使情往会悲,文采引泣,乃其贵耳。”③牟世金先生指出,“隐心”一语与《情采》所谓“为情而造文”意同,而“观文”一语则与《情采》所谓“为文而造情”意同。④《谐隐》说:“夫心险如山,口壅若川。怨怒之情不一,欢谑之言无方。……并嗤戏形貌,内怨为俳也。”⑤“怨怒之情不一”则“欢谑之言无方”,所谓“内怨为俳”,正《情采》所谓“盼倩生于淑姿”“辩丽本于情性”,所

① 刘勰:《文心雕龙·铭箴》,戚良德:《文心雕龙校注通译》,第128页。

② 刘勰:《文心雕龙·情采》,戚良德:《文心雕龙校注通译》,第367页。

③ 刘勰:《文心雕龙·哀吊》,戚良德:《文心雕龙校注通译》,第148—149页。

④ 参见陆侃如、牟世金:《文心雕龙译注》上册,齐鲁书社1981年版,第157—158页。

⑤ 刘勰:《文心雕龙·谐隐》,戚良德:《文心雕龙校注通译》,第167页。

谓“志思蓄愤,而吟咏情性”①。《章表》有:“然恳恻者辞为心使,浮侈者情为文出。繁约得正,华实相胜。”②“恳恻者”一语亦正同于“为情而造文”,而“浮侈者”一语则相当于“为文而造情”。至于要求创作文质彬彬、辞采芬芳,既是《情采》之基本思想,也在“论文叙笔”中一以贯之,我们后面再谈。

《物色》是《文心雕龙》下篇写得较为精彩的一章,其理论也具有重要意义。《物色》的基本思想,已在“论文叙笔”中得到初步总结。《明诗》所谓“人禀七情,应物斯感,感物吟志,莫非自然”,所谓“婉转附物,怊怅切情”,所谓“情必极貌以写物,辞必穷力而追新”③,既通于《神思》,亦为《物色》提供了坚实的理论素材。《物色》所谓“物色之动,心亦摇焉”,所谓“写气图貌,既随物以宛转;属采附声,亦与心而徘徊”,所谓“吟咏所发,志惟深远;体物为妙,功在密附”④,等等,与《明诗》是一脉相承的。《铨赋》的“情以物兴”“物以情睹”⑤,更与《物色》“情以物迁,辞以情发”⑥互相发明。《书记》谓:“详总书体,本

① 刘勰:《文心雕龙·情采》,戚良德:《文心雕龙校注通译》,第367、368页。

② 刘勰:《文心雕龙·章表》,戚良德:《文心雕龙校注通译》,第268页。

③ 刘勰:《文心雕龙·明诗》,戚良德:《文心雕龙校注通译》,第55、59、63页。

④ 刘勰:《文心雕龙·物色》,戚良德:《文心雕龙校注通译》,第514、515、517页。

⑤ 刘勰:《文心雕龙·铨赋》,戚良德:《文心雕龙校注通译》,第90页。

⑥ 刘勰:《文心雕龙·物色》,戚良德:《文心雕龙校注通译》,第514页。

在尽言，所以散郁陶，托风采；故宜条畅以任气，优柔以怿怀。文明从容，亦心声之献酬也。"[①]郁陶之心哪里来？《物色》云："是以献岁发春，悦豫之情畅；滔滔孟夏，郁陶之心凝；天高气清，阴沉之志远；霰雪无垠，矜肃之虑深。岁有其物，物有其容；情以物迁，辞以情发。"[②]

"剖情析采"中其他许多问题，诸如《体性》《通变》《定势》《比兴》《夸饰》《附会》等，"论文叙笔"中亦都有不同程度的涉及。即如一些关于艺术技巧的问题，文体论也尽力为理论的总结做好准备。如关于"声律"问题，《章表》有："繁约得正，华实相胜；唇吻不滞，则中律矣。"[③]《奏启》有："陈政言事，既奏之异条；让爵谢恩，亦表之别干。必敛彻入规，促其音节；辨要轻清，文而不侈：亦启之大略也。"[④]都与《声律》所论有相通之处。又如关于"练字"问题，《议对》有"理不谬摇其枝，字不妄舒其藻"[⑤]之说，《书记》有"意少一字则义阙，句长一言则辞妨"[⑥]之论，则刘勰为何不放过字字句句问题而专设《练字》《章句》，也就可见其理了。

---

① 刘勰：《文心雕龙·书记》，戚良德：《文心雕龙校注通译》，第304页。

② 刘勰：《文心雕龙·物色》，戚良德：《文心雕龙校注通译》，第514页。

③ 刘勰：《文心雕龙·章表》，戚良德：《文心雕龙校注通译》，第268页。

④ 刘勰：《文心雕龙·奏启》，戚良德：《文心雕龙校注通译》，第280页。

⑤ 刘勰：《文心雕龙·议对》，戚良德：《文心雕龙校注通译》，第289—290页。

⑥ 刘勰：《文心雕龙·书记》，戚良德：《文心雕龙校注通译》，第314页。

应该说，没有文体论就没有创作论是切切实实的，没有文体论就没有《文心雕龙》也决非耸人听闻。“论文叙笔”与“剖情析采”正息息相关而不可分割。“不穷尽纷纭复杂的众多的文体，就难以提出真正懂得写作的理论。”①刘勰之所以要用大量篇幅“论文叙笔”，正是要从对各类文体的全面检核中，求得“剖情析采”的充分根据。作为一代文论家，刘彦和正是要从古今纷繁复杂的各类文体的写作中全面地概括、总结出创作之规律。“论文叙笔”之于《文心雕龙》理论体系的重要，首先在这里。

二

但是，从文体论到创作论，其理论的跨度是不同凡响的。“论文叙笔”虽不同程度地涉及了创作论问题的方方面面，但那毕竟是零碎的，不成系统的。而“剖情析采”的创作论则不同，它系统、严整，其中每一个理论专题都是力求给以逻辑论证和阐发的。因而，说没有文体论就没有创作论是正确的，但应该说，这种情形更符合刘勰研究工作的实际；而对经过精心安排的体大虑周的《文心雕龙》而言，“论文叙笔”和“剖情析采”之间并不只是从前者到后者的单向发展关系，而更是一个双向相互的作用过程。实际上，“论文叙笔”并非漫无目的地搜罗古今文体，刘勰对古今文体的考察，亦正贯穿着“剖情析采”的理论精神，从“剖情析采”的基本观点出发去“论文叙笔”，亦正

---

① 戚良德：《〈文心雕龙·总术篇〉新探》，《文史哲》1987年第2期。

是刘勰文体论的尤为重要的特点。

《序志》说:“至于剖情析采,笼圈条贯:摛神性,图风势,苞会通,阅声字。”[①]《文心雕龙》“下篇”的主要问题是“剖情析采”,情采关系是贯穿《文心雕龙》理论体系的一条主线。而纷繁复杂的“论文叙笔”,看上去琐屑烦乱,实际上刘勰对全部文体的基本考察方法正是“剖情析采”;从情采关系的角度考察各类文体,整个“论文叙笔”便繁而不乱、纷而有秩、杂而有统了。

《明诗》是“论文叙笔”的第一篇。刘勰说诗歌创作是“舒文载实”[②],这也正是他考察诗歌创作的基本角度。论“建安之初,五言腾跃”的情形,刘勰说:“造怀指事,不求纤密之巧;驱辞逐貌,唯取昭晢之能:此其所同也。”评应璩《百壹诗》谓:“辞谲义贞,亦魏之遗直也。”对宋初山水诗的评价是“俪采百字之偶,争价一句之奇;情必极貌以写物,辞必穷力而追新”。[③]无论“造怀”“驱辞”对举,还是“辞”“义”并列,抑或“情”“辞”分论,虽用词有所变化,但都着眼于情、采二者及其关系,则是明明白白的。《铨赋》对“赋”的定义是:“赋者,铺也,铺采摛文,体物写志也。”以此考察赋作,大赋是“序以建言,首引情本;乱以理篇,写送文势”,小赋是“拟诸形容,则言务纤密;象其物宜,则理贵侧附”。至于“立赋之大体”更是“情以物兴,故义必

---

① 刘勰:《文心雕龙·序志》,戚良德:《文心雕龙校注通译》,第570页。

② 刘勰:《文心雕龙·明诗》,戚良德:《文心雕龙校注通译》,第54页。

③ 刘勰:《文心雕龙·明诗》,戚良德:《文心雕龙校注通译》,第60、61、63页。

明雅;物以情睹,故词必巧丽。丽词雅义,符采相胜,如组织之品朱紫,画绘之差玄黄,文虽杂而有质,色虽糅而有仪”。[①] 所谓“风归丽则,辞翦稊稗”[②],“铨赋”的基本方法确是“剖情析采”。《颂赞》谓“颂”之“大体所弘”也不过是“揄扬以发藻,汪洋以树仪。虽纤巧曲致,与情而变”。至于“赞”体也是“约举以尽情,昭灼以送文”。[③]《总术》云:“数逢其极,机入其巧,则义味腾跃而生,辞气丛杂而至;视之则锦会,听之则丝簧,味之则甘腴,佩之则芬芳:断章之功,于斯盛矣。”[④]这一文章写作的最高审美理想,正是从情、采两个方面进行描绘的。

诗赋颂赞如此,“论文”其他各篇亦同样从文与质、情与采的特定角度考察各类文体。《祝盟》谓:“凡群言务华,而降神务实;修辞立诚,在于无愧。”又说:“感激以立诚,切至以敷辞。”本篇“赞”曰:“立诚在肃,修辞必甘。”[⑤]虽强调内容的真诚实在,却也没有忘记文辞的“切至”和甘美。《铭箴》论“铭箴”之“大要”谓:“其取事也必核以辨,其摛文也必简而深。”本篇“赞”云:“义典则弘,文约为美。”[⑥]正是从情采之特定角度

---

① 刘勰:《文心雕龙·铨赋》,戚良德:《文心雕龙校注通译》,第84、87、88、90—91页。

② 刘勰:《文心雕龙·铨赋》,戚良德:《文心雕龙校注通译》,第92页。

③ 刘勰:《文心雕龙·颂赞》,戚良德:《文心雕龙校注通译》,第101、104页。

④ 刘勰:《文心雕龙·总术》,戚良德:《文心雕龙校注通译》,第486页。

⑤ 刘勰:《文心雕龙·祝盟》,戚良德:《文心雕龙校注通译》,第114、117、118页。

⑥ 刘勰:《文心雕龙·铭箴》,戚良德:《文心雕龙校注通译》,第129、130页。

进行考察的。《诔碑》评蔡邕碑文曰:"其叙事也该而要,其缀采也雅而泽;清辞转而不穷,巧义出而卓立:察其为才,自然而至矣。""叙事"与"缀采","清辞"和"巧义",终成"观风似面,听辞如泣"①之作。《哀吊》评潘岳哀文说:"观其虑赡辞变,情洞哀苦,叙事如传,结言摹诗,促节四言,鲜有缓句。故能义直而文婉,体旧而趣新。"刘勰对"哀辞大体"的总结是:"情主于痛伤,而辞穷乎爱惜。……隐心而结文则事惬,观文而属心则体夸。夸体为辞,则虽丽不哀。必使情往会悲,文来引泣,乃其贵耳。"这样的"哀辞"堪称情采兼备之作。贾谊的吊屈原文是"体周而事核,辞清而理哀",扬雄的吊屈原文是"思积功寡,意深反《骚》,故辞韵沉膇",祢衡的吊张衡文是"缛丽而轻清",陆机的吊魏帝文则"序巧而文繁"②,褒贬扬抑,亦都据其文质、情采立论。《杂文》评《对问》形式的作品说:"蔡邕《释诲》,体奥而文炳;郭璞《客傲》,情见而采蔚……至于陈思《客问》,辞高而理疏,庾敳《客咨》,意荣而文悴。"所谓"原夫兹文之设,乃发愤以表志。身挫凭乎道胜,时屯寄于情泰;莫不渊岳其心,麟凤其采:此立体之大要也"③,这真可视为"剖情析采"的源头了。《七发》形式的作品,刘勰评曰:"张衡《七辨》,结采绵靡;崔瑗《七厉》,植义纯正。"它们"或文丽而义暌,或理粹而辞驳",所谓"甘意摇骨髓,艳词动魂识",

① 刘勰:《文心雕龙·诔碑》,戚良德:《文心雕龙校注通译》,第140、142页。

② 刘勰:《文心雕龙·哀吊》,戚良德:《文心雕龙校注通译》,第148—152页。

③ 刘勰:《文心雕龙·杂文》,戚良德:《文心雕龙校注通译》,第158—159页。

若非情采兼备之作，何以具此魅力？至于“连珠”形式的作品，刘勰说：“夫文小易周，思闲可赡；足使义明而词净，事圆而音泽，落落自转，可称珠耳。”[①]正是“义明词净”“事圆音泽”的文质统一和情采并茂，方形成“落落自转”的整体艺术特征。

《史传》以下十篇，是论所谓无韵之笔。刘勰一方面立足于各类文体的具体特点（这实际上具有文体辨析的意义，详下），另一方面又仍从文质、情采的角度观察“笔”类大小体裁。从而，刘勰虽遍考史传诸子，详列笔札杂名，却又并非漫无目的地泛泛而论。这是很值得注意的。

《史传》论述历代史书。有些研究者曾指出，刘勰没有总结《史记》等史书的丰富的人物形象塑造经验，这确是事实。但是，即使从文学理论的角度而言，中国文学发展至南北朝，还是并不注重塑造人物形象的诗、文的天下，理论家想不到这个问题，也实在是原因有自。朱自清先生曾指出：“西方文化的输入改变了我们的‘史’的意念，也改变了我们的‘文学’的意念。我们有了文学史，并且将小说、词曲都放进文学史里，也就是放进‘文’或‘文学’里……”[②]那么，刘勰“论文叙笔”而不及小说并不奇怪，他不视《史记》为具有小说性质的作品也是理所当然，也就不可能想到从史书里总结刻画人物形象的规律。实际上，刘勰之所以以情采关系为其理论体系的主线，正因其理论来自诗、文创作；可以说，这个理论体系里容不下人物形象

① 刘勰：《文心雕龙·杂文》，戚良德：《文心雕龙校注通译》，第160—162页。

② 朱自清：《诗言志辨·序》，《朱自清古典文学论文集》上册，上海古籍出版社1981年版，第187页。

塑造问题。《诔碑》曾要求诔文“论其人也，暖乎若可觌；述其哀也，凄焉如可伤”[①]，有通于塑造人物形象之处，但在刘勰那里，这只是从诔文本身之作用和特点出发的要求，并不同于今天所谓人物形象塑造问题。着眼于各类文体的具体特点，正是刘勰“论文叙笔”首先的任务。也正因此，刘勰论史传文而首先着眼于历史著作的特点，本是自然而然的。值得注意的是，刘勰并没有忘记从他考察文体的特定角度去观察史传文。陈寿的《三国志》“比之于迁、固”而“非妄誉”，是因其“文质辨洽”[②]，则刘勰肯定于《史记》《汉书》和《三国志》的，正是它们文质彬彬的特点。所谓“立义选言，宜依经以树则；劝戒与夺，必附圣以居宗”，而“若任情失正，文其殆哉”，所谓“辞宗丘明，直归南董”[③]，既有对历史著作的具体要求，又体现着文质统一的基本原则。

《诸子》评诸子之作云：“研夫孟、荀所述，理懿而辞雅；管、晏属篇，事核而言练。列御寇之书，气伟而采奇；邹子之说，心奢而辞壮。墨翟、随巢，意显而语质；尸佼、尉缭，术通而文钝。鹖冠绵绵，亟发深言；鬼谷眇眇，每环奥义。情辨以泽，文子擅其能；辞约而精，尹文得其要。慎到析密理之巧，韩非著博喻之富；吕氏鉴远而体周，淮南泛采而文丽。斯则得百氏之华采，而

① 刘勰：《文心雕龙·诔碑》，戚良德：《文心雕龙校注通译》，第138页。

② 刘勰：《文心雕龙·史传》，戚良德：《文心雕龙校注通译》，第185页。

③ 刘勰：《文心雕龙·史传》，戚良德：《文心雕龙校注通译》，第187、191页。

辞气(文)之大略也。"[①]刘勰变化多端的用词称得上能言善辩的百家诸子,但其以文、质对举,情、采并列而评诸子之作,却也显然可见。《论说》总结"论之为体"是:"故其义贵圆通,辞忌枝碎。必使心与理合,弥缝莫见其隙;辞共心密,敌人不知所乘:斯其要也。""说之本"则是:"披肝胆以献主,飞文敏以济辞"[②],论说文的写作也是一个文质统一问题。

《诏策》论"诏策之大略"是:"故授官选贤,则义炳重离之辉;优文封策,则气含风雨之润;敕戒恒诰,则笔吐星汉之华;治戎燮伐,则声有洊雷之威;眚灾肆赦,则文有春露之滋;明罚敕法,则辞有秋霜之烈。"[③]尽管不同用途的诏策文要有不同的特点,但情采统一的要求和原则却是一致的。本篇"赞"谓"腾义飞辞,涣其大号"[④],正说明了这点。《檄移》谓"檄之大体"为:"谲诡以驰旨,炜晔以腾说",要求其"植义飏辞,务在刚健",要求"不可使辞缓""不可使义隐",要求"必事昭而理辨,气盛而辞断"[⑤],亦都着眼于情采。《封禅》评张纯的《泰山刻石文》曰"事核理举,华不足而实有余",评班固《典引》则谓"雅有懿乎""其致义会文,斐然余巧"。作为"一代之典章"的封禅文,

① 刘勰:《文心雕龙·诸子》,戚良德:《文心雕龙校注通译》,第203页。

② 刘勰:《文心雕龙·论说》,戚良德:《文心雕龙校注通译》,第215、221页。

③ 刘勰:《文心雕龙·诏策》,戚良德:《文心雕龙校注通译》,第232页。

④ 刘勰:《文心雕龙·诏策》,戚良德:《文心雕龙校注通译》,第236页。

⑤ 刘勰:《文心雕龙·檄移》,戚良德:《文心雕龙校注通译》,第245、246页。

要“树骨于训典之区，选言于宏富之路，使意古而不晦于深，文今而不坠于浅”，要“义吐光芒，辞成廉锷”，所谓“鸿律蟠采，如龙如虬”[①]，这就真成有风有骨、情采芬芳之作了。刘勰对封禅文的评价及其“敷理以举统”提醒我们，他既是在具体地研究每一类文体，而且首先着眼于各类文体的具体特点，同时他又是抱有一定的目的，运用一定的理论，从一定的角度出发去“论文叙笔”的。

再看《章表》《奏启》《议对》几篇。刘勰评历代章表之作谓：“至于文举之荐祢衡，气扬采飞；孔明之辞后主，志尽文畅：虽华实异旨，并表之英也。……陈思之表，独冠群才：观其体赡而律调，辞清而志显；应物制巧，随变生趣；执辔有余，故能缓急应节矣。”所谓“气扬采飞”“志尽文畅”，所谓“辞清”“志显”，正是文质彬彬。刘勰说：“原夫章表之为用也，所以对扬王庭，昭明心曲；既其身文，且亦国华。章以造阙，风矩应明；表以致禁，骨采宜耀：循名课实，以文为本者也。”又说：“表体多包，情伪屡迁；必雅义以扇其风，清文以驰其丽。”本篇“赞”谓“言必贞明，义则弘伟……君子秉文，辞令有斐”[②]，不仅要求情采兼备，而且特别强调了文采的鲜明。《奏启》评王绾的《议帝号》为“辞质而义近”，而“自汉以来……儒雅继踵，殊采可观”，贾谊、晁错、匡衡、王吉、温舒、谷永等人的奏文，刘勰总谓之“理

① 刘勰：《文心雕龙 · 封禅》，戚良德：《文心雕龙校注通译》，第255、257页。

② 刘勰：《文心雕龙 · 章表》，戚良德：《文心雕龙校注通译》，第265—269页。

既切至，辞亦通辨”[①]：都并不局限于“奏”文本来“陈政事，献典仪，上急变，劾愆谬”[②]等的作用，而是从文质的角度观察、评价作品。《议对》总结“议”体“纲领之大要”为：“文以辨洁为能，不以繁缛为巧；事以明核为美，不以环隐为奇”，刘勰并举秦人嫁女和楚人鬻珠之故事，说明情采统一、以情为本之重要。评价历代对策文，刘勰说：“观晁氏之对，验古明今，辞裁以辨，事通而赡；超升高第，信有征矣。……公孙之对，简而未博；然总要以约文，事切而情举，所以太常居下，而天子擢上也。”要求对策文要“志足文远”[③]，这实际上正是刘勰对所有文章的要求。

至于“论文叙笔”的最后一篇《书记》所论文体，从书牍笺记至笔札杂名，细大不捐。司马迁的《报任安书》，东方朔的《难公孙》，杨恽的《报会宗书》，扬雄的《答刘歆书》，刘勰并谓之“志气盘桓，各含殊采；并杼轴乎尺素，抑扬乎寸心”。嵇康的《与山巨源绝交书》，刘勰评以“志高而文伟”；“笺记之为式”是：“既上窥乎表，亦下睨乎书；使敬而不慑，简而无傲；清靡以惠其才，彪蔚以文其响：盖笺记之分也。”[④]总之，尽管看上去纷繁复杂，但以文质和情采为统一着眼点，便可条贯众流了。

---

① 刘勰：《文心雕龙·奏启》，戚良德：《文心雕龙校注通译》，第272、273页。

② 刘勰：《文心雕龙·奏启》，戚良德：《文心雕龙校注通译》，第272页。

③ 刘勰：《文心雕龙·议对》，戚良德：《文心雕龙校注通译》，第290、291、293、295页。

④ 刘勰：《文心雕龙·书记》，戚良德：《文心雕龙校注通译》，第302、303、306页。

三

鲁迅先生曾指出：“用近代的文学眼光看来，曹丕的一个时代可说是‘文学的自觉时代’，或如近代所说是为艺术而艺术（Art for Art's Sake）的一派。”[①]宗白华先生也指出：“汉末魏晋六朝是中国政治上最混乱、社会上最痛苦的时代，然而却是精神史上极自由、极解放，最富于智慧、最浓于热情的一个时代。因此也就是最富有艺术精神的一个时代。”[②]魏晋南北朝不仅是文学艺术的自觉时代，也是文学艺术观念的自觉时代；《文心雕龙》开宗明义提出文“与天地并生者何哉”[③]的问题，正是文学艺术观念真正自觉的标志。因此，说《文心雕龙》“同样十分鲜明地体现了魏晋以来‘文’的自觉这一历史潮流”[④]，是非常正确的。

然而，从文体论来看，刘勰确实没有后世所谓文学的观念；以后世文学的标准衡量，刘勰所论及的三四十种文体，真正属于文学范畴的只是少数。但是，同样的问题在于，刘勰显然也没有后世所谓文章学的概念。“论文叙笔”既包括诗歌这样被

---

① 鲁迅：《魏晋风度及文章与药及酒之关系》，《鲁迅全集》第三卷，人民文学出版社 2005 年版，第 526 页。

② 宗白华：《论〈世说新语〉和晋人的美》，《美学与意境》，人民出版社 1987 年版，第 183 页。

③ 刘勰：《文心雕龙·原道》，戚良德：《文心雕龙校注通译》，第 1 页。

④ 李泽厚、刘纲纪主编：《中国美学史》第二卷，中国社会科学出版社 1987 年版，第 761 页。

后世视为纯文学的体裁（而且《明诗》《乐府》被列为文体论的第一、二篇），也包括大量被后世称为一般文章的体裁。如果说《文心雕龙》不是文学理论，那么当然也不是文章学理论；因为当文艺学成为一门独立的学科以后，文章学的研究对象是不包括诗歌、小说、戏剧等文学体裁的。所以，考察《文心雕龙》的文体论，认识其理论性质，乃至认识魏晋南北朝所谓文学艺术的自觉和文学艺术观念的自觉①，一个重要的问题是，必须充分认识其历史和时代的特征。

恩格斯说："每一个时代的理论思维，从而我们时代的理论思维，都是一种历史的产物，它在不同的时代具有完全不同的形式，同时具有完全不同的内容。"②就刘勰而言，他之所以设二十篇"论文叙笔"，使当时文体靡不包举，当然首先在于他"弥纶群言"③"通古今之变"④的气魄和胸襟，出于他建设庞大文论体系的需要；正因如此，文体论本身的意义是重大的。但是，所谓"今之常言，有文有笔"⑤，"论文叙笔"正是魏晋南北朝的文论家们普遍感兴趣的问题，这便是我们不可不察的重要

---

① 关于魏晋文学自觉说以及"文学的自觉"问题，近年颇受一些学者的质疑。参见詹福瑞先生主持的讨论《"文学的自觉"是不是伪命题?》（《光明日报》2015 年 11 月 26 日）。笔者于此问题亦有一些新的思考和想法，但本书涉及这一问题，基本沿袭传统的观点和提法。

② 恩格斯：《自然辩证法》，《马克思恩格斯选集》第四卷，人民出版社 1995 年版，第 284 页。

③ 刘勰：《文心雕龙 · 序志》，戚良德：《文心雕龙校注通译》，第 571 页。

④ 《报任安书》，《汉书》卷六十二《司马迁传》，中华书局 1962 年版，第 2735 页。

⑤ 刘勰：《文心雕龙 · 总术》，戚良德：《文心雕龙校注通译》，第 483 页。

的历史和时代特征。鲁迅先生特别指出曹丕的一个时代是文学的自觉时代,而正是曹丕开了“论文叙笔”的先河。他的《典论·论文》很短,却也有自己的文体论。其谓:“夫文本同而末异,盖奏议宜雅,书论宜理,铭诔尚实,诗赋欲丽。此四科不同,故能之者偏也,唯通才能备其体。”[①]研究者往往强调曹丕对诗赋之“丽”的特点的认识,认为此乃文学自觉和文学观念自觉的重要表征,这当然是有道理的。但一个明显的问题是,曹丕是将“诗赋”列为其“四科”之末的,这至少可以说“诗赋”一科并不比其他三科更重要,奏议、书论、铭诔和诗赋同为曹丕所论之“文”。曹丕之后,陆机在《文赋》中列举了十种文体,其谓:“诗缘情而绮靡,赋体物而浏亮;碑披文以相质,诔缠绵而凄怆;铭博约而温润,箴顿挫而清壮;颂优游以彬蔚,论精微而朗畅;奏平彻以闲雅,说炜晔而谲诳。”[②]研究者往往强调“诗缘情”三字,认为较之曹丕的“诗赋欲丽”,陆机对诗歌本质的认识前进了一大步,这也是有道理的。但所谓“诗缘情而绮靡”,乃是说诗歌因为抒情而表现出华丽的特点,所以陆机对诗歌特点的概括重在“绮靡”,也就是华丽。其实,诗之抒情性不仅对陆机来说是自不待言的,即使在曹丕也是不成问题的,所谓“文以气为主”[③],这个“气”不仅包括人的感情,而且是整个人的生命所在。表现人的感情也不仅是诗赋的问题,所谓“诔缠

---

① 曹丕:《典论·论文》,穆克宏、郭丹编著:《魏晋南北朝文论全编》,江苏教育出版社 2004 年版,第 14 页。

② 陆机:《文赋》,张少康集释:《文赋集释》,上海古籍出版社 1984 年版,第 71 页。

③ 曹丕:《典论·论文》,穆克宏、郭丹编著:《魏晋南北朝文论全编》,第 14 页。

绵而凄怆”,其情不是更动人吗?所以,虽然陆机把诗赋摆在了十类文体的前面,实际上在其心目中它们都是值得歌颂的“文”;所谓“缘情”云云,只不过是《文赋》用词的不同,并没有什么特别的含义。挚虞的《文章流别论》对文体作了更为详细的区分和考察,惜其已成断简残篇。从现存残文看,其论及颂、赋、诗、七、箴、铭、诔、哀、碑等文体;各种文体的顺序,挚虞似是不甚注意的。至于萧统所编《文选》,范文澜先生曾指出:“《文选》取文,上起周代,下迄梁朝。七八百年间各种重要文体和它们的变化,大致具备,固然好的文章未必全得入选,但入选的文章却都经过严格的衡量,可以说,萧统以前,文章的英华,基本上总结在《文选》一书里。”①值得注意的是,“经过严格的衡量”的《文选》,囊括赋、诗、骚、七、诏、册、令等三十七种文体,一些文体下面还有许多子目,其分类的繁杂曾受到苏轼、章学诚等人的批评。

显然,以今天文学的标准而衡量各家所论文体,文学体裁的诗、赋等既不占有特别突出的地位,许多非文学体裁又同样受到重视,则所谓文学的自觉抑或文学观念的自觉,从文体论而言,就似乎无从谈起。因此,考察众多文论家感兴趣的“论文叙笔”,就必须充分认识其为魏晋南北朝这一文学自觉和文学观念自觉时代的重要历史特征。一方面,文论家们意识到“文”之于人类的重要价值和意义,所谓“盖文章,经国之大业,不朽之盛事”②,从而乐此不疲,所谓“才能胜衣,甫就小学,必

① 范文澜:《中国通史简编》修订本第二编,人民出版社 1964 年版,第 417 页。

② 曹丕:《典论·论文》,穆克宏、郭丹编著:《魏晋南北朝文论全编》,第 15 页。

甘心而驰骛焉”[①],以致理论家们也都兴致勃勃地探索“为文之用心”[②];另一方面,人们又面对整个“文章”发展的历史现实,那就是种类繁多的“文场笔苑”。此期的文体辨析、文笔之辨等等,正是在这样的背景下发生的。理论家们感兴趣于文体的辨析,既是各类文体大量发展的必然结果,又确实表明了他们有某种较为自觉的企图或愿望,希望以某种标准对大量的文体进行分类。一些研究者便指出,此时的文体辨析就具有区分文学和非文学的意义。但事实证明,无论文体的辨析还是文笔的区分,都并未能区分开文学和非文学。当然,历史事实是一回事,理论家们的主观意图是另一回事。那么,魏晋南北朝的理论家们是否在主观上有区分文学和非文学的愿望呢?我们只要看一看所谓“无韵者笔也,有韵者文也”[③]的分类方式和标准,就不难理解当时的理论家们其实远未像今天人们所希望的那样,能够对文学与非文学加以区分。因而,无论文体辨析,还是文笔之辨,其实主要是理论家们对纷纷扰扰的众多文体进行辨别、区分和归类,此乃他们研究“文”的需要和任务,而并非企图区分文学和非文学。这只要看一看上述各家的文体论就一目了然了。就刘勰而言,他除了接受“无韵者笔也,有韵者文也”的所谓“今之常言”的观点而在文体论中对“文”“笔”作了归类外,并未纠缠于文笔的争辩,而是对人们所谓的“文”与

① 锺嵘著,陈延杰注:《诗品注》,人民文学出版社 1961 年版,第 3 页。

② 刘勰:《文心雕龙·序志》,戚良德:《文心雕龙校注通译》,第 564 页。

③ 刘勰:《文心雕龙·总术》,戚良德:《文心雕龙校注通译》,第 483 页。

“笔”进行具体的考察和全面而系统的研究，这是从“文”的历史实际出发的理论建构。应该说，较之同时代的理论家，刘勰确乎是更为高明的。

刘勰一方面立足于中国古代“文章”的实际，另一方面又以自己“文”的观念来观照所有的“文章”。《原道》有云：“夫以无识之物，郁然有彩；有心之器，岂无文欤？”①在刘勰看来，形诸语言文字的所有文体种类，都是人类所创造的“美”的形态；他既然要解决文章如何才能写得美的问题，当然就要把这所有形态都纳入自己的考察范围，从而避免前人“各照隅隙，鲜观衢路”的缺陷，以达到“弥纶群言”之目的，以实现“按辔文雅之场，环络藻绘之府，亦几乎备矣”②的理想。也就是说，《文心雕龙》的文体论看上去纷纭复杂，但刘勰考察各种文体的角度却是统一的，那就是“美”；其目的只有一个，那就是文章之美的实现。如《铨赋》对赋体的考察结果是：

> 原夫登高之旨，盖睹物兴情。情以物兴，故义必明雅；物以情睹，故词必巧丽。丽词雅义，符采相胜；如组织之品朱紫，画绘之差玄黄，文虽杂而有质，色虽糅而有仪：此立赋之大体也。③

---

① 刘勰：《文心雕龙·原道》，戚良德：《文心雕龙校注通译》，第2页。

② 刘勰：《文心雕龙·序志》，戚良德：《文心雕龙校注通译》，第567、571页。

③ 刘勰：《文心雕龙·铨赋》，戚良德：《文心雕龙校注通译》，第90—91页。

刘勰说，古人所谓“登高能赋”，盖因见景生情。作者的思想感情乃是由外界景物所引起，所以其表现于作品应当鲜明而雅正；作者对外界景物的观察则渗透了其思想感情，所以作品对景色的描绘应当巧妙而华丽。华丽的文辞与纯正的内容相结合，犹如花纹之于美玉，相得益彰；正像丝麻织品讲究颜色的“正”与“杂”，绘画之作注意色彩的“黑”或“黄”，形式多变而要突出主体，色彩虽繁而以正色为本。这一所谓“立赋之大体”，正以美的创造为旨归。再如《杂文》，其所论乃“文章之枝派”，也就是不登大雅之堂的文体；其中论“连珠”体说：“夫文小易周，思闲可赡。足使义明而词净，事圆而音泽，落落自转，可称‘珠’耳。”①虽其文体短小，容易写好，但刘勰仍要求内容明达而文辞省净，事理完备而音韵和谐，要像玲珑的圆石那样精美绝伦，从而与其“珠”的名字相称。又如《章表》论“表”而谓：“必雅义以扇其风，清文以驰其丽。……繁约得正，华实相胜，唇吻不滞，则中律矣。”②就是说，“表”的写作，既要有雅正之义，又必须做到文辞清新而华丽；要繁简得当，华实相称，音韵流畅。所谓“中律”，就是要符合文章写作之美的要求和法则。

可以说，刘勰的“论文叙笔”首先便是从各种文体的具体特点和要求出发，总结其美的规律；而其“剖情析采”的创作论则是在此基础上，全面总结文章之美的规律。所以，《文心雕龙》的文体论不是现代意义上的文学体裁论，更不是后世一般

---

① 刘勰：《文心雕龙·杂文》，戚良德：《文心雕龙校注通译》，第162页。

② 刘勰：《文心雕龙·章表》，戚良德：《文心雕龙校注通译》，第268页。

的文章体裁论,而是着眼古代"文章"发展的历史,紧扣时代"文章"写作之实际,以自己美的观念放眼形形色色的文体,从而总结为文的法则和规律的美的形态学。

《文心雕龙》论《诗经》和“楚辞”*

《诗经》和“楚辞”是刘勰在《文心雕龙》中经常提到的文学经典，有关论述历来得到“龙学”家的重视，已有不少文章进行探索。但在已有研究论著中，一个明显的问题是，研究者关注的往往是刘勰对《诗经》和“楚辞”的总体评价，尤其是《诗经》作为儒家重要经典、“楚辞”作为“雅颂之博徒”①之于《文心雕龙》理论体系建构的意义，而很少有人关注和研究刘勰对《诗经》和“楚辞”作为文学作品的观点，尤其是对其创作经验的总结。实际上，作为“论文”之作，《文心雕龙》不仅非常重视总结《诗经》和“楚辞”在写作上的特点，而且还特别把二者相提并论，在《物色》篇中提出“诗骚所标，并据要害”②的观点，这是颇为耐人寻味的。循此思路，我们有必要总结：《诗经》和“楚辞”是非常不同的文学作品，刘勰为什么认为它们具有共同的创作特点？所谓“并据要害”，这个“要害”指的又是什么

---

* 本文原载于《文心雕龙研究》第十辑，修订收录于作者文集《〈文心雕龙〉与中国文论》，中国书籍出版社 2017 年版，第 112—130 页。

① 刘勰：《文心雕龙·辨骚》，戚良德：《文心雕龙校注通译》，上海古籍出版社 2008 年版，第 47 页。

② 刘勰：《文心雕龙·物色》，戚良德：《文心雕龙校注通译》，第 518 页。

呢？以此问题的思考为中心，我们可以更加完整地认识刘勰对《诗经》、“楚辞”之内容、文体以及风格之评价，尤其《文心雕龙》关于文学创作之描绘自然景物的观点，从而从一个侧面更加深入地认识《诗经》和“楚辞”在创作上的成功经验，亦可借此更加深入认识《文心雕龙》之理论体系的形成及其特点。

一、《诗经》之“经”

刘勰在谈到《文心雕龙》写作缘起之时，有段话经常为研究者引用，其云：

> 自生人以来，未有如夫子者也。敷赞圣旨，莫若注经；而马、郑诸儒，弘之已精，就有深解，未足立家。唯文章之用，实经典枝条。五礼资之以成，六典因之致用；君臣所以炳焕，军国所以昭明：详其本源，莫非经典。而去圣久远，文体解散。辞人爱奇，言贵浮诡；饰羽尚画，文绣鞶帨：离本弥甚，将遂讹滥。……于是搦笔和墨，乃始论文。①

这里清楚地说明，《文心雕龙》乃“论文”之作，其与“注经”判然有别，这是刘勰自己的定性，是无可辩驳的。然而，文章之“本源”却又“莫非经典”，且其现状为“离本弥甚，将遂讹滥”，这乃是刘勰创作《文心雕龙》的现实原因。一方面要“论文”，

① 刘勰：《文心雕龙·序志》，戚良德：《文心雕龙校注通译》，第566页。

另一方面又强调所论之文与经典密不可分,那么什么样的作品才具有这样双重的身份呢?那当然是《诗经》了。所以,在《文心雕龙》中,《诗经》既是“经”又是“诗”,从而具有了特殊的地位和意义。

正因如此,刘勰在《文心雕龙》之第一篇《原道》中,就毫不含糊地给了《诗经》以崇高的地位和评价。其云:

> 逮及商周,文胜其质;《雅》《颂》所被,英华日新。文王患忧,繇辞炳耀;符采复隐,精义坚深。重以公旦多才,振其徽烈,制诗缉《颂》,斧藻群言。至夫子继圣,独秀前哲。镕钧“六经”,必金声而玉振;雕琢性情,组织辞令;木铎起而千里应,席珍流而万世响;写天地之辉光,晓生民之耳目矣。①

这里所谓“文胜其质”“英华日新”,指的都是《诗经》自不必说,即如孔子对“六经”的整理,所谓必使其文质彬彬而具有集大成的风范,其抒发思想感情,著成美妙的华章,则产生巨大的感召力,从而实现描写天地之辉光、开启世人之聪明的重要作用,等等,虽针对“六经”而言,实则以《诗经》为中心。刘勰在《原道》中集中表达了这样一种观念:符合“自然之道”精神的表现人类思想感情的“文”,应当是文质彬彬、情采芬芳,并从而具有巨大的感染力和教育作用的。这一观念的提出,正是以《诗经》为依据的。因此,《诗经》是“经”,但刘勰的着眼点是

---

① 刘勰:《文心雕龙·原道》,戚良德:《文心雕龙校注通译》,第5—6页。

"诗",是"文",他要总结的是文章写作的经验和规律。正如清代李家瑞所说:"刘彦和著《文心雕龙》,可谓殚心淬虑,实能道出文人甘苦疾徐之故;谓有益于词章则可,谓有益于经训则未能也。"①所以,无论《原道》之后的《征圣》,还是《征圣》之后的《宗经》,其均与"经训"无关而与文章有缘,其终极目的乃是总结文章写作的经验和规律。

然则,刘勰何以"论文"之初就举起"征圣""宗经"之大纛呢?《征圣》之"征"乃验证之意。儒家圣人之可"征",首先在于其对"文"的重视。刘勰列举了三个方面:一是"政化贵文",即在政治教化方面重视文章的作用。孔子称赞唐尧之世"焕乎其有文章"②,更赞美周代而谓"郁郁乎文哉,吾从周"③,都是"政化贵文之征"④。二是"事迹贵文",即在事业方面重视文章的作用。刘勰举例说,郑国的子产因为善于辞令而为国立功,所谓"以文辞为功";宋国招待贵宾,因宾主谈话都富有文采,所以孔子要求弟子记录下来,所谓"以多文举礼":这都是"事迹贵文之征"⑤。三是"修身贵文",即在个人修养方面重视文章的作用。孔子赞扬郑国的子产,谓其"言以足志,文以

① 李家瑞:《停云阁诗话》,杨明照:《文心雕龙校注拾遗》,上海古籍出版社 1982 年版,第 447 页。

② 《论语·泰伯》,朱熹:《四书章句集注》,中华书局 1983 年版,第 107 页。

③ 《论语·八佾》,朱熹:《四书章句集注》,第 65 页。

④ 刘勰:《文心雕龙·征圣》,戚良德:《文心雕龙校注通译》,第 11 页。

⑤ 刘勰:《文心雕龙·征圣》,戚良德:《文心雕龙校注通译》,第 11 页。

足言”①;谈到君子的修养,则说“情欲信,辞欲巧”②:这都是“修身贵文之征”③。值得注意的是,刘勰所谈圣人所重视的“文”,无论哪个方面,都可以说是“美”的同义语。因此,所谓“征圣”,实际上首先是在验证《原道》的“自然之道”,证明人类有美的文的合理性和必然性。同时,通过圣人重文之“征”,这个美的文更为具体而成为文章写作的原则。刘勰说:“然则志足而言文,情信而辞巧,乃含章之玉牒,秉文之金科矣。”思想内容充实,语言富有文采;感情真挚诚实,文辞巧妙华美:这便是文章写作的基本原则。所谓“圣文之雅丽,固衔华而佩实者也”,雅正而又华丽,既有动人的文采又有充实的内容,那么,“自然之道”便通过圣人而确立起可以把握的为文之法则;所谓“征之周孔,则文有师矣”,所谓“若征圣立言,则文其庶矣”④,也就确乎实而有征了。

儒家圣人之可“征”,更在于其作品堪为文章写作的楷模。圣人的思想是通过经典表现出来的,圣人的作品更明白无误地体现着其创作的原则,所以,取法儒家经典乃是学习圣人的必由之路。正因如此,刘勰在《征圣》之后再写一篇《宗经》,其宗旨乃是一致的。只不过,《宗经》更深入圣人作品的内部,以总

---

① 《左传·襄公二十五年》,杨伯峻编著:《春秋左传注》(修订本),中华书局1990年版,第1106页。

② 郑玄注,孔颖达疏:《礼记正义》,北京大学出版社2000年版,第1745页。

③ 刘勰:《文心雕龙·征圣》,戚良德:《文心雕龙校注通译》,第12页。

④ 刘勰:《文心雕龙·征圣》,戚良德:《文心雕龙校注通译》,第12—16页。

结其具体的写作特点和创作方法。

刘勰对儒家经典的推崇和赞扬应该说是无以复加了，所谓“经也者，恒久之至道，不刊之鸿教也”①，经典乃是永恒的真理、不变的教义。但其具体的特点又是什么呢？《宗经》说，儒家经典“洞性灵之奥区，极文章之骨髓”，“义既埏乎性情，辞亦匠于文理”②，其深入人的灵魂，从而真正体现出文章之精髓；其充分表现人的性情，从而抓住了文章写作的根本道理。那么，刘勰的着眼点就决不是儒家之教义，而是文章之写作，是表现人的心灵和性情的美的文了。其云：“《诗》之言志，诂训同《书》；摛风裁兴，藻辞谲喻；温柔在诵，最附深衷矣。”③他认为，《诗经》之抒发作者的思想感情，其文字亦如《尚书》般不易理解；而其中《国风》等作品的创作，运用比、兴等手法，辞采丰富而喻义多变；读起来温顺柔婉，最能从感情深处打动读者。所以，刘勰通过“宗经”而得出的结论，便是文章写作的原则和规律。他说：

> 故文能宗经，体有六义：一则情深而不诡，二则风清而不杂，三则事信而不诞，四则义贞而不回，五则体约而不芜，六则文丽而不淫。④

---

① 刘勰：《文心雕龙·宗经》，戚良德：《文心雕龙校注通译》，第20页。

② 刘勰：《文心雕龙·宗经》，戚良德：《文心雕龙校注通译》，第20、21页。

③ 刘勰：《文心雕龙·宗经》，戚良德：《文心雕龙校注通译》，第23页。

④ 刘勰：《文心雕龙·宗经》，戚良德：《文心雕龙校注通译》，第27页。

为文而能“宗经”,其文章便可具备六个方面的特点:一是感情深厚而不造作,二是思想纯正而不繁乱,三是事类信实而不虚妄,四是说理切当而不邪辟,五是文体规范而不芜杂,六是辞采华美而不过分。可以说,这里所谓“六义”,就是“志足而言文,情信而辞巧”以及“衔华而佩实”的展开和具体化。这样,刘勰通过“征圣”“宗经”,最终确立了切实可行的文章写作的原则。

二、《诗经》之“诗”

刘勰所确立的文章写作的上述原则,在其文体论的第一篇《明诗》中即明显地体现出来。在这里,《诗经》不再是“经”,而是纯粹的“诗”了。刘勰说:“大舜云:‘诗言志,歌永言。’圣谟所析,义已明矣。是以‘在心为志,发言为诗’,舒文载实,其在兹乎!诗者,持也,持人情性。”[①]有些研究者以为,刘勰对“诗”的解释没有什么特点和创见,实乃似是而非之论。刘勰首先引用《尚书·尧典》和《毛诗序》对诗的定义,其用意甚深。作为中国古代诗论的“开山的纲领”[②],《尚书·尧典》的“诗言志”较为明确地概括了诗的特征;但先秦时期所谓“诗言志”之“志”,主要是指志意或抱负,“这种怀抱是与‘礼’分不开的,也

① 刘勰:《文心雕龙·明诗》,戚良德:《文心雕龙校注通译》,第54页。

② 朱自清:《诗言志辨》,《朱自清说诗》,上海古籍出版社1998年版,第4页。

就是与政治、教化分不开的”①,因而与后世所谓思想感情并非完全一致。汉代的《毛诗序》则把“志”和“情”统一起来,提出“在心为志,发言为诗,情动于中而形于言”②,使得“诗言志”有了新的内容。刘勰既引“诗言志”之说,又引“在心为志,发言为诗”之论,正是将二者统一起来为论;所谓“舒文载实”,这个“实”便是包含“志”和“情”的人的整个心灵世界,诗就是用语言文辞来表现这个“实”。正因如此,诗才能“持人情性”,即影响、培养和陶冶人的情性。所以,刘勰对“诗”的解释可以说是高屋建瓴的,简洁而又准确,抓住了诗歌的本质特征。显然,这里的所谓“诗”,首先是《诗经》,然后才是一般诗歌作品。也就是说,在这里“诗经”和“诗”合二为一了。

谈到诗的起源,刘勰说:“人禀七情,应物斯感;感物吟志,莫非自然。”不仅明确地将情和志合二为一,而且以“自然之道”的理论解释诗的产生,认为心有所感而发为吟咏乃自然而然的事情。同时,刘勰通过对早期诗歌的考察,又认识到其“顺美匡恶,其来久矣”,也就是诗歌从来就是兼具赞美和批判两种功能的。他指出:“自商暨周,《雅》《颂》圆备;四始彪炳,六义环深。”③从商代至周代,《诗经》之作已经相当成熟:《国风》《小雅》《大雅》和《颂》这四个部分光辉灿烂,而“风”“赋”“比”“兴”“雅”“颂”这六种表现手法的广泛运用,更使其内容精深。可以看出,作为文体论的第一篇,所谓“明诗”,这个

---

① 朱自清:《诗言志辨》,《朱自清说诗》,第8页。

② 毛亨传,郑玄笺,孔颖达疏:《毛诗正义》,北京大学出版社2000年版,第7页。

③ 刘勰:《文心雕龙·明诗》,戚良德:《文心雕龙校注通译》,第55—56页。

“诗”确乎首先是《诗经》。需要指出的是，刘勰这里所谓“六义”，研究者往往按照唐代孔颖达对《毛诗序》的解释，将“风、雅、颂”作为《诗经》的体裁，将“赋、比、兴”作为《诗经》的表现手法。[①] 实际上，将《毛诗序》作为一个整体的“六义”说，分解为体裁和表现手法，是未必符合其原意的。“六义”所指其实皆为《诗经》的表现方法，刘勰乃是继承了《毛诗序》的说法，认为正是这六种表现方法的运用，使得《诗经》博大精深。一方面，刘勰对《诗经》的评价是极高的；另一方面，《诗经》已不再是“经”，而是还原成了抒写性情的诗歌。

正是顺着这一还原的思路，刘勰对《诗经》创作特点的认识已经完全脱离了经学的轨道，赋予了《诗经》以及诗歌创作全新的理论内涵。如对“六义”所谓“风”的认识，刘勰之论既与儒家诗论所谓“风”有一定联系，又着眼诗歌创作的本质特点，从而纳入自己“论文”的理论体系。《毛诗序》的说法是：“风，风也，教也；风以动之，教以化之。”又说：“上以风化下，下以风刺上。”[②]这里的“风”，是指由刮风之义引申而来的一种吹动、感化、教育、讽刺等作用。刘勰既继承了这方面的含义，又赋予了“风”以新的内容。其云：“诗总六义，风冠其首，斯乃化感之本源、志气之符契也。”[③]《诗经》之“六义”，按其顺序是所谓“风”“赋”“比”“兴”“雅”“颂”，“风冠其首”。谓“风”为“化感之本源”，亦即教育、感化作用之根本，可以说此乃本于《毛诗序》之论；而谓“风”为“志气之符契”，亦即这种感化、教

① 参见毛亨传，郑玄笺，孔颖达疏：《毛诗正义》，第14—15页。

② 毛亨传，郑玄笺，孔颖达疏：《毛诗正义》，第6、15页。

③ 刘勰：《文心雕龙·风骨》，戚良德：《文心雕龙校注通译》，第338页。

育作用同作者内心的情志、血气是一致的，这便是刘勰自己的解释了。这里体现了刘勰对文之本质的认识，同他的论文基本思想是完全一致的。《毛诗序》对《诗经》教化作用的强调着眼于政治目的，这种作用是外在的，是赤裸裸的所谓“诗教”。刘勰同样强调文学的教化作用，但要“原道心以敷章，研神理而设教”①，即要遵循“自然之道”的宗旨，应当是自然而然的而不是强加上去的。实际上，刘勰是要求从文章自身的特征出发而“设教”，也就是以情感人；所谓“志气之符契”，便是强调文学的“风化”作用要同表现作者的“志气”相一致，而不是外加上去的，不是为了“风化”而“风化”的。所以，《毛诗序》说“吟咏情性，以风其上”②，而刘勰说“怊怅述情，必始乎风”③，这是大不一样的。在《毛诗序》中，“吟咏情性”是为了“以风其上”，这个“情性”乃是有严格限制的，要“发乎情，止乎礼义”④；而在刘勰这里，“风”乃“志气之符契”，作者所表达的是“怊怅”深情，其“情之含风，犹形之包气”⑤，这个“风”乃作家的血气和生命所在。这样，“风”之重点和中心问题，实际上不再是“风化”的问题，而是与作者之“气”密不可分了。

所以，还原成诗歌的《诗经》，其根本问题就与一般的文学

① 刘勰：《文心雕龙·原道》，戚良德：《文心雕龙校注通译》，第7页。

② 毛亨传，郑玄笺，孔颖达疏：《毛诗正义》，第17页。

③ 刘勰：《文心雕龙·风骨》，戚良德：《文心雕龙校注通译》，第338页。

④ 毛亨传，郑玄笺，孔颖达疏：《毛诗正义》，第18页。

⑤ 刘勰：《文心雕龙·风骨》，戚良德：《文心雕龙校注通译》，第338页。

创作相一致了，那就是“以情为本，文辞尽情”[1]。只不过，作为文学创作的经典，《诗经》在这个根本问题上做得非常完美而具有典范意义。刘勰说：

> 昔诗人什篇，为情而造文；辞人赋颂，为文而造情。何以明其然？盖《风》《雅》之兴，志思蓄愤，而吟咏情性，以讽其上：此为情而造文也。诸子之徒，心非郁陶，苟驰夸饰，鬻声钓世：此为文而造情也。故为情者要约而写真，为文者淫丽而烦滥。而后之作者，采滥忽真，远弃《风》《雅》，近师辞赋；故体情之制日疏，逐文之篇愈盛。故有志深轩冕，而泛咏皋壤；心缠几务，而虚述人外：真宰弗存，翩其反矣。夫桃李不言而成蹊，有实存也；男子树兰而不芳，无其情也。夫以草木之微，依情待实；况乎文章，述志为本！言与志反，文岂足征？[2]

从“情采”的角度着眼，刘勰认为文章写作有“为情而造文”和“为文而造情”的不同。《诗经》之作，是由于作者内心充满了忧愤之情，发而为诗章；辞赋家们则相反，他们内心并无郁闷之情，却虚张声势而夸大其词，借以沽名钓誉，此乃为了写文章而无病呻吟。“为情而造文”之作，文辞精炼而情感真实；“为文而造情”之作，过分华丽而文采泛滥。刘勰认为，后世的一些作者，更是抛弃《诗经》的创作传统，而以辞赋为师，结果表现

---

① 戚良德：《文论巨典——〈文心雕龙〉与中国文化》，河南大学出版社 2005 年版，第 75、82 页。

② 刘勰：《文心雕龙·情采》，戚良德：《文心雕龙校注通译》，第 368—369 页。

真情之作愈来愈少,追逐文采之作越来越多。一些人明明志在高官厚禄,却大唱隐逸之歌;明明心系世间俗务,却歌颂世外闲情。真情实感荡然无存,文章所写与内心所想完全相反了。刘勰借用生动的比喻说,"桃李不言,下自成蹊"①,那是因为树上结满了果实;"男子树兰,美而不芳"②,那是因为种花之人缺乏爱花之真情。刘勰饱蘸笔墨写道:微不足道的草木,尚且需要真情、依赖果实,何况原本就以表现真情为根本的文章?如果笔下所写与心中所想相反,这样的作品又有何用?一部《文心雕龙》,刘勰从不同的角度,屡次批判文章写作中的不良风气,可以说皆各有其理,而从"情采"角度的这种分析和批判则最具说服力和感染力。之所以如此,乃是因为刘勰抓住了文学创作的根本问题,准确地把握了文章表现思想感情的特征,从而立论坚实有力、击中要害而一针见血。刘勰之所以能够抓住文学创作的根本,从而提出贯穿《文心雕龙》始终的"情本"论的文学观,正因其抓住并成功还原了文学作品的典范之作——《诗经》。

三、"楚辞"之"变"

《诗经》是"经",但《明诗》成为"论文叙笔"之文体论的第一篇,这说明刘勰把"经"还原成了"诗";《离骚》不是"经",但

① 《史记》卷一百九《李将军列传》,中华书局 1959 年版,第 2878 页。

② 《淮南子·缪称训》,刘文典:《淮南鸿烈集解》,中华书局 1989 年版,第 327 页。

《辨骚》却与《征圣》《宗经》并列而为"文之枢纽"的一篇，那是因为刘勰要澄清汉代以来"以经立论"的楚辞观。这充分证明刘勰的着眼点是文章的写作，是创作规律的总结。说《明诗》成为"论文叙笔"的第一篇，体现了"论文"的着眼点，这是容易理解的；但为什么把《辨骚》列为"文之枢纽"，也是为了总结文章的规律呢？这就需要具体研究刘勰是怎样"辨骚"的了。

"楚辞"的代表作《离骚》之有"辨"的必要，首先是因为汉代以来对屈原及其作品的不同评价和论争。淮南王刘安以为"《国风》好色而不淫，《小雅》怨诽而不乱，若《离骚》者，可谓兼之。蝉蜕秽浊之中，浮游尘埃之外，皭然涅而不缁，虽与日月争光可也"①，对屈原及其作品的评价是相当高的。班固则不以为然，他认为屈原"露才扬己，忿怼沉江"，其作品中的一些内容或与《左传》不合，或为儒家经书所未载；但又以为"其文辞丽雅，为词赋之宗，虽非明哲，可谓妙才"②。王逸则认为"《离骚》之文，依经立义"③，完全符合儒家经典。其他如汉宣帝、扬雄等人，也都认为"楚辞"是符合儒家学说的。④

刘勰在列举了上述各家之说后而谓："四家举以方经，而孟坚谓不合传。褒贬任声，抑扬过实，可谓鉴而弗精，玩而未核

① 刘勰：《文心雕龙 · 辨骚》，戚良德：《文心雕龙校注通译》，第 39 页。刘安此语已佚，此为刘勰所引，类似之语亦见《史记 · 屈原贾生列传》以及班固《离骚序》。

② 刘勰：《文心雕龙 · 辨骚》，戚良德：《文心雕龙校注通译》，第 42 页。此为刘勰概括班固《离骚序》之语。

③ 刘勰：《文心雕龙 · 辨骚》，戚良德：《文心雕龙校注通译》，第 43 页。此为刘勰概括王逸《楚辞章句序》之语。

④ 参见刘勰：《文心雕龙 · 辨骚》，戚良德：《文心雕龙校注通译》，第 43 页。

者矣！”①也就是说，各家所论皆言过其实而不得要领。那么，问题在哪里呢？刘勰通过对屈原作品的仔细分析，发现问题的症结就在于“举以方经”，即依经立论上。他列举了屈原作品与经典相同的四个方面，也指出了其与经典不同的四个方面，从而得出这样的结论：

> 固知“楚辞”者，体宪于三代，而风杂于战国；乃《雅》《颂》之博徒，而词赋之英杰也。观其骨鲠所树，肌肤所附，虽取镕经旨，亦自铸伟辞。……故能气往轹古，辞来切今，惊采绝艳，难与并能矣。②

刘勰认为，“楚辞”固然比《诗经》略逊一筹，然而却是“词赋之英杰”；其固然有“取镕经旨”的地方，但更重要的还是“自铸伟辞”。“举以方经”者，无论对其褒扬还是贬抑，之所以不得要领，就在于没有看到屈原乃是“自铸伟辞”，走着与儒家经典不同的道路。值得注意的是，“论文”先欲“征圣”“宗经”的刘勰不仅明确指出了屈原及其作品不能以儒家经典的标准来衡量，而且在此基础上，给了“楚辞”以前所未有的高度评价，谓其气势超越古人、文采横绝后世而“惊采绝艳，难与并能”，认为其惊人的文采和绝妙的艺术，没有谁可以与之并驾齐驱。

从而，刘勰对“骚”之“辨”，不仅是辨别汉代以来各家的评论，更重要的是对屈原作品本身的辨别。通过这种辨别，刘勰

---

① 刘勰：《文心雕龙·辨骚》，戚良德：《文心雕龙校注通译》，第43—44页。

② 刘勰：《文心雕龙·辨骚》，戚良德：《文心雕龙校注通译》，第47—48页。

发现了一个重要的问题,那就是“楚辞”的“变”,所谓“变乎骚”①,正是指明了这个问题。汉代诸家对屈原及其作品的评价之所以不得要领,正在于不懂得其“变”。这个“变”,当然是相对于儒家经典的“变”,相对于《诗经》之“变”。刘勰不仅认识到了这一“变”,而且充分肯定了变化之后的“楚辞”,这并非说明刘勰改变了“征圣”“宗经”的宗旨,而是再一次证明,刘勰的着眼点是“文”,是文章的写作。由对《离骚》之“辨”而识其“变”并予以肯定,则意味着,刘勰对文章写作原则的认识,在“征圣”“宗经”之上,又增加了新的内容。他说:

> 若能凭轼以倚《雅》《颂》,悬辔以驭楚篇,酌奇而不失其贞,玩华而不坠其实;则顾眄可以驱辞力,欬唾可以穷文致,亦不复乞灵于长卿,假宠于子渊矣。②

这里,刘勰已经把“楚辞”和《诗经》并列而论,一个是“奇”,一个是“贞”(正);一个是“华”,一个是“实”。也就是说,《诗经》的风格在于平正、实在,“楚辞”的风格则是奇伟、华丽。刘勰认为,如果能把这两者结合起来,既有奇伟的气势而又不失平正的格调,既有华美的词采而又不失朴实的文风,那么驰骋文坛便易如反掌,何须再向司马相如和王褒这些辞赋家借光讨教呢?

刘勰除了在《辨骚》篇中集中论述“楚辞”之“变”,还在其

---

① 刘勰:《文心雕龙·序志》,戚良德:《文心雕龙校注通译》,第569页。

② 刘勰:《文心雕龙·辨骚》,戚良德:《文心雕龙校注通译》,第49页。

他不少篇章涉及这个问题。如《时序》篇曾谈到,战国时期,齐、楚两国颇为重视文化学术:“齐开庄衢之第,楚广兰台之宫;孟轲宾馆,荀卿宰邑;故稷下扇其清风,兰陵郁其茂俗。”齐国准备了大公馆,楚国扩大了兰台宫;孟子成为齐国的贵宾,荀子做了楚国的兰陵令。于是,齐国的稷下劲吹学术之风,楚国的兰陵亦形成优良的习俗。影响所及,文学面貌为之一新:“邹子以谈天飞誉,驺奭以雕龙驰响;屈平联藻于日月,宋玉交彩于风云。观其艳说,则笼罩《雅》《颂》。”邹衍因为喜欢谈天说地而享誉一时,驺奭则以精雕细刻的文采而声名大振;屈原的辞采可与日月争光,宋玉的华章堪与风云比色。以其文辞的华丽而言,可以说超过了《雅》和《颂》。刘勰由此得出结论:“故知暐烨之奇意,出乎纵横之诡俗也。”①也就是说,这些极富光彩的奇特之作,正来自于此时纵横驰骋的非凡的学术风气。显然,屈原之作是典型的充满“暐烨之奇意”的作品;以此时学术风气的特点理解屈原作品风格的形成,应该说是一个非常重要的角度。而这一理解和概括,与《辨骚》的基本认识是完全一致的。

不过,这里有个问题需要略加辨别。刘勰在《辨骚》中说“楚辞”“乃《雅》《颂》之博徒”,而《时序》则云屈宋之作“则笼罩《雅》《颂》”,这两个说法是否一致呢?这首先涉及对“博徒”一词的理解。范注云:“博徒人之贱者。”②此后多数注家均从此说,如周振甫先生云:“指屈原赋……不是雅颂的正统继

① 刘勰:《文心雕龙·时序》,戚良德:《文心雕龙校注通译》,第493页。

② 范文澜注:《文心雕龙注》,人民文学出版社1958年版,第54页。

承者。"[①]陆侃如、牟世金先生云:"博徒:赌徒,这里指贱者。"[②]对此,韩湖初先生曾多次提出不同看法。[③] 在2009《文心雕龙》国际学术研讨会(安徽芜湖)上,韩先生又提交了《〈文心雕龙·辨骚〉篇"博徒""四异"再辨析》的论文,他认为:"从词义本身和全书考察,应释'博通之士'。"[④]笔者认为,把"博徒"解释为"博通之士",固然有其道理,但这和刘勰是否贬低屈原及其作品并无必然联系。即使把"博徒"解释为"赌徒",刘勰也不存在贬低屈原的问题,也正是出于这一考虑,笔者才将其注为:"博徒:赌徒,此喻同类。"[⑤]实际上,刘勰不仅没有贬低屈原及其作品,而且给了屈宋之作以至高的评价,所谓"笼罩《雅》《颂》"即是。但我们必须注意的是,这个"笼罩《雅》《颂》",其实是有前提的,那就是"观其艳说,则笼罩《雅》《颂》"[⑥],也就是在辞采华美这方面,"楚辞"之作的确是"笼罩《雅》《颂》"了,而这和《辨骚》所谓"惊采绝艳,难与并能"并无二致,是显然可见的。因此,从总体上说,刘勰还是认为"楚辞"是略逊于

---

① 周振甫:《文心雕龙注释》,人民文学出版社1981年版,第40页。

② 陆侃如、牟世金:《文心雕龙译注》上册,齐鲁书社1981年版,第51页。

③ 参见韩湖初:《文心雕龙美学思想体系初探》,暨南大学出版社1993年版,第102—104页。

④ 韩湖初:《〈文心雕龙·辨骚篇〉"博徒""四异"再辨析——兼论对该篇篇旨和刘勰文学理论体系的理解》,《文心雕龙研究》第九辑,河北大学出版社2011年版,第119页。

⑤ 刘勰:《文心雕龙·辨骚》,戚良德:《文心雕龙校注通译》,第47页。

⑥ 刘勰:《文心雕龙·时序》,戚良德:《文心雕龙校注通译》,第493页。

《诗经》的，所谓“体宪于三代，而风杂于战国”①，所谓“暨楚之骚文，矩式周人；汉之赋颂，影写楚世……商周丽而雅，楚汉侈而艳”②，这些说法一方面毫无疑问地肯定“楚辞”乃是《诗经》的“弟弟”，另一方面也明白无误地指出这个“弟弟”虽有着“哥哥”的血统，但打扮得更加“漂亮”了。笔者以为，刘勰从自己的文学观念出发，认为“楚辞”在一些方面略逊于《诗经》，这是非常正常的事情，这并不影响他对“楚辞”作出高度评价，更不意味着贬低“楚辞”。这正是刘勰“擘肌分理，唯务折衷”③思维方式的完美体现。

四、诗骚与“比兴”

如上所述，刘勰在《明诗》中赞美《诗经》“四始彪炳，六义环深”④，他认为正是“六义”的运用，使得《诗经》内容精深。正因如此，对“诗”之“六义”，《文心雕龙》多有专门论述。这些论述，无疑是对《诗经》创作经验和规律的总结和概括。“比兴”便是突出的一例。《神思》概括文章写作的具体过程是“刻

① 刘勰：《文心雕龙·辨骚》，戚良德：《文心雕龙校注通译》，第47页。

② 刘勰：《文心雕龙·通变》，戚良德：《文心雕龙校注通译》，第348页。

③ 刘勰：《文心雕龙·序志》，戚良德：《文心雕龙校注通译》，第571页。

④ 刘勰：《文心雕龙·明诗》，戚良德：《文心雕龙校注通译》，第56页。

镂声律,萌芽比兴”①,这里的“萌芽”具有开端、产生、创新等含义;可见刘勰对文章写作中“比兴”手法的运用是非常看重的,而这既是由《诗经》而来,也与以《离骚》为代表的“楚辞”密不可分。如《辨骚》谓:“虬龙以喻君子,云蜺以譬谗邪,比兴之义也。”②可见,“比兴”乃是诗骚共同的艺术手段。

清人姚际恒说:“诗有赋、比、兴之说,由来旧矣,此不可去也。”③其实不仅《诗经》,《离骚》亦然。东汉的王逸在其《离骚经序》中便指出:“《离骚》之文,依《诗》取兴,引类譬喻。”④在王逸的概念中,“比”和“兴”乃是一体的,皆有比喻、寄托之意,诸如“恶禽臭物,以比谄佞”“虬龙鸾凤,以托君子”⑤,等等。稍后的郑玄在其《周礼注》中则指出:“比,见今之失,不敢斥言,取比类以言之;兴,见今之美,嫌于媚谀,取善事以喻劝之。”⑥虽然“比”“兴”分而言之,但皆以事物为喻,只不过一为讽刺一为赞美而已。《周礼注》还引郑众之说:“比者,比方于物也;兴者,托事于物。”⑦其与郑玄之说亦大致相同,略有区别的是,郑众以“比”为比方而以“兴”为寄托。晋代的挚虞在其

① 刘勰:《文心雕龙·神思》,戚良德:《文心雕龙校注通译》,第327页。

② 刘勰:《文心雕龙·辨骚》,戚良德:《文心雕龙校注通译》,第44页。

③ 姚际恒:《诗经通论》,中华书局1958年版,第1页。

④ 王逸:《离骚经序》,洪兴祖:《楚辞补注》,中华书局1983年版,第2页。

⑤ 王逸:《离骚经序》,洪兴祖:《楚辞补注》,第2—3页。

⑥ 郑玄注,贾公彦疏:《周礼注疏》,北京大学出版社2000年版,第717页。

⑦ 郑玄注,贾公彦疏:《周礼注疏》,第718页。

《文章流别论》中说:“比者,喻类之言也。兴者,有感之辞也。”①对“比”的认识与前人相同,对“兴”的认识则强调诗人之“感”,乃是由寄托之义发展而来的。

在上述基础上,刘勰第一次以《比兴》的专篇对这一问题作出了较为完整而系统的阐述。其云:

> 故“比”者,附也;“兴”者,起也。附理者,切类以指事;起情者,依微以拟议。起情,故“兴”体以立;附理,故“比”例以生。“比”则畜愤以斥言,“兴”则环譬以托讽。盖随时之义不一,故诗人之志有二也。②

刘勰把“比”解释为比附,即对事理进行比附,也就是用类似的例子来说明事理;把“兴”解释为兴起,即兴起感情,也就是由某种微小的事物引发作者的思想感情。他认为,触物而生情,也就产生了“兴”的表现手法;缘事而说理,也就产生了“比”的表现手法。他特别指出,《诗经》中“比”的运用,乃是作者心怀愤激之情而有所指斥;“兴”的运用,则是作者以委婉之辞寄托讽谏之意。不同的环境下诗人有着不同的思想感情,所以也就有了两种表现手法。显然,刘勰对“比”“兴”的解释充分吸收了前人之说,但同时贯彻了自己“论文”的宗旨而有着重要的发展。正如徐复观先生所说:“刘彦和在这里特提出‘附理’和

---

① 挚虞:《文章流别论》,欧阳询:《艺文类聚》,中华书局1965年版,第1018页。

② 刘勰:《文心雕龙·比兴》,戚良德:《文心雕龙校注通译》,第410页。

‘起情’，以作比、兴的分别，是值得特别注意的。”①

关于“比”，刘勰以“附”来解释，包括了郑众所谓“比方于物”之意；但刘勰强调这种“比方”必须贴切，所谓“附”正是此意。《物色》有所谓“体物为妙，功在密附”②，虽并非刘勰的正面主张（详下），但却说明这个“附”不是一般的“比方”，而是“密附”。所谓“切类以指事”，这个“切”字正是对如何比附的明确要求。所以，刘勰说：“故‘比’类虽繁，以切至为贵。”只有十分贴切而恰如其分的比喻，才是值得珍视的。更重要的是，刘勰进一步明确指出，这种“切至”之“比”在于“写物以附意，飏言以切事”，也就是说，要通过描绘事物的形象而寄托思想感情，并运用夸张的语言表现事物的本质。这就不是一般的比喻，而是着眼于艺术创作而强调艺术的效果了。这里值得注意的有两点，一是“比”的运用要“写物”，也就是要通过描绘形象来作“比”，则其结果就不仅是贴切，而且具有形象性了。刘勰谓之“切象”（“凡斯切象，皆比义也”），也就是要用贴切的形象作比喻。二是“比”的运用要“飏言”，也就是要运用夸张的语言，所谓“惊听回视，资此效绩”。③ 刘勰强调比喻之“切至”，却又以为这种“切至”的艺术效果可以通过夸张的手段来达到，确为“深得文理”④之言。如其所举《诗经》中“麻衣如

① 徐复观：《释诗的比兴——重新奠定中国诗的欣赏基础》，《中国文学精神》，上海书店出版社 2006 年版，第 32 页。

② 刘勰：《文心雕龙 · 物色》，戚良德：《文心雕龙校注通译》，第 517 页。

③ 刘勰：《文心雕龙 · 比兴》，戚良德：《文心雕龙校注通译》，第 411—414 页。

④ 《梁书》卷五十《刘勰传》，中华书局 1973 年版，第 712 页。

雪”“两骖如舞”等例，皆为夸张之喻而有着很好的艺术效果。至于深入作品的内部而详细研究“比”的种种变化，更是刘勰所长了。如谓“夫‘比’之为义，取类不常：或喻于声，或方于貌，或拟于心，或譬于事”①，等等，可以说概括了作品中运用“比”的种种情况，而文章语言的生动、形象之美正是借此实现的。

关于“兴”，刘勰以“起”来解释，也吸收了郑众“托事于物”之论；但他强调其与感情的联系，所谓“起情故‘兴’体以立”，乃是把“兴”的运用纳入了其以情为本的理论体系。正因如此，刘勰特别重视“兴”的运用，认为汉魏以来“日用乎‘比’，月忘乎‘兴’”的倾向乃是“习小而弃大，所以文谢于周人也”②，也就是说后人创作难以赶上周人的一个重要原因就是不知运用“兴”的表现手段。那么，“兴”何以如此重要？刘勰说：“观夫‘兴’之托谕，婉而成章；称名也小，取类也大。”也就是说，诗人用“兴”来寄托讽喻之情，往往委婉而言；所举多为微小事物，但却蕴含深广的意义。又说：“炎汉虽盛，而辞人夸毗；《诗》刺道丧，故‘兴’义销亡。”③这是说，汉代的创作虽然兴盛，但辞赋家们缺乏独立的人格，丧失了《诗经》讽刺的创作传统，“兴”的意义也就逐渐减弱以至消亡了。所以，刘勰看重“兴”的表现手段，在于其以委婉含蓄的风格寄托作者的讽喻

① 刘勰：《文心雕龙·比兴》，戚良德：《文心雕龙校注通译》，第412、413页。

② 刘勰：《文心雕龙·比兴》，戚良德：《文心雕龙校注通译》，第410、413页。

③ 刘勰：《文心雕龙·比兴》，戚良德：《文心雕龙校注通译》，第411、412页。

之情而使作品发挥重大的批判力量。诚然,刘勰也说“‘比’则畜愤以斥言”①,但这主要是对郑玄之说的概括;整个《比兴》篇以大量篇幅研究“比”的运用,但除了这句话以外,实际上并未涉及这个问题。从刘勰所列举的大量作品实例来看,所谓“畜愤以斥言”,实在也算不上“比”的重要作用。所以,真正与此有关的乃是“兴”,所谓“《诗》刺道丧,故‘兴’义销亡”,便明明白白地说明了这点,这也正是刘勰特别重视“兴”的一个重要原因。在这里,刘勰关于“兴”的思想就与孔子的“兴观群怨”说一脉相承了。这也证明,所谓艺术手段、艺术形式等,其实与内容永远是不可分离的。从艺术语言和形式的角度说,“兴”的运用给人以含蓄蕴藉、意味深长之美,而这与思想感情的深厚寄托是密不可分的。

在对《比兴》篇的研究中,有一个重要的问题需要略予辨别,那就是“赞”词中的“拟容取心”之说。王元化先生有《释〈比兴篇〉拟容取心说》之论,对《比兴》篇的理论意蕴作了深入开掘,其中许多见解是颇为精到的。但对“拟容取心”一语的解释,笔者感到与刘勰的原意未尽相符。其云:“‘拟容取心’这句话里面的‘容’‘心’二字,都属于艺术形象的范畴,它们代表了同一艺术形象的两面:在外者为‘容’,在内者为‘心’。前者是就艺术形象的形式而言,后者是就艺术形象的内容而言。‘容’指的是客体之容,刘勰有时又把它叫做‘名’或叫做‘象’;实际上,这也就是针对艺术形象所提供的现实的表象这一方面。‘心’指的是客体之心,刘勰有时又把它叫做‘理’或

① 刘勰:《文心雕龙·比兴》,戚良德:《文心雕龙校注通译》,第410页。

叫做‘类’;实际上,这也就是针对艺术形象所提供的现实意义这一方面。‘拟容取心’合起来的意思就是:塑造艺术形象不仅要模拟现实的表象,而且还要摄取现实的意蕴,通过现实表象的描绘,以达到现实意蕴的揭示。”①这一见解为一些“龙学”著作所接受。

如所周知,《文心雕龙》的“赞”词皆为一篇之总结,“拟容取心”一语也不例外。然而,《比兴》篇却并无“通过现实表象的描绘,以达到现实意蕴的揭示”这一思想。刘勰不可能在没有论述的情况下,突然在“赞”词中提出这一重要的理论主张。其实,所谓“拟容取心”并不深奥,它不过是对本篇篇题的概括。如上所说,刘勰对“比”的解释是比附,是“写物以附意”,这就是“拟容”;刘勰对“兴”的解释是“起情”,也就是“取心”。所谓“拟容取心,断辞必敢”②,乃是说作者无论以物貌为“比”,还是引发感情以“兴”,都必须做到明确而贴切;这是对《比兴》之旨的基本概括,如此而已。所以,刘勰所谓“比兴”,主要还是语言运用的一种手段;这种手段基于魏晋南北朝时期文章写作的实际,与后世所谓艺术形象的塑造不是一个问题。如果说其与“形象”有什么关系的话,那么这种关系主要是:“比兴”手法的运用体现了艺术构思的形象思维特点,《神思》的“赞”词特别点出“萌芽比兴”,正是此意。

---

① 王元化:《释〈比兴篇〉拟容取心说》,《文心雕龙讲疏》,广西师范大学出版社2004年版,第161页。

② 刘勰:《文心雕龙·比兴》,戚良德:《文心雕龙校注通译》,第415页。

五、诗骚与“物色”

“比兴”何以成为诗歌创作的首要问题呢？刘勰在《文心雕龙·物色》篇给出了答案。他说：“是以诗人感物，联类不穷；流连万象之际，沉吟视听之区。写气图貌，既随物以宛转；属采附声，亦与心而徘徊。”①刘勰认为，《诗经》的作者之受到大自然的感召而创作，其特点在于“连类不穷”，亦即通过联想、类比、比兴等手法，使自己的情与自然的景相互生发，从而达到与大自然的交融统一；所谓“流连万象之际，沉吟视听之区”，诗人以全部的身心拥抱大自然，与大自然合而为一了。这样，其创作过程必然是“随物以宛转”“与心而徘徊”，亦即做到了情景交融。也就是说，“比兴”乃是诗人与大自然能够融为 体的媒介和手段。所谓“日既往还，心亦吐纳”，所谓“情往似赠，兴来如答”②，这种情和景的相互交流和融合，正是通过“比兴”的艺术手段来实现的。

正因为《诗经》恰到好处地运用了“比兴”的手段而做到了情景交融，所以其描写自然的经验便足资借鉴了。刘勰举例说：

> 故“灼灼”状桃花之鲜，“依依”尽杨柳之貌，“杲杲”

① 刘勰：《文心雕龙·物色》，戚良德：《文心雕龙校注通译》，第515页。

② 刘勰：《文心雕龙·物色》，戚良德：《文心雕龙校注通译》，第520页。

> 为出日之容，“瀌瀌”拟雨雪之状，“喈喈”逐黄鸟之声，“喓喓”学草虫之韵。“皎”日、“嘒”星，一言穷理；“参差”“沃若”，两字连形：并以少总多，情貌无遗矣；虽复思经千载，将何易夺？①

应该说，《诗经》之情景交融的程度未必尽如刘勰所说，这里所举也未必都能达到一字不易的境界；但我们又不能不说，其中大部分确堪称《诗经》的成功之作，这就更可以看出刘勰之明确的情景交融意识了。诸如“桃之夭夭，灼灼其华”（《周南·桃夭》）、“昔我往矣，杨柳依依”（《小雅·采薇》）、“参差荇菜，左右流之”（《周南·关雎》）、“桑之未落，其叶沃若”（《卫风·氓》），等等，对自然景物的描绘，不仅非常准确而形象，更是传达出诗人种种独特的心境，较好地做到了情和景的交融。其实，能否符合《诗经》的实际是一个问题，更重要的是刘勰从中概括出的描写自然的方法，那就是“以少总多，情貌无遗”。能够以很少的字数概括丰富的景色已属不易，何况还要做到“情貌无遗”！也就是说，既要充分表现作者之情，又能准确描绘自然之景，从而传达出情景交融的真切境界。而这一切，都必须以最为精练的语言来完成；或者说，只有做到语言的精炼之极，才能真正达到“情貌无遗”之境。

其实，无论情景交融的原则，还是“以少总多”的方法，他们既来源于具体的文学创作，更具有很强的现实针对性。《物色》并非探讨自然与文学关系的一般理论，而是着眼现实文学

---

① 刘勰：《文心雕龙·物色》，戚良德：《文心雕龙校注通译》，第515页。

创作的有感而发。刘勰说：

> 自近代以来，文贵形似；窥情风景之上，钻貌草木之中。吟咏所发，志惟深远；体物为妙，功在密附。故巧言切状，如印之印泥，不加雕削，而曲写毫芥：故能瞻言而见貌，印字而知时也。①

这段叙述"近代以来"文学作品描写自然之特点的文字，向被认为刘勰所总结的描写自然的又一法则和规律，笔者以为这是有失彦和用心的。"文贵形似"之"文"乃刘勰所谓"近代以来"的"文"，这句话是说宋齐以来文学作品对自然的描绘注重"形似"。作者们流连山水之间、徜徉草木之中，其作品"志惟深远"，也就是作者之志深隐不露（实际上是说很难从作品中看到作者之情志），而只追求"功在密附"，也就是真切地描摹自然景色。所以其作品对自然的描绘就像印章盖印一样，只求毫发不差，以至于人们能从作者的语言看到事物的原貌，能从作品的文字知道季节的不同。应当说，对自然景色的描绘，能够做到"瞻言而见貌，印字而知时"，也是一种功夫和技巧。但从刘勰的文艺观念而言，这种"志惟深远""不加雕削"的"形似"之作，显然是违背其情景交融的原则和"以少总多"的方法的。所谓"瞻言而见貌，印字而知时"，与《诗经》之"情貌无遗"是并不相同的。后者乃是通过"以少总多"而实现的，所谓"无遗"是作者之情和自然之景相互融合状态的"无遗"；其与

① 刘勰：《文心雕龙·物色》，戚良德：《文心雕龙校注通译》，第517页。

"不加雕削,而曲写毫芥"的原始状态的"形似",乃是大异其趣的。实际上,对"近代以来"的这种"形似"的创作倾向,刘勰早就予以批评了。《明诗》有云:"宋初文咏,体有因革;庄老告退,而山水方滋。俪采百字之偶,争价一句之奇;情必极貌以写物,辞必穷力而追新。此近世之所竞也。"①这里的"情"并非感情之意,而是指作品的内容;所谓"情必极貌以写物,辞必穷力而追新",正是"窥情风景之上,钻貌草木之中"的创作追求。所以,所谓"文贵形似",不是刘勰要总结什么创作原则和方法,而是作为与《诗经》描写自然之成功经验的对比,对宋齐以来的文风予以批评;批评的目的当然是吸取教训,以便更好地描写"物色",回应大自然对作家的感召,所谓"情往似赠,兴来如答",也就是实现情景交融。

因此,刘勰在叙述了"自近代以来,文贵形似"的情况以后,紧接着说:

> 然物有恒姿,而思无定检;或率尔造极,或精思愈疏。且《诗》《骚》所标,并据要害;故后进锐笔,怯于争锋:莫不因方以借巧,即势以会奇。善于适要,则虽旧弥新矣。是以四序纷回,而入兴贵闲;五色虽繁,而析辞尚简;使味飘飘而轻举,情晔晔而更新。古来辞人,异代接武,莫不参伍以相变,因革以为功;物色尽而情有余者,晓会通也。②

① 刘勰:《文心雕龙·明诗》,戚良德:《文心雕龙校注通译》,第63页。

② 刘勰:《文心雕龙·物色》,戚良德:《文心雕龙校注通译》,第518—519页。

这个“然”字之转，明显地表示了对上述“形似”创作倾向的不以为然。其中之理就在于，客观景物各有相对固定的姿态，如果只追求“不加雕削，而曲写毫芥”，那么作品最终只能是“五家如一”①而缺乏创造性；相反，人的情思却是变化多端的，其与客观之景的交融也就必然气象万千，以此成篇就可能“虽旧弥新”了。刘勰认为，这正是诗骚成功之“要害”所在。他说，面对大自然的景色变化，诗人要静静地予以体察，要熔铸自己的感情；描摹繁多的自然景物，用词要简洁，要“以少总多”。只有这样，作品才可有醇厚之味、鲜明之情，才能打动人。他特别指出，历代作家前后相继，无不各有自己的变化，在继承和革新中取得创作的成功；就描写自然景色而论，这种成功就在于“物色尽而情有余”，这是颇为耐人寻味的。就一篇作品而言，其中描绘的景色是一定的、有尽的，而由这一定之景所生发之情却可以是无限的、韵味悠长而历久弥新的。就整个文学创作而言，尽管四季景色变换不断，但如果只追求“形似”，也终有写尽之时，《通变》所批评的“五家如一”的情况便是明证；然而，“年年岁岁花相似，岁岁年年人不同”，只要作家“情往似赠”，以自己的一腔真情去注目大自然、投入大自然，则必然“兴来如答”，必然“情晔晔而更新”，必然“物色尽而情有余”，文学之树必然会常绿常青。

显然，刘勰的“物色”论是以宋齐以来山水文学的发展为背景的。所谓“庄老告退，而山水方滋”②，山水文学，尤其山水

① 刘勰:《文心雕龙·通变》，戚良德:《文心雕龙校注通译》，第350页。

② 刘勰:《文心雕龙·明诗》，戚良德:《文心雕龙校注通译》，第63页。

诗确乎成为宋代以来文学发展的重要成就。特别是谢灵运,以富丽精工的笔墨,描摹大自然的湖光山色,其作品"如东海扬帆,风日流丽"①,为文学创作开辟了一块自然美的新天地。但毋庸讳言,山水诗兴起之初,确实存在着"文贵形似"的弊端。即如被锺嵘称为"元嘉之雄"②的谢灵运,其写景之作亦大多是对自然景色的客观描摹,没有做到情和景的交融。作为出色的理论家,刘勰的过人之处就在于,他不仅明确地意识到山水文学的兴起乃文学发展之必然,所谓"山林皋壤,实文思之奥府",所谓"屈平所以能洞监《风》《骚》之情者,抑亦江山之助乎"③,从而以《物色》的专篇及时反映文学发展的新趋势,而且更清醒地注意到山水文学创作中的问题,并予以认真总结。事实证明,他的情景交融的理论不仅是正确而深刻的,而且是切中山水文学创作之弊端的;他通过对诗骚创作经验的总结而提出的"以少总多,情貌无遗""物色尽而情有余"等具体的创作方法和要求,可以说成为描写山水自然的不易之术。更为重要的是,刘勰之高瞻远瞩的情景交融论,实际上成为有唐一代山水文学,尤其是山水诗的理论之本。如果说,谢灵运的山水诗还呈现着人与自然的分离状态,而谢朓的山水诗则向着人与自然的交融迈出了坚实的步伐,那么,唐代的山水诗便完全实现了情和景的交融而真正成为"物色尽而情有余"之作了。如

---

① 敖陶孙:《敖陶孙诗话・诗评》,吴文治主编:《宋诗话全编》,江苏古籍出版社 1998 年版,第 7541 页。

② 锺嵘著,陈延杰注:《诗品注》,人民文学出版社 1961 年版,第 2 页。

③ 刘勰:《文心雕龙・物色》,戚良德:《文心雕龙校注通译》,第 519 页。

此,刘勰“物色”论的远见卓识及其对中国文学发展的作用,可以说不言而自明了。

《文心雕龙·序志》有云:“盖《周书》论辞,贵乎‘体要’;尼父陈训,恶乎‘异端’:辞、训之‘异’,宜体于要。于是搦笔和墨,乃始论文。”[①]为了更准确地理解这段话,笔者特别多加了几个引号;因为这段话主要是引述成说,看起来较为平易,实际上历来注家多未得确解。《尚书》有曰:“辞尚体要,不惟好异。”[②]《论语》有云:“子曰:攻乎异端,斯害也已。”[③]因此,刘勰说,《尚书·周书》论述文辞,提倡切实简要而不尚奇异;孔子陈说教导,则反对异端邪说。他特别指出,《周书》和孔子均言及(反对)“怪异”的问题,正说明文章应该以切实简要为根本。有鉴于此,刘勰乃提笔和墨,开始“论文”了。那么,这个关乎《文心雕龙》一书之作的“切实简要”的具体所指是什么呢?笔者以为,它正是刘勰通过《诗经》“楚辞”而总结出来的创作经验,也就是“《诗》《骚》所标,并据要害”之“要害”,也就是“善于适要,虽旧弥新”之“要”,其根本之点乃是“物色尽而情有余”之论,也就是《文心雕龙》全书之根本观点:以情为本,文辞尽情。这一“情本论”的文学观,既是刘勰对《诗经》“楚辞”创作经验之总结,又成为《文心雕龙》一书理论体系之主干;《文

---

① 刘勰《文心雕龙·序志》,戚良德:《文心雕龙校注通译》,第566页。

② 孔安国传,孔颖达疏:《尚书正义》,北京大学出版社2000年版,第617页。

③ 《论语·为政》,朱熹:《四书章句集注》,中华书局1983年版,第57页。

心雕龙》这一“体大而虑周”“笼罩群言”①的参天大树,正是围绕这一中心长成的。其成为中国古代“寡二少双”②的“艺苑之秘宝”③,盖亦系于此也。

① 章学诚:《文史通义·诗话》,叶瑛校注:《文史通义校注》,中华书局1985年版,第559页。

② 谭献:《复堂日记》,河北教育出版社2001年版,第118页。

③ 黄叔琳:《文心雕龙辑注序》,黄叔琳注,纪昀评:《文心雕龙辑注》,中华书局1957年版,卷首。

《文心雕龙》对《文赋》的继承与超越*

二百多年前,清代著名学者章学诚曾指出:"古人论文,惟论文辞而已矣。刘勰氏出,本陆机氏说而昌论文心。"①这段话历来得到研究者的重视和肯定,但刘勰之于陆机何所本,却仍然值得我们予以深究。陆机的《文赋》不仅是中国文学理论批评史上第一篇系统的创作论,也是第一篇完整、系统的文学论文;以"弥纶群言"②为己任的《文心雕龙》与其有着深刻的内在联系,自是顺理成章的。然而,《文心雕龙》与《文赋》之联系的具体情形,却是相当广泛而颇为复杂的,非一句"本于陆机氏说"所可解决。

---

* 本文原载于《鲁东大学学报》2008 年第 5 期,修订收录于作者文集《〈文心雕龙〉与中国文论》,中国书籍出版社 2017 年版,第 131—142 页。

① 章学诚:《文史通义 · 文德》,叶瑛校注:《文史通义校注》,中华书局 1985 年版,第 278 页。

② 刘勰:《文心雕龙 · 序志》,戚良德:《文心雕龙校注通译》,上海古籍出版社 2008 年版,第 571 页。

一

陆机的《文赋》确曾有意探讨为文之“用心”[①],以此而论,谓《文心雕龙》与《文赋》有着某种继承关系,是有一定道理的。尤其是《神思》一篇与《文赋》的关系,更是一脉相承而显然可见的。[②] 但是,同是探讨“为文之用心”[③],刘勰和陆机的着眼点却是大不一样的。陆机所谓“余每观才士之所作,窃有以得其用心”,指的是“放言遣辞,良多变矣”,即作者如何运用语言文辞的问题;他要探讨的是“作文之利害所由”,所谓“恒患意不称物,文不逮意,盖非知之难,能之难也”[④],他重视的是如何具体操作的作文之“能”,因而他关心的始终是文学表现的技巧问题,也就是怎样写好一篇文章的问题。刘勰也是“论文”[⑤],甚至比陆机更详细地探讨了“作文之利害所由”,但其着眼点和所站的高度却有根本不同。刘勰不仅重视具体操作之“能”,而且同时重视理论认识上的“知”,并以这种哲学性质的“知”作为“能”的根本和出发点。刘勰首先将“文”这种人类

---

① 陆机:《文赋》,张少康集释:《文赋集释》,上海古籍出版社 1984 年版,第 1 页。

② 参见本书《〈文心雕龙〉的“神思”论》一文。

③ 刘勰:《文心雕龙·序志》,戚良德:《文心雕龙校注通译》,第 564 页。

④ 陆机:《文赋》,张少康集释:《文赋集释》,第 1 页。

⑤ 刘勰:《文心雕龙·序志》,戚良德:《文心雕龙校注通译》,第 566 页。

文化现象纳入了哲学思索的范畴，而欲从哲学、美学的角度去发现它、考察它、认识它。陆机强调“非知之难”而以为“能之难也”，因而主要论述如何具体操作；刘勰不废“能”的重要性，但以“知”为根本，其区别是显然可见的。《文赋》开篇而谓：“伫中区以玄览，颐情志于典坟”①，谈的是具体的创作过程之始；而《文心雕龙》以“原道”开篇，要探讨“文”这种人类文化现象的根本道理是什么，其气魄和胸襟是不可同日而语的。正如纪昀所评：“自汉以来，论文者罕能及此，彦和以此发端，所见在六朝文士之上。文以载道，明其当然；文原于道，明其本然：识其本乃不逐其末。”②其实，刘勰对文学现象所作形而上的哲学思考，不仅在六朝文士之上，而且在整个中国古代文论中，也是不多见的。这种思考，也不仅是“明其本然”的问题，而且表征着文艺观念的真正自觉，因而具有划时代的意义。

魏晋南北朝确是一个“为艺术而艺术”的时代，一个极富艺术精神的时代。在这个充满苦难的时代，文艺不是点缀升平的饰物，有时甚至也不是发幽抒愤的工具，而只是美，文艺的意义就在美本身，文艺就是美，这岂非真正的“为艺术而艺术”？当人们切实发现文艺之美、之乐时，陶醉、沉浸于其中自不必说，甚至谈文论艺的理论本身也必须是美的。不能忽略的是，全文近两千字的《文赋》本身乃是“赋”，是一篇结构讲究、用心安排、精思结撰的文学作品；其用词经过精心推敲，通篇押韵，

① 陆机：《文赋》，张少康集释：《文赋集释》，第14页。

② 黄叔琳注，纪昀评：《文心雕龙辑注》，中华书局1957年版，第23页。

声辞并美。这是“为艺术而艺术”的明证,是前所未闻的。《文赋》是中国文论史上第一篇专论创作的文论,但更是一篇“文之赋”,是一首“文”的赞歌、美的赞歌。也许应该这样说,对陆机而言,其文学创作的理论与其为文作赋的目的同等重要;甚至可以说,他更着意于对“文”的歌颂和赞美。《文赋》既是谈文学创作的原理、理论,更是对文学创作的实际过程加以描述;而文学创作过程本身也正是一个审美的过程、美的创造的过程,因而陆机采取了美的形式(赋)去描绘它。所以,严格地说,《文赋》虽涉及了不少重要理论问题,但它又不是纯粹的理论著作。这既是陆机的初衷,也是《文赋》的实际,我们决不能忽视这点。这一特点使得《文赋》的理论色彩不浓,这可以说是缺陷;同时优点也相当明显:它最大限度地切近了文学创作的实际情形,它不“隔”。陆机用美的形式描述了文学创作这一美的历程,使人切实地看到了美的诞生的真实情形。也正因如此,陆机真正重视的不是文学创作的基本原理,而是如何写出一篇美的文章;这一目的和着眼点决定了他要大量探讨文章写作实践中的种种具体情形,大量探讨许多属于形式技巧方面的问题。

实际上,《文赋》在形式和内容上的这些特点,也鲜明地体现在《文心雕龙》中。如所周知,《文心雕龙》乃是精致的骈文,许多篇章便是出色的文学作品;“文心雕龙”这一精心推敲的书名本身亦足以说明,刘勰正以美的创造为旨归。范文澜先生曾指出:“刘勰是精通儒学和佛学的杰出学者,也是骈文作者中希有的能手。他撰《文心雕龙》五十篇,剖析文理,体大思精,全书用骈文来表达致密繁富的论点,宛转自如,意无不达,似乎比散文还要流畅,骈文高妙至此,可谓登峰造极。”[①]刘永济先生在其《文心雕龙校释》的“前言”中亦指出：“盖论文之作，究与论政、叙事之文有异，必措词典丽，始能相称。然则《文心》一书，即彦和之文学作品矣。”[②]这都是深得彦和用心之论。如前所述，《文赋》的理论起点与《文心雕龙》不可同日而语，但在深入创作实践内部、展示美的创造过程方面，刘勰同样不遗余力。《文心雕龙》的大量篇幅，都着眼具体的文章写作而论述“形式技巧”问题；以此而论，其与《文赋》亦可谓异曲同工。无论表现形式还是内容特点，我们都不能简单地说《文心雕龙》是受《文赋》的影响；但其理论追求的相同之处，至少表征着所谓“文的自觉”的共同的时代特点。

二

《文赋》之作，陆机要解决为文之“用心”的问题；但重要的是，陆机所谓“用心”是指什么呢？其云：“夫放言遣辞，良多变矣。妍蚩好恶，可得而言。”也就是说，如何写好一篇文章，陆机认为主要就是“放言遣辞”的问题；所谓“窃有以得其用心”者，正指此也。所以，《文赋》之作确乎在为文之“用心”，但必知其“用心”在如何“放言其遣辞”，而不是其他。陆机要解决的中心问题，乃是把文章写好、写美的问题；而他以为写好、写美的关键在于语言的表达。这是《文赋》以主要篇幅研究所谓

---

① 范文澜：《中国通史简编》修订本第二编，人民出版社1964年版，第418页。

② 刘永济校释：《文心雕龙校释》，中华书局1962年版，“前言”，第2页。

“形式技巧”的原因。我们不能强陆机所难，把他论述的主旨掩盖，而以研究者的“好恶”来决定取舍。陆机以为，作文之难，“恒患意不称物，文不逮意，盖非知之难，能之难也”。这里虽有“意不称物”“文不逮意”两种情形，但其最终仍要落实到一个问题，即“文”如何“逮意”和“称物”，也就是如何“放言遣辞”的问题；所以陆机说此“非知之难”，而是“能之难也”，即具体操作、表达的困难。他说：“故作《文赋》以述先世之盛藻，因论作文之利害所由，他日殆可谓曲尽其妙。”①所谓“述先世之盛藻”，乃是考察前人“放言遣辞”的具体经验以及“用心”所在。这便是“作文之利害所由”，也就是文章成败的关键所在；陆机认为，此问题解决了，“他日”为文也就可以“曲尽其妙”了。

陆机所谓创作之“恒患”，刘勰也给予了充分的注意和重视。《神思》有云：“方其搦翰，气倍辞前；暨乎篇成，半折心始。”这种体会可以说更为真切而符合创作的实际情形，但刘勰并未止于此，而是要探究其中的原因。他说：“何则？意翻空而易奇，言征实而难巧也。”②刘勰认为，之所以会有“文不逮意”的问题，是因为“意”和“言”（“文”）有着不同的特点：艺术意象出于虚构，容易出奇制胜；语言文辞讲究实在，难以率而成功。所以，刘勰既充分注意到了这个问题的“能之难”，又显然不同意陆机的“非知之难”之说，而是要在知其所难的基础上解决“能之难”的问题。整个《神思》篇，就是从艺术构思这一

---

① 陆机：《文赋》，张少康集释：《文赋集释》，第1页。

② 刘勰：《文心雕龙·神思》，戚良德：《文心雕龙校注通译》，第323页。

特定的角度,从理论上解决这一问题。因此,刘勰之于陆机确是有所“本”的,但其理论的广度和深度,则大为不同了。

《文赋》首先以形象、生动而准确的语言概括地描绘了文学创作的全过程,历来得到研究者的重视。但实际上,这只是一个铺垫,并非作者所要论述的中心问题。其开篇而谓:“伫中区以玄览,颐情志于典坟。”[①]一般解释为创作的准备,这是不准确的。陆机不是论创作的准备,而是描绘创作的发生;不是提出什么要求,而是说创作的冲动是如何产生的。陆机说,人生天地之间,观览万物,精思细想,必有所感;而那些具备文章写作修养之人便会有创作冲动的产生。以下便正就此两方面加以描绘。其云:“遵四时以叹逝,瞻万物而思纷;悲落叶于劲秋,喜柔条于芳春:心懔懔以怀霜,志眇眇而临云。”四时之景物的变化感于人心,这是创作冲动产生的根源。又云:“咏世德之骏烈,诵先人之清芬;游文章之林府,嘉丽藻之彬彬:慨投篇而援笔,聊宣之乎斯文。”[②]物之感人是普遍的,然而欲形诸笔端却不是一般人能够做到的,必须具备充分的文学修养。“咏世德”云云主要指此。有了感情之产生,又有了表达它的能力,创作便可以实现,也就是“援笔”而“宣之乎斯文”了。

创作冲动产生以后,便进入艺术构思阶段。陆机以极为精练的语言描绘了一种典型而成功的艺术构思情形,较为充分地体现出艺术构思的主要特点。一是艺术构思要有虚静的心态。其云:“其始也,皆收视反听,耽思傍讯,精骛八极,心游万仞。”所谓“收视反听”,是说精神内敛、心无旁骛,进入一种虚静之

① 陆机:《文赋》,张少康集释:《文赋集释》,第14页。

② 陆机:《文赋》,张少康集释:《文赋集释》,第14页。

境。“收视反听”的目的是“耽思傍讯”，既要心无杂念，又应深思博采；也就是说，进入虚静之境乃是为了集中精力进行艺术构思。二是艺术构思的想象特点。所谓“精骛八极，心游万仞”，“浮天渊以安流，濯下泉而潜浸”，“观古今于须臾，抚四海于一瞬”，等等，都说明艺术构思具有超越时空的想象特点。三是艺术构思的形象性。所谓“情曈昽而弥鲜，物昭晰而互进”，是说作者的思想感情越来越鲜明，所要描绘的自然景物也越来越清晰，说明艺术构思过程中伴随着生动、鲜明的形象。四是艺术构思的创新特点。艺术构思过程中，作者不仅要“倾群言之沥液，漱六艺之芳润”，更要“收百世之阙文，采千载之遗韵，谢朝华于已披，启夕秀于未振”，也就是注重创新而超越前人。五是艺术构思的不确定性。作为创作之始，艺术构思中的意象具有飘忽不定的特点。有时文思泉涌，意象丰富；有时则文思艰涩，闭塞不通。所谓“沉辞怫悦，若游鱼衔钩，而出重渊之深；浮藻联翩，若翰鸟缨缴，而坠曾云之峻”①，说的正是这种情形。

艺术构思完成以后，便进入“选义按部，考辞就班”的阶段，即艺术表现和传达的阶段。作者当然希望把构思的成果全部传达出来，所谓“抱景者咸叩，怀响者毕弹”；并为了实现这一目的而竭尽全力，所谓“或因枝以振叶，或沿波而讨源”；等等。然而，艺术表现的过程乃是相当艰难的；或成功或失败，得失并非总是尽如人意。所谓“罄澄心以凝思，眇众虑而为言，笼天地于形内，挫万物于笔端”，既指出艺术表现和传达之难，又体现出其所以难的原因，即艺术表现之难在于须将超时空的

① 参见陆机：《文赋》，张少康集释：《文赋集释》，第25页。

艺术构思的结果传达出来。艺术构思时可“精骛八极，心游万仞”“观古今于须臾，抚四海于一瞬”，而要用文字将其表达出来，显然是极为困难的；“笼天地于形内，挫万物于笔端”，本身就意味着一种极大的矛盾，这其实正是“意不称物，文不逮意”之原因。但陆机始终着眼于“能之难”，所以他重在描绘艺术传达时的种种难易之形：“始踯躅于燥吻，终流离于濡翰”，是说文字表达的开始阶段总是颇为艰涩的，而历经艰难以后终有文思畅通之时；“理扶质以立干，文垂条而结繁”，便是文思通畅而表现顺利的情况。在这种情况下，作者当然沉浸在一种创作的激动中，所谓“信情貌之不差，故每变而在颜”，真正是情动于中而形于言，以至于“思涉乐其必笑，方言哀而已叹”。①

文章的写作是艰难的，但又是快乐的；《文赋》乃文章之赞歌，其根本的着眼点当然是为文之乐。所以，在上述描绘之后，陆机说：“伊兹事之可乐，固圣贤之所钦。”这种文章“可乐”的观点确是前所未有的，是“为艺术而艺术”时代的理论象征之一。文章写作之乐，在于“课虚无以责有，叩寂寞而求音，函绵邈于尺素，吐滂沛乎寸心”，即将无形化为有形，将丰富生动的大千世界纳诸尺素之内，将上下古今的绵绵之思发于书简之中。成功的创作，“言恢之而弥广，思按之而愈深”，内容上寓意深广而开掘不尽；“播芳蕤之馥馥，发青条之森森”，文辞上则丰富多彩而光华绚烂；“粲风飞而猋竖，郁云起乎翰林”②，终至写出一篇文采飞扬的作品，而为文坛增添一朵奇葩。

从创作冲动的产生至一篇作品的成功诞生，陆机的描绘是

① 陆机：《文赋》，张少康集释：《文赋集释》，第 43 页。

② 陆机：《文赋》，张少康集释：《文赋集释》，第 64 页。

相当简洁而概括的,又是极为生动而贴近创作实际的。其中所表现出的关于文章写作的一些重要理论,可以说都为《文心雕龙》所借鉴、吸收并发挥。如四时景物之变换对作家的感召、艺术构思的种种特点、艺术表现之特点,等等,在《明诗》《神思》《物色》等篇,刘勰都在陆机所论的基础上,进行了充分的发挥和论证。所谓"本陆机氏说而昌论文心",在这里表现得是最为明显的。但即使如此,刘勰之所"本"仍有种种不同的情况。所谓"昌论",其发挥和铺展自不必说,其多方论证更与陆机的描述有着本质的不同。如陆机对创作过程中文思之通塞的问题曾表现出困惑和不解,其云:"若夫应感之会,通塞之纪,来不可遏,去不可止,藏若景灭,行犹响起。……或竭情而多悔,或率意而寡尤;虽兹物之在我,非余力之所戮。故时抚空怀而自惋,吾未识夫开塞之所由。"①也就是说,作家心灵与外物的感应以及由此而来的文思的通塞,具有行踪不定、来去难以把握的特点。作者有时殚精竭虑反而徒增许多遗憾,有时率意而为反倒颇为顺利,让人感到文章虽由自己写,却又并非自己的意愿所能左右。陆机坦承,自己搞不清文思通塞的原因之所在。

对此,刘勰在《神思》篇进行了全方位的探索和回答。他指出,艺术构思的特点是"神与物游",因此要解决文思通塞问题,首先就必须从"神"与"物"两方面进行考察。他说:"神居胸臆,而志气统其关键;物沿耳目,而辞令管其枢机。"精神蕴藏于内心,情志、血气是统帅它的"关键";物象诉诸人的耳目,语言是表现它的"枢机"。所以,要解决"神"与"物"的问题,

① 陆机:《文赋》,张少康集释:《文赋集释》,第 168 页。

就要抓住其“关键”和“枢机”，所谓“枢机方通，则物无隐貌；关键将塞，则神有遁心”。为此，刘勰要求作家进入艺术构思过程，首先必须有一个清澈澄明、沉静专一的心境，给“神与物游”一个广阔的空间，所谓“陶钧文思，贵在虚静；疏瀹五藏，澡雪精神”。同时，要从根本上解决文思之通塞问题，亦即解决“志气”“辞令”的问题，则需要艺术构思前的充分准备，这就是一个长期的过程了。这种准备，刘勰从四个方面予以概括：“积学以储宝，酌理以富才，研阅以穷照，驯致以绎辞。”①可以说，刘勰并未找出解决文思通塞问题的灵丹妙药，但这四个方面确是从根本上解决这个问题的关键所在。

从艺术表现的角度看，文章写作同样存在“通塞”的问题。所谓“方其搦翰，气倍辞前；暨乎篇成，半折心始”，何以如此？刘勰说：“意翻空而易奇，言征实而难巧也。是以意授于思，言授于意；密则无际，疏则千里。或理在方寸，而求之域表；或义在咫尺，而思隔山河。”艺术意象和语言表现之间确乎存在着矛盾，但刘勰并不认为这一矛盾总是无法统一的。他指出，文意来源于艺术构思，语言则来源于文意，“思—意—言”的这一过程决定了艺术表现必然有“密则无际，疏则千里”的两种情况。但所谓“疏则千里”，却也并非真的就有“千里”之遥。有时事理其实就在心里，却要到处搜求；有时情意其实就在眼前，却又似山水阻隔。这既是对陆机所谓“或竭情而多悔，或率意而寡尤”的进一步申述，更是提醒人们注意其中之理。也就是说，必知其或“密”或“疏”的情形决定于“思—意—言”这一复

① 刘勰：《文心雕龙·神思》，戚良德：《文心雕龙校注通译》，第321—322页。

杂的传递过程,方可解开其中之谜;而一旦抓住这一规律,则就不必冥思苦想而可达到成功,所谓"秉心养术,无务苦虑;含章司契,不必劳情也"①。

当然,无论构思还是传达,除了上述普遍的通塞之理以外,都与作家主体的才能及文章的体制有重要关系。刘勰指出:"人之禀才,迟速异分;文之制体,大小殊功。"作家的才能高低不同,写作自然有快有慢;文章的体裁风格不一,成功也就有难易之别。他不仅分析了作家主体之于文思通塞的关系,而且提出了解决问题的方法和途径,那就是"博见为馈贫之粮,贯一为拯乱之药;博而能一,亦有助乎心力矣"。② 可以看出,刘勰之于《文赋》,既是有所"本"的,更有着全面的理论升华和超越。

三

文章写作的"能之难",亦即"作文之利害所由"又是什么呢?这是《文赋》所要解决的中心问题。陆机说:"体有万殊,物无一量;纷纭挥霍,形难为状。"这里的"体"一般理解为"文体",种种文体之不同,决定了"放言遣辞"之不同,所谓"良多变矣"。也就是说,"体有万殊"而致文辞"纷纭挥霍",所谓"诗缘情而绮靡,赋体物而浏亮"等等,其主旨便是说明不同的

---

① 刘勰:《文心雕龙·神思》,戚良德:《文心雕龙校注通译》,第323页。

② 刘勰:《文心雕龙·神思》,戚良德:《文心雕龙校注通译》,第323、325页。

文体对文辞有着不同的要求。“物无一量”之“物”指的是作品所要表达的内容,即“意不称物”之“物”,与作者之“意”实乃密切相关。作品所要表现的内容当然也是多种多样的,“物无一量”也就产生了“形难为状”之苦,实际上仍是“意不称物,文不逮意”的问题。也就是说,文体的千变万化以及作者所要表现内容的多姿多彩,最终使得文辞变化万千,此乃“作文之利害所由”。所谓“辞程才以效伎,意司契而为匠;在有无而僶俛,当浅深而不让;虽离方而遁圆,期穷形而尽相”①,等等,主要就是说作者们不遗余力、逞其所能,努力把艺术构思的成果充分表现出来,亦即尽可能做到“意称物”“文逮意”。总之,解决辞和意(物)之矛盾正是作文之关键。

然则,解决这个问题的原则又是什么呢?陆机说:“其会意也尚巧,其遣言也贵妍。”②这便是其正面的要求了,可以说是其总的原则。郭绍虞先生主编的《中国历代文论选》对这两句的注释是:“此仍分指意与辞讲。‘意司契而为匠’,苦心经营,能穷究物情则巧;‘辞程才以效伎’,尽力推敲,能曲达思绪则妍。此即意能称物,文能逮意之旨而更进一步。”③此论甚确,正得陆机之旨。这个“更进一步”的要求,便是“巧”和“妍”,也就是美。陆机还特别指出:“暨音声之迭代,若五色之相宣。”④也就是说,“遣言”之美的一个重要内容是“音声”之美。可以说,所谓“意称物”“文逮意”,其标准便是“巧”“妍”;

---

① 陆机:《文赋》,张少康集释:《文赋集释》,第71页。

② 陆机:《文赋》,张少康集释:《文赋集释》,第94页。

③ 郭绍虞主编:《中国历代文论选》第一册,上海古籍出版社1979年版,第180页。

④ 陆机:《文赋》,张少康集释:《文赋集释》,第94页。

文辞运用之美,正是一篇《文赋》所着力解决的中心问题。

在这个问题上,刘勰和陆机既有英雄所见略同之处,又有明显的理论追求的区别。《文心雕龙》之作,在于探索"为文之用心";"用心"之处何在呢? 正在"雕龙"二字。所谓"古来文章,以雕缛成体"[①],没有精雕细刻之功,也就没有了"文章";所谓"文",所谓"文章",其本身就意味着美。所以,"为文之用心"所在,正是文章之美。在这点上,刘勰的理论追求与陆机的"巧""妍"标准是完全一致的。《文心雕龙》以大量的篇幅探讨语言形式的种种表现技巧,正是这种理论追求的表现。如对声音之美的认识,刘勰说:"括囊杂体,功在铨别;宫商朱紫,随势各配。"[②]这与陆机所谓"暨音声之迭代,若五色之相宣"的要求别无二致。然而,刘勰之"搦笔和墨,乃始论文",又担负着解决"去圣久远,文体解散"[③]的历史重任,这与陆机为"文"(美)作"赋"的心态便极为不同了;这种不同,不仅决定了其最终的理论追求有着重大的区别,而且即使在一些看起来观点颇为相近的具体问题上,也仍可能存在差异。

陆机以为,文章写作虽因"体""物"之千变万化而有文辞上的气象万千,但其"巧""妍"的原则既定,就要努力探寻变化的规律,全力达到写作的目标。所谓"苟达变而识次,犹开流

---

① 刘勰:《文心雕龙·序志》,戚良德:《文心雕龙校注通译》,第564页。

② 刘勰:《文心雕龙·定势》,戚良德:《文心雕龙校注通译》,第358页。

③ 刘勰:《文心雕龙·序志》,戚良德:《文心雕龙校注通译》,第566页。

以纳泉”①，懂得这种变化且不失时机地适应这种变化，就可以使文思泉涌、辞意相称了。实际上，“达变而识次”的问题，也就是如何具体“放言遣辞”而定“妍蚩好恶”的问题。这正是陆机所要全力解决的问题。

如何“放言遣辞”呢？陆机列举了种种情况，也提供了种种意见。一是“或仰逼于先条，或俯侵于后章，或辞害而理比，或言顺而义妨”②的情况，这是说文章写作中经常出现前后不连贯以至相矛盾的情形，或意顺而辞不顺，或辞顺而意不畅，没有达到所谓“辞达而理举”③的要求。出现这种情况，陆机以为“离之则双美，合之则两伤”④，也就是要加以删节，使其相统一，以达到辞意双美。二是“或文繁理富，而意不指适；极无两致，尽不可益”的情况，这是说文章辞繁意丰，而作者所要表达的主要内容却没有表现出来或不够突出。在这种情况下，解决的办法就是“立片言而居要，乃一篇之警策”，即突出文章的主旨，以条贯众流。三是说文章看上去写得不错，“或藻思绮合，清丽千眠；炳若缛绣，凄若繁弦”，但却“暗合乎曩篇”，即与前人雷同。面对这种情况，陆机以为“虽杼轴于予怀，怵他人之我先；苟伤廉而愆义，亦虽爱而必捐”，即虽出于己意，但他人既已先我，就必须割爱。四是“或苕发颖竖，离众绝致；形不可逐，响难为系”的情况，这是说文章写作中时有佳句出现，其特出独立，难以找到与之相配的句子。陆机以为，“石韫玉而山

① 陆机：《文赋》，张少康集释：《文赋集释》，第 94 页。
② 陆机：《文赋》，张少康集释：《文赋集释》，第 103 页。
③ 陆机：《文赋》，张少康集释：《文赋集释》，第 71 页。
④ 陆机：《文赋》，张少康集释：《文赋集释》，第 103—104 页。

晖，水怀珠而川媚”①，佳句的出现会给文章增色添辉。

文章的“妍蚩好恶”又如何呢？陆机从五个方面作了说明。一是“或托言于短韵，对穷迹而孤兴；俯寂寞而无友，仰寥廓而莫承”。一般以为此指短小的文章，其实这主要是指文章写作中文思枯竭的情形，即没有更多的话要说，找不到合适的文词，亦难有丰富的理意。此种情形，陆机以为“譬偏弦之独张，含清唱而靡应”②，即看上去较为单纯、省净，但实际上缺乏回应、唱和。二是“或寄辞于瘁音，徒靡言而弗华；混妍蚩而成体，累良质而为瑕”，这是指不是没有话说，而是说得太多，理意、辞文皆显得杂乱，富赡而缺乏提炼，也就混淆了美丑，成为作品中心内容的累赘。陆机以为，此“象下管之偏疾，故虽应而不和”③，回应、唱和的问题是解决了，但因其繁乱而失去了和谐。三是“或遗理以存异，徒寻虚而逐微；言寡情而鲜爱，辞浮漂而不归”，这是说文章写作的思路误入歧途，只顾寻虚逐微、标新立异，而失去了典型性、普遍性，因而少情缺爱，文辞浮漂而不正。陆机以为，此“犹弦么而徽急，故虽和而不悲”，即看上去文章本身似乎是和谐的，但缺乏感染力。四是“或奔放以谐和，务嘈囋而妖冶；徒悦目而偶俗，故声高而曲下”，这是说文章看上去和谐奔放，但为了迎合世俗而格调低下，所以此“寤《防露》与《桑间》，又虽悲而不雅”，即感人的目的是达到了，但其为鄙俗之曲而不够雅正。五是“或清虚以婉约，每除烦而去滥；缺大羹之遗味，同朱弦之清氾”④，这是说文章颇有

① 陆机：《文赋》，张少康集释：《文赋集释》，第104页。

② 陆机：《文赋》，张少康集释：《文赋集释》，第129页。

③ 陆机：《文赋》，张少康集释：《文赋集释》，第130页。

④ 陆机：《文赋》，张少康集释：《文赋集释》，第130页。

清净简约之风,但缺乏令人回味无穷之效。这样,陆机便要求文章“清”而有“应”、“应”而可“和”、“和”而又“悲”、“悲”而且“雅”、“雅”而能“艳”。实际上,陆机的这些说法未必尽合文理,其实质不过是要求文章在艺术形式上达到高度的和谐和完美。

陆机对“放言遣辞”以及“妍蚩好恶”的详细探索,充分表现出其追求“巧”与“妍”的文章观念;从这个意义上说,刘勰谓其“巧而碎乱”①,亦可谓不诬。但实际上,刘勰对艺术形式技巧的探索同样十分精细,如《声律》《章句》《丽辞》《事类》《练字》等篇,皆专门研究语言形式的运用问题;其对“巧”与“妍”的追求,可以说不在陆机之下。这里的区别就在于,《文赋》的中心问题就是如何实现文章的“巧”与“妍”,可以说是彻底的“为艺术而艺术”;刘勰则既肯定文章之美,要求文章“雕缛成体”②,又时刻不忘《文心雕龙》之作的历史重任,那就是“极正归本”③。所以,《文赋》是一首文的赞歌、美的赞歌,《文心雕龙》则是一部文的哲学、文的美学。这种根本不同的理论追求和价值取向,决定了即使都是探索语言形式问题,也有细微而明显的区别。如对“声律”问题的认识,刘勰和陆机都强调语言的声韵之美,然而刘勰对声律的重视,却是基于如下认识:“夫音律所始,本于人声者也。声含宫商,肇自血气……故言

---

① 刘勰:《文心雕龙·序志》,戚良德:《文心雕龙校注通译》,第567页。

② 刘勰:《文心雕龙·序志》,戚良德:《文心雕龙校注通译》,第564页。

③ 刘勰:《文心雕龙·宗经》,戚良德:《文心雕龙校注通译》,第28页。

语者,文章神明枢机。”也就是说,无论声律之美如何重要,都必须以表现人的思想感情为根本;从而,声律之美的最高要求就是“吹律胸臆,调钟唇吻”“吐纳律吕,唇吻而已”①,也就是以自然的声韵之美充分表达人的内心世界。再如对偶的运用,刘勰说:“夫心生文辞,运裁百虑,高下相须,自然成对。”②也就是说,对偶的产生源于人们表现思想感情的需要;对偶的运用,自然应当符合表情达意的原则,必须自然而然,并非刻意的追求和雕琢。因此,刘勰的“雕缛成体”,乃统摄于他的“自然之道”的精神之下,是其以情为本、“文辞尽情”③的创作论体系的组成部分,而不是孤立的雕章琢句;其谓陆机《文赋》“巧而碎乱”者,正以此也。

---

① 刘勰:《文心雕龙·声律》,戚良德:《文心雕龙校注通译》,第382、388页。

② 刘勰:《文心雕龙·丽辞》,戚良德:《文心雕龙校注通译》,第401页。

③ 刘勰:《文心雕龙·定势》,戚良德:《文心雕龙校注通译》,第357页。

《文心雕龙》的“神思”论*

《文心雕龙》创作论的第一篇是《神思》，历来受到研究者的重视；但刘勰“神思”论的宗旨和《神思》篇的思路，仍是一个需要梳理的问题。“神思”论向被认为是刘勰的艺术构思论，以艺术构思为创作论的首要问题而作专篇论述，是前所未有的，这也是《神思》受到“龙学”家们高度重视的主要原因。但《神思》又不仅仅是一篇单纯的艺术构思论，而是涉及了文章写作的整个过程。诚如刘勰所说，艺术构思乃“驭文之首术，谋篇之大端”①，论述艺术构思问题未必一定涉及创作的全过程；然则，刘勰在《神思》篇的论述方式，是必有其特殊的考量和动机。笔者以为，《神思》篇在很大程度上是接着陆机的《文赋》说话，尤其是要回答陆机颇感困惑的文思通塞的问题。正是通过对这个问题的回答，刘勰在陆机《文赋》对艺术构思所作简要描述的基础上，对文章写作的艺术构思问题进行了全面、系统而深刻的理论阐述；这一阐述不仅达到了时代的最高水平，更为中国古代的艺术构思论创造了基本的话语体系。

---

* 本文原载于《人文述林》第七辑，修订收录于作者文集《〈文心雕龙〉与中国文论》，中国书籍出版社 2017 年版，第 143—152 页。

① 刘勰：《文心雕龙·神思》，戚良德：《文心雕龙校注通译》，上海古籍出版社 2008 年版，第 322 页。

一

什么是“神思”？刘勰说：“古人云，形在江海之上，心存魏阙之下：神思之谓也。”①身在江湖而心系朝廷，虽只是一个比喻，却形象地说明所谓“神思”乃是一种超越时空的思维活动。季羡林先生说：“我们中国的文艺批评家或一般读者，读一部文学作品或一篇诗文，先反复玩味，含英咀华，把作品的真精神灿然烂然映照于我们心中，最后用鲜明、生动而又凝炼的语言表达出来。读者读了以后得到的也不是干瘪枯燥的义理，而是生动活泼的综合印象。”②这确是不错的。以一个比喻来给“神思”这一概括艺术构思的概念作定义，给人的印象确乎是生动活泼的、综合的；而如果不是得其“真精神”，这种做法其实是很冒险的。刘勰之所以敢于这样做，正源于他对艺术创作过程的反复玩味、含英咀华。其云：

> 文之思也，其神远矣。故寂然凝虑，思接千载；悄焉动容，视通万里。吟咏之间，吐纳珠玉之声；眉睫之前，卷舒风云之色：其思理之致乎！③

---

① 刘勰：《文心雕龙·神思》，戚良德：《文心雕龙校注通译》，第321页。

② 季羡林：《我的学术总结》，《季羡林人生漫笔》，同心出版社2000年版，第361页。

③ 刘勰：《文心雕龙·神思》，戚良德：《文心雕龙校注通译》，第321页。

所谓“远”,既是时间的无始无终,又是空间的无边无际。当作家静静思考之时,其想象的翅膀可以飞越上下千年;在作家容颜微动之间,其视野早已跨过万里之遥。吟咏推敲之中,仿佛已听到珠玉般悦耳的声韵;凝神注目之际,眼前早已是风卷云舒。“神思”的想象之功,确乎是“用鲜明、生动而又凝炼的语言表达出来”了。这种超越时空的想象活动,正是艺术构思的典型特点。

艺术构思是超越时空的形象思维,其天马行空的想象特点,决定了作家的艺术构思过程具有通塞不定、难以捉摸的性质。对此,陆机深有体会,并在《文赋》中作了形象的描绘;而对其中通塞的规律,则表现出困惑和不解。其云:

> 若夫应感之会,通塞之纪,来不可遏,去不可止,藏若景灭,行犹响起。方天机之骏利,夫何纷而不理;思风发于胸臆,言泉流于唇齿。纷葳蕤以馺遝,唯毫素之所拟;文徽徽以溢目,音泠泠而盈耳。及其六情底滞,志往神留,兀若枯木,豁若涸流。揽营魂以探赜,顿精爽而自求;理翳翳而愈伏,思轧轧其若抽。是以或竭情而多悔,或率意而寡尤;虽兹物之在我,非余力之所戮。故时抚空怀而自惋,吾未识夫开塞之所由。①

陆机说,作家心灵与外物的感应以及由此而来的文思的通塞,

① 陆机:《文赋》,张少康集释:《文赋集释》,上海古籍出版社 1984 年版,第 168 页。

具有行踪不定、来去难以把握的特点。文思枯竭之时，仿佛影子突然消失；文思涌现之时，又如声音骤然而起。当作家进入良好的精神状态之时，思维敏捷，没有什么纷乱的思绪不能梳理；其美妙的构思犹如春风般在胸中荡漾，其优美的文辞似清泉般汩汩流出。而当作者情思停滞之时，即使勉力而为，也很难进行下去；好像兀然而立的枯木，又似干涸空荡的河床。所以，作者有时殚精竭虑反而徒增许多遗憾，有时率意而为反倒颇为顺利，让人感到文章虽由自己写，却又并非自己的意愿所能左右。面对这种情形，陆机坦承自己经常抚空怀而叹惋，搞不清文思通塞的原因之所在。

应当说，陆机虽然尚未弄清文思通塞之理，但他以切身的创作体会，对这个问题第一次作出如此深切的描绘，可谓功莫大焉。实际上，刘勰的《神思》篇在很大程度上即是对陆机所提出的这个问题的回答。章学诚曾指出："古人论文，惟论文辞而已矣；刘勰氏出，本陆机氏说而昌论文心。"[①]其实，《文心雕龙》之"论文心"与《文赋》并不相同[②]，所谓"本陆机氏说而昌论文心"，只有在《神思》篇才是符合事实的。因为陆机所谓"开塞之所由"已经不仅仅是艺术构思的问题，而是涉及了艺术传达的阶段，所以刘勰的回答也并不限于艺术构思，而是着眼于整个创作过程了。

刘勰以为，艺术构思的特点是"神与物游"，因此要解决文思通塞问题，首先就必须从"神"与"物"两方面进行考察。他

---

① 章学诚：《文史通义·文德》，叶瑛校注：《文史通义校注》，中华书局1985年版，第278页。

② 参见本书《〈文心雕龙〉对〈文赋〉的继承与超越》一文。

说:“神居胸臆,而志气统其关键;物沿耳目,而辞令管其枢机。”精神蕴藏于内心,情志、血气是统帅它的“关键”;物象诉诸人的耳目,语言是表现它的“枢机”。所以,要解决“神”与“物”的问题,就要抓住其“关键”和“枢机”。所谓“枢机方通,则物无隐貌;关键将塞,则神有遁心”,只要语言运用自如,则对客观物象的描摹必然形貌无遗;如果人的志气阻塞,那么其精神活动便会停滞,“神与物游”也就难以实现了。为此,刘勰要求“陶钧文思,贵在虚静;疏瀹五藏,澡雪精神”①,也就是说,作家进入艺术构思过程,必须有一个清澈澄明、沉静专一的心境,给“神与物游”一个广阔的空间。同时,要从根本上解决文之通塞问题,亦即解决“志气”“辞令”的问题,则需要艺术构思前的充分准备,这就是一个长期的过程了。这种准备,刘勰从四个方面予以概括:“积学以储宝,酌理以富才,研阅以穷照,驯致以绎辞。”②也就是积累学识以储藏宝贵的财富,思辨事理以丰富自己的才华,研磨阅历以透彻地理解人生,训练情致以恰当地运用文辞。可以说,刘勰并未找出解决文思通塞问题的灵丹妙药,但这四个方面确是从根本上解决这个问题的关键所在。

从艺术表现的角度看,文章写作同样存在“通塞”的问题。所谓“方其搦翰,气倍辞前;暨乎篇成,半折心始”,当作家开篇提笔之时,气势恢宏,跃跃欲试,似有万语千言;而当行文落墨之时,则如剥茧抽丝,戛戛独造,早已与原先所想打了对折。何

---

① 刘勰:《文心雕龙·神思》,戚良德:《文心雕龙校注通译》,第321页。

② 刘勰:《文心雕龙·神思》,戚良德:《文心雕龙校注通译》,第321—322页。

以如此？刘勰说："意翻空而易奇，言征实而难巧也。是以意授于思，言授于意；密则无际，疏则千里。或理在方寸，而求之域表；或义在咫尺，而思隔山河。"①文意出于想象，容易出奇制胜；而语言却是实实在在的，难以率而成功。这是一个矛盾，但刘勰并不认为这一矛盾总是无法统一的。他指出，文意来源于艺术构思，语言则来源于文意，"思—意—言"的这一过程决定了艺术表现必然有"密则无际，疏则千里"的两种情况。但刘勰特别指出，所谓"疏则千里"，却也并非真的就有"千里"之遥。有时事理其实就在心里，却要到处搜求；有时情意其实就在眼前，却又似山水阻隔。这既是对陆机所谓"或竭情而多悔，或率意而寡尤"的进一步申述，更是提醒人们注意其中之理。也就是说，必知其或"密"或"疏"的情形决定于"思—意—言"这一复杂的传递过程，方可解开其中之谜；而一旦抓住这一规律，则就不必冥思苦想而可达到成功。正是："秉心养术，无务苦虑；含章司契，不必劳情也。"②也就是说，进行艺术构思要掌握正确的方法，不应一味地苦苦思索；语言的传达则要适应艺术构思的特点，也不必一味地用力伤情。

当然，无论构思还是传达，除了上述普遍的通塞之理以外，都与作家主体的才能及文章的体制有重要关系。刘勰指出："人之禀才，迟速异分；文之制体，大小殊功。"作家的才能高低不同，写作自然有快有慢；文章的体裁风格不一，成功也就有难易之别。他举例说，司马相如"含笔而腐毫"、王充"气竭于沉

① 刘勰：《文心雕龙·神思》，戚良德：《文心雕龙校注通译》，第323页。

② 刘勰：《文心雕龙·神思》，戚良德：《文心雕龙校注通译》，第323页。

虑"、张衡十年写成《二京赋》、左思十二年写成《三都赋》,其所著固然堪称巨文,但确属"思之缓也"①;曹植展纸落墨就像背诵一样,王粲提笔而写仿佛早已作好一般,阮瑀在马鞍上即可写成书信,祢衡在宴席上便可草成奏章,其所写虽为短篇,但实乃"思之速也"②。为什么会有如此差异呢?刘勰说:

> 若夫骏发之士,心总要术;敏在虑前,应机立断。覃思之人,情饶歧路;鉴在疑后,研虑方定。机敏故造次而成功,虑疑故愈久而致绩。难易虽殊,并资博练。若学浅而空迟,才疏而徒速;以斯成器,未之前闻。是以临篇缀虑,必有二患:理郁者苦贫,辞溺者伤乱。然则博见为馈贫之粮,贯一为拯乱之药;博而能一,亦有助乎心力矣。③

刘勰认为,那些构思快捷的人,是因为对其中的关键问题心中有数,仿佛不假思索便可当机立断;那些构思迟缓的人,则是因为心中思路繁杂,犹豫不定而几经推敲方可成功。然而无论难易快慢,都必须依靠多方面的训练,从而解决内容贫乏和驳杂的毛病。他说,广闻博见可以解决内容的贫乏问题,抓住要点则可以纠正作品的杂乱问题;而如果将二者结合起来,便可取得艺术构思以及艺术传达的成功。这样,刘勰不仅分析了作家

① 刘勰:《文心雕龙·神思》,戚良德:《文心雕龙校注通译》,第323—324页。

② 刘勰:《文心雕龙·神思》,戚良德:《文心雕龙校注通译》,第324页。

③ 刘勰:《文心雕龙·神思》,戚良德:《文心雕龙校注通译》,第325页。

主体之于文思通塞的关系，而且提出了解决问题的方法和途径。

二

刘勰并未止于解决文思通塞的问题，而是在回答这个问题的过程中，对艺术构思问题进行了全面、系统而深刻的理论探索。

首先，刘勰对艺术构思的形象性作了理论概括。陆机在《文赋》中只是简要地涉及了艺术构思的形象性，而刘勰则从理论上进行了准确概括，那就是“思理为妙，神与物游”①。也就是说，艺术构思这种超越时空的想象活动，其特点在于作家的精神与客观的物象一起活动。牟世金先生指出：“以精神与物象相结合的活动为‘思理’之妙，确是揭示了艺术构思的基本特征，这是刘勰论艺术构思所取得的重要成就。”②之所以可以视为“重要成就”，不仅因为刘勰以极为精炼而准确的“神与物游”一语揭示出艺术构思的形象思维特征，而且因为刘勰这一概括更进一步揭示出这种形象思维的特点在于心物交融。这种心物交融的特点，陆机《文赋》已有所涉及，所谓“情曈昽而弥鲜，物昭晰而互进”③，可以说已是一种极有价值的描述性提示；但由于陆机论述的中心在于语言运用问题，以及《文赋》

① 刘勰：《文心雕龙·神思》，戚良德：《文心雕龙校注通译》，第321页。

② 牟世金：《文心雕龙研究》，人民文学出版社1995年版，第318页。

③ 陆机：《文赋》，张少康集释：《文赋集释》，第25页。

的表现方式所限,这一呼之欲出的理论概括终于没有产生。正是在此基础上,刘勰以敏锐的理论感觉和精细的思辨能力,创造了“神与物游”这一既生动形象而又高度概括的独特用语。季羡林先生曾经不止一次地呼吁:“中国文艺理论必须使用中国国有的术语,采用同西方不同的判断方法,这样才能在国际学坛上发出声音。”①对此,笔者深以为然。中国国有的文艺理论术语中,“神与物游”应是富有生命力的出色的一个。刘勰在《神思》篇的“赞”词中说:“神用象通,情变所孕;物以貌求,心以理应。”②这可以说是对“神与物游”的进一步阐释,这也充分说明,所谓“神与物游”的艺术构思过程,正是一个心物交融、情景相合的过程。

其次,刘勰指出艺术构思的重要特点之一是化无形为有形。艺术构思之超越时空的想象性,决定了其必然具有飘忽不定的“虚”的特点;而艺术构思之生动可感的形象性,则要求构思者必须具有化虚为实的能力。刘勰说:“夫神思方运,万涂竞萌;规矩虚位,刻镂无形。”③当进入艺术构思之时,无数的意念涌上心头,但这多是虚而不实的;一个成功的艺术构思还必须将这种纷繁的思绪化为具体的形象,把尚未定型的朦胧的意态尽可能具象化,使其有栩栩如生之感。陆机《文赋》曾从语言表现的角度谈到“课虚无以责有,叩寂寞而求音”④的问题,

① 季羡林:《我与东方文化研究》,《季羡林人生漫笔》,第392页。

② 刘勰:《文心雕龙·神思》,戚良德:《文心雕龙校注通译》,第327页。

③ 刘勰:《文心雕龙·神思》,戚良德:《文心雕龙校注通译》,第323页。

④ 陆机:《文赋》,张少康集释:《文赋集释》,第64页。

是说文章写作之乐在于化无形为有形;从陆机的这两句话来看,其与刘勰所谓“规矩虚位,刻镂无形”,在含义上并无大的不同。但陆机的主旨在于说明语言文辞的功用,而刘勰却用以概括艺术构思的特点,这就有了重要的区别。这个区别在于,陆机以为语言表现的任务、文章写作的乐趣在于化无形为有形;刘勰则把化无形为有形的这一任务交给了艺术构思阶段,从而艺术构思的过程便显得极为重要了。这正是陆机忽略艺术构思问题而刘勰专作《神思》篇的重要原因之一。

需要指出的是,传统的观点认为,刘勰所谓“规矩虚位,刻镂无形”谈的是艺术构思具有虚构的特点,笔者以为这是一个很大的误解。认为刘勰是在讲虚构,是孤立地理解这两句话的结果。如上所说,刘勰的这两句话乃承“神思方运,万涂竞萌”而言;所谓“虚位”“无形”,指的是构思过程中的各种意绪、意念具有飘忽不定、虚而不实的特点;所谓“规矩”“刻镂”,就是将其具体化、实在化,也就是化虚为实。所以,其与艺术创作中的凭虚构象乃是大相径庭的。应该说,刘勰之于虚构,并无明确的认识,更不可能要求作家虚构艺术形象。实际上,在明清时期小说戏曲理论大发展以前,真正的艺术虚构问题是不可能出现在以诗文为研究对象的文学理论批评中的。

第三,刘勰指出艺术构思乃是一个激动人心的感情活动过程,艺术构思的成果是“意象”的产生。其云:“登山则情满于山,观海则意溢于海;我才之多少,将与风云而并驱矣。”①作者一想到登山,则满腔激情贯注高山;一想到观海,则热情洋溢融

① 刘勰:《文心雕龙·神思》,戚良德:《文心雕龙校注通译》,第323页。

入大海。作者以全部身心去拥抱大自然,与长风白云并驾齐驱。所谓"神用象通,情变所孕"①,艺术构思的想象过程及其形象性,始终伴随着作者强烈的感情活动;如上所说,这是一个心物交融的过程。心物交融而深情贯注的结果,一方面是感情的形象化、物象化,另一方面则是客观物象的感情化、主观化;从而艺术意象也就呼之欲出了。

刘勰对艺术构思完成阶段的说明是:"然后使玄解之宰,寻声律而定墨;独照之匠,窥意象而运斤。"②也就是说,艺术构思完成以后,作者要寻找合适的表现方式,把自己独特的艺术意象传达出来。那么,"意象"也就是艺术构思的最终成果;所谓艺术创作,也就是把这一成果表达出来。显然,"意象"的产生是"神与物游"的结果,是"神用象通,情变所孕"的产物;它既非纯粹的客观物象,也不再是抽象而单纯的思想感情,而是寄托和表达作者思想感情的生动而形象的艺术内容。需要强调指出的是,作为艺术构思的成果,"意象"这一概念包孕了丰富的内容,与后世所谓"艺术形象"是颇不相同的。这种不同主要在于,"艺术形象"一词着眼于造型艺术和小说戏曲等重视虚构的艺术形式,主要是指一种活生生的"形""象";而刘勰的"意象"乃着眼表现感情的诗文,既有客观形象性的含义,又包孕着意绪、意念、情感、思想等诸多内容。实际上,"意象"乃是构思过程完成以后的整个成果,它几乎是未来作品的全部内容。所以,"意象"这一概念具有极大的包容性和概括性,是极

① 刘勰:《文心雕龙·神思》,戚良德:《文心雕龙校注通译》,第327页。

② 刘勰:《文心雕龙·神思》,戚良德:《文心雕龙校注通译》,第322页。

富中国特点的文论术语;对不注重概念的建设而多为经验感悟式判断的中国古代文论而言,“意象”一词的创造和运用,是值得大书一笔的。

三

由上可见,刘勰既系统而深入地论述了艺术构思问题,又相当全面而细致地回答了陆机在《文赋》中所提出的“开塞之所由”的问题;从而,《文心雕龙》的艺术构思论不仅在理论上是精深的,而且具有极强的现实针对性和实践性,为成功进行艺术构思以及文章写作指明了正确的方向。正因如此,刘勰的艺术构思论在中国文论史上产生了相当广泛而深刻的影响;实际上,刘勰所创造的一系列概念和理论已成为中国古代艺术构思论的基本话语。如“神思”一词,虽在刘勰之前早已出现,但大多与艺术构思无关,更非作为专门的概念来运用。可以说,以“神思”一词作为文章写作艺术构思的专门用语,仍可视为刘勰的创造;以之名篇并作全面研讨,更表现出《文心雕龙》空前而非凡的理论意识。正如牟世金先生所指出:“自刘勰之后,‘神思’就成为艺术构思的专用语而普遍运用于古代的诗论、文论、画论之中了。”①稍后于刘勰的史学家萧子显在其《南齐书·文学传论》中便说:“属文之道,事出神思,感召无象,变化不穷。”②这里的“神思”与刘勰所论就是完全一致的了。唐

① 牟世金:《文心雕龙研究》,第329页。

② 《南齐书》卷五十二《文学传论》,中华书局1972年版,第907页。

代著名诗人王昌龄在其《诗格》中说：

> 诗有三格：一曰生思，二曰感思，三曰取思。生思一：久用精思，未契意象，力疲智竭，放安神思，心偶照境，率然而生。感思二：寻味前言，吟讽古制，感而生思。取思三：搜求于象，心入于境，神会于物，因心而得。①

这里所谓"三格"，指的是诗兴产生的三种情况，也就是诗歌艺术构思的三种情形，所以有"生思""感思""取思"之说。所谓"生思"，是说作者冥思苦想以致筋疲力尽，却仍然不得要领；而一旦放松心神，遍寻不得的意象却于不经意间油然而生。王昌龄不仅运用了刘勰艺术构思论的两个重要概念——"神思"和"意象"，而且对这种所谓"生思"的描述，正合于刘勰"秉心养术，无务苦虑；含章司契，不必劳情"②之论。王昌龄所谓"取思"，则是指作者主动亲近大自然，与自然景物融为一体，心物交融而构成意象；这正是刘勰"神与物游""神用象通"之论的具体运用。宋元以后而至明清时期，"神思"一词更被广泛地运用③；而"神与物游"的理论，则已成为艺术构思和文章写作的共识。如明代的王世贞说："遇有操觚，一师心匠；气从意

---

① 王昌龄：《诗格》，王大鹏等编选：《中国历代诗话选》，岳麓书社1985年版，第39页。

② 刘勰：《文心雕龙·神思》，戚良德：《文心雕龙校注通译》，第323页。

③ 参见牟世金：《文心雕龙译注·引论》，陆侃如、牟世金：《文心雕龙译注》上册，齐鲁书社1981年版，第66—67页。

畅，神与境合。"[①]类似对"神与物游"理论的发挥和运用，可以说不胜枚举。

至于刘勰所独创的"意象"这一重要概念，更是得到了作家和文论家们的充分重视而被普遍运用。如宋代著名诗人和诗论家黄庭坚诗云："革囊南渡传诗句，摹写相思意象真。"[②]"意象"一词的运用正承刘勰之命意。明代李东阳评价唐代温庭筠的"鸡声茅店月，人迹板桥霜"之句说："而音韵铿锵，意象具足，始为难得。"[③]以"意象"之有无作为诗歌的审美标准之一，其重要性是不言而喻的。明代的王世懋则说："盛唐散漫无宗，人各自以意象、声响得之。"[④]把诗歌之美分为"意象"和"声响"两端，正与李东阳见解一致。明代的胡应麟更是特别重视审美意象之创造，其论诗巨著《诗薮》开始即提出："古诗之妙，专求意象。"[⑤]在具体的诗歌评论中，胡应麟屡次用到"意象"一词，如：

> 汉仙诗，若上元、太真、马明，皆浮艳太过，古质意象，毫不复存，俱后人伪作也。[⑥]

---

① 王世贞：《艺苑卮言》，丁福保辑：《历代诗话续编》，中华书局1983年版，第964页。

② 黄庭坚：《同韵和元明兄知命弟九日相忆二首》，《黄庭坚全集》，四川大学出版社2001年版，第1107页。

③ 李东阳：《麓堂诗话》，丁福保辑：《历代诗话续编》，第1372页。

④ 王世懋：《艺圃撷余》，何文焕辑：《历代诗话》，中华书局1981年版，第778页。

⑤ 胡应麟：《诗薮》，上海古籍出版社1979年版，第1页。

⑥ 胡应麟：《诗薮》，第19页。

> 子建《杂诗》,全法《十九首》意象,规模酷肖,而奇警绝到弗如。①

> 国初季迪勃兴衰运,乃有《拟古乐府》诸篇,虽格调未遒,而意象时近。②

> 《大风》千秋气概之祖,《秋风》百代情致之宗,虽词语寂寥,而意象靡尽。③

> 五言古意象浑融,非造诣深者,难于凑泊。④

确如张少康先生所指出,"'意象'概念是他评诗的主要术语"⑤。明代另一位著名诗论家陆时雍亦格外重视意象之有无。如谓:"梁人多妖艳之音,武帝启齿扬芬,其臭如幽兰之喷……所难能者,在风格浑成,意象独出。"又说:"齐梁人欲嫩而得老,唐人欲老而得嫩,其所别在风格之间;齐梁老而实秀,唐人嫩而不华,其所别在意象之际。"⑥可以看出,"意象"已成为诗歌审美的中心问题。

不仅诗歌,词曲也同样讲究"意象"之有无。明代的朱承

---

① 胡应麟:《诗薮》,第30页。

② 胡应麟:《诗薮》,第39页。

③ 胡应麟:《诗薮》,第49页。

④ 胡应麟:《诗薮》,第81页。

⑤ 张少康:《中国文学理论批评发展史》(下),北京大学出版社1995年版,第219页。

⑥ 陆时雍:《诗镜总论》,丁福保辑:《历代诗话续编》,第1408页。

爵便指出:“诗词虽同一机杼,而词家意象亦或与诗略有不同;句欲敏,字欲捷,长篇须曲折三致意,而气自流贯乃得。”①可见“意象”同样是“词家”的关键问题。明代的沈德符则说:“杂剧如《王粲登楼》《韩信胯下》《关大王单刀会》《赵太祖风云会》之属,不特命词之高秀,而意象悲壮,自足笼盖一时。”②显然,与诗歌一样,戏曲的创作和欣赏也分为“命词”和“意象”两端。所以,“意象”的创造乃是文学艺术的根本问题之一,这已成为中国古代文艺理论家的共识。

① 朱承爵:《存余堂诗话》,何文焕辑:《历代诗话》,第794页。

② 沈德符:《顾曲杂言·杂剧院本》,《中国古典戏曲论著集成》(四),中国戏剧出版社1959年版,第215页。

《文心雕龙》的“风骨”论*

《风骨》篇是《文心雕龙》创作论最为重要的篇章之一，“风骨”则是《文心雕龙》最为著名的美学范畴之一，对后世产生了深远影响。以“风骨”并举而作专篇论述，这在中国文论史和美学史上是第一次，是刘勰的创造。在《文心雕龙》研究中，意见最为分歧的也莫过于《风骨》篇了。什么是“风”，什么是“骨”，什么是“风骨”，“风骨”论的实质是什么，等等，都难以形成一个统一的看法。之所以出现这种情况，一是因为“风”“骨”等词皆以物为喻，不是精确的理论范畴，容易产生歧义；二是因为刘勰在本篇的论述，确有不少较难理解之处。这种难以理解，并非因为刘勰本身思想的幽暗不明，而是由于其以骈文形式论文，行文跳跃性较大；加之刘勰随时运用一些古文论中的重要范畴而又不作规定，后人理解起来也就颇感困难了。但仔细体察刘勰的用意，充分重视骈文论述的格式，并尽可能地进入刘勰的思维，则“风骨”的主旨及其含义还是可以予以准确把握的。笔者以为，“风骨”是刘勰为纠正当时“讹滥”①

---

* 本文原载于《人文述林》第五辑，修订收录于作者文集《〈文心雕龙〉与中国文论》，中国书籍出版社2017年版，第153—161页。

① 刘勰：《文心雕龙·序志》，戚良德：《文心雕龙校注通译》，上海古籍出版社2008年版，第566页。

的文风而开出的一剂“药方”，是刘勰所确立的文学创作的“正式”①，“风骨”论是刘勰的文章理想论。

一

在近百年的“龙学”史上，黄侃《文心雕龙札记》论“风骨”，对“风骨”论研究的影响最为深远。其谓：

> 文之有意，所以宣达思理，纲维全篇，譬之于物，则犹风也。文之有辞，所以摅写中怀，显明条贯，譬之于物，则犹骨也。必知风即文意，骨即文辞，然后不蹈空虚之弊。②

所谓“风即文意，骨即文辞”，明白无误地把“风”“骨”归结为作品的内容和形式；现代《文心雕龙》的研究者亦大多循此思路，或者同意黄侃之说，或者反其道而谓“风”指形式、“骨”指内容，等等。黄侃之说，盖以《风骨》的以下论述为据：

> 是以怊怅述情，必始乎风；沉吟铺辞，莫先于骨。故辞之待骨，如体之树骸；情之含风，犹形之包气。结言端直，则文骨成焉；意气骏爽，则文风清焉。③

---

① 刘勰：《文心雕龙·风骨》，戚良德：《文心雕龙校注通译》，第342页。

② 黄侃：《文心雕龙札记》，中华书局1962年版，第99页。

③ 刘勰：《文心雕龙·风骨》，戚良德：《文心雕龙校注通译》，第338页。

初读之下，仿佛刘勰确以“风”指作品内容、“骨”指作品形式，其实不然。《文心雕龙》是文论，但也是精致的骈文作品；必知骈文经常以“互文足义”的对举形式说理状物，方能准确理解其含义。所谓“怊怅述情”，是说作者内心情之所动而欲一吐为快，指的是整个文章写作；所谓“沉吟铺辞”，是说展纸落墨而著成文章，指的也是整个写作过程。二者对举而言，互文足义，不过是刘勰为避用词重复的文章笔法，其义一也；并非一指内容，一指形式。明乎此，则所谓“始乎风”是对整个文章写作的要求，而决不仅仅指“情”；所谓“先于骨”也是对整个文章写作的要求，而决不仅仅指“辞”。同样的道理，“辞之待骨，如体之树骸；情之含风，犹形之包气”，是说文章写作之需要有“骨”，就像人体之需要骨架；文章写作之需要有“风”，就像人体之需要血气。如此，则不难理解，所谓“结言端直，则文骨成焉”，是说文章刚正而有力量，便是有“骨”的体现；所谓“意气骏爽，则文风清焉”，是说文章清新而能动人，便是有“风”的体现。

只有这样理解，才能准确把握刘勰下面一段话而不致产生歧义：

> 故练于骨者，析辞必精；深乎风者，述情必显。捶字坚而难移，结响凝而不滞，此风骨之力也。若瘠义肥辞，繁杂失统，则无骨之征也；思不环周，索莫乏气，则无风之验也。①

① 刘勰：《文心雕龙·风骨》，戚良德：《文心雕龙校注通译》，第339页。

懂得怎样使文章有"骨"的作者,其作品必精练;知道怎样使文章含"风"的作者,其作品必晓畅。所谓"析辞必精""述情必显",亦是互文足义而合指整个文章写作。如果一指文辞、一指感情,那么所谓"捶字坚而难移,结响凝而不滞"的"风骨之力"又如何理解呢?语言精练而一字不易,文风畅达而不艰涩难懂,这便是"风骨"在作品中所起的作用。刘勰所谓"无骨之征",是"瘠义肥辞,繁杂失统",即内容贫乏、用词拖沓,文章杂乱而缺乏条理;既有内容上的问题,也有形式上的问题,决不仅仅是形式的问题。刘勰所谓"无风之验",是"思不环周,索莫乏气",即思路不清、内容枯燥,文章干瘪而缺乏生气;既有形式上的问题,也有内容上的问题,决不仅仅是内容的问题。

所以,无论"风""骨",还是"风骨",乃是对文章写作的总要求,决不是"风"指内容,"骨"指形式,或者相反。"风""骨"与内容、形式,完全是不同范畴的问题;如果说它们有关系,那么这个关系只能是,"风""骨"和"风骨"是对内容和形式相统一的文学作品的要求。刘勰说:"若丰藻克赡,风骨不飞,则振采失鲜,负声无力。"①如果只是辞藻丰富而没有"风骨",那么其文采、声韵也不可能鲜明而有力量。很显然,语言文辞与"风骨"原本就是两个范畴的问题。刘勰的下面一段话更明确地说明了这点:

> 夫翚翟备色,而翾翥百步,肌丰而力沉也;鹰隼无采,而翰飞戾天,骨劲而气猛也。文章才力,有似于此。若风

① 刘勰:《文心雕龙·风骨》,戚良德:《文心雕龙校注通译》,第338页。

> 骨乏采，则鸷集翰林；采乏风骨，则雉窜文囿。唯藻耀而高翔，固文笔之鸣凤也。①

山鸡有着色彩斑斓的羽毛，然而飞不过百步，因其肉多而力少也；老鹰没有华丽明艳的外表，却能一飞冲天，因其骨骼强壮而气力雄健也。刘勰以为，文章写作亦同此理。如果有“风骨”而缺乏文采，作品便如飞翔文坛的老鹰；假若只有文采而缺乏“风骨”，那就只能如山鸡在文坛上乱跑了。只有有“风”有“骨”的作品，才是“文场笔苑”②的凤凰而光彩照人。

二

那么，到底什么是所谓“风”“骨”，怎样的作品才算有“风骨”呢？

“风骨”之“风”，与儒家诗论所谓“风”是有一定联系的。《毛诗序》说：“风，风也，教也；风以动之，教以化之。”又说：“上以风化下，下以风刺上。”③这里的“风”，是由刮风之义引申而来的一种吹动、感化、教育、讽刺等作用。刘勰既继承了这方面的含义，又赋予了“风”以新的内容。他说：“《诗》总‘六义’，

① 刘勰：《文心雕龙·风骨》，戚良德：《文心雕龙校注通译》，第341页。

② 刘勰：《文心雕龙·总术》，戚良德：《文心雕龙校注通译》，第488页。

③ 张少康、卢永璘编选：《先秦两汉文论选》，人民文学出版社1996年版，第343、344页。

风冠其首;斯乃化感之本源,志气之符契也。"①《诗经》之"六义",是所谓风、赋、比、兴、雅、颂,"风冠其首"。谓"风"为"化感之本源",亦即教育、感化作用之根本,可以说正是本于《毛诗序》;而谓"风"为"志气之符契",亦即这种感化、教育作用同作者内心的情志、血气是一致的,这便是刘勰自己的解释了。这里体现了刘勰对文之本质的认识,同他的论文基本思想是完全一致的。《毛诗序》对《诗经》教化作用的强调着眼于政治目的,这种作用是外在的,是赤裸裸的所谓"诗教"。刘勰同样强调文章的教化作用,但要"原道心以敷章,研神理而设教"②,即要遵循"自然之道"的宗旨,应当是自然而然的而不是强加上去的。实际上,刘勰是要求从文自身的特征出发而"设教";所谓"志气之符契",便是强调文章的"风化"作用乃是同表现作者的"志气"相一致的,而不是外加上去的,不是为了"风化"而"风化"的。所以,《毛诗序》说"吟咏性情,以风其上"③,而刘勰说"怊怅述情,必始乎风"④,这是大不一样的。在《毛诗序》中,"吟咏情性"是为了"以风其上",所以这个"情性"其实是有严格限制的,要"发乎情,止乎礼义"⑤;而在刘勰这里,"风"乃"志气之符契",作者所表达的是"怊怅"深情,所以"情之含

---

① 刘勰:《文心雕龙·风骨》,戚良德:《文心雕龙校注通译》,第338页。

② 刘勰:《文心雕龙·原道》,戚良德:《文心雕龙校注通译》,第7页。

③ 张少康、卢永璘编选:《先秦两汉文论选》,第344页。

④ 刘勰:《文心雕龙·风骨》,戚良德:《文心雕龙校注通译》,第338页。

⑤ 张少康、卢永璘编选:《先秦两汉文论选》,第344页。

风,犹形之包气”①,“风”乃作家的血气和生命所在。这样,“风”之重点和中心问题,实际上不再是“风化”的问题,而是与作者之“气”密不可分了。

正因如此,刘勰特别提到《典论·论文》之“文以气为主”②的论断,并详细征引曹丕论“气”之语而证其“重气之旨”。其谓:

> 故魏文称:“文以气为主,气之清浊有体,不可力强而致。”故其论孔融,则云“体气高妙”;论徐干,则云“时有齐气”;论刘桢,则云“有逸气”。公干亦云:“孔氏卓卓,信含异气;笔墨之性,殆不可胜。”并重气之旨也。③

一些研究者对此颇为不解,有疑刘勰论“风骨”何以又探讨曹丕等人的“重气之旨”呢?其实,“文以气为主”之“气”,乃作家个性之所在、生命之所在,所谓“才力居中,肇自血气。气以实志,志以定言;吐纳英华,莫非情性”④,这个“气”是决定作者情性的根本因素;而“风骨”之“风”原本就是“志气之符契”,与“气”是密不可分的。所以,刘勰一则曰“意气骏爽,则文风

---

① 刘勰:《文心雕龙·风骨》,戚良德:《文心雕龙校注通译》,第338页。

② 曹丕:《典论·论文》,穆克宏、郭丹编著:《魏晋南北朝文论全编》,江苏教育出版社2004年版,第14页。

③ 刘勰:《文心雕龙·风骨》,戚良德:《文心雕龙校注通译》,第340页。

④ 刘勰:《文心雕龙·体性》,戚良德:《文心雕龙校注通译》,第332页。

清焉”，二则曰“深乎风者，述情必显”，三则曰“索莫乏气，则无风之验也”①，都说明“风”主要不是“风化”作用的问题，而是与作者之“气”密切相关，成为决定作品艺术个性的关键因素。因此，作品有“风”，乃是指作品能够充分表达作者的思想感情和突出鲜明的艺术个性，从而具有感人至深的艺术力量。

“风骨”之“骨”，歧义最为纷出，实际上其含义亦与其喻体之“骨”不可分割。“骨”是硬的、坚实的、有力的，所谓“骨劲而气猛也”②。文章之有“骨”，便是说文章挺拔、劲健而有力量，与萎靡、柔弱的文风是相对而言的。刘勰一则曰“辞之待骨，如体之树骸”，再则曰“结言端直，则文骨成焉”，三则曰“练于骨者，析辞必精”③，其含义应当说是十分清楚的，那就是文章之“骨”犹如人体之骨，有“骨”的文章精练、结实而富有力量。刘勰之所以要求文章要有“骨”，与《文心雕龙》的写作动机密切相关，亦与他对文之本质的认识不可分割，同样表现了其文论的基本观念。一方面，刘勰既充分肯定文之美的合理性、普遍性、必然性，甚至“文心雕龙”之所谓“文”首先就是“美”的同义语；另一方面，他又坚决反对“爱奇”“浮诡”“尚画”等“讹滥”④的文风。“文骨”之论，正是有此具体的针对性。所谓“若瘠义肥辞，繁杂失统，则无骨之征也”，所谓“捶字坚而难

---

① 刘勰：《文心雕龙·风骨》，戚良德：《文心雕龙校注通译》，第338、339页。

② 刘勰：《文心雕龙·风骨》，戚良德：《文心雕龙校注通译》，第341页。

③ 刘勰：《文心雕龙·风骨》，戚良德：《文心雕龙校注通译》，第338、339页。

④ 刘勰：《文心雕龙·序志》，戚良德：《文心雕龙校注通译》，第566页。

移,结响凝而不滞,此风骨之力也”①,“文骨”的要义就是精练而有力量,刘勰企图以此矫正文章写作中“将遂讹滥”②的文风。

其实,“风骨”可以分而言之,更应合而观之。“风”和“骨”的含义确是各有侧重,但“风骨”更是作为一个整体概念而成为《文心雕龙》之重要的美学范畴。刘勰之所以时而言“风”、时而称“骨”,时而以“风”与“情”相连、“骨”与“采”合说,时而把“风”与“辞”并提、“骨”与“义”同称,更常常“风骨”连用,以致使人大有不可捉摸之感,既是由于骈文格式的需要,常使文辞变幻而把文章作得花团锦簇,更是因为在刘勰的心目中,无论“风”“骨”还是“风骨”,其主旨原本是一致的,都是对文章写作的总要求。也就是说,细加甄别,“风”“骨”各有自己的含义和侧重点;泛泛而论,则“风”“骨”和“风骨”是可以相互代替的。可以说,“风骨”论实际上是将刘勰关于“文”的基本观念具体化了,具体化为一个可见的目标。刘勰说:“若能确乎正式,使文明以健,则风清骨峻,篇体光华。能研诸虑,何远之有哉?”③他就是要确立一个文章写作的“正式”,这就是作品要有“风骨”,也就是要“文明以健”,就是既要充分地表现作者的思想感情、突现作者的个性,又要使作品坚实而有骨气,从而产生激动人心的艺术力量,所谓“刚健既实,辉光

① 刘勰:《文心雕龙·风骨》,戚良德:《文心雕龙校注通译》,第339页。

② 刘勰:《文心雕龙·序志》,戚良德:《文心雕龙校注通译》,第566页。

③ 刘勰:《文心雕龙·风骨》,戚良德:《文心雕龙校注通译》,第342页。

乃新”①。

因此,“风骨”论可以说是刘勰的文章理想论,是刘勰提出的文章写作的一种美学理想,也是他对文章写作的总要求。刘勰的这种文章理想论既充分重视了“为艺术而艺术”的时代倾向,充分重视了作家艺术个性的张扬,又毫不含糊地批判了“习华随侈,流遁忘反”②的“讹滥”文风,所以它是文章写作的一个“正式”。这个“正式”是刘勰为文章的健康发展而开出的一个“药方”。

三

刘勰所确立的文章写作的这个“正式”,得到了中国历代文论家的一致赞同。略晚于《文心雕龙》的锺嵘《诗品》,便以“风骨”作为重要的审美标准衡量五言诗作。如评价曹植,谓其“骨气奇高,词采华茂”;评价刘桢,谓其“真骨凌霜,高风跨俗”;评价陶渊明,谓其“又协左思风力”。③ 这些所谓“骨气”“风力”等等,与刘勰所谓“风骨”的含义是相同的。初唐四杰之一的卢照邻说:“两班叙事,得丘明之风骨;二陆裁诗,含公

① 刘勰:《文心雕龙·风骨》,戚良德:《文心雕龙校注通译》,第338页。

② 刘勰:《文心雕龙·风骨》,戚良德:《文心雕龙校注通译》,第342页。

③ 锺嵘著,陈延杰注:《诗品注》,人民文学出版社1961年版,第20、21、41页。

干之奇伟。”[①]这里的“两班”指的是班固、班昭兄妹，“二陆”则是陆机、陆云兄弟。卢照邻认为，“两班”之叙事风格颇有左丘明之“风骨”，而“二陆”之诗则具刘桢的奇伟之风，可见“风骨”已成为初唐重要的理论术语。稍后的陈子昂更是举起“汉魏风骨”的旗帜，扫荡六朝以来的绮靡文风。其云：

> 文章道弊五百年矣。汉魏风骨，晋宋莫传，然而文献有可征者。仆尝暇时观齐梁间诗，彩丽竞繁，而兴寄都绝，每以咏叹。思古人常恐逶迤颓靡，风雅不作，以耿耿也。[②]

陈子昂以“风骨”为武器，批判齐梁时期“彩丽竞繁，而兴寄都绝”的文风，并希望以此振兴文章的“逶迤颓靡”之风，挽救“风雅不作”的文坛，则显然把“风骨”视为文章之“正道”，正是全面接受了刘勰的“风骨”论。

此后，“风骨”一词成为历代诗人和文论家最为常用的概念之一。如：

> 蓬莱文章建安骨，中间小谢又清发。[③]

---

① 卢照邻：《南阳公集序》，卢照邻著，李云逸校注：《卢照邻集校注》，中华书局1998年版，第313页。

② 陈子昂：《与东方左史虬修竹篇序》，周祖谟编选：《隋唐五代文论选》，人民文学出版社1990年版，第70页。

③ 李白：《宣州谢朓楼饯别校书叔云》，王琦注：《李太白全集》，中华书局1977年版，第861页。

东道有佳作，南朝无此人。性灵出万象，风骨超常伦。①

开元十五年后，声律、风骨始备矣。②

今陶生实谓兼之，既多兴象，复备风骨。③

昌龄以还，四百年内，曹、刘、陆、谢，风骨顿尽。④

先生今复生，斯文信难缺。下笔证兴亡，陈辞备风骨。⑤

黄初之后，惟阮籍《咏怀》之作，极为高古，有建安风骨。⑥

---

① 高适：《答侯少府》，孙钦善：《高适集校注》，上海古籍出版社1984年版，第190页。

② 殷璠：《河岳英灵集序》，元结、殷璠等选：《唐人选唐诗（十种）》，上海古籍出版社1978年版，第40页。

③ 殷璠：《河岳英灵集》，元结、殷璠等选：《唐人选唐诗（十种）》，第69页。

④ 殷璠：《河岳英灵集》，元结、殷璠等选：《唐人选唐诗（十种）》，第98页。

⑤ 孟郊：《读张碧集》，孟郊著，韩泉欣校注：《孟郊集校注》，浙江古籍出版社1995年版，第370页。

⑥ 严羽：《沧浪诗话·诗评》，郭绍虞校释：《沧浪诗话校释》，人民文学出版社1983年版，第155页。

《易水歌》仅十数言，而凄婉激烈；风骨、情景，种种具备。①

齐梁后，七言无复古意，独斛律金《敕勒歌》……大有汉魏风骨。②

江宁《长信词》《西宫曲》《青楼曲》《闺怨》《从军行》，皆优柔婉丽，意味无穷，风骨内含，精芒外隐，如清庙朱弦，一唱三叹。③

杨处道沉雄华赡，风骨甚遒。④

唐五言古诗凡数变，约而举之：夺魏晋之风骨，变梁陈之俳优，陈伯玉之力最大，曲江公继之，太白又继之。⑤

可以说，刘勰创造的“风骨”这一文论、美学范畴成为中国文学理论批评最富生命力的概念之一；中国文学史的发展证明，“风骨”论更是一剂“良药”，它为中国文学的发展作出了难以估量的贡献。

不仅诗文，而且中国古代其他艺术形式也特别讲究“风

① 胡应麟：《诗薮》，上海古籍出版社1979年版，第42页。

② 胡应麟：《诗薮》，第45页。

③ 胡应麟：《诗薮》，第117页。

④ 王士禛著，张宗柟纂集，夏闳校点：《带经堂诗话》，人民文学出版社1963年版，第93页。

⑤ 王士禛著，张宗柟纂集，夏闳校点：《带经堂诗话》，第93页。

骨”。稍晚于《文心雕龙》的谢赫《古画品录》评三国时期的画家曹不兴云:“不兴之迹,殆莫复传;唯秘阁之内,一龙而已。观其风骨,名岂虚成。”①谢赫以为,曹不兴所画之龙颇有“风骨”,名不虚传。这是以“风骨”评画的开始。唐代张怀瓘《画断》之佚文有云:“夫象人风骨,张亚于顾、陆也。”②这是对顾恺之、陆探微和张僧繇三家人物画的评论,认为张的人物画“风骨”不够完备。至于书法,对“风骨”的要求就更为普遍了。如张怀瓘《书议》说:“以风骨为体,以变化为用。”③便以“风骨”为书法艺术之主体和根本。唐代书法家徐浩在其《论书》一文中,更直接引用了刘勰论“风骨”之语:

> 夫鹰隼乏彩,而翰飞戾天,骨劲而气猛也。翚翟备色,而翱翔百步,肉丰而力沉也。若藻耀而高翔,书之凤凰矣。欧、虞为鹰隼,褚、薛为翚翟焉。④

令人遗憾的是,徐浩并未说明其所引用乃是刘勰之论,这是颇不公平的。再如宋高宗赵构《翰墨志》评价米芾之行草云:“以芾收六朝翰墨,副在笔端,故沉著痛快,如乘骏马,进退裕如,不烦鞭勒,无不当人意。然喜效其法者,不过得外貌,高视阔步,

---

① 谢赫:《古画品录》,沈子丞编:《历代论画名著汇编》,文物出版社1982年版,第18页。

② 张彦远:《历代名画记》,于安澜编:《画史丛书·历代名画记》,上海人民美术出版社1982年版,第77页。

③ 张怀瓘:《书议》,徐震堮等选编:《历代书法论文选》,上海书画出版社1979年版,第148页。

④ 徐浩:《论书》,徐震堮等选编:《历代书法论文选》,第276页。

气韵轩昂，殊不究其中本六朝妙处酝酿，风骨自然超逸也。”[①]他认为，米芾行草艺术的“妙处”，就在于“风骨自然超逸”；也就是所谓“沉著痛快”，其犹骑乘骏马而进退自如。这与刘勰“风骨”之意乃是一致的。又如清初书法家宋曹所谓“筋力老健，风骨洒落”[②]，清末书法家周星莲所谓“物象生动，自成一家风骨”“波折钩勒一气相生，风骨自然遒劲”[③]，等等，都视“风骨”为书法艺术的关键问题。

需要指出的是，历代文艺理论中谈“风骨”、用“风骨”者虽多，却基本不提刘勰的发明权。正因如此，不少研究者在论述历代种种“风骨”说时，也经常忘记了《文心雕龙》的“风骨”论。更有一些研究者认为，后世的这许多“风骨”与刘勰的“风骨”有着不同的含义。在笔者看来，历代文艺理论中的“风骨”论固然有其不同的时代背景和针对性，但其基本内涵皆不出《文心雕龙》所论，其基本精神与刘勰的要求是完全一致的。

---

① 赵构：《翰墨志》，徐震堮等选编：《历代书法论文选》，第368页。

② 宋曹：《书法约言》，徐震堮等选编：《历代书法论文选》，第570页。

③ 周星莲：《临池管见》，徐震堮等选编：《历代书法论文选》，第726、728页。

《文心雕龙》的“情采”论*

近世国学大师黄侃生前由北平文化学社于1927年所刊《文心雕龙札记》共二十篇，除《序志》一篇外，乃是从《神思》至《总术》的十九篇，即刘勰在《序志》中所说“剖情析采”①部分，也就是研究者通常所谓《文心雕龙》的创作论。后来中华书局于1962年所出《文心雕龙札记》的全璧共三十一篇，显然仍是以创作论为主体的。这说明从现代“龙学”的诞生之日起，《文心雕龙》之“剖情析采”的创作论，就受到研究者高度的注意和重视。一个世纪以来，“龙学”的主要内容也仍然集中于《文心雕龙》创作论的研究；其硕果累累、懿采鸿风，是自不待言的。但是，笔者也感到，从总体上把握《文心雕龙》创作论话语体系的工作还远未完成。

---

* 本文原载于《文心雕龙研究》第六辑，修订收录于作者文集《〈文心雕龙〉与中国文论》，中国书籍出版社2017年版，第162—172页。

① 刘勰：《文心雕龙·序志》，戚良德：《文心雕龙校注通译》，上海古籍出版社2008年版，第570页。

一

关于《文心雕龙》的创作论，有个基本的问题需要旧话重提，那就是创作论的“总纲”问题。所谓纲举目张，如果《文心雕龙》创作论真的存在一个“总纲”，那么准确抓住这个“总纲”，自然是有助于切实把握其理论中心和话语体系的。

王元化先生在其名著《文心雕龙创作论》中，首先提出了“《文心雕龙》创作论的总纲”说，其云：

> 《神思篇》是《文心雕龙》创作论的总纲，几乎统摄了创作论以下诸篇的各重要论点。前者埋伏了预示了后者，后者则进一步说明了发挥了前者。范文澜《文心雕龙注》曾经列表阐明《文心雕龙》以《神思篇》作为创作论总纲的体系，指出其间脉络联系，剖析极为分明，读者可以查考……①

范文澜先生确曾在其《文心雕龙注》的“神思”条目下列表展示《文心雕龙》“下篇二十篇”的“组织之靡密”②，因为《神思》乃创作论的第一篇，故范先生的列表自然首列“神思”，似

---

① 王元化：《释〈镕裁篇〉三准说》，《文心雕龙创作论》，上海古籍出版社1979年版，第191页。

② 范文澜注：《文心雕龙注》，人民文学出版社1958年版，第495—496页。范先生所谓“下篇二十篇”，指自《神思》至《总术》的十九篇，加《物色》一篇。

有统领以下诸篇之意，但是否“列表阐明《文心雕龙》以《神思篇》作为创作论总纲的体系”，应该说并不明确。至于范注在“情数诡杂，体变迁贸”条下注云：“隐示下篇将论体性。《文心》各篇前后相衔，必于前篇之末，预告后篇所将论者，特为发凡于此。”①这也并不表示《神思》篇即统摄以下诸篇。因此，所谓“《神思篇》是《文心雕龙》创作论的总纲”，这应该是王元化先生的发明。

此后，研究者几乎公认《神思》篇为《文心雕龙》创作论的“总纲”。之所以如此，除了因为艺术构思在创作中的重要作用外，主要是根据刘勰在本篇所谓“驭文之首术，谋篇之大端”②的说明。其实，笔者觉得，这两句话不过是说明“神思”乃是创作过程之始，并不表明《神思》一篇乃是创作论的“总纲”。除此之外，王元化先生还曾“列表来详细说明”《神思》一篇与创作论各篇的关系，从中可以看到，《物色》《养气》《事类》《体性》《比兴》《总术》《情采》各篇均与《神思》有对应关系。③ 可以发现，王先生所谓“《文心雕龙》创作论八说”，主要出自这些篇，王先生经常提到的《文心雕龙》的篇目也正是这些篇。但实际上，其与《神思》对应的这七篇，只是通常所谓创作论十九篇的一小部分，且《物色》并不属于创作论的十九篇（至少刘勰

---

① 范文澜注：《文心雕龙注》，第504页。

② 刘勰：《文心雕龙·神思》，戚良德：《文心雕龙校注通译》，第322页。

③ 参见王元化：《释〈镕裁篇〉三准说》，《文心雕龙创作论》，第191—192页。

自己没有安排进去)。[①] 因此,这样的对应固然可以说明《神思》与创作论一些篇章的联系,从而证明"神思"论的重要性,但还不足以说明《神思》就是创作论的"总纲"。在笔者看来,创作论的理论体系可以说是《文心雕龙》理论体系的主要内容,而其"总纲"应当是体现其核心观点的篇章;作为主要研究艺术构思问题的《神思》篇,尽管十分重要,但还不能承担所谓"总纲"之任。笔者以为,《文心雕龙》创作论的"总纲"不是《神思》篇,而是《情采》篇。

刘勰以"剖情析采"概括《文心雕龙》的创作论,正表明他对文章写作基本问题的认识。《镕裁》有云:"万趣会文,不离辞情。"[②]《定势》则说:"绘事图色,文辞尽情。"[③]文体的种类繁多自不必说,文章的旨趣更是千变万化,然而只要是"文",就离不开"情"和"辞"两方面;绘画应当讲究设色布彩,而文章就必须充分表现感情。这就是刘勰关于"文"或"文章"的基本观念,正因如此,他把创作论的全部问题概括为"剖情析采"。也就是说,创作论所要研究的问题固然很多,但不出"情"和"辞"的范围。所以,《情采》篇既是集中探讨情、采问题的专论,更体现出刘勰对文章写作基本问题的认识,可以视为《文心雕龙》之创作论的"总纲"。

---

① 从范文澜先生开始,不少研究者都把《物色》篇纳入创作论之中,笔者亦曾有这样的观点和论述。但这是不符合刘勰自己的理论安排的。参见本书《刘咸炘的〈文心雕龙阐说〉》第五部分及相关注释。

② 刘勰:《文心雕龙·镕裁》,戚良德:《文心雕龙校注通译》,第378页。

③ 刘勰:《文心雕龙·定势》,戚良德:《文心雕龙校注通译》,第357页。

长期以来，之所以忽视《情采》篇作为《文心雕龙》之创作论"总纲"的地位，盖因多数研究者以为本篇所论乃作品之内容与形式的关系。"情采"之"情"属于内容的范畴，"情采"之"采"属于形式的范畴，刘勰本篇所论也确实涉及了二者之关系，因而很容易让人得出本篇乃论述内容与形式之关系的结论。但实际上，《文心雕龙》重在"言为文之用心"①，即如《原道》这样充满哲学色彩的篇章，也仍然立足于"文"的历史和现实而探讨其本质；至于现代文艺理论中所谓内容与形式之关系这种一般的理论问题，刘勰大概是没有兴趣在创作论中作一专论的。作为创作论的"总纲"，《情采》一篇乃是刘勰对文章基本特征的把握，体现了刘勰对文章写作基本问题的认识。

二

《情采》开篇而谓："圣贤书辞，总称'文章'，非采而何？"②这突兀的发问就表明刘勰决非泛泛而论内容与形式之关系。《论语·公冶长》有："子贡曰：'夫子之文章，可得而闻也。'"③以此而论"圣贤书辞，总称'文章'"，都是因为具有文采，颇有强词夺理的意味，显然重在表明刘勰自己的观点，那就是所谓

① 刘勰：《文心雕龙·序志》，戚良德：《文心雕龙校注通译》，第564页。

② 刘勰：《文心雕龙·情采》，戚良德：《文心雕龙校注通译》，第365页。

③ 《论语·公冶长》，杨伯峻译注：《论语译注》，中华书局1980年版，第46页。

"文章"便意味着文采,也就是意味着美。"非采而何"的有力反问,实际上肯定了魏晋南北朝所谓"为艺术而艺术"之倾向的合理性和必然性,也表明了刘勰对"文"之基本特点的认识。同时,从行文来说,则是刘勰经常运用的欲擒故纵的论述方式。文采之于文章的重要性是毫无疑问的,关键是重要到什么程度?"为艺术而艺术"的倾向当然有其合理性和必然性,但刘勰既以文章"离本弥甚,将遂讹滥"①而欲"极正归本"②,那就必须指出其所存在的弊端。所有这些,都要听刘勰慢慢道来了。

他说:"夫水性虚而沦漪结,木体实而花萼振:文附质也。虎豹无文,则鞟同犬羊;犀兕有皮,而色资丹漆:质待文也。"这番形象而生动的比喻,确是正确地说明了内容与形式的相互关系;但这只是铺垫,刘勰真正要说明的问题还在下文:"若乃综述性灵,敷写器象;镂心鸟迹之中,织辞鱼网之上:其为彪炳,缛采名矣。"③也就是说,没有华美的文采,"文章"也就不存在了,正是"非采而何"!这样,刘勰在一般的文质关系的基础上,突出文采之于文章的重要性,既表明他对文章自身特点的充分注意,更表现出他对所谓"为艺术而艺术"之时代倾向的特别重视。

既然文采之于文章如此重要,那么要认识文章的特点,就

---

① 刘勰:《文心雕龙·序志》,戚良德:《文心雕龙校注通译》,第566页。

② 刘勰:《文心雕龙·宗经》,戚良德:《文心雕龙校注通译》,第28页。

③ 刘勰:《文心雕龙·情采》,戚良德:《文心雕龙校注通译》,第365页。

必须对其作进一步的分析。所以刘勰接着说:"故立文之道,其理有三:一曰形文,五色是也;二曰声文,五音是也;三曰情文,五性是也。五色杂而成黼黻,五音比而成《韶》《夏》,五性发而为辞章,神理之数也。"[①]然则,这里的"立文之道"也就并非一般的文章写作之道,而是特指文采成立之道,是说文采有种种不同。有"形文",这是绘画的文采;有"声文",这是音乐的文采;有"情文",这才是文章的文采。这些"文"指的都是文采,也就是美。与绘画和音乐相比较,文章写作之文采的特点在于它是"情文",是人的感情的载体,所谓"五性发而为辞章"。实际上,以现代文艺理论的观点看,不仅文学创作是"情文",绘画、音乐也同样是"情文"。但在文学艺术发展的早期,绘画和音乐首先以其突出的色彩美和声音美而吸引了人们的注意力;与之相比,文章写作之表现人的感情确是更显突出。不过,更重要的是,刘勰的着眼点在于说明文章之"文"的特点,那就是表情之文。这样,刘勰虽一再强调"采"的重要,但这个"采"却并非仅仅是艺术的形式问题,而是离不开作者之性情且以感情为根本的。正因如此,刘勰强调"文质附乎性情",也就是文采("文质"是复词偏义)是以性情为依托的;而反对"华实过乎淫侈"[②],也就是华丽("华实"亦是复词偏义)过分而至于泛滥。从而,文采在文章写作中的地位便明确了:

夫铅黛所以饰容,而盼倩生于淑姿;文采所以饰言,而

---

① 刘勰:《文心雕龙·情采》,戚良德:《文心雕龙校注通译》,第365页。

② 刘勰:《文心雕龙·情采》,戚良德:《文心雕龙校注通译》,第366页。

> 辩丽本于情性。故情者，文之经；辞者，理之纬。经正而后纬成，理定而后辞畅：此立文之本源也。①

这种所谓"立文之本源"，既是文采运用的根本原理，也是文章写作之根本原理。

显然，作为创作论之"总纲"的《情采》篇有着鲜明的现实针对性。刘勰以欲擒故纵的笔法，首先肯定文采之于文章写作的重要性，然后讲出一番文采离不开性情的毋庸置疑的道理，实际上便表明了这样一种观念：文章以表现作家的思想感情为根本，文采的运用是为了更好地表达感情。可以说，这是一种"情本"论的文学观。如此，刘勰的"情采"论便又回到了其"论文"的出发点，那就是批判不良文风，使文章写作步入正确的坦途。当然，这种批判自然是从"情采"论的角度着眼的。他说：

> 昔诗人什篇，为情而造文；辞人赋颂，为文而造情。何以明其然？盖《风》《雅》之兴，志思蓄愤，而吟咏情性，以讽其上：此为情而造文也。诸子之徒，心非郁陶，苟驰夸饰，鬻声钓世：此为文而造情也。故为情者要约而写真，为文者淫丽而烦滥。而后之作者，采滥忽真，远弃《风》《雅》，近师辞赋；故体情之制日疏，逐文之篇愈盛。故有志深轩冕，而泛咏皋壤；心缠几务，而虚述人外。真宰弗存，翩其反矣。夫桃李不言而成蹊，有实存也；男子树兰而

① 刘勰：《文心雕龙·情采》，戚良德：《文心雕龙校注通译》，第367页。

> 不芳，无其情也。夫以草木之微，依情待实；况乎文章，述志为本！言与志反，文岂足征？①

一部《文心雕龙》，刘勰从不同的角度，屡次批判文章写作中的不良风气，可以说皆各有其理，而从“情采”角度的这种分析和批判则最具说服力和感染力。之所以如此，乃是因为刘勰抓住了文章写作的根本问题，准确地把握了文章表现思想感情的特征，从而立论坚实有力、击中要害而一针见血。在这里，刘勰也毫不含糊地再次表明了他的“情本”论的文学观。《情采》篇之作为《文心雕龙》创作论的“总纲”，应当说是名副其实的。

在对文章特征予以正确把握的基础上，刘勰指出了文章写作的正确道路：

> 夫能设模以位理，拟地以置心；心定而后结音，理正而后摛藻。使文不灭质，博不溺心；正采耀乎朱蓝，间色屏于红紫：乃可谓雕琢其章，彬彬君子矣。②

“设模”也就是设定一个模式。《定势》说：“模经为式者，自入典雅之懿；效骚命篇者，必归艳逸之华。”③所以这个所谓“模式”，也就是由文体之不同而形成的不同的风格倾向。“设模”

① 刘勰：《文心雕龙·情采》，戚良德：《文心雕龙校注通译》，第368—369页。

② 刘勰：《文心雕龙·情采》，戚良德：《文心雕龙校注通译》，第369—370页。

③ 刘勰：《文心雕龙·定势》，戚良德：《文心雕龙校注通译》，第356页。

“拟地”二句互文足义，是说作者首先要把握住自己所用文体的风格倾向，并以此为基础，安排作品的内容，也就是作者所要表现的思想感情应与文体的风格要求相一致。如《明诗》所谓：“四言正体，则雅润为本；五言流调，则清丽居宗。”[①]这里的“清丽”和“雅润”便各为四言诗和五言诗的文体风格倾向。如果作者要表现一种典雅而润泽之情，那么就可以选择四言诗体，以此作为自己创作的基础，这就是所谓“设模以位理，拟地以置心”。只有在此基础上，才能考虑如何以丰富的文采表达自己的思想感情，也就是“心定而后结音，理正而后摛藻”。最终则要体现“情采”论的基本思想，那就是形式华美而不掩盖作品的内容，文采丰富而更能充分表现作者的思想感情，所谓“文不灭质，博不溺心”，文采与感情互为生发、相得益彰，从而达到文质彬彬、情采芬芳的理想境界。可以说，《文心雕龙》的创作论正是围绕这一中心而展开论述的；创作论的全部问题，都是为了实现这一文章写作的最高日标。

三

刘勰在《序志》篇中对创作论部分的概括虽然相当简略，但却不是随便的。“剖情析采”乃指明了创作论的“总纲”，而“摛神、性，图风、势，苞会、通，阅声、字”等“笼圈条贯”[②]的四

---

① 刘勰：《文心雕龙·明诗》，戚良德：《文心雕龙校注通译》，第63页。

② 刘勰：《文心雕龙·序志》，戚良德：《文心雕龙校注通译》，第570页。

个方面，则可以说基本上描绘了创作论的体系。这一体系当然是在“总纲”指导下的体系，必然贯彻“总纲”的精神；也就是说，“摛神、性”等对文章写作各个方面的考察，无不贯彻“情采”论的基本精神，那就是：以情为本，文辞尽情。整个《文心雕龙》的创作论，正是以感情之表现为根本和中心，对感情之产生、感情表现的原则以及感情表现的种种方法等问题进行全面、系统的阐述，从而构成一个“以情为本，文辞尽情”的“情本”论的创作论体系。下面试对这一体系作一简要描述。

文学创作从感情的产生开始。作者之情不是凭空产生的，而是受到外物的感召，如《明诗》所说，“人禀七情，应物斯感；感物吟志，莫非自然”①，这是文章写作的规律。《文心雕龙》的创作论以《神思》开篇，正是要总结这一规律。艺术构思乃文章写作之始，所谓“驭文之首术，谋篇之大端”②，这是《神思》列创作论之首的直接原因。但就艺术构思本身而言，其基本问题又是什么呢？这可能就是言人人殊的问题了。刘勰以为，“思理为妙，神与物游”③，这才是《神思》为创作论之始的根本原因。作者艺术构思的突出特点，在于作家之精神与客观之物象一起活动。实际上，之所以能够“神与物游”，乃是因为作家之“神”与自然之“物”产生了共鸣，也就是外界景物引发了作者的思想感情；所谓“神居胸臆，而志气统其关键”，没有作者

① 刘勰：《文心雕龙·明诗》，戚良德：《文心雕龙校注通译》，第55页。

② 刘勰：《文心雕龙·神思》，戚良德：《文心雕龙校注通译》，第322页。

③ 刘勰：《文心雕龙·神思》，戚良德：《文心雕龙校注通译》，第321页。

思想感情的激动,是不可能"神与物游"的,所谓"关键将塞,则神有遁心"。所以,艺术构思的过程必然是"登山则情满于山,观海则意溢于海;我才之多少,将与风云而并驱矣"。[①] 这样,作为创作过程之始的艺术构思,就贯穿了作者充沛的感情。

作为"情本"论的另一个重要内容,是所谓"文辞尽情",也就是语言文采的运用,是为了充分表现作者的思想感情。实际上,"情"固然为"本",但只有表现为语言文辞,才能形成文章,所以"情"和"辞"是难以分开的。这一"文辞尽情"的过程,从艺术构思阶段就开始了。《神思》说"物沿耳目,而辞令管其枢机",也就是外界景物诉诸人的感官,并引起人的感情,而最终要靠语言描绘出来,所谓"枢机方通,则物无隐貌"。但"枢机"之"通"并不是那么容易的,所谓"方其搦翰,气倍辞前;暨乎篇成,半折心始"[②],那么"文辞"如何"尽情",就是一个关乎文章写作成败的至关重要的问题。这就是刘勰要在创作论中以相当人的篇幅论述语言运用的种种技巧问题的原因。

《神思》之后的《体性》是所谓艺术风格论,刘勰的研究仍然是从感情的表现入手的。他说:"夫情动而言形,理发而文见;盖沿隐以至显,因内而符外者也。然才有庸俊,气有刚柔,学有浅深,习有雅郑:并情性所铄,陶染所凝,是以笔区云谲,文苑波诡者矣。"所以,艺术风格问题归根结底还是感情的表现问题,不同的感情表现是形成不同艺术风格的关键。刘勰也正是这样说的:"故辞理庸俊,莫能翻其才;风趣刚柔,宁或改其

---

① 刘勰:《文心雕龙·神思》,戚良德:《文心雕龙校注通译》,第321、323页。

② 刘勰:《文心雕龙·神思》,戚良德:《文心雕龙校注通译》,第321、323页。

气;事义浅深,未闻乖其学;体式雅郑,鲜有反其习:各师成心,其异如面。"[①]不同的作者各按自己的本性来创作,其作品的风格也就犹如各人的面孔,彼此互异。因此,无论艺术风格如何繁花似锦,只要从"情动而言形,理发而文见"的根本入手,则就可以看得清清楚楚而找到其中的规律。刘勰一方面说"笔区云谲,文苑波诡",另一方面却又把艺术风格归结为区区八种类型,所谓"若总其归涂,则数穷八体"[②],正因其抓住了文章写作的根本问题。

《体性》之后是《风骨》篇。关于《风骨》的主旨,研究者有不同的看法,但"风骨"乃是刘勰对文章的某种规定和要求,则可以说是已有的共识。这种规定和要求,其对象实质上是文章所表现的感情。刘勰说:"是以怊怅述情,必始乎风;沉吟铺辞,莫先于骨。"[③]所以,所谓"风骨",乃是对作品思想感情的一种规定和要求,它要求作品应当具有感人至深的艺术力量。所谓"情与气偕,辞共体并;文明以健,圭璋乃聘"[④],作者的感情决定了作品的风格倾向,也从根本上决定着语言文辞的面貌;而真正为人们所喜爱、为时代所需要的作品,应当具有"风骨"的力量。这样,刘勰就赋予了"风骨"规范感情的作用和意义。这就表明,文章写作以情为本固然毋庸置疑,但人的思想感情

---

① 刘勰:《文心雕龙·体性》,戚良德:《文心雕龙校注通译》,第330页。

② 刘勰:《文心雕龙·体性》,戚良德:《文心雕龙校注通译》,第331页。

③ 刘勰:《文心雕龙·风骨》,戚良德:《文心雕龙校注通译》,第338页。

④ 刘勰:《文心雕龙·风骨》,戚良德:《文心雕龙校注通译》,第343页。

纷纭复杂,所谓"人禀七情";作品思想感情的表现就不应任性而为、随意所之,而是应当有所规范、有所制约。质言之,就是要有自己的艺术理想和追求。所以,"风骨"论乃是刘勰从"情本"论出发的文章理想论。这一文章理想论,既建立在"情本"论的基础之上,同时,又使得刘勰的"情本"论得以深化和发展,从而具有了更为丰富而深厚的内容。

《风骨》之后的《通变》,其主旨所在也是一个颇有争论的问题。但刘勰在本篇的"赞"词是观点明确而无可争辩的,那就是"文律运周,日新其业;变则其久,通则不乏。"[①]这种着眼"日新其业"的"通变"观,可以说是刘勰的卓见之一;而在此基础上提出的具体的"通变之术",则更为重要,那就是:"凭情以会通,负气以适变;采如宛虹之奋鬐,光若长离之振翼,乃颖脱之文矣。"[②]刘勰强调,必须根据自己的情志对古人的作品进行融会贯通,更要从作者的个性出发进行不断的创新。所谓"凭情以会通,负气以适变",正是"情本"论在"通变"观中的贯彻;而所谓"采如宛虹之奋鬐,光若长离之振翼",既说明"以情为本"的原则与"文辞尽情"密不可分,同时也表示,只有贯彻以情为本,才算真正领会了"通变"之要义。

《通变》之后是《定势》篇,要求文章的写作必须遵循文体的特点和规范。文体的风格特点相对而言应是较为客观的,但刘勰却恰恰从作者的主观之情说起:"夫情致异区,文变殊术,

---

① 刘勰:《文心雕龙·通变》,戚良德:《文心雕龙校注通译》,第352页。

② 刘勰:《文心雕龙·通变》,戚良德:《文心雕龙校注通译》,第351页。

莫不因情立体,即体成势也。”[①]这样,刘勰对文体风格特点的研究就不再是泛泛而谈,而是着眼作家具体创作过程的生动活泼的文体风格论了。《文心雕龙》具有高屋建瓴的理论气魄,却又决非干巴巴的“文艺学概论”,而是具有充分实践品格的活生生的理论著作;尤其是它的创作论,理论上的“深得文理”[②]自不必说,其深入创作过程的实践精神更是有目共睹。而之所以如此,除了刘勰深谙文章写作之理,一个重要的原因就是其“情本”论的文学观在创作论中的贯彻。即如《定势》这样看似纯粹的理论问题,一旦纳入其“情本”论的体系之中,便立刻具有了源头活水而摇曳多姿。所谓“绘事图色,文辞尽情”[③]的著名论断,正是在本篇提出的。

上述诸篇,刘勰从感情之产生,谈到文章风格的形成,以至感情表现的原则,等等,对文章写作中一些重大的理论问题进行了探索;这种探索既立足于“以情为本”的根本主张,又时刻注意“文辞尽情”的问题,从而使得这些论述既有相当的理论深度,又具有充分的实践品格。正是在此基础上,刘勰以《情采》篇进行归纳和总结,提出了创作论的“总纲”。《情采》之后,刘勰进入如何表现感情问题的技术探索,也就是专门研究“文辞”如何“尽情”的问题。

《镕裁》篇是这一研究的开始。本篇开宗明义而谓:“情理设位,文采行乎其中。”这一过程千变万化,乃是相当复杂的。

---

① 刘勰:《文心雕龙·定势》,戚良德:《文心雕龙校注通译》,第356页。

② 《梁书》卷五十《刘勰传》,中华书局1973年版,第712页。

③ 刘勰:《文心雕龙·定势》,戚良德:《文心雕龙校注通译》,第357页。

刘勰说:“刚柔以立本,变通以趋时。立本有体,意或偏长;趋时无方,辞或繁杂。蹊要所司,职在镕裁:檃括情理,矫揉文采也。”[①]他认为,首先要确立或刚或柔的作品风格基调,同时要注意适应时代的发展而进行创新。作品的风格基调虽然一定,但有时会因意绪纷纭而有所偏离;适应时代的发展进行创新是没有一定之规的,所以文辞的运用就可能繁多而杂乱。凡此种种,刘勰以为,其关键所在,就是要作好规范和剪裁的工作了,即规范作者的思想感情表达,矫正、推敲文采的运用。因此,《镕裁》篇既承接上述诸篇所论,又自然过渡到具体写作方法的探讨;可以看出,《文心雕龙》创作论的体系乃是相当精密的。

从《声律》到《练字》的七篇,一般认为就是《序志》所谓“阅声字”;但实际上,《练字》之后的《隐秀》《指瑕》和《养气》三篇,也主要是对感情表现技巧问题的探究。所谓“阅声字”,只是一个大致的说明。所以,刘勰实际上用了十余篇的篇幅来论述“文辞”如何“尽情”,可谓煞费苦心了。《序志》所谓“文心者,言为文之用心也”[②],确非虚言。

就创作论的理论体系而言,值得注意的是,刘勰对这些形式技巧的探索,并没有忘记“以情为本”的指导思想。如论“声律”,其云:“夫音律所始,本于人声者也。声含宫商,肇自血气,先王因之,以制乐歌。故知器写人声,声非学器者也。故言

---

① 刘勰:《文心雕龙·镕裁》,戚良德:《文心雕龙校注通译》,第374页。

② 刘勰:《文心雕龙·序志》,戚良德:《文心雕龙校注通译》,第564页。

语者,文章神明枢机;吐纳律吕,唇吻而已。”①音律的产生离不开人,人的声音本就具有“五音”,所以先王创制乐歌,不过是本于人声而已。刘勰以此而谓,乐器应当表现人的声音,而不是相反;语言文辞之所以成为文章的关键,乃因其以表现人的内心世界为根本,所谓“声萌我心”,所谓“内听之难,声与心纷”②,“声”与“心”是密不可分的。因此,文章写作之讲究“声律”,其根本问题是为了表情的需要而使语言韵律协调,所谓“吹律胸臆,调钟唇吻”。刘勰的这种声律论,一方面肯定了“声律”之于写作的重要意义,所谓“音以律文,其可忽哉”③;另一方面又贯彻了其“以情为本”的基本文学观,其实质乃是如何更好地以“声律”而“尽情”的问题。

又如论“丽辞”,刘勰说:“造化赋形,支体必双;神理为用,事不孤立。夫心生文辞,运裁百虑,高下相须,自然成对。”④他以为,大自然赋予万物的形体,本来就是成双成对的,所以“事不孤立”乃是自然而必然的。这样,作品中“丽辞”的运用,也就不再是可有可无的形式技巧问题,而是顺应人的思想感情表现的必然要求,所谓“心生文辞”而“自然成对”;同时,这种“自然”的要求又显然避免了刻意的人工雕琢,从而使对偶这种艺

① 刘勰:《文心雕龙·声律》,戚良德:《文心雕龙校注通译》,第382页。

② 刘勰:《文心雕龙·声律》,戚良德:《文心雕龙校注通译》,第382、383页。

③ 刘勰:《文心雕龙·声律》,戚良德:《文心雕龙校注通译》,第388页。

④ 刘勰:《文心雕龙·丽辞》,戚良德:《文心雕龙校注通译》,第401页。

术表现手法完全服从于“以情为本”的基本观念。其他如论文章中典故运用及文辞征引的《事类》篇、探讨写作中如何运用文字的《练字》篇等，刘勰亦无不贯彻其“以情为本”的主张；也就是说，无论事类的运用还是文字的锤炼，都是为了充分表现作者的思想感情。

在对各种艺术表现手法的运用进行了详细探索以后，刘勰以《附会》篇加以总结，所谓“总文理，统首尾，定与夺，合涯际，弥纶一篇，使杂而不越者也”。在这一“附辞会义”的“弥纶一篇”的过程中，作者所应遵循的原则是：“必以情志为神明，事义为骨鲠，辞采为肌肤，宫商为声气。”①文章犹如人体，作品中的情志就像人的神经中枢，作品中的事理就像人的躯干，文章的辞采就像人的肌肤，文章的音韵就像人的声音。所以，一方面，种种艺术技巧的讲究乃是必需的，是不可或缺的，是作为整体文章的有机组成部分，就像人体不能缺少了“肌肤”和“声气”一样；另一方面，艺术技巧的运用又必须围绕情志的表现这一中心，“文辞”是为了“尽情”，就像人体的每个部分都接受神经中枢的指挥一样。《附会》之后的《总术》篇，既是整个创作论的总结，又放眼文体论和创作论的关系，从总体上对“论文叙笔”和“剖情析采”两个部分加以贯通。

从《神思》至《总术》，从作者感情之产生到一篇文章之完成，刘勰深入具体的创作实践，全程描绘了文章产生的过程，从而也完成了创作论话语体系的建构。这一“以情为本，文辞尽

---

① 刘勰：《文心雕龙·附会》，戚良德：《文心雕龙校注通译》，第474页。

情"的"情本"论的创作论话语体系,既立足于穷搜"文场笔苑"[①]的文体论,具有深刻的实践品格,又着眼时代人文发展的历史事实,提出自己重要的理论主张,从而不仅在当时具有极强的现实针对性和指导意义,而且成为此后中国古代文学创作论的基本话语。在一定意义上可以说,刘勰之后中国文学创作的理论,尤其是传统的诗文创作理论,乃是《文心雕龙》创作论话语体系的运用和展开。

① 刘勰:《文心雕龙·总术》,戚良德:《文心雕龙校注通译》,第488页。

百年「龙学」探究

刘咸炘的《文心雕龙阐说》*

清末民初是一个国学奇才辈出的时代，而说到一生蛰居巴蜀、足不出川的刘咸炘（1896—1932，字鉴泉，别号宥斋），知者无不以国学天才称之。其非同寻常的早慧和博学固然令人惊讶，其著述之丰赡则尤令人目瞪口呆。面对皇皇二十巨册、八百万言的《推十书》，你很难相信它的作者是一个仅仅度过36春的生命。“高山仰止，景行行止”①，在一个永远年轻的国学巨人面前，我们真正明白了什么是天纵之才。与其交往甚笃的著名史学家蒙文通先生曾谓其《双流足征录》一书云：“事丰旨远，数百年来，一人而已。”又引其《蜀诵·序》之语而谓：“斯宥斋识已骎骎度骅骝前矣，是固一代之雄乎！”②一些研究者干脆把蒙先生所谓“一代之雄”“数百年来，一人而已”之语作为对刘咸炘其人的全面评价，应该说，这也是并不为过的。诚如庞

---

* 本文原载于《徐州工程学院学报》2017年第5期，修订收录于作者文集《〈文心雕龙〉与中国文论》，中国书籍出版社2017年版，第173—192页。

① 《诗经·小雅·车舝》，程俊英、蒋见元：《诗经注析》，中华书局1991年版，第692页。

② 蒙文通：《华西大学图书馆四川方志目录序》，《蒙文通文集》第四卷，巴蜀书社1998年版，第108页。

朴先生所言:“其文知言论世,明统知类……为中国近代思想史上不可多见的学术珍品,值得仔细玩味。”[①]但由于刘咸炘一生学隐巴蜀,足未出川,且英年早逝,因此其《文心雕龙阐说》一书被尘封近百年而未得与世谋面。在学界已出版的数种《文心雕龙》研究史著作中,刘咸炘及其《文心雕龙阐说》均只字未提;在笔者寓目的数百种“龙学”著作和数千篇“龙学”论文中,亦未见其踪影,这不能不说是极大的遗憾。特别是当笔者认真读完这部出自二十一岁年轻人之手的“龙学”著作之时,才真正体会到了龚自珍所说的“虽然大器晚年成,卓荦全凭弱冠争”[②]的含义。可以说,作为近现代“龙学”的开山之作,《文心雕龙阐说》一书的意义堪与黄侃《文心雕龙札记》比肩,理应在“龙学”史上占有一席之地。

一、刘咸炘《文心雕龙阐说》的历史地位

据刘咸炘先生自题,《文心雕龙阐说》始作于“丁巳三月十八日”,并于“庚申七月删定续记”[③]。那么,这部书的主体部分始作并完成于 1917 年,时作者二十一岁;其“续记”部分完成于 1920 年。显然,这部著作在“龙学”史上的意义,首先在于

---

① 庞朴:《一分为二,二合为三——浅介刘咸炘的哲学方法论》,《国学研究》第 11 卷,北京大学出版社 2003 年版,第 123 页。

② 龚自珍:《己亥杂诗》,刘逸生注:《龚自珍己亥杂诗注》,中华书局 1980 年版,第 363 页。

③ 刘咸炘:《文心雕龙阐说》,《推十书》(增补全本,戊辑),上海科学技术文献出版社 2009 年版,第 949 页。

它的写作时间,它是近现代“龙学”初创时期的一部难得之作,这只要与黄侃先生《文心雕龙札记》的诞生作一简单比较便清楚了。

黄念田先生在《文心雕龙札记·后记》中说:

> 先君以公元1914年至1919年间任教于北京大学,用《文心雕龙》等书课及门诸子,所为《札记》三十一篇,即成于是时。1919年后,还教武昌高等师范学校凡七载,复将《札记》印作讲章。1935年秋,先君逝于南京,前中央大学所办《文艺丛刊》拟出纪念专号,乃检箧中所藏武昌高等师范所印讲章,录出《原道》以下十一篇畀之。《神思》以下二十篇,则先君1927年居北京时,已付北京文化学社刊印。①

黄先生这段话中,至少有三点值得我们注意:其一,《札记》之内容作于1914—1919年,而最早出版于1927年(其中二十篇)。其二,《札记》之作缘于教学,乃由讲义发展而来。正是据此,已故著名“龙学”家牟世金先生指出:“把《文心雕龙》作为一门学科搬上大学讲坛,这是有史以来的第一次……这说明从黄侃开始,《文心雕龙》研究就是一门独立的学科:龙学。”②其三,《札记》的主体部分是对《文心雕龙》创作论部分的阐说。由北平文化学社于1927年所刊《文心雕龙札记》共二十篇,除

---

① 黄念田:《文心雕龙札记·后记》,黄侃:《文心雕龙札记》,中华书局1962年版,第235页。

② 牟世金:《“龙学”七十年概观》,《雕龙后集》,山东大学出版社1993年版,第3页。

《序志》一篇外，乃是从《神思》至《总术》的十九篇，即刘勰在《序志》中所说“剖情析采”部分，也就是研究者通常所谓《文心雕龙》的创作论。后来中华书局于 1962 年所出《文心雕龙札记》的全璧共三十一篇，除上述二十篇外，增加了“文之枢纽”（总论）部分的五篇，以及“论文叙笔”（文体论）部分的六篇（《明诗》《乐府》《诠赋》《颂赞》《议对》《书记》）。

不难看出，刘咸炘《文心雕龙阐说》的写作时间恰与黄侃《文心雕龙札记》的形成时间相当，但他是专门著述，非为课堂而作；尤为重要的是，他几乎对《文心雕龙》全部五十篇逐一进行了阐说（只有《奏启》一篇未单独列出，但在对相邻之《章表》篇的阐说中已兼及）。因此，我们可以说刘咸炘之《文心雕龙阐说》不仅与黄侃《文心雕龙札记》同为近现代“龙学”的开山之作，而且也是《文心雕龙》诞生以来第一次对其进行全面阐释的理论专著。这么说并非动摇黄侃《文心雕龙札记》之于“龙学”的开创之功，更不是说在内容上刘氏之作已经全面超越黄氏之作。实际上，从总体上来说，刘氏之书的规模要小一些，且黄氏之作对《文心雕龙》的许多阐发及其理论深度，是刘氏之书所不能比拟的，因此《文心雕龙札记》作为“龙学”名著的地位是不可动摇的。但上述清晰的历史事实说明，刘氏《文心雕龙阐说》之作的诞生，对近现代“龙学”的意义同样是不能忽视的；其应当在“龙学”史上占有一席之地，乃是不容置疑的。

当然，《文心雕龙阐说》在“龙学”史上的意义，不仅取决于它是《文心雕龙》研究史上第一部专门的理论著述，也不仅取决于它是第一部全面阐说《文心雕龙》的著作，更决定于其阐说的内容，决定于其对《文心雕龙》的全面把握和阐说的理论深度。在具体介绍其理论阐说之前,我们仍可以之与《文心雕龙札记》作一简单比较。谈到黄氏《札记》的理论意义,台湾已故著名“龙学”家王更生先生曾指出:

> 回顾民国鼎革以前,清代学士大夫多以读经的办法读《文心雕龙》,大别不外考据、校勘二途,于彦和文论思想绝少贯通。黄氏以《文心雕龙》作为论文之主本,并又引申触类,曲畅旁通,其《札记》既完稿于人文荟萃的北大,复于中、西新故剧烈冲突之时,因此《札记》初出,即震惊文坛。从而令学术思想界对《文心雕龙》的实用价值、研究角度,均作了建设性的调整。①

应该说,王先生的这段话要言不烦而切中肯綮,非常准确地说明了黄侃《文心雕龙札记》在“龙学”史上之不可动摇的历史地位,那就是此乃《文心雕龙》研究史上第一部贯通刘勰之文论思想的著作;其为近现代“龙学”的开山之作,而与清代诸家对《文心雕龙》的研究迥然有别者,亦正以此也。遗憾的是,王先生未能看到刘咸炘的《文心雕龙阐说》。因为不仅从诞生时间上说,《札记》和《阐说》同为近现代“龙学”的开山之作,而且从其内容和主旨而言,《阐说》同样是贯通刘勰文论思想的一部力作;而且,从王先生所指出的“实用价值”以及“研究角度”的转变而言,刘咸炘对《文心雕龙》的阐说可以说非常自觉;尤其是他对《文心雕龙》文体论的详细阐发,甚至为《札记》所不

---

① 王更生:《重修增订文心雕龙研究》,(台北)文史哲出版社 1979 年版,第 41 页。

及。因此，我们一直以《札记》为近现代“龙学”独一无二之开山之作的观点或当有所调整，可以说，《札记》和《阐说》堪称近现代“龙学”开山之作的双璧。

需要指出的是，“双璧”同为玉璧，却并不等同。王更生先生说“《札记》既完稿于人文荟萃的北大，复于中、西新故剧烈冲突之时，因此《札记》初出，即震惊文坛”，这当然是事实，而《阐说》却有所不同了。《阐说》完成于相对安静的巴蜀，虽同样是那个“中、西新故剧烈冲突之时”，但年轻的刘咸炘却似乎更醉心于承继传统的文脉，更愿意体察刘勰自己的文心，因而更着力于发掘《文心雕龙》之内在的意蕴，因此《阐说》之出，客观上不能“震惊文坛”自不必说，主观上似乎也只是鉴泉先生自我文学修养进阶的一步；其尘封百年者，亦良有以也。然而，百年之后，当我们拂去历史的尘埃，却发现刘咸炘这一比较纯粹的对《文心雕龙》的文本“阐说”虽有些稚嫩，但可能更接近于刘勰的思想实际和理论本原。何以如此说呢？

周勋初先生在对黄氏《札记》的导读中，曾作过这样的介绍：

> 民国初年的文坛上，有三个文学流派在相互争竞，一是以姚氏弟兄和林纾为代表的桐城派，二是以刘师培为代表的《文选》派，三是以章太炎为代表的朴学派。季刚先生因师承的缘故，和后面的二派关系深切。他是《文选》学的大师，恪守《文选序》中揭橥的宗旨而论文，这就使他的学术见解更接近刘氏一边。但他汲取前人的创作经验，参照《文心雕龙》和本师章氏的“迭用奇偶”之说，克服了阮、刘等人学说中的偏颇之处，则又可说是发展了《文选》

派的理论。①

也许正因如此，黄侃对《文心雕龙》的阐释，固多精彩警拔之说，但也有很多六经注我之处，并不完全符合刘勰思想的原意。与之相较，刘咸炘对《文心雕龙》的阐说就平正客观得多了。可以说，刘氏基本无门户之见，而完全着眼于《文心雕龙》的实际，尽量体察刘勰的用心所在，全力把握刘勰说了什么，特别是刘勰的内心在想什么。因此，说此刘乃彼刘的异代"知音"，恐怕并不为过。要之，《札记》与《阐说》虽同为龙学开山之作，却各有千秋，各具特色，都值得我们珍视。

二、刘咸炘为什么要作《文心雕龙阐说》

刘咸炘《推十书》（增补全本）之戊辑"文学卷"有二百多万字，内容极为丰富。有著名的文学专著《文学述林》，有颇具特色的历代诗选《风骨集》，更有他自己的创作《推十文》《推十诗》，亦有很少被提及却非常重要的文体学专著《文式》。值得我们注意的是，在这包罗万象的二百万字的文学书中，刘咸炘花费笔墨进行系统阐释的古代著作，可以说就只有一部《文心雕龙》。那么，他何以对刘勰的这部书情有独钟？又是《文心雕龙》的哪些方面吸引了这位蜀中才俊呢？

首先，我们不能不说，刘咸炘对《文心雕龙》的推崇，可能

① 周勋初：《黄季刚先生〈文心雕龙札记〉的学术渊源》，黄侃：《文心雕龙札记（周勋初导读）》，上海古籍出版社 2000 年版，第 8 页。

受到章学诚极大的影响。其《推十文·自述》有云:“吾之学,《论语》所谓学文也。学文者,知之学也。所知者,事物之理也。所从出者,家学祖考槐轩先生,私淑章实斋先生也。”[①]其一生服膺章氏之学,可以说毫不动摇。而在清代大量对《文心雕龙》的赞美中,章学诚的话最为著名,影响也最为深远,所谓“体大而虑周”,所谓“笼罩群言”[②],早已成为对《文心雕龙》一书的定评而被广泛征引。可以想见,作为章学诚的私淑弟子,刘咸炘对《文心雕龙》何以“体大虑周”而“笼罩群言”,必欲系统阐说而后快。当然,这种影响并不只是我们的推测,而是有着刘氏自己的说明。他在讲到锺嵘的《诗品》时说:

> 《四库全书提要》评此书曰:每品之首,各冠以序。(按何文焕本以三序移并居前,甚妄。其各序之故,说详后文。)皆妙达文理,可与《文心雕龙》并称。……知其成家惟章实斋,而于源流之说,仍不能解。其《文史通义·诗话篇》曰:《诗品》之于论诗,视《文心雕龙》之于论文,皆专门名家,勒为成书之初祖也。《文心》体大而思周,《诗品》思深而意远。盖《文心》笼罩群言,而《诗品》深从六艺溯流别也。论诗论文而知溯流别,则可以探源经籍,而进窥天地之纯、古人之大体矣。此意非后世诗家流所能喻也。实斋卓识,远过常人,而于三系之说,仍付阙如者,以

---

① 刘咸炘:《推十文·自述》,《推十书》(增补全本,戊辑),第519页。

② 章学诚:《文史通义·诗话》,叶瑛校注:《文史通义校注》,中华书局1985年版,第559页。

> 本非诗学专家耳。今吾既释六义，仲伟之旨固可寻文以见。[①]

显然，所谓“实斋卓识，远过常人”，其由衷赞同章氏之说，是毫无疑问的。作为这一影响的明显证据，是刘咸炘和章学诚一样，往往把《文心雕龙》和《诗品》一起为论。如云：“评论诗文，始于齐、梁，诠序流别，以明本教。故彦和《文心》，兼贯《七略》，钟氏《诗品》，与刘并出，专论五言，根极诗骚，扢扬文质。”[②]又如：“古人评议文艺，无零碎之体，必如《文心》《诗品》，具源注始末，有次第条贯，斯谓之论，名实相符。”[③]刘咸炘甚至还有一首诗把刘勰和锺嵘放在一起加以赞美：“子集两统东汉合，诗骚四系国风宏。彦和能识群才冠，仲伟偏推讽谕精。”[④]正因如此，他的《文篇约品》一书所列“有韵之文”中附有“论成书”一类，其中“评议”类成书仅列两部书，即《文心雕龙》《诗品》。[⑤] 可见其受到章学诚的影响是非常明显的。

其次，刘咸炘虽然受到章氏之说的启发，但对《文心雕龙》价值的认识却是深刻而独到的。实际上，上面所引他对锺嵘《诗品》的论述，虽一方面肯定“实斋卓识，远过常人”，但另一

---

① 刘咸炘：《诗评综》，《推十书》（增补全本，戊辑），第1271页。

② 刘咸炘：《诗系·叙例》，《推十书》（增补全本，戊辑），第1171页。

③ 刘咸炘：《说诗韵语》，《推十书》（增补全本，戊辑），第1397页。

④ 刘咸炘：《简摩集》，《推十书》（增补全本，戊辑），第1793页。“彦和”句下注：“刘曰：陈思之表，独冠群才，体赡而律调，辞清而志显。应物制巧，随变生趣，执辔有余，故能缓急应节。”

⑤ 参见刘咸炘：《文篇约品》，《推十书》（增补全本，戊辑），第1075页。

方面，又说“知其成家惟章实斋，而于源流之说，仍不能解”，所谓“而于三系之说，仍付阙如者，以本非诗学专家耳”，可见对章学诚的说法并非亦步亦趋。对《诗品》如此，对《文心雕龙》亦然。其云：“古今诗话多而论文之书少，著录者寥寥可数。第其精妙，惟吾宗二子，远则彦和《文心》，近则融斋《艺概》。”①这一说法显然就是刘氏自己的观点了。又说：“文评以《文心雕龙》为极淳古精确。陆士衡《文赋》亦得大端。继起者包氏《艺舟双楫》，平正精当。刘融斋《艺概》朴至深远。近人《国故论衡》中篇，探古明法，甚超卓。”②这里，不仅他推崇的这几部著作颇有特点，而且所谓“淳古精确”，这一对《文心雕龙》的评价显示了刘咸炘自己非常独特的认识，实际上，他对《文心雕龙》的阐说正是沿着这个路子进行的，这也是他与黄侃极为不同的地方。饶有趣味的是，这是年轻的刘咸炘对中国古代文化精华的认识，这一认识随着他年龄的增长而有所变化（详下）。

刘咸炘对《文心雕龙》另一个独特的认识，是他对这部书性质的看法。他在论《文心雕龙·诸子》篇中说：“彦和此篇，意笼百家，体实一子。故寄怀金石，欲振颓风。后世列诸诗文评，与宋、明杂说为伍，非其意也。”③笔者以为，这一认识可谓深得彦和之心！应该说，在近百年的《文心雕龙》研究中，类似的认识并非绝无仅有，但并没有引起大多数研究者的注意和重视；而刘咸炘如此明确地指出后世把《文心雕龙》列为“诗文

---

① 刘咸炘：《文说林》，《推十书》（增补全本，戊辑），第983页。

② 刘咸炘：《学略八篇》，《推十书》（增补全本，己辑），第56页。

③ 刘咸炘：《文心雕龙阐说》，《推十书》（增补全本，戊辑），第959页。

评”一类，实际上并非刘勰之本意，可谓石破天惊之论。何以如此说呢？

如所周知，“四库全书”于“集部”专列“诗文评”一类，《文心雕龙》则被列为“诗文评”之首，并得到高度评价。《四库全书简明目录》有云：“《文心雕龙》十卷，梁刘勰撰。分上、下二篇。上篇二十有五，论体裁之别；下篇二十有四，论工拙之由，合《序志》一篇，亦为二十五篇。其书于文章利病，穷极微妙。挚虞《流别》，久已散佚。论文之书，莫古于是编，亦莫精于是编矣。”①正因如此，“四库全书”对《文心雕龙》的安排和评价向来得到研究者的首肯而少有疑义。然而，刘咸炘却说“后世列诸诗文评，与宋、明杂说为伍，非其意也”，虽非明指《四库全书》分类之失，但斥其为非则又是显然可见的，岂非石破天惊？

无独有偶，台湾已故著名“龙学”家王更生先生虽未看到刘咸炘的著作，但却不止一次地申说同样的观点。其云：

> 时至晚近，由于明、清诸儒校勘评注的贡献；民元以来，文坛先进又竭力推阐，目前由国内到国外，整个学术界人士，对它的研究也有了突破性的发现；不幸的是大家太拘牵西洋习用的名词，乱向《文心雕龙》贴标签。说它是中国最具系统的一部“文学评论”专著，刘勰是“中国古典文论专家”。可是，我们经过反复揣摩，用力愈久，愈觉得《文心雕龙》自有它独特的面目。因为我国往昔对作品多谈“品鉴"，无所谓“批评”，这种西方习见的名词，用到我

① 永瑢等：《四库全书简明目录》，上海古籍出版社1985年版，第871页。

> 国传统的著作上，总觉得有点不对劲。即令是勉强借用，而《文心雕龙》亦决非“文学评论”或“文学批评”，这种单纯的意义所能范围。①

王先生认为，“决不能把他（指刘勰，下同——引者）和一个普通的文学批评家相提并论的”②。王先生亦引《文心雕龙·诸子》之语“身与时舛，志共道申；标心于万古之上，而送怀于千载之下”③，而谓：“这不正是他‘隐然自寓’吗？试问，像他这部‘标心万古，送怀千载’的《文心雕龙》，又哪里是纯粹的文学评论范围得了呢？”王先生说：“这种‘振叶寻根，观澜索源’，述先哲之诰，益后生之虑，既有思想，又有方法，思想为体，方法为用，体用兼备的巨著；不仅在六朝时代，是文成空前；就是六朝以后，也无人继武。我说《文心雕龙》是‘文评中的子书，子书中的文评’，最能看出刘勰的全部人格，和《文心雕龙》的内容归趣。”总之，“刘勰撇开汉儒名物训诂的‘注经’工作，来和墨论文。究其目的，是想从文学创作和批评方面发挥积极救世的作用。所以刘勰既非纯粹的文学批评家，《文心雕龙》更不是一本纯粹文学批评的专门著作了”④。王先生在其初版的《文心雕龙研究》中也有类似之论。⑤ 显然，王先生之论立足于现

---

① 王更生：《文心雕龙导读》，（台北）华正书局 2004 年版，第 10—11 页。

② 王更生：《文心雕龙导读》，第 11 页。

③ 刘勰：《文心雕龙·诸子》，戚良德：《文心雕龙校注通译》，上海古籍出版社 2008 年版，第 205 页。

④ 王更生：《文心雕龙导读》，第 13 页。

⑤ 参见牟世金：《台湾文心雕龙研究鸟瞰》，山东大学出版社 1985 年版，第 80 页。

代文艺学的语境，却与八十年前刘咸炘的看法遥相呼应，其思路也是惊人的一致，这足以引起我们的注意和重视。可以说，刘咸炘于为学之初即作《文心雕龙阐说》，这与他对《文心雕龙》一书的认识是密切相关的。

三、刘咸炘对《文心雕龙》文体论研究的贡献

与黄侃的《文心雕龙札记》相较，刘咸炘《文心雕龙阐说》最为突出的一点是重视"文章体宜系别"①，对《文心雕龙》文体论进行了空前深入、系统的阐释，即在今天，这些阐释仍有其重要的参考价值。在近现代"龙学"史上，《文心雕龙》的研究中心一直在"剖情析采"的创作论部分，而占《文心雕龙》近一半篇幅的"论文叙笔"（亦即所谓文体论）部分始终未受到应有的重视。近年来虽有不少研究者呼吁重视《文心雕龙》文体论的研究，也进行了一些具体的研究尝试，但囿于现代文艺学的体系，《文心雕龙》涵盖几乎所有文章种类的文体论的当代价值实际上很难评价，因而对它的研究也就难以得到真正的重视，更不用说取得像创作论那样丰富多彩的研究成果。然而，刘咸炘对《文心雕龙》文体论的认识和重视既从中国文学发展的历史实际出发，又深入体察《文心雕龙》的理论体系，真正抓住了刘勰的用心所在。其云：

---

① 刘咸炘：《文心雕龙阐说》，《推十书》（增补全本，戊辑），第979页。

> 刘彦和氏《文心雕龙》兼该六艺诸子，与昭明之主狭义不同。其上廿五篇《宗经》《正纬》之后，即继以《辨骚》《明诗》《乐府》《诠赋》《颂赞》此皆词赋本支。又次以《祝盟》《铭箴》《诔碑》《哀吊》《杂文》，皆诗之支流。终以近诗之《谐隐》，然后次以《史传》《诸子》《论说》，然后次以告语之文。《诏策》《檄移》《封禅》《章表》《奏启》《议对》《书记》。而于《书记》篇末乃广论经、史诸流及日用无句读之文，其叙次亦与《文选·序》大略相同。此二书上推刘氏《七略》，貌同心异，端绪秩然。而论文体者竟不推究。姚、曾诸人稍稍就所见之唐、宋文字分立目录，遂已为士林宝重，矜为特出，亦可慨矣哉。①

刘咸炘认为，《文心雕龙》的文体论“端绪秩然”，乃是中国文学文体论的系统之作，却没有受到应有的重视；与之相较，姚鼐、曾国藩等人只不过是“稍稍就所见之唐、宋文字分立目录”而已，却为世所重。这或许正是他格外看重《文心雕龙》的文体论而予以认真阐释的重要原因。

这种重视和阐释不仅是空前的，而且很多认识即在今天看来也极有新意。如现代《文心雕龙》的研究者本来一直不重视“论文叙笔”，而其中尤其不重视居于二十篇“论文叙笔”之末的《书记》一篇。但实际上，作为“论文叙笔”篇幅最长的一篇，刘勰无疑下了极大的功夫，因而刘咸炘谓其“非泛然也！”②对

---

① 刘咸炘：《文学述林》，《推十书》（增补全本，戊辑），第24页。

② 刘咸炘：《文心雕龙阐说》，《推十书》（增补全本，戊辑），第961页。

于刘勰把“谱、籍、簿、录”等纳入本篇加以论述，纪昀曾评曰：“此种皆系杂文，缘第十四先列杂文，不能更标此目，故附之《书记》之末，以备其目。然与书记颇不伦，未免失之牵合；况所列或不尽文章，入之论文之书，亦为不类。若删此四十五行，而以‘才冠鸿笔’句直接‘笺记之分’句下，较为允协。”①又说：“二十四种杂文，体裁各别，总括为难，不得不如此儱侗敷衍。”②纪昀的这些看法，黄侃即曾斥其为非，其云：“彦和谓书记广大，衣被事体，笔札杂名，古今多品，是真能悉文章之原者。纪氏乃欲删其繁文，是则有意狭小文辞之封域，乌足与知舍人之妙谊哉？”③刘咸炘更是英雄所见略同，详为解说云：

> 刘论书、记主于交际，故条列应事之杂品附之，非泛然也。至此篇而应事之文完。谱、籍、簿、录，通乎市井，符、契、券、疏，用无上下，关、刺、解、谍、状、列、辞、谚，皆以抒怀告人，比之书、记，特其质耳。惟律、令、法、制，乃官礼之流，方、术、占、试，乃著述专家。谚当入诗歌，谱亦当为专门。彦和以其皆质而无文，故附列于此，稍失断限耳。纪氏所说，亦未确当。又以末为儱侗敷衍，愈妄矣。④

正因为认识到刘勰“书记”之作决非“泛然”之论，更非“儱侗敷

---

① 黄叔琳注，纪昀评：《文心雕龙辑注》，中华书局1957年版，第256页。

② 黄叔琳注，纪昀评：《文心雕龙辑注》，第260页。

③ 黄侃：《文心雕龙札记》，中华书局1962年版，第80页。

④ 刘咸炘：《文心雕龙阐说》，《推十书》（增补全本，戊辑），第961—962页。

衍”，所以刘咸炘对刘勰所列种种笔札杂名进行了认真辨析。显然，其识见不仅在纪昀之上，且所谓“刘论书、记主于交际”之论，更是深谙彦和之为人和“论文”之旨。《程器》有言：“安有丈夫学文，而不达于政事哉？”[①]这可以说正是鉴泉先生此论的最好注脚。

浸淫“龙学”日久，笔者愈来愈觉得无论从刘勰的初衷而论，还是从《文心雕龙》的实际而言，这部书都不能用现代意义上的文艺学或文学理论来范围，而实在是一部与军国政务乃至人生修养密切相关的文化百科全书。因此，我们既应该重视其创作论，也应该重视其文体论；既应该重视其文体论开始的《明诗》《铨赋》等篇，更应该重视文体论的压卷之作——无所不包的《书记》篇。刘咸炘所谓“主于交际”之论，正是本篇值得我们重视的充分理由，也是《文心雕龙》研究者极少看到和提出的一个重要问题。沿着这个思路，刘咸炘特别指出：“言既身文，信亦邦瑞，戒务文之士，但劳心于简牍而不究此有司之实务也。提出信字，正是彦和崇实处。若如纪说，以然才冠鸿笔，上接笺记之分也句，则信亦邦瑞，何所指耶？毛色牝牡，何所指耶？”[②]可以说，他抓住刘勰“言既身文，信亦邦瑞”之论，即抓住了《书记》一篇的实质，从而充分证明刘勰此篇决非可有可无之作，而是极为重要的“论文叙笔”的压卷之章；不仅关乎文章的写作，而且涉及军政实务和人生修养的方方面面。显然，以此理解《文心雕龙》之文体论乃至整部《文心雕龙》之作

① 刘勰：《文心雕龙·程器》，戚良德：《文心雕龙校注通译》，第559页。

② 刘咸炘：《文心雕龙阐说》，《推十书》（增补全本，戊辑），第962页。

的理论实质和意义，都是令人耳目一新的。

又如，《文心雕龙》文体论的第一篇乃《明诗》，我们一直觉得刘勰“论文叙笔”而先诗，表示了他的某种文学观念的纯粹，因而尽管《文心雕龙》文体论不受重视，但《明诗》篇却并没有受到冷落。其实那只是正好符合了我们今天的文艺观念而已，却未必是刘勰的本意。刘咸炘评《明诗》而谓：“论诸文体而先诗，诗教为宗也。”①他认为，刘勰首先论诗的原因，不是出于什么纯文学的观念，而是“诗教为宗”。我们不能不说，这显然更符合刘勰的基本思想和儒学观念。刘咸炘论《时序》篇亦说：“谓西汉全宗《楚辞》，可知彦和论文虽综《七略》，实以诗教为主，观其所举可见矣。其论东汉斟酌经词，亦指诗教一系之文而言。”②可以看出，刘咸炘论《文心雕龙》没有先入为主之见，特别是没有现代文艺学的观念羁绊，更能从刘勰思想实际出发而抓住根本和要害。这对我们今天的《文心雕龙》研究者来说，是非常值得学习和借鉴的。

正由于刘咸炘对《文心雕龙》文体论颇多“师心独见”③和发明，因此他对现代研究者颇为看重的纪昀之说颇不以为然。如论《诏策》：“以文而论，魏、晋固极润典之美。纪氏谓彦和囿于习尚，非也。”④论《封禅》：“此篇本指马、扬以来杂飏颂之

---

① 刘咸炘：《文心雕龙阐说》，《推十书》（增补全本，戊辑），第974页。

② 刘咸炘：《文心雕龙阐说》，《推十书》（增补全本，戊辑），第978页。

③ 刘勰：《文心雕龙·论说》，戚良德：《文心雕龙校注通译》，第213页。

④ 刘咸炘：《文心雕龙阐说》，《推十书》（增补全本，戊辑），第975页。

文,犹之昭明别为符命一目也。至举李斯、张纯,特以为缘起耳。纪谓扬、班以下为连类及之,殆非也。”[①]论《章表》:“纪氏未明章、表、疏、奏之别,故以为末段无甚发明。岂知章、表之事缓,故主文,疏、奏之事切,故主质。八代成规,彦和固论之甚详析哉。”[②]论《书记》:“有司之实务而浮藻之所忽二句,具见附论之本旨。纪氏以为敷衍,何哉?以此为论文体之终篇,所谓返华于实,探文史之大原,具有深旨。赞语极明,纪氏懵懵。”[③]特别是指出刘勰“返华于实,探文史之大原,具有深旨”,可谓知言。

值得我们注意的是,刘咸炘不仅是一个《文心雕龙》的研究者,而且是一个善于把研究成果化为自己的血肉的建设者。他的二十余万言的《文式》一书[④],可以说正是他在《文心雕龙》“论文叙笔”基础上的创造。《文式》及其“附说”囊括了中国文章的各种文体,既充分吸收了《文心雕龙》文体论的成果,又根据刘勰之后千余年文章发展的实际进行归纳和总结,不啻是一部新的“论文叙笔”,是值得我们予以认真研究和重视的不可多得的中国文体学专著。

---

① 刘咸炘:《文心雕龙阐说》,《推十书》(增补全本,戊辑),第976页。

② 刘咸炘:《文心雕龙阐说》,《推十书》(增补全本,戊辑),第976页。

③ 刘咸炘:《文心雕龙阐说》,《推十书》(增补全本,戊辑),第976页。

④ 参见刘咸炘:《推十书》(增补全本,戊辑),第699页。

四、刘咸炘对《文心雕龙》创作论体系的卓识

刘咸炘《文心雕龙阐说》的第二个重要贡献，是对《文心雕龙》创作论体系的把握和理解。这些理解不仅精深而独特，发人所未发，而且极为准确地揭示了《文心雕龙》创作论理论体系的内在脉络和意蕴，具有重要的启发意义。正如他对《文心雕龙》文体论有着整体的把握一样，他对《文心雕龙》下篇二十五篇总的思路也有着言简意赅的说明：

> 文以思为先。思而成文，乃谓《体性》。体性兼该词旨，而词尤重风骨。三者为文之本。次《通变》，复古之大旨也。次《定势》，势乃文之全局也。势定然后言其文中之情采。有情采然后炼意造语，故次以《镕裁》。《声律》《章句》，又其次也。《丽词》至《事类》专论句。《练字》言字。《隐秀》则字句之美也。《指瑕》，亦字句也。欲其无瑕，必由养气，文章有气在先，非徒逞词可能，必其美。《附会》《总术》二篇，则总论大体，合《定势》以下而言也。①

这段话不长，但在近百年的“龙学”史上，对《文心雕龙》创作论的这一总体把握，是非常富有特点而值得我们注意的：其一，他

---

① 刘咸炘：《文心雕龙阐说》，《推十书》（增补全本，戊辑），第976页。

指出《神思》《体性》《风骨》三篇所论乃“文之本”，这是非常鲜明而富有见地的。其二，他指出《定势》之“势乃文之全局”，可谓少有的探本之论。其三，他指出“养气”的重要，认为“文章有气在先，非徒逞词可能，必其美”，这是被后世研究者所忽略的重要问题。

我们先来看刘咸炘对《神思》《体性》《风骨》三篇的阐释。其解《神思》而谓：“枢机方通数句，言志气既足，则词令赴之，由其神与物合也。以枢机、关键譬其灵，灵生于静，故曰：贵在虚静，即佛氏定生慧之旨也。”①这里的“虚静”之说，研究者或云来自老庄，或云来自老子，但刘咸炘直接说成“即佛氏定生慧之旨也”，应该说，这对久居寺门而深研佛学的刘勰而言，是顺理成章的。又说：“规矩虚位以下，极言触境之时，意极多，气极雄，迨形诸词令，则多漏晦，故曰：言征实而难巧。盖望人神与物合，以虚静照万象，以积学解纠纷，勿徒恃思虑。徒恃思虑，则思裕而言窘矣。”②在这里，他没有把“规矩虚位”解释成许多研究者所理解的所谓“凭虚构象”，而是完全着眼言意关系而立论，笔者以为，这才是符合刘勰原意的。同时，所谓“以虚静照万象”，不仅承上佛学之说，而且与刘勰著名的佛学论文《灭惑论》之旨甚合。③ 鉴泉先生精研刘勰的著作，固然于此

① 刘咸炘：《文心雕龙阐说》，《推十书》（增补全本，戊辑），第962页。

② 刘咸炘：《文心雕龙阐说》，《推十书》（增补全本，戊辑），第962—963页。

③ 刘勰《灭惑论》：“佛之至也，则空玄无形，而万象并应；寂灭无心，而玄智弥照。”（参见石峻等编：《中国佛教思想资料选编》第一卷，中华书局1987年版，第326页。）

可见一斑，而以《灭惑论》之说与《文心雕龙》相互印证和阐发，这在近现代"龙学"史上可以说是大胆的开先之举；把刘勰的佛学思想和文学思想如此不露痕迹地予以融会贯通，从而有意无意地解释了刘勰居于定林禅寺而梦随孔子、搦笔论文的合理和自然，乃至六朝时期儒释道融合的思想文化背景之于刘勰及其《文心雕龙》的影响，我们不能不说，刘咸炘的阐说实在是极为高明的。

其言《体性》谓："才、气、学、习，皆以成其性，以性统四者。"此说至简，却不仅符合彦和之本意，且亦深谙六朝才性之辩而为论。又说："言体而归本于性，故曰才力居中，肇自血气。"刘勰以"体性"名篇，确是"言体而归本于性"的，此论可以说抓住了《体性》篇的实质。又云："摹体定习，以前人已成之体，正已之情性也。因性练才，因其自然之性而节文之，以练成其才也。此两言材学兼致。"①这都是非常贴近刘勰原意的探本之论。在近百年"龙学"的发展过程中，大量精彩的解说自然不胜枚举，但毋庸讳言，不少阐发已经远离了刘勰的本意，而如刘咸炘这般紧扣刘勰的思想和内心进行如实解说，不仅对理解《文心雕龙》大有裨益，而且对理解整个中国古代文论之独具特色的思想体系亦有极大的启发。

其论"风骨"云："彦和特标二字以药浮靡，可谓中流砥柱。"这可以说抓住了《文心雕龙》之作的根本目的和意义。对"风骨"的解释，他以为"气即风骨"，因为"无骸则体为浮肌，无

---

① 刘咸炘：《文心雕龙阐说》，《推十书》（增补全本，戊辑），第963、964页。

气则形为死物”,“风骨必飞飞者,气足以举也”[①],一方面抓住了“风骨”的实质,另一方面也很好地解释了《风骨》篇涉及“文气”说的一段论述。这在大量关于《文心雕龙》之“风骨”说的研究中,可以说是并不多见的。尤其值得我们注意的是,刘咸炘认为“风骨者,诗之本质也”,因而他把自己所编中国历代诗歌的选本即命名为“风骨集”。其云:

> 近虽尝嗜较宽,而旨归仍严。复读钟氏《诗品》,明其旨要。下及殷璠《河岳英灵集》,见其与钟同旨,兼举兴象、气骨,而尤重骨,实获我心。建安、太康、开元三时之盛,亦以两书而明。与寻常所谓魏、晋、盛唐流于肤廓者不同。兴象、气骨,盖即刘彦和所谓风骨。古之论者皆主于此,实得本原。非气格、韵调诸说之比。……故名之以彦和之言,曰《风骨集》。[②]

以“风骨”作为“诗之本质”,确乎是“旨归”甚严的,由此正可以看出,刘咸炘对《文心雕龙》的推重和认可,对刘勰文心理论体系的认同和服膺。应该说,这种认同和服膺,才是促使他作《文心雕龙阐说》的根本原因;也正因如此,他已经不仅是把《文心雕龙》作为自己的阐说和研究对象,而是把刘勰的理论运用到自己的文学研究中了。

特别值得我们一提的是刘咸炘对《文心雕龙·定势》的阐

---

① 刘咸炘:《文心雕龙阐说》,《推十书》(增补全本,戊辑),第964页。

② 刘咸炘:《文心雕龙阐说》,《推十书》(增补全本,戊辑),第322页。

释。有关《定势》篇的研究一直不是“龙学”热点，但却是难点；什么是刘勰所说的文之“势”，不仅尚未取得一致的看法，甚至连很清晰、明确的说法也还没有，这在《文心雕龙》研究中是并不多见的情形。刘咸炘解说《定势》开篇便说：“情与气乃势之原，气变成姿，各具无涸。彦和勘合刚柔，不必壮言慷慨，洵为卓论。”[①]短短数语，既抓住了本篇的要害，更是新见迭出。其一，所谓“情与气乃势之原”，既属探本之论，亦为新见之一。“势”本难以理解，但谓“情与气”为其本原，则无疑接近了一步。而且由于重视“情与气”乃刘勰的一贯主张，因而这个说法令人易于接受，也有助于我们进一步理解“势”到底是什么。他进而指出：“一人之作，亦有两势，意气所生，不可强也。”这就把“势”更加具体化了。又说：“势，本生于气，一主运行，一主体裁，微有别也。”[②]这又回到了其本原之理，但更加精细了：从动态而言，由气而生势；从静态而言，势体现在体裁之上。那么，这个“势”也就呼之欲出了。其二，所谓“气变成姿”，此乃新见之二。谈“势”而引出“姿”，这更是一个顺理成章而容易理解的说法，却不啻是刘氏的发明，道人所未道。以此而言，刘勰的“势”似乎原本没有那么难以理解，或许被我们搞复杂了？其三，所谓“勘合刚柔，不必壮言慷慨”云云，乃是《定势》的观点，他赞之“洵为卓论”，可以说抓住了刘勰讨论定势问题的核心。

在上述讨论的基础上，刘咸炘明确指出：“彦和所谓势，即

---

① 刘咸炘：《文心雕龙阐说》，《推十书》（增补全本，戊辑），第965页。

② 刘咸炘：《文心雕龙阐说》，《推十书》（增补全本，戊辑），第965页。

《书》所谓体要。”[1]就笔者所见，在讨论《文心雕龙》之“势”的论著中，似乎还没有人如此明确地把“定势”之“势”说成“体要”。那么，这个说法的合理性有几分呢？《文心雕龙·序志》有云：“盖《周书》论辞，贵乎‘体要’；尼父陈训，恶乎‘异端’：辞、训之‘异’，宜体于要。于是搦笔和墨，乃始论文。”[2]为了更准确地理解这段话，笔者特别多加了几个引号；因为这段话主要是引述成说，看起来较为平易，实际上历来注家多未得确解。《尚书》有曰：“辞尚体要，不惟好异。”[3]《论语》有云：“子曰：攻乎异端，斯害也已。”[4]因此，刘勰说，《尚书·周书》论述文辞，提倡切实简要而不尚奇异；孔子陈说教导，则反对异端邪说。彦和特别指出，《周书》和孔子均言及（反对）“怪异”的问题，正说明文章应该以切实简要为根本。有鉴于此，刘勰乃提笔和墨，开始“论文”了。所以，这个“体要”关乎《文心雕龙》一书之作，不可等闲视之。然则，这个所谓“切实简要”的“体要”，其具体所指是什么呢？笔者曾指出，它正是刘勰通过《诗经》《楚辞》而总结出来的创作经验，也就是“《诗》《骚》所标，并据要害”之“要害”，也就是“善于适要，虽旧弥新”之“要”，其根

---

① 刘咸炘：《文心雕龙阐说》，《推十书》（增补全本，戊辑），第965页。

② 刘勰：《文心雕龙·序志》，戚良德：《文心雕龙校注通译》，第566页。

③ 孔安国传，孔颖达疏：《尚书正义》，北京大学出版社2000年版，第617页。

④ 《论语·为政》，朱熹：《四书章句集注》，中华书局1983年版，第57页。

本之点乃是“物色尽而情有余”[①]之论，也就是《文心雕龙》全书之根本观点：以情为本，文辞尽情。这一“情本论”的文学观，既是刘勰对《诗经》、“楚辞”创作经验之总结，又成为《文心雕龙》一书理论体系之主干；《文心雕龙》这一“体大而虑周”“笼罩群言”[②]的参天大树，正是围绕这一中心长成的。其成为中国古代“寡二少双”[③]的“艺苑之秘宝”[④]，盖亦系于此也。[⑤]

不难看出，一方面，笔者虽然认识到了刘勰从《尚书》中找到并赋予新的含义的这个“体要”关乎《文心雕龙》一书之作，却从未想到它竟然就是“定势”之“势”！另一方面，一些研究者却也认识到了“定势”之于《文心雕龙》理论体系的重要。石家宜先生便曾指出：“《定势》篇在《文心雕龙》谨严的理论体系中，是一发牵全身的、具有特殊意义的章节。”并认为这种特殊意义就在于“刘勰‘正末归本’‘矫讹翻浅’的努力在此坐实”[⑥]。笔者也曾指出：“《序志》所谓‘图风、势’，我以为正是刘勰对文章之美的境界的两个具体规定。‘风骨’之美侧重于对作家主体的要求，刘勰以之解决文风之‘滥’的问题；

---

① 刘勰：《文心雕龙·物色》，戚良德：《文心雕龙校注通译》，第518、519页。

② 章学诚：《文史通义·诗话》，叶瑛校注：《文史通义校注》，第559页。

③ 谭献：《复堂日记》，河北教育出版社2001年版，第118页。

④ 黄叔琳：《文心雕龙辑注序》，黄叔琳注，纪昀评：《文心雕龙辑注》，卷首。

⑤ 参见本书《〈文心雕龙〉论〈诗经〉和“楚辞”》一文。

⑥ 石家宜：《〈文心雕龙〉系统观》，江苏古籍出版社2001年版，第239页。

‘体势’之美侧重于适应文体的要求，刘勰以之解决文风之‘讹’的问题。一部《文心雕龙》，从正面说是要探讨文章如何才能写得美，从反面说则是要纠正‘离本弥甚，将遂讹滥’的文风，《风骨》和《定势》乃是集中论述关于文章之美的理想和原则的两个篇章。”①无独有偶，刘咸炘也正是从解决“文体讹滥”的角度阐说刘勰之论的。其云：“意新得巧者，意能超出庸近，而体要实无背越。非徒怪失体之比。此论甚正。梁以后仍习讹体，彦和之言，竟成空文，可叹。”②“定势”的针对性如此明确，自然也就关乎一部《文心雕龙》之作了；而鉴泉先生此论却是产生在一个世纪之前，其值得肯定和重视也就自不待言了。

可以说，就现有的“龙学”成果而论，我们认识到了“体要”一语关乎《文心雕龙》一书之作，也认识到了《定势》一篇关乎《文心雕龙》之全局，然而二者之间这一水到渠成的关系，我们尚未想到。实际上，这条沟渠早被鉴泉先生挖好了！因此，无论“定势”之“势”是否等于“体要”，仅就把二者毫不犹豫联系起来这一做法本身，已足以证明刘咸炘对《文心雕龙》的认识，借用刘勰的话说，可谓“深极骨髓”③了。

---

① 戚良德：《文论巨典——〈文心雕龙〉与中国文化》，河南大学出版社2005年版，第266页。

② 刘咸炘：《文心雕龙阐说》，《推十书》（增补全本，戊辑），第965页。

③ 刘勰：《文心雕龙·序志》，戚良德：《文心雕龙校注通译》，第571页。

五、刘咸炘《文心雕龙阐说》的方法论意义

刘咸炘《文心雕龙阐说》的第三个贡献，是他“细论”文心、“敷畅本文”①的研究态度和方法。可以说，紧扣《文心雕龙》原文，立足《文心雕龙》一书的文本进行阐释，力图弄清刘勰自己在想什么、说什么，从而实事求是地理解《文心雕龙》，最大限度地贴近刘勰思想的实际，细心体察刘勰的用心所在，进而完整准确地阐发和把握《文心雕龙》本身的理论意蕴和思想脉络，乃是刘咸炘对《文心雕龙》进行阐说的最为成功和出色之处，也是其与黄侃《文心雕龙札记》颇为不同的特点。笔者认为，这对当下“龙学”而言，具有重要的方法论意义。刘咸炘在《文心雕龙阐说》的后记中说：

> 丁已撰此书时，于文章体宜系别，尚未了了。彼时方知放胆作札记也。庚申七月，因撰《文式》，复读《雕龙》，取旧稿阅之，亦颇有可喜者。但微意少，常谈多，大义少，细论多耳。以其敷畅本文，不无稗益，遂稍稍删改存之。兹之所得，别记于后，则于大体颇有发明。若上篇廿五中辨体宜之说，本有是非，悉已引入《文式》而申驳之矣，此册不复论也。②

---

① 刘咸炘：《文心雕龙阐说》，《推十书》（增补全本，戊辑），第979页。

② 刘咸炘：《文心雕龙阐说》，《推十书》（增补全本，戊辑），第979页。

这里有几点值得注意：其一，他特重“文章体宜系别”，这正是他对文体论多所发明的原因，也是他对《定势》篇颇有体会的原因。其二，其自谓对《文心雕龙》的阐说“微意少，常谈多，大义少，细论多耳。以其敷畅本文，不无稗益”，虽多谦虚之词，但亦确乎符合其特点，即细论颇多，对理解《文心雕龙》原文原意启发良多。其三，刘咸炘指出其《文式》之论可与《文心雕龙阐说》参看，说明其论《文心雕龙》，实际上亦渗透着他对文学的一些重要观点；换言之，他虽然对《文心雕龙》的阐说多有细论，但也通过这种阐说，归纳或印证着他对文学的认识。则《文心雕龙阐说》既是其“龙学”著作，亦为其文学论著。

居今而言，笔者格外看重的恰是刘咸炘这几句自谦之辞，也就是其《文心雕龙阐说》“大义少，细论多”的“敷畅本文”之功。这对今天的“龙学”而言，应该说是极为有益之事。反观百年“龙学”，对刘勰及其《文心雕龙》之“大义”“大体”的发明并不少见，而真正深入刘勰的思想深处，细致体察其用心所在者，总是不嫌其多，实则还是太少。先师牟世金先生有言：“读懂《文心》的原文，可以说既是龙学的起点，也是龙学的终点。不懂原文，谈何研究？真正地懂，可以断言其本意如何，做了定论，岂非龙学的结束？”①以此而论，产生于现代“龙学”初创时期的《文心雕龙阐说》正“以其敷畅本文，不无稗益”而具有重要的方法论意义。

---

① 牟世金：《文心雕龙研究》，人民文学出版社 1995 年版，“自序”，第 3 页。

其实，对《文心雕龙》研究而言，真正的“敷畅本文”之“细论”，往往关乎《文心雕龙》之“大义”的理解，且只有细心体察之论方能准确把握《文心雕龙》之所谓“体大思精”①。如刘咸炘论《物色》谓：“此篇专论感物之理，作文之境也，故末兼言地，与上篇言时相对。”②短短的这几句话，看起来只是关于《时序》《物色》的“细论”，但却涉及《文心雕龙》下篇的篇次及其理论结构的重要问题。多数研究者皆以《物色》所论乃创作论问题，谈的是自然景物的描绘问题，但鉴泉先生以为“专论感物之理，作文之境”，也就是说本篇所论问题不仅仅是一个描绘自然景物的创作论问题，而是作家与整个自然的互动问题，因而涉及的是作者及其文章的境遇、境界问题。与此密切相关，假如认为《物色》所论只是描绘自然景物的创作论问题，那么其在《文心雕龙》中的位置便是

---

① “体大思精”一语，古人常用以评价网罗宏富、集其大成者，如南朝宋代范晔《狱中与诸甥侄书》自谓其《后汉书》云：“自古体大而思精，未有此也。”（《宋书》卷六十九《范晔传》，中华书局1974年版，第1831页。）明代著名诗论家胡应麟评价杜甫：“李才高气逸而调雄，杜体大思精而格浑。”（胡应麟：《诗薮》，上海古籍出版社1979年版，第70页。）清代黄叔琳在评价《文心雕龙·才略》时说：“上下百家，体大而思精，真文囿之巨观。”（黄叔琳注，纪昀评：《文心雕龙辑注》，第404页。）后范文澜先生以之评价《文心雕龙》而得广为流传，其云：“刘勰是精通儒学和佛学的杰出学者，也是骈文作者中希有的能手。他撰《文心雕龙》五十篇，剖析文理，体大思精，全书用骈文来表达致密繁富的论点，宛转自如，意无不达，似乎比散文还要流畅，骈文高妙至此，可谓登峰造极。”（范文澜：《中国通史简编》修订本第二编，人民出版社1964年版，第418页。）

② 刘咸炘：《文心雕龙阐说》，《推十书》（增补全本，戊辑），第972页。

个问题[①];而鉴泉先生特别指出“末兼言地,与上篇言时相对”,则本篇位置不仅没有问题,而且还是刘勰的精心安排。实际上,著名“龙学”家牟世金、王运熙等先生亦正有此看法。如牟世金先生指出:“《时序》《物色》则是一个问题的两个方面。这正是《序志》篇未提到《物色》的主要原因。诸家对此篇怀疑最多,但从《时序》《物色》位于创作论和批评论之交,又是分别就‘时序’‘物色’两个方面来论述客观事物对文学创作的影响来看,又何疑之有?”[②]王运熙先生也指出:

> 如果注意到《物色》篇前面部分着重论述外界事物与文学创作的关系,那末,对《物色》篇位置在《时序》之后,不但不会产生怀疑,而且会感到有它的合理性。《时序》论述时代(包括政治、社会、学术思想等)与文学创作的关系,《物色》论述自然景物与文学创作的关系,正是在论述外界事物或环境与文学创作关系这一点上,有着共同之处。《时序》一开头说:“时运交移,质文代变,古今情理,如可言乎!”指出文学随着时代的变化而变化。这四句和《物色》开头“春秋代序”四句不但内容上有相通之处,而且词句格式也非常接近,看来这出自刘勰精心的安排,而

---

① 范文澜先生曾提出这个问题(见其《文心雕龙注》,人民文学出版社 1958 年版,第 695 页。)其后不少研究者皆以为《物色》的篇次有问题。笔者亦曾认为《物色》篇属于创作论,其今本篇次或有误;但现在看来,这个观点或当修正。

② 牟世金:《〈文心雕龙〉理论体系初探》,《雕龙集》,中国社会科学出版社 1983 年版,第 178 页。

不是偶然的巧合。①

这些著名的"龙学"论断都与近百年前鉴泉先生的说法遥相呼应，则其《文心雕龙阐说》一书又怎能不令人刮目相看？

又如《物色》篇"入兴贵闲""析辞尚简"②之论，研究者多以其语言明白而很少深究，而刘咸炘指出："入兴贵闲、析词尚简，八字极要。率尔造极，以其闲也，并据要害，以其简也。"又说："紧要仍在情，情不匮，故恒姿亦有变化。缘情托兴，视乎其所取，固不同如面也。"③如此要言不烦之论，不仅紧紧抓住了《物色》篇的精髓和要义，而且把《文心雕龙》之《神思》《体性》《情采》《比兴》等篇的重要观点予以融会贯通，可以说涉及了《文心雕龙》的整个理论体系。如此"细论"，岂少"大义"哉！

需要特别指出的是，作为刘咸炘早期之作，《文心雕龙阐说》的一个突出特点，是立足中国传统文章观，在中国传统文论思想的话语体系内阐说《文心雕龙》，基本没有受到西方文艺思想的影响，因而其阐说不仅符合《文心雕龙》一书的实际，而且亦与中国传统文论思想非常合拍。上述刘咸炘对《文心雕龙》文体论的阐发乃至其《文式》一书的撰成，可以说都与此有关。笔者以为，这对我们今天如何继承和发扬中国传统文

---

① 王运熙：《〈物色〉篇在〈文心雕龙〉中的位置问题》，《文心雕龙探索》（增补本），上海古籍出版社2005年版，第170—171页。

② 刘勰：《文心雕龙·物色》，戚良德：《文心雕龙校注通译》，第519页。

③ 刘咸炘：《文心雕龙阐说》，《推十书》（增补全本，戊辑），第972页。

论,乃至中国文论话语和范式的重建,都是一件非常有意义的事情。但饶有趣味的是,正如研究者所指出:“虽然刘氏英年早逝,但是其思想观念应当经历了一个演变历程……”①的确,生当新旧思想交替之际的刘咸炘,尽管其人生历程不长,但其思想历程却是丰富多彩的。他后来所作著名的《文学述林》中的观点,与早年的《文心雕龙阐说》就显然不同了。其云:

> 刘氏《文心雕龙》不主文笔之说,盖知格调之不止于韵律骈式也。其书有《诸子》《史传》二篇。《书记》篇末且及谱簿、占试、符券、关牒,已渐破狭义为广义。然所详仍在篇翰,此数者犹居附录也。至于西人之论,其区别本质,专主艺术,正与《七略》以后,齐、梁以前之见相同。盖彼中本以诗歌、剧曲、小说为文,犹中国之限于诗赋之流也。然后之编文学史者,亦并演说、论文、史传而论之,正犹《文心雕龙》之并说史、子,盖以是诸文中亦有艺术之美也。况小说本为叙事,与传记更难区分。艺术者兼赅规式格调之称,乃文章之本质。以此为准,固较齐、梁之偏主骈式韵律密声丽色者为胜。然彼仍以诗歌、剧曲为主,则亦犹《文心》《文选》之视史、子为附也。夫以规式格调为标准,则于旧之以体性为标准者,已如东西与南北之不同。标准既易,而仍欲守体性之旧疆,岂可得哉?齐、梁之说不可用于今,则西人之说又安可用乎?②

---

① 陈廷湘:《〈刘咸炘学术思想研究〉序》,周鼎:《刘咸炘学术思想研究》,巴蜀书社2008年版,“序”,第3页。

② 刘咸炘:《文学述林》,《推十书》(增补全本,戊辑),第8页。

这段话一方面表现出刘咸炘敢于接受外来思想和观念的活跃和包容，另一方面却又显示着明显的矛盾心态，甚至是无所适从。他开始便谓《文心雕龙》不主文笔之说，这明显不符合实际，《文心雕龙》的文体论就是按照文笔分类的，所谓“论文叙笔”是也。而谓《书记》篇“渐破狭义为广义”，而“所详仍在篇翰，此数者犹居附录也”，既与他自己在《文心雕龙阐说》中的观点不符，更有悖于刘勰的思想。至于所谓“西人之论，其区别本质，专主艺术，正与《七略》以后，齐、梁以前之见相同”，更属不伦之语。

实际上，鉴泉先生之所以不惜曲解刘勰之意，恰恰是因为他想为刘勰辩护，想把中西文论熔为一炉，然而这对近百年前的刘咸炘来说，实在是个太大的难题。中西文论面对的是不同的语言文化、不同的写作传统和文体，这在当时而言，是不太可能的调和。他说：

> 今日论文学当明定曰：惟具体性规式格调者为文，其仅有体性而无规式格调者，止为广义之文。惟讲究体性规式格调者为文学，其仅讲字之性质与字句之关系者，止为广义之文学。论体则须及无句读之书，而论派则限于具艺术之美。①

从这段话可以看出，西方的文学观念在刘咸炘的思想意识中还是占据了上风。这里“文学”一词的运用，已经不是中国传统文论中“文学”的含义；所谓“广义”“艺术之美”云云，仍然是

① 刘咸炘：《文学述林》，《推十书》（增补全本，戊辑），第9页。

出于调和的心态,而调和的标准却已经是西方的了。可以想见,假如刘咸炘在写完《文学述林》之后再来作《文心雕龙阐说》,必是全新的面貌、全新的观点了。

王元化的《文心雕龙讲疏》*

自黄侃的《文心雕龙札记》诞生以来，在近百年的“龙学”史上，如果要找一部影响最大的著作，可以说非王元化先生的《文心雕龙讲疏》莫属了。① 牟世金先生认为：“《文心雕龙创作论》是本期理论研究方面影响最大的重要著作。”②张文勋先生说：“王元化用现代科学的方法去发掘《文心》创作论的意

* 本文原为作者《百年“龙学”探究》第四章，上海古籍出版社 2019 年版，第 147—192 页。

① 据笔者统计，该书目前至少有 11 个版本：1979 年初版时名为《文心雕龙创作论》，1984 年修订版书名仍为《文心雕龙创作论》，1992 年改订更名为《文心雕龙讲疏》，这三个版本均由上海古籍出版社出版；2001 年收入《清园文存》第一卷（江西教育出版社），题为《〈文心雕龙〉篇》；2004 年由广西师范大学出版社出版“定本”，书名为《文心雕龙讲疏》；2005 年日本汲古书院出版日文版，书名亦为《文心雕龙讲疏》；2007 年收入《王元化集》卷四（湖北教育出版社），仍以“文心雕龙讲疏”为名；2007 年 12 月新星出版社以“读文心雕龙”为名出版；2012 年上海三联书店复以《文心雕龙讲疏》出版；2017 年华东师范大学出版社再以《文心雕龙讲疏》出版。另外，1993 年台湾书林出版公司翻印出版了《文心雕龙讲疏》。总体而言，该书以《文心雕龙讲疏》之名最为通行。

② 牟世金：《“龙学”七十年概观》，《雕龙后集》，山东大学出版社 1983 年版，第 28 页。

蕴，无疑是一种重大的突破。”[①]张少康等先生亦指出：“该书自出版以来，不仅受到学术界高度地评价和赞誉，而且本书的学术内容、研究方法及其扎实严谨的学风，对新时期以来《文心雕龙》研究的繁荣兴盛产生了非常特殊的重要作用。”[②]李平先生亦谓：“《文心雕龙讲疏》……成为先生学术研究中一道最亮丽的风景线。”[③]应该说，这些评价都是非常中肯的。但正如陆晓光先生所指出：“王元化先生改革开放初期出版的《文心雕龙创作论》迄今有六次修订改版，贯穿其中的是曲折而漫长的‘思想轨迹’，以及烙印人格的学术‘情志’。王元化的研究始终以马克思‘走你的路，让人们去说’的‘良箴’为引导，它首先提示的是著者在特殊年代‘求真知，疾虚妄’的信念。王元化的研究历程表征了不同时期思想与学术之进程的艰难，也展示了一种勇于质疑自身‘偏颇’乃至‘心爱观念’的学术范型的锻造过程。”[④]笔者以为，晓光先生的这段话意蕴深厚，对王先生“龙学”的理解和评述更为深刻而求实；从中不难体会，所谓“进程的艰难”、所谓“锻造过程”等，这也决定了研读和评价王元化先生的《文心雕龙》研究，实在不是一件简单的事情。唯以王先生“勇于质疑自身‘偏颇’乃至‘心爱观念’的学术范型”及其“烙印人格的学术‘情志’”为念，凡为真诚之探求，必

---

① 张文勋：《文心雕龙研究史》，云南大学出版社 2001 年版，第 226 页。

② 张少康、汪春泓、陈允锋、陶礼天：《文心雕龙研究史》，北京大学出版社 2001 年版，第 383 页。

③ 李平：《文心雕龙研究史论》，黄山书社 2009 年版，第 210 页。

④ 陆晓光：《有情志有理想的学术——王元化的〈文心雕龙〉研究》，《王元化人文研思录》，华东师范大学出版社 2015 年版，第 306 页。

当有益于"龙学"、学术与思想也。

一、一部"喜忧参半"的"龙学"经典

王元化先生的《文心雕龙讲疏》一书不仅在"龙学"领域是公认的经典,而且其知名度远远超出了一般的"龙学"著作,在比较文学、美学、文艺理论、古典文论、国学等众多研究领域都是被经常提到的经典之作;同时,作为著名的文化学者和思想家,王先生在众多研究领域亦均有独到的建树,其很多研究成果较之《文心雕龙讲疏》显然具有更大的包容性和读者面,但就其影响而论,似乎无出这部看起来更为专业的"龙学"著作之右者。然而,我们又不能不说,关于这部"龙学"名著和经典,从其诞生之时开始,就一直有批评的声音存在,就一直有着不同的看法。王先生曾用"喜忧参半"来描绘自己面对这部书的心情,笔者觉得这个词在一定程度上也概括了这部产生在特殊时代的经典之作的历史特点。

关于《文心雕龙讲疏》一书的著述缘起,王元化先生不止一次地做过或详或略的表述,其"日译本序"云:"本书的酝酿是在四十年代,写作是在六十年代,出版则是七十年代。八十年代本书重印时,又做过一些增补。至于重订本《文心雕龙讲疏》的出版,则是九十年代初了。"①因此,阅读和评价王先生的

① 王元化:《〈文心雕龙讲疏〉日译本序》,《文心雕龙讲疏》,广西师范大学出版社2004年版,第359—360页。该书"新版前言"中亦有类似说明。

这部经典,要有一个重要的前提和思想准备,那就是必须明白这部著作虽初版于1979年,但实际上产生在半个世纪以前的特殊思想和人文环境中,有着不可磨灭的时代印记。王先生特别指出:"这本书基本完成于四十年前,倘根据我目前的文学思想和美学思想去衡量,是存在差距的。"①又说:"从今天来看,其中很多观点都是需要重新思考的。今天应该更加解放思想。"②即使在后来出版的"定本"中,王先生也再次申明:"这本书基本完成于四十年前,倘用我目前的文学思想和美学思想去衡量,是存在较大的差距的。但要将我今天的看法去校改原来的旧作,那是不可能的,除非另起炉灶,再写一本新书,由于这个缘故,我对现在这个定本的出版,怀有一种喜忧参半的心情。"③

吴琦幸先生也曾谈道:"先生坦诚说……事实上,我的研究还是有不少遗憾的,这本书中的有些观点呢,也没有脱离机械论,尤其是在立场观点上,延续了当时的说法。……如果要重新修订的话,要脱胎换骨了。不过我无法再花大力气去修订了。有待于后人的评价吧。"④这一再的提醒说明,王先生的确意识到这本"基本完成于四十年前"的著作与自己"对中国文

① 王元化:《〈文心雕龙讲疏〉日译本序》,《文心雕龙讲疏》,第360页。

② 吴琦幸:《王元化谈话录:1986—2008》,上海人民出版社2015年版,第49页。

③ 王元化:《文心雕龙讲疏·新版前言》,《文心雕龙讲疏》,第2—3页。

④ 吴琦幸:《王元化谈话录:1986—2008》,第279页。吴先生说,王先生此处所说的"定本"指的是上海古籍出版社1992年版的《文心雕龙讲疏》。

论的新看法”之间,“存在较大的差距”,这是我们不能忽略的。一方面,无论我们评价高低,首先我们应当对这样一部著作表示由衷的敬意,这是大前提。这并非因为王先生是大家,而是因为这部著作自身所显示的力量、自身所取得的成功,是因为其历经半个世纪之后仍展现出的学术、思想魅力。可以说,这部著作实现了郭绍虞先生的预言,“其价值决不在黄季刚《文心雕龙札记》之下也”①。另一方面,产生在那样一个特殊时代的这部学术著作,必然有着不可回避的一些问题,这是今天评价它不能不正视的。在这方面,我们同样不能因为作者是大家,就只有顶礼膜拜,而是应当实事求是地指出其不足和遗憾,也只有这样做,才是真正符合王先生自己的要求和意愿的。吴琦幸先生曾谈到王元化先生自己对鲁迅的态度:“我批评鲁迅是有一点,实际上我是很尊敬他的……但对他的缺点我一定要指出来,这才是一个真正的治学态度嘛,迷信什么你就让我全部说好,我是做不到的。”②笔者以为,王先生能够在特殊的年代留下这样一部影响巨大的经典之作,与其独特的学术人格和胸襟是分不开的。正是出于这种考虑,笔者希望虔诚地寻找王先生所意识到的“较大的差距”,更多地注意王先生所谓“在释义中是不是有做得过头或做得不足的地方”③,但由于个人的理论水平所限,一是未必能找到,二是找到的也未必是对的。

笔者觉得,从《文心雕龙柬释》到《文心雕龙创作论》,再到《文心雕龙讲疏》和《读文心雕龙》,这部规模不大而一再修订

---

① 王元化:《文心雕龙讲疏 · 备考》,《文心雕龙讲疏》,第363页。

② 吴琦幸:《王元化谈话录:1986—2008》,第449页。

③ 王元化:《〈文心雕龙〉创作论八说释义小引》,《文心雕龙讲疏》,第92页。

乃至不断更名的著作,代表着整整一个时代的"龙学"特点及其是非功过。应该说,作者的写作、结构方式,显示了极为严肃认真的学术态度,正如牟世金先生所指出,其"值得注意的,首先是严谨审慎的治学精神"①,这种态度堪为后世楷模。首先是作者所采用的"释义"和"附释"的方法,体现出其实事求是的著作态度,令人敬佩。其云:"有人不大赞成我采取附释的办法,建议我把古今中外融会贯通起来。这自然是最完满的论述方式,也正是我写作本书的初衷。但是限于水平,我还没有能力做到这一步。为了慎重起见,我觉得与其勉强地追求融贯,以致流为比附,还不如采取案而不断的办法,把古今中外我认为有关的论点,分别地在附释中表述出来。"②其次,其"严谨审慎的治学精神",还有牟世金先生所指出的另一方面:"据笔者所知,王著本不只'八说',还有几'说'既不愿收入其书,虽几经要求,至今仍不愿付梓,原因就是自认为'不成熟'。"③这样的著述态度,尤令今天急功近利的我们感到汗颜。

然而,这种"严谨审慎的治学态度"却无法逾越时代的樊篱,从而摆脱历史的局限。笔者以为,最根本的问题有两个:一是所谓"清理和批判的原则",所谓"在批判地继承我国古典文艺理论遗产方面提供一些新的研究方法",所谓"用科学观点

① 牟世金:《文心雕龙研究的回顾与展望》,《文心雕龙》学会编:《文心雕龙学刊》第二辑,齐鲁书社 1984 年版,第 46 页。

② 王元化:《〈文心雕龙创作论〉初版后记》,《文心雕龙讲疏》,第 344 页。

③ 牟世金:《文心雕龙研究的回顾与展望》,《文心雕龙》学会编:《文心雕龙学刊》第二辑,第 46 页。

去清理前人理论”①;二是对《文心雕龙》基本性质的判断,认为《文心雕龙》是后世所谓文学理论。显然,这两个问题在研究者那里,基本不是问题,是理所当然、毋庸置疑的前提。但王先生也清醒地意识到:“用科学观点去清理前人理论是一项困难的工作。……我们不应该把这种用科学观点清理前人理论的方法,和拔高原著使之现代化的倾向混为一谈。自然,运用这种方法而要做到恰如其分是很不容易的。”②因而,尽管作者要求自己“在阐发刘勰的创作论时,首先需要以实事求是的态度揭示它的原有意蕴,弄清它的本来面目”③,但在对《文心雕龙》基本性质的认识尚有问题的情况下,对它所作的“清理和批判”,便可能在某些方面产生理论判断上的失真。这在今天看来是令人感到遗憾的,而又是由时代所决定的,是个人所无法超越的历史局限。应该说,把《文心雕龙创作论》改为《文心雕龙讲疏》,虽仅是一个书名问题,但对笔者所说的这两个问题而言,显然有着一定程度的弱化,也就意味着向着《文心雕龙》的本来面目靠近;不过总体而言,这两个问题始终是存在的,这也就整体决定了其所代表的一代“龙学”的基本特点。笔者想,王先生所谓“感到不足的方面”,所谓“我没有将我近十多年来所形成的对中国文论的新看法表述在本书中”④,不知是

① 王元化:《〈文心雕龙〉创作论八说释义小引》,《文心雕龙讲疏》,第90、91、92页。

② 王元化:《〈文心雕龙〉创作论八说释义小引》,《文心雕龙讲疏》,第92页。

③ 王元化:《〈文心雕龙〉创作论八说释义小引》,《文心雕龙讲疏》,第89页。

④ 王元化:《文心雕龙讲疏·新版前言》,《文心雕龙讲疏》,第3页。

否与此有关呢？

二、对《文心雕龙》的基本认识

《文心雕龙》是一部什么书？王先生说："《文心雕龙》是中国古代文论的集大成者，它在内容上将史、论、评兼综在一起，读了这部书可以了解我国从先秦到南朝齐代的文学发展史，文学理论的原则与脉络，文学体裁的分类与流变，文学批评与文学鉴赏的标准和风格。总之，它可以说是当时的一部文学百科全书。"①应该说，这段话明确肯定了《文心雕龙》在中国古代文论中的崇高地位，代表了二十世纪八九十年代人们对《文心雕龙》的基本认识和评价，这里突出强调的一点是，《文心雕龙》具有"史、论、评兼综"的特点。对此，王先生曾不止一次地做过说明，如谓："在写作方法上，刘勰把'史''论''评'糅合在一起。"②这正是对其地位所作评价的根本所在，所谓"当时的一部文学百科全书"，着眼点应该就在这里。

但在笔者看来，与"《文心雕龙》把史、论、评糅合起来，成为一部具有系统性的专著"③这一认识相比较，更能反映王先生对《文心雕龙》一书之独特认识，还在后来他关于《文心雕

① 王元化：《一九八七年在瑞典斯德哥尔摩大学的演讲》，《文心雕龙讲疏》，第311页。

② 王元化：《〈文心雕龙〉创作论八说释义小引》，《文心雕龙讲疏》，第88页。

③ 王元化：《一九八八年广州〈文心雕龙〉国际研讨会闭幕词》，《文心雕龙讲疏》，第337页。

龙》文体论的评价。据吴琦幸先生的回忆，王先生曾明确指出，《文心雕龙》“这部书不仅仅是一部重要的文艺理论书，也是一部重要的中国文体学的书”，这应该是王先生在写完《文心雕龙创作论》之后，对《文心雕龙》的一个新认识。这个认识以对中古时期中国社会发展的总体认识为基础，认为“尤其是在文学艺术方面，各种文体都已经成熟，从先秦的《诗经》、《尚书》、铭文等到民间的歌谣、传说等，都用优美的文字记录下来。因此，有待一部巨著来进行分门别类，将文学的概念、文体的划分以及文学规律性的东西加以总结……刘勰在那种历史条件下成为撰写这一文学理论的大家”①。应该说，这是一个较为成熟的想法了。

而且，王先生还把对《文心雕龙》文体论的这种重视同它的系统性和逻辑性联系在一起，这就更是一个独特认识了。其云：“刘勰《文心雕龙》的系统性、逻辑性，恐怕是中国古籍中最值得瞩目的。逻辑性和系统性是关联在一起的。没有逻辑性，就不可能构成一个完整的系统。……只要研究一下《文心雕龙》文体论各篇，就可看到，其组织之靡密，结构之严谨，在当时堪称创举。”②笔者觉得，这种对文体论的重视和强调，是写作《文心雕龙创作论》前后的王先生所没有或不明确的。他曾经说：“《文心雕龙》关于文学创作的理论在当时的世界范围内可以说是首屈一指的，这部前无古人后无来者的奇书到今天还是中国古典文论的宝山，值得发掘。”③又说：“他在这个书中切

① 吴琦幸：《王元化谈话录：1986—2008》，第48页。

② 王元化：《一九八八年广州〈文心雕龙〉国际研讨会闭幕词》，《文心雕龙讲疏》，第337页。

③ 吴琦幸：《王元化谈话录：1986—2008》，第50页。

实分析了历代文体演变的过程以及功能,主要是从教化伦理的观念来分析各种文体。他从文学创作、写作的技巧等各方面分析和论述,形成了中国第一部系统的文学理论著作。"[①]虽然这里谈到了刘勰对"历代文体演变的过程以及功能"的分析,但这和上述对文体论的强调是完全不同的,这里重视的是刘勰"从文学创作、写作的技巧等各方面分析和论述,形成了中国第一部系统的文学理论著作",这也正是王先生要写作《文心雕龙创作论》的原因。他说:"创作论是侧重于文学理论方面的。释义企图从《文心雕龙》中选出那些至今尚有现实意义的有关艺术规律和艺术方法方面的问题来加以剖析,而这方面的问题几乎全部包括在创作论里面,这就是释义以创作论作为主要研究对象的原因。"[②]可以想见,假如王先生早就认识到《文心雕龙》这部"系统的文学理论著作"不仅仅体现在创作论方面,"其组织之靡密,结构之严谨"更体现在文体论上,那么王先生对《文心雕龙》的研究可能决不仅仅是《文心雕龙创作论》,我们后来看到的《文心雕龙讲疏》也就可能具有更丰富的内容了。因此笔者想,王先生把《文心雕龙创作论》改成了《文心雕龙讲疏》,有没有这方面的想法呢?王先生后来一再表示的对《文心雕龙》的新想法,有没有对文体论的新认识呢?

王先生重视《文心雕龙》的另一点,是上述已经谈到的"刘勰《文心雕龙》的系统性、逻辑性,恐怕是中国古籍中最值得瞩目的",而笔者更感兴趣的是,刘勰何以有这个"最"呢?王先

---

① 吴琦幸:《王元化谈话录:1986—2008》,第48—49页。

② 王元化:《〈文心雕龙〉创作论八说释义小引》,《文心雕龙讲疏》,第88—89页。

生认为,这是刘勰受到了因明学的影响。他 1983 年在日本说:"我认为《文心雕龙》与佛学的关系,不是直接的影响,而是在一定方面受到了间接的影响。简言之,主要就是他在方法论上受到了因明学的潜移默化的启示。"①又说:"刘勰的《文心雕龙》体大虑周,组织靡密,能够形成一个完整的系统,有一个很严密的体系,以致被章实斋誉为'成书之初祖'。这跟他受到了因明学的影响,是很有密切关系的。"②并具体指出:"佛家的重逻辑精神,特别是在理论的体系化或系统化方面不能不对他起着潜移默化作用。因此,只是在他所采取的方法上可能受到了佛家因明学的一定影响。"③五年之后,王先生再次申述了这样的看法:"《文心雕龙》把史、论、评糅合起来,成为一部具有系统性的专著。我认为,构成这种重逻辑的特色不能说没有因明学的影响。我还认为,刘勰也受到先秦名家乃至玄学家思辨思维的影响。"④应该说,《文心雕龙》之成为"体大思精"的理论巨著,有着多方面的原因,但其在"系统性、逻辑性"上的突出特点而成为"最"者,的确是一个值得探讨的问题,王先生抓住因明学的影响不放,并一再作突出强调,这在一定程度上解释了其所以为"最"的独特原因,是有着重要贡献的;虽然王先生没有更进一步地作出因明学影响刘勰思维情况的具体说明,

① 王元化:《一九八三年在日本九州大学的演讲》,《文心雕龙讲疏》,第 296 页。

② 王元化:《一九八三年在日本九州大学的演讲》,《文心雕龙讲疏》,第 297 页。

③ 王元化:《〈日本研究文心雕龙论文集〉序》,《文心雕龙讲疏》,第 282 页。

④ 王元化:《一九八八年广州〈文心雕龙〉国际研讨会闭幕词》,《文心雕龙讲疏》,第 337 页。

但却启发后来的研究者关注这个问题,进一步研究这个问题,这对认识刘勰的思想也是有帮助的。

王先生还谈到过一个令笔者格外感兴趣的问题,那就是他认为《文心雕龙》不仅仅是文学理论,而是有着刘勰对社会的分析。他说:"我对《文心雕龙》有兴趣的时候,正是我在一次政治运动中被隔离之后,思想处于非常低落的时候。这部书的内涵不仅是文学理论,更有着对社会的分析,尤其对六朝之前的文学的深刻认识。"①但令人遗憾的是,王先生没有对此多谈,没有进一步跳出文学理论的范围,阐述刘勰对社会的分析。而且笔者觉得,这段话的记录可能也有点问题,"更有着对社会的分析"与"尤其对六朝之前的文学的深刻认识"这两者之间应该不是这样的逻辑关系。笔者总是觉得,晚年的王先生对《文心雕龙》的认识,不仅已经跳出了"创作论"的圈子,已经着眼与创作论同等重要的"文体论",而且更跳出了"文学"的圈子,看到了刘勰及其《文心雕龙》的社会思想和文化意义。而这,应该是隐含着这样一个逻辑:作为一个著名文化学者和思想家,何以选择《文心雕龙》这样一部著作进行解剖;或者反过来,从文学理论研究起步的王先生,何以走向文化思想的研究和建设,而且在这样一个过程中,他始终没有放弃对《文心雕龙》的思考。无论哪个方向和过程,似乎都能说明这样一个问题或结论:《文心雕龙》"不仅是文学理论"。如上所述,王先生《文心雕龙讲疏》这本书的影响已远远超出了文学理论的范围,也可以说是一个佐证。

因此,笔者认为,王先生对《文心雕龙》的基本认识和评

① 吴琦幸:《王元化谈话录:1986—2008》,第38页。

价,更重要的不在于他指出"《文心雕龙》是中国古代文论的集大成者",甚至"是当时的一部文学百科全书",尽管这也是重要的,而在于王先生对《文心雕龙》的认识经历了一个过程,从重视其"创作论"到重视其"文体论",从重视其在"文学理论"上的创见,到重视其超出"文学"的文化思想乃至社会意义。从《文心雕龙创作论》到《文心雕龙讲疏》这一书名的变迁,似乎也有所表征,但毋庸置疑的是,王先生留下的这部论著主要还是一部文学理论著作,则上述所谓"喜忧参半"者,是否也有这一方面的原因呢?王先生所谓"另起炉灶,再写一本新书"①,这本"新书"的面貌我们虽难以想见,但其基本的思想倾向是否会延续笔者所说的这样一个趋势呢?

三、对《文心雕龙》创作论的阐释

对《文心雕龙》创作论的研究,显然是《文心雕龙讲疏》的中心内容。笔者以为,在"《文心雕龙》创作论八说"中,最成功的是《释〈体性篇〉才性说》,如区分风格的主观因素和客观因素,其云:"刘勰提出体势这一概念,正是与体性相对。体性指的是风格的主观因素,体势则指的是风格的客观因素。"②又如对刘勰风格论的基本评价,王先生说:"我以为刘勰以后的古代风格理论,总不及刘勰对风格问题的剖析那样具有丰富的内

① 王元化:《文心雕龙讲疏·新版前言》,《文心雕龙讲疏》,第2页。
② 王元化:《释〈体性篇〉才性说》,《文心雕龙讲疏》,第146页。

容和深刻的见解了。”[①]正如程千帆先生所说:“王元化讲我国古代文论中的风格,比别人讲得都好,这是由于他对德国古典美学体会深。不是硬用黑格尔套刘彦和,或者反过来。”[②]程先生可谓一语中的,目光犀利。如果要找一篇不太成功的,笔者觉得应该是《释〈比兴篇〉拟容取心说》,而其姊妹篇《再释〈比兴篇〉拟容取心说》一文虽其观点未必尽是,但从文章本身而言则相当成功,不仅有力地补充了前文,而且其逻辑思维严密,文风敦厚练达,展现了一代大家的文章风范,不可多得,令人向往。有鉴于此,笔者即以这两篇为重点,探讨一下王先生对《文心雕龙》创作论阐释的得失。

其实,早在《刘勰的文学起源论与文学创作论》一文中,王先生已经表达了对比兴问题的基本认识。其云:“《比兴篇》是探讨艺术形象问题的专论,篇中所提出的‘拟容取心’的命题,就是在艺术形象问题上分辨神形之间的关系。心和容亦即神和形的异名。”[③]这里明确地提出了对《比兴》篇的两个基本认识,一是探讨艺术形象问题的专论,二是重视其中的“拟容取心”说。王先生还指出:“他所说的‘拟容取心’就包括了心和容(即神和形)两个方面。拟容是指摹拟现实的表象,取心是指揭示现实的意义。他认为要创造成功的艺术形象,拟容和取心都是不可缺少的条件,既需要摹拟现实的表象,以做到形似,

① 王元化:《释〈体性篇〉才性说》,《文心雕龙讲疏》,第151页。

② 王元化:《文心雕龙讲疏·备考》,《文心雕龙讲疏》,第379页。

③ 王元化:《刘勰的文学起源论与文学创作论》,《文心雕龙讲疏》,第74页。

也需要揭示现实的意义，以做到神似。”①

正是从这一基本认识出发，王先生把对《比兴》篇的研究概括为《释〈比兴篇〉拟容取心说》，充分表明了他对刘勰“拟容取心”一语的高度重视。而之所以如此，笔者觉得这和王先生把“比兴”理解为艺术形象密切相关。他说：“根据刘勰的说法，比兴含有二义。分别言之，比训为‘附’，所谓‘附理者切类以指事’；兴训为‘起’，所谓‘起情者依微以拟议’。这是比兴的一种意义。还有一种意义则是把比、兴二字连缀成词，作为一个整体概念来看。《比兴篇》的篇名以及《赞》中所谓‘诗人比兴’，都是包含了更广泛的内容的。在这里，‘比兴’一词可以解释作一种艺术性的特征，近于我们今天所说的‘艺术形象’一语。”②一方面，王先生认为刘勰的“比兴含有二义”，另一方面王先生把侧重点放在了后一种意义上，即“近于我们今天所说的‘艺术形象’一语”。他进一步解释说：“我国的‘比兴’一词，依照刘勰‘比显而兴隐’的说法（后来孔颖达曾采此说），亦作‘明喻’和‘隐喻’解，同样包含了艺术形象的某些方面的内容。《神思篇》‘刻镂声律，萌芽比兴’，就是认为在‘比兴’里面开始萌生了刻镂声律、塑造艺术形象的手法。”③

从而，王先生得出这样的结论：“《比兴篇》是刘勰探讨艺术形象问题的专论，其中所谓‘诗人比兴，拟容取心’一语，可以说是他对于艺术形象问题所提出的要旨和精髓。”④应该说，

① 王元化：《刘勰的文学起源论与文学创作论》，《文心雕龙讲疏》，第75页。

② 王元化：《释〈比兴篇〉拟容取心说》，《文心雕龙讲疏》，第158页。

③ 王元化：《释〈比兴篇〉拟容取心说》，《文心雕龙讲疏》，第159页。

④ 王元化：《释〈比兴篇〉拟容取心说》，《文心雕龙讲疏》，第159页。

把“比显而兴隐”理解为“明喻”和“隐喻”，并认为“包含了艺术形象的某些方面的内容”，是没有问题的；但所谓“刻镂声律，萌芽比兴”，却并不是说“在‘比兴’里面开始萌生了刻镂声律、塑造艺术形象的手法”，而只是说文章的写作从比兴开始而已。比兴确实是写文章的一个艺术手法，但在刘勰的理论体系中，还不是“塑造艺术形象的手法”，这是并不相同的两个问题。原因很简单，《文心雕龙》所研究的“为文之用心”，是立足于当时所谓“文章”之写作的，这个“文章”虽然包含后世所谓文学作品，如诗歌散文等文体，但其中大量的文体是实用性的；所谓《文心雕龙》的创作论也是基于这些文体的文章写作论，而不是以塑造艺术形象为中心的文艺创作论。正因如此，王先生由此出发对“拟容取心”所作的一段经典解释，在笔者看来也就与刘勰的本意相去甚远了。其云：

> “拟容取心”这句话里面的“容”“心”二字，都属于艺术形象的范畴，它们代表了同一艺术形象的两面：在外者为“容”，在内者为“心”。前者是就艺术形象的形式而言，后者是就艺术形象的内容而言。“容”指的是客体之容，刘勰有时又把它叫做“名”或叫做“象”；实际上，这也就是针对艺术形象所提供的现实的表象这一方面。“心”指的是客体之心，刘勰有时又把它叫做“理”或叫做“类”；实际上．这也就是针对艺术形象所提供的现实意义这一方面。“拟容取心”合起来的意思就是：塑造艺术形象不仅要摹拟现实的表象，而且还要摄取现实的意蕴，通过现实表象

的描绘，以达到现实意蕴的揭示。①

这一段对“拟容取心”四字的阐释得到了不少《文心雕龙》研究者的赞同和欣赏，也因此经常被引用。如果说王先生借助“拟容取心”这一说法来阐释自己对文艺学上“塑造艺术形象”这一重要理论问题的认识，那么笔者也觉得这番论述是非常到位和经典的，可以说是对刘勰“拟容取心”一语的推陈出新和再创造。但若就刘勰使用这四个字的本意而论，则笔者觉得王先生的解释已经不是刘勰的想法了。如上所述，这与王先生对刘勰“比兴”一词的基本认识是密切相关的。

正像王先生所指出，刘勰把“比训为‘附’，所谓‘附理者切类以指事’；兴训为‘起’，所谓‘起情者依微以拟议’”②，这可以说是《比兴》篇的基本思想，因此，所谓刘勰的“比兴含有二义”，这一理解本身已经不尽符合《比兴》之旨，或者说已经超出了刘勰的想法，而进一步把合起来的“比兴”一词理解为“艺术形象”，甚至把这一个含义当成了《比兴》的主旨，这就一步步离开了刘勰的本意。来自《比兴》篇“赞”词的“拟容取心”一语，确是刘勰用以概括“比兴”一词的，但并非概括作为“艺术形象”的“比兴”这样一个合成概念，而是分别解释“比”和“兴”的一个形象说法。其原文为：“诗人比兴，触物圆览；物虽胡越，合则肝胆。拟容取心，断辞必敢。”③所谓“拟容”，所指正是“附理者切类以指事”，所谓“取心”，所指正是“起情者依微

① 王元化：《释〈比兴篇〉拟容取心说》，《文心雕龙讲疏》，第161页。

② 王元化：《释〈比兴篇〉拟容取心说》，《文心雕龙讲疏》，第158页。

③ 戚良德辑校：《文心雕龙》，上海古籍出版社2015年版，第214页。

以拟议”;所谓“拟容取心”,不过是刘勰用来总括《比兴》篇开始提到的“比”“兴”的含义,并没有什么新的思想,这是《文心雕龙》各篇赞词的通例。实际上,在笔者看来,刘勰所讲的“比兴”主要就是“比”和“兴”,是文章写作的常用手法,它们当然不能和艺术形象无关,但由刘勰对“文章”的基本认识和《文心雕龙》的基本性质所决定,它们主要不是塑造艺术形象的手法。这也就是笔者觉得《释〈比兴篇〉拟容取心说》一文不够成功的原因。

不过,作为这一篇的补充,《再释〈比兴篇〉拟容取心说》一文则有着极高的学术价值。如关于“六义”,王先生以高屋建瓴之势,对这一传统的学术问题作出了要言不烦的概括。其云:

> 郑注六义是兼赅诗体、诗法而言,《孔疏》六义则是把诗体、诗法严格区别开来,从而指明两者区别所在。然而,这并不等于说要否定《孔疏》的价值。从探讨六诗或六义的原始意义方面来看,自然当以《郑注》为长,《孔疏》是不足为训的。不过问题并不这么简单。……撇开诠释六义的原旨这一点不论,单就阐述诗的表现方法来说,《孔疏》自有它的积极意义。它更明确地提出了诗法问题,把赋、比、兴列为三种表现方法(实际上也就是兼综了叙述和描写两方面),对后人有着很大影响,开启了此后对于诗的表现方法越来越深入的研究,这都是不容抹煞的。[①]

---

① 王元化:《再释〈比兴篇〉拟容取心说》,《文心雕龙讲疏》,第183页。

这段话举重若轻,充分展示了王先生精密的理论思辨能力和通达的学识,其结论令人折服。他又说:“刘勰生于南朝,是汉代以后唐代以前的人物。他对六义的看法,可以说是《郑笺》《孔疏》之间的过渡环节,起着承前启后的作用。他比《郑笺》更进一步侧重于诗法的探讨,但又不像《孔疏》那样把诗体和诗法截然区分开来。总的来说,他仍保持了《郑笺》那种体即是用、用即是体、诗体与诗法相兼的观点。”①笔者觉得,这一对刘勰关于“六义”思想之历史地位的评价也是极为得体而令人心悦诚服的。正因有此基础,王先生对刘勰“比兴”的认识,与上一篇便有所不同了。其云:“《比兴篇》列入创作论,自然把重点放在创作方法上,但由于刘勰仍保持着汉人体法相兼的观点,既把比兴当做艺术方法看待,又把比兴当做由艺术方法所塑造的艺术形象看待,所以篇中才有‘比体’‘兴体’之称。”②尽管这里还是认为刘勰的“比兴”有两个含义,但却明确指出了刘勰“自然把重点放在创作方法上”,实际上也就对上述所谓“塑造艺术形象”问题之于刘勰《比兴》篇的意义有所修正。

实际上,王先生对比兴问题从未停止过自己思考的脚步。他不仅一再阐释《比兴》篇,而且在对其他问题的思考中也联系比兴问题,以深化或校正自己的理解和认识。如王先生一直重点思考的一个问题是中国古代关于言意关系的论述,他说:“《文心雕龙》在言意之辨问题上,屡次申明了言尽意的主张。

---

① 王元化:《再释〈比兴篇〉拟容取心说》,《文心雕龙讲疏》,第184页。

② 王元化:《再释〈比兴篇〉拟容取心说》,《文心雕龙讲疏》,第184页。

如《神思篇》所云‘意授于思，言授于意，密则无际，疏则千里’可为明证。”[①]但他后来指出：“我一直采取这种看法，但也一直未能惬恰于心。因为《文心雕龙》还有另外一面，如其中所说的‘思表纤旨，文外曲致，言所不追，笔固知止’‘物色尽而情有余者，晓会通也’等等，这些话似乎又表示了语言并不能完全涵盖思想的意思。”[②]这样，王先生自然地联系到了刘勰的比兴理论，他说：“刘勰的言意之辨在于说明什么问题呢？依我看，他是企图阐明文学的写意性。……中国诗学中的比兴之义，贯串历代文论、诗话中，形成一种民族特色。倘从比兴之义去探讨《文心雕龙》的言意问题，也许过去讨论中的各种矛盾、分歧都可以迎刃而解了。”[③]

从刘勰“企图阐明文学的写意性”这一角度认识他的“言意之辨”，确乎是一个崭新的角度，这不仅不必再纠缠于“言尽意”或“言不尽意”的争论之中，而且从“写意性”与“想象”的联系出发，认识到“中国诗学中的比兴之义，贯串历代文论、诗话中，形成一种民族特色”，这一对“比兴”的认识即使不是全新的，也肯定不同于上述“塑造艺术形象”的理解了；尤其是其中的所谓“民族特色”，显然与“塑造艺术形象”是非常不同的问题。以此而论，则王先生对以探讨《文心雕龙》创作论为中心的《文心雕龙讲疏》一书有遗憾，乃至因此想写一本新书，所

① 王元化：《一九八三年在日本九州大学的演讲》，《文心雕龙讲疏》，第294页。

② 王元化：《一九八八年广州〈文心雕龙〉国际研讨会闭幕词》，《文心雕龙讲疏》，第335页。

③ 王元化：《一九八八年广州〈文心雕龙〉国际研讨会闭幕词》，《文心雕龙讲疏》，第335—336页。

谓"亦喜亦忧"者,亦可从此略窥一二了。

四、理论观念与阐释方式

黑格尔曾经说过:"哲学史的研究就是哲学本身的研究,不会是别的。"①他认为,"哲学史将不只是表示它内容的外在的偶然的事实,而乃是昭示这内容——那看来好像只属于历史的内容——本身就属于哲学这门科学。换言之,哲学史的本身就是科学的,因而本质上它就是哲学这门科学"②。正因如此,黑格尔主张"通过哲学史的研究以便引导我们了解哲学的本身"③。应该说,黑格尔的这种认识和主张是一把双刃剑。一方面,哲学史的研究确可以引导人们了解哲学本身,甚至成为哲学本身的研究,从而达成一种良性互动,使得哲学史的研究具有充分的现实实践品格和理论深度,哲学本身也因此更具历史的纵深感;但另一方面,有时会因对历史和现实理论形态及观念所存在差距的忽视,导致不符合甚至违背历史事实的情况出现。正如文德尔班所指出,黑格尔哲学史的那些"'范畴'出现在历史上的哲学体系中的年代次序,必然地要与这些同一范畴作为'真理因素'出现在最后的哲学体系(按照黑格尔的意见,是他自己的体系)的逻辑结构中的逻辑体系次序相适应。

① [德]黑格尔:《哲学史讲演录》第一卷,贺麟、王太庆译,商务印书馆1983年版,第34页。

② [德]黑格尔:《哲学史讲演录》第一卷,贺麟、王太庆译,第12页。

③ [德]黑格尔:《哲学史讲演录》第一卷,贺麟、王太庆译,第9—10页。

这样，本来是正确的基本思想，在某种哲学体系的控制下，导致了哲学史的结构错误，从而经常违背历史事实”①。

作为黑格尔的服膺者，写作《文心雕龙创作论》时的王先生可以说是踌躇满志地希望通过对《文心雕龙》的阐释，探寻文学的发展规律。他说：“当我开始构思并着手撰写它的时候，我的旨趣主要是通过《文心雕龙》这部古代文论去揭示文学的一般规律。在文艺领域内，长期忽视艺术性的探索，是众所周知的事实。”②然而，正像黑格尔面对关于哲学史与哲学关系的命题一样，王先生面对同样的两难之境。显然，作为中国古代空前绝后的文论巨典，《文心雕龙》肯定包含许多“文学的一般规律”，王先生之所以选择它作为研究对象，正是良有以也。然而，产生在齐梁时期的这部著作毕竟又是中国古代文论中一个早熟的体系，如上所述，其与后世所谓“文学理论”原本就有巨大的差距，则所谓“文学的一般规律”，其普适性就是一个问题了。我们上文所谈到的王先生关于“拟容取心”的阐释问题，正是这样一个例子。

当然，以王先生的理论素养和思想勇气，他自然能够发现并努力解决其中的问题。他说：“在经过‘文革’之后，我有机会对黑格尔的哲学进行清理，对这种规律观念做了反思。我准备做一些调整。”③这些反思和调整就是：“我对于黑格尔的哲学作了再认识再估价。以前我认为规律的存在是不言自明的，而理论的工作就在于探寻规律也是不容置疑的。现在我的看

---

① ［德］文德尔班：《哲学史教程》，罗达仁译，商务印书馆 1987 年版，第 20 页。

② 王元化：《文心雕龙讲疏·序》，《文心雕龙讲疏》，第 2 页。

③ 吴琦幸：《王元化谈话录：1986—2008》，第 40 页。

法改变了,我认为事物虽有一定的运动过程、因果关系,但如果以为一切事物都具有规律性那就成问题了。”[①]王先生指出:“从历史的发展中固然可以推考出某些逻辑性规律,但这些规律只是近似的、不完全的。历史和逻辑并不是同一的,后者并不能代替前者。黑格尔哲学往往使人过分相信逻辑推理,这就会导致以逻辑推理来代替历史的实证考察。从事理论研究一旦陷入这境地,就将如同希腊神话中的安泰脱离了大地之母一样,变得无能了。我读黑格尔以后所形成对于规律的过分迷信是,使我幻想在艺术领域内可以探索出一种一劳永逸的法则。当我从这种迷误中脱身出来,我把这经验教训写进了《文心雕龙讲疏》的序中。”[②]应该说,王先生对黑格尔思想的反思,比文德尔班的批判更为形象生动而深刻,但对《文心雕龙讲疏》这部产生在特定时代的著作而言,他除了在“序”中予以说明之外,能做的工作就是“删削”了。他说:“《文心雕龙创作论》初版在论述规律方面所存在的某些偏差,第二版中仍保存下来,直到在这新的一版里,我才将它们刈除。但这只是删削,而不是用今天的观点去更替原来的观点。”[③]这就是一些学者所指出的,王先生生前一直在对《文心雕龙创作论》作减法[④],其良苦用心和思想家的虔诚与执着,是令人敬佩的。但正如王先生所强调的,“这只是删削,而不是用今天的观点去更替原来的

---

① 吴琦幸:《王元化谈话录:1986—2008》,第 375 页。

② 吴琦幸:《王元化谈话录:1986—2008》,第 313—314 页。

③ 王元化:《文心雕龙讲疏·序》,《文心雕龙讲疏》,第 5 页。

④ 参见刘凌:《王元化“规律”反思与〈文心雕龙创作论〉“减法”式修订》,《古代文化视野中的文心雕龙》,吉林大学出版社 2010 年版,第 199 页。

观点”,而且,“删削”有时也只能是有限的,这大约正是这部书令王先生感到“喜忧参半”的根本原因。

一个典型的例子是王先生对《镕裁》篇的阐释。他说:“但我对这一版也有于心未惬的所在,这就是《释〈镕裁篇〉三准说》这一章。现在我不能对它进行过多修改,使之脱胎换骨,但我又认为这一问题是值得重视的,因而就索性让它像人体上所存在的原始鳃弧一样保存下来了。”①王先生对这一章不满意的是什么呢?我们不妨略加分析。《镕裁》篇所谓“三准”,刘勰是这样说的:“凡思绪初发,辞采苦杂;心非权衡,势必轻重。是以草创鸣笔,先标三准:履端于始,则设情以位体;举正于中,则酌事以取类;归余于终,则撮辞以举要。然后舒华布实,献替节文。”②其意是说,大凡临文之始,往往苦于辞采繁杂,也就容易取舍不当。所以提笔为文,首先要遵循三项原则:一是确定适用的文体,二是选择征引的事类,三是概括文章的要点。然后再展纸落墨而抒情言志,推敲音节而修饰文采。也就是说,“三准”属于文章写作的准备阶段。所谓“履端于始”“举正于中”“归余于终”云云,只是借用《左传·文公元年》所谓“正时”③的说法作为论述的顺序词,犹言“首先”“其次”“最后”,基本不具有先后步骤的意义。但在《释〈镕裁篇〉三准说》中,王先生则认为刘勰的“三准”“表明文学创作过程可分为‘设情’‘酌事’‘撮辞’三个步骤”,并说:“从‘情志’转化为

---

① 王元化:《文心雕龙讲疏·序》,《文心雕龙讲疏》,第5—6页。

② 戚良德辑校:《文心雕龙》,第197页。

③ 《左传·文公元年》:“先王之正时也,履端于始,举正于中,归余于终。”(杨伯峻编著:《春秋左传注》修订本,中华书局1995年版,第510页。)

'事类',再由'事类'发挥为'文辞',这就是刘勰所标明的文学创作过程中的三个步骤。"①从这一认识出发,王先生对所谓"三个步骤"的阐发虽深入文学创作之理,却未必是刘勰《镕裁》篇的本意了。如对所谓第二步的"酌事"作了这样的解释:

> 紧接着上面一步,作家凭借生活中的记忆唤起了想象活动,逐步摆脱了开头萌生在自己心中的情志的普泛性和朦胧性,使之依次转化为具体的事类,然后再听从情志的指引,把它们熔铸成鲜明生动的意象,使"事切而情举"。这就是刘勰所说的"酌事以取类"。所谓"酌事以取类",意思也就是说,作家经过"权衡损益,斟酌浓淡"的过程,把原来分散开来的纷纭杂沓的事件,变成"首尾圆合,条贯统序"的意象。……这些意象是个别的"事",又是普遍的"类"。②

这里描述的显然属于文学创作的一般规律,却与刘勰所说的"为文之用心"颇为不同。所谓"作家凭借生活中的记忆唤起了想象活动",并"使之依次转化为具体的事类",再"熔铸成鲜明生动的意象",这与刘勰所说的怎样在写作中征引合适的典故事类,基本不是一个问题。尤其是所谓"这些意象是个别的'事',又是普遍的'类'",这已经完全不是刘勰所说的"事类"了。

也正是从文学创作过程的"三个步骤"的理解出发,王先

① 王元化:《释〈镕裁篇〉三准说》,《文心雕龙讲疏》,第217、222页。

② 王元化:《释〈镕裁篇〉三准说》,《文心雕龙讲疏》,第220页。

生在这一章的“附释二”以“文学创作过程问题”为题专门介绍了别林斯基关于文学创作过程的“三个步骤”①，以及黑格尔阐述的“理念经过了怎样自我发展的过程而形成为具体的艺术作品”的“三个步骤”。② 显然，他们的“三个步骤”，所论都是以人物形象的塑造为中心的叙事文学，其与刘勰关于文章写作准备阶段的“三准”不是一个问题，也就很难相互生发了。

这里便再次涉及到《文心雕龙讲疏》一书的体例问题。如上所述，王先生所采用的“释义”和“附释”的方法，首先体现出其实事求是的著作态度，但也不能不说，其中经常有着如释《镕裁》篇一样的难以贯通，而不得不采取这样的方式。王先生自己也承认，“把古今中外融会贯通起来”，“这自然是最完满的论述方式，也正是我写作本书的初衷”。③ 但为什么仍然坚持用“释义”和“附释”的方式呢？除了严谨的求实作风，我想其中还有一个客观上很难贯通的无奈。“附释”中谈到了不少西方文学理论，而谈西方文论则必以人物形象的塑造为中心，这对于《文心雕龙》来说，却是基本未涉及的问题。一个是中心问题，一个却基本不涉及，这怎么能融为一体呢？这也充分说明，他们的研究对象原本有很大不同，因而其话语方式和理论体系是有重大区别的。如《释〈附会篇〉杂而不越说》，其“附释二”介绍黑格尔《美的理念》对“整体与部分和部分与部分之间的必然性和偶然性关系”的论述，并概括云：“艺术创作

---

① 参见王元化：《释〈镕裁篇〉三准说》，《文心雕龙讲疏》，第225—226页。

② 参见王元化：《释〈镕裁篇〉三准说》，《文心雕龙讲疏》，第228页。

③ 参见王元化：《〈文心雕龙创作论〉初版后记》，《文心雕龙讲疏》，第344页。

一方面要把生活真实中各个分散现象间的内在联系这种必然性直接表现出来呈现于感性观照,另方面又必须保持生活现象形态中的偶然性,使两方面协调一致,这是艺术创作的真正困难所在。在成功的艺术作品中,生活的现象形态保持下来了,但它们彼此分裂的片面性被克服了;偶然性的形式也保持下来了,但必然性通过偶然性为自己开辟了道路。"[①]我们不能说这些深刻的揭示与刘勰的"杂而不越"说没有一点关系或启示,但它们之间确乎并没有什么必然的联系和瓜葛,因为它们原本谈的不是一个问题。这样一来,也就只能作为"附释"而不太可能与正文的"释义"融会贯通了。

五、研究方法与文风问题

王先生《文心雕龙讲疏》的一个重要成就是提供了一套切实可行的研究方法,从而在《文心雕龙》与中国古代文论的研究上作出了示范,甚至可以说开辟了《文心雕龙》研究的一个新时代。因此,与《文心雕龙讲疏》一书中所论述的一些有关刘勰文艺思想的具体观点相比,该书在研究方法上的启示意义或许是更为重要的。对此,牟世金先生是较早认识到并进行概括的,他说:"《文心雕龙创作论》的值得重视,就在于它早就用新的方法取得了丰硕的新成果。……可得而言者,是本书创造了一整套行之有效的综合研究法:第一是宏观研究和微观研究

① 王元化:《释〈附会篇〉杂而不越说》,《文心雕龙讲疏》,第252—253页。

相结合,第二是文史哲研究相结合,第三是古今中外的比较、联系相结合。”①

值得注意的是,牟先生的概括与王先生自己的说明略有不同。王先生在谈到自己的研究方法时说:“我首先想到的是三个结合,即古今结合、中外结合、文史哲结合。尤其是最后一个结合,我觉得不仅对我国古代文论的研究,就是对于更广阔的文艺理论研究也是很重要的。”②显然,王先生所说的“三个结合”,被牟先生概括为两个,另外加了一个“宏观研究和微观研究相结合”,仍然是三个结合,但内容更为丰富了,也可以说更为符合《文心雕龙讲疏》一书的实际了。牟先生所重视的“宏观研究和微观研究相结合”,确为王先生这本“龙学”名著的突出特点。王先生虽未作这样明确的概括,但实际上从不同的方面均有提及。如谓:“释义对刘勰理论的阐述,力求‘根柢无易其固,而裁断必出于己’。笔者尝试运用科学观点对它进行剖析,把写作过程作为自己的学习过程。”③王先生所倡导的“根柢无易其固,而裁断必出于己”的著述态度得到许多研究者的赞赏,而其要义正是强调“微观研究”之于“龙学”的根本意义。王先生又说:“在阐发刘勰的创作论时,首先需要以实事求是的态度揭示它的原有意蕴,弄清它的本来面目,并从前人或同时代人的理论中去追源溯流,进行历史的比较和考辨,探其渊

---

① 牟世金:《“龙学”七十年概观》,《雕龙后集》,山东大学出版社1993年版,第28页。

② 王元化:《〈文心雕龙创作论〉第二版跋》,《文心雕龙讲疏》,第350页。

③ 王元化:《〈文心雕龙〉创作论八说释义小引》,《文心雕龙讲疏》,第89页。

源，明其脉络。”①这里仍然强调了“微观研究”对阐发刘勰创作论的重要性。

王先生同时又指出：“如果把刘勰的创作论仅仅拘囿在我国传统文论的范围内，而不以今天更发展了的文艺理论对它进行剖析，从中探讨中外相通，带有最根本、最普遍意义的艺术规律和艺术方法……那么不仅会削弱研究的现实意义，而且也不可能把《文心雕龙》创作论的内容实质真正揭示出来。”②这应该便是牟先生所指的“宏观研究”了。王先生曾说：“笔者还怀有这样一个愿望：经过清理批判之后，使我国古典文艺理论遗产更有利于今天的借鉴，也更有利于使它在世界文学之林中取得它本来应该享有的地位。像《文心雕龙》这部体大虑周的巨制，在同时期中世纪的文艺理论专著中还找不到可以与之并肩的对手，可是国外除了少数汉学家外，它的真正价值迄今仍被漠视。这原因除了中外文字隔阂，恐怕也由于还没有把它的理论意蕴充分揭示出来。”③这正是从微观入手而着眼宏观的种考量，同时，他还要求“把《文心雕龙》创作论去和我国传统文论进行比较和考辨”，“把它去和后来更发展了的文艺理论进行比较和考辨”，而且“这种比较和考辨不可避免地也包括

---

① 王元化：《〈文心雕龙〉创作论八说释义小引》，《文心雕龙讲疏》，第 89 页。

② 王元化：《〈文心雕龙〉创作论八说释义小引》，《文心雕龙讲疏》，第 89 页。

③ 王元化：《〈文心雕龙〉创作论八说释义小引》，《文心雕龙讲疏》，第 91—92 页。

了外国文艺理论在内”①,这种古今中外的比较也正是一种“宏观研究和微观研究相结合”的方法。

在“三个结合”的研究方法中,王先生格外重视和强调的是“文史哲结合”的研究方法,他说:“尤其是最后一个结合,我觉得不仅对我国古代文论的研究,就是对于更广阔的文艺理论研究也是很重要的。……关于这些问题的思考逐渐使我认识到在研究上把文史哲结合起来的必要。”在三十年前,王先生明确强调文史哲的结合,指出“今天在我们这里往往由于分工过细,使各个有关学科彼此隔绝开来,形成完全孤立的状态,从而和国外强调各种边缘学科的跨界研究的趋势恰成对照”②,这实在不能不说是一种高瞻远瞩之见。尤其是王先生所谓“跨界研究”,在今天已成为一个颇为流行的词语,仅此便足以说明王先生以其深厚的理论功底,为《文心雕龙》以及中国古代文论研究提供了何等重要的方法论启示。

至于比较研究的方法,王先生也有自己的理解。他曾经说道:“后来有文学评论者说我这本书属于比较文学研究。季羡林先生也是这样评价。实际上我对于比较文学并没有研究。我觉得比较文学的研究需要精通几种文字,并要能够读通原著,精通原著,必须要在本国语言的基础上进行双向的比较研究,这种研究包括了创作理论、思维、美学和语言。比较文学不是比附文学。”③王先生虽谦言自己对于比较文学并没有研究,

① 王元化:《〈文心雕龙〉创作论八说释义小引》,《文心雕龙讲疏》,第 90 页。

② 王元化:《〈文心雕龙创作论〉第二版跋》,《文心雕龙讲疏》,第 350—351 页。

③ 吴琦幸:《王元化谈话录:1986—2008》,第 55 页。

但他并不反感人们把他的《文心雕龙创作论》视为比较文学研究著作。只是他对所谓比较研究有自己严格的理解，这些认识可以说正是比较文学的精髓，即使在今天仍然具有重要的指导意义。王先生尤其强调"比较文学不是比附文学"，他说："我国古代文论具有自成系统的民族特色，忽视这种特殊性，用今天现有的文艺理论去任意比附，就会造成生搬硬套的后果。"①又说："摒弃比附的方法，用比较的方法，就是要用科学的文艺理论的观点和概念阐述古代朦胧的尚在萌芽中的观点。我始终反对比附的方法。事实上，我在近来的报刊和杂志上，包括一些人给我的论文中，看到了用比附的方式来研究古代文论，这是要不得的。"②可以看出，王先生对比较文学有自己深刻的理解，其比较方法的运用也就避免了简单的"比附文学"，从而不仅使其《文心雕龙讲疏》在古今中外的比较中取得了不少重要理论成就，而且其比较的方法也成为《文心雕龙》与中国古代文论研究的重要收获。

王先生在自觉运用"三个结合"研究方法的同时，还格外重视与研究方法密切相关的学风问题，这是值得我们注意和重视的。首先是他强调乾嘉学风的重要性，强调"小学功夫"以及考据训诂在古代文论研究中的重要性。他说："小学功夫确实是做古典文论的基础之一，但是更重要的是养成朴学的治学风格，也就是不要人云亦云，或者不下苦功夫，甚至丢弃这种功夫。这在乾嘉学者中是非常鲜明的治学特点。……目前有些

---

① 王元化：《〈文心雕龙〉创作论八说释义小引》，《文心雕龙讲疏》，第 89 页。

② 吴琦幸：《王元化谈话录：1986—2008》，第 57 页。

运用新的文学理论去研究古代文论的人,时常会有望文生义、生搬硬套的毛病,就是没有继承前人在考据训诂上的成果而发生的。"①可以说,王先生在数十年前指出的这些问题,无一不是我们学术研究中始终存在的学风问题,同时,他还要求"回到认真总结传统学问的轨道上来",我们在王先生之后所走过的学术道路倒也在一定程度上应验了这样的呼吁和导向。作为一个有影响的思想家,王先生却特别强调实证研究的必要性,这实在是令人肃然起敬的。他说:"真正的训诂考证都是用来解决历史疑难问题的,同时在其治学方法和作风方面有很大的贡献。乾嘉学派偏重于家学和传承,这也使之形成严谨、朴实的治学风格。……解放后,大陆学术界以论带史,臆说妄断取代了认真的考证,逐渐形成一种议论愈多内容则愈是空疏的文风。史学家贵在有识,这是谁也不会反对的,但是,观点必须建立在实证上,历史事实是不能靠逻辑推理去演绎的。从中国当代学术研究实况中可以看出不讲科学研究方法,学术研究用功利主义、为我所用,影响了一代人的学风,这种学风将影响整个社会风气。所以学风的问题是一个时代的问题,它会影响社会的各个方面。"②作为著名的理论家,王先生特别强调"观点必须建立在实证上",强调"历史事实是不能靠逻辑推理去演绎的",这正是其《文心雕龙讲疏》以其深厚扎实的历史功底而成为"龙学"经典的重要原因之一。应该说,王先生所批评的"学术研究用功利主义、为我所用"等不良风气,数十年来始终存在,是值得学术界认真反思的。

---

① 吴琦幸:《王元化谈话录:1986—2008》,第104页。

② 吴琦幸:《王元化谈话录:1986—2008》,第104—105页。

其次,王先生特别指出的另一个学风问题是如何对待别人学术观点的问题,这看起来是一个很具体的小问题,但王先生不止一次地提到过,笔者觉得是一个应该引起我们注意的重要问题。他说:

> 我曾经说,我们时或可以看到,有人提出一种新观点或新论据,于是群起袭用,既不注明出自何人何书,以没其首创之功,甚至剽用之后反对其一二细节加以挑剔吹求,以抑人扬己。这种学风必须痛加惩创,杜绝流传。我们应该对古往今来提出任何一种新见解的理论家,都在正文或脚注中一丝不苟地予以注明。我们必须培养这种学术道德风尚。①

王先生这儿谈到了密切相关的两个问题,一是引用别人的学术观点不加注明,二是不仅不加注明,而且顺带吹毛求疵,以显示自己的见解高人一等。这确乎是学术研究中一个令人厌恶的作风,却又是一种经常能够见到的现象。就笔者所见,指出这种现象的人并不多,但王先生却一再痛加针砭。对此,著名史学家胡厚宣先生曾深有同感,他引用上述王先生的论断说:"上海著名学者王元化教授在他的著作《文心雕龙讲疏》中恳切谈到'当前文风中的一个问题'。……王教授谈的是文学界的问题,其实历史考古古文字学界也都是一样。"②可见,这

---

① 王元化:《〈文心雕龙创作论〉第二版跋》,《文心雕龙讲疏》,第358页。又见王元化:《文学沉思录》,上海文艺出版社1983年版,第60页。

② 王元化:《文心雕龙讲疏·备考》,《文心雕龙讲疏》,第384页。

是一个带有普遍性的学风问题，值得我们警醒。换言之，我们必须牢记王先生的期许：培养良好的学术道德风尚。

王元化先生研究《文心雕龙》，倡导"根柢无易其固，而裁断必出于己"，这一态度得到许多研究者的赞赏，这两句话可以说已成为王先生的"龙学"名言。王先生在《清园夜读》中曾谈到过这两句话的来历，他说："我觉得，十力先生在治学方面所揭櫫的原则：'根柢无易其固，而裁断必出于己'，最为精审。我自向先生请教以来，对此宗旨拳拳服膺，力求贯彻于自己治学中。"①对这两句话的理解，研究者已经谈得很多了。不过，现代著名文艺理论家钱谷融先生曾有一段话，虽非专门就此而言，但笔者觉得可视为对王先生服膺这两句话的一个独特阐释。钱先生说："譬如王元化，你看他无论谈什么问题，都要穷根寻柢，究明它的来龙去脉，然后一无依傍，独出心裁，作出自己的判断。尽管他的态度十分谦虚，决不说自己的主张就是绝对正确的，而且也真诚地欢迎别人提出不同的意见来与他商榷，但在骨子里，他是十分自信的，他的主张不是轻易动摇得了的。"②笔者只有幸专程拜访过王先生一次，实在不敢说先生"骨子里"是什么样的人，但仅以研读王先生著作之感，亦可说钱先生之论堪为知言。笔者想，这其实才是王先生以一本并不很厚的"龙学"著作而成为二十世纪"龙学"大家的根本原因吧。

---

① 王元化：《熊十力二三事》，《清园夜读》（增订版），中国社会科学出版社 1997 年版，第 112 页。

② 钱谷融：《谈王元化》，钱钢编：《一切诚念终将相遇——解读王元化》，湖北教育出版社 2003 年版，第 4 页。

牟世金与二十世纪“龙学”*

在近百年的“龙学”史上，有两位出版“龙学”专著最多的人，一位是牟世金先生，另一位是台湾的王更生先生，他们出版的“龙学”著作均超过十种。颇为巧合的是，两位先生均出生于1928年（戊辰龙年）7月，其经历、学养虽各有不同，但其于“龙学”的执着和虔诚却是非常相似的。① 就牟先生而言，不仅其“龙学”著作的数量为大陆学者之冠，而且更有骄人的质量，其中成为“龙学”名著的不在少数，如《文心雕龙译注》《雕龙集》《刘勰年谱汇考》《文心雕龙研究》等，均为研究者耳熟能详的“龙学”著作，尤其是《文心雕龙译注》一书，成为“龙学”中少有的畅销书和长销书，堪称奇迹。季羡林先生任名誉主编的大型丛书“二十世纪中国文学研究”之《魏晋南北朝文学研究》一书认为：“回首百年《文心雕龙》研究，其杰出成果，有目共睹。……前50年的代表人物是黄侃、范文澜、刘永济，后50年

---

* 本文原为作者《百年“龙学”探究》第六章，上海古籍出版社2019年版，第253—320页。

① 参见朱文民：《“龙学”家牟世金与王更先生比较研究》，戚良德主编：《儒学视野中的〈文心雕龙〉》，上海古籍出版社2014年版，第95页。

的代表人物是詹锳、牟世金。”[①]而“在研究上,尽量从大处着眼,从小处着手,应该说牟氏是新一代学者中的佼佼者”[②]。张少康等先生的《文心雕龙研究史》也指出:“在八十年代,牟世金是研究《文心雕龙》的中年学者中成就最高、贡献最大、学风严谨的一位非常出色的学者……”[③]应该说,这些评价都是实事求是的。

一、《文心雕龙》的功臣

王元化先生曾指出:“世金同志可以说得上是《文心雕龙》的功臣。这一点,有他的大量论著可以为证。”[④]《人民日报》三十年前的一篇文章则谓:“牟世金……被称为‘龙学家’,是因为他关于《文心雕龙》的著作已有注、译、选、编、系统的理论研究和年谱汇考等不下十种,得到国内外学者的首肯。”[⑤]早在三十年前,程千帆先生便指出:“世金先生早年跟随陆侃如先生学习,研究《文心雕龙》,卓著成绩,蜚声海内外。”[⑥]

---

① 吴云主编:《魏晋南北朝文学研究》,北京出版社2001年版,第699页。

② 吴云主编:《魏晋南北朝文学研究》,第696页。

③ 张少康、汪春泓、陈允锋、陶礼天:《文心雕龙研究史》,北京大学出版社2001年版,第336页。

④ 王元化:《〈文心雕龙研究〉序》,《文学报》1988年7月7日。

⑤ 马瑞芳:《他走着一条艰苦的路——记“龙学”家牟世金》,《人民日报》1988年4月16日。

⑥ 程千帆:《〈中国古代文论家评传〉序》,牟世金主编:《中国古代文论家评传》,中州古籍出版社1988年版,第2页。

牟先生的“龙学”著作,有与陆侃如先生合著的《文心雕龙选译》(上、下,山东人民出版社1962、1963年出版)、《刘勰论创作》(安徽人民出版社1963年出版、1982年新版)、《刘勰和文心雕龙》(上海古籍出版社1978年出版)、《文心雕龙译注》(上、下,齐鲁书社1981、1982年出版,1995年新版,2009年三版),与萧洪林合著的《刘勰和文心雕龙》(载于《中国古代文论精粹谈》一书,齐鲁书社1992年出版),与曾晓明、戚良德合编的《〈文心雕龙〉研究论著目录索引》(载于《文心雕龙学综览》一书,上海书店出版社1995年出版),独立完成的《雕龙集》(中国社会科学出版社1983年出版)、《台湾文心雕龙研究鸟瞰》(山东大学出版社1985年出版)、《文心雕龙精选》(山东大学出版社1986年出版)、《刘勰年谱汇考》(巴蜀书社1988年出版,此书被收入《六朝作家年谱辑要》,黑龙江教育出版社1999年出版;又被收入《中古作家年谱汇考辑要》,世界图书出版西安有限公司2014年出版)、《雕龙后集》(山东大学出版社1993年出版)、《文心雕龙研究》(人民文学出版社1995年出版),主编的《文心雕龙研究论文集》(人民文学出版社1990年出版)等,共计13种;另有关于《文心雕龙》的单篇论文60余篇。除《文心雕龙研究论文集》为选编他人作品、《〈文心雕龙〉研究论著目录索引》为资料汇编外,牟先生有关“龙学”的论著超过300万字。这在截至二十世纪八十年代末的《文心雕龙》研究中,可以说是绝无仅有的,仅以此论,说他是“《文心雕龙》的功臣”,显然并非虚言。

当然,牟先生的“龙学”论著决不仅仅以数量取胜,而是每一本皆为扎扎实实的心血之作。早在六十年代,他便和陆侃如先生一起对《文心雕龙》进行今译,出版了“龙学”史上较早的

《文心雕龙》译本——《文心雕龙选译》;进入八十年代之后,他又全力修订补充,出版了"龙学"史上较早的《文心雕龙》全译本——《文心雕龙译注》。他的《台湾文心雕龙研究鸟瞰》是到目前为止大陆唯一一部全面介绍台湾"龙学"成果的专著,他的《刘勰年谱汇考》也是到目前为止大陆唯一一本全面考订刘勰生平的专著。他的《文心雕龙研究》在1988年春天写成之时,是大陆第一本综合研究《文心雕龙》的专著;他主持选编的《文心雕龙研究论文集》则是大陆第一本全面选编近现代"龙学"成果的论文选本。令人惊讶的是,这些主动着眼"龙学"学科全面建设的"第一",不仅不因其为开拓之作而显得过于粗糙,而且皆为精心结撰之作而显示出深厚的功力,直到今天还是"龙学"的重要参考书,其中不少作品已成为"龙学"的经典。

王元化先生所谓"《文心雕龙》的功臣",自然还有另一层含义,那就是牟先生是中国《文心雕龙》学会的创始人。早在1982年,牟先生便积极筹备并精心组织,在济南召开了全国第一次《文心雕龙》讨论会,这次会议被称为"开创《文心雕龙》研究新局面的一次重要会议"①,也正是在这次会议上,酝酿成立《文心雕龙》学会,并组成了以王元化先生为组长的学会筹备小组,"以山东大学为学会基地,进行筹备工作"②。次年8月,中国《文心雕龙》学会在青岛成立,牟先生在会上当选为常务理事兼秘书长,并被推举为《文心雕龙学刊》编辑组组长。因此,王先生说:"他也是全国《文心雕龙》学会的倡议筹建者,学

① 《开创〈文心雕龙〉研究新局面的一次重要会议》,齐鲁书社编:《文心雕龙学刊》第一辑,齐鲁书社1983年版,第473页。

② 《开创〈文心雕龙〉研究新局面的一次重要会议》,齐鲁书社编:《文心雕龙学刊》第一辑,第477页。

会的繁杂事务几乎都是由他承担起来的，因此学会倘在学术界有所贡献，首先得归功于他。”①牟先生去世后，王先生在一篇怀念文章中又说：“可以说全国《文心雕龙》学会是他以他一人的心血筹备而成的，如果不是为他的埋头苦干和对学术的真诚精神所感动，这个学会是不会成立并维持到今天，我也不会滥竽充数地来充当这个学会的负责人之一的。”②

学会成立之后，旋即组成了中国《文心雕龙》考察团访问日本；作为考察团成员之一，牟先生回国后便发表了《日本〈文心雕龙〉研究一瞥》③一文，这是国内最早全面介绍日本“龙学”成果的文章。学会成立的第二年，又在上海举行了“中日学者《文心雕龙》学术讨论会”。1986年，学会在安徽屯溪召开了第二次年会。1988年，学会在广州召开了《文心雕龙》国际研讨会。到牟先生去世，学会编辑出版了六本《文心雕龙学刊》④，选编一本《文心雕龙研究论文集》。这一系列空前而有组织的学术活动，把《文心雕龙》研究推向一个新阶段。可以说，“龙学”真正成为国内外瞩目的显学，正是从此开始的，是与中国《文心雕龙》学会的这些切实的工作密不可分的。在这个意义上，说牟先生是“《文心雕龙》的功臣”，当然也是名副其

---

① 王元化：《〈文心雕龙研究〉序》，《文学报》1988年7月7日。

② 牟先生去世不久，王先生写了一篇纪念短文寄给牟先生家人，此段话即为笔者当时所录；王先生的短文后来是否发表以及发于何处，笔者均难以确定，切望知者以告。

③ 该文发表于《克山师专学报》1984年第1期，收入《雕龙后集》。该文不仅简要介绍了日本的“龙学”，而且附有《日本〈文心雕龙〉论著目录》，为大陆学者了解日本的《文心雕龙》研究提供了便利。

④ 《文心雕龙学刊》第六辑虽出版于牟先生去世之后的1992年，但该辑实乃牟先生去世前夕指导笔者所编成。

实的。

正因如此,张文勋先生在所著《文心雕龙研究史》中说:"牟世金大半生研究《文心雕龙》,是'中国《文心雕龙》学会'主要创始人之一,对我国'龙学'的发展,作出重大贡献。"①张少康等先生的《文心雕龙研究史》也指出:"由王元化先生和他(按指牟先生——引者)的发起,在他的具体筹划和安排下,经过了1982年济南《文心雕龙》学术讨论会的酝酿和准备,1983年在青岛成立了中国《文心雕龙》学会,对团结全国研究《文心雕龙》的力量、交流《文心雕龙》研究的学术信息、推动《文心雕龙》研究的深入,发展和海外研究《文心雕龙》学者的交流,都起到了十分重要的作用。"②在谈到牟先生的《文心雕龙研究》时,张少康等先生又深有感触地说:"作者生前是山东大学中文系教授,长期从事中国古代文学理论批评史和《文心雕龙》选修课的教学与研究工作,自1983年中国《文心雕龙》学会成立以来,又一直担任学会的秘书长,负责学会日常工作,组织筹备年会、编辑学会刊物等,各种事务十分繁忙。'春蚕到死丝方尽,蜡炬成灰泪始干',用这两句古诗来形容作者对《文心雕龙》研究的献身精神,实在并不为过。"③在笔者看来,作为"龙学"发展过程的亲历者,两位张先生的说法不仅仅是一种评价,也是一种怀念,其中蕴含着因"龙学"而结成的深厚情谊,让人感动。

直到2013年9月,学会在山东大学召开"纪念中国《文心

① 张文勋:《文心雕龙研究史》,云南大学出版社2001年版,第187页。

② 张少康、汪春泓、陈允锋、陶礼天:《文心雕龙研究史》,第336页。

③ 张少康、汪春泓、陈允锋、陶礼天:《文心雕龙研究史》,第392页。

雕龙》学会成立三十周年国际学术研讨会暨中国《文心雕龙》学会第十二次年会”，目的正是纪念牟先生对《文心雕龙》研究以及学会的成立和发展所作出的重要贡献。在这次大会的开幕式上，专程从香港赶来参加会议的前会长张少康先生以“纪念‘《文心雕龙》的功臣’——谈谈牟世金的《文心雕龙》研究”为题，动情地回忆了牟先生在学会成立过程中的种种辛劳，其中三次谈到牟先生当为“功臣”，其云：

> 《文心雕龙》学会之成立，牟世金是最主要的功臣。……世金把《文心雕龙》研究看做是他整个生命的主体，所以在上个世纪八十年代初就在酝酿着创办《文心雕龙》学会，来推动《文心雕龙》的研究。……1982年，世金在山东济南举办了第一次《文心雕龙》学术研讨会，这是为成立《文心雕龙》学会作准备的。当时我也参加了这次会议，会上就成立了以元化先生为首的创建《文心雕龙》学会筹备组，而世金则是实际的具体操办人。为此，世金付出了巨大的努力，终于在1983年在山东青岛成功地举办了中国《文心雕龙》学会的成立大会。……在《文心雕龙》学会的产生和发展过程中，世金是主要的核心人物和真正的功臣。……他不愧是“龙学”发展的一位卓越的功臣，在中国《文心雕龙》学会成立三十周年之际，我们不应当忘记牟世金的功绩，让我们永远纪念他！①

① 张少康：《纪念“〈文心雕龙〉的功臣”——谈谈牟世金的〈文心雕龙〉研究》，戚良德主编：《儒学视野中的〈文心雕龙〉》，上海古籍出版社2014年版，第3—10页。

张先生认为，就学会的成立而言，牟先生是“最主要的功臣”；就学会的产生和发展而言，牟先生是“真正的功臣”；对“龙学”的发展而言，牟先生是“卓越的功臣”。可以说，张先生这三个“功臣”，要言不烦而用意深厚，高度准确地评价了牟先生在百年“龙学”史上的地位和贡献，不愧为牟先生的同道和“知音”。

牟先生之于刘勰及其《文心雕龙》的“功臣”之义，香港的黄维樑先生则用了另一个说法——“《文心雕龙》之友牟世金”①，笔者看到后不免为之动容。笔者为学日浅，直到 2017 年 8 月才有缘于内蒙古会上得识黄先生，其清隽潇洒，一如先生之文，锋颖通脱，令人难忘。据笔者所知，牟先生与黄先生之会，当于 1988 年 11 月在广州举行的国际《文心雕龙》讨论会上。细看黄先生之义，他是借用了刘勰之口，称呼牟先生为“《文心雕龙》之友牟世金”，并谓“世金兄十多年前来到天上，常常与我在文心阁聊天”②，等等，如此特别的设计，如此亲切、平易而又不凡的称呼，其内涵之丰富，不知有几人可当？试想，该以怎样的执着与专一方能有如此之殊遇，该以怎样的情怀付诸“龙学”方可得刘彦和如此之嘉许，该以何等“龙学”成果奉献于世方能得此至高之评语，又该以怎样的相知与相交方能得此“知音”之情谊？

---

① 黄维樑：《请刘勰来评论顾彬——〈文心雕龙〉“古为今用”一例》，《海南师范大学学报》（社会科学版）2008 年第 1 期。

② 黄维樑：《请刘勰来评论顾彬——〈文心雕龙〉“古为今用”一例》，《海南师范大学学报》（社会科学版）2008 年第 1 期。

二、刘勰生平研究的集大成者

刘勰生平研究之于“龙学”的重要性，是不言而喻的，而此一研究之困难，在《文心雕龙》研究中亦堪称首屈一指。牟先生说：“而彦和之生平，史料既乏，歧见尤多；证既有矣，而证又待证。”以至于“欲为刘勰之年谱，难矣”。[①] 也许正因如此，关于刘勰的年谱、年表虽多，却都只能简要成篇而无一专著，且其中“可取者多，可辨者亦多”[②]。面对如此情形，牟先生深有感慨地说：“而龙学至今，已成中外瞩目之显学。刘勰之生平犹未详，颇以为厕身龙学之愧；欲求龙学之全面深入发展，亦当不避其难，甘犯其误而略尽微力。”[③]全面考察刘勰的生平，确乎是“龙学”深入发展之必需和必然，牟先生《刘勰年谱汇考》（以下简称《汇考》）一书之撰成出版，正是“龙学”步入其全面发展和成熟时期的重要标志之一。

《汇考》之撰，“以深知为刘勰事迹系年之不易，特取汇考方式，一以吸收诸家研究之所成，一以汇诸家之说于一览，为进一步研究提供方便。乃图汇而考之，庶可于比较之中，折中近是”[④]。全书汇入中外学者所撰刘勰的年谱、年表达十六种，有作于二十世纪三十年代的霍衣仙《刘彦和简明年谱》，作于六十年代的翁达藻《梁书刘勰传大事系年表》，这两种现已很少

① 牟世金：《刘勰年谱汇考》，巴蜀书社 1988 年版，“序例”，第 1 页。
② 牟世金：《刘勰年谱汇考》，“序例”，第 2 页。
③ 牟世金：《刘勰年谱汇考》，“序例”，第 2 页。
④ 牟世金：《刘勰年谱汇考》，“序例”，第 2 页。

为研究者提起;有鲜为人知的陆侃如《刘勰年表》稿本,亦有影响甚大的杨明照作于四十年代和七十年代的《梁书刘勰传笺注》,以及詹锳、张恩普、李庆甲、穆克宏等各家所撰年表、年谱或生平系年考略,这些代表着大陆研究刘勰生平的主要成果。更有台湾张严、王更生、王金凌、李曰刚、龚菱、华仲麐诸家所作年谱、年表以及刘勰身世考索,这是台湾研究刘勰生平的主要著作。① 还有日本兴膳宏的《文心雕龙大事年表》等,可略显国外研究刘勰生平的成就。除此之外,众多"龙学"论著中兼及刘勰生平者,如有新说已见,《汇考》亦一并考察。可谓搜罗今昔,囊括中外。这种颇富特点的年谱之作,不仅有利于读者全面把握有关刘勰生平研究的主要成果,而且更为重要的是,以对中外今昔研究成果的全面检视与总结为出发点,就有可能更为准确地考明刘勰的一生。所谓"于比较之中,折中近是",《汇考》成为刘勰生平研究的集大成之作。

(一)关于刘勰生平的几个重大问题

《汇考》着眼刘勰一生事迹,不仅对刘勰的生卒年、《灭惑论》撰年、《文心雕龙》成书年代等"龙学"的许多至关重要的问题,根据大量的第一手资料,作出了新的论证;而且对刘勰生平中其他许多重要问题,如刘勰入定林寺时间、参与抄经事、任南康王记室兼东宫通事舍人是否同时、《梁建安王造剡山石城寺石像碑》一文撰年、刘勰与萧统之关系、刘勰之出家等,都作了翔实而有力的考证,使刘勰生平中许多幽暗不明

---

① 其中王金凌、华仲麐两位所作年谱,牟先生当时尚未见到,但其主要观点已从王更生、李曰刚等著作中转引。

的问题更为清晰甚或得以显露，从而将这位古代文论巨匠更为丰富多彩的一生呈现在人们面前，也为“龙学”的进一步发展铺平了道路。

第一，关于刘勰的生年问题。

刘勰之生年，早至宋孝武帝大明四年(460)，迟到宋明帝泰豫元年(472)，诸家持说不一。而种种推算，又都是基于对《文心雕龙》成书以及向沈约献书之年的推断。但正如《汇考》所说：“写成三万七千字之《文心雕龙》，短则数月，长则数年，都有可能。且纵定《时序》篇成于齐末，又何以知其全书必成于齐末？沈约之‘贵盛’，固为重要线索，然献书求誉，非关军国大政，又何必待其贵盛之极？”[①]《文心雕龙》成书、献书年代推断之难确，便导致刘勰生年之难定。因此，欲得刘勰之较为确切的生年，理推固不可少，《文心雕龙》成书、献书之年亦自应取之为证，而史证则尤为重要。所谓“无据不足立证，必以有关史实相佐”[②]，《汇考》除以自己对《文心》成书、献书年代的更为精确的推断作为根据外，更求有关史实而证刘勰生年。

《序志》有云：“予生七龄，乃梦彩云若锦，则攀而采之。”[③]若知刘勰梦于何年，则其生年自可确定。《汇考》云：“按采云乃吉祥之兆，所谓五采祥云是也；刘勰又能攀而采之，则吉祥之中，又示刘勰少有奇志，当时正壮心满怀也。由是可知，其父必卒于本年之后。”这一细节分析无疑是颇合情理的。则“其父

---

① 牟世金：《刘勰年谱汇考》，第7页。

② 牟世金：《刘勰年谱汇考》，第7页。

③ 刘勰：《文心雕龙·序志》，戚良德辑校：《文心雕龙》，上海古籍出版社2015年版，第286页。

殁于何年”，便成“推断此梦系年之重要依据”。①

《梁书·刘勰传》只谓“勰早孤”，而未明言其父刘尚的卒年。台湾王更生、龚菱、李曰刚等先生皆以刘勰三岁，“父尚病卒”，却均无所据。《汇考》对此作了全新考证。据《宋书·百官志》《南齐书·百官志》《隋书·百官志》以及《宋书·沈攸之传》等知，“刘宋时之五校尉，必非各置一人”。又据萧道成《尚书符征西府檄》知，萧在讨伐沈攸之时，同时派出五校尉中的屯骑校尉三人。因此，元徽二年(474)五月平定桂阳王刘休范的建康激战，既有越骑校尉张敬儿参战，同为越骑校尉的刘尚亦必不能免此一苦战。据《资治通鉴·宋纪十五》载，当时建康皇室兵力已全部投入激战，刘尚战于其中自不必说，且当时战斗结果是：“中外大震，道路皆云：‘台城已陷！’白下、石头之众皆溃……宫中传新亭亦陷，太后执帝手泣曰：‘天下败矣！’”身为越骑校尉的刘尚亦必战死其中。②

据此，刘勰父亲之卒年有了较为明确之推断，则刘勰七龄之梦的系年便得重要依据，核以《文心雕龙》成书、献书之年，则《汇考》定刘勰生于宋明帝泰始三年(467)，较之以前诸说，庶可谓“近是”。

第二，关于《灭惑论》撰年问题。

《灭惑论》是刘勰的一篇重要佛学论文，而其撰写时间关乎“龙学”的许多重大问题，因而备受瞩目。如李庆甲先生所指出，它撰于齐代还是梁代的分歧“是带有原则性的”，“因为它涉及对刘勰思想、世界观的形成、发展和《文心雕龙》思

① 参见牟世金：《刘勰年谱汇考》，第11页。

② 参见牟世金：《刘勰年谱汇考》，第13页。

想体系属于儒家还是佛家这样一些重大问题的分析与评价”。[①] 而长期以来,《灭惑论》撰于刘勰后期(梁代)之说几成定论,以至于《文心雕龙》研究者不敢问津刘勰的这篇重要作品,《灭惑论》之“道”成了与《文心雕龙》之“道”水火不容的东西。事实上,《文心雕龙》第一篇虽即标《原道》,但刘勰却并未在其中论述什么是“道”,而《灭惑论》却正堪称一篇“道”论;刘勰在《文心雕龙》中把“道”作为一个既成概念加以运用,且以之为其庞大文论体系的逻辑起点,这不能不使人想起《灭惑论》对“道”的大量论述。[②]《汇考》以全新的考核,力证《灭惑论》撰于齐代,且撰于《文心雕龙》之前,这为充分利用它全面研究刘勰思想以及《文心雕龙》理论体系提供了重要依据。

《汇考》指出,《灭惑论》撰于梁代的主要根据,其一是“碛砂藏本”《弘明集》已题《灭惑论》作者为“东莞刘记室勰”,而刘勰两任记室均在梁时;其二是收编《弘明集》的《出三藏记集》编成于梁。关于第一点,杨明照先生指出:“至碛砂藏本目录《灭惑论》下题‘记室刘勰’,正文《灭惑论》下题‘东莞刘记室勰’;汪道昆本则均题‘梁刘勰’。后人追题,未足为训。犹《文心雕龙》本成于齐,而题为‘梁通事舍人刘勰彦和述’(元至

---

① 参见李庆甲:《〈关于《灭惑论》撰年与诸家商兑〉之商兑》,《文心识隅集》,上海古籍出版社 1989 年版,第 68—69 页。

② 笔者以为,《文心雕龙·原道》正紧承《灭惑论》对“道”的论证和阐发;“道”作为刘勰的基本宇宙观,成为《文心雕龙》重要的哲学思想基础。详见拙著《文论巨典——〈文心雕龙〉与中国文化》,河南大学出版社 2005 年版,第 156—162 页。

正本）或‘梁通事舍人刘勰’（明弘治本）一样。”[①]此种情形，史所多有。清刘毓崧论《文心雕龙》成于齐时说：“至于约之《宋书》，成于齐世祖永明六年，而自来皆题梁沈约撰，与勰之此书，事正相类。”[②]纪昀论《文心雕龙》成于齐世则举《玉台新咏》而谓：“据《时序》篇，此书实成于齐代。今题曰梁，盖后人所追题，犹《玉台新咏》成于梁而今本题陈徐陵耳。”[③]这种后人追题的情形，非题者有误，盖以作者活动的主要朝代而为言，并不以著作成于何时为依凭，也就难以据其所题而认定著作年代。关于《出三藏记集》的编撰，《汇考》详究僧祐《法集总目序》，考定此序撰于公元 499 年或 500 年，不出齐世，从而确认齐世已有十卷本《出三藏记集》，而其十五卷本乃梁天监年间补成。《汇考》并详列十卷本《弘明集》的目录，其三十四目，撰者三十家，除刘勰以外的二十九家，只有牟子为东汉末年人，其他皆为晋、宋、齐三代之人，则说明其中并无梁世作品。则“《灭惑论》撰于齐，必矣”[④]。

至于《灭惑论》写作的时代背景以及刘勰一生的思想变化，正如《汇考》所言：“首先应根据史实以认识其思想，不可据思想以推论史实。”[⑤]即如《灭惑论》之“道”，亦并非与《文心雕

---

① 杨明照：《刘勰〈灭惑论〉撰年考》，中国古代文学理论学会编：《古代文学理论研究》第一辑，上海古籍出版社 1979 年版，第 179 页。

② 刘毓崧：《书文心雕龙后》，《通义堂文集》卷十四，南林刘氏求恕斋刊本。

③ 黄叔琳注，纪昀评：《文心雕龙辑注》，中华书局 1957 年版，第 23 页。

④ 牟世金：《刘勰年谱汇考》，第 48 页。

⑤ 牟世金：《刘勰年谱汇考》，第 48—49 页。

龙》之“道”毫不相关。梁武帝于佛学之中尤重涅槃般若,《灭惑论》似亦如此,但这并不能说明刘勰乃趋奉梁武帝。成于齐世的《文心雕龙》不正奉“般若之绝境”[①]为圭臬么?“般若学”岂非刘勰慕名已久!又如梁武帝有所谓“三教同源”思想,但他有时又可以只尊佛道而大斥其他各道。如谓:“大经中说,道有九十六种,唯佛一道,是于正道,其余九十五种,皆是外道。朕舍外道,以事如来。若有公卿能入此誓者,各可发菩提心。老子、周公、孔子等,虽是如来弟子,而为化既邪,止是世间之善,不能革凡成圣。公卿百官,侯王宗室,宜反伪就真,舍邪入正。”[②]又说:“弟子经迟迷荒,耽事老子,历叶相承,染此邪法。习因善发,弃迷知返,今舍旧医,归凭正觉。愿使未来世中,童男出家,广弘经教,化度众生,共取成佛,入诸地狱,普济群萌。宁可在正法中,长沦恶道,不乐依老子教,暂得生天。”[③]就《灭惑论》而言,刘勰所谓“至道宗极,理归乎一;妙法真境,本固无二”[④],显然并非简单的调和,而是以其对“道”的哲学规定和命意为根据。因此,正如李淼先生所考,《灭惑论》之撰并不以梁武帝隆佛倡盛之时为背景。[⑤]《南齐书》卷五十四《高逸·顾欢

---

① 刘勰:《文心雕龙·论说》,戚良德辑校:《文心雕龙》,第117页。

② 萧衍:《敕舍道事佛》,《全梁文》卷四,严可均校辑:《全上古三代秦汉三国六朝文》,中华书局1958年版,第2970页。

③ 萧衍:《舍道事佛疏文》,《全梁文》卷六,严可均校辑:《全上古三代秦汉三国六朝文》,第2986页。

④ 刘勰:《灭惑论》,石峻等编:《中国佛教思想资料选编》第一卷,中华书局1987年版,第326页。

⑤ 参见李淼:《关于〈灭惑论〉撰年与诸家商兑》,《社会科学战线》1983年第2期。

传》谓:“佛道二家,立教既异,学者互相非毁。”①道、佛之辨由来已久,《灭惑论》成于齐世,就其时代背景而言,亦合理合情。

第三,关于《文心雕龙》写作及撰成诸问题。

《汇考》之撰,奉刘勰“有同乎旧谈者,非雷同也,势自不可异也;有异乎前论者,非苟异也,理自不可同也”②为宗旨,既不盲从旧说,又充分吸收前人及今人研究成果。就《文心雕龙》撰年而言,清人刘毓崧已详考其成书、献书之年,一据《时序》以证此书必成于齐和帝之世;二据沈约之“贵盛”以证负书干约亦在同时;三据梁初刘勰“起家奉朝请”,以证沈约延举之力,正在“书适告成”之后。诚如《汇考》所言,“三者互证,理周事密”③,其主要成果,已不容抹杀。在强调“必知此三证互为表里,构成整体,方为确证”④之同时,《汇考》对《文心雕龙》撰年作了更为精审的考订。

首先,《汇考》指出,《文心雕龙》之撰,并不以刘勰校定经藏“至齐明帝建武三四年,诸功已毕”⑤为前提,而是刘勰于建武五年以后,“以主要精力撰写《文心》,而协助僧祐撰经之任务,亦未尝中断”⑥。其次,《汇考》据《时序》颂齐和帝而无东昏推知,此篇必写于中兴元年十二月东昏被杀之后;而中兴二年三月二十八日,萧齐王朝结束,则《时序》及其以下五篇必成于中兴二年元月至三月二十八日这三个月之中。这样,刘勰写

① 《南齐书》卷五十四《高逸传》,中华书局1972年版,第931页。
② 刘勰:《文心雕龙·序志》,戚良德辑校:《文心雕龙》,第287页。
③ 牟世金:《刘勰年谱汇考》,第60页。
④ 牟世金:《刘勰年谱汇考》,第64页。
⑤ 范文澜注:《文心雕龙注》,人民文学出版社1958年版,第731页。
⑥ 牟世金:《刘勰年谱汇考》,第52页。

作的大致进度便可由此推知:“其大致进度为三月内完成六篇,约每月两篇。但前二十五篇难度较大、篇幅较长,估计至少每月可得一篇。如是算来,上篇费时二十五月,下篇费时十二月,全书约三年可成。另一年左右为继续佐僧祐撰经,故总计仍需四年完成《文心》。”[①]如此,则其始撰之年亦可得而明。又据《序志》“齿在逾立”而撰《文心雕龙》之说明,则刘勰生年亦得有力之佐证。最后,《汇考》细酌刘毓崧三证,考订刘勰负书干约不在齐末和帝之时,而在萧梁王朝就绪后之下半年内。从而,《文心雕龙》之撰年及成书、献书之年都得以更为确切而有力的考订。

实际上,关于《文心雕龙》的写作年代,尤其是作于齐代还是梁代的问题,一直颇有争议,有些学者坚持认为《文心雕龙》成于梁世,应该说也是有其道理的。这从一个方面说明,由于确凿史料的匮乏,牟先生的考订仍难谓其必当如此。但史证既不足,则全面衡量和综合推断就显得格外重要,以此而论,牟先生的考订就显得更具合理性了。韩湖初先生便指出:“在笔者看来,经杨明照考订、牟世金先生修正和完善的刘毓崧齐末说难以撼动。细看贾、周之说,尽管‘证据’令人眼花缭乱,却经不起检验,有的则近于可笑。”韩先生还指出一个重要的问题,那就是既要认真体会《文心雕龙》原文,又要“细看杨、牟之说”,否则“其论怎能服人?”[②]笔者也觉得,《汇考》之作不仅全力搜寻有用、可用的资料,而且思虑极为细致周密,确是需要仔

① 牟世金:《刘勰年谱汇考》,第53—54页。

② 参见韩湖初:《牟世金先生考证〈文心雕龙〉成书年代和刘勰生卒之年的贡献》,戚良德主编:《中国文论》第三辑,上海古籍出版社2016年版,第222、223页。

细研读的。

第四,关于刘勰的卒年问题。

史料之缺乏,几乎使有关刘勰生平的每一个问题都聚讼纷纭。刘勰卒年,分歧更大。范文澜先生推断刘勰卒于普通元、二年(520、521),影响较大,但由于"徒凭推想"①,故难成定谳。范说之后,影响较大的是李庆甲先生的考定。他据宋释祖琇《隆兴佛教编年通论》等释书的记载,考定刘勰卒于中大通四年(532)。新版《辞海》便取李说。然而,《梁书》《南史》均未明言刘勰卒年,时至南宋,诸释书又从何得知刘勰表求出家的具体年代?且将刘勰卒年延至532年,十余年之中,刘勰所任所在,《梁书》《南史》为何竟不置一字?

《汇考》将有关刘勰卒年诸说大别为二:一在普通初年,一在萧统卒后,进而推断"虽两类之间又互有歧异,察其关键,唯在何年奉敕与慧震于定林寺撰经"②。而奉敕撰经必在刘勰迁步兵校尉之后,始与本传相符。《汇考》详稽《梁书》诸传,列出自天监元年(502)至中大通三年(531)三十年间曾任步兵校尉者二十四人,核以《隋书·百官志》所载梁世官制,考定刘勰迁步兵校尉之职当在天监十七年而止于天监十八年,从而证实刘勰奉敕撰经必在天监十八年,亦由此推断刘勰卒于其后第三年,即普通三年(522)。

长期以来,许多论者都把刘勰奉敕撰经与萧统之卒联系在一起,从而刘勰之卒亦每与萧统之卒紧密相关。面对这些重要而关键的问题,《汇考》列举大量史料,力证"刘勰之奉敕撰经、

① 范文澜注:《文心雕龙注》,第730页。

② 牟世金:《刘勰年谱汇考》,第108页。

燔发出家,均与萧统之卒了不相关”①,不仅澄清了这一史实,而且亦有力地说明刘勰卒于中大通年间的说法是未必可靠的。

不过,韩湖初先生指出,牟先生厘清刘勰之撰经、出家均与萧统之卒“了不相关”的史实,以及详考与慧震奉敕撰经“必在”刘勰迁步兵校尉之后即天监十八年,都是正确的,但范文澜先生认为刘勰撰经“大抵一二年即毕功”②,而牟先生认为“其说近是”,其实这都是“大可商榷”的。韩先生认为:“此次刘勰与慧震撰经任务要繁重得多,决非一两年所能完成,时间也要长得多,参与人数亦远不止三十人。”③如此,则刘勰出家之年必当延后,其卒年亦当顺延,这也正是关于刘勰卒年至今尚难以定论的原因。但如韩先生所说:“关于刘勰卒年的考辨,牟世金先生不但多方搜集资料,汇考众家之说,折中近是,而且提出系列卓越见解,令探究大步向前,并接近最终结论。”④

(二)对刘勰生平与思想的综合探索

为古人制谱,向称难事;为刘勰制谱,史料既特别缺乏,已有诸谱又众说纷纭,加之刘勰乃文化名人,“举世睽睽,不容粗疏”⑤,故欲求合理通达而符合史实之说,实为难上加难。《汇

① 牟世金:《刘勰年谱汇考》,第116页。

② 范文澜注:《文心雕龙注》,第731页。

③ 韩湖初:《牟世金先生考证〈文心雕龙〉成书年代和刘勰生卒之年的贡献》,戚良德主编:《中国文论》第三辑,第229页。

④ 韩湖初:《牟世金先生考证〈文心雕龙〉成书年代和刘勰生卒之年的贡献》,戚良德主编:《中国文论》第三辑,第229页。

⑤ 牟世金:《刘勰年谱汇考》,“序例”,第1页。

考》之成功撰著,不仅在于对上述有关刘勰一生之重大问题的全力探索,而且在于对刘勰生平与思想的综合研究。换言之,正是在对刘勰一生事迹及其思想予以全面把握的基础上,对其生平重大问题的衡量才变得更加可信而具有说服力。

《序例》有云:“本书所考,虽大多久蕴于心,然近年应约所撰有关文稿,仍多沿旧说;时见报刊探讨刘勰系年之文,常有触发,亦欲言而止。盖以尚未通盘考核,未能自信也。”①“通盘考核”,对于考察刘勰生平而言,确是尤为需要的。有关刘勰生平的许多说法,单独看似都能成立,而最终又经不住推敲,其原因正在于未能“通盘考核”。如刘勰入定林寺的时间,许多谱表定为永明元、二年(483、484)便是不准确的。其一,刘勰至天监二、三年(503、504)方出定林,则居寺时间已超二十载,此与本传所谓“与之居处,积十余年”显然不符。其二,本传谓刘勰“家贫不婚娶,依沙门僧祐”,则不可或忽者,其依僧祐之时,必至婚娶成家之年。据《礼记·曲礼》《孔子家语·本命解》等知,二十岁之前的刘勰,尚未至有室之年,则入寺亦不可能。《汇考》检前验后,详稽史实,定其永明八年(490)入定林寺依僧祐,显然是更为合理的。又如刘勰卒年,延至萧统卒后亦不可谓无据,然而,将刘勰增寿十余年,而其事迹一无所闻,已于事理难通;且刘勰年逾古稀,无官无职后欲遁佛门,又有何必要“先燔鬓发以自誓”,而求“敕许之”呢?这样,唯一的可能就是“奉敕撰经”的时间真的如贾树新先生所说,“需时约十五年,

① 牟世金:《刘勰年谱汇考》,“序例”,第2页。

才能证功毕”①,然而其可靠性是值得怀疑的。《汇考》着眼刘勰一生,广征史料,细推事理,认为宋元释书所载并不可靠,笔者觉得还是极有说服力的,而定刘勰卒于普通三年(522),也就有其道理了。

实际上,如果孤立地看待《汇考》对刘勰事迹的系年,则很多考证仍可说未必尽是。如考刘勰生年,以其七龄之梦而推其父卒必在刘勰七岁之后,以建康激战史实而考刘尚必战死于元徽二年(474),都是相当可靠的。但这仍未能肯定刘尚卒时刘勰一定八岁,从而亦难确断刘勰生年。当然,其前后出入已不太大。而再与《文心雕龙》成书、献书之年联系考察,则刘勰生年的可信程度就大为加强了。又如《文心雕龙》之撰年,细推《时序》以下六篇之写作进度固已大致可知全书撰期,但仅据此而谓此书撰成需时四年实仍有可酌。而核以四年之中,刘勰仍有撰经任务,以及献书沈约之时间,则其撰期方更为确信。《汇考》之所以能对刘勰一生事迹作出“近是”的推断,正因其着眼刘勰一生而进行全面考核和综合衡量。不限于一时一事,不拘于一枝一节,而是从总体上,从全部史料的前后照应和情理的综合推断上,去考定刘勰一生的一行一动。这种方式的合理性,对于考察刘勰这样极少明确记载之人的生平事迹而言,显然是不难理解的,但其难度则是可想而知的。

牟世金先生以精研《文心雕龙》三十载,出版“龙学”著作八九种之后而撰刘勰年谱,其资于内证而得心应手,方使考证左右逢源。如论刘勰三年居丧,证以《指瑕》评“左思《七讽》,

---

① 贾树新:《〈文心雕龙〉历史疑案新考》,中国《文心雕龙》学会编:《文心雕龙研究》第一辑,北京大学出版社1995年版,第226页。

说孝而不从;反道若斯,余不足观矣"①,而谓"其重孝道若此,则刘勰守丧三年自不可少"②,则其理惬当。又如论僧祐《法集总目序》很可能系刘勰代为抄撰辑录,此说早为前人所及,然只推想为言;《汇考》进而举《丽辞》"丽句与深采并流,偶意共逸韵俱发",与《法集总目序》之"短力共尺波争驰,浅识与寸阴竞晷"相较,而疑后者或亦是刘勰得意之句③,亦可谓实而有征了。《汇考》推断《文心雕龙》写作进度,范注早有"《文心》各篇前后相衔,必于前篇之末,预告后篇所将论者"之说④,牟先生更证以刘勰论"附会之术"而强调"制首以通尾",反对"尺接以寸附"⑤之语,既证范说之不诬,亦为推断《文心雕龙》写作进度提供重要依据。又如沈约大重《文心雕龙》而"谓为深得文理"⑥,多以《文心雕龙》之《声律》篇正合沈约之旨,或亦据此而论门户之见。《汇考》证诸《声律》本文及《正纬》等篇,揭示"刘勰之声律论,乃按自然之道立论","与沈约之论异趣"⑦,从而可见沈约之重视《文心雕龙》一书,本正从其"深得文理"处着眼,并不存所谓门户之见。《文心雕龙》是刘勰现存最重要的著作,探索刘勰生平而充分利用之,正是使结论臻于"近是"的重要途径。

正是以对《文心雕龙》的深入研究为基础,牟先生的《汇

① 刘勰:《文心雕龙·指瑕》,戚良德辑校:《文心雕龙》,第235页。
② 牟世金:《刘勰年谱汇考》,第26页。
③ 参见牟世金:《刘勰年谱汇考》,第40页。
④ 参见范文澜注:《文心雕龙注》,第504页。
⑤ 刘勰:《文心雕龙·附会》,戚良德辑校:《文心雕龙》,第243页。
⑥ 《梁书》卷五十《刘勰传》,中华书局1973年版,第712页。
⑦ 牟世金:《刘勰年谱汇考》,第40页。

考》既精心探求刘勰一生事迹，又以深知刘勰思想之探究实为“龙学”一重要难题，故不遗余力而详搜有关儒、释、道及文艺思想资料，以展示刘勰思想形成的文化背景和时代氛围。应该说，这属于一本年谱之作的意外收获，但也显然有助于刘勰生平事迹的深入考察。

例如，刘勰既以感梦孔子而立志论文，《文心雕龙》之作，更以“圣”“经”为立文之准则，则刘勰的儒家思想必非久受浸渍而难成。《廿二史札记·南朝经学》谓：“齐高帝少为诸生，即位后，王俭为辅，又长于经礼，是以儒学大振。”衡诸《南齐书·高帝纪》等，知此说信非虚言。《汇考》据以论云：“按刘勰此时正值求学之际，齐祖尚儒，辅以王俭，其后数年之‘儒学大振’，对彦和之重儒必深有影响。”同时，《汇考》又引沈约《为文惠太子解讲疏》及《南齐书·高逸·顾欢传》等关于僧入玄圃、齐征道家学者顾欢为太学博士等的记载，说明“当时之儒学，与两汉人异”，则影响于刘勰之儒风亦自不同于两汉经学，说明刘勰重儒而不废佛道，其来有自。齐永明以后，“儒风更浓”，而“佛教思想亦为皇室所重”。《汇考》以《南齐书·刘瓛、陆澄传论》《资治通鉴·齐纪》《高僧传·僧柔传》及《高僧传·僧远传》等说明，浓厚的儒风既影响于刘勰，而佛徒之为帝王敬重，亦“当使刘勰为之动心”。[①] 永明五年以后，以萧子良为中心的文学集团开始形成，“与此同时，子良不断招致名僧，大讲佛法，又形成江左佛学高潮”[②]，所谓“道俗之胜，江左

① 参见牟世金：《刘勰年谱汇考》，第16、18、19页。

② 牟世金：《刘勰年谱汇考》，第23页。

未有也”[①]。《汇考》指出:“刘勰之‘道俗’相兼,其非时风所致?”[②]

仅从上述对刘勰二十一岁前社会思想状况的描绘便可看出,《汇考》确乎相当有力而全面地揭示了刘勰思想形成的整个文化背景,这对于理解刘勰思想的多重成分及复杂程度,对于认识《文心雕龙》的指导思想及理论基础,都是极为重要的。

需要指出的是,由于史料之缺乏,有关刘勰生平的每一个问题几乎都聚讼纷纭而难有定谳。因此,《汇考》之作,亦不可能没有疏漏之处。如韩湖初先生最近专门撰文,就牟先生对刘勰生平研究所作出的贡献进行研究,并给予高度评价,认为《汇考》一书“汇总众家之说,评价得失客观公允,辨析异同深入细致,而且提出系列卓越见解,步步推动探究的深入,并为接近最终结论奠下坚实的根基”[③]。但同时指出牟先生对刘勰晚年于定林寺撰经时间的估算,便有些不确。近年来,张少康先生也对刘勰生平进行了一些研究,并就牟先生的《汇考》指出:“牟著收集了当时所能见到的海内外十多种研究刘勰身世的著作,参考了许多有关的研究论文,能够在总结各家研究成果基础上进一步提出自己新见解,应该说是一部研究刘勰身世的集大成之作,但因考订有明显失误之处,有些见解就离谱了,故不能尽如人意。”[④]这一说法一方面肯定了牟先生《汇考》的

① 《南齐书》卷四十《竟陵王萧子良传》,第 698 页。

② 牟世金:《刘勰年谱汇考》,第 23 页。

③ 韩湖初:《牟世金先生考证〈文心雕龙〉成书年代和刘勰生卒之年的贡献》,戚良德主编:《中国文论》第三辑,第 219 页。

④ 张少康:《刘勰的家世和生平》,《文心与书画乐论》,北京大学出版社 2006 年版,第 3 页。

"集大成"之功，另一方面又认为"考订有明显失误之处"，以至"有些见解就离谱了"，这是需要略予辨别的。其实，细读张先生大作，虽有一些与《汇考》不同之见，但应当说还是赞成、肯定为多；其真正认为牟先生之考具有"明显失误"而至"离谱"之处，盖唯刘勰任步兵校尉之时间问题而已。① 笔者觉得，《汇考》对此一问题的考证即使有不确之处，却也未必真的十分"离谱"。况且，诚如张先生所说，"由于文献资料的欠缺，我们不可能非常确切地撰写刘勰的年谱"，也就不可能没有"推测的因素"。② 因此，总起来说，牟先生对刘勰生平的考证，其系统全面而"折中近是"，亦可谓刘勰的功臣了。

三、《文心雕龙译注》的成就

牟先生的"龙学"之路，可以说是从《文心雕龙》的今译起步的，在他的"龙学"著作中，以翻译为主的著作就有四种。先生在《文心雕龙研究》的"自序"中，曾谈到自己与"龙学"的因缘：

> 解放前，我在四川老家的一所中学任教，当时还年幼无知，但听到同事中的年长者谈起《文心雕龙》，引起我的兴趣，便从书店买来一本标以"广注"的《文心雕龙》③，却

---

① 参见张少康：《刘勰的家世和生平》，《文心与书画乐论》，第28页。

② 张少康：《刘勰的家世和生平》，《文心与书画乐论》，第35页。

③ 牟先生原注："杜天縻注，世界书局1947年版。此书至今尚存身边。"

> 根本看不懂。因而萌生一种愿望:能读到一种今译本就好了。当时还绝无自己来译的奢望,只希人家译出,以利自己学习而已。直到1958年,山东大学成仿吾校长亲率中文系师生编写文学史,陆侃如先生和我被任命为汉魏六朝段的负责人,分工时只好任别人先选,最后剩下绪论和《文心雕龙》两个部分,便由陆先生写绪论,我分《文心雕龙》。这就再一次促使我产生读到《文心雕龙》译本的强烈愿望。但那时仍然没有译本可读,历史就为我安排了这样的道路:三年之后,陆先生和我决定,自己来译。①

1962年9月,两位先生合作的《文心雕龙选译》上册由山东人民出版社出版,1963年7月又出版了该书下册。这是《文心雕龙》研究史上的第一个译注本。全书译注《文心雕龙》二十五篇,每篇写有"题解",书前有近四万字的"引言",对《文心雕龙》进行了较为系统的论述。1963年5月,两位先生合作的《刘勰论创作》也由安徽人民出版社出版。对《文心雕龙》的创作论进行专题研究和注译,这在"龙学"史上也是第一次。1981、1982年,牟先生修订并补充完成的《文心雕龙译注》上、下册相继由齐鲁书社出版,这是"龙学"史上第一个《文心雕龙》全译注本。它虽然仍可说以六十年代的《选译》为基础,但牟先生不仅补译补注了《选译》未收的二十五篇,而且对《选译》的二十五篇也全部仔细推敲,统一修订。因此,《译注》实际上已成面目全新之作了。对此,石家宜先生曾经作过深入分

① 牟世金:《文心雕龙研究》,人民文学出版社1995年版,"自序",第1—2页。

析。他说：

> 新著面貌焕然，须刮目相看。首先，新著的整体感强……取得了理论整体上比较准确的把握。其次，牟著的理论质地好：一篇引言，洋洋洒洒达六、七万字，纵横捭阖，层层推进，条分缕折，益见谨细；从《文心》整个体系上作出这样全面深入的理论剖析，目前是不多见的。……同时，新著的科学性也大大增强了。……作者博取众长，尊重权威，但更尊重科学，他对所引的每一条资料包括范注的全部引文都找原文查核，从不用第二手资料，这种尊重历史的基本态度贯穿在整个校注工作中。……正是这种执着的注重论据使牟著充满了首创性。……牟著取得的成就是和他始终坚持尊重历史、尊重事实的执着认真分不开的，我们应当从这里总结他的已经引起海内外重视的理论研究工作。①

可以看出，石先生不仅作了切中肯綮的分析，而且给以高度评价。詹锳先生也曾说：“牟世金同志新出的《文心雕龙译注》比1963年他和陆侃如先生合写的《文心雕龙选译》提高了一大步。”②张少康等先生的《文心雕龙研究史》也指出：“《文心雕龙译注》是牟世金在研究《文心雕龙》文本方面的代表作。《译注》与原来的《选译》相比，不仅是补齐了原来未译注的篇

---

① 石家宜：《〈文心雕龙〉研究的勃兴——近年来〈文心雕龙〉研究专著漫议》，《读书》1984年第5期。

② 詹锳：《〈文心雕龙〉的风格学》，人民文学出版社1982年版，第165页。

章，而且在学术水平上有了很大的提高，补充了作者许多新的研究成果，成为一部融学术性和普及性于一炉的《文心雕龙》全注本和全译本。”①

作为范注之后的《文心雕龙》新注本，《文心雕龙译注》的注释首先体现出详尽的特点。据王树村《评〈文心雕龙译注〉》一文统计：“对于《原道》到《檄移》的二十篇，范注本只设有911条注，平均每篇45.6条；周注本设有698条注，平均每篇34.9条；《译注》则设注2315条，平均每篇115.8条，这个数目差不多是范、周两本注条总和的一倍半。”②应该说明的是，由于注释体例的不同，条目数量的多少并不能完全反映注释的详略，如周振甫先生的《文心雕龙注释》，往往数句一条注释，但这条注释里面实际上包含了多条注释内容，因此注释条目的数量有时并非完全可比的。不过，《译注》“平均每篇115.8条”的注释，这在同类著作中确实是比较详尽的；尤其是作为较早的《文心雕龙》读本，详尽的注释对读者的便利是不言而喻的。更重要的是，《译注》的注释不仅条目多，而且其具体的注释内容更是焕然一新。如《史传》篇有“宣后乱秦，吕氏危汉”之句，范注引《史记·匈奴列传》之语，以“乱”为淫乱③，其后注家皆从此说。但牟先生细究原文，认为“宣后乱秦”与“吕氏危汉”性质相同，而与“淫乱”毫不相干，并证以《史记·穰侯列传》和《史记·范雎列传》的史实，“宣后乱秦”之本义始明。④ 再如

① 张少康、汪春泓、陈允锋、陶礼天：《文心雕龙研究史》，第336页。

② 王树村：《评〈文心雕龙译注〉》，《文学评论》1984年第3期。

③ 参见范文澜注：《文心雕龙注》，第296页。

④ 参见陆侃如、牟世金：《文心雕龙译注》上册，齐鲁书社1981年版，第200页。

《书记》篇有“休琏好事”一语,范注谓:“彦和谓其好事,必有所本,不可考矣。”[①]周振甫先生也说:“所谓好事,未详,或和好作书信有关。”[②]牟先生则以《三国志·王粲传》注引华峤《汉书》以及《后汉书·应劭传》《后汉书·班彪传》等记载为据,指出这个“好事”乃是“缀集时事”以编写史书[③],令人豁然开朗。又如《丽辞》篇“气无奇类”一语,各家一般不注,但理解却各有不同。周振甫先生先译为“内容没有创见”[④],后改为“意气没有独创”[⑤],郭晋稀先生译为“一篇作品情态很平常”[⑥],赵仲邑先生则译为“才气没有什么突出之处”[⑦],等等。牟先生则引《周易·乾·文言》“同声相应,同气相求……则各从其类也”为据,指出“气类”乃“同类,借指对偶”[⑧],这一注释显然是颇为符合《丽辞》之旨的。可以说,《文心雕龙译注》对《文心雕龙》注释的这种首创之功,乃是屡见不鲜的。

牟先生曾有一段话谈到注释的重要性,其云:

> 尊《文心雕龙》今译为“专门学术中的专门学术”,窃以为实有识之论。其为“专”者甚多,主要是难于确切地转达原意。海峡两岸学者虽经二十多年的努力,至今仍难

---

① 范文澜注:《文心雕龙注》,第 473 页。

② 周振甫:《文心雕龙注释》,人民文学出版社 1983 年版,第 284 页。

③ 参见陆侃如、牟世金:《文心雕龙译注》下册,齐鲁书社 1982 年版,第 62 页。

④ 周振甫:《文心雕龙选译》,中华书局 1980 年版,第 206 页。

⑤ 周振甫:《文心雕龙今译》,中华书局 1986 年版,第 318 页。

⑥ 郭晋稀:《文心雕龙注译》,甘肃人民出版社 1982 年版,第 456 页。

⑦ 赵仲邑:《文心雕龙译注》,漓江出版社 1982 年版,第 304 页。

⑧ 陆侃如、牟世金:《文心雕龙译注》下册,第 197 页。

> 得一本公认的准确译本……究其原因,关键是在对原文的理解。信达的译文,必以准确的注释为基础。若得精确翔实的注本为据,则所谓“信达雅”的译事,无论今译或外译,就和一般翻译相去不远了。故所谓专门中的“专门”,其根在注。①

《文心雕龙》的今译很难,因此牟先生不止一次地对王更生先生所谓“专门学术中的专门学术”一说表示赞同,如说:“王更生曾谓:‘近代言翻译,已成专门的学术,而《文心雕龙》的翻译,更是专门学术中的专门学术。’这说明他对《文心雕龙》的翻译是颇有见地的。”②但翻译的基础是对原文的理解,因而“信达的译文,必以准确的注释为基础”,牟先生之所以对注释极为用力,也就可想而知了。应该说,牟先生追求的这一“精确翔实”的注释目标,经过三十多年的实践检验,他基本达到了,这是其《文心雕龙译注》一书至今畅销不衰的两大原因之一。

另一个重要的原因,当然是牟先生同样看重的翻译。《文心雕龙译注》对《文心雕龙》的翻译,可谓圆润畅达,既忠实于原著,力求搞清本义,又灵活变通,做到以现代的理论语言准确地传达出一千五百年前的文学思想。诚如评者所说,“《文心雕龙译注》……恰到好处地注释、翻译了《文心雕龙》全书”③。这种“恰到好处”,说起来容易,做起来很难,这应该是曾经翻译过《文心雕龙》者的共同感受。王更生先生之所以说这是“专门

---

① 牟世金:《台湾文心雕龙研究鸟瞰》,山东大学出版社 1985 年版,第 19 页。

② 牟世金:《台湾文心雕龙研究鸟瞰》,第 17 页。

③ 王树村:《评〈文心雕龙译注〉》,《文学评论》1984 年第 3 期。

学术中的专门学术”,笔者觉得就是因为他感触很深,知道《文心雕龙》的今译,实在不同于一般的古文翻译。这里我们试举二例。

《辨骚》篇有这样几句:

> 若能凭轼以倚《雅》《颂》,悬辔以驭楚篇,酌奇而不失其贞,玩华而不坠其实;则顾盼可以驱辞力,欬唾可以穷文致,亦不复乞灵于长卿,假宠于子渊矣。①

这段话是《辨骚》篇有名的结论,其中没有什么晦涩之词,也没有什么难解之句,我们随便举这样一个例子,来看一下什么是“恰到好处”,为什么说这是“专门学术中的专门学术”。几家有代表性的译文是这样的:

> 牟世金:如果我们在写作的时候,一方面依靠着《诗经》,一方面又掌握着《楚辞》,吸取奇伟的东西而能保持正常,玩味华艳的事物而不违背实际;那么刹那间就可以发挥文辞的作用,不费什么力就能够穷究文章的情趣,也就无须乎向司马相如和王褒借光叨教了。②

> 周振甫:倘能严肃地遵照《雅》《颂》的准则,有控制地驾驭《楚辞》,采择奇伟的内容而不失去它的正确;鉴赏香花而不失掉它的果实;那么在一回顾间可以发挥文辞的作

① 刘勰:《文心雕龙·辨骚》,戚良德辑校:《文心雕龙》,第25页。
② 陆侃如、牟世金:《文心雕龙译注》上册,第55页。

用，一开口间可以彻底探索文章的情致，不再向司马相如求助，向王褒去借光了。①

郭晋稀：因此可知，创作必须以学习《雅》《颂》为准则，行文要有控制地效法楚《骚》，斟酌采用它的奇诞而能保持雅正，玩味体会它的华辞而不忘记实意，那么一顾一盼也可以驱遣文辞气力，一咳一唾都可以穷极文情委曲，无须向长卿乞灵感，向子渊求宠爱了。②

王运熙、周锋：如果写作能像乘车靠着车前横木那样倚靠《雅》《颂》，能像驱车拉着马缰那样驾驭《楚辞》，酌取奇伟而不丧失雅正，玩味华艳而不失去朴实；那么马上便能驱遣辞情才力，很快就可穷尽文章情致，也不必向司马相如讨教、向王褒求助了。③

刘勰这句话的开始是"若能……"，则译为"如果……"最为准确，所谓"因此可知"就莫名其妙了。"凭轼""悬辔"二句是个比喻，要在强调《诗经》《楚辞》的榜样作用，译为"一方面依靠着《诗经》，一方面又掌握着《楚辞》"，用"依靠"和"掌握"既简要而准确地翻译出"凭轼""悬辔"的比喻义，又很明白地传达了其中心思想。"酌奇""玩华"二句是这段话里最有名的

① 周振甫：《〈文心雕龙〉译注》（修订本），江苏教育出版社2006年版，第98—99页。

② 郭晋稀：《文心雕龙注译》，第53—54页。

③ 王运熙、周锋：《文心雕龙译注》，上海古籍出版社1998年版，第39页。

两句,因而翻译就格外难,上述译文可以说均不甚出色,但把"玩华而不坠其实"翻译成"鉴赏香花而不失掉它的果实",未免就离题远一些了。"顾眄""欬唾"二句也是比喻,前者表示时间之快速,后者比喻事情之容易,因而翻译成"刹那间就……不费什么力就……"才是最准确的,其他都是似是而非的。最后的"乞灵""假宠"二句是个很形象的说法,译为"借光叨教"亦最为合适。可见,牟先生这一最早出的译文胜出一筹是毋庸置疑的。

再如《文心雕龙·练字》篇中,有这样几句:"是以前汉小学,率多玮字,非独制异,乃共晓难也。"不仅没有援用故实,而且文字上似也无特别难解之处。各家译文是这样的:

周振甫:因此前汉讲文字的书,往往多奇异的字,不仅当时的制度和后来不同,也是所用文字大家难懂。①

赵仲邑:因此前汉的文字之学,一般说来,怪字很多,不但字形的制作特别,而且大家都很难认识。②

郭晋稀:所以前汉作家都懂得小学,作品中很多怪字,不单是字形奇异,而且意义也难明白。③

向长清:所以前汉的小学书籍,多有奇异的字,不仅文

① 周振甫:《文心雕龙选译》,第232页。
② 赵仲邑:《文心雕龙译注》,第329页。
③ 郭晋稀:《文心雕龙注译》,第432页。

字体制与后世不同,而且即在当时,大家认识它也很困难。①

这些译文略有差异,但其理解原文的思路则大体相同。尤其对"非独制异,乃共晓难也"一句的理解,完全一致。然而,正如牟先生所指出,"非独……乃……"的结构,显然不能译为"不仅……而且……","难"字亦不是"困难""难懂"之意,而是指"难字",杨明照先生早有注释。② 因此,牟先生将刘勰这段话译为:"因此,西汉时期擅长文字学的作家,大都好用奇文异字。这并非他们特意要标新立异,而是当时的作家都通晓难字。"③这个译文显然是独辟蹊径的。它的精彩,不仅在于它符合上下文意,从而准确地把握了原文,而且它揭示出刘勰的一个重要思想:文学作品的语言是具有时代特征的。刘勰的这一思想,对后人更好地理解、正确地评价古代的作家作品是非常重要的。事实上,牟先生的这一理解,已为后出的各家译本所接受。如周振甫先生的《文心雕龙今译》,便将《文心雕龙选译》中的"也是所用文字大家难懂"一句,改为"是当时大家都懂得难字"④。龙必锟《文心雕龙全译》将这句译为:"所以西汉的文字学,大多有很多玮奇的字,这不独是作家制造异样的字体,乃是当时大家都通晓这些难识的文字。"⑤张灯先生《文心雕龙新注新译》将这句译为:"所以前汉创作的语词运用,大都爱取玮奇的

① 向长清:《文心雕龙浅释》,吉林人民出版社1984年版,第338页。

② 参见牟世金:《文心雕龙研究》,第536页。

③ 陆侃如、牟世金:《文心雕龙译注》下册,第241页。

④ 周振甫:《文心雕龙今译》,第344页。

⑤ 龙必锟:《文心雕龙全译》,贵州人民出版社1992年版,第469页。

文字，这倒并非单为故作惊诧怪异，实质还在于作者都能通晓难字。”①王运熙、周锋先生《文心雕龙译注》将这句译为：“因此西汉的文字训诂之学，多有奇异的文字，不只是有意制作奇异文字，而是当时许多作者都通晓难字。”②笔者也是遵从牟先生的理解来翻译这句的：“所以西汉时期的字书，多有奇异之字。这并非有意创造奇字，而是因为他们都熟悉疑难之字。”③可以说，牟先生在《文心雕龙》翻译中的这种准确性和原创性更是不胜枚举的，其于后世“龙学”的发展所产生的重要影响也是显然可见的。正如张少康等先生所说：“虽然《文心雕龙》的译注本在牟世金的《译注》之后，又出版了很多种，尽管各有优点和长处，但从正确、精练、深刻、流畅等方面综合起来看，都没有能超过《译注》所达到的水平。”④

《文心雕龙译注》出版后几经再版，发行盖近十万册。饶有趣味的是，仅笔者所见，即有数种《文心雕龙》读本乃以陆、牟两位先生的《文心雕龙译注》为蓝本而成。一是以北京燕山出版社名义出版的《中国古典文学荟萃 · 文心雕龙》（上、下，2001 年版），其上册译文基本照搬《文心雕龙译注》，而其下册“附录”又把牟先生在《文心雕龙译注》中的长篇“引论”全部录入。二是内蒙古人民出版社 2009 年 2 月出版的《中国传统文化经典丛书 · 文心雕龙》，其每篇“导读”和“译文”更基本抄

① 张灯：《文心雕龙新注新译》，贵州教育出版社 2003 年版，第 370 页。

② 王运熙、周锋：《文心雕龙译注》，第 351 页。

③ 戚良德：《文心雕龙校注通译》，上海古籍出版社 2008 年版，第 448 页。

④ 张少康、汪春泓、陈允锋、陶礼天：《文心雕龙研究史》，第 338 页。

录《文心雕龙译注》。三是北京燕山出版社2009年3月出版的《中国古代文化集成·文心雕龙》,其大部分译文亦来自《文心雕龙译注》。遗憾的是,这三种书均未注明引用或参考陆、牟两位先生的著作;笔者这里只是说明,《文心雕龙译注》一书的影响于此可见一斑了。

四、《文心雕龙研究》的贡献

1989年6月19日,六十一岁的牟世金先生与世长辞。两年后,我为恩师编成《雕龙后集》一书,并由山东大学出版社于1993年出版。在这本书的"编后记"中,我写了这样一段话:"遵师母之命,草成《牟世金传略》一篇,亦附书后。实际上,以我才疏学浅之后生小子,既难探牟先生博大精深学问之万一,更难窥先生高山景行之一隅。惟师恩难忘,又师母所托,故略记一二,以铭感怀。文中多称前辈时贤之高论宏裁,乃藉以深识先生之道德学问,亦以补拙笔之无力。继续探索先生在'龙学'上的成就和贡献,愿俟他日。"①这些话既非虚言,也不是托词,而是基于两个考虑:一是牟先生去世不久,作为蹒跚学步的"龙学"后生,我实在无力为先生的学术成就置词;二是先生虽去,但他"毕生所能雕画的一条'全龙'"②——《文心雕龙研究》尚未出版,这正是所谓"愿俟他日"的原因。而今,当年的

---

① 戚良德:《雕龙后集·编后记》,牟世金:《雕龙后集》,山东大学出版社1993年版,第497页。

② 牟世金:《文心雕龙研究》,"自序",第2页。

“后生小子”虽无改其才疏学浅,但已是“尘满面,鬓如霜”了。更重要的是,牟先生的《文心雕龙研究》早已付梓行世①,并得到学术界的高度评价,如张文勋《文心雕龙研究史》说:“这是我国著名的‘龙学’家牟世金生前殚精竭力完成的一部研究专著……《文心雕龙研究》是他的一部具有总结性的学术专著,也是90年代我国‘龙学’研究的标志性成果。”②又如张少康等《文心雕龙研究史》说:“《文心雕龙研究》无疑是新时期以来众多《文心雕龙》论著中最为优秀的一部。”③

早在1979年,当牟先生第一次看到台湾王更生先生的《文心雕龙研究》时,就为大陆未能有一部完整、系统的《文心雕龙研究》而深感遗憾;同时,他也下定决心,要写出一部真正超越前人的《文心雕龙研究》来,并为此开始了种种准备。牟先生在《文心雕龙研究》的“自序”中说:自己的各种“龙学”著作,无论注、译、考、论,还是对前人研究的总结,都是为完成《文心

① 《文心雕龙研究》一书是应人民文学出版社古典文学编辑室原副主任刘文忠编审之约而作,于1987年年底交稿(前七章,最后一章尚未完成),直到1995年8月方得面世,其时牟先生已去世六年。刘文忠先生在其自传性著作《人争一口气》中说:“这是牟世金生前最后完成的一部力作,最后的一部分是在病中完成的……”(人民文学出版社2008年版,第427页。)实际上,该书最后一章乃是牟先生身卧病榻之时,笔者受先生之托,按照先生自己拟定的章节目录,根据先生已发表的有关论著整理而成;交给出版社时未作说明,故刘先生不知此情。为了这本书的出版,刘先生“呼喊、力争了六年”,其间还得到王元化先生的出面关照。(详见《人争一口气》,第426—427页。)刘先生深有感触地说:“牟世金的《文心雕龙研究》出书后受到国内外‘龙’学家的好评。可是却无人知道它出版过程的艰难与曲折。”(《人争一口气》,第428页。)

② 张文勋:《文心雕龙研究史》,第187页。

③ 张少康、汪春泓、陈允锋、陶礼天:《文心雕龙研究史》,第392页。

雕龙研究》一书所作的准备。他指出:“虽然早在1944年便有朱恕之的《文心雕龙研究》[①]问世,近年来,台湾也有王更生、龚菱等人的《文心雕龙研究》陆续出版,本书仍不避其重复,盖特取其‘研究’之意。……以《研究》为名的‘龙’著先我而出者虽多,但中国大陆解放之后,这还是第一部……”[②]实际上,当牟先生的《文心雕龙研究》一书于1995年出版时,大陆已经出版了穆克宏先生的《文心雕龙研究》(福建教育出版社,1991年)和孙蓉蓉教授的《文心雕龙研究》(江苏教育出版社,1994年),不过牟先生1988年春天为自己的《文心雕龙研究》写“序”的时候,确实“还是第一部”。更重要的是,即使到了今天,在中国以及日本已出名为《文心雕龙研究》的著作虽有八九种[③],但不仅在规模上牟先生的这本著作仍为第一,而且真正综合研究刘勰及其《文心雕龙》而具有重大创见者,也只有王更生先生的《重修增订文心雕龙研究》[(台北)文史哲出版社,1979、1989年]可以与之媲美。

牟先生的《文心雕龙研究》全书分为八章。第一章是“绪论”,首先论述了《文心雕龙》乃“中国古代文论的典型”,从而阐明了《文心雕龙》研究在中国文论史研究中的举足轻重的意义;其次对“龙学”的历史进行了回顾和展望;最后论述了“产

---

① 按:朱恕之的《文心雕龙研究》乃1945年4月由南郑县立民生工厂印行。该书规模不大,不到五万字,但却是体系完备的一本专著,共分十一章,分别为绪论、本质论、鉴赏论、创作论、批评论、文体论、文学史的雏形、文心雕龙的两点重要申辩、文学与时代、文心雕龙的研究、结论。

② 牟世金:《文心雕龙研究》,“自序”,第4页。

③ 如大陆有孙蓉蓉、穆克宏、赵耀锋等先生的著作,台湾有王更生、龚菱、简良如等先生的著作,日本有户田浩晓、门胁广文等先生的著作。

生《文心雕龙》的时代思潮”。第二章为“刘勰”，对刘勰的家世、生平进行了新的考证，并论述了刘勰的思想。第三章专门探讨“《文心雕龙》的理论体系”，首先清理了“《文心雕龙》的篇次问题”，其次探讨“《文心雕龙》的总论”，再次说明“《辨骚》篇的归属问题”，最后对“‘体大思精’的理论体系”作出系统表述。第四章论“文之枢纽”，探究了“‘原道’论的实质和意义”“‘征圣’‘宗经’思想”以及“《正纬》和《辨骚》的枢纽意义”。第五章研究“论文叙笔”，由“概说”“楚辞论”“论诗”“论赋”“论民间文学”几部分组成。第六章探讨“创作论”，首先研究了“创作论的体系”，然后论述了《文心雕龙》的“艺术构思论”“风格论”“风骨论”“通变论”和“情采论”。第七章研究“批评论”，首先介绍了刘勰对建安文学的评价，然后论述了刘勰的“批评论和鉴赏论”以及“作家论”。第八章是“几个专题研究”，分为四节：“刘勰对古代现实主义理论的贡献”“从《文心雕龙》看古代文论的民族特色”“从‘范注补正’看《文心雕龙》的注释问题”“台湾《文心雕龙》研究鸟瞰”。

牟先生在“自序”中说：“这是我毕生所能雕画的一条‘全龙’。”①可以说，《文心雕龙研究》的完成，标志着牟世金先生成为一位最全面的“龙学”家。从“龙学”史上看，多数研究者或长于校勘，或重在注释，或精于评点，或深于论证。牟先生则以其不下十种“龙学”著作而集合成《文心雕龙研究》一书，成为在“龙学”之注、译、考、论各个方面都有重要贡献的“龙学”家。这里我们仅就牟先生对《文心雕龙》的基本认识、对《文心雕龙》理论体系的探索、对《文心雕龙》创作论的研究以及《文

① 牟世金：《文心雕龙研究》，“自序”，第2页。

心雕龙研究》一书所体现出的“龙学”方法论等几个问题，略予介绍。

（一）对《文心雕龙》的基本认识

牟先生非常赞赏周扬先生对《文心雕龙》一书的概括，认为其为“中国古代文论的典型”。他说：“《文心雕龙》在中国古代文学理论中的典型意义，主要就在它可说是一部中国古代的文学概论。在这点上，中国古代大量文学理论著作，确是没有第二部可以与之相比的。”①应该说，牟先生这一对《文心雕龙》的基本认识代表了二十世纪绝大多数《文心雕龙》研究者的看法。但同时，牟先生又明确意识到《文心雕龙》的文学理论有着不同于现代文学理论的特点，他说：

> 《文心雕龙》的全面性，可从两个方面来看：一是对各种文体的全面总结，一是对文学理论的全面论述。文体论是本书的一个重要组成部分。不少研究者认为其所论文体多非文学作品，有的甚至斥之为“乱七八糟的东西”。这是用西方的观点或现代“文学概论”的定义来衡量所然，如果从中国古代文文论的实际出发，就不能不承认文体论正是中国古代文论的主要内容之一。可以毫不夸大地说：没有相当周全的文体论，《文心雕龙》就不会成为中国古代文论的典型。②

---

① 牟世金：《文心雕龙研究》，第3页。

② 牟世金：《文心雕龙研究》，第5页。

在二十世纪的“龙学”史上,从黄侃开始,研究者就比较轻视《文心雕龙》的“论文叙笔”部分(即通常所谓“文体论”)。黄氏生前由北平文化学社于1927年刊《文心雕龙札记》共二十篇,除《序志》一篇外,乃是从《神思》至《总术》的十九篇,文体论的内容付之阙如。后来中华书局于1962年所出《文心雕龙札记》的全璧共三十一篇,增加了“论文叙笔”(文体论)部分的六篇(《明诗》《乐府》《诠赋》《颂赞》《议对》《书记》),显然仍是以创作论为主体的。我们不能说二十世纪的“龙学”史完全决定于黄侃的这一发端,但黄氏《札记》一直备受推崇,不能不说与其对创作论的重视是有关的,可以说它正好契合了二十世纪的文学理论观念。但牟先生指出,《文心雕龙》本身是“全面的”,这种全面性,“一是对各种文体的全面总结,一是对文学理论的全面论述”,缺一不可。应该说,把“文体论”和“文学理论”如此区分,既说明了《文心雕龙》之文体论与二十世纪的文学观念是颇为不同的,也正好解释了二十世纪的“龙学”何以忽视文体论,但牟先生说“没有相当周全的文体论,《文心雕龙》就不会成为中国古代文论的典型”,这一对《文心雕龙》的总体认识是非常全面而深刻的。

从牟先生《文心雕龙研究》一书的结构看,其第五章为“论文叙笔”,他没有叫“文体论”,可以说充分顾及了《文心雕龙》与现代文学理论的不同;这一章的内容一共有五节,而第六章“创作论”一共有六节,亦显然照顾到了两个部分的平衡,表示着他对《文心雕龙》之全面性的充分重视。因此我们可以说,《文心雕龙研究》一书确是真正全面把握《文心雕龙》,力图对其进行综合研究的一部空前之作。这对认为《文心雕龙》是“一部中国古代的文学概论”的二十世纪“龙学”而言,实在是难能可贵的了。较之黄侃，显然是前进了一大步。这也充分说明，力图读懂原文、搞清本义的牟先生，尽管有着不同于刘勰的现代文艺观念，但其实事求是的研究原则还是发挥了最强大的作用，这可以说是百年“龙学”的宝贵经验之一。

但我们也不能不指出，任何研究者都是无法超越时代的，所谓“文变染乎世情，兴废系乎时序”①，在把《文心雕龙》作为文学理论著作的前提下，重视其创作论可以说是一个必然的选择。牟先生说：“另一个更为重要的方面，是《文心雕龙》相当全面地论述了我国古代文学理论中的种种重要问题。……正因如此，它才成为中国古代文论的典型，它的重要意义才历久不衰，并直到今天还愈来愈受到研究者的重视。”②因此，尽管牟先生很明确地意识到，“用六朝时期‘文学’与‘文章’的概念来说，当以‘文章论’为是”，“《文心》所论是当时的‘文章’，而非‘文学’”，但他同时又指出：“到近世‘文学’与‘文章’二义有了很大变化和明确区分之后，如果用今人的观念来说，就只有‘文学论’才和六朝时期的‘文章论’意近”，“六朝人所讲的‘文章’，是和近世的‘文学’义近的”，因为“今人所讲的‘文章’，通常是不包括诗歌、乐府、颂赞等韵文作品的。因此，今天仍以《文心雕龙》为‘文章论’，就与原意不符了”。③ 应该说，这些认识是清晰的，但这显然又是以现代文艺理论为指导和原则的。在此情形下，对《文心雕龙》全面性的认识有时就主要停留于一种理论上的认识，而导致事实上对创作论的偏

① 刘勰：《文心雕龙·时序》，戚良德辑校：《文心雕龙》，第253页。

② 牟世金：《文心雕龙研究》，第6—7页。

③ 参见牟世金：《文心雕龙研究》，第86、87页。

重。在《文心雕龙研究》一书中，这种偏重也是明显的：一方面，第五章的“论文叙笔”虽有五节内容，但其篇幅为 76 页；而第六章“创作论”虽也只是六节，但其篇幅达到了 144 页。另一方面，“论文叙笔”一章的具体内容，除了“概说”以外，只研究了“楚辞论”“论诗”“论赋”“论民间文学”几个问题，其文学理论的视角是显然可见的。

牟先生对《文心雕龙》的基本认识，有一个重要的贡献必须提到，那就是对《文心雕龙》篇次原貌的维护。从范文澜、刘永济先生开始，不少研究者都认为《文心雕龙》现行版本的篇次有错乱，而需要加以调整。大陆学者中以郭晋稀先生为代表，台湾学者中以李曰刚先生为代表，对《文心雕龙》篇目（主要是《神思》篇以后）的次序作了较大调整。对此，牟先生作了非常有力的说明和论证，认为《文心雕龙》的篇次并无错乱，不应随便予以更正。他说：

> 《文心》的组织结构虽素称严密，但一方面不过是在古籍中相对而言，岂必天衣无缝，完美无瑕？一方面又有古今之别，刘勰以为是者，今人未必以为尽是，何况同一《文心》，今人也是言人人殊。对《文心》篇次的调整，各家的依据不外《序志》篇讲其书纲目的一段话和各篇之间的脉络关系。以此为据虽也不无道理，但由于著者的用意和论者的考虑难一，古人的严密与今人的严密有别，欲求其确是困难的。刘勰的论点既有误，其篇章次第的安排又怎能完全合理？今有一人，若恨其论述之不当而图改正原文，是必皆以为非；觉其篇次不当而径行改正，其可乎！所以，调整篇次者虽主观上是图复其原貌，但在客观上很可

能远离原貌。①

显然,这一番道理讲得是极为正确而无可辩驳的。事实也是,随着研究者理解的不同,对篇目次序的调整必然不同,则结果只能是"远离原貌"了。即如《物色》一篇,不少研究者都认为不应该在《时序》篇之后,笔者也曾经认为《物色》应该属于"剖情析采"的创作论部分,但把它放在哪个位置呢?必然是言人人殊的。仅此一篇的调整尚且如此困难,何况涉及多篇,又怎能找到正确的答案?正如祖保泉先生所说:"今之论者只凭自己的理解便断定下篇篇次错乱,那会把对问题的研究导入'公讲公有理,婆讲婆有理'的境地。当人们没有新的发现之前,我认为还是尊重现有的古本为好。"②

当然,道理是一回事,事实是另一回事。研究者由于理解不同而造成的篇次调整差异,只能说明没有根据的情况下不可随意更动,却并不能说明《文心雕龙》原来的篇次一定没有错误。正是考虑到这一点,牟先生提出了两个富有说服力的论据。他说:"从元刻至正本以下,明清大量刻本的篇次全与通行本篇次一致;今存最早的唐写本虽是残卷,但从《原道》至《谐隐》的十五篇,也与现行本的篇次完全相同。早在唐代《文心雕龙》便已传入日本,而日本现存最早的刻本尚古堂本和冈白驹本,和通行本的篇次也是一致的。明清时期的大量校本,亦无只字提及尚有不同篇次的版本。这些都只能证其篇次本

---

① 牟世金:《文心雕龙研究》,第 93 页。

② 祖保泉:《文心雕龙解说》,安徽教育出版社 1993 年版,"前言",第 6 页。

来无误。”①笔者以为，这一连串的说明是极有说服力的。唐代去刘勰未远，唐写本虽仅存少部分，但其恰好不乱的事实足以提醒我们，《文心雕龙》的原本次序应该就是这样的。之后的元至正本以及明清的系列版本，这一切应该可以组成一个证据链，证明“其篇次本来无误”的结论。同时，牟先生又指出：“从今存唐写本已逐篇标有篇次（如《明诗第六》《杂文第十四》等）看，无论宋本、元本或明清本、日本本，都不容再有更易。这是今存国内外一切版本篇次一致的根本原因。如《时序第四十五》《物色第四十六》等，既已标定，则不论其前后次第是否适当，后人就无从致误，也无权改动了。”②应该说，这又是一个极为有力的说明和论证。我们虽无法确定刘勰著书时一定标明了篇次，但唐写本却明白无误地标注了篇次（在这一点上，其是否残卷就无关紧要了，十三篇的顺序足以说明问题），其后所有版本均一致的事实说明，它们都是延续唐写本而来的，至少也是与其一致的。可以说，加上这两个方面的论据，牟先生的论证真的就可以称之为“牟世金精密的理论”③了。

正如日本安东谅先生所说：“书的篇次是被精密的理论所体系化的、著者宏大构思的产物，因此，这是一个不容忽视的问题。”④牟先生把对《文心雕龙》篇次的探讨放在论述其理论体系的第一个问题，就是因为“《文心雕龙》的理论体系是通过其

① 牟世金：《文心雕龙研究》，第 94 页。

② 牟世金：《文心雕龙研究》，第 95—96 页。

③ ［日］安东谅：《〈文心雕龙〉下篇的篇次》，《中华文史论丛》1985 年第 2 期。

④ ［日］安东谅：《〈文心雕龙〉下篇的篇次》，《中华文史论丛》1985 年第 2 期。

篇章结构体现出来的"[①]，对篇次的不同理解"涉及对《文心雕龙》理论体系的理解"[②]。与此密切相关，笔者觉得尊重《文心雕龙》的现行篇次，才能认真理解刘勰的文论话语，从而认识中国古代文论话语体系的特点，尤其是其与现代文学理论话语体系的重大区别。这在《物色》篇的次序问题上体现得尤为明显。我们之所以觉得"物色"问题应该属于创作论，正是基于现代文艺学对情景关系的理解，但在刘勰的文论话语体系中，它虽然也是一个与创作过程密不可分的"小"问题，但更是一个影响整个文章事业的"大"问题，所谓"江山之助"[③]，与"文变染乎世情，兴废系乎时序"[④]具有同等重要的意义，因此刘勰把《物色》安排在了《时序》之后进行论述；同时，从刘勰的具体论述看，《物色》篇的提出及其安排又与六朝时期兴起的山水诗文密切相关，而这在刘勰看来关乎文章发展的方向和趋势，所谓"近代以来，文贵形似"，所谓"物色尽而情有余者，晓会通也"[⑤]，都不仅仅是一个具体的"剖情析采"问题。因此，刘勰的安排首先需要我们用心体会，而不是随便予以更改。

（二）论《文心雕龙》的理论体系

牟先生从二十世纪六十年代便强调研究"《文心雕龙》自身的理论体系"，认为"有探讨刘勰自己的文学理论体系的必

---

① 牟世金：《文心雕龙研究》，第90页。

② 祖保泉：《文心雕龙解说》，"前言"，第1页。

③ 刘勰：《文心雕龙·物色》，戚良德辑校：《文心雕龙》，第265页。

④ 刘勰：《文心雕龙·时序》，戚良德辑校：《文心雕龙》，第253页。

⑤ 刘勰：《文心雕龙·物色》，戚良德辑校：《文心雕龙》，第264、265页。

要”,并呼吁“《文心雕龙》的研究者们考虑这个问题”[①],可谓独具慧眼。至八十年代,他在《中国社会科学》发表了《〈文心雕龙〉的总论及其理论体系》一文,提出:“‘衔华佩实’是刘勰全部理论体系的主干。《文心雕龙》全书,就是以‘衔华佩实’为总论,又以此观点用于‘论文叙笔’,更以‘割情析采’为纲,来建立其创作论和批评论。这就是《文心雕龙》理论体系的概貌,也是其理论体系的基本特点。”[②]牟先生通过对《文心雕龙》创作论体系的具体考察,进一步指出:“《文心雕龙》的理论体系是以‘衔华佩实’为核心,以研究物、情、言的相互关系为纲组成的。”[③]这是牟先生二十年思考《文心雕龙》理论体系的结晶,也是对《文心雕龙》理论体系所作的第一次科学表述。此后,牟先生又为自己的《雕龙集》专门完成了长达 3 万字的《〈文心雕龙〉理论体系初探》一文,并在他的《文心雕龙研究》中专列近 5 万字的“《文心雕龙》的理论体系”一章,对《文心雕龙》的理论体系作了系统研究和理论表述。其云:

> 《文心雕龙》由“文之枢纽”“论文叙笔”“割情析采”和批评鉴赏论(包括作家论)四个互有联系的组成部分,构成一个严密而完整的文学理论体系;这个体系以儒家思想为主导,以“衔华佩实”为轴心,以论述物与情、情与言、

---

① 牟世金:《近年来〈文心雕龙〉研究中存在的几个问题》,《雕龙集》,中国社会科学出版社 1983 年版,第 154 页。

② 牟世金:《〈文心雕龙〉的总论及其理论体系》,《〈文心雕龙〉研究论文选(1949—1982)》,齐鲁书社 1988 年版,第 227 页。

③ 牟世金:《〈文心雕龙〉的总论及其理论体系》,《〈文心雕龙〉研究论文选(1949—1982)》,第 232 页。

> 言与物三种关系为纲领，把全书五十篇结成一个有机的整体。这样的文学理论体系，不仅在中国古代文论中是稀有的，在世界古代文论中也是罕见的。①

应该说，对《文心雕龙》理论体系的这一系统概括不仅是牟先生数十年思考这一问题的结论，更是二十世纪“龙学”的重要收获。

牟先生对《文心雕龙》理论体系的思考和研究，始终以创作论为中心和重点，这是因为“刘勰的文学理论集中在创作论部分，其理论体系在这部分表现得更为完整和细致”②。牟先生的这一做法，一方面抓住了《文心雕龙》理论体系的根本，另一方面则在《文心雕龙》创作论体系的研究上取得了令人瞩目的成果。1982 年，牟先生在《社会科学战线》发表了 3 万余字的长文《〈文心雕龙〉创作论新探》，对《文心雕龙》的创作论体系作了系统论述。他说：“刘勰的创作论体系，是以《神思》篇为纲，以情言关系为主线，对物情言三者相互关系的全面论述构成的。”③并指出：“从情、物、言三种关系可以清楚地看到，刘勰的创作论是相当全面的，文学创作上的一些基本问题，都有了程度不同的论述。……这说明，刘勰的创作论，确是抓住文学创作理论上的一些根本问题了。从物、情、言三者的关系来

---

① 牟世金：《文心雕龙研究》，第 143 页。按：“罕见的”原文作“罕见有的”，“有”为衍文。

② 牟世金：《〈文心雕龙〉的总论及其理论体系》，《〈文心雕龙〉研究论文选（1949—1982）》，第 227 页。

③ 牟世金：《〈文心雕龙〉创作论新探》，《〈文心雕龙〉研究论文选（1949—1982）》，第 472 页。

考察刘勰的创作论,不仅可发现一些为我们过去注意不够的问题,也可更准确地铨衡其理论的成就与不足之处。”[①]应该说,这种对《文心雕龙》创作论体系的概括,是非常富有理论意义的,是前所未有的。正因如此,这一概括得到了多数研究者的认同,“物”“情”“言”三者的相互关系为《文心雕龙》理论体系之主干的观点,庶几成为少数“龙学”共识之一,以至有的“龙学”著作专列“创作中物、情、辞的关系”的章节[②],这不能不说是牟先生对“龙学”的重要贡献。

正如滕福海先生所说:“最执着于探索《文心》体系的学者当推牟世金。”[③]牟先生何以不遗余力地对《文心雕龙》理论体系进行坚持不懈的探索呢?他说:“搞清刘勰的这个体系,对我们进一步深入研究《文心雕龙》,准确地认识其成就和不足之处,都可提供重要的依据。”同时,“《文心雕龙》研究中存在一些长期争论不休的问题,如果从刘勰的整个理论体系着眼来研究,把这些问题放到刘勰的理论体系中去考察,是很容易辨识清楚的”。[④] 如《从刘勰的理论体系看风骨论》[⑤]一文便是牟

---

① 牟世金:《〈文心雕龙〉创作论新探》,《〈文心雕龙〉研究论文选(1949—1982)》,第 512 页。

② 参见钟子翱、黄安祯:《刘勰论写作之道》,长征出版社 1984 年版,第 558 页。

③ 滕福海:《〈文心雕龙〉理论体系研究述评》,《语文导报》1985 年第 7 期。

④ 参见牟世金:《〈文心雕龙〉的总论及其理论体系》,《〈文心雕龙〉研究论文选(1949—1982)》,第 232、233 页。

⑤ 该文发表于《古代文学理论研究》第四辑(上海古籍出版社 1981 年版),收入《〈文心雕龙〉研究论文选(1949—1982)》和《文心雕龙研究论文集》(人民文学出版社 1990 年版)。

先生从《文心雕龙》理论体系出发来解决“龙学”中富有争议的具体问题的尝试。该文指出:“要解决长期以来的‘风骨’之争,没有一个正确而统一的角度是不可能的。”[①]“而从刘勰的总的理论体系来考察,我以为正是能够认清‘风骨’的实质的正确角度。”[②]因为“《风骨》篇不仅没有离开这个体系,且正是这个体系的重要组成部分”[③]。基于此,牟先生认为:刘勰的“风骨”论属于其“衔华佩实”“文质相称”的文质论,“风”和“骨”乃是构成“文质”论的两个方面[④],因而《风骨》篇所谓“风、骨、采”的关系,正相当于儒家“志、言、文”的关系[⑤]。应该说,这一认识是富有新意的,而这正是从刘勰理论体系出发得出的结论。正如李平、范伟军两位先生所说:“牟先生一方面从《文心》自身实际出发,探讨其理论体系;另一方面又处处联系《文心》的理论体系,分析其具体问题,将宏观把握与微观考辨结合起来,对《文心》的理论体系问题进行了见林又见树、见树又见林的研究,取得了超越前贤的研究成果,也把《文心》

① 牟世金:《从刘勰的理论体系看风骨论》,古代文学理论研究编委会编:《古代文学理论研究》第四辑,上海古籍出版社 1981 年版,第 180 页。

② 牟世金:《从刘勰的理论体系看风骨论》,古代文学理论研究编委会编:《古代文学理论研究》第四辑,第 181 页。

③ 牟世金:《从刘勰的理论体系看风骨论》,古代文学理论研究编委会编:《古代文学理论研究》第四辑,第 187 页。

④ 参见牟世金:《从刘勰的理论体系看风骨论》,古代文学理论研究编委会编:《古代文学理论研究》第四辑,第 187—188 页。

⑤ 参见牟世金:《从刘勰的理论体系看风骨论》,古代文学理论研究编委会编:《古代文学理论研究》第四辑,第 195 页。

理论体系的研究向前推进了一大步。"[①]

除了着眼"龙学"本身的发展,牟先生对《文心雕龙》理论体系的重视和研究还有另一层原因,那就是从中窥探中国古代文论的民族特色和理论体系。牟先生视自己的《文心雕龙》研究为"雕龙",更以自己对中国古代文学艺术理论的综合研究为"雕龙"[②],且后者是其长远的规划和目标[③]。如上所述,牟先生非常赞同周扬先生关于"《文心雕龙》是一个典型"[④]的论断,他对这个"典型"的不懈探索,正是为把握中国古代文论全貌所找到的一个突破口。牟先生曾深刻地指出:《文心雕龙》所论述的问题,在中国古代文学艺术的许多传统问题的发展过程中,都起着重要作用,且后者都是《文心雕龙》已安排的体系的延伸。[⑤] 因此,对《文心雕龙》理论体系的深刻理解和完整把握,确乎就成了研究中国古代文论的一个关键和"枢纽"。牟

---

① 李平、范伟军:《试论牟世金对〈文心雕龙〉理论体系的研究》,《安徽商贸职业技术学院学报》2006年第4期。

② 牟先生在《雕龙集·前言》中说:"这个集子收了两组文章,或可谓之上下编。上编从历史的发展上,对古代文学艺术的几个传统问题,进行一点综合探讨;下编主要谈魏晋南北朝期间有代表性的三种文论:《文赋》《文心雕龙》和《诗品》。"

③ 牟先生在《文心雕龙研究·自序》中说:"本来还有少许打算,且'龙'门深似海,常叹难得而入,不愿废于半途。但屈指年华,已承担的其他任务不允许在这条路上蹒跚下去了。"这里所谓"其他任务"乃指牟先生当时承担的国家教委博士点基金项目"中国文艺理论史"。(参见戚良德:《雕龙后集·编后记》,牟世金:《雕龙后集》,第496页。)

④ 周扬:《关于建设具有中国民族特点的马克思主义文艺理论问题——周扬同志答〈社会科学战线〉记者问》,《社会科学战线》1983年第4期。

⑤ 参见牟世金:《雕龙集》,"前言",第1页。

先生的长文《从〈文心雕龙〉看中国古代文论的民族特色》①也清楚地说明,他决不满足于研究《文心雕龙》一书,而是企图通过对这个"典型"的深入分析,找到一把打开中国古代文学艺术理论宝库的钥匙。如谓:

> 刘勰的理论体系,是以儒家思想为主导,以诗言志为中心,以文质关系为骨干建立起来的。这个体系,基本上反映了古代文论理论体系的概貌。而以儒家思想为主导,以诗言志为中心,以文质关系为主干,也概括了中国古代文论的三大特点。唐宋以后的文论,当然各有其不同的具体特点,但大多数文论的概貌,是具有这种基本特点的。②

这短短的一段话,既蕴含着对《文心雕龙》理论体系形成的深刻理解,也反映了对中国古代文论体系及其基本特点的完整把握。即使在今天看来,这一对《文心雕龙》理论体系与中国古代文论体系之基本特点的概括,所谓"以儒家思想为主导,以诗言志为中心,以文质关系为主干",笔者觉得仍然是准确而深刻的。

(三)对《文心雕龙》创作论的研究

牟先生的《文心雕龙研究》,着力最多的是创作论,其取得的理论成果自然也最为丰富,尤其是对创作论前六篇中的五篇

---

① 该文发表于《学术研究》1983 年第 4、5 期,牟先生《文心雕龙研究》第八章第二节即据此整理而成。

② 牟世金:《文心雕龙研究》,第 503 页。

(《神思》《体性》《风骨》《通变》《情采》)均作了深入的专题研究。总括而言,笔者以为牟先生研究《文心雕龙》之创作论的突出特点,表现在以下几个方面:

一是重视把握创作论的理论体系,认为刘勰建构了一个严密的创作论话语体系。牟先生指出,《文心雕龙》的创作论部分,各篇为一相对独立的专论,如《神思》篇是艺术构思的专论,《体性》篇是艺术风格的专论等。但各篇之间又有一定的内在联系。从《神思》《体性》《风骨》以至《总术》,各篇先后有序,不可移易,其理论层层推进,形成各篇之间纵的联系。而刘勰对物、情、言三者关系的论述,则是各篇之间横的联系。如此纵横交织,《文心雕龙》的创作论形成一个相当严密的整体。①尤其是牟先生对创作论所涉物、情、言三者关系的揭示,可以说是一重要的理论发明。其云:

> 客观的"物",主观的"情",和抒情状物的"辞",是文学创作的三个基本要素。文学创作论所要研究的,主要就是如何处理这三者之间的相互关系:物怎样制约情,情怎样来自物,情与物怎样结合而构成艺术形象,如何用语言文辞来抒情状物,以及如何处理文与质的关系等。……刘勰在前人有关论述的基础上,相当系统而全面地论述了这三种关系。《物色》篇说的"情以物迁,辞以情发",就可说是他对这三种关系的基本观点。②

---

① 参见牟世金:《文心雕龙研究》,第316页。

② 牟世金:《文心雕龙研究》,第278页。

如牟先生所说，刘勰确实不止一次地论述了物、情、辞（言）的关系，除了“情以物迁，辞以情发”的名论之外，如《铨赋》云：“原夫登高之旨，盖睹物兴情。情以物兴，故义必明雅；物以情睹，故词必巧丽。”[①]《神思》亦云：“故思理为妙，神与物游。神居胸臆，而志气统其关键；物沿耳目，而辞令管其枢机。”[②]可以说都非常明确地涉及了写作过程中物、情、辞（言）的关系。但在牟先生之前，研究者一般只从情景交融的角度论述刘勰的这些思想，没有从创作普遍原理的高度去进行挖掘。可以说，牟先生第一次把刘勰多次提到的这些说法，系统概括为文学创作的“三种关系”，并作了完整的理论表述，认为刘勰“相当系统而全面地论述了这三种关系”，从而成为其创作论的理论体系，这对《文心雕龙》创作论的研究而言，无疑是一个重要的理论贡献。

二是对刘勰的创作论话语追根溯源，知其然且知其所以然。无论对刘勰艺术构思论的研究，还是对其风格论、风骨论、通变论或情采论的研究，牟先生普遍采用的方式是追根求源、知本知末，从而较为彻底地理清刘勰思想的来龙去脉。如关于风格论的研究，从《周易·系辞》到《孟子·公孙丑》，从《礼记·乐记》到扬雄之说，从司马迁之论到曹丕、曹植之说，然后扩展到六朝的才性之辨，从而保证了“既能发其意蕴而又不失原貌”[③]地探讨刘勰关于风格的思想。正是在这种追本求原的探索中，牟先生对刘勰的许多理论思想有了更深入的理解甚或

① 刘勰：《文心雕龙·铨赋》，戚良德辑校：《文心雕龙》，第50页。

② 刘勰：《文心雕龙·神思》，戚良德辑校：《文心雕龙》，第173页。

③ 牟世金：《文心雕龙研究》，第335页。

发现。如刘勰著名的“神与物游”之说,研究者从来予以很高的评价,但多流于泛泛之谈。牟先生则指出:

画论的“迁想妙得”,书论的“意在笔前”,加上文论的“神与物游”,可说是六朝艺术构思论的三绝,或者说是三大成就。而提出“神与物游”的神思论,既是集六朝艺术构思论之大成者,也是出现“迁想妙得”“意在笔前”等论的时代产物。①

这一概括看似简要,但其蕴含丰富的理论内容而令人豁然开朗,则是显然可见的;若非对六朝风云变幻的文坛艺苑了如指掌,是很难有此精到之论的。又如对“情采”论的认识,牟先生既从《文心雕龙》整个理论体系着眼,认为“刘勰以‘衔华而佩实’为全书的理论纲领,情采论可说是对其必要性的有力论证”②,又把“情采”论纳入中国古代文质论的范畴,从而认识刘勰的独特贡献。其云:

不仅“文附质”“质待文”是文质论,整个《情采》篇对“情”“采”关系的探讨,都可谓之文质论。本篇以“文不灭质,博不溺心”的“彬彬君子”作结,也以此为对“情”“采”关系的最高理想,正说明他的“情采”论就是文质论。很明显,刘勰的文质论是较前大为丰富和全面了。从孔门的

① 牟世金:《文心雕龙研究》,第327页。
② 牟世金:《文心雕龙研究》,第417页。

文质论到刘勰的文质论,《情采》篇是一座里程碑。[①]

这一论断非常简要,但却又十分精当地对刘勰的情采论作了多方面的独特概括。第一,《情采》篇既以情采立论又有文质之说,二者是什么关系,这是历来存在的问题。牟先生明确指出它们"都可谓之文质论"。第二,为什么都是文质论呢?牟先生一针见血地指出,刘勰情、采关系的最高理想乃是"彬彬君子",这不正是儒家一贯的对文质关系处理的要求吗?第三,然则,刘勰毕竟是用"情采"而不是用"文质"名篇的,这正是文质论的时代发展,体现了"刘勰的文质论是较前大为丰富和全面了"。从而,牟先生说"《情采》篇是一座里程碑",也就令人心悦诚服了。

三是把各种艺术理论融为一体,如画论、书论、乐论等六朝发达的艺术理论,都与《文心雕龙》创作论一起成为时代的交响曲。在中国文论研究领域,牟先生是最早开展文学艺术理论综合研究的学者之一,并以其卓越的成果受到研究者的关注,其《文学艺术民族特色试探》(齐鲁书社,1980 年)一书,把各种文学艺术理论融为一体,对中国古代文论中的许多重要范畴进行了深入阐释,曾受到程千帆等先生的赞扬。[②] 牟先生把这一学术经历带到了"龙学"之中,把这种综合研究用到了对《文心雕龙》创作论的研究上,同样收到了良好的效果。他认为,"刘勰受六朝书画艺术的一定影响是无疑的"[③]。因而,在研究

---

① 牟世金:《文心雕龙研究》,第 421 页。

② 参见牟世金:《文学艺术民族特色试探》,齐鲁书社 1980 年版,"前言",第 5 页。

③ 牟世金:《文心雕龙研究》,第 410 页。

艺术构思论、风骨论等重要理论范畴时,牟先生都全力探索各种文学艺术理论之间的相互融通,以此展现刘勰理论产生的时代思潮背景,从而便于对其内涵进行准确把握。如谓:“刘勰论艺术构思能取得较大的成就,和当时的画论、书论以至整个富有艺术精神的时代是分不开的。”①上述所谓“六朝艺术构思论的三绝”,正是这样总结出来的。

需要特别指出的是,牟先生的这种综合研究,并非蜻蜓点水式的浅尝辄止,随便举几个例子就可以了,而是做大规模的深挖细掘,真正占有充分的资料,真正做到融会贯通。如“风骨论”一节近三万言,仅探索“风骨”一词的来龙去脉及其与书画艺术的联系,其用到的资料即有(重复不计):《论语·卫灵公》《孟子·万章上》《左传·襄公二十五年》《礼记·表记》《史记·夏本纪》《史记·吴太伯世家》《汉书·鲍宣传》《汉书·扬雄传》《后汉书·来歙传》《三国志·魏书·蒋济传》《晋书·张华传》《古画品录　续画品录》《历代名画记》《画品丛书》《唐朝叙书录》《五代名画补遗·走兽门》《画鉴·宋画》《广艺舟双楫》《法书要录》《历代书法论文选》《诗品》《世说新语》《文选》《刘子》《陈伯玉文集》《王勃集序》《韩昌黎文集》《宋文宪公全集》《唐人选唐诗(十种)》《文论》《读赋卮言》《词源》《诗人玉屑》《诗薮》《太平御览》《四库总目提要》《艺概》《管锥编》,等等。可以想见,这种检索之力、爬梳之功,正是王元化先生所谓“立论之严谨,断案之精审”②的根本保证。

---

① 牟世金:《文心雕龙研究》,第331页。

② 王元化:《〈文心雕龙研究〉序》,牟世金:《文心雕龙研究》,“王序”,第2页。

四是对自己原有的认识予以修正，提出新说。牟先生用心"雕龙"三十年，经历"文革"这样的劫难，对一些问题的研究和观点自然会发生变化。虽然先生说"当一个人的学术观点逐渐形成之后，就有某种顽固性"①，但他还是不断发展自己，或补充或修正或完善，从而"准确地理解原文原意"，并"作正确的、实事求是的论析"②。如关于"通变论"的观点，从《文心雕龙译注》到《文心雕龙研究》便有很大的发展和变化。《文心雕龙译注》对"通变"的基本认识是："《通变》是《文心雕龙》的重要论题之一。所谓'通变'，也就是本篇'参伍因革'、《明诗》篇'体有因革'的'因革'之意，和今天所说的继承与革新大体相近，但有很大的局限性。"这个"局限性"，指的是"'通变'主要讲形式技巧的继承和革新"。③ 但在《文心雕龙研究》中，牟先生已有了全新的观点。他指出，《通变》并非继承与革新及其相互关系的专论，不过其中确实论述到了继承与革新问题，其中讲到的"因"就近于继承，"通变"就近于革新。把"通变"二字理解成"革新"，这显然是一个重要的新认识。牟先生进一步指出："刘勰不是一般地论述继承与革新，而是从当时文学创作的实际情况出发，专论其文体之必'相因'，文辞之必'通变'。……这里值得思考的是，刘勰既习用'因革'一词，且以'因革'为'通变之数'，何以不题本篇为《因革》论，却以《通变》名篇？他这样做，只能是有意突出文学创作的发展创新。"④从而，牟先生对刘勰的"通变论"作出了全新的解读和阐

① 牟世金：《文心雕龙研究》，"自序"，第 3 页。

② 牟世金：《文心雕龙研究》，"自序"，第 3 页。

③ 参见陆侃如、牟世金：《文心雕龙译注》上册，第 81、82 页。

④ 牟世金：《文心雕龙研究》，第 397 页。

释。其云：

> 《通变》篇中的"通变"一词，虽指"文辞气力"的"酌于新声"和"通变则久"而言，但当刘勰以"通变"二字名篇时，就不仅仅是指"文辞气力"的发展了。作为篇题的《通变》，实为对整个文学创作的总体而言，只是借"通变"的发展变化之义，以论整个文学创作怎样才能"日新其业"。①

> "文律运周，日新其业"，是刘勰"通变"论的基本思想。他不仅主张新变，也以有高超的光采为理想："采如宛虹之奋鬐，光若长离之振翼"，这是一种刚健而卓越的美。刘勰不满于"讹而新"，就因为这种"新"是"弥近弥澹"，愈新愈乏味。其实质是在文学事业能否真正的发展、长远的发展。因此，不能背离最基本的"文则"，而要"参伍因革"，才是文学发展的正确道路。②

从"译注"到"研究"，我们虽然仍可看出其间的发展轨迹，但这种认识上的变化和创新是巨大的。牟先生不仅彻底改变了以"因革"释"通变"的观点，把"通变"完全理解成了"发展创新"，而且这个创新不再仅仅指"文辞气力"，而是"整个文学创作"和"文学事业"；更重要的是，牟先生还指出了刘勰创新的理想，那就是"高超的光采"，这样的"光采"不仅不再是具有

① 牟世金：《文心雕龙研究》，第398页。
② 牟世金：《文心雕龙研究》，第406页。

“局限性”的“形式技巧”问题，而且是“一种刚健而卓越的美”。可以说，牟先生对“通变”的认识有了根本性的发展。

当然，需要指出的是，决定于《文心雕龙》为中国古代之文学概论这一基本认识，牟先生对创作论研究的局限也是明显的。如对前六篇中的《定势》篇不作专论，尤其是对《情采》篇之后的许多探讨语言运用技术（形式技巧）的篇章较为轻视，应该说都是以现代文艺理论观念要求《文心雕龙》的结果。在笔者看来，即使是上述几个卓有建树的专论中，由于过于强调《文心雕龙》的文学理论性质，有些认识也未必是完全合理的。如对“艺术构思论”的研究，有这样一段话：

> 一切文章论著的写作，无不先有构思，然后下笔，这是刘勰的创作论以《神思》篇为首的原因之一。但本篇所论，有别于一般的写作构思，而是艺术构思的专论。黄侃早已有识于此了，他很明确地讲道：“即彦和泛论文章，而《神思》篇已下之文，乃专有所属，非泛为著之竹帛者而言，亦不能遍通于经传诸子。”其不能通用而“专有所属”者，就是文学创作。我们用今天的观念称“《神思》篇已下之文”为创作论，并为当今研究者普遍认可和采用，就因其所论，确“非泛为著之竹帛者而言”。所谓“创作”，就是艺术创造，而非直陈实录或起承转合之作。在艺术创造中，构思的任务、方法、性质，都有其独特的要求而迥异于一般文章的写作构思。刘勰在本篇所论，正是具有艺术创造特点的艺术构思论……①

① 牟世金：《文心雕龙研究》，第316—317页。

诚如牟先生所说,这样的认识已“为当今研究者普遍认可和采用”,因而并非牟先生一个人的认识;尤其是牟先生讲到的黄侃的著名论断,更为许多研究者所称道,笔者以前也是这样认识的。但居今而言,笔者觉得这恰恰是未必符合刘勰的“原文原意”的。说刘勰的“神思”论通于今天的文学创作,符合文学艺术之理,这肯定是没有问题的,但若谓其“非泛为著之竹帛者而言”,则未免强加于刘勰了。所谓“艺术构思”,固然有不同于一般文章写作构思之处,但在刘勰的心目中,这个不同是否存在尚且未必,即便有也肯定没有我们今天偌大之不同。更重要的是,“一般文章的写作构思”同样是不可轻忽的,换言之,“艺术构思”并不比“一般文章的写作构思”更为尊贵。笔者以为,这是我们今天应有的观念。

(四)“龙学”方法论

早在《文心雕龙译注》出版以后,石家宜先生便指出:“牟著取得的成就是和他始终坚持尊重历史、尊重事实的执着认真分不开的,我们应当从这里总结他的已经引起海内外重视的理论研究工作。”①笔者以为,石先生这里所指,主要应该就是牟先生的研究态度和“龙学”方法。这种“坚持尊重历史、尊重事实的执着认真”,在《文心雕龙研究》一书中亦明显地体现出来,牟先生把它具体化为“理清《文心》的原貌”。他说:“倘能理清《文心》的原貌,就是我最大的愿望。但这个愿望并不是

---

① 石家宜:《〈文心雕龙〉研究的勃兴——近年来〈文心雕龙〉研究专著漫议》,《读书》1984年第5期。

容易实现的。识其原貌，主要就是准确地理解原文原意，才能从而作正确的、实事求是的论析。”①牟先生进而指出：

> 读懂《文心》的原文，可以说既是龙学的起点，也是龙学的终点。不懂原文，谈何研究？真正地懂，可以断言其本意如何，做了定论，岂非龙学的结束？所以，我始终认为读原著和研究是并行的，从逐字逐句、一篇一题到全书，由全书的理解再回到字句；由个别认识以助整体，再由整体认识以提高个别。如此反复，逐步修正，逐步加深和提高，这就是龙学的发展史。②

可以说，在现代百年“龙学”史上，如此强调读懂刘勰的原文原意，不仅把它作为最重要的“龙学”方法论，而且以之为“龙学”的“起点”和“终点”，视之为“龙学的发展史”，乃是绝无仅有的。尽管在笔者看来，牟先生的一些具体阐释未必能够完全符合刘勰的“原文原意”，但这是我们每一个研究者都逃脱不了的历史局限，更是一代有一代之“龙学”的必然发展，而就“龙学”的方法论而言，如此虔诚而执着地强调读懂《文心雕龙》的原文，搞清刘勰的本义，这不仅是牟先生《文心雕龙研究》取得成功的重要原因，也不仅是牟先生那些坚实的“龙学”成果历久弥新的原因，更是二十世纪“龙学”所取得的最可宝贵的经验。其之所以宝贵，不仅是因为就“龙学”而言，我们有着太多远离刘勰之本意的教训，有着太多对《文心雕龙》之曲

① 牟世金：《文心雕龙研究》，“自序”，第3页。

② 牟世金：《文心雕龙研究》，“自序”，第3页。

解,而且对整个中国传统文化的研究来说,我们最需要的也正是这种执着而虔诚的“求实”态度和由之而来的一切方法。尽管历史的研究不可能真的复原,少不了每个时代的新的“打扮”,尽管在对历史著作的阐释过程中,我们难免偏差和误读,但重要的是态度和出发点,是态度的端正、虔敬和出发点的正确。诚心而论,“读懂原文,搞清本义”是牟先生留给笔者最宝贵的“龙学”方法,尽管做起来很难,尤其是难以做好,但笔者愿意永远践行之。

实际上,最早对牟先生《文心雕龙研究》一书的研究态度和方法作出准确概括的是王元化先生。他指出:“世金同志这部书毫无哗众取宠之心,也许会被认为过于质朴,但这也是它的长处。因为从这种质朴中可以看到一种实事求是的治学态度,既不刻意求新,也不苟同于人。……他力图揭示原著的本来意蕴,而决不望文生解,穿凿附会。书中那些看起来平淡无奇的文字,都蕴涵着作者的反复思考、慎重衡量,其立论之严谨,断案之精审,我想细心的读者是可以体察到作者用心的。”①《古诗十九首 · 西北有高楼》有曰:“不惜歌者苦,但伤知音稀。”②刘勰更感叹:“知音其难哉!”③笔者以为,王先生这段话,不仅是“龙学”大家之确评,更堪称牟先生的“知音”。④

---

① 王元化:《〈文心雕龙研究〉序》,牟世金:《文心雕龙研究》,“王序”,第 2 页。

② 萧统编,李善注:《文选》,上海古籍出版社 1986 年版,第 1345 页。

③ 刘勰:《文心雕龙 · 知音》,戚良德辑校:《文心雕龙》,第 276 页。

④ 《文心雕龙研究》一书虽出版于牟先生去世以后,但王先生的“序”却早就写出了,且发表于 1988 年 7 月份的《文学报》上,因此牟先生应该是看到了的,这实在是令人欣慰的。

他不仅准确揭示了牟先生《文心雕龙研究》的研究态度、研究方法，非常到位地概括了牟先生这部书的独特价值，甚至还传达出了牟先生投身"龙学"、戛戛独造的神韵，所谓"反复思考、慎重衡量"，确乎正是牟先生数十年只求"理清《文心》的原貌"之求索神态。若非"知音"，何以能为？

牟先生的这种"既不刻意求新，也不苟同于人"的求实态度，来自于他的"反复思考、慎重衡量"，从而带来其"立论之严谨，断案之精审"的结果。我们试以他对"原道"论的理解为例，来看一下王先生所说的其"平淡无奇"的"质朴"之境：

> "原道"论的实质，主要就是《原道》篇所论物自有文、言必有美的内容决定的。认清了"原道"论的实质，则其所原何道就很明确了。刘勰以天地万物都自然有文为"道"，这个"道"就只能是指概括这种普遍现象的规律。文学创作必须遵循这个规律，文学理论也必须以这个规律为本，所谓"盖《文心》之作也，本乎道"，即在于此。因为这个"道"是万物自然有文的规律，所以不少研究者常常就用刘勰的话称这个规律为"自然之道"。这个"道"既是天地间的普遍规律，一切圣人也只能遵循它，而不能违反它，所以说："玄圣创典，素王述训，莫不原道心以敷章，研神理而设教。"正因为儒家圣人能遵循自然有文的规律来写成文章和进行教化，所以，这个规律能通过圣人而写成文章，圣人又以他们的文章来阐明自然有文的规律："道沿圣以垂文，圣因文而明道。"这样，刘勰以《原道》第一而次以《征圣》《宗经》，"道""圣""经"就可结合成一个整体

而不矛盾。①

如所周知，在百年“龙学”史上，最富争议的问题之一就是“原道”论，儒道、佛道、道家之道、玄学之道等等，不一而足。与这些大道相较，牟先生讲得甚为平易，但笔者觉得却是颇为符合刘勰之“原文原意”的。《原道》篇只字未提什么是“道”，那就只能根据其上下文义来理解，这就是牟先生所讲的“以天地万物都自然有文为‘道’”，因为这原本就是刘勰说出来的意思。以此为基础，则“原道心以敷章，研神理而设教”也好，《征圣》《宗经》也好，也就可以无往而不通，“就可结合成一个整体而不矛盾”。刘勰“原道”论的研究还在继续，各种新说层出不穷，但笔者觉得牟先生的这一“质朴”的断案，仍然是“严谨”的、“精审”的，因而是可信的。

在二十世纪八十年代，文艺学、美学等方法论的讨论曾风靡一时，牟先生亦偶尔参与其中，发表了一些有关方法论的文章。他曾指出：“任何学科的发展，都是和它的研究方法的发展相辅相成的。”他既反对“在研究方法上取抱残守缺的态度”，又强调古代文论研究方法的革新，应着眼“中国古代文论研究本身发展的需要”。他说：“吸收外来的新思想、新方法和一切有用的东西，都是应该的、必要的。中国文化一直是在不断吸取外来营养中发展的，但中国文化始终是中国文化。所以，‘以我为主’是必须坚持的原则。”②从这种基本认识出发，

① 牟世金：《文心雕龙研究》，第162页。

② 牟世金：《古代文论研究现状之我见》，《文学遗产》1985年第4期。

牟先生治学首先强调“必须有扎扎实实的基本功”，这是运用各种新方法的前提。而这种“基本功”，“并不是记诵某些死的知识和条文，而是活的创造能力；它应该是一个研究者必备的基本知识、基本理论、基本技能和基本方法的总合”。[①] 应该说，即使在今天看来，牟先生这些说法仍然是重要而深刻的。

同时，牟先生强调微观研究和宏观研究相结合。他认为，“历史的要求把宏观研究提到首要地位”，“加强对古代文论的宏观研究是完全必要的”。[②] 但是，正如有的学者所指出，“假如宏观研究不以大量的微观研究作为基础，那只能是一种毫无根据的空谈”[③]，对此，牟先生亦深以为然。他说：“从资料的搜集、鉴别、整理，到准确判断其原意等微观研究，并不是古代文论研究的分外之事，它本身就是古代文论研究的有机组成部分。”[④]牟先生强调：“要树立一种扎扎实实的学风，首先要从字词的功夫做起。”[⑤]他不仅是这样说的，也是这样做的。无论是《文心雕龙译注》，还是《文心雕龙研究》，其一丝不苟的严谨、扎实可以说有目共睹，而所谓“尽量从大处着眼，从小处着手”[⑥]，正是指出了牟先生注重微观研究与宏观研究相结合的特点。

---

① 参见牟世金：《基本功和新方法》，《文史知识》1986 年第 4 期。

② 牟世金：《古代文论研究现状之我见》，《文学遗产》1985 年第 4 期。

③ 南帆：《我国古代文论的宏观研究》，《上海文学》1984 年第 5 期。

④ 牟世金：《古代文论研究现状之我见》，《文学遗产》1985 年第 4 期。

⑤ 牟世金：《门外字谈》，《字词天地》1985 年第 1 期。

⑥ 张连科：《20 世纪〈文心雕龙〉研究》，《辽宁大学学报》（哲学社会科学版）2001 年第 4 期。

其实,对人文学科而言,既没有一成不变的研究方法,更没有一个放之四海而皆准的通用方法;即使同样的研究方法,在不同研究者那里,还是会有不同的结果,这是不难想见的。所以牟先生强调:“方法的掌握者是人。要能长期坚持,必须有一种坚强的信念:人生价值在于有自己的作为;前人的知识与成就应该尊重和继承,但必须在前人的基础上有所前进或发展。这就是我最基本的人生信条。”①笔者以为,这是牟先生在“读懂原文,搞清本义”之外第二条最可宝贵的经验。这是一种治学的态度,更是一种“人生信条”。正因如此,牟先生看得格外重要。他评价台湾王更生先生的《文心雕龙研究》时说:

> 就《文心雕龙研究》全书来看,其首创之功及其独到的成就还是主要的。这里要特别提到的,是王更生的研究态度。著者在《文心雕龙导读》的自序中曾说:“我认为学问之道,贵求自得。”这并非空话,确是王更生做学问的一大特色,也是台湾龙学家中最可宝贵之处。在很多具体问题的研究中,王更生都显示了他师心自见的特点。②

又说:“这本成书较早的《文心雕龙研究》,虽有某些问题尚待作进一步的研究,但从设篇到立论,是一部独具特色而又有独到之处的研究著作。要了解台湾的《文心雕龙》研究,此书是值得一读的。”③可以看出,牟先生看重的是“独具特色”

① 此段话引自牟先生手稿。

② 牟世金:《台湾文心雕龙研究鸟瞰》,第 82 页。

③ 牟世金:《台湾文心雕龙研究鸟瞰》,第 83 页。

"独到之处",是"贵求自得""师心自见"。而这本是刘勰推崇和欣赏的"论说"之道①,也应该是做任何学问的基本要求。试想,有这样的治学态度,并以之为"人生信条",还会发生所谓抄袭、剽窃等学术不端行为吗?

五、"龙学"史研究第一人

牟世金先生是自觉而系统地开展近百年"龙学"史研究的第一人。早在二十世纪六十年代,他就发表了《近年来〈文心雕龙〉研究中存在的几个问题》②一文,对此前的《文心雕龙》研究进行初步的总结。到了八十年代初,他借为《〈文心雕龙〉研究论文选(1949—1982)》(甫之、涂光社主编,齐鲁书社 1987 年出版)作序的机会,写出了《〈文心雕龙〉研究的回顾与展望》③一文,对几十年来的《文心雕龙》研究进行了较为系统的总结。1987—1988 年,牟先生在《社会科学战线》分三期连续发表了四万余字的《"龙学"七十年概观》的长文,对近现代"龙学"的形成和发展作了系统论述,可以说是第一部"龙学"简史。这篇长文不仅以在《〈文心雕龙〉研究的回顾与展望》一文中所提出的"龙学"一名为题,而且在序言中说:"中国古代的许多学者,对《文心雕龙》做过大量不可磨灭的工作,但除校注

---

① 参见刘勰《文心雕龙·论说》。"并师心独见,锋颖精密。"(戚良德辑校:《文心雕龙》,第 116 页。)

② 该文发表于《江海学刊》1964 年第 1 期,后收入《雕龙集》。

③ 该文发表于《文心雕龙学刊》第二辑(齐鲁书社 1984 年版),后为《〈文心雕龙〉研究论文选(1949—1982)》一书之"序"。

之外,大都是猎其艳辞,拾其香草而已。真正的研究,还只是近几十年来的事。但这块古璞一经琢磨,很快就光华四溢,并发展成一门举世瞩目的‘龙学’了。”①牟先生进一步指出:“近代《文心雕龙》研究的奠基者当推黄侃。……黄氏《札记》虽问世稍晚,但它是在1914至1919年讲授《文心雕龙》于北京大学期间撰写的。把《文心雕龙》作为一门学科搬上大学讲坛,这是有史以来的第一次。……这说明从黄侃开始,《文心雕龙》研究就是一门独立的学科:龙学。”②显然,牟先生是带着明确的学科意识来总结近现代《文心雕龙》研究史的。他说:“《文心雕龙》研究发展成一门有校勘、考证、注释、今译、理论研究,并密切联系着经学、史学、子学、佛学、玄学、文学和美学等复杂的系统学科,是有一个过程的。这个过程大体上分为‘龙学’的诞生、发展和兴盛三个时期……”③

牟先生所谓“三个时期”是这样划分的:“从1914到1949年的三十六年,可说是龙学的诞生时期”“1950至1964的十五年为龙学发展时期”“1977年至今的九年为龙学的兴盛时期”。④ 牟先生不仅对“龙学”发展“三个时期”⑤的主要观点加

---

① 牟世金:《“龙学”七十年概观》,《雕龙后集》,第2页。

② 牟世金:《“龙学”七十年概观》,《雕龙后集》,第2—3页。

③ 牟世金:《“龙学”七十年概观》,《雕龙后集》,第2页。

④ 参见牟世金:《“龙学”七十年概观》,《雕龙后集》,第4、11、25页。

⑤ 这一分期已为一些“龙学”著作所采用,如朱文民先生主编《齐鲁诸子名家志·刘勰志》谓:“当代中国对刘勰的研究,可分为发展期(1950—1965年)、沉寂期(1966—1976年)、兴盛期(1977—2008年)三个阶段。”(山东人民出版社2009年版,第345页。)笔者在《文论巨典——〈文心雕龙〉与中国文化》(河南大学出版社2005年版)一书中也采纳了牟先生对龙学史的分期,参见该书第39—41页。

以介绍和评述,更注意总结每个时期不同的"龙学"风貌,以把握学科发展的规律,从而指导以后的《文心雕龙》研究。如关于"龙学"的诞生期,其谓:"在龙学诞生时期的三十多年中,除以上几个方面外,研究所及的问题还不少。虽然这些研究大都具有一种学科的初期特征,却不仅具有承前启后的重要作用,在一千四百年来的《文心雕龙》研究史上,开始进入一个新的里程,成为一门新的学科,其意义是巨大的。此期成果虽然有限,但产生了《文心雕龙札记》和《文心雕龙注》两部不朽的著作,为"龙学"的新发展打下了良好的基础。此期更培育了一批新时期的重要人才。正酝酿着一些重要论著,以待迎接更新的龙学之春。"①关于"龙学"的发展期,则谓:"在龙学的发展时期,无论是专著和论文,数量和质量,以及研究的深度和广度,无不有了巨大的发展。这种发展虽然在十年动乱中中止了,但龙学的强大生命力是不可遏止的。"②在论述兴盛期的"龙学"论文时,专列"美学研究"一节,指出这是"本期龙学的又一重要发展",并说:"《文心雕龙》不仅丰富了世界美学的宝库,且早就改变了世界美学史的发展进程。把以欧洲为中心的美学史如实地改正过来,还有待艰苦的努力。……由此看来,对《文心雕龙》的美学研究还是任重而道远的。"③应该说,这些总结都是富有力度而发人深省的。

通过对"龙学"史的总结,牟先生提出一个引人深思的问题:"三万七千字的《文心雕龙》,迄今研究论著已逾三千万言,

---

① 牟世金:《"龙学"七十年概观》,《雕龙后集》,第10—11页。
② 牟世金:《"龙学"七十年概观》,《雕龙后集》,第24页。
③ 参见牟世金:《"龙学"七十年概观》,《雕龙后集》,第50、52页。

龙学的发展是否已到尽头?”[①]对此,牟先生给出了这样的答案:

> 从先秦到齐梁,古代文学的发展已相当成熟,文学艺术最基本的特征,最一般的规律,最根本的经验,都已充分显示出来。因此,《文心雕龙》本身虽不可能有何发展变化,但它所汇集的大量文学艺术经验,反映的文学艺术现象,就使龙学有了难以限度的容量。不仅我们至今已经论及的美学观、鉴赏论等等,可以在《文心雕龙》中找到一系列应有的论述,随着当代文艺思想的发展,今后还可能发现种种迄今尚未触及的新问题。[②]

这段论述既回答了《文心雕龙》之所以产生的历史必然性,也回答了《文心雕龙》之所以伟大而典型的内在根源,从而也就坚定而令人信服地回答了“龙学的发展是否已到尽头”的问题,那就是:“龙学具有强大生命力,这是龙学七十年的结论。”[③]实际上,据笔者的粗略统计,关于《文心雕龙》的研究论著,迄今已有大约两亿字;三十年间,从三千万言到两亿字,“龙学”的发展事实证明,牟先生当年的结论是完全正确的,“龙学”确乎是具有强大生命力的。

牟先生对“龙学”史的研究,还表现在他对台湾地区“龙学”的格外关注上。1983 年 9—10 月,牟先生参加中国《文心

---

① 牟世金:《“龙学”七十年概观》,《雕龙后集》,第 56 页。
② 牟世金:《“龙学”七十年概观》,《雕龙后集》,第 57 页。
③ 牟世金:《“龙学”七十年概观》,《雕龙后集》,第 57 页。

雕龙》考察团访问日本,在那里见到了许多台湾地区的“龙学”著作。他深感“我们不少研究者对他们还一无所知”,“回国后便一直设法搜集这方面的材料”①,终于在1985年撰成出版《台湾文心雕龙研究鸟瞰》一书,对近三十年来台湾地区的“龙学”作了全面介绍,并以自己多年研治《文心雕龙》的心得,本着“知无不言”的态度,就“龙学”的诸多问题,与台湾学者展开了严肃认真的讨论。

牟先生认为,台湾“龙学”与大陆“龙学”同为中华文化的组成部分,有着割不断的联系,有着高度的一致性。他指出,海峡两岸的文坛艺苑,都程度不同地面临着现代派的挑战。我们都尊重自己的民族和文化传统,我们都有责任发扬民族文化之精英,而不能数典忘祖而仰人鼻息。“因此,在文学理论上必须建立起我们自己的‘分析线路’‘批评标准’和‘研究方法’,一句话,就是要走我们自己的道路,使我们的作品、批评和理论,都具有中国作风和中国气派。”②他认为,台湾的《文心雕龙》研究,正是在这种背景下形成“显学”的,因而是值得我们予以认真总结的。

牟先生注意到,台湾的大量《文心雕龙》论著,其中不仅很难见到诸如现实主义、浪漫主义、形象思维之类概念,甚至称“论文叙笔”部分为“文体论”,也被斥为“数典忘祖”。“他们按照传统观念,称《文心雕龙》的‘文之枢纽’部分为‘文原论’,‘论文叙笔’部分叫‘文类论’,创作论部分则称‘文术论’,批评论部分谓之‘文衡论’。”虽然也有一些著作使用“文

① 牟世金:《台湾文心雕龙研究鸟瞰》,“前言”。

② 牟世金:《台湾文心雕龙研究鸟瞰》,第107页。

体论""创作论""批评论"等概念,但还是以前者为正统观念。牟先生指出:"不仅概念术语的运用是这样,对整部《文心雕龙》的研究,也是传统式的。"①对这种"坚守传统方式"的《文心雕龙》研究,牟先生是颇为赞赏的。他说:"如果古代文论研究也变得洋气十足,言必希腊,论必欧美,就很可能失掉民族文学的最后一个重要阵地。台湾学者坚守这个阵地,并使之发展而为'显学',就其功不小了。另一方面,他们对发展民族文学,不是空谈,而是在实践,古代文论研究本身就是传统式的、民族式的,本身就是在为发展民族文学而努力;形式和内容一致,行动和目标一致,这就不仅有现实意义,对探究古代文论的民族特点,也是很有好处的。"②

可以看出,牟先生对台湾"龙学"的重视和研究,除了"龙学"本身的一些重要问题外,更重要的是有着与考察大陆"龙学"完全不同的视角。正如萧华荣先生所说:"鉴于评论对象的特殊性,以及众所周知的一峡之隔的非正常状态,作者'瞰'的角度与视野就不能不更加广阔与深远,更加富有现实感与历史感,更加富有'炎黄子孙''龙的传人'的使命感,质言之,作者始终着眼于中华'全龙',这就使全书有了比纯粹的学术讨论更加深厚的底蕴。"③如牟先生对李曰刚先生及其《文心雕龙斠诠》一书,是这样介绍的:

此书分上下两册,长达二五八〇页。如此宏构,实为

① 牟世金:《台湾文心雕龙研究鸟瞰》,第 108 页。

② 牟世金:《台湾文心雕龙研究鸟瞰》,第 110 页。

③ 萧华荣:《着眼于中华"全龙"的腾飞——读牟世金〈文心雕龙研究鸟瞰〉》,《社会科学战线》1986 年第 4 期。

> 海内外龙学之第一巨制。其博大如此，主要就是它在校、注、释、论各个方面，都相当详尽而又力图各方面皆集前人之大成。黄侃之论、范文澜之注、刘永济之释、王利器之校、杨明照的校笺，以及台湾诸家、日本的斯波六郎等，各家之精论妙解，几毕集于是书。王更生评此书说："他这部巨著实具有黄札、范注、刘释、杨校的优点"，这是并不为过的。特别是黄札、刘释，差不多已被全转录于《斠诠》之中。偶有一篇之内，黄刘二家之说并不一致，亦取一说而兼录另一说以备参考。象李曰刚先生这样一位颇负盛望的学者，其能若此，固与其虚怀若谷的态度有关，而目的却是为我中华民族文化的发展。故其自序有云："笔者末学肤受，明知蚊力不足以负山，蠡瓢不足以测海，然不揣谫陋，勉成斯编者，冀能存千虑之一得，为复兴中华文化、发展民族文学，而略尽其绵薄耳！"这种精神是令人钦佩而值得发扬的。①

显然，牟先生的介绍和评价是具体而切实的，是着眼于"龙学"发展史的，但又是"更加广阔与深远"的，有着"比纯粹的学术讨论更加深厚的底蕴"。更重要的是，这种"底蕴"并非强加上去的非学术的色彩，而是原本深深地蕴含其中的。当李曰刚先生建构其"海内外龙学之第一巨制"的时候，他想到的原本就是"为复兴中华文化、发展民族文学，而略尽其绵薄

① 牟世金：《台湾文心雕龙研究鸟瞰》，第100页。

耳”,所谓“天下兴亡,匹夫有责”①,所谓“为往圣继绝学,为万世开太平”②,人文学术原本就承载着许多不可推卸的历史使命,则牟先生考察台湾“龙学”的独特视角,实在就是必须而重要的了。

对此,牟先生不仅毫不讳言,而且致意再三。他说:“在阅读台湾诸论和写这个小册子的过程中,我一直存在这样的看法:台湾和大陆的学术工作者,尽管思想有别,观点或异,但从《文心雕龙》研究这一具体事实可见,两岸学者的共通处是很多的。该书的全部内容,显然与持何种政见并无关系,研讨这些问题,是不因论者的政见而异的。如论刘勰的‘原道’观,其所原何道,无论是海峡两岸或海内海外学人,都是可以共同讨论的。既然如此,又出于发展民族文学的共同目标,是没有理由互不通气的。”牟先生坚定地指出:“我相信两岸龙学家坐在一起来共同研究这一祖国宝贵遗产,已为时不会太久了。但为什么要坐待来日呢?所以,本书便图成为引玉之砖,为中国的全龙鸣锣开道。”③

因此,牟先生希望:“两岸学者若真从学术着眼,便应加强交流,取长补短,为我中华全龙的发展而努力。”④这正是“寓深意于学术研究,寄至情于字里行间”⑤了。正因有此深衷,牟先

① 梁启超:《痛定罪言》,《梁启超全集》,北京出版社 1999 年版,第 2778 页。

② 张载:《张子全书》,文渊阁《四库全书》本。

③ 牟世金:《台湾文心雕龙研究鸟瞰》,第 121 页。

④ 牟世金:《台湾文心雕龙研究鸟瞰》,第 122 页。

⑤ 萧华荣:《着眼于中华“全龙”的腾飞——读牟世金〈文心雕龙研究鸟瞰〉》,《社会科学战线》1986 年第 4 期。

生在身患重病以后,仍坚持参加1988年11月在广州举行的首届国际《文心雕龙》讨论会。因为他得知台湾著名"龙学"家王更生等先生也将出席会议,他希望海峡两岸中华儿女能够坐在一起研讨我们共同的文化遗产,以"为中国的全龙鸣锣开道"①。令人遗憾的是,"当时台湾方面尚未开放到可以赴大陆从事学术交流的程度"②,牟先生的愿望未能实现。可以告慰先生的是,他的《台湾文心雕龙研究鸟瞰》等著作引起了台湾"龙学"家的极大共鸣。王更生先生由衷地称赞《鸟瞰》一书:"从他那行文如流水的字里行间,透出高妙的学养和皎洁的人格。"③并指出:"他那种具有深度和广度的分析与组织,洋溢着智慧的火花,给台湾学者极大的鼓励。先生不仅学有专精,对龙学的研究和推广,付出极大的心力,从每本书的行文措词上,还肯定知道他是一位古道热肠、外刚内柔、彬彬多礼的君子。所以先生的去世,不但在学术上,使我失去一位可供切磋的知己,就在为人处世方面,也使我失去一位学习取法的楷模。"④1990年2月,王更生先生"远从台湾专程来吊祭这位志同道合永未谋面的知音"⑤,《鸟瞰》一书,不正起了"鸣锣开道"的作用么?

当然,更可告慰先生的是,他的"两岸龙学家坐在一起来共同研究这一祖国宝贵遗产"的美好愿望早已实现了。1995

---

① 牟世金:《台湾文心雕龙研究鸟瞰》,第121页。

② 王更生:《〈雕龙后集〉序》,牟世金《雕龙后集》,"序",第2页。

③ 王更生:《〈雕龙后集〉序》,牟世金《雕龙后集》,"序",第1—2页。

④ 此段引文摘自王更生先生给牟先生家人的书信。

⑤ 王更生:《〈雕龙后集〉序》,牟世金《雕龙后集》,"序",第2页。

年7月28日至31日,《文心雕龙》国际学术讨论会在北京举行,台湾的黄锦鋐、王更生、张敬、李景溁、蔡宗阳、黄景进等先生,均出席此次会议。[①] 1999年5月份,大陆研究《文心雕龙》的学者16人应台湾师范大学国文学系和语文学会之邀,参加了刘勰《文心雕龙》学术研讨会和会后的参观、访问活动。[②] 进入21世纪以后,每两年召开一次的大陆“龙学”会议均有相当规模的台湾“龙学”代表队参加,可以说海峡两岸的“龙学”已初步融为一体。“竹外桃花三两枝,春江水暖鸭先知”,从当年牟先生说“两岸龙学家坐在一起”“已为时不会太久”,到这一判断变为现实,用了近十年时间。那么我们有理由相信,中华“全龙”腾飞于世界的日子也“已为时不会太久”了。

正如不少“龙学”论著所指出,无论在广度还是深度上,牟世金先生的《文心雕龙》研究都达到了一个相当高的水平,在“龙学”史上树起一座不朽的丰碑。牟先生有意雕画“全龙”[③],因而对“龙学”的方方面面均用力全勤,见解精到。无论《刘勰“原道”论的实质和意义》(发表于《文心雕龙学刊》第四辑,齐鲁书社1986年版)一文对“道”的辨析以及“道”对《文心雕龙》整个理论体系之重要意义的阐释,还是《从汉人论赋到刘勰的赋论》(发表于《文史哲》1988年第1期)一文所体现出的对刘勰文体论的高屋建瓴的把握;无论《从〈文赋〉到〈神

① 参见《北京〈文心雕龙〉国际学术讨论会简讯》,中国《文心雕龙》学会编:《文心雕龙研究》第二辑,北京大学出版社1996年版,第393—394页。

② 参见《大陆学者参加台湾〈文心雕龙〉学术研讨会》,《文艺理论研究》1999年第4期。

③ 牟世金:《文心雕龙研究》,“自序”,第2页。

思〉——六朝艺术构思论研究》(发表于《中国文艺思想史论丛》第一辑,北京大学出版社 1984 年版)一文对整个六朝艺术构思论的全面概括以及对刘勰艺术构思论渊源和发展的探究,还是《文律运周,日新其业——〈文心雕龙·通变〉新探》(发表于《文史哲》1989 年第 3 期)一文对刘勰"通变"观的全新认识,都体现出牟先生《文心雕龙》研究的博大精深。因此,笔者对牟先生"龙学"的粗浅勾勒,借用先生的话说,"最多也是绘其半爪,模其片鳞而已"①。

综上所述,在近百年的"龙学"史上,牟世金先生以其十余种专著、六十余篇论文,对《文心雕龙》进行了全面精到的系统研究,从而成为"《文心雕龙》的功臣"。他不仅是刘勰生平研究的集大成者,也是《文心雕龙》现代注释和翻译的开拓者,更是《文心雕龙》理论体系研究第一人以及"龙学"史研究第一人,他还是中国《文心雕龙》学会的创始人,对我国"龙学"的发展,作出重大贡献。正因如此,可以毫不夸张地说,牟世金先生是二十世纪"龙学"的一座里程碑。

① 牟世金:《文心雕龙研究》,"自序",第 2 页。

罗宗强的《文心雕龙》论著*

1989年春天，研究生毕业不久的笔者协助牟世金先生编辑《文心雕龙学刊》第六辑，有幸先读了罗宗强先生的《刘勰文体论识微》一文，留下了深刻的印象，也是自那时开始关注罗先生的"龙学"论著。后来的《魏晋南北朝文学思想史》以及近年的《读文心雕龙手记》等论著，显示出罗先生对"龙学"的系统而深入的研究，使我这个"龙学"之路上的小学生受益良多；尤其是罗先生从中国文学思想史角度对《文心雕龙》一书的思考，更是让人有高屋建瓴、拨云见日之感。正如罗先生的高足、现为中国《文心雕龙》学会常务副会长的左东岭先生所言："宗强先生经过长期的实践与探索，建立起了中国文学思想史研究的学科体系，提出了一整套该学科的学术理念与研究方法。这些学术思想有的是中国文学思想史研究所特有的，有的则拥有文学史、批评史及美学史研究的普遍意义。总结其学术思想的特点，当对文学研究的推进与成熟具有建设性的意义。"①本文即以此论为指导，试图撷取罗先生关于"龙学"的几个重要观

---

* 本文原为作者《百年"龙学"探究》第七章第一节，上海古籍出版社2019年版，第321—345页。

① 左东岭：《中国文学思想史的学术理念与研究方法——罗宗强先生学术思想述论》，《文学评论》2004年第3期。

点,以为自己学习《文心雕龙》的借鉴;其有未当,尚乞罗先生以及诸位专家赐正。

一、《文心雕龙》在中国文学思想史上的地位

三十年前,张国光先生曾以《〈文心雕龙〉能代表我国古代文论的最高成就吗?》一文对《文心雕龙》在中国文论史上的地位提出不同看法,希望"重新给《文心雕龙》以较为客观的、恰如其分的评价,而不再把它看作是我国古代文论的最高代表,不再称他为我国古代文论中'空前绝后'的'伟大著作'"①。应该说,张先生对刘勰及其《文心雕龙》的一些批评自有其道理,但随着"龙学"的深入发展,研究者对《文心雕龙》在中国文学理论史、中国文学批评史以及中国美学史上的地位,认识也更加明确,其重要性可以说已无人怀疑了。不过,随着学科性质的不同,《文心雕龙》的性质和地位仍然是一个需要重新认识的问题。就"中国文学思想史"这门学科而言,数年前罗先生曾指出:"中国古代文学思想史的研究目的、研究对象、研究范围都还并不明确,系统的研究方法似乎也尚未形成。就是说,中国古代文学思想史的研究作为一个学科尚未形成。"②同时,罗先生又认为:"文学思想史应该是一个独立的学科,它与

---

① 张国光:《〈文心雕龙〉能代表我国古代文论的最高成就吗?》,古代文学理论研究编委会编:《古代文学理论研究》第四辑,上海古籍出版社1981年版,第264页。

② 罗宗强:《我与中国古代文学思想史》,《因缘集——罗宗强自选集》,南开大学出版社2004年版,第4页。

文学批评史、文学理论史既有联系又有区别。"①那么在这门学科体系的形成和发展过程中，如何评价《文心雕龙》这部伟大的文论著作，就是一个值得关注的问题，其与中国文学理论史、批评史以及美学史，应该是既有相同之处又有所不同的。

正如罗先生所说："考察魏晋南北朝文学思想，甚至考察中国古代的整个文学思想发展史，都必得要论及刘勰在古代文论史上的理论成就。"②这是自不待言的，但文学思想史角度的刘勰的理论成就在哪里呢？我们在罗先生著名的《魏晋南北朝文学思想史》一书中看到了对《文心雕龙》的新的角度的认识和评价。其云：

> 在齐末梁初，出现了一部文章学的理论巨著《文心雕龙》。随着这部理论巨著，一位伟大的文学思想家来到我们面前，他就是刘勰。他不是诗文创作的实践家，但他的骈文的高度成熟的技巧可以雄视前此的任何一位杰出的骈文作者；他不是哲学家，但就其思想的深刻性，就其理论的系统与严密程度而言，他在众多杰出的思想家中可以说毫不逊色。他的含蕴丰富的文学思想，他建构起来的理论体系，令后代叹为观止，至今也仍然充满魅力，而且依然让人莫测其高深与神秘。……他的文学思想，并不是他所处时代的文学思想主潮的鲜明代表，但是他的理论的生命力比他同时的任何一位文学思想家的理论的生命力都更为

① 罗宗强：《〈宋代文学思想史〉序》，张毅：《宋代文学思想史》，中华书局2004年版，"序"，第2页。

② 罗宗强：《魏晋南北朝文学思想史》，中华书局1996年版，第309页。

> 长久。他的文学思想，并没有左右当时，甚至他之后相当一个时期的文学思想的发展（不像后来的许多文学思想家如韩愈等等那样振臂一呼，文坛响应），但是它在我国的整个文学思想史上却占有独特的、他人难以更替的地位。①

应该说，这一认识和评价既是在情理之中的，能够让人心悦诚服的，又是从文学思想史角度的一个新的认识，是不同于批评史、文论史以及美学史的。首先，罗先生明确指出《文心雕龙》一书乃“文章学的理论巨著”，这一定性显然是经过深思熟虑的，是从文学思想史角度对《文心雕龙》一书性质的新的把握。三十年前，王运熙先生便曾指出《文心雕龙》一书具有文章学的性质，但王先生那时说的文章学，与罗先生的认识是并不完全相同的。王先生认为：“从刘勰写作此书的宗旨来看，从全书的结构安排和重点所在来看，则应当说它是一部写作指导或文章作法，而不是文学概论一类书籍。”②这一说法力图切近《文心雕龙》一书的理论实际，但主要是着眼传统意义的文章学，而并非从文学思想史角度立论；罗先生在充分认识刘勰所具有的泛文学观念的基础上（详下），把《文心雕龙》一书定性为“文章学的理论巨著”，可以说体现出了文学思想史的特有的包容性和概括力，是令人耳目一新的。其次，与对《文心雕龙》一书的定性密切相关，罗先生指出刘勰是“伟大的文学思

① 罗宗强：《魏晋南北朝文学思想史》，第247页。

② 王运熙：《〈文心雕龙〉的宗旨、结构和基本思想》，《复旦学报》1981年第5期。

想家”,这就更显示出其明确的文学思想史的角度,显示出其所谓“文章学”已不是传统意义上的“文章作法”。作为“文学思想家”的刘勰,罗先生一方面关注他有无诗文创作的实践、他的高度成熟的骈文技巧,另一方面则关注他的哲学思想,关注其思想的深刻性,认为“他在众多杰出的思想家中可以说毫不逊色”,这一认识也是与传统的文学理论批评史不同的。最后,罗先生关注刘勰文学思想的时代性,特别指出刘勰的文学思想“并不是他所处时代的文学思想主潮的鲜明代表”,但同时强调其理论生命力的长久,强调其在我国整个文学思想史上的独特地位。

罗先生指出刘勰的文学思想“并没有左右当时”,但其文学思想又是这个时期最重要的成就,这是一个颇为耐人寻味的文学思想现象。罗先生在谈到文学史与文学思想史的区别时曾说:“文学史不包括文学理论和文学批评。譬如讲到《文心雕龙》和《诗品》时,文学史只是很简单地作一介绍而已;而文学思想史在谈到这两部书的时候,大约要占到这段文学思想史的一半篇幅,因为刘勰和钟嵘的文学思想是这个时期最重要的成就;两部书又是影响最大的著作。”①《魏晋南北朝文学思想史》一书共有十章,“刘勰的文学思想”则占了三章,其重要性可见一斑。饶有趣味的是,罗先生虽然说“刘勰和钟嵘的文学思想是这个时期最重要的成就”,但实际上锺嵘及其《诗品》只占据了《魏晋南北朝文学思想史》一书的很小篇幅(不足万字),甚至也没有在章节目录上体现出来,而只是在第九章第

① 曹道衡、罗宗强、徐公持:《分期、评价及其相关问题——魏晋南北朝文学研究三人谈》,《文学遗产》1999 年第 2 期。

三节以“尚自然、主风力的诗歌思想”为题对其进行了介绍。这种安排在所有较大规模的中国文学理论批评史、美学史著作中可以说是仅见的,也可以视为罗先生此书的一大特色。

二、《文心雕龙》的文学思想体系

《文心雕龙》的理论体系一直是“龙学”的重要论题之一,这不仅是因为“龙学”研究本身的需要,也是因为“中国古代文论史上,很少有系统的、结构谨严的理论著作”,而“从范畴到理论体系,从基本理论到各种文体的分论,从创作起始到文辞的最后修饰,即整个创作的全过程,从批评鉴赏到文学的史的理论考察,一句话,文学的几乎所有方面的问题都论及,而且构成统一体系的著作,至今也只有一部《文心雕龙》”①,其理论体系研究的令人瞩目也就是可以理解的了。同时,由于刘勰思想及其《文心雕龙》一书本身的复杂性,对其理论体系的把握显非易事。虽然从二十世纪六十年代开始,牟世金先生就呼吁重视这方面的研究②,而且经过几代“龙学”家数十年的探索,对《文心雕龙》理论体系的认识更不断深入,但时至今日,我们仍然不能说已经把握住了刘勰所建立的这个庞大的理论体系。而从文学思想史角度如何概括这个体系,其与文学理论批评史角度的认识有何不同,就更是一个令人感兴趣的问题了。

---

① 罗宗强:《魏晋南北朝文学思想史》,第 309 页。

② 参见牟世金:《近年来〈文心雕龙〉研究中存在的几个问题》,《江海学刊》1964 年第 1 期。

首先,罗先生不仅特别强调了《文心雕龙》理论体系在中国文学思想史上之独一无二的重要地位和理论贡献,而且格外关注其理论方法,重视其理论方法的系统严密及其一贯性。罗先生说:“刘勰不仅在建立完整严密的文学理论体系上可谓空前,而且就其方法之系统严密言,在我国的古文论史上也难以找到可与比并者。”又说:“刘勰之文学理论,有其完整之体系,有其一贯之方法。仅此一点,也是他对古文论的巨大贡献。”①可以说,在对《文心雕龙》理论体系的研究中,强调其在中国文艺理论史上之独特的地位,乃是研究者的共识;但关注其思想方法的严密及其一贯,则是文学思想史的独特视角了。《文心雕龙》向以“体大而虑周”②“体大思精”而著称,“体大”是指理论体系的宏伟建构,而“虑周”“思精”则应该就是思想方法的完整严密了。罗先生特别指出,刘勰思想方法的一个突出特点是把复杂的创作过程程序化,他说:“在刘勰之前,还没有一个人像他这样,把极其复杂的创作过程程序化。……他实在是一位理性的文论家,与后来的感觉、评点派大异。而这一点,正是他的理论之一特色,正是他的理论成就的最杰出之处。”③应该说,罗先生的这个认识是极富特色的。他不仅抓住了刘勰的思想方法特点,更凸现了其在中国文学思想史上的特立独行;从此一认识和概括来揭示《文心雕龙》的理论成就,乃是颇有新意的。

其次,罗先生对《文心雕龙》理论核心的关注和概括取得

---

① 罗宗强:《魏晋南北朝文学思想史》,第315、318页。

② 章学诚:《文史通义·诗话》,叶瑛校注:《文史通义校注》,中华书局1985年版,第559页。

③ 罗宗强:《魏晋南北朝文学思想史》,第366—367页。

了重要成果。研究《文心雕龙》的理论体系有两种方法，一是从刘勰在《序志》篇的说明出发，按照刘勰的思路去认识和概括，这可以说是一种比较简单的方式，笔者即曾按照这一方式进行过简单的描述。[①] 二是在完整把握《文心雕龙》结构体系的基础上，深入其理论体系的内部，抓住其理论核心，从而认识其内在的理论本质。显然，这是一种比较困难的方式，也因此，不少"龙学"家虽都做过不同程度的尝试，也取得了一些重要的理论成果[②]，但要想作出令人信服而被广泛接受的理论概括，可能还需要几代"龙学"家的不懈努力。然而，作为一部体大思精的理论巨著，《文心雕龙》的理论核心是显然存在的，对它的认识和概括也就是必需的。正如罗先生所指出："刘勰的《文心雕龙》有其理论核心，围绕这核心展开他的作家论、文学创作论、文学批评观和文学史观。在这些命题下面，又展开子命题，如文学创作论中的物色、神思、风骨、体、势、味、术等命题。从理论核心到子命题，都有着内在的严密逻辑。"[③]正是从这一明确认识出发，罗先生在《魏晋南北朝文学思想史》中对《文心雕龙》的理论核心作出了非常精炼而重要的概括。罗先生认为："这个理论的核心实质上是一个文的理想模式。他规

① 参见戚良德：《文论巨典——〈文心雕龙〉与中国文化》，河南大学出版社 2005 年版，第 47—91 页。

② 最著名的当是牟世金先生的概括，其云："'衔华佩实'是刘勰全部理论体系的主干。《文心雕龙》全书，就是以'衔华佩实'为总论，又以此观点用于'论文叙笔'，更以'割情析采'为纲，来建立其创作论和批评论。这就是《文心雕龙》理论体系的概貌，也是其理论体系的基本特点。"（见其《〈文心雕龙〉的总论及其理论体系》，《中国社会科学》1981 年第 2 期。）

③ 罗宗强：《古文论研究杂识》，《文艺研究》1999 年第 3 期。

范出这个理想模式,以它为中心,向各个方面展开他的理论。"①对刘勰这个"文的理想模式",罗先生从三个方面进行了概括和描述,其云:

> 这个理想模式,自文之性质言之,是自然与法式的统一。自然,是强调人和自然的和谐统一。这个基本思想以各种方式渗透在《文心》的各个部分中,重视人的感情、气质、性灵、灵感,重视人的自然本性在文中的表现。法式,是强调文的规范性。光有自然还不够,还要有规范,这规范便是对自然的制约,因之重视经典作品的示范作用,重视学养,重视理性。从自然到法式,不是由自然到僵化,处处充满着人文精神。
>
> 这个理想模式,自文之功用言之,是抒情写意与教化的统一。圣既因文而明道,则文自然"致化归一"。……从其对历代作家作品的品评中,知教化功用,乃其衡文之宗旨。然论创作之过程,则又处处重抒发个人情怀。自感物兴发,至附辞会义,无不强调情真意切,强调内在感情脉络之连贯。《文心》一书对文之基本要求,处处体现出明道与抒发个人情怀的统一。
>
> 这个理想模式,自审美标准言之,是雅丽、奇正的统一。丽辞雅义,是一个层次。情辞华美,然美而有则,是一个层次。辞采艳逸而有节、不过分,又是一个层次。从《文心》全书的总倾向看,雅丽这一标准中,他似乎更强调丽,雅只是作为一种对于丽的制约,所谓"酌奇而不失其

① 罗宗强:《魏晋南北朝文学思想史》,第312页。

贞，玩华而不坠其实”，应该是这个意思。①

这里之所以尽量完整引录罗先生对《文心雕龙》之理论核心的概括，是因为笔者以为，这个概括既以大量“龙学”成果为背景和基础，又力图从刘勰的思想原貌出发，是对《文心雕龙》理论核心和思想实质的一个较为完整而精细的把握。这一把握具有高度的理论概括性，又一步也没有离开《文心雕龙》的原文，它是真正对刘勰文学思想的一个现代表述。就笔者所见，这是目前较为系统、完整而富有概括力的一个表述，也是非常贴近刘勰思想实际的一个表述，因而是值得重视的。

最后，罗先生对刘勰的文学思想倾向作了极为细致的描述，力图从不同的侧面观察刘勰的思想动机，从而接近其思想实际。罗先生指出：

> 如果我们勉力来对刘勰的文学思想倾向作一个简略的概括的话，是不是可以这样说：他是看到文学发展的事实了，文学原本之自然，文学发展中处处反映着个人情性抒发的本然之义，处处表现出辞采华美的动人之处，处处表现出文学与人的个性、与自我的不可分的联系。他感受到了，而且不管他自觉不自觉，他也接受了。但是他的理知告诉他：这其中是不是有一些过份，是不是有着一些离经叛道的东西。思想传统的复杂的种种影响左右着他，推动着他，他要来做引导的工作，要去掉过份，防止离经叛道，于是提出了宗经的主张。宗经不是载道，不是明圣人

① 罗宗强：《魏晋南北朝文学思想史》，第312—313页。

之道，而是宗圣人的作文之法，只是宗经书的写法而已。①

显然，罗先生的描述看起来是小心翼翼的，同时又是结结实实的。其小心翼翼者，乃唯恐与刘勰思想不符，唯恐偏离《文心雕龙》的思想轨道，这不能不说是深谙刘勰"擘肌分理，唯务折衷"②之思想方法精髓的体现；其结结实实者，乃在其每一句判断均以刘勰的论述为根据，均来自对《文心雕龙》全书思想体系的全面考量。如谓刘勰的"宗经不是载道，不是明圣人之道，而是宗圣人的作文之法，只是宗经书的写法而已"，如此准确而精细的把握，与一些"龙学"论著中不少似是而非之论是完全不同的。又如谓刘勰："他似乎是要以一个冷静的智者的身份出现，引导文学发展的潮流。其实，他就在这个潮流之中。他的文学思想的许多重要方面，都与这个潮流并无二致，甚至比他同时的其他任何一位批评家和理论家都更体现这个潮流的实质（如有关文术的许多论述），只不过是更带理论色彩，更深刻的体现而已。"③可以看出，罗先生力图深入刘勰思想的内部而贴近其思想实际，行文之慎重，立论之严谨，恰如沈约之评《文心雕龙》，可谓"深得文理"④——深得刘勰论文之理！正是经由这种严谨细致的体察，罗先生得出了自己的结论："刘勰站在其时文学思想的发展潮流中，而比同时的其它思想家更冷静地思考问题。对于其时文学思潮发展的许多实质问题，他

① 罗宗强：《魏晋南北朝文学思想史》，第282页。

② 刘勰：《文心雕龙·序志》，戚良德：《文心雕龙校注通译》，上海古籍出版社2008年版，第571页。

③ 罗宗强：《魏晋南北朝文学思想史》，第283页。

④ 《梁书》卷五十《刘勰传》，中华书局1973年版，第712页。

是接受的，认可的，但是他要把这个思潮引向雅正。这就是刘勰文学思想的倾向。”①可以说，罗先生对《文心雕龙》的这种深入思考，对《文心雕龙》一书的反复揣摩、慎重衡量，不仅在《魏晋南北朝文学思想史》一书中是非常引人注目的，而且在众多中国文学理论批评史、美学史著作中，也是极为突出的。在一部通史性的著作中，对一个思想家的一部著作如此用力，应该说是不多见的；罗先生随后出版《读文心雕龙手记》的专著，良有以也！

三、《文心雕龙》的泛文学观念

笔者之所以关注罗先生对《文心雕龙》的思考和研究，除了从一般意义上说，罗先生乃文学思想史研究的倡导者，其有关“龙学”的见解自然值得笔者这个“龙学”爱好者认真学习；更重要的是因为，罗先生对《文心雕龙》的着眼点，其理论兴趣和研究的中心问题，也一直是笔者学习《文心雕龙》过程中所关注的问题，可以说一直是笔者的兴奋点。比如，罗先生对刘勰之文学观念的突出重视和不懈思考，也正是笔者长期关注和思考的问题；罗先生的许多实事求是的说法，对笔者自己的“龙学”探索有着十分重要的启发。

罗先生认为：“极简略地说，文学思想就是人们对于文学

① 罗宗强：《魏晋南北朝文学思想史》，第283页。

的看法。”[①]因而,“研究文学思想史,是为了研究人们的文学观念自觉或者不自觉的变化,和这种变化如何左右着文学创作和文学批评的进程,了解我们今天的文学观念中有多少来自传统,这来自传统的部分的价值所在”[②]。正由于有着这样明确的文学思想史的观念,所以罗先生始终把对刘勰的文学观念的思考作为一个中心问题;笔者以为,这也正是《文心雕龙》研究的一个重点和中心问题。罗先生对刘勰文学观念的研究,是值得关注的。

罗先生从刘勰对《文心雕龙》之“文”的规定入手,认为刘勰的文学观念“是一个泛文学或者说杂文学的概念”。他说:“刘勰是从大文化的背景上着眼,来论述文体和文术的,他的‘文’的概念,实际上包含了广义和狭义的多层意思。”而即使“《文心》一书中狭义的‘文’”,也是“既包括文学,也包括非文学(如哲学、史学、科技方面的文章,以至包括一切应用文)。这是传统的‘文’的概念,与其时讨论的文、笔之分所反映的文学与非文学分开的趋势异趣。……它是一种观念的回归。这个传统的文的概念,是一个泛文学或者说杂文学的概念,而不是纯文学的概念”。[③] 罗先生指出:“《文心》一书,不只是为文学作品之写作而作,而且是为文章的写法而作,刘勰的文的观念,是一种杂文学的观念。”[④]应该说,这些认识都是非常切合

① 罗宗强:《〈宋代文学思想史〉序》,张毅:《宋代文学思想史》,“序”,第1页。

② 罗宗强:《我与中国古代文学思想史》,《因缘集——罗宗强自选集》,第8页。

③ 罗宗强:《魏晋南北朝文学思想史》,第263页。

④ 罗宗强:《魏晋南北朝文学思想史》,第266页。

《文心雕龙》一书的思想实际的，但是，罗先生并没有止于此，而是充分估计到了问题的复杂性，把对这一重要问题的思考引向深入。其云：

> 不过他的这种杂文学的观念，有着颇为复杂的特征。从他论“为文之用心”而无所不包，从他婉转地反对区分文学与非文学看，他是复古的，在文学的发展过程中是一种观念的复归。……但是在论及文术时，他却又事实上接受了文学与非文学区分的观念，他下篇论文术，涉及的可以说多是文学的写作问题，着眼点差不多都在文学的特点上，论神思，论物色，论风骨体势，论夸饰声律，论丽辞事类，论比兴练字，无不如此。非文学作品，是不会以这些为写作关捩的，应用文如谱牒薄录之类自不必说，即如诸子史传，亦未必以这些为写作之途径。似乎可以说，在论述这些问题的时候，刘勰的心中浮现的是文学的种种特点，是文学的发展过程中已经表现出来的种种特点启发了他，为他的理论阐释提供了依据。因此又可以说，他的“文”的观念里有着许多的发展了的文学观念的印记。从这个意义上，他的杂文学的观念又与古代的“文”的观念很不同，它已经加入新的东西。它是一种折衷，是古代的“文”的观念加上已经发展了的文学观念的折衷，是复归，又不完全是复归，是一种全新的杂文学观念。①

实际上，笔者并不完全赞同“杂文学”观念的这一提法，而认为

① 罗宗强：《魏晋南北朝文学思想史》，第266页。

罗先生同时使用的另一个“泛文学”观念的提法更好一些，但重要的是，这里罗先生对刘勰文学观念的细致入微的体察和着眼《文心雕龙》全书的宏观把握，是非常实事求是的。他既明确地指出了刘勰文学观念的特点，又从各个角度和侧面考察刘勰的不同命意，不遗余力地体察刘勰的良苦用心，从而真正做到全面完整地把握刘勰的文学思想，这种对《文心雕龙》的研究态度是非常值得我们学习的，其结论自然也是令人信服的。

罗先生对刘勰文学观念的思考始终与对《文心雕龙》文体论的考察密不可分，这在《文心雕龙》研究中也是非常令人瞩目的。罗先生认为刘勰的文学观念是一个杂文学的观念，这一结论正来自其对文体论的深入细致的研究。他说：“仅从文章体裁看，彦和的文体论，显然属于杂文学的文体论。”①又说：“它不是狭义的文学的文体论，而是广义的泛指一切文章的文体论。如果用今天的话说，似可称之为杂文学的文体论，或者称之为文章体式论。”②应该说，从《文心雕龙》文体论的角度得出刘勰文学观念之“杂”的特点，这是不少研究者都曾指出过的，但重要的是如何认识和评价这种“杂”，如何看待刘勰何以如此“杂”？罗先生认为：“在刘勰眼中，他所论及的文体，无所谓文学与非文学之分，他是一以视之的。……《文心雕龙》后二十四篇论文术与文学批评，是兼所有文体而言的，他并未区分何者指何种文体，何者与他所论的何种文体无关。”罗先生的这一看法可谓冷静至极，但又不能不说是符合《文心雕龙》

---

① 罗宗强：《读文心雕龙手记》，生活·读书·新知三联书店 2007 年版，第 144 页。

② 罗宗强：《读文心雕龙手记》，第 145 页。

之实际的。然则,刘勰何以会如此?其思想实质是什么?其背后的意义又是什么?罗先生说:“刘勰的杂文学观念,反映的正是我国古代文学最基本的特点。我国的古代文学,本来就是一个杂文学的传统。在古代文学理论家、文学批评家的眼中,所有的文体都是‘文’,不存在一个文与非文的问题,只存在好的优秀的文与不好的低劣的文的问题。”①笔者以为,罗先生这几句平实的判断,实在是对中国古代文学和文学思想特点的一个极为准确的把握。当我们接受并沿用西方的文学观念一个世纪以后,我们的古代文学和文学理论批评史以及美学史研究,在多大程度上符合其历史的本来面目,这实在是一个很令人怀疑的问题。正是在西方文学观念的支配下,我们从来以为文学和非文学是截然不同的,甚至有所谓“纯文学”的说法,从而我国古代的许多文章体裁没有纳入文学史的视野,许多关于文章的重要思想没有纳入文学理论批评史的视野,甚至招致不少批评和贬低的评价。但实际上,文学和非文学真的有泾渭分明的界限吗?至少,从中国古代文化发展的历史实际来看,我们实在需要有基于自己文化的标准和评价。罗先生即指出:“我国古代的文学,属泛文学性质。此种泛文学,乃在我国文化环境中产生,自其产生至整个发展过程,‘泛’的特色未曾中断。我们是否还可以接受这样一个传统,如果接受这样一个传统,那么我们对于什么是文学,就应该有一套与之相适应的说法。比如说,不以文体区分文学与非文学,而以另外的一些条

---

① 罗宗强:《释〈章表〉篇“风矩应明”与“骨采宜耀”——兼论刘勰的杂文学观念之一》,《文学遗产》2007年第5期。

件区分文学与非文学。"[1]笔者以为,这既是从对刘勰文学观念考察所得到的关于中国文学传统的一个重要认识,也是从文学思想史角度研究《文心雕龙》的一个重要收获。

实际上,罗先生不止一次地提到文学与非文学的划分标准问题,如谓:"似乎可以说,由于我国古代文学之泛文学性质,诗、词、小说、戏剧当然可以认定为文学作品,但散文之各体,就甚难有一个明确的划分文学与非文学的界线。既然难以根据文体划分文学与非文学,那么就应该有另外的划分标准。比如说,以是否具有艺术特色为标准。而何者为艺术特色,则是一个弹性极大的概念。"[2]之所以如此不厌其烦地关注这个问题,乃是基于对中国文学传统的深切把握和体认,乃是力图认识中国古代文学和文学思想的民族特色。罗先生指出:

> 我国古代文学的民族特色是什么,有过多次的讨论。在我国古代,经史子集都是"文""文章",用今天的话说,就是文学、哲学、史学、教育学,以至政府文告、水利书、地理书、阴阳术数的文字,都是"文""文章"。自文体言之,所有文体都是"文""文章"。……从这些不同的分类中,我们可以看到三点:一是文体"杂",凡文章无所不包;二是对于文体的成体的标准有不同之理解,因之分法各各不同;三是文体概念之模糊。从这三点,我们可以进一步思考,我国古代的文学,可以说是杂文学;或者更准确地说,

① 罗宗强:《读文心雕龙手记》,第 223 页。

② 罗宗强:《读文心雕龙手记》,第 218 页。

我国古代的文学，包含在“杂文学”中。[①]

正如罗先生所说，这“实在是一个复杂的问题”，因而一时还不可能有一致的认识和答案；但这种自觉的关注和不懈的思考，不仅有利于我们更准确地把握《文心雕龙》的文学观念，而且为我们真正认识中国古代文学以及文学思想的民族特色，提供了重要的思路。

四、《文心雕龙》对艺术特质的重视

上述罗先生对刘勰泛文学观念的强调，只是他对刘勰文学观念认识的一个方面；而罗先生同样极力强调的另一个方面，则是《文心雕龙》对艺术特质的重视。我们看到，罗先生多次谈到《文心雕龙》的“杂文学”观念，但同时又指出，这“是一种全新的杂文学观念”，那么其新在何处呢？他说：“在刘勰的文学思想中，不仅存留有学术未分时的文章观，而且有文学独立成科过程中逐步展开的对于文学艺术特质的追求。他不仅论述了神思、风骨、体势等命题，而且论述了比兴、声律、丽辞、夸饰、隐秀等主要属于艺术技巧方面的问题。重视神思、重视声律、重视骈辞俪句，酌奇玩华，都是文学自觉的趋势起来之后的追求。这样我们就可以清楚地看到刘勰文学思想的另一面。这一面，就是他反映着我国古代文学思想中明确追求艺术特质

① 吴小如等：《〈历代文话〉七人谈》，《中国图书评论》2008年第7期。

的发展趋向。"[①]一方面是文学观念之"杂",另一方面是对艺术特质的高度重视,那么这两个方面又是如何统一在一起的呢?罗先生认为:

> 我国古代的杂文学观,并不排除文学的艺术特质的要求,感情、文采、文学技巧的追求,都在批评家的视野之内。……我们说杂文学,主要是就文体言的。杂,是说各种文体都被包容在文学之内。并不是因其文体的杂,就以为古代的作家、批评家都反对文学的艺术特质。如果我们在面对我国古代文学和文学观念时,以为杂文学就是去除一切艺术特质的非文学,就是只讲实用,毫无艺术感染力的作品,那我们描述的古代文学史,就可能是另外一副面貌。[②]

也就是说,所谓"杂文学",只是在西方文学观念之下的"杂",而就中国古代文学而言,其众多的文体和文章,无论诗赋书记还是章表奏启,原本都是要追求艺术特质的,文体的无所不包与对艺术特质的追求原本是并行不悖的。正如罗先生所指出:"事实上,我国古代虽然所有文章都称为文,但是有一条发展线索在这所有文章中或有或无、或隐或现、或充分或不充分地存在着,那就是对于艺术特质(或称文学特质)的展开和探讨。"[③]可以说,在西方文学观念观照下的《文心雕龙》,其文体论所展现出来的确乎是"杂文学观念",而其文术论又有着对

---

① 罗宗强:《读文心雕龙手记》,第125页。

② 罗宗强:《释〈章表〉篇"风矩应明"与"骨采宜耀"——兼论刘勰的杂文学观念之一》,《文学遗产》2007年第5期。

③ 罗宗强:《读文心雕龙手记》,第124页。

艺术特质的明确追求，二者似乎有着明显的矛盾；甚至很难解释刘勰何以一方面突出强调艺术之美，另一方面又要把几乎所有文体都纳入自己的论述范围。但是，罗先生这些完全立足中国古代文学和文学观念的认识，毫无疑问地再次提醒我们，研究中国古代文学，考察《文心雕龙》乃至中国古代的文学观念，是不能完全以西方的文学观念为前提的。所谓民族特色，正是在这里鲜明地体现出来。否则，正如罗先生所担心的，“我们描述的古代文学史，就可能是另外一副面貌”；然则，我们对中国古代文学的研究，又有多少注意了这个问题，又有多少不是从西方的文学观念出发的呢？

作为一位有着深厚国学根基以及文学史、思想史修为的学者，罗先生对刘勰文学思想的考察始终与其所处的时代思潮和倾向联系在一起，始终着眼于整个中国文学思想史的广阔视野，而不是局囿于一部《文心雕龙》。因而，罗先生对刘勰思想的把握不仅是对《文心雕龙》一书的深刻理解，更是对中国文学思想发展及其特点的概括。如谓刘勰：“他比同时的任何一位作家和理论家都更准确更全面，甚至可以说是巨细不遗地汲取了其时文学发展中的种种经验，特别是充分体现文学的艺术特质方面的经验。但是他又似乎不满足于这些经验，他想纠正它，给它一点功利色彩，给它一点冷静、一点理智。应该说，刘勰的文学思想既包含有其时文学主潮的特质，而又异于这主潮。”①显然，对魏晋南北朝文学思想史乃至整个中国文学思想史的完整把握，使得罗先生有了观察刘勰思想的重要参照；也正因如此，罗先生对刘勰文学思想的认识，在许多问题上具有

① 罗宗强:《魏晋南北朝文学思想史》,第 262 页。

自己独特的见解。如谓：

> 学界普遍认为刘勰文学思想的基本倾向是反对形式主义的，应该说，这种认识并不正确。刘勰只是在文学自觉思潮发展到一定程度之后，面对着这一思潮在文学创作中造成的局面、所带来的种种问题，回顾历史，思索是非，提出自己的见解而已。……似乎是这样：既回顾历史，思索各体文章发展过程中的是非，而在这种历史的思索与判断中，又时时有着他面对的现实的影子。换句话说，他是在文学自觉之后的沉思中回顾与思索历史的，而这种回顾与思索，又是为了提出一种新的规范，指出发展的方向。[①]

可以看出，罗先生对刘勰思想的体察是如何细致入微。正是这种站在文学思想史制高点上而又深入思想内部的设身处地的体察，使得罗先生的结论更加符合《文心雕龙》的思想倾向，更加接近历史的真实，从而更加令人信服。

罗先生对刘勰思想之细致入微的体察，还得益于他的高度的文学艺术修养。罗先生不止一次地提到，刘勰在考察众多文体的过程中，自觉不自觉地把"文学的意味带进来了"。其云："随着文学自觉的到来，文学的抒情特征，它的艺术特质，它的种种艺术表现的功能的不断被创造、被发现、被体认，文体论也就在功用之外，更多地涉及艺术风貌方面的问题。虽然论及的一些文体在我们今天看来其实并非文学，但是不论什么文体，只要可能，文体论者便把文学的意味带进来了，从不同的艺术

---

① 罗宗强：《读文心雕龙手记》，第162—163页。

风貌上区分文体,从艺术风貌上对不同文体提出不同的要求等等。至此,文体论才接近真正意义上的文体论。”又说:“他在论述各种文体时,用了不少篇幅评论各体在体貌方面的特点,提出了对不同文体的不同艺术风貌方面的基本要求。”罗先生通过刘勰在《明诗》《铨赋》《诔碑》《铭箴》《颂赞》《论说》《奏启》等篇中对各种文体理想风貌的论述,提出:“考察他对这十种文体基本风貌的要求,可以看到这样一个共同点,这就是把文学的意味带到文体论中来了。”总之,罗先生认为:“文学自觉思潮的影响,把文学的意味不知不觉地带到应用文体的写作中来,带到文体论中来。”①应该说,这些看似平实的判断,实际上蕴含着对《文心雕龙》文体论的一种深入体认和反复思考。能够从刘勰的文体论中捕捉到其“文学意味”,没有对各种文体的高度的艺术鉴赏力,恐怕是很难做到的。

五、《文心雕龙》的实践品格及其研究方法

如所周知,《文心雕龙》是文论,同时刘勰又把这部理论著作写成了精致的骈文,正如罗先生所说:“他不是诗文创作的实践家,但他的骈文的高度成熟的技巧可以雄视前此的任何一位杰出的骈文作者。”②在这个意义上,刘勰毫无疑问是六朝时期当之无愧的重要作家之一;只是我们的文学史每每忽略甚至忘记了这位出色的作家,这不能不说是一个很大的遗憾。实际

---

① 参见罗宗强:《读文心雕龙手记》,第151、154、155、160页。

② 罗宗强:《魏晋南北朝文学思想史》,第247页。

上,《文心雕龙》虽然是中国文学思想史上最富理论性的著作,但刘勰谈任何理论问题,始终都没有离开对写作实践的考察,始终着眼具体的创作过程;因而他的文学理论是生动活泼的创作论,而不是干巴巴的文学概论。刘勰的文学思想既是他自己写作经验的结晶,更是对文学史的全面考察和总结。也许正因如此,《文心雕龙》历来被视为"文章作法";笔者以为,居今而言,这个"文章作法"不仅与《文心雕龙》在文学理论和文学思想上的建树并不矛盾,而且更是其具有切实的实践品格的明证,是其突出的民族特色之一。

对此,罗先生在《〈文心雕龙〉的成书和刘勰的知识积累——读〈文心雕龙〉续记》的长文中作了详细考察和论证。罗先生指出:"刘勰为撰写《文心》最为重要的知识准备是对于文学史的全面而深入的掌握。无论是作家作品,还是各个时段文学发展的特点,或者是已有文学批评的得失,他都了如指掌。"正是这种"广泛而又深入的知识准备,不仅为刘勰提供了撰写《文心雕龙》的素材,而且在知识准备的过程中,逐渐形成了他的思维习惯,影响着他的思维方法"。这种思维方法,罗先生认为乃是"兼取两端,不偏于一局的思想,是一种更全面认识事物的思想方法。实质上是既有两端,又非两端的折其中的思想"。①

值得关注的是,无论《文心雕龙》的实践品格,还是由此决定的思维方式和方法的特点,都对罗先生的文学思想史研究产生了一定影响。在谈到文学思想史研究时,罗先生指出:"即

① 罗宗强:《〈文心雕龙〉的成书和刘勰的知识积累——读〈文心雕龙〉续记》,《社会科学战线》2009 年第 4 期。

使只就文学批评与文学理论本身的解读而言，也离不开对文学创作实际的考察。刘勰的《文心雕龙》与锺嵘的《诗品》，都是明显的例子。他们评论了许多作家，如果我们不对这些作家的实际作一番认真的研究，就无法对刘勰与锺嵘的有关评论作出正确的解读，当然也就无法作出是非判断。"①正因如此，罗先生身体力行，在《〈文心雕龙〉的成书和刘勰的知识积累》一文中详细列举了《文心雕龙》一书引及的作者、作品以及对他们的评论，列举了刘勰所论及的81种文体，正是通过这种扎扎实实、一丝不苟的考察，罗先生得出了这样的结论："刘勰为撰写《文心雕龙》所作知识准备，如果说对我们今天的文学理论创建有所启发的话，那就是要具备深厚的历史、思想史、文学史的知识，要有敏锐的审美能力，还要对当前的文学创作走向有深入的了解。在今天，当然还要了解海外文学理论、文学思想的走向。具备了这些，才有可能创立既有中国特色，又有世界意义的不朽的文学理论体系。"②

笔者觉得，罗先生已经把对《文心雕龙》的研究、对刘勰思维方式的考察，以及通过这种考察得出的经验和结论，与自己的文学思想史研究密切结合起来，并进一步融入自己的研究过程中。可以说，在这里，刘勰及其《文心雕龙》既是研究对象，也是借鉴、学习、取法的楷模，刘勰的研究方法既是需要认真总结、把握的对象，也是随时准备并可以运用到自己研究工作中的方式方法。罗先生说：

---

① 罗宗强：《〈宋代文学思想史〉序》，张毅：《宋代文学思想史》，"序"，第4—5页。

② 罗宗强：《〈文心雕龙〉的成书和刘勰的知识积累——读〈文心雕龙〉续记》，《社会科学战线》2009年第4期。

> 当然，文学思想史研究的最终目的，是要弄清我国古代的文学思想潮流演变的整体风貌，弄清文学思想潮流演变的诸种原因，弄清它们和文学创作或繁荣、或衰落的关系，弄清在文学思想发展演变的过程中，有些什么样的观念是最有价值的，发展的主线是什么？至今，我们对于什么是我们的文学思想的主线，什么是最为优秀的传统，什么样的文学观念是推动我们的文学发展的真正力量，都还并不清楚，或者说，都还没有深入的探讨。梳理当然是为了继承。这可能就涉及到文学思想理论遗产如何继承的问题。①

多少年来，我们一直在探索中国古代文论的民族特色，一直在谈论中国古代文论的继承以及“转化”等问题，应该说在不少方面取得了一定的成绩，但整体的效果并不理想。原因当然有很多，笔者以为一个重要的原因就是我们和古人的距离——不是客观的历史的距离，那是不可改变的，而是心理的距离，是我们心理上有意无意地拒古人于千里之外的距离。我的意思是说，我们总是有意无意地抱着一种居高临下的研究态度，动辄是对古人的裁判甚至批判，我们总以为现代人一定比古人高明得多。但事实上未必如此。罗先生指出：“人文学科的学术研究，特别是文学研究，里面包含着很多人生感悟的东西，含有对人性的理解在里面。真切的人生

---

① 罗宗强、张毅：《“自强不息，易；任自然，难。心向往之，而力不能至”——罗宗强先生访谈录》，《文艺研究》2004 年第 3 期。

体验对文学研究很有好处。……所以我后来在文学研究中，特别重视人性的把握、人生况味的表述；当然，古人与今人的思想观念距离很远，但是人性中总有相通的地方，对人生的体悟也有相通的地方。”①其实，“今人不见古时月，今月曾经照古人”②，文化的古今之别远没有人们想象得那样大，文学的理论和思想就更是如此了。有道是千古文心一脉通，只要我们设身处地想刘勰所想，读刘勰所读，用刘勰所用，那么《文心雕龙》就不是什么古董，而是对我们的创作可以产生直接作用的生动指南，又何须“转化”之功？

在罗先生对《文心雕龙》乃至中国文学思想史的研究中，我们一方面看到了真正的“历史还原”，看到了“极重视历史的真实面貌”，因为如罗先生所说，只有“在复原古代文学思想的真实面貌的基础上，才有可能探讨规律，作出是非判断，以论定其价值之高低”③；另一方面，我们更看到了古今的交融和汇合，看到了先哲和时贤之“文心”的息息相通。笔者以为，这不可偏废的两个方面，正是罗先生提供给我们的关于中国文学思想史研究的切实可行的方法和道路。

以上粗举数端，乃是笔者在研读宗强先生有关“龙学”的论著时所作札记，其实主要是对先生有关论述的摘录，以为自己学习《文心雕龙》的借鉴。在研读、摘抄的过程中，笔者感受

---

① 罗宗强、张毅：《“自强不息，易；任自然，难。心向往之，而力不能至”——罗宗强先生访谈录》，《文艺研究》2004 年第 3 期。

② 李白：《把酒问月》，王琦注：《李太白全集》，中华书局 1999 年版，第 941 页。

③ 罗宗强：《〈宋代文学思想史〉序》，张毅：《宋代文学思想史》，“序”，第 9 页。

最深的一点是，先生对刘勰及其《文心雕龙》的态度是那样恭谨，每作判断均小心翼翼而常出以推测口吻，这让笔者不时想起台湾著名"龙学"家王更生先生多年前说过的一句话："我是刘勰的一个小学生。"[①]多年以来，我们习惯了对古人的裁判甚至批判，动辄讲"批判地继承"，"批判"在前而后才是"继承"；对此，笔者亦曾略有疑义。[②] 不是说古人没有缺点，但我们首先要明白古人说的是什么，理解其何以如此说。用宗强先生的话说就是"尽可能的复原"[③]。在先生有关"龙学"的论著中，我们看到了深入古人思想内部的一种细致体察和领悟，虽然不能说这些体察和领悟都是完全符合古人思想实际的，但至少这会让我们更进一步地接近古人，从而更好地"尚友"古人；而只有在此基础上，我们才能谈得上继承和创新。正如宗强先生所说："复原古代文学思想的面貌，才有可能进一步对它作出评价，论略是非。这一步如果做不好，那么一切议论都是毫无意义的。"[④]应该说，这既是一个中国古代文化研究者应有的态度，更是我们研究《文心雕龙》以至中国文学思想史的紧要方法。

---

① 王更生先生此语乃 1993 年 7 月于内蒙古呼和浩特市召开的中国古代文学理论学会第八次年会暨国际学术会议上所作发言，该发言后来是否整理刊出，笔者尚未检索到。

② 参见戚良德：《文论巨典——〈文心雕龙〉与中国文化》，第 392 页。

③ 罗宗强：《〈宋代文学思想史〉序》，张毅：《宋代文学思想史》，"序"，第 7 页。

④ 罗宗强：《〈宋代文学思想史〉序》，张毅：《宋代文学思想史》，"序"，第 7 页。

关于《文心雕龙》的美学研究*

黄念田先生在《文心雕龙札记 · 后记》中说:“先君以公元一九一四年至一九一九年间任教于北京大学,用《文心雕龙》等书课及门诸子,所为《札记》三十一篇,即成于是时。”①据此,已故著名“龙学”家牟世金先生指出:“把《文心雕龙》作为一门学科搬上大学讲坛,这是有史以来的第一次。……这说明从黄侃开始,《文心雕龙》研究就是一门独立的学科:龙学。”②因此,具有现代意义的“龙学”③已有了百余年的历史。

百年“龙学”的发展,结出了颇为丰硕的果实。据笔者的

---

* 本文原载于《山东大学学报》(哲学社会科学版)1993 年第 3 期,全文转载于人大复印报刊资料《中国古代、近代文学研究》1994 年第 1 期,增补收录于作者文集《〈文心雕龙〉与中国文论》,中国书籍出版社 2017 年版,第 228—245 页。

① 黄念田:《文心雕龙札记 · 后记》,黄侃:《文心雕龙札记》,中华书局 1962 年版,第 235 页。

② 牟世金:《“龙学”七十年概观》,《雕龙后集》,山东大学出版社 1993 年版,第 3 页。

③ 在中国《文心雕龙》学会第三次年会上,时任会长张光年先生曾提出以“文心学”之名代替“龙学”。(参见《文心雕龙学刊》第七辑,广东人民出版社 1992 年版,第 288 页。)“文心学”更一目了然一些,但无论“龙学”还是“文心学”都是简称,所指为一;既有“龙学”之称长期流行,则笔者仍沿其例。

不完全统计,中国大陆已出版《文心雕龙》研究专著300余部(种),发表研究文章6000余篇;中国香港、中国台湾已出版专著近百部(种),发表研究文章数百篇;日本、韩国、美国、俄罗斯等已有《文心雕龙》译本或研究论著数十种,研究文章亦逾百篇。如此,仅中国大陆及港、台研究《文心雕龙》的论著已逾一亿字。而另一个事实是,《文心雕龙》全书只有三万七千余字。这一令人瞠目的数字对比已足以说明,《文心雕龙》研究之有"龙学"之称决非个别人的一厢情愿,亦决非随意冠以"学"字以重身价,而是学术发展的历史实际;同时,这一事实也提醒我们,"龙学"之兴旺发达既是人力所为,又决非"人为"的,而是一种历史的选择。

这种历史的选择,不仅表现在大量研究者对《文心雕龙》的共同兴趣和重视,从而不约而同地去研究它、探索它,而且表现在几代研究者的学术承传,最终形成某些共同的学术指向和趋势,如对《文心雕龙》的美学研究便是一端。本文即以几种从美学角度研究《文心雕龙》的著作为例,对这种选择的必然性略予探讨,以期进一步认识《文心雕龙》的性质、价值及其意义。

一

王国维说,"凡一代有一代之文学"①,其实学术亦然。《文心雕龙》是一部什么书?这个原本不成问题的问题,却"自'五

① 王国维:《宋元戏曲考·序》,《王国维戏曲论文集》,中国戏剧出版1984年版,第3页。

四'以来,一直存在着不同的理解"①;这既由《文心雕龙》本身的复杂性所决定,更是学术发展之必然。《文心雕龙》是不会改变了,然而《文心雕龙》研究却是"江山代有才人出"②,"龙学"的性质也自会随着历史的发展而变化。

早在1922年,杨鸿烈在其《文心雕龙的研究》一文中就指出:"在这骈偶猖獗的时代,就暗伏着一位抱文学革新的刘彦和,可惜当时既无人唱和,后人又只以他那部极有价值的《文心雕龙》当做修辞书去读,就把他立言的宗旨失掉了。"同时又说:"他这书最大的缺点,最坏的地方,就是'文笔不分';换句话说,就是他把纯文学的界限完全的打破混淆不分罢了。"③显然,论者既以所谓"混淆"为《文心雕龙》之"缺点",又肯定其为文学论著,认为其"立言的宗旨"在文学,而反对只把它作为修辞书去读。但如论者所说,视《文心雕龙》为修辞书却是当时较为普遍的观点。如陈延杰《读文心雕龙》一文认为,《文心雕龙》一书"可标目为二:曰文体论,曰修辞说"④,如牟世金先生所言,此"虽非径论《文心》一书的性质,而性质已明"⑤。但值得注意的是,把《文心雕龙》作为修辞书去读的同时,有的研究者也看到其论文学的性质。如刘节《刘勰评传》谓其"论修辞不偏锻字炼句一面",并举《神思》《镕裁》《物色》及《时序》

① 牟世金:《"龙学"七十年概观》,《雕龙后集》,第39页。

② 赵翼:《论诗》,胡忆肖选注:《赵翼诗选》,中州古籍出版社1985年版,第127页。

③ 杨鸿烈:《文心雕龙的研究》,《晨报》副刊1922年10月24日至29日。

④ 陈延杰:《读文心雕龙》,《东方杂志》1926年第18号。

⑤ 牟世金:《"龙学"七十年概观》,《雕龙后集》,第7页。

诸篇，以为“颇能深抉文心，妙得文理”[①]。至 1938 年，敞厂在《文心雕龙及其作者》一文中就作了较为具体的说明：“他的性质是介乎文学史，文学概论，文学批评三者之间，而以文学批评的成份比较浓厚，所以后人论《文心雕龙》，每每誉之以中国的第一部文学批评专著，便是因了这个原故，但实际《文心雕龙》则是一部综合论述文学的书……”[②]应当说，这个说明还是较为符合《文心雕龙》实际的。

在新中国成立后至“文革”前的《文心雕龙》研究中，《文心雕龙》性质问题似乎是不成问题的。除范文澜先生曾谓“《文心雕龙》的根本宗旨，在于讲明作文的法则”[③]，以及刘永济先生曾谓刘勰著《文心雕龙》是以“子书自许”[④]外，大多数研究者实际上视《文心雕龙》为文学理论批评专著。如刘绶松先生的《〈文心雕龙〉初探》一开始就指出：“产生在南齐末年（约当 496—501 年）的刘勰《文心雕龙》一书，是我国古代流传到现在的唯一的一部非常完整的有关文学理论和文学批评的著作。”[⑤]作者通过系统而深入的研究，得出了这样的结论：

> 刘勰是我国五—六世纪的一位卓越的理论家和批评家，他的关于文学艺术的现实主义的见解，对于当时江河

① 刘节：《刘勰评传》，《国学月报》1927 年第 3 期。

② 敞厂：《文心雕龙及其作者》，《庸报》1938 年 6 月 14、15 日。

③ 范文澜：《中国通史简篇》修订本第二编，人民出版社 1964 年版，第 419 页。

④ 刘永济校释：《文心雕龙校释》，中华书局 1962 年版，“前言”，第 1 页。

⑤ 刘绶松：《〈文心雕龙〉初探》，《文学研究》1957 年第 2 期。

> 日下的颓废主义和唯美主义的文学趋向执行了批判和斗争的重要任务；就是到了今天，这些见解也依然放射着晶莹透彻的光辉，是发展我国社会主义现实主义文学创作和理论批评的有益滋养。《文心雕龙》的确是我国文学理论宝库中最值得我们珍视的遗产。①

可以说，刘先生的这番话代表了当时大多数《文心雕龙》研究者的观点。在当时“批判继承中国古典文艺理论”的旗帜下，《文心雕龙》为文学理论批评著作，确乎是不成问题的；或者说，人们就是在认定《文心雕龙》乃文学理论著作的前提下去研究它的。

1978年以后，《文心雕龙》研究进入兴盛时期，许多研究者仍从文学理论批评的角度，对《文心雕龙》进行深入细致的研究。同时，一些研究者也力图更实事求是地认识《文心雕龙》的本来面目，对其性质有了一些新的看法。影响最大的，应该算是王运熙先生的观点了。他在《〈文心雕龙〉的宗旨、结构和基本思想》一文中说：

> 人们一提到《文心雕龙》，总认为它是我国古代最有系统的一部文学理论书籍，其性质相当于今天的文学概论那样。我过去也是这样看的。诚然，《文心雕龙》对不少重要的文学理论问题，如文学与现实的关系、内容与形式的关系、文学批评的标准和方法等等，都作了系统的论述，发表了精到的见解，理论性相当强，不妨把它当作一部文

① 刘绶松：《〈文心雕龙〉初探》，《文学研究》1957年第2期。

> 学理论专著来研究；但从刘勰写作此书的宗旨来看，从全书的结构安排和重点所在来看，则应当说它是一部写作指导或文章作法，而不是文学概论一类书籍。①

同时，王先生在《刘勰论文学作品的范围、艺术特征和艺术标准》一文中又指出："刘勰心目中的文学范围虽然很宽泛"，但"可以肯定地说，刘勰心目中文学作品的主要对象是诗赋和富有文采的各体骈散文，而诗赋尤占首要地位"。② 在《魏晋南北朝文学批评史》中，王先生又贯通以上观点而谓："《文心雕龙》全书，广泛评论了历代作家作品，涉及到不少重要文学理论问题，论述有系统而又深刻，无疑是一部伟大的文学理论批评著作。但从刘勰写作此书的宗旨看，从全书的结构安排和重点所在看，它原来却是一部写作指导或文章作法。"③应当说，这种对《文心雕龙》性质的观点是明确的，也是力图符合《文心雕龙》之实际。但笔者也感到，"一部写作指导或文章作法"与"一部伟大的文学理论批评著作"之间如何统一，仍是存在问题的。④ 李淼先生就从完整认识《文心雕龙》理论体系的角度，

---

① 王运熙：《文心雕龙探索》，上海古籍出版社 1986 年版，第 7 页。

② 王运熙：《文心雕龙探索》，第 181、182 页。

③ 王运熙、杨明：《魏晋南北朝文学批评史》，上海古籍出版社 1989 年版，第 330 页。

④ 有些研究者便径谓《文心雕龙》为文章学概论，如赵兴明认为："应全面地、历史地研究《文心雕龙》，还它以本来面目：一部文章学概论。"（转引自《文摘报》1989 年 8 月 10 日。）贺绥世认为："从《文心雕龙》使用'文章'这个词的词义来看，作者研究的是写作文章的理论，是一门古代文章学。"（贺绥世：《文心雕龙今读》，文心出版社 1987 年版，"前言"，第 2 页。）等等。

指出："不能把《文心雕龙》说成是'文章理论'或'写作指导和文章作法'，或其他什么理论，而应该明确确定是文学理论，其理论体系是文学理论体系。"①《文心雕龙》是有严整体系的理论著作，从把握其理论体系的性质入手，确是认识其理论性质的一条重要途径。然而，如何将占《文心雕龙》五分之二篇幅的"论文叙笔"②以及种种琐细的"阅声字"③等纳入其"文学理论体系"，也仍是存在问题的。

新时期"龙学"的一个重要特点，是对《文心雕龙》的美学研究。从美学角度研究《文心雕龙》，并不等于认为《文心雕龙》乃是一部美学著作；但许多研究者确在不同程度上指出了《文心雕龙》的美学性质，这确乎是"龙学"的重要发展。著名文艺理论家周扬先生曾高瞻远瞩地指出："《文心雕龙》是一个典型，也可以说是世界各国研究文学、美学理论最早的一个典型，它是世界水平的，是一部伟大的文艺、美学理论著作。"④此论极为概括，但却决非泛泛之议。詹锳先生则具体指出："《文心雕龙》研究文采的美，因而以'雕镂龙文'为喻，从现代的角度看起来，《文心雕龙》中所涉及的理论问题属于美学

---

① 李淼：《略论〈文心雕龙〉的文学理论体系》，齐鲁书社编：《文心雕龙学刊》第一辑，齐鲁书社 1983 年版，第 125 页。

② 刘勰：《文心雕龙·序志》，戚良德：《文心雕龙校注通译》，上海古籍出版社 2008 年版，第 569 页。

③ 刘勰：《文心雕龙·序志》，戚良德：《文心雕龙校注通译》，第 570 页。

④ 周扬：《关于建设具有中国民族特点的马克思主义文艺理论问题——周扬同志答〈社会科学战线〉记者问》，《社会科学战线》1983 年第 4 期。

范畴。”[①]这确是值得注意的。牟世金先生有论：“美学和文学两说并不矛盾，但如果说《文心雕龙》的某些内容不属文学理论，美学则有更大的容量。……视《文心雕龙》为古代美学的‘典型’，可能给龙学开拓更为广阔的天地。”[②]事实正是如此，就在牟先生此一预言后的两三年，缪俊杰的《文心雕龙美学》（文化艺术出版社 1987 年版）、李泽厚和刘纲纪主编的《中国美学史》第二卷（中国社会科学出版社 1984 年版）[③]、易中天的《〈文心雕龙〉美学思想论稿》（上海文艺出版社 1988 年版）及赵盛德的《文心雕龙美学思想论稿》（漓江出版社 1988 年版）等著作相继问世，切切实实地为“龙学”开拓了更为广阔的天地，使之臻于“柳暗花明”的新境界。

二

对《文心雕龙》的美学研究确乎是一种历史的选择。而这首先在于《文心雕龙》本身所蕴涵的丰富的美学思想。《文心雕龙》之“文”，几乎包括了所有形诸书面文字的东西，这是它被视为文章学著作或杂文学著作，甚至文化学著作的重要原因。[④]

---

① 詹锳义证：《文心雕龙义证》，上海古籍出版社 1989 年版，“序例”，第 2 页。

② 牟世金：《“龙学”七十年概观》，《雕龙后集》，第 56 页。

③ 按：其中第十七章《刘勰的〈文心雕龙〉》达 14 万字，其性质有类专著。

④ 有关文章如李欣复：《从文化学看〈文心雕龙〉》，《齐鲁学刊》1987 年第 1 期；李时人：《“文化”意义的〈文心雕龙〉和对它的文化审视》，《学习与探索》1987 年第 1 期；等等。

《文心雕龙》一书的性质之所以在“龙学”兴盛以后愈加难以分辨，盖亦源于此。笔者以为，正是在这里，《文心雕龙》的美学研究显示出其独有的概括力。

笔者曾指出，“论文叙笔”①的文体论不仅是《文心雕龙》的重要内容，也是魏晋南北朝时期众多文论家感兴趣的问题，而以今天文学的标准衡量各家所论文体，文学体裁的诗、赋等既不占有特别突出的地位，许多非文学体裁也并未受到轻视，则所谓文学的自觉抑或文学观念的自觉，从文体论而言，就似乎无从谈起。② 但另一方面，六朝文论家们的“论文叙笔”却有一个特定的角度，那就是“美”。试以萧统为例。他的“文选”标准历来被认为是“事出于沉思，义归乎翰藻”③二句，且被以为“从而使文学园地不再成为杂货摊、大杂烩，诚使人有耳目一新之感”④。其实，《文选》囊括赋、诗、骚、七、诏、册、令等近四十种文体，其杂乱自不必说；即其“事出”二句，亦未必是其选文标准的最好说明。萧统说：“至于记事之史、系年之书，所以褒贬是非、纪别异同，方之篇翰，亦已不同。若其赞论之综辑辞采，序述之错比文华，事出于沉思，义归乎翰藻；故与夫篇什，杂而集之。”⑤他并不讳言其“杂”，值得注意的是他以史书之

---

① 刘勰：《文心雕龙·序志》，戚良德：《文心雕龙校注通译》，第569页。

② 参见本书《〈文心雕龙〉的“论文叙笔”》一文。

③ 萧统：《文选序》，萧统编，李善注：《文选》，上海古籍出版社1986年版，“文选序”，第3页。

④ 张国光：《〈文心雕龙〉能代表我国古代文论的最高成就吗？》，古代文学理论研究编委会编：《古代文学理论研究》第四辑，上海古籍出版社1981年版，第253页。

⑤ 萧统：《文选序》，萧统编，李善注：《文选》，“文选序”，第3页。

“赞论”和“序述”皆“综辑辞采”“错比文华”，所谓“事出于沉思，义归乎翰藻”亦不出此意，则其观念又确乎不杂了。那么，他为什么特重“辞采”和“文华”？以下一段话才是他选文标准的真正说明：

> 诗者，盖志之所之也，情动于中而形于言……颂者，所以游扬德业，褒赞成功……箴兴于补缺，戒出于弼匡；论则析理精微，铭则序事清润；美终则诔发，图像则赞兴。又诏诰教令之流，表奏笺记之列；书誓符檄之品，吊祭悲哀之作；答客指事之制，三言八字之文；篇辞引序，碑碣志状：众制锋起，源流间出。譬陶匏异器，并为入耳之娱；黼黻不同，俱为悦目之玩。作者之致，盖云备矣。①

显然，萧统的“文学园地”无疑也是一个“杂货摊、大杂烩”，但确又归于一统，那就是“入耳之娱”“悦目之玩”，也就是艺术之“美”。萧统之重“辞采”“文华”者在此，《文选》之作亦在此了。

如果说，萧统以作品之“选”体现了“文学的自觉时代”的美学观念，那么刘勰则力图从理论上加以说明和论证。实际上，《文心雕龙》之“文”既与《文选》之“文”一样包罗万象，又归于统一；刘勰之所谓“文”，许多时候并不指文体，而毋宁是“美”的同义语。《原道》谓：“夫玄黄色杂，方圆体分。日月叠璧，以垂丽天之象；山川焕绮，以铺理地之形：此盖道之文也。”显然，这里的“文”就是“美”，是日月叠璧之丽，是山川焕绮之

① 萧统：《文选序》，萧统编，李善注：《文选》，“文选序”，第2页。

美。刘勰认为，这种大自然的美是自然而然的，是不以人的意志为转移的，因而谓之“道之文”。从而，所谓“心生而言立，言立而文明，自然之道也”①，这里的“文”虽几乎包括人类形诸语言文字的所有的“文”，但在刘勰的观念中却是美的“文”。他认为，人类之文是美的，人类之有美的文也是自然而然的。不仅人类有文（美），而且“动植皆文（美）”，大自然呈现出多姿多彩的美：

> 龙凤以藻绘呈瑞，虎豹以炳蔚凝姿。云霞雕色，有逾画工之妙；草木贲华，无待锦匠之奇：夫岂外饰？盖自然耳。至于林籁结响，调如竽瑟；泉石激韵，和若球锽。故形立则章成矣，声发则文生矣。②

显然，这里的“章”“文”也都是“美”的同义语。所以，如果说刘勰把人类所创造的所有文体都纳入了自己的考察范围，那么他考察这些文体的着眼点却正是“美”。笔者曾谓刘勰的整个“论文叙笔”繁而不乱、纷而有秩、杂而有统③，于此亦可得到说明。

也正是在这里，我们似乎更能看清《文心雕龙》著述的用意了。《文心雕龙》的书名含义一直争论不清，以至曾被列为

---

① 刘勰：《文心雕龙·原道》，戚良德：《文心雕龙校注通译》，第1页。

② 刘勰：《文心雕龙·原道》，戚良德：《文心雕龙校注通译》，第2页。

③ 参见戚良德：《“论文叙笔”初探》，《文心雕龙》学会编：《文心雕龙学刊》第六辑，齐鲁书社1992年版，第193页。

《文心雕龙》的十大"不足"之第一。[①] 其实,"文心雕龙"乃以高度概括的语言表明了刘勰自己的主旨。《序志》有云:"夫'文心'者,言为文之用心也。"[②]"为文之用心",其意甚明,但也用意甚深,因为刘勰接着说:"心哉美矣夫,故用之焉。"[③]这个"美矣夫"决不仅仅指"心"这个词很美,而更是说心生之文是美的,也就是《原道》所谓"心生而言立,言立而文明"[④]的道理。所谓"为文之用心",决不仅仅指如何写文章,而是说如何把文章写得美;而写得美的关键是"用心",所以才谓之"文心"。可以说,《文心雕龙》的全部问题便是研究如何"用心"把文章写得美。正因如此,"文心"后面又有了"雕龙"二字。刘勰解释说:"古来文章,以雕缛成体,岂取驺奭之群言'雕龙'也?"[⑤]笔者以为,此话并无难解之处。前人早有"雕龙奭"之称[⑥],所谓"岂取"云云,不过表明"雕龙"二字既是因袭,但更重要的还在"古来文章"皆"以雕缛成体"。所以,正如张光年先生在中国《文心雕龙》学会第三次年会上所说:"'雕龙'是用

---

① 参见张国光:《〈文心雕龙〉能代表我国古代文论的最高成就吗?》,古代文学理论研究编委会编:《古代文学理论研究》第四辑,第247页。

② 刘勰:《文心雕龙·序志》,戚良德:《文心雕龙校注通译》,第564页。

③ 刘勰:《文心雕龙·序志》,戚良德:《文心雕龙校注通译》,第564页。

④ 刘勰:《文心雕龙·原道》,戚良德:《文心雕龙校注通译》,第1页。

⑤ 刘勰:《文心雕龙·序志》,戚良德:《文心雕龙校注通译》,第564页。

⑥ 参见《史记》卷七十四《孟子荀卿列传》,中华书局1959年版,第2348页。

以表现‘文心’的绝妙譬喻。”[①]当然，古来文章是否皆“以雕缛成体”自不一定，但刘勰以为“为文之用心”正如“雕龙”，即要写出美的文章必须经过精雕细琢，像雕刻龙纹那样。也正因如此，刘勰才在书中用了大量篇幅去谈所谓“文章作法”，因为这乃是具体的“用心”所在，是使文章达于“美”的境界的具体途径。这个美的境界，便是《总术》所谓：

> 义味腾跃而生，辞气丛杂而至；视之则锦绘，听之则丝簧，味之则甘腴，佩之则芬芳：断章之功，于斯盛矣。[②]

《文心雕龙》研究的确乎是“文章作法”，然而这文章必须用以“载心”[③]，必须具有高度的艺术美。则谓《文心雕龙》为中国古代的文艺美学，也就不算牵强了。

所以，对《文心雕龙》的美学研究决非赶时髦，更非生搬硬套，而首先是决定于《文心雕龙》本身的美学意蕴的。也正是这个原因，几位曾经并非专门研究《文心雕龙》的学者不约而同地开始了对《文心雕龙》美学思想的发掘。缪俊杰先生是著名的文学评论家，他极为全面而详尽地总结了刘勰关于艺术美的思想。缪先生研究的是古老的《文心雕龙》，而其指向显然不在“龙学”本身；其所以青睐《文心雕龙》，正是一种历史的选

---

① 《中国文心雕龙学会第三次年会在汕头大学举行》，《文心雕龙》学会编：《文心雕龙学刊》第七辑，广东人民出版社 1992 年版，第 288 页。

② 刘勰：《文心雕龙 · 总术》，戚良德：《文心雕龙校注通译》，第 486 页。

③ 刘勰：《文心雕龙 · 序志》，戚良德：《文心雕龙校注通译》，第 572 页。

择。可以说,这是一种古今的碰撞、交融和共鸣,也是中国古老的文学批评以其深厚的美学底蕴而为当代文艺评论所直接借鉴和吸收的范例。它从一个方面证明了《文心雕龙》为文艺美学的论断。《中国美学史》第二卷的执笔者是刘纲纪先生,他从真正哲学和美学的角度研究《文心雕龙》,可以说空前深入地挖掘了《文心雕龙》所蕴涵的丰富而深刻的美学思想。刘先生似乎是第一次谈《文心雕龙》,然而一口气写下了十四万言,作为一部"美学史"的一章,甚至显得不太均衡;而这也正是一种共鸣,一种古今美学家在思想上的共鸣。这种发掘是对古代美学的深刻理解,更是立足现代美学的一种扎扎实实的建设。这也从一个方面说明了《文心雕龙》作为文艺美学著作的巨大价值及"龙学"的广阔前景。易中天先生已对《文心雕龙》作了较长时间的研究和思考,但其直接归宿亦非"龙学"本身。他说:"我们的任务,是要把刘勰美学思想的'革命的方面'从'过分茂密的保守方面'解救出来,因此我们无疑要更多地谈到刘勰对中国古代美学思想的贡献,希望这种清理,对于建设中国今日之美学,能有所增益……"①为"建设中国今日之美学"而去切实地发掘古老的《文心雕龙》之独特的美学思想,是极富卓见的;而《文心雕龙》之独特的美学价值于此亦可见一斑了。赵盛德先生曾着意于中国古代文论民族特点的探索,其于《文心雕龙》,亦注意探求其"美学理论体系"及其与中国古典美学的联系;而赵先生对《文心雕龙》美学体系的研究显然采取了现代美学的角度。古

① 易中天:《〈文心雕龙〉美学思想论稿》,上海文艺出版社 1988 年版,第 164 页。

老的《文心雕龙》能够被纳入现代美学体系的框架而自成体系,其美学地位也就可见一斑了。

三

《文心雕龙》的美学研究之成为历史的必然选择,不仅在于《文心雕龙》本身所蕴涵的丰富的美学思想,而且在于其严密而完整的美学体系的形成。可以说,后者是更为根本的原因,也是“龙学”具有强大生命力的根本所在。中国古代有丰富的美学思想,这是人所共知的事实,然而中国古代自成体系的美学著作却属凤毛麟角;而如《文心雕龙》这样非常自觉地建立一个“体大思精”的体系的著作,可以说是独一无二的。指出这个体系的种种缺陷和不足也许是容易的,但唯其是一个庞大的体系,其价值已自非同一般;而欲清理、发掘这个体系,也许就不是一件简单的事情了。上述四种著作在这方面的贡献是不言而喻的。它们或对这个体系进行专门探讨,或从对体系的把握入手发掘其美学思想,可以说已初步显示出美学角度的研究之于“龙学”的巨大意义。但笔者也感到,准确把握《文心雕龙》本身美学体系的工作还远未完成。如《文心雕龙美学思想论稿》列有“《文心雕龙》的美学理论体系”的专章,并作了很有价值的探索;但如上所言,这个探索是从现代美学理论体系出发的,其必要性自不必说,而其较难把握《文心雕龙》独特的美学体系,似乎也是必然的。又如易中天先生曾指出:“《文心》之所以在中国古代文论史和中国古代美学史上具有极其重要的历史地位……其中一个重要的原因,就在于它是中国古代唯一一部自成体系的艺术哲学著作。”①又说：“似乎可以这样说，《文心雕龙》作为‘文学的自觉时代’的最大理论成果，是一部从世界本体出发，全面、系统、逻辑地研究文学特质和规律的艺术哲学著作。”②笔者以为，此论极确，可以说是新时期“龙学”的一个重大收获。但从总体上看，《〈文心雕龙〉美学思想论稿》仍然是从现代美学体系出发去发掘《文心雕龙》的美学思想，而并未着意于揭示《文心雕龙》本身独特的美学体系及其内部诸要素之间的逻辑联系和特点。

“美学”作为一门独立的学科，是“舶来品”。但正如叶秀山先生所说：“从传统上来说，中国没有‘哲学’这门学问，也没有‘美学’这门学问，但这不等于说，中国传统上没有‘哲学’和‘美学’问题。”③也不等于说，中国传统上没有“哲学”体系和“美学”体系。正因如此，从现代美学的角度研究、发掘《文心雕龙》的美学思想与着眼《文心雕龙》本身独特的美学体系，是并不相同的。中国人有中国人的思维方式，中国人有中国人独特的思考“美学”问题的途径，中国人有中国人独特的美学体系。《文心雕龙》诚然蕴涵了丰富的美学思想，从而可为建设新的美学服务④；《文心雕龙》更建立起了一个独特的中国美学

---

① 易中天：《〈文心雕龙〉美学思想论稿》，第 19 页。

② 易中天：《〈文心雕龙〉美学思想论稿》，第 162 页。

③ 叶秀山：《美的哲学》，人民出版社 1991 年版，第 24 页。

④ 如蔡仪主编《美学原理》引《文心雕龙·原道》“傍及万品，动植皆文……故形立则章成矣，声发则文生矣”段而为论：“他在这里所说的‘虎豹以炳蔚凝姿’和‘草木贲华’，其实就是指美的动植物以鲜明的形象或形式充分地体现出它们的种类普遍性和本质……而‘云霞雕色’‘林籁结响’等等，则实际上指的是自然界的现象美。”（蔡仪主编：《美学原理》，湖南人民出版社 1985 年版，第 75—76 页。）

体系,发掘这个体系,阐明这个体系的特点,更有利于认识中国美学及其体系的特点,更有利于建设具有中国特点的文艺理论和美学体系。所以,可以说发掘《文心雕龙》的丰富的美学思想是十分必要的,但还只是《文心雕龙》美学研究的第一步;“龙学”还必须在此基础上,认识《文心雕龙》这一中国美学的独特体系。

中国美学独特体系的形成,从根本上决定于其美学对象。比如,《文心雕龙》用了五分之二的篇幅去“论文叙笔”,考察了刘勰所能见到的几乎所有文体种类,他把“谱、籍、薄、录”“方、术、古、式”等这些连一般文章也算不上的体裁都纳入了自己的论述范围。上述四种著作并不否认《文心雕龙》之“文体论”的重要性,但都没有作为自己主要的考察对象。这可以说是从现代美学观念体系出发去总结《文心雕龙》美学思想的必然结果。然而,刘勰何以要花费那样多的笔墨去“论文叙笔”?当我们着眼《文心雕龙》本身的美学体系时就会发现,“文体论”其实正是其不可分割的一个重要组成部分。刘勰在《原道》已经指出:“夫以无识之物,郁然有彩;有心之器,岂无文欤?”[①]在他看来,形诸语言文字的所有文体种类,都是人类所创造的“美”的形态;他既然要解决文章如何才能写得美的问题,当然就要把这所有形态都纳入自己的考察范围,从而避免前人“各照隅隙,鲜观衢路”的缺陷,以达到“弥纶群言”之目的,以实现“按辔文雅之场,环络藻绘之府,亦几乎备矣”的理想。[②] 也因

① 刘勰:《文心雕龙·原道》,戚良德:《文心雕龙校注通译》,第2页。

② 参见刘勰:《文心雕龙·序志》,戚良德:《文心雕龙校注通译》,第567、571页。

此，刘勰虽然考察了许多在今天看来不属于“文学”范畴的文体，但其考察的角度却必然是“美”，其考察的目的是“美”的理想的实现。以此而论，《文心雕龙》作为文艺美学的价值和地位，应该说是不言而喻的。而这种“文艺美学”显然具有自己的特点，与现代意义上的文艺美学并不完全相同。

刘勰在谈到《文心雕龙》的写作缘起时，有这样一段经常为研究者所引用的话：

> 自生人以来，未有如夫子者也。敷赞圣旨，莫若注经；而马、郑诸儒，弘之已精，就有深解，未足立家。唯文章之用，实经典枝条……于是搦笔和墨，乃始论文。①

值得注意的是，刘勰的“文”虽包罗万有，却不包括“注经”之文，《文心雕龙》之“论文”恰是与“注经”相对而言的。不仅如此，即使“经典”本身，实际上也与刘勰所论“文章”有着本质区别，所谓“唯文章之用，实经典枝条”，虽明言“经典”之重要性，但刘勰所论却正是“文章”，岂非耐人寻味？《正纬》有论：“若乃羲农轩皞之源，山渎钟律之要，白鱼赤雀之符，黄银紫玉之瑞，事丰奇伟，辞富膏腴，无益经典，而有助文章。”②如此，刘勰的着眼点可以说非常清楚了。《文心雕龙》确可以说是“文章学”，但却不是现代意义上的文章学，而是中国古代关于“文章”的美学。这个“文章”确是范围极广，但刘勰特以“注经”与

---

① 刘勰：《文心雕龙·序志》，戚良德：《文心雕龙校注通译》，第566页。

② 刘勰：《文心雕龙·正纬》，戚良德：《文心雕龙校注通译》，第37页。

"论文"相对,重视的乃是"文章"的创造性。《序志》有云:"岁月飘忽,性灵不居;腾声飞实,制作而已。……形甚草木之脆,名逾金石之坚,是以君子处世,树德建言。"①这里的"制作""建言"与"注经"的不同,在于其"用心"的创造性;其之所以能够"腾声飞实"而使"名逾金石之坚",正在其如"雕龙"一样"用心",即以创造美、达到美的境界为旨归。

所以,刘勰确以"敷赞圣旨,莫若注经",却未必真的以为"马、郑诸儒,弘之已精;就有深解,未足立家",而是根本无意于在"注经"上"立家"的。《文心雕龙》全书的结句是:"文果载心,余心有寄。"②《文心雕龙》之作,既以"论文"为己任,又以"寄心"为旨归。刘永济先生曾指出:"盖论文之作,究与论政、叙事之文有异,必措词典丽,始能相称。然则《文心》一书,即彦和之文学作品矣。"③论文之作是否应与论政、叙事之文有异,而必"措词典丽,始能相称",这其实不一定;但《文心雕龙》一书乃出色的文学作品却是不错的,正如牟世金先生所说:"刘勰于《文心雕龙》,既是论文,又是作文,这是人所共睹的……"④饶有趣味的是,有的研究者即以"雕龙"为对《文心雕龙》论文特点的说明⑤,虽未必符合刘勰书名的含义,却正说

---

① 刘勰:《文心雕龙·序志》,戚良德:《文心雕龙校注通译》,第564页。

② 刘勰:《文心雕龙·序志》,戚良德:《文心雕龙校注通译》,第564、572页。

③ 刘永济校释:《文心雕龙校释》,"前言",第2页。

④ 牟世金:《〈文心雕龙〉理论体系初探》,《雕龙集》,第175页。

⑤ 参见李庆甲:《〈文心雕龙〉书名发微》,《文心识隅集》,上海古籍出版社1989年版,第103页。

明刘勰确有意将自己的论文之作写成“辞采芬芳”[1]的美的“文章”。实际上，着眼于“论文”的目的和要求，我们甚至不必对《文心雕龙》同时成为文学作品而大加赞赏；重要的只是，这一事实本身正说明刘勰“论文叙笔”等等的必然，以及由此而必然表现出的独特的“美学”观念，由此而必然形成的独特的美学体系。

认识《文心雕龙》之独特的美学体系，不仅是“龙学”的任务，而且更是认识中国古典美学体系的关键和“枢纽”。魏晋南北朝所谓“为艺术而艺术”[2]的观念，并非表现在文体的“纯”与“不纯”；恰恰相反，当人们第一次发现“伊兹事之可乐”[3]以后，便无论“箴”“戒”“论”“铭”抑或“书誓符檄”，“并为入耳之娱”，“俱为悦目之玩”[4]了。实际上，各种文体的大发展，也确为此后千余年文艺的发展奠定了坚实的基础；同时，中国的哲学和美学也在南北朝以前建立起一个基本的范型。刘勰正是在这种思想和文艺的前提下，完成了自己美学体系的建构。正因如此，这个体系不仅是面对过去的，更指向了未来。虽然在南北朝以后相当长的一个时期内，《文心雕龙》并未引起人们足够的重视，但这只是从其被直接提及而言；事实上，自此以后中国美学的发展，正是《文心雕龙》美学体系的展开和

---

① 刘勰：《文心雕龙·颂赞》，戚良德：《文心雕龙校注通译》，第98页。

② 鲁迅：《魏晋风度及文章与药及酒之关系》，《鲁迅全集》第三卷，人民文学出版社2005年版，第526页。

③ 陆机：《文赋》，穆克宏、郭丹编著：《魏晋南北朝文论全编》，江苏教育出版社2004年版，第58页。

④ 萧统：《文选序》，萧统编，李善注：《文选》，“文选序”，第2页。

延伸,而这是不以某一个文论家对《文心雕龙》的喜恶为转移的。《文心雕龙》乃深深植根于中国文化的丰沃土壤,概括了刘勰时代所能遇到的几乎所有文艺美学问题;历史证明,这些问题亦大多成为此后中国文艺发展中的主要问题。因此,《文心雕龙》研究之成为显赫的"龙学",是历史的选择;"龙学"之在美学方向的深入发展,亦是历史的选择。诚如牟世金先生所说:"《文心雕龙》不仅丰富了世界美学的宝库,且早就改变了世界美学史的发展进程。把以欧洲为中心的美学史如实地改正过来,还有待艰苦的努力。"①

四

2009年,张长青先生的《文心雕龙新释》由湖南大学出版社出版。此书由1982年的《文心雕龙诠释》(湖南人民出版社1982年版)发展而来,虽未标出"美学"之名,却是从美学角度审视《文心雕龙》的一部力作。从1982年至2009年,作者历经近三十年思考和探索,正是牟先生所谓"艰苦努力"的成果。

在笔者看来,"新释"之"新"首先表现在作者自觉站在中国传统文化的背景下审视《文心雕龙》,特别是以"天人合一"这一传统文化的基本观念和命题为依据,对《文心雕龙》进行哲学、美学上的深层探掘和文化上的整体把握,对《文心雕龙》一书的性质作出了明确界定,认为《文心雕龙》"是一部体大思精的文艺美学巨著,不仅在我国古代文艺美学史上是空前绝后

① 牟世金:《"龙学"七十年概观》,《雕龙后集》,第52页。

的,在世界文化史上也是永放光芒的经典之作”[①]。应该说,张先生这一对《文心雕龙》的总体把握既是一部《文心雕龙新释》的立论之本,从而使得这部新作较之三十年前的“诠释”有了根本的不同和理论认识上的飞跃,这一论断更是近二十年来对《文心雕龙》美学性质的最为明确、清晰而完整的概括。

不仅如此,张先生还在此基础上,通过对《原道》篇的阐释,概括出了《文心雕龙》“整个文艺美学思想体系”的主要内容。这一内容包括八个方面:第一,文道统一、文质统一、审美和功用统一、真善美统一的文艺美学观。这是《文心雕龙》全书理论体系的核心。第二,杂文学的文体论,这是《文心雕龙》全书的基础。第三,心物交感、情景交融的创作论。第四,文质统一、文德统一的作品、作家论。第五,阴阳刚柔的文艺风格论。第六,“博观”“体验”的鉴赏批评论。第七,自然与人工和谐统一的审美理想。第八,“通古今之变”的文艺演变发展论。[②] 应该说,这一概括虽未必能够得到“龙学”家们的一致认可,但却是对《文心雕龙》文艺美学思想体系的一个较为全面的认识,它说明张先生对《文心雕龙》一书性质的把握已经不仅仅停留在一个概括性的认识上,而是有了深入其内部的具体而细致的研究。因此,这完全可以视为二十余年来对《文心雕龙》之美学研究的一个深入和深化,其所取得的理论成就是值得注意的。实际上,上述的八个方面,张先生均有较为详细的阐释,其中的许多认识,均能站在“龙学”研究的前沿,可以说

① 张长青:《文心雕龙新释》,湖南大学出版社 2009 年版,“前言”,第 1 页。

② 参见张长青:《文心雕龙新释》,第 18—26 页。

代表着近年“龙学”研究的基本方向。如论《文心雕龙》之“杂文学的文体论”，其云：

> 但在刘勰看来，他所论述的文体，无所谓文学与非文学之分，他是一以视之的。刘勰评文的标准是重情重采，他不以文体分文与非文，而以情和采来分文章的优劣，因此在二十篇文体论中，许多今人眼中的应用文，他也提出有情有采的要求。这种杂文学观念，是与中国古代文学传统是一致的。……《文心雕龙》的价值和意义，恰恰在于总结了我国杂文学体裁的创作经验，创立了具有民族特色的文艺美学理论体系。①

这一认识便吸收了罗宗强等先生关于《文心雕龙》文体论的一些看法，同时纳入到张先生关于《文心雕龙》文艺美学体系的框架中，从而使得对《文心雕龙》文体论的把握进入一个新阶段。

值得我们注意的是，张先生对《文心雕龙》文艺美学体系的这一概括不仅系统、具体而具有集大成的性质，而且有着自己突出的特点，那就是以“天人合一”这一中国传统文化的基本观念和命题为理论依据。张先生指出：“当我们把目光投向中国文化观念的特点时，认识到：‘天人合一’这一传统文化的基本观念和命题，是打开《文心雕龙》理论体系的一把钥匙。”又说：“‘天人合一’作为宇宙观和方法论，为中国古典文艺美

① 张长青：《文心雕龙新释》，第19—20页。

学的艺术本体论提供了哲学上的理论依据。"①这种明确地把"天人合一"这一最著名的中国传统文化观念作为打开《文心雕龙》理论宝库锁钥的做法,就笔者所见,在《文心雕龙》研究中是仅见的。张先生何以如此看重"天人合一"之于《文心雕龙》的意义呢？他说:

> "天人合一"既是一种文化观念,也是一种思维的方式方法。李约瑟在《中国科学技术史》第三卷中说:"当希腊人和印度人很早就仔细地考虑形式逻辑的时候,中国则一直倾向于发展辩证逻辑。与此相应,在希腊人和印度人发展机械原子论的时候,中国人则发展了有机宇宙观的哲学。"这里所说的"辩证逻辑",就是"天人合一"思维方式:辩证思维。所谓辩证思维,就是运用对立统一的观点方法来认识、分析各种自然和社会现象及其发展变化。②

张先生说:"刘勰正是综合儒、释、道三家之道,而以辩证思维作为方法论基础的。"③在谈到关于刘勰研究方法的讨论时,张先生指出:"在这次刘勰的研究方法的讨论中,有的主张儒家'折衷'论,有的主张释家的'中观'论,有的主张道家的辩证论。还有的主张将三者会通起来,这些研究都是有益的,各从某个方面接触到了刘勰的研究方法的实质。不过从刘勰整体天人合一的宇宙观和方法论来说。我们可以把刘勰《文心雕

---

① 张长青:《文心雕龙新释》,"前言",第3、4页。

② 张长青:《文心雕龙新释》,第8页。

③ 张长青:《文心雕龙新释》,第8页。

龙》的研究方法，归并于中国传统哲学中的辩证思维。”[①]显然，这正是张先生把“天人合一”作为打开《文心雕龙》理论体系宝库之钥匙的根本原因。

实际上，在阅读《文心雕龙》的过程中，相信许多研究者也时时能够感受到其中所体现出的“天人合一”观念，但我们为什么没有像张先生这样，明确指出其于刘勰及其《文心雕龙》理论体系建构的意义呢？在笔者看来，这是因为刘勰在《文心雕龙》中实在是融合、渗透了太多的理论观念和思想，因此抓住一个“天人合一”而予以突出强调，不能不说这样的做法其实是有点冒险的。也许正因如此，张先生用了极大的心力予以探掘，在强调“天人合一”乃是中国古代辩证思维方式的基础上，牢牢把握其于中国古代文艺美学体系建构的意义，并找出了“天人合一”与《文心雕龙》思想体系的契合点，令人信服地作出了深入而具体的阐释。其云：

> 如果我们从天人合一的文化观念，来解读《原道》篇，刘勰把文艺本体论提高到“道”的高度来加以论证。道的内涵分为天道和人道。儒家重人道，讲伦理，走向“以天合人”的善美合一之境；道家重天道，讲自然，走向“以人合天”的真美合一的精神自由之路。到魏晋玄学主张“名教与自然”统一，把儒道两家，实际上是把人道与天道统一起来……儒家的天命、道家的自然、佛家的神理三者在本体论上都是统一的、“共相”的。所以，刘勰在《灭惑论》中说：“孔释（佛）教殊而道契。”“至道宗极，理归乎一，妙

① 张长青：《文心雕龙新释》，“前言”，第5—6页。

> 法真境,本固无二。”可知,中国古典文艺美学本体论就是建立在儒、释、道三家哲学的基础之上的……因此刘勰《原道》篇的“道”是以儒家思想为主干,而兼综儒、释、道各家思想之道,从而构建起文道统一,文质统一,审美和功用统一,真、善、美统一的文艺美学观。由此,在中国文艺美学史上第一次建构了具有民族特点的系统、完整、丰富的古典文艺美学的理论体系。①

总之,“刘勰所说‘道’,是以儒家之道为主体,兼融释家、道家之道。是儒家的天命、道家的自然、释家的神理,天道、人道、神道在本体论层次的统一,是魏晋南北朝时期‘三教同源’的时代精神在《文心雕龙》中的反映”②。因此,“刘勰在《原道》篇中,所原之道,是儒家之道、道家之道和释家之道的综合,在这种道的观念指导下,刘勰在中国文艺美学史上,第一次建构并完成了我国具有民族特点的文艺美学理论体系”③。

正因为张先生从根本上抓住了“天人合一”对《文心雕龙》理论建构的作用和意义,所以不仅在对《文心雕龙》理论性质的认识上,他强调“天人合一”的重要性,而且在对《文心雕龙》许多重要问题的研究中,也同样揭橥“天人合一”的重要意义。如张先生指出:“我们如果从刘勰的原道的文艺观出发,就知道刘勰的创作理论是建立在中国传统的文化观‘天人合一’和‘物感’说的基础上的。”④而且,张先生说:

---

① 张长青:《文心雕龙新释》,第619页。

② 张长青:《文心雕龙新释》,第621页。

③ 张长青:《文心雕龙新释》,第28页。

④ 张长青:《文心雕龙新释》,第300—301页。

> 这里要特别指出的是,这种感物说,既不是西方的再现论.也不是西方的表现论,不能拿它作机械的类比。感物说认为,作家诗情文意的萌发,得之于外物的感发,仍然是以中国传统文化的宇宙观“天人合一”“万物一气”“以类相召”等观念为其内在依据的,它的立足点还是人和自然的同一,人事变化和自然变化的同一。亦即主客交融,物我为一,人和自然,和大道冥合无间,仍然根源于中国人与自然的特殊关系,不像西方把自然物与人对立起来。这就是刘勰创作理论的民族特色。①

可以说,“天人合一”不仅具有了《文心雕龙》之思想方法和理论基础的意义,也在一定程度上成了观察和研究《文心雕龙》的一个重要方法。如关于“神思”的认识,张先生指出,“我们过去对神思作过多种解释,如果从‘天人合一’的宇宙观和方法论来作解释的话……它是一种审美之思、艺术之思、自由之思。它的中心观点就是‘心物交感’‘神与物游’。也就是要将客体之真、主体之善、艺术形象之美融合为一,把人带入自身和宇宙融合为一的最高境界。这既体现了中国文化‘和谐型’的特点,也是中华民族艺术的核心范畴意境说的基础”②。可见,“天人合一”这一独特的视角,确乎有可能给我们提供不少“龙学”的新的认识和结论,正如张先生所说:“以‘天人合一’的宇宙观和方法论作指导来研究《文心雕龙》,讨论多年歧义纷纭

---

① 张长青:《文心雕龙新释》,第 301—302 页。

② 张长青:《文心雕龙新释》,第 622 页。

的《文心雕龙》文艺美学的理论体系问题，也就可以解决了。在总的理论体系指导下，诠释各篇和各个范畴、概念，也就清楚多了。"[①]从这个意义上说，则谓其为"龙学"的一把"锁钥"，也就确乎并不为过了。

与"诠释"相较，"新释"之"新"还表现在阐释学方法的自觉运用上。张先生说："我在研究《文心雕龙》中便采取中国阐释学方法，即双重还原法。在时间上，通过事物源流的考察和理解，原始以要终，向事物原初状态，即《文心雕龙》的原意还原。这是历时性纵的研究……在空间上，通过东西文化的对比，由学术理解的原初状态，向《文心雕龙》的理论体系的民族特色还原，作共时性横的研究……而且要把两者结合起来。"[②]张先生指出："过去我们只从纵的角度，或横的角度进行比较研究，都不能解决问题。……我们认为：'真正世界的宏观眼光'不是'总体文学'，而是世界文化的宏观眼光，只有在人类文化学的宏观眼光指导下，将共时性和历时性结合起来，才能发现《文心雕龙》的民族特色和理论价值。"[③]这种中国阐释学方法的自觉运用，不仅给了张先生阐释《文心雕龙》的理论武器，而且启发了对刘勰研究方法的认识和把握，从而更深入地理解《文心雕龙》的理论体系。如张先生指出：

> 由此，我想到司马迁在"天人合一"的文化观念制约下，"究天人之际，通古今之变"的方法论的意义。刘勰在

---

① 张长青：《文心雕龙新释》，"前言"，第10页。

② 张长青：《文心雕龙新释》，"前言"，第9页。

③ 张长青：《文心雕龙新释》，"前言"，第9—10页。

> 《文心雕龙》总论中的《原道》《徵圣》《宗经》三篇，不正是“究天人之际”横的共时性研究吗！不过司马迁时代的空间概念，仅限于中国；而刘勰的空间概念已扩大到外国——印度佛教，可以说刘勰是中国第一个有世界眼光的人。其他两篇《正纬》和《辨骚》，不正是“通古今之变”纵的历时性研究吗?！不过刘勰的时间观念仅限于公元 6 世纪，而结构主义历时性的提出，已经到了 20 世纪。而刘勰恰好是以中国传统文化“天人合一”的宏观眼光，用共时性历时性相结合的方法来构建他“体大而虑周”(章学诚语)的文艺美学体系的。①

可以看出，无论对《文心雕龙》文艺美学体系的概括，还是对“天人合一”思想之于刘勰写作《文心雕龙》意义的认识，都是自觉运用中国阐释学方法研究《文心雕龙》的结果。正如张先生所说：“本书取较广阔的学术视野，把它提高到文艺美学的高度，从文化、哲学、美学三个层次，用天人合一、儒道互补、三教同源的观点，采用中国阐释学双重还原方法，即历时性和共时性相结合的方法，发掘这部巨著的理论价值和民族特色，指出它在中国和世界文艺美学史上的地位。”②从这个意义上说，张先生的大作题名“文心雕龙新释”，其从体例到内容的焕然一新自不必说，而且这个“释”已显非当年“文心雕龙诠释”之“释”，而是具有了非同寻常的意义，是值得我们细细品味的。

---

① 张长青:《文心雕龙新释》,“前言”,第 10 页。

② 张长青:《文心雕龙新释》,“前言”,第 12 页。

百年“龙学”的六个时期*

最早对近世“龙学”的历史开展认真研究和总结的乃是牟世金先生。他在四万余言的《“龙学”七十年概观》一文中，把自黄侃以来的“龙学”分为“诞生、发展和兴盛三个时期”，认为“从1914到1949年的三十六年，可说是龙学的诞生时期”，“1950至1964的十五年为龙学发展时期”，“1977年至今的九年为龙学的兴盛时期”。[①] 此后，张文勋先生在《中国〈文心雕龙〉研究的历史回顾》一文中，着眼《文心雕龙》产生以来的整个研究史，也把二十世纪的“龙学”史分为三个阶段。一是“《文心雕龙》研究的拓展（1911—1949）”[②]，所谓“拓展”指的自然是对清代及其以前的《文心雕龙》研究，对近现代“龙学”而言，张先生亦承认：“《文心雕龙》研究，在此时期才算是真正开始。”二是“《文心雕龙》研究的勃兴（1950—1965）”，张先生说：“在这新的历史时期内，由于学术界普遍地接受了马克思

---

* 本文原为作者《百年“龙学”探究》第一章，上海古籍出版社2019年版，第15—74页。

① 参见牟世金：《“龙学”七十年概观》（上），《社会科学战线》1987年第3期。

② 张文勋：《中国〈文心雕龙〉研究的历史回顾》，杨明照主编：《文心雕龙学综览》，上海书店出版社1995年版，第9页。

列宁主义的理论武装,形成新的理论导向和新的研究方法,所以《文心雕龙》研究,也以崭新的面貌蓬勃兴起。”三是“《文心雕龙》研究蓬勃发展的十二年(1977—1989)”。① 张先生在后来出版的《文心雕龙研究史》中,除了叙述时间有所延长外,仍然延续了这样的分期,只是作了不同的说明。如第一个阶段,张先生说:“从辛亥革命到新中国成立(1911—1949)近四十年的时间里,《文心雕龙》研究进入一个新的时期,也可以说是‘龙学’形成的准备期。”又如第二、三两个阶段,张先生说:“在这近半世纪的时间里,‘龙学’的发展又可分为两个时期:从50年代到60年代中期的十五年,是‘龙学’形成期;从70年代末到现在近二十年是‘龙学’的蓬勃发展期。中间的文革十年是空白,除了有几篇大批判文章外,《文心雕龙》研究整整中断了十年。”值得注意的是,张先生对第三个阶段又作了更详细的划分,其云:“‘文革’结束之后,从1977年到现在这二十年左右的时间。这当中又可分三阶段:1977—1982年,是研究的恢复时期,也是新高潮到来的准备时期。1983年‘文心雕龙学会’成立到1989年,是‘龙学’发展的高峰期。1990年到现在,是‘龙学’进一步深化并持续发展期。”②笔者以为,这几个阶段的划分是非常有道理的。张少康等先生的《文心雕龙研究史》对近代以后《文心雕龙》研究的历史也分为三个阶段叙述,一是“近现代的《文心雕龙》研究(1840年至1949年)”,被认为是“新的、自觉的科学研究之萌芽”;二是“当代的《文心雕龙》

① 参见张文勋:《中国〈文心雕龙〉研究的历史回顾》,杨明照主编:《文心雕龙学综览》,第13、14、19页。

② 参见张文勋:《文心雕龙研究史》,云南大学出版社2001年版,第100、131、160页。

研究(上,1950年至1978年)","相对于前一时期有了很大的发展";三是"当代的《文心雕龙》研究(下,1979年至1999年)",被称为"《文心雕龙》研究的高峰期"。[①] 台湾王更生先生则把近现代"龙学"史分为两个大的时期,一是"民国时期的'《文心雕龙》学'(由1912—1949)"[②],二是"近五十年(一九四九—二〇〇〇)"〈文心雕龙〉学[③]。朱文民先生的《刘勰志》也把近代以来的"龙学"史分为"近现代中国的刘勰研究"和"当代中国的刘勰研究",针对前一时段,其谓:"近现代中国的刘勰研究,分为清末(1840—1911年)和民国时期(1912—1949年)两个阶段。"针对后一时段,其谓:"当代中国对刘勰的研究,可分为发展期(1950—1965年)、沉寂期(1966—1976年)、兴盛期(1977—2008年)三个阶段。"[④]

应该说,上述种种论著对"龙学"史的分期看上去各有不同,实际上其标准和原则是大体一致的,因而其具体的分期亦可谓大同小异,这说明大家是有共识的。人文学术的发展有其自身一定的规律,体现出某种必然的趋势和独立性,但更与社

---

① 参见张少康、汪春泓、陈允锋、陶礼天:《文心雕龙研究史》,北京大学出版社2001年版,第129、190、323页。

② 王更生:《民国时期的"文心雕龙"学》,日本福冈大学文心雕龙国际学术研讨编委会主编:《日本福冈大学〈文心雕龙〉国际学术研讨会论文集》,(台北)文史哲出版社2007年版,第383页。

③ 王更生:《中国大陆近五十年(一九四九—二〇〇〇)〈文心雕龙〉学研究概观——以戚良德著的〈文心雕龙学分类索引〉为依据》,中国《文心雕龙》学会编:《文心雕龙研究》第九辑,河北大学出版社2011年版,第58页。

④ 参见朱文民主编:《刘勰志》,山东人民出版社2009年版,第329、345页。

会的发展密不可分,受到社会政治经济发展的深刻影响。因此,对近百年大陆"龙学"发展阶段的分期,既要考虑"龙学"自身的特点,更要综合考虑各种因素的影响,以图较为准确地区分其历史阶段,以便更好地把握其发展的历史脉络,总结历史的经验和教训,以开辟未来的道路。笔者在《文论巨典——〈文心雕龙〉与中国文化》一书中曾把二十世纪大陆"龙学"的发展分为五个阶段,现在看来,笔者仍然觉得这一划分是基本合适的。着眼近现代"龙学"形成和发展的历史实际,本书对近百年大陆"龙学"的历程分为六个阶段予以描述。

一、现代"龙学"的奠基(1914—1949年)

王更生先生指出:"自十九世纪中叶,李详、黄侃、刘永济、章太炎、刘师培等,上承黄叔琳《文心雕龙辑注》的余波,去芜存菁,各呈异彩,接着是南开大学范文澜捃摭英华,大其规模,成《文心雕龙注》。他们都为近现代的'《文心雕龙》学',奠定了根深蒂固,发荣滋长的基础。"①的确,20世纪的《文心雕龙》研究,是在清人对这部书的高度重视和认真研究的基础上进行的。清代黄叔琳的《文心雕龙辑注》、纪昀对《文心雕龙》的评语,前者对《文心雕龙》所用事典详为钩稽,后者则重在意蕴内涵的探求,虽还较为简略,但已是进入刘勰的理论世界而欲探

① 王更生:《中国大陆近五十年(一九四九—二〇〇〇)〈文心雕龙〉学研究概观——以戚良德著的〈文心雕龙学分类索引〉为依据》,中国《文心雕龙》学会编:《文心雕龙研究》第九辑,第58页。

幽发微了。正是在此基础上,李详写出了《文心雕龙黄注补正》(发表于1909年和1911年的《国粹学报》),近代意义上的《文心雕龙》研究就此展开。1914—1919年,国学大师章太炎的弟子、著名学者黄侃在北京大学讲授《文心雕龙》,踏上了具有现代意义的《文心雕龙》研究——“龙学”的征程。

从20世纪初至1949年,可以说是“龙学”的初创和奠基时期。此期最重要的著作有三部:一部是黄侃的《文心雕龙札记》(北平文化学社1927年出版),一部是刘咸炘的《文心雕龙阐说》(于1917—1920年完成),一部是范文澜的《文心雕龙注》(北平文化学社1929年出版)。黄侃之作即由其在北大的讲义整理而成,范注实亦由其任教南开时“口说不休,则笔之于书”[①]的《文心雕龙讲疏》(天津新懋印书局1925年印行)发展而成,刘咸炘的“阐说”则纯属自由撰著。黄侃与刘咸炘之作均注重理论阐发,范注之书则长于训诂注释。黄氏“札记”与范注早已被公认为“龙学”史上划时代的著作,可以说是完全正确的,它们事实上规划了百年“龙学”的基本方向。刘咸炘之书由于尘封百年而无人知晓,其于百年“龙学”的影响自是无从谈起,但以其内容而论,同样为百年“龙学”最重要的奠基之作,则是毫无疑问的。

关于《文心雕龙札记》,黄侃的门人、台湾学者李曰刚在其《文心雕龙斠诠》的“附录六”中有一段著名的话:“民国鼎革以前,清代学士大夫多以读经之法读文心,大别不外校勘、评解二途,于彦和之文论思想甚少阐发。黄氏札记适完稿于人文荟萃

① 范文澜:《文心雕龙讲疏·自序》,《范文澜全集》第三卷,河北教育出版社2002年版,第5页。

之北大，复于中西文化剧烈交绥之时，因此札记初出，即震惊文坛，从而令学术思想界对文心雕龙之实用价值，研究角度，均作革命性之调整，故季刚不仅是彦和之功臣，尤为我国近代文学批评之前驱。”[①]此说高屋建瓴，颇中要害，但需要略加说明，并予以认真分析。李先生在“附录六”的标题“文心雕龙板本考略”下加了一个说明：“就友弟王更生君原著增订。”[②]其实，这段著名的话正来源于王更生先生的《文心雕龙研究》[③]，但李先生作了一些改编，尤其是加上了两句结论性的话“季刚不仅是彦和之功臣，尤为我国近代文学批评之前驱”，这确实代表了李先生的看法。黄氏“札记”与清代及其以前对《文心雕龙》的研究相比，确实有了“革命性之调整”，即“对《文心雕龙》之实用价值、研究角度”的调整，这是毫无疑问的，但在今天看来，这种调整不仅有利，亦且有弊。从而谓季刚先生“尤为我国近代文学批评之前驱”则可，至谓“彦和之功臣”，虽亦当之无愧，却不只是“功臣”这么简单了。道理很明白，李先生说黄侃的贡献尤其表现在其为“我国近代文学批评之前驱”，则言外之意是：其于《文心雕龙》的研究和阐释必然带有浓厚的“六经注我”之色彩，所谓“有弊”者，正以此也。著名“龙学”家牟世金先生也曾指出：“《文心雕龙札记》的意义还不仅仅是课堂教学

---

① 李曰刚：《文心雕龙斠诠》，（台北）“国立编译馆”中华丛书编审委员会1982年版，第2515页。

② 李曰刚：《文心雕龙斠诠》，第2459页。

③ 参见王更生：《重修增订文心雕龙研究》，（台北）文史哲出版社1979年版，第41页。

的产物,更是《文心雕龙》研究史上的一个巨大变革。”[①]在笔者看来,如果撇开其把《文心雕龙》搬上大学讲台这一点,那么这个“巨大变革”就只能是把《文心雕龙》作为文学批评著作来阐释了,所谓“我国近代文学批评之前驱”者是也。应该说,在“中西文化剧烈交绥时”,黄侃的选择可能是身不由己的,或谓其乃历史的必然;实际上,也正是由于这种特定的角度,奠定了百年“龙学”的基调,也成就了百年“龙学”的辉煌,以此而论,谓黄侃为“彦和之功臣”,可以说是当之无愧的。但历史从来不是简单的线性发展,而是复杂的立体呈现。所谓“巨大变革”者,其本身便意味着要忽略甚至抛弃一些东西,就《文心雕龙》而言,被抛掉的是什么,被摒弃的有哪些,便正是黄侃作为“功臣”之外的历史责任。《文心雕龙》五十篇,北平文化学社1927年出版的“札记”共二十篇,除《序志》一篇外,乃是从《神思》至《总术》的十九篇,即刘勰在《序志》中所说“剖情析采”(创作论)部分;“札记”不仅没有“文之枢纽”(总论)部分的五篇,而且“论文叙笔”(文体论)的二十篇亦均付之阙如。黄侃为什么要作这样的选择?其云:“即彦和泛论文章,而《神思》篇已下之文,乃专有所属,非泛为著之竹帛者而言,亦不能遍通于经传诸子。”[②]则其看重《神思》以下之创作论者,正以其可通于“文学批评”也。并非巧合的是,整个二十世纪的《文心雕龙》研究,其重点一直都在“剖情析采”的创作论部分,而占《文心雕龙》五分之二篇幅的“论文叙笔”部分则一直未能

① 牟世金:《“龙学”七十年概观》(上),《社会科学战线》1987年第3期。

② 黄侃:《文心雕龙札记》,中华书局1962年版,第8页。

得到充分的重视和研究，这不能不说与黄侃的影响是有关系的。

关于《文心雕龙注》，其于百年“龙学”的奠基作用亦是极为明显的。王元化先生指出：“《范注》对《文心雕龙》作了详赡的阐发，用力最勤，迄今仍是一部迥拔诸家、类超群注的巨制……”[①]王更生先生则云：“此书是继黄侃《札记》以后，一部划时代的著述。”[②]日本著名汉学家户田浩晓则认为：“范注虽本黄叔琳注及黄侃札记等书，但却是在内容上更为充实、也略显繁冗的批评著作，不可否认是《文心雕龙》注释史上划时期的作品……”[③]应该说这些评价都是并不为过的。需要指出的是，作为黄侃的弟子，范文澜先生的《文心雕龙注》对黄氏“札记”多有承袭[④]，如陈允锋先生所说：“范注的出现，标志着《文心雕龙》注释由明清时期的传统型向现代型的一大转变，即在继承发展传统注释优点的基础上，受其业师黄侃《文心雕龙札记》的影响，对《文心雕龙》的理论意义、思想渊源及重要概念术语的内涵进行了较为深刻清晰的阐释。”[⑤]但范注与黄氏“札记”究为性质不同之作。不仅在一些具体问题的认识上，他们

---

① 王元化：《文心雕龙讲疏》，广西师范大学出版社 2004 年版，第 100 页。

② 王更生：《重修增订文心雕龙导读》，华正书局 2004 年版，第 98 页。

③ ［日］户田浩晓：《文心雕龙小史》，王元化选编：《日本研究〈文心雕龙〉论文集》，齐鲁书社 1983 年版，第 24 页。

④ 参见戚良德、李婧：《论范文澜〈文心雕龙注〉对黄侃〈文心雕龙札记〉的承袭》，《山东大学学报》（哲学社会科学版）2007 年第 5 期。

⑤ 陈允锋：《评范文澜的〈文心雕龙注〉》，中国《文心雕龙》学会编：《文心雕龙研究》第五辑，河北大学出版社 2002 年版，第 354 页。

并不一致①,更重要的是,范注从“讲疏”开始即为着眼《文心雕龙》全书五十篇的注释之作,其于百年“龙学”的影响便大为不同了。从范注到杨明照先生的《文心雕龙校注》以及王利器先生的《文心雕龙新书》和《文心雕龙校证》,直到周振甫先生的《文心雕龙注释》以及陆侃如、牟世金先生的《文心雕龙译注》,范注主要是以一个《文心雕龙》注本的形式垂范百年“龙学”之“注释”一端的。直到今天,范注一直被作为《文心雕龙》文本引用最常见的书目,便说明了这一点。

“龙学”奠基时期的研究文章约有上百篇,大多是对《文心雕龙》的一般性概述,而鲜有深入的专题研究。如杨鸿烈《文心雕龙的研究》一文认为:刘勰主张自然的文学,即先有自然的情感和思想然后自然的描写,这是积极的建设;同时,他矫正当时不可一世的雕琢的文学,依据他自定的标准去逐一地批评,这是消极的破坏;再说他能看出并且能阐明文学和时运的关系。这就是他全书的三大好处。因此,“刘彦和实在是有很大的抱负,有强烈的改革精神,对于那个时代雕琢的文学想把他改造成为自然的文学”。杨氏指出:“刘彦和在中国文学界又算是第一个的批评家,换句话说,就是中国文学上的批评自他开始。他这种先定标准而后批评,很相当于欧洲文学上的‘法定的批评’。”而《文心雕龙》的缺点则是:“在这样文学观念明瞭确定的时代,偏偏这位不达时务的刘彦和就来打破这样的分别,使文学的观念,又趋于含混,又使文笔不分。”②由此我

---

① 参见戚良德、李婧:《论范文澜〈文心雕龙注〉对黄侃〈文心雕龙札记〉的承袭》,《山东大学学报》(哲学社会科学版)2007年第5期。

② 杨鸿烈:《〈文心雕龙〉的研究》,《晨报》副刊1922年10月24—29日。

们亦可看出,在西方文学观念的强烈影响下,百年“龙学”一开始就主要是沿着“文学批评”的轨道前进的。又如陈延杰《读文心雕龙》谓:“自《原道》迄《书记》二十五篇,属上篇,备列各体,每体皆原始释名,评流派,论作法。自《神思》迄《程器》二十四篇,属下篇,极论文术。《序志》一篇,盖所以驭群篇也。概言之,则上篇论文之体裁;下篇说修辞原理之方法也。故此书可标目为二:曰文体论,曰修辞说……”这显然只是“写《雕龙》上、下篇之梗概”而已。不过,该文与杨鸿烈的视角并不完全一致,其最后说:“迨彦和著《文心雕龙》,始综论古今文体,又说及修辞,庶几乎备矣。山谷云,《史通》《文心雕龙》,皆学者要书,信夫!”①虽仍为总论泛说,但一则对《文心雕龙》一书的评价极高,二来尤重刘勰之“综论古今文体”,应该说更为贴近刘勰“论文”的实际。但如上所述,在浩荡的西方文艺思潮的裹挟下,这样的声音和思路可以说很快就被淹没了。

正如王更生先生所说:“综观民国时期的‘《文心雕龙》学’(由 1912—1949),先由研究方法和观念的改变,影响到内容和思想的改变;再由内容思想的改变,带动了写作形式的改变。换言之,也就是由传统训诂、考据的读经方式,过渡到分门别类的研究过程。使古典文学理论,透过科学分工,或科际整合的手段,与现代实际生活相结合。我觉得这该是近现代中西文化交流后的一项重大收获。”②王先生的叙述非常到位,也完全正

---

① 陈延杰:《读文心雕龙》,《东方杂志》1926 年第 18 号。

② 王更生:《民国时期的“〈文心雕龙〉学”》,《日本福冈大学〈文心雕龙〉国际学术研讨会论文集》,第 395—396 页。

确,但所谓有得必有失,“收获”的同时,我们自然也失去了不少。

二、十七年“龙学”的成就(1949—1966年)

邓小平在1979年召开的第四次文代会上说:“文化大革命前的十七年,我们的文艺路线基本上是正确的,文艺工作的成绩是显著的。”①笔者以为,邓公的这段话用以概括新中国成立后十七年的“龙学”也是合适的。

“文化大革命”前的十七年,可以说是“龙学”的重要发展时期。此期出版的重要著作有王利器的《文心雕龙新书》(北京汉学研究所,1951年)、杨明照的《文心雕龙校注》(古典文学出版社,1958年)、刘永济的《文心雕龙校释》(此书由正中书局初版于1948年,本期则作了较大的增修,由中华书局于1962年出版)、陆侃如和牟世金的《文心雕龙选译》(山东人民出版社1962年、1963年分别出版上、下册)以及《刘勰论创作》(山东人民出版社,1963年)、郭晋稀的《文心雕龙译注十八篇》(甘肃人民出版社,1963年)等。这些著作大致可以分为三类:一类是校注,一类是今译,一类是理论研究。无论哪个方面,较之前期都有了重要的进步和发展,而特别值得一提的是“今译”工作的开展。由于《文心雕龙》乃是以骈文写成的文论著作,较之一般的古文作品更为难懂,所以“今译”工作便显得

① 邓小平:《在中国文学艺术工作者第四次代表大会上的祝词》,《邓小平文选》第二卷,人民出版社1983年版,第207页。

极为重要。而且，对古代文论著作而言，翻译本身其实乃是一种贴近原作精神的研究，是一项丝毫不得轻视的工作。此期陆侃如、牟世金两位先生以及周振甫、郭晋稀等先生对《文心雕龙》"今译"的尝试，可以说开辟了"龙学"的一个重要领域，并为许多青年学子涉足"龙学"提供了极大的方便。

理论研究方面，笔者以为刘永济先生在《文心雕龙校释》之"前言"中的一些说法值得重视。刘先生一方面认为"刘勰《文心雕龙》一书，为我国文学批评论文最早（约成于公元500年以前）、最完备、最有系统之作"，并指出"此书总结齐、梁以前各代文学而求得其规律，复以其规律衡鉴各体文学而予以较正确之品评"[1]，另一方面又特别指出：

> 历代目录学家皆将其书列入诗文评类。但彦和《序志》，则其自许将羽翼经典，于经注家外，别立一帜，专论文章，其意义殆已超出诗文评之上而成为一家之言，与诸子著书之意相同矣。……彦和之作此书，既以子书自许，凡子书皆有其对于时政、世风之批评，皆可见作者本人之学术思想（参看《诸子》篇），故彦和此书亦有匡救时弊之意。吾人读之，不但可觇知齐、梁文弊之全貌，而且可以推见彦和之学术思想。……按其实质，名为一子，允无愧色。[2]

---

① 刘永济校释：《文心雕龙校释》，中华书局1962年版，"前言"，第1页。

② 刘永济校释：《文心雕龙校释》，"前言"，第1—2页。

显然，这一说法与“文学批评”视野中的《文心雕龙》是非常不同的。尤其是所谓“其意义殆已超出诗文评之上而成为一家之言”，以及“名为一子，允无愧色”等，与后世对文学批评之地位的认识可以说大相径庭；但笔者以为，这在一定程度上，却是符合刘勰自己的认识和想法的。台湾王更生先生后来亦认为《文心雕龙》乃“文评中的子书，子书中的文评”①，与刘先生之说可谓异曲同工。同时，刘先生在“前言”中又说：

> 彦和此书，思绪周密，条理井然，无畸重畸轻之失，其思想方法，得力于佛典为多。全书于有韵、无韵两类之文，各还其本来面目，予以应有之位置及作用，既不同于当时文士尊骈体而抑散文，亦不同于后世文人崇古文而抑骈体。虽其自著书仍用骈体，而能运用自如，条达通明，能以瑰丽之词，发抒深湛之理。盖论文之作，究与论政、叙事之文有异，必措词典丽，始能相称。然则《文心》一书，即彦和之文学作品矣。②

在这段话里，刘先生有两个说法都是极为鲜明而独特的，一是刘勰的“思想方法”，“得力于佛典为多”，这在今天可以说已成为不少研究者的共识，但在百年“龙学”的早期，实在不能不说是极富识见的。二是对刘勰以骈体著论的肯定，认为“论文之作”必须“措词典丽”，乃至谓“《文心》一书，即彦和之文学作品矣”，其虽为实情，但却是往往为研究者所忽略的一个问题。

---

① 王更生：《文心雕龙导读》，(台北)华正书局2004年版，第13页。

② 刘永济校释：《文心雕龙校释》，“前言”，第2页。

据笔者所见，只有范文澜先生曾从相同的角度谈到这个问题，其云："刘勰是精通儒学和佛学的杰出学者，也是骈文作者中希有的能手。他撰《文心雕龙》五十篇，剖析文理，体大思精，全书用骈文来表达致密繁富的论点，宛转自如，意无不达，似乎比散文还要流畅，骈文高妙至此，可谓登峰造极。"[①]值得注意的是，范先生一方面赞赏刘勰骈文之高妙，另一方面又特别点明其为"儒学和佛学的杰出学者"，所谓"用骈文来表达致密繁富的论点"，这与刘永济先生所谓"思绪周密……得力于佛典为多"之论，是否亦有异曲同工之妙呢？

"龙学"发展时期的研究论文有近200篇，无论数量还是质量，亦都超过了前一个时期。这些论文有三个显著特点：首先是大都注意运用新观点、新方法，使得《文心雕龙》研究呈现出新的面貌。其次是扩大了研究范围，加强了理论研究。最后是概述泛论性的文章相对减少，而专题性的研究大为增加了。诸如刘勰的世界观和《文心雕龙》的哲学思想，《文心雕龙》的原道论、神思论、风格论、风骨论以及创作方法论，刘勰关于继承和革新之关系、内容和形式之关系的认识等，都是此期讨论较多的问题。如关于刘勰和《文心雕龙》的思想倾向，本期即有相当热烈的讨论。许多著名学者如刘绶松、陆侃如、杨明照、王元化等，都认为刘勰的主导思想为儒家思想。如王元化先生便指出："虽然，他并不像两汉时代某些儒者那样定儒家为一尊，而兼取儒释道三家之长，可是，他撰《文心雕龙》一书，诚如范文

① 范文澜：《中国通史简编》修订本第二编，人民出版社1964年版，第418页。

澜同志所说,是严格保持儒家古文学派的立场来立论的。"[1]但也有学者认为"佛教思想是刘勰的主导思想"[2]。与此相关,关于《文心雕龙》的原道论,则有儒道、佛道、自然之道以及宇宙本体等种种观点。值得注意的是,虽然多数学者认为刘勰的主导思想为儒家思想,但却并不认为《文心雕龙》"原道"之"道"即为儒道。如陆侃如、祖保泉等先生,即以为刘勰之"道"乃是自然规律。本期讨论最为热烈、意见也最为分歧的问题,是刘勰的"风骨"论。黄侃曾提出"风即文意,骨即文辞"[3]之说,研究者正是在此基础上作出自己关于"风骨"的不同阐释。寇效信先生认为:"'风'是对文章情志方面的一种美学要求","'骨'是对于文章辞语方面的一种美学要求","'风骨'是对文章情志和文辞的基本美学要求","是对一篇文章的最根本的要求"。[4] 可以说,这一认识正是发挥黄侃之论,而更为明确和清晰了。廖仲安、刘国盈两位先生则追源溯流,详细考察了从汉代到六朝人物品评和书画评论中有关风骨的运用,指出:"刘勰《风骨》篇的'风'字大体作如下的解释:风是作家发自内心的、集中充沛的、合乎儒家道德规范的情感和意志在文章中的表现。""刘勰所说的'骨'是指精确可信、丰富坚实的典故、

---

① 王元化:《〈神思篇〉虚静说柬释》,朱东润等主编:《中华文史论丛》第三辑,中华书局1963年版,第219页。

② 张启成:《谈刘勰〈文心雕龙〉的唯心主义本质》,《光明日报》1960年11月20日。

③ 黄侃:《文心雕龙札记》,中华书局1962年版,第99页。

④ 参见寇效信:《论"风骨"——兼与廖仲安、刘国盈二同志商榷》,《文学评论》1962年第6期。

事实,和合乎经义、端正得体的观点、思想在文章中的表现。”① 应该说,这一认识虽未必完全符合刘勰的命意,但确是经过大量历史考察之后而得出的新的结论,为进一步认识刘勰“风骨”论的内涵提供了一种重要的思路。“风骨”之外,本期研究较多的问题是刘勰的艺术构思论。杨明照先生的《刘勰论作家的构思》(《四川文学》1962 年第 2 期)、张文勋先生的《刘勰对文学创作的形象思维特征的认识》(《光明日报》1962 年 12 月 16 日)、王元化先生的《〈神思篇〉虚静说柬释》(《中华文史论丛》第三辑)等,都是这方面的重要论文。

三、“龙学”的停滞与倒退(1966—1976 年)

上述有关现代“龙学”史的分期及叙述中,多数著作都基本省略了十年“文革”时期,这对一般的中国大陆读者而言,自然是不难理解的,但对一段学术史而言,少了十多年却又略而不谈,这显然是不太合适的。张少康等先生则把这十年并入第二个时期,把 1950—1978 年作为一个阶段,就恢复“龙学”史的这十多年时间而言,这一做法无疑是对的,而且,由于“文革”十年“龙学”的基本停滞,即使单独列出也并没有多少内容好讲,所以这样做既没有省掉这十年时间,从而显示时间上的连贯,而内容上则付之阙如,确是一种可以理解的处理方式。但就对现代“龙学”史的分期而言,新中国成立后的十七年和“文革”十年显然是不宜合为一个时段的。新中国成立后十七

① 廖仲安、刘国盈:《释“风骨”》,《文学评论》1962 年第 1 期。

年的“龙学”成就既如上述，而“文革”十年“龙学”的停滞和倒退也是其历史发展过程的一个时间段，既不能省略，也不能并入其他时段，而是应当显示在历史的长河中，记录在学术史的册页上。

更重要的是，这段时间的“龙学”虽基本停滞，但却并非一片空白。据笔者初步搜集，这段时间发表的“龙学”论文有：

邱俊鹏、尹在勤、刘传辉、张志烈：《评〈文心雕龙〉》，《四川大学学报》1974年第2期。

董洪全：《略论〈文心雕龙〉的尊儒反法倾向》，《湘江文艺》1974年第5期。

廖轩明：《评刘勰的〈文心雕龙〉》，《辽宁文艺》1975年第1期。

洋浩：《一套维护大地主阶级专政的文艺理论——〈文心雕龙〉辨批之一》，《理论战线》1975年第1期。

顾农：《尊儒反法的文艺思想家——刘勰》，《文史哲》1975年第2期。

丁捷：《一部为反动阶级专政服务的“文理”——评刘勰的〈文心雕龙〉》，《郑州大学学报》1975年第2期。

志培、松笔：《略论〈文心雕龙〉》，《学习与批判》1975年第11期。

洋浩：《一套维护大地主阶级文艺专政的创作论》，《理论战线》1975年第11期。

洋浩：《一套维护封建地主阶级文艺专政的创作论——〈文心雕龙〉辨批之二》，《理论战线》1976年第1、2期。

郭绍虞:《〈声律说考辨〉(上)——〈中国文学批评史〉增订本选载》,《文艺评论丛刊》第一辑,上海人民出版社,1976年。

这些论文中,有些从题目上便可看出其大批判的意味,有些则看不出来,我们试举几例。如《评〈文心雕龙〉》一文说:“我们认为《文心雕龙》是宣扬孔孟之道的儒家文艺经典,是继承董仲舒‘独尊儒术’的反动思想政治路线,把儒家文艺理论系统化,在文艺领域内定孔学为一尊的儒家重要著作。当前,批林批孔运动正在普及、深入、持久的发展,用马列主义、毛泽东思想,对孔孟之道在文艺领域内的流毒进行一番认真的清除,很有必要。”又说:“周扬曾经以‘建立中国化的马克思主义文艺理论’为幌子,打着‘红旗’反红旗,大肆推崇儒家文艺理论经典《文心雕龙》,居然要人们从《文心雕龙》里面去追溯马克思主义文艺理论的源流,真是荒唐已极,反动透顶。”①我们说“文革”十年,“龙学”不仅是停滞,而且是倒退了,这篇文章的论断便是明证。再如丁捷的文章说:“正因为《文心雕龙》用谈文艺理论的形式阐发了孔孟之道,成为反动阶级进行政治思想和文化专政理论的一个重要组成部分,所以刘勰才获得了‘刘氏之忠臣,文苑之功臣’的奖誉。《文心雕龙》被反动统治阶级的御用文人,作为‘扬榷古今’的‘金科’‘玉尺’‘文苑之秘宝’的根本原因也在这里。《文心雕龙》自梁代问世以来,为吹捧它而作的批点、注译、札记、选译、序、跋的版本和专论文

① 邱俊鹏、尹在勤、刘传辉、张志烈:《评〈文心雕龙〉》,《四川大学学报》1974年第2期。

章,不下数百种之多。"①这样的批判显然不仅是批判《文心雕龙》,而且也否定了整个《文心雕龙》研究史,当然也是一种极大的倒退。又如《学习与批判》上那篇《略论〈文心雕龙〉》的文章,罗宗强先生曾指出:"大约有十年时间,《文心雕龙》被冷落之后,终于也免不了像其他优秀文艺遗产一样横遭'四人邦'扫荡的厄运,被'四人邦'的邦刊《学习与批判》拉了出来,纳入'儒法斗争',列出三大罪状,彻底否定了。"②这里,罗先生谈到了一个问题,那就是《文心雕龙》受到彻底批判,主要是在"文革"的后期,这从我们上面列举的文章目录也可以看出来。

不过,这里有个特例,那就是上述郭绍虞先生的这篇《〈声律说考辨〉(上)——〈中国文学批评史〉增订本选载》。该文发表于《文艺评论丛刊》的创刊号上,该丛刊出版于 1976 年 3 月,是"文革"结束之前的一本文艺评论集,其中的大部分文章均为极左思想的产物,如其第一组文章的大标题为"文艺作品要努力反映文化大革命(笔谈会)"。但其最后一组文章为"文学史选载",郭绍虞先生的文章列为第二篇。郭先生的这篇文章较长,其中一小节为"《文心雕龙·声律篇》",这节内容不多,但肯定了刘勰关于声律的理论,其结论说:"在这一方面,我觉(得)刘勰所言,比沈约要明确得多。沈约与陆厥虽往返商讨,但没有说得明白,所以陈寅恪会有问非所问,答非所答之感。我假使不从刘勰所言来研究当时的声律说,也会和陈寅恪

① 丁捷:《一部为反动阶级专政服务的"文理"——评刘勰的〈文心雕龙〉》,《郑州大学学报》1975 年第 2 期。

② 罗宗强:《非〈文心雕龙〉驳议——评〈学习与批判〉上的一篇文章,兼论批判继承我国古典文艺理论遗产》,《文学评论》1978 年第 2 期。

一样有同样感觉的。”[①]显然，郭先生所谈只是一个很专业的“声律”问题，但其对《文心雕龙》的肯定却是明确的，虽然只是从一个不起眼的角度。他应该不会不知道上述数篇文章对刘勰及其《文心雕龙》的批判，或至少亦能感知产生这些文章的背景和氛围，但这并没有改变郭先生的认知，这不能不令人肃然起敬。这也从一个方面说明，“文革”十年的“龙学”不仅仅是停滞，也不仅仅是倒退，而是还有严肃的学术火种在闪烁，更有真正学术的潜流在涌动，这正是“文革”结束不久，“龙学”便进入繁荣发展新阶段的根本原因。

四、“龙学”的兴盛与繁荣（1976—1989年）

“文革”甫一结束，王元化先生便开始修改他在“文革”前即已完成初稿的《文心雕龙创作论》一书，“我以近一年的时间进行修改和补充，于一九七八年完稿”[②]，该书于1979年由上海古籍出版社出版。正所谓“春江水暖鸭先知”，《文心雕龙创作论》一书作为新时期“龙学”的破晓之作，其修改与出版昭示着《文心雕龙》研究的春天来到了。

从1976年至1989年，可以说是“龙学”的兴盛与繁荣时期。此期出版专著六十余种，发表研究论文上千篇。仅以数量而论，“龙学”的迅猛发展也是不言而喻的，可谓盛况空前。六

---

① 郭绍虞：《〈声律说考辨〉（上）——〈中国文学批评史〉增订本选载》，《文艺评论丛刊》第一辑，上海人民出版社1976年版，第409页。

② 王元化：《文心雕龙讲疏》，广西师范大学出版社2004年版，“新版前言”，第2页。

十余种专著,大致可以分为六类:第一类是校注,如王利器先生的《文心雕龙校证》(上海古籍出版社,1980年),此书乃由《文心雕龙新书》发展而成,以校为主,是《文心雕龙》之较为完备的校本;周振甫先生的《文心雕龙注释》(人民文学出版社,1981年),以注为主,并对每篇进行较为详细的“说明”;杨明照先生的《文心雕龙校注拾遗》(上海古籍出版社,1982年),校、注相兼,并辑录历代有关《文心雕龙》的资料,被称为“龙学”的小百科全书;詹锳先生的《文心雕龙义证》(上海古籍出版社,1989年),此书乃130余万言的皇皇巨著,为中国大陆规模空前的“龙学”著作,可以说是《文心雕龙》的一个会注本,也可以说是《文心雕龙》注释的集大成之作。第二类是译释,如陆侃如和牟世金先生的《文心雕龙译注》(齐鲁书社1981年、1982年分别出版上、下册),此书乃《文心雕龙》第一个全译本,译文畅达,注释详明,更有长篇“引论”纵论全书,受到学界的普遍好评;其他如郭晋稀的《文心雕龙注译》(甘肃人民出版社,1982年)、赵仲邑的《文心雕龙译注》(漓江出版社,1982年)、张长青和张会恩的《文心雕龙诠释》(湖南人民出版社,1982年)、向长清的《文心雕龙浅释》(吉林人民出版社,1984年)、祖保泉的《文心雕龙选析》(安徽教育出版社,1985年)、周振甫的《文心雕龙今译》(中华书局,1986年)等,或翻译全书,或逐篇阐释,皆各有特色。第三类是理论研究,如王元化先生的《文心雕龙创作论》(上海古籍出版社1979年第一版,1984年第二版),此书站在现代文艺理论的高度,深入挖掘《文心雕龙》的理论意蕴,受到研究者的推重;又如牟世金先生去世后方得面世的《文心雕龙研究》(基本完成于1988年,人民文学出版社，1995 年），此书乃作者“毕生所能雕画的一条‘全龙’”①，其为牟先生精研《文心雕龙》三十年的总结之作自不必说，也可以说是《文心雕龙》理论研究的一部总结之作，在“龙学”史上具有里程碑的意义；其他如詹锳的《〈文心雕龙〉的风格学》（人民文学出版社，1982 年）、马宏山的《文心雕龙散论》（新疆人民出版社，1982 年）、牟世金的《雕龙集》（中国社会科学出版社，1983 年）、张文勋的《刘勰的文学史论》（人民文学出版社，1984 年）、蒋祖怡的《文心雕龙论丛》（上海古籍出版社，1985 年）、毕万忱和李淼的《文心雕龙论稿》（齐鲁书社，1985 年）、王运熙的《文心雕龙探索》（上海古籍出版社，1986 年）、涂光社的《文心十论》（春风文艺出版社，1986 年）、张少康的《文心雕龙新探》（齐鲁书社，1987 年）、陈思苓的《文心雕龙臆论》（巴蜀书社，1988 年）、李庆甲的《文心识隅集》（上海古籍出版社，1989 年）等。第四类是美学研究，这也是一种理论研究，但角度与一般的理论研究有所不同，如李泽厚和刘纲纪主编的《中国美学史》第二卷（中国社会科学出版社，1987 年）第十七章《刘勰的〈文心雕龙〉》，虽只是书中一章，但作者以十四万字的篇幅阐述刘勰的美学思想，具有许多深入而独到的见解；其他如缪俊杰的《文心雕龙美学》（文化艺术出版社，1987 年）、易中天的《〈文心雕龙〉美学思想论稿》（上海文艺出版社，1988 年）、赵盛德的《文心雕龙美学思想论稿》（漓江出版社，1988 年）等。第五类是编译，即翻译介绍海外研究的成果，如王元化选编《日本研究〈文心雕龙〉论文集》（齐鲁书

① 牟世金：《文心雕龙研究》，人民文学出版社 1995 年版，“自序”，第 2 页。

社，1983 年）、彭恩华编译《兴膳宏〈文心雕龙〉论文集》（齐鲁书社，1984 年）等。第六类是学科综述，即着眼“龙学”发展史的综合整理和研究，如牟世金先生的《刘勰年谱汇考》（巴蜀书社，1988 年），乃是一部刘勰生平研究的集大成之作；朱迎平的《文心雕龙索引》（上海古籍出版社，1987 年），则是国内出版的第一部《文心雕龙》索引。

“龙学”兴盛时期的千余篇文章，论题涉及《文心雕龙》的各个方面；无论广度还是深度，都远远超过前两个时期。一是关于刘勰生平身世的研究。由于历史上有关刘勰生平的资料匮乏，所以诸如刘勰的生卒年、刘勰的家世等，一直是幽暗不明的问题。本期不少学者进行了认真的探索，尤其是对刘勰的生卒年，提出了不少新说。范文澜先生曾认为刘勰生于公元 465 年前后，本期则出现了 467 年（郭晋稀）、470 年（杨明照）、472 年（贾树新）等诸说。关于刘勰的卒年，则不仅众说纷纭，而且分歧极大。范文澜先生曾考定刘勰卒于公元 521 年，本期不少学者仍大体同意范说而略有调整，如 520 年（穆克宏）、521 年（牟世金）、522 年（周振甫）、523 年（詹锳）等，但另有学者作出了新的考订。杨明照《刘勰卒年初探》（《四川大学学报》1978 年第 4 期）根据《佛祖统纪》《佛祖历代通载》等宋、元佛典的记载，推断刘勰卒于大同四、五年间（538—539），这与范说显然有着较大的区别。李庆甲《刘勰卒年考》（《文学评论丛刊》第一辑，1978 年）亦据《隆兴佛教编年通论》《释氏稽古略》等五部佛学著作，考定刘勰卒于中大通四年（532），1979 年版《辞海》即采用了这一说法。二是关于《文心雕龙》理论体系的研究。早在 1964 年，牟世金先生即提出“探讨刘勰自己的文学理论体系”[①]。1981年,牟先生在《中国社会科学》发表了《〈文心雕龙〉的总论及其理论体系》的长文,第一次对《文心雕龙》的内在理论体系作出了全面概括,认为这一体系以“衔华佩实”为核心,以研究物与情、情与言、言与物三种关系为纲组成。王运熙先生的《〈文心雕龙〉的宗旨、结构和基本思想》(《复旦学报》1981年第5期)一文则认为,“从刘勰写作此书的宗旨来看,从全书的结构安排和重点所在来看,则应当说它是一部写作指导或文章作法,而不是文学概论一类书籍”。因此,王先生认为《文心雕龙》的第一部分是总论,第二部分是分体讲文章作法,第三部分是打通各体谈文章作法,最后一部分则为全书“附论”。其他如张文勋的《〈文心雕龙〉的理论体系》(《云南社会科学》1981年第2期)、马宏山的《也谈〈文心雕龙〉的理论体系》(《学术月刊》1983年第3期)、李淼的《略论〈文心雕龙〉的理论体系》(《文心雕龙学刊》第一辑,1983年)、周振甫的《〈文心雕龙〉的体系》(《光明日报》1983年12月13日)、刘凌的《〈文心雕龙〉理论体系新探》(《文心雕龙学刊》第四辑,1986年)等文章,都是探索《文心雕龙》理论体系的专题论文。三是关于《文心雕龙》总论的研究。刘勰把《文心雕龙》的前五篇称为“文之枢纽”,研究者一般以“总论”称之,但牟世金先生认为,“‘枢纽’并不等于‘总论’”,“《正纬》和《辨骚》虽列入‘文之枢纽’,但并不是《文心雕龙》的总论。属于总论的,只有《原道》《征圣》《宗经》三篇。其中《征圣》和《宗经》,实际上是一个意思,就是要向儒家圣人的著作学习。因此,《文心

① 牟世金:《近年来〈文心雕龙〉研究中存在的几个问题》,《江海学刊》1964年第1期。

雕龙》的总论,只提出两个最基本的主张:‘原道’,‘宗经’。”① 这是关于《文心雕龙》总论的基本把握。至于“文之枢纽”的每一篇,学者们都进行了认真的探索,尤其着力于《原道》和《辨骚》两篇的研究。如关于“原道”之“道”为何物,便有儒道、佛道、自然之道、儒玄交融之道等不同的说法。四是关于《文心雕龙》文体论的研究。《文心雕龙》的文体论占全书五分之二的篇幅,但一直是研究的薄弱环节;尤其是对文体论的总体认识,应该说以前存在重视不够的问题。本期则有不少学者认识到了这个问题,开始注重文体论的研究。如缪俊杰的《〈文心雕龙〉研究中应注意文体论的研究》(《古代文学理论研究》第四辑,1981 年),从文章的篇名即可看出作者对这一问题的重视。周振甫先生在其《文心雕龙今译》中则指出:“他的创作论,就是从文体论里归纳出来的;他的文学史、作家论、鉴赏论、作家品德论,也是从他的文体论中得出来的……没有文体论,就没有创作论、鉴赏论等,也没有文之枢纽,没有《文心雕龙》了,所以文体论在全书中是很重要的部分。”②其他如王达津的《论〈文心雕龙〉的文体论》(《文心雕龙学刊》第二辑,1984 年)、蒋祖怡的《〈文心雕龙〉文体论的特色及其局限》(《文心雕龙论丛》,1985 年)等,都是有关刘勰文体论的专题论文。五是关于《文心雕龙》创作论的研究。这一直是《文心雕龙》研究的重心,本期学者们更是展开了全方位的探索。如牟世金先生在《社会科学战线》发表的长文《〈文心雕龙〉创作论新探》,便

① 牟世金:《〈文心雕龙〉的总论及其理论体系》,《中国社会科学》1981 年第 2 期。

② 周振甫:《文心雕龙今译》,中华书局 1986 年版,第 49 页。

是全面研究《文心雕龙》创作论体系的力作。该文指出:“刘勰的创作论体系,是以《神思》篇为纲,以情言关系为主线,对物情言三者相互关系的全面论述构成的。”①至于对《文心雕龙》创作论各个具体问题的研究,众多学者的精彩之论更是不胜枚举。如关于艺术构思论,王元化先生提出:“《神思篇》是《文心雕龙》创作论的总纲,几乎统摄了创作论以下诸篇的各重要论点。”②关于艺术风格论,詹锳先生则创立了“《文心雕龙》的风格学”,对刘勰关于风格与个性的关系、才思与风格的关系、时代风格、文体风格、风骨与风格、定势与风格等问题,都作了详细的探索,从而构成了一个“风格学”的体系。关于风骨论,涂光社先生认为:“《风骨》篇是一篇专论文学艺术动人之力的杰作。”③牟世金先生《从刘勰的理论体系看风骨》(《古代文学理论研究》第四辑,1981 年)一文则从刘勰的理论体系出发,认为刘勰所谓“风”“骨”“采”三者的关系,不过是儒家“志”“言”“文”三种关系的翻版。石家宜的《“风骨”及其美学意蕴》(《古代文学理论研究》第四辑,1981 年)也强调应从刘勰的理论体系出发研究“风骨”论,认为“风骨”乃是《文心雕龙》的一个核心审美范畴。张少康的《齐梁风骨论的美学内容》(《文学评论丛刊》第十六辑,1982 年)则综合考察齐梁时期有关诗文书画的风骨论,认为“风骨”是齐梁时期各个文艺领域所共有

---

① 牟世金:《〈文心雕龙〉创作论新探》(上),《社会科学战线》1982 年第 1 期。

② 王元化:《文心雕龙创作论》,上海古籍出版社 1979 年版,第 191 页。

③ 涂光社:《〈文心雕龙·风骨〉篇简论》,中国古代文学理论学会编:《古代文学理论研究》第三辑,上海古籍出版社 1981 年版,第 223 页。

的美学标准。其他关于通变、定势、情采、比兴、夸饰等等,都有许多专题研究论文,可谓异彩纷呈。六是关于《文心雕龙》批评论的研究。王运熙的《〈文心雕龙〉评价作家作品的思想政治标准》(《广西师范学院学报》1979年第4期)、缪俊杰的《刘勰的文学批评理论和批评实践》(《古代文学理论研究》第一辑,1979年)、穆克宏的《刘勰的文学批评理论》[《福建师范大学学报》(哲学社会科学版)1982年第4期]等,都是关于刘勰文学批评论的专题论文。

兴盛与繁荣时期的“龙学”论文,表现出这样几个突出特点:其一,对前两个时期研究较多的问题进行重新审视,认识趋于深入。其二,强调实事求是的研究态度,力图还《文心雕龙》以本来面目。上述第二个时期的研究,存在着方法生硬和脱离《文心雕龙》实际的情况,本期多数研究者都致力于探讨刘勰自己的文论思想。不过,这个所谓“本来面目”的探讨主要是在文艺学视野中进行的,因而只具有相对的意义。其三,从美学的角度研究《文心雕龙》,重新审视这部书的价值和意义。文艺学和美学密不可分,进入文艺学视野的《文心雕龙》,必然也会受到美学的关注,可以说既是美学研究的需求,也是“龙学”发展的必然。牟世金先生曾指出:“美学和文学两说并不矛盾,但如果说《文心雕龙》的某些内容不属文学理论,美学则有更大的容量。……视《文心雕龙》为古代美学的‘典型’,可能给龙学开拓更为广阔的天地。”①其四,借鉴其他学科的方法研究《文心雕龙》,如运用系统论等方法,对《文心雕龙》作出新

---

① 牟世金:《“龙学”七十年概观》,《雕龙后集》,山东大学出版社1993年版,第56页。

的阐释。其五,运用比较的方法研究《文心雕龙》,认识其在世界文论史上的地位。

此期"龙学"的兴盛还有一个重要的表现,那就是中国《文心雕龙》学会的成立及其系列学术活动。1982 年 10 月,国内研究《文心雕龙》的专家、学者汇聚济南,召开了全国第一次《文心雕龙》讨论会,这是学会成立的预备会议,会后还出版了《文心雕龙学刊》第一辑(齐鲁书社,1983 年 7 月)。1983 年 8 月,中国《文心雕龙》学会在青岛成立,并决定以《文心雕龙学刊》为会刊。是年 10 月,中国社会科学院派出以王元化、章培恒和牟世金为代表的《文心雕龙》考察团访问日本,与日本学者交流"龙学"的成果。翌年 11 月,中日学者《文心雕龙》讨论会在上海举行。1986 年 4 月,中国《文心雕龙》学会第二届年会在安徽屯溪召开。1988 年 10 月,国际《文心雕龙》讨论会在广州举行,来自 10 多个国家和地区的"龙学"家共聚一堂,这是"龙学"史上前所未有的盛事,也标志着《文心雕龙》研究进入了空前的极盛时期。

正如张文勋先生所说:"1979 年以来的十年间,《文心》研究工作以'中国文心雕龙学会'的成立为标志,出现了崭新的局面。1983 年《文心雕龙学刊》创刊,更有效地促进了《文心》研究向深度和广度发展,'文心学'显示出其较高的学术水平和蓬勃生机。"①台湾王更生先生亦指出:"中国大陆自一九四九年以来,在'《文心雕龙》学'的研究方面,投入的学者之众,作品产量之富,普及速度之快,以及作品样式的多彩多姿;这其

---

① 张文勋:《中国〈文心雕龙〉研究的历史回顾》,杨明照主编:《文心雕龙学综览》,第 26 页。

间，尤其从一九八三年八月，成立专门研究《文心雕龙》的全国性学会，正式出版了《文心雕龙学刊》和《文心雕龙研究》，并在国际间开展了《文心雕龙》学术交流活动之后，‘《文心雕龙》学’的研究益加蓬勃，研究的领域更跨越国界，向域外延伸了他的触角，成果较前益加显著，并引起了世界各国汉学家的关注。”①

五、“龙学”的徘徊与反思（1989—2000年）

从1989年至二十世纪末的十余年时间，《文心雕龙》研究进入一个相对沉寂的时期，我们可以称之为“龙学”的徘徊和反思时期。这种研究状况的出现，既有社会历史大环境方面的原因，也有“龙学”自身发展的具体原因。从后一个方面说，1989年6月19日，主持中国《文心雕龙》学会日常工作的秘书长牟世金先生去世，学会工作短期内基本陷入瘫痪状态，应该说这对“龙学”的发展是有一定影响的。从前一个方面说，九十年代初的市场经济大潮席卷中华大地，古典学术的研究受到较大冷落和冲击，这是“龙学”之所以进入徘徊时期的社会历史原因。与此同时，学科设置的调整也悄然进行，原本作为一个硕士招生专业的“中国文学批评史”被归并到文艺学或中国古代文学，原本可以作为一个硕士研究方向的“《文心雕龙》研

① 王更生：《中国大陆近五十年（一九四九—二〇〇〇）〈文心雕龙〉学研究概观——以戚良德著的〈文心雕龙学分类索引〉为依据》，中国《文心雕龙》学会编：《文心雕龙研究》第九辑，第61页。

究”则不复存在。这些政策性的导向对“龙学”的冲击也是巨大的。一个明显的事实是，当时大学里选修《文心雕龙》课程的人数急剧下降，学《文心雕龙》有什么用的质疑时常可以听到。所谓“文变染乎世情，兴废系乎时序”①，学术亦然，何况刘勰所谓“文”原本就是包括人文学术在内的。

不过，人文学术的研究和发展是有较强的连续性的，除去“文革”这样的极端之例，上述大小环境和事件还不足以破坏“龙学”的连续性。在上一个时期“龙学”兴盛和繁荣的背景下，进入九十年代后的“龙学”虽在表面上不再显得那样轰轰烈烈，但仍有不少学者坚守阵地，默默耕耘，从而留下了不少“龙学”成果。此期出版各类著作八十余种，发表各类文章近千篇。从论著的数量上看，可以说《文心雕龙》研究仍然是相当兴盛的。当然，单纯的数字有时是不能说明问题的实质的。就本时期“龙学”论著的数量而言，以下几点值得注意：一是此期的不少专著是在各种丛书中出现的，如一些译注类的丛书；二是由于学术上的急功近利，加之出版业的空前发展，一些不尽成熟或缺乏创建的论著得以面世；三是此期的近千篇文章，有相当一部分是被收在各种有关《文心雕龙》论文集中的。正因如此，我们说本期的“龙学”较之上一时期的兴盛有所不同，实际上已不再那么热闹非凡而引人注目，而是进入了一个徘徊、反思进而总结的阶段，这与世纪末的整个学术氛围也是密切相关的。

此期最为重要的“龙学”著作，大部分具有总结的性质。

---

① 刘勰：《文心雕龙·时序》，戚良德辑校：《文心雕龙》，上海古籍出版社 2015 年版，第 253 页。

首先是杨明照先生领衔主编的《文心雕龙学综览》（上海书店出版社，1995年），此书第一次全面汇集和检阅“龙学”的成果，是一部名副其实的集大成之作。牟世金先生主持编选的《文心雕龙研究论文集》（人民文学出版社，1990年），也是着眼现代“龙学”史的具有集成性的作品。其次是贾锦福先生主编的《文心雕龙辞典》（济南出版社，1993年）和周振甫先生主编的《文心雕龙辞典》（中华书局，1996年），也是具有重要总结意义的“龙学”著作。冯春田先生的《文心雕龙语词通释》（明天出版社，1990年），则堪称一部《文心雕龙》语词词典。第三是各种总结性的文集，如牟世金先生的《雕龙后集》（山东大学出版社，1993年）、蒋祖怡先生的《中国古代文论的双璧——〈文心雕龙〉〈诗品〉论文集》（山东教育出版社，1995年）、寇效信先生的《文心雕龙美学范畴研究》（陕西人民出版社，1997年），以及《张文勋文集》第三卷（《“文心雕龙”研究》，云南大学出版社，2000年）等，均为重要的具有总结意义的“龙学”著作。第四是具有集成性的专著，如林其锬、陈凤金先生的《敦煌遗书文心雕龙残卷集校》（上海书店出版社，1991年）、穆克宏先生的《文心雕龙研究》（福建教育出版社，1991年）、祖保泉先生的《文心雕龙解说》（安徽教育出版社，1993年）、杨明照先生的《增订文心雕龙校注》（中华书局，2000年）等。第五，本期的不少专著，都是作者长时期研究《文心雕龙》的结晶，如石家宜先生的《文心雕龙整体研究》（南京出版社，1993年）、韩湖初先生的《文心雕龙美学思想体系初探》（暨南大学出版社，1993年）、孙蓉蓉先生的《文心雕龙研究》（江苏教育出版社，1994年）、詹福瑞先生的《中古文学理论范畴》（河北大学出版社，1997年）、李平先生的《文心雕龙综论》（中国文联出版社,1999 年)、冯春田先生的《文心雕龙阐释》(齐鲁书社,2000 年)等。除此之外,朱广成的《文心雕龙的创作论》(中国广播电视出版社,1991 年)、李炳勋的《文心雕龙理论体系新编》(文心出版社,1993 年)、王明志的《文心雕龙新论》(黑龙江教育出版社,1994 年)、李蓁非的《文心雕龙释译》(江西人民出版社,1993 年)、吴林伯的《〈文心雕龙〉字义疏证》(武汉大学出版社,1994 年)、于维璋的《刘勰文艺思想简论》(山东大学出版社,1994 年)、张灯的《文心雕龙辨疑》(贵州人民出版社,1995 年)、李天道的《文心雕龙审美心理学》(电子科技大学出版社,1996 年)、林杉的《文心雕龙创作论疏鉴》(内蒙古教育出版社,1997 年)、王运熙和周锋的《文心雕龙译注》(上海古籍出版社,1998 年)、周绍恒的《〈文心雕龙〉散论及其他》(学苑出版社,2000 年)等,皆为各有所长的"龙学"专著。

本期的近千篇文章,首先是延续前一个时期对很多问题的思考,如祖保泉先生的《对〈文心雕龙〉文学理论体系的思考》[《安徽师范大学学报》(人文社会科学版)1993 年第 4 期]、石家宜先生的《踏勘〈文心〉体系形成的轨迹》(《文心雕龙学刊》第六辑,1992 年)、《〈文心雕龙〉理论体系探微》(《苏东学刊》2000 年第 1 期)等文章,继续对《文心雕龙》的理论体系进行研究和概括。再如施惟达先生的《〈文心雕龙〉文体论新议》(《思想战线》1991 年第 1 期)、罗宗强先生的《刘勰文体论识微》、戚良德的《"论文叙笔"初探》(《文心雕龙学刊》第六辑,1992 年)、黄河的《〈文心雕龙〉文体研究的美学意义》[《华侨大学学报》(哲学社会科学版)1994 年第 3 期]、祁海文的《关于〈文心雕龙〉"论文叙笔"的若干问题的思考》(《松辽学刊》

1996年第3期)、林杉的《刘勰“论文叙笔”今辨》[《广播电视大学学报》(哲学社会科学版)1999年第4期]等文章,则对《文心雕龙》的文体论继续进行思考。如罗先生认为,刘勰的文体论“不是狭义的纯文学的文体论,而是广义的、泛指一切文章的文体论。如果用今天的话说,似可称之为文章体式论”,同时,“从《文心雕龙》文体论看,刘勰的文学思想不可避免地接受着文学自觉思潮的影响,在这个意义上说,也是文学自觉思潮的产物”。① 可以说是对文体论的新认识。其次,是对“龙学”的各种反思。如杨明照先生《〈文心雕龙〉有重注必要》一文,就“龙学”的基础工程提出一个重要问题,那就是流行数十年的范注本,“是在黄《注》的基础上发展起来的,固然提高了一大步,有很多优点;但考虑欠周之处,为数也不少”②,因此实有重注的必要。笔者以为,这一建议是非常重要的,体现了老一辈“龙学”家的远见卓识。杨先生还列举了范注的诸多问题,并提出了“重注的初步设想”。③ 再如周绍恒先生对《文心雕龙》的成书年代进行新考,认为清代刘毓崧成于齐代之说“不能成立”,“《文心雕龙》是在梁代成书的”。④ 周先生还对刘勰的出身进行了新的考证,认为:“毫无疑问,刘勰是出

---

① 参见罗宗强:《刘勰文体论识微》,《文心雕龙》学会编:《文心雕龙学刊》第六辑,齐鲁书社1992年版,第171、179页。

② 参见杨明照:《〈文心雕龙〉有重注必要》,曹顺庆编:《文心同雕集》,成都出版社1990年版,第1页。

③ 杨明照:《〈文心雕龙〉有重注必要》,曹顺庆编:《文心同雕集》,第14页。

④ 周绍恒:《〈文心雕龙〉成书年代新考》,《文心雕龙》学会编:《文心雕龙学刊》第六辑,第381页。

身于士族,而非庶族。"[1]蒋世杰也对刘勰出身于庶族之说表示怀疑,提出:"论定刘勰出身庶族的依据不足,刘勰出身士族之说则不够准确;因此,提出刘勰出身士族'衰门'新说。"[2]与此相关的问题,如刘勰晚年出家的原因,林其锬先生亦作了新的论证,他认为:"刘勰人生理想系于昭明太子,昭明在宫廷斗争中失宠忧惧而亡,断了刘勰前程,也使其精神支柱倒塌,所以在穷途末路之日选择了削发为僧的终老末品,究其根由实在迫于政治环境,而且同萧梁宫廷斗争有关。"[3]最后,本期有数篇论文关注海外"龙学"的发展,如林其锬的《把"文心雕龙学"进一步推向世界——〈文心雕龙〉研究在海外的历史、现状与发展》(《文心雕龙研究》第一辑,1995年)、李逸津的《〈文心雕龙〉在俄罗斯》[《天津师范大学学报》(社会科学版)1994年第2期]、《论〈文心雕龙〉在俄罗斯的传播与研究》(《文心雕龙研究》第三辑,1998年)、王晓平的《关于〈文心雕龙〉在日本的传播与影响》(《中国文化研究》1994年秋之卷)、李明滨的《李谢维奇和他的〈文心雕龙〉研究》[《枣庄师专学报》(社会科学版)1996年第1期]等。

除此之外,本期也有一些文章提出新的"龙学"论题,如韩湖初先生连续发表三篇文章论述《文心雕龙》的生命美学思

---

① 周绍恒:《刘勰出身庶族说商兑》,《〈文心雕龙〉散论及其他》,学苑出版社2000年版,第16页。

② 蒋世杰:《刘勰出身士族衰门说考释》,《云南教育学院学报》1999年第4期。

③ 林其锬:《"城门失火,殃及池鱼"——试论刘勰的出家与梁宫廷内争的关系》,中国《文心雕龙》学会编:《文心雕龙研究》第四辑,北京大学出版社2000年版,第214页。

想,值得关注。韩先生发现,“从刘勰把《文心》的核心思想称为‘枢纽’以及《时序》篇视文学的发展如‘枢中所动,环流无倦’,可见它与‘北斗崇拜’的‘枢纽’思想是一脉相承的”,进而指出:“《文心雕龙》不但以‘北斗崇拜’的‘枢纽’比喻其核心和主干,而且创造性地发挥了它所包含的美学本体论和方法论思想,由此建构起完整的文学美学理论体系。”比如:“刘勰的‘枢纽’论首先继承和发挥了‘北斗崇拜’以来视化生万物的生命及其外在美乃是宇宙的本性的思想,由此形成‘尊道’‘贵德’与‘贵文’的系统理论,以之作为自己的理论体系的核心与主干。”①韩先生认为,“生命美学思想不但是《文心雕龙》的根基,而且贯穿其整个理论体系,内容是丰富而深刻的”②,因此他指出:“《文心雕龙》包含丰富而深刻的生命美学思想,其要义是把化生万物的生命(及其运动)和美看成是宇宙的本性。……由于把人与宇宙都看成是生命有机体,文章著作自然也是如此,由此便形成了把文学著作比喻为生命有机体的思想。这与西方美学史上的‘生命之喻’思想是相通的。由此可见,刘勰的生命美学思想不但渊源甚古,而且在世界美学史上有着重要地位。”③笔者觉得,韩先生的这些认识虽未必全部确切,但其角度是新颖的,对刘勰美学思想的阐释是富有新意的。

如果说,本期“龙学”的反思和总结特征一开始就表现出

---

① 韩湖初:《〈文心雕龙〉对我国远古时代生命美学意识的继承和发展》,中国《文心雕龙》学会编:《文心雕龙研究》第四辑,第 42 页。

② 韩湖初:《再论〈文心雕龙〉的生命美学思想》,《论刘勰及其〈文心雕龙〉》,学苑出版社 2000 年版,第 60 页。

③ 韩湖初:《略论《〈文心雕龙〉的生命美学思想》,《华南师范大学学报》(社会科学版)1999 年第 1 期。

来，那么在世纪之交的后期就更为明显了，其突出的表现是自觉开始了对二十世纪“龙学”的全面总结。专著有张文勋和张少康等先生的两部《文心雕龙研究史》，论文则有若干篇，仅李平先生便有数篇这方面的论文，如《20世纪中国〈文心雕龙〉研究的回顾与反思》(《文艺理论与批评》1999年第5期)、《近二十年〈文心雕龙〉研究述论》(《苏东学刊》2000年第1期)、《20世纪中国〈文心雕龙〉研究综论》[《镇江师专学报》(社会科学版)2001年第1期]等，又如张连科先生《20世纪〈文心雕龙〉研究》[《辽宁大学学报》(哲学社会科学版)2001年第4期]等论文。就“龙学”本身的发展而言，在对《文心雕龙》进行了较长时间的探索以后，研究者必然考虑总结历史、深化研究并开拓未来的问题；尤其是在世纪交替的历史时刻，这种对一门学科研究历史的总结就更加自觉和必要了。

本期“龙学”的一个突出表现是加大了“龙学”的国际化步伐，也开启了较大规模的两岸“龙学”交流。1995年7月28日至31日，《文心雕龙》国际学术讨论会在北京举行。会议是由中国《文心雕龙》学会和北京大学、韩国岭南中国语文学会、中国山东日照市(刘勰祖籍莒县所在地)联合召开的。值得注意的是，中国香港、中国台湾以及国外的“龙学”精英大多到会，如台湾的黄锦鋐、王更生、张敬、李景濚、蔡宗阳、黄景进，香港的黄维樑、陈志诚、罗思美，日本的冈村繁、兴膳宏，俄罗斯的李谢维奇，加拿大的梁燕城，韩国的李鸿镇，美国的罗锦堂，马来西亚的杨清龙等，均出席此次会议，则说明这是一次空前规模的国际“龙学”会议。会议期间，学会常务理事会还专门召开了会议，决定聘请日本的冈村繁、兴膳宏教授，台湾黄锦鋐、王更生、李景濚、蔡宗阳、黄景进教授，香港黄维樑、陈志诚、罗思美教授,台湾宋春青先生,为学会顾问。[①] 从而,中国《文心雕龙》学会成为一个具有重要国际影响的学会。

1999 年 5 月份,中国大陆学者 16 人应台湾师范大学国文学系和语文学会之邀,参加了刘勰《文心雕龙》学术研讨会和会后的参观、访问活动。本次会议与会人员除台湾各大学的有关专家学者,还有新加坡和香港的同行。参加这次研讨的大陆学者是徐中玉(华东师大)、张少康(北京大学)、蔡钟翔(人民大学)、邱世友(中山大学)、穆克宏(福建师大)、蒋凡(复旦大学)、石家宜(南京师大)、郁源(湖北大学)、张文勋(云南大学)、詹福瑞(河北大学)、林其锬(上海社科院)、韩泉欣(浙江大学)、孙蓉蓉(南京大学)、韩湖初(华南师大)、罗立乾(武汉大学)、赵福海(长春师院)。[②] 显然,这是一个颇具代表性的大陆“龙学”团队,其赴台参与“龙学”盛会的意义是重大的。可以预期,随着上述国际交流的推进和视野的扩大,《文心雕龙》研究的思维方式和方法必将受益良多,“龙学”必将迎来又一个新的历史发展时期。

六、“龙学”的深化与拓展(2000 年以后)

进入新世纪以后,随着对传统文化的重视乃至国学热的兴

---

① 参见《北京〈文心雕龙〉国际学术讨论会简讯》,中国《文心雕龙》学会编:《文心雕龙研究》第二辑,北京大学出版社 1996 年版,第 393—394 页。

② 参见《大陆学者参加台湾〈文心雕龙〉学术研讨会》,《文艺理论研究》1999 年第 4 期。

起,“龙学”进入新的开拓发展时期。从2000年至今的十五六年时间里,大陆出版各类“龙学”著作超过两百种,发表“龙学”专题论文千篇以上,无论从数量还是质量而言,成绩都是相当可观的。

(一)“龙学”专著空前繁荣

二十一世纪刚刚走过了十几个年头,“龙学”在新世纪一方面取得了不少新的成就,另一方面还处于飞速发展的过程中。在笔者看来,新世纪“龙学”在十数年的时间里已取得不少重要成果,可以有两个基本判断,一是总体成就令人鼓舞,在很多方面甚至是空前的;二是最重要的“龙学”成果均以专著的形式体现出来,这是值得重视的一个特点。

首先,大部头的“龙学”著作不断出现,充分展示出“龙学”的厚重及其强大的生命力。《文心雕龙》一书只有不到四万字,《文心雕龙》研究被叫作“龙学”,可以说一直是有人表示怀疑的,虽然随着百年“龙学”的不断发展和进步,怀疑的声音逐渐淡出,但包括不少《文心雕龙》研究者自己也在思考,所谓“龙学”,其合法性和可能性到底有多大?实际上,若干年前便有研究者在质疑,我们如何超越前贤?笔者以为,新世纪“龙学”的不少厚重之作,可以在一定程度上回答这样的问题了。如吴林伯先生的《文心雕龙义疏》(武汉大学出版社,2002年)、林其锬和陈凤金先生的《增订文心雕龙集校合编》(华东师范大学出版社,2011年)、刘业超先生的《文心雕龙通论》(人民出版社,2012年)、张灯先生的《文心雕龙译注疏辨》(复旦大学出版社,2015年)、周勋初先生的《文心雕龙解析》(凤凰出版社,2015年)、张国庆和涂光社先生的《〈文心雕龙〉集校、集释、直译》(中国社会科学出版社,2015年)等,大部分为超过80万字的“龙学”专著,其中《文心雕龙通论》一书更是达到176万字,成为大陆近百年“龙学”史上规模最大的专著,仅次于台湾李曰刚先生的《文心雕龙斠诠》一书。当然,字数不能说明一切,但毋庸置疑的是,面对四万字的《文心雕龙》,我们说了这么多的话,涉及到如此众多的问题,这正是“龙学”之所以成为“龙学”的根本;我们还有很多话要说,其中还有很多问题要阐明,这才是“龙学”的生命力之所在。

其次,不少二十世纪卓有成就的“龙学”家在新世纪推出新的成果,延续了上个世纪“龙学”传统的进一步发展,包括延续老一辈“龙学”家的学术传统和延续研究者自身在上个世纪的研究传统。如杨明照先生的《文心雕龙校注拾遗补正》(江苏古籍出版社,2001年)、石家宜先生的《〈文心雕龙〉系统观》(江苏古籍出版社,2001年)、王志彬先生的《文心雕龙新疏》(内蒙古大学出版社,2001年)、穆克宏先生的《文心雕龙研究》(鹭江出版社,2002年)、周绍恒先生的《〈文心雕龙〉散论及其他》(增订本,学苑出版社,2003年)、王运熙先生的《文心雕龙探索》(增补本,上海古籍出版社,2005年)、邱世友先生的《文心雕龙探原》(岳麓书社,2007年)、孙蓉蓉先生的《刘勰与〈文心雕龙〉考论》(中华书局,2008年)、张长青先生的《文心雕龙新释》(湖南大学出版社,2009年)等。特别是张少康先生,在新世纪先后出版了《文心与书画乐论》(北京大学出版社,2006年)、《刘勰及其〈文心雕龙〉研究》(北京大学出版社,2010年)两部重要著作,并推出了《文心雕龙新注》(载《古代文论的现代诠释》,北京大学出版社,2015年)的部分成果,方面对自己在上个世纪的《文心雕龙》研究进行了全面更新，另一方面又推出了不少全新的作品。应该说，新世纪一大批“龙学”著述就是这样产生的。

第三，一大批较为深入的专题研究著作产生，这是新世纪“龙学”的一个显著特点。首先是从文艺学和美学角度研究《文心雕龙》的一批专著：王毓红的《在文心雕龙与诗学之间》（学苑出版社，2002 年）以及《言者我也——〈文心雕龙〉批评话语分析》（商务印书馆，2011 年）、钟国本的《文心雕龙审美研究》（中国文史出版社，2002 年）、郭鹏的《〈文心雕龙〉的文学理论和历史渊源》（齐鲁书社，2004 年）、胡大雷的《〈文心雕龙〉的批评学》（广西师范大学出版社，2004 年）、汪洪章的《〈文心雕龙〉与二十世纪西方文论》（复旦大学出版社，2005 年）、李映山的《文心撷美——〈文心雕龙〉与美育研究》（吉林科学技术出版社，2005 年）、童庆炳先生的《童庆炳谈文心雕龙》（河南大学出版社，2008 年）以及《〈文心雕龙〉三十说》（北京师范大学出版社，2016 年）、权绘锦的《中国文学批评与〈文心雕龙〉》（光明日报出版社，2008 年）、戚良德的《〈文心雕龙〉与当代文艺学》（中央编译出版社，2012 年）、胡海和杨青芝的《〈文心雕龙〉与文艺学》（人民出版社，2012 年）、姚爱斌的《〈文心雕龙〉诗学范式研究》（湖南人民出版社，2012 年）、马骁英的《〈文心雕龙·谐隐〉的诙谐文学理论》（辽宁大学出版社，2014 年）、高林广的《〈文心雕龙〉先秦两汉文学批评研究》（中华书局，2016 年）等。

第四，除了传统的文艺学和美学的角度之外，又有一批从多个角度研究《文心雕龙》的重要专题研究著作：汪春泓的《文心雕龙的传播与影响》（学苑出版社，2002 年），杨清之的《〈文心雕龙〉与六朝文化思潮》(南方出版社,2002年),戚良德的《文论巨典——〈文心雕龙〉与中国文化》(河南大学出版社,2005年),王志民、林杉、杨效春、高林广编著的《〈文心雕龙〉例文研究》(内蒙古人民出版社,2005年),陈书良的《〈文心雕龙〉释名》(湖南人民出版社,2007年),罗宗强先生的《读文心雕龙手记》(生活·读书·新知三联书店,2007年),张利群的《〈文心雕龙〉体制论》(广西师范大学出版社,2010年),陈蜀玉的《〈文心雕龙〉法译及其研究》(上海社会科学院出版社,2011年),简良如的《〈文心雕龙〉之作为思想体系》(中国社会科学出版社,2011年),万奇和李金秋主编的《文心雕龙文体论新探》(中央民族大学出版社,2012年)以及《〈文心雕龙〉探疑》(中华书局,2013年),董家平和安海民的《〈文心雕龙〉理论体系研究》(华龄出版社,2012年),邓国光的《〈文心雕龙〉文理研究:以孔子、屈原为枢纽轴心的要义》(上海古籍出版社,2012年),刘颖的《英语世界〈文心雕龙〉研究》(巴蜀书社,2012年),黄维樑的《从〈文心雕龙〉到〈人间词话〉——中国古典文论新探》(北京大学出版社,2013年),赵耀锋的《〈文心雕龙〉研究》(阳光出版社,2013年),陈允锋的《〈文心雕龙〉疑思录》(中央民族大学出版社,2013年),邵耀成的《〈文心雕龙〉这本书:文论及其时代》(中国社会科学出版社,2014年),陈迪泳的《多维视野中的〈文心雕龙〉——兼与〈文赋〉〈诗品〉比较》(中国社会科学出版社,2014年),欧阳艳华的《征圣立言——〈文心雕龙〉体道思想研究》(上海古籍出版社,2015年),胡辉的《刘勰诗经观研究》(云南大学出版社,2015年)等。

第五,一批各有特点的综合性的“龙学”著作,如校注译释类的著作:张光年先生的《骈体语译文心雕龙》(上海书店出版社,2001年)、张灯的《文心雕龙新注新译》(贵州教育出版社,2003年)、周明的《文心雕龙校释译评》(南京大学出版社,2007年)、戚良德的《文心雕龙校注通译》(上海古籍出版社,2008年)、李明高的《文心雕龙译读》(齐鲁书社,2009年)、雍平的《文心发义》(广东人民出版社,2016年)。再如着眼"龙学"史的专题性著作:张少康编《文心雕龙研究》(湖北教育出版社,2002年)以及《〈文心雕龙〉资料丛书》(学苑出版社,2004年)、黄霖编著《文心雕龙汇评》(上海古籍出版社,2005年)、戚良德编《文心雕龙学分类索引》(上海古籍出版社,2005年)、朱文民主编《刘勰志》(山东人民出版社,2009、2010年)、李建中主编《龙学档案》(武汉大学出版社,2012年)、戚良德辑校《文心雕龙》(黄叔琳注、纪昀评、李详补注、刘咸炘阐说,上海古籍出版社,2015年)等。另外,还产生了几种刘勰的传记作品,如杨明的《刘勰评传》(南京大学出版社,2001年)、朱文民的《刘勰传》(三秦出版社,2006年)、唐正立的《旷世刘勰》(中国文史出版社,2014年)、缪俊杰的《梦摘彩云:刘勰传》(作家出版社,2015年)等。

上述五个方面的"龙学"专著虽难免挂一漏万,但已足以展示新世纪"龙学"的鸿风懿采,其总体特点,短笔可陈者,一是对二十世纪"龙学"的总结,并在此基础上推出集成性的成果,从而为新世纪"龙学"奠定新的研究基础,引发新的开端。二是对二十世纪"龙学"的反思,并通过反思进行切实的学术开拓,从而展示新世纪"龙学"的新面貌。三是进行深入的学术开掘,对"龙学"园地进行精耕细作,从而开拓新的"龙学"空间,产生新的"龙学"成果。

这里，笔者想举一个看似很小的例子，以展示新世纪“龙学”的新风貌。如所周知，《文心雕龙》五十篇，每篇均以二字名篇，言简意赅，具有丰富的内涵，有些篇名早已成为重要的文论范畴。但在众多的《文心雕龙》译注本中，极少有人对这些篇名进行翻译。这是一个小问题，但真的要翻译起来，却显然并不容易。就笔者所见，海丁的《〈文心雕龙〉新论》（吉林文史出版社，2008 年），以及王学礼、姜晓洁的《文心雕龙骈体语译》（三秦出版社，2012 年），对此作了尝试。他们的翻译各有特点，我们列表对比如下：

《文心雕龙》篇名	海丁 译	王学礼、姜晓洁 译
原道第一	论文章源起	本着大道
征圣第二	论以圣人为师	体验圣人
宗经第三	论创作参照（解析五经）	正宗经典
正纬第四	正确对待纬书	矫正纬书
辨骚第五	讨论离骚	辨析《离骚》
明诗第六	诗歌史论	明了诗体
乐府第七	乐府史论	话说乐府
铨赋第八	赋史论	诠释赋体
颂赞第九	颂赞史论	谈颂说赞
祝盟第十	祝盟流别考	祝盟之类
铭箴第十一	铭箴流别考	铭文箴文
诔碑第十二	诔碑流变考	诔文碑文
哀吊第十三	哀吊流变考	哀吊之文
杂文第十四	杂文流别考	杂文杂谈

《文心雕龙》篇名	海丁 译	王学礼、姜晓洁 译
谐隐第十五	谐隐流变考	诙谐隐语
史传第十六	史传流变考	史传漫话
诸子第十七	诸子流变考	诸子浅说
论说第十八	论说流别考	论体说体
诏策第十九	诏策流别考	诏书策书
檄移第二十	檄移流别考	檄文移文
封禅第二十一	封禅流别考	封山禅地之文
章表第二十二	章表流别考	章文表文
奏启第二十三	奏启流别考	奏启之文
议对第二十四	议对流别考	议对之文
书记第二十五	书记流别考	书记之文
神思第二十六	论思维(精神活动)	心神与文思
体性第二十七	论个性与风格的关系	体格与性情
风骨第二十八	论对思想内容的要求	文风与文骨
通变第二十九	论继承和发展	通古变新
定势第三十	意向论	确定态势
情采第三十一	论文章美质	感情与文采
镕裁第三十二	创作总论	熔炼与裁剪
声律第三十三	语音论(语言总论)	声音韵律
章句第三十四	论文章单位	章情造句
丽辞第三十五	论对偶(骈体)	骈句俪语
比兴第三十六	论比兴	比象兴义
夸饰第三十七	论夸张修辞	夸张形容
事类第三十八	论用事	用事联类

《文心雕龙》篇名	海丁 译	王学礼、姜晓洁 译
练字第三十九	文字的发展和运用	熟练用字
隐秀第四十	论含蓄和警策修辞	隐义秀句
指瑕第四十一	文病类举	指示瑕疵
养气第四十二	论创作前的精神修养	修养气息
附会第四十三	论行文起草	附辞会义
总术第四十四	总论文章之体和术（总术为统领文情文思之术）	总揽之术
时序第四十五	论时代和文章的关系	各代概述
物色第四十六	论情景关系及景物描写	外物声色
才略第四十七	作家论	才学谋略
知音第四十八	论批评与鉴赏	知音·音知
程器第四十九	论成才	前程·器量
序志第五十	自序	叙志为序

值得一提的是，海丁先生自谓“草野平民”①，而王学礼先生则为退休中学教师，他们的“龙学”成果，可能少有人知。笔者以为，他们翻译得如何倒在其次，重要的是能想到把《文心雕龙》的篇名翻译出来，这是“龙学”精细化的一个表现，是值得肯定的。

（二）“龙学”论文举要

二十一世纪“龙学”的上千篇论文涉及“龙学”的各个方

① 海丁：《〈文心雕龙〉新论》，吉林文史出版社2008年版，第326页。

面，我们只能举例性地予以介绍。首先是延续二十世纪“龙学”重要问题的新的思考，如关于《文心雕龙》文体论的问题，本期仍有学者进行研究。陶礼天先生从六朝“文笔”观与文学观的角度对《文心雕龙》的“文笔之辨”予以探讨，指出：“六朝时期文学批评上提出的‘文笔’论，体现了其时批评家们对文学性的认识，反映了文学观念的演进过程。故近现代以来不少专家学者对此重要问题撰文予以探讨，其中又较为集中在《文心雕龙》的‘文笔’论及其与六朝时期‘文笔’论之关系的研究上。”作者通过对黄侃、刘师培以及郭绍虞等具有代表性的研究者对“文笔”问题研究观点的进一步辨析，认为刘勰“基本恪守‘有韵为文而无韵为笔’的界划原则”，“有的论著认为萧绎《金楼子·立言篇》的‘文笔’论较为进步并体现出一种近乎纯文学的文学观，这种观点是不正确的”。作者指出：“至少至《文心雕龙》，情、采、韵作为‘文’的三个要素就已经系统提出，并作为‘文章’写作的明确要求。”①应该说，这是一个扎实的结论。刘文忠先生则从《文心雕龙》文体论的渊源谈起，认为“《文心雕龙》文体论有着深厚的历史渊源，它几乎囊括了历史上有关文体的所有论述，又仔细研究了各种文体的写作特点和大量的作品，经过独具匠心的提炼和升华，形成了系统而深刻、精确而全面的文体论”，“他总结了历史上文体论研究的积极成果，他将历史上那些零星、片段、不完整、不成熟的文体理论，经过归纳、总结和发展，构建出新的文体理论体系。不仅是集其大成，而且进行了充实与提高，从而使文体

① 陶礼天：《六朝“文笔”观与文学观——〈文心雕龙〉“文笔之辨”探微》，《文艺研究》2005年第5期。

论跨入一个新的历史阶段。他对各种文体和作品所作的系统而深入的研究,是前无古人的。其文体论的系统性、科学性和理论深度,不仅是前无古人,而且是后无来者"。① 这一对《文心雕龙》文体论的评价可以说是极高的,体现了新时期"龙学"的新认识。

再如刘勰及其《文心雕龙》与佛教和佛学的关系问题,本期也有学者进行了较为深入的研究和思考。张少康等先生指出,在研究这个问题时,首先要承认两个客观事实:"一是刘勰从青年时期开始就是虔诚信仰佛教的,而且是精通佛学的……二是《文心雕龙》中确实没有多少佛学词语和概念,也没有很明显的、很直接地运用佛学思想来论文。"对此,"我们应该从当时的文化背景上来理解这种现象:第一,儒家文化在中国是长期占有统治地位的正统文化思想,它在每个时代都对社会生活各方面具有深刻的潜在影响,即使在玄佛思想占有比较主要地位的南朝也是如此。第二,在那个时代,佛学和儒学不是对立的,而是完全可以互相兼容的。……第三,那时佛学的传播是要借助中国本土文化的,当时特别是借玄学来宣传自己的学说,所以是玄佛合一的"。以此认识为基础,张先生认为,"刘勰在写作《文心雕龙》时虽然没有有意识地运用佛学思想来论文,但是实际上《文心雕龙》的写作还是潜移默化地受到佛学思想的深刻影响",这些影响主要表现在:"刘勰《文心雕龙》中的'神理'说意思是'神明的原理',与他的佛学思想有不可分

---

① 刘文忠:《〈文心雕龙〉文体论的渊源与发展创新》,中国《文心雕龙》学会编:《文心雕龙研究》第八辑,河北大学出版社 2009 年版,第 189、199 页。

割的联系;刘勰的本体观受龙树影响很深,刘的论'道'实际包含了儒释道兼通的特点;刘勰《文心雕龙》的'折衷'研究方法是直接受龙树中道观影响的产物。"①精通佛学的普慧先生则指出:"刘勰一生是一个虔诚的佛教神学信仰者。他自觉恪守戒律,协助名僧僧祐整理佛教经论,撰写佛学论文《灭惑论》,积极参与齐末佛、道之争,坚决捍卫佛教地位。其《文心雕龙》虽是一部有关文章写作之法的专著,但因浸透着佛教神学的思维框架,故而思路开阔,条理明晰,谈论文艺,包揽宇宙,总括人心,颇合艺术审美思维之要求。"②

又如关于《周易》对《文心雕龙》的影响问题,世纪之交曾有学者做过不少探讨,如黄高宪先生有系列论文《西汉易学对〈文心雕龙〉的影响》(《福建论坛》1998年第6期)、《东汉易学与〈文心雕龙〉》[《漳州师范学院学报》(哲学社会科学版)1998年第4期]、《〈周易〉经传与〈文心雕龙〉》(《国际易学研究》第5辑,1999年)、《试论〈易传〉对〈文心雕龙〉的影响》(《周易研究》2000年第1期)等,站在《周易》经传和易学的角度,从源及流,探讨《周易》及易学对《文心雕龙》的影响。本期黄先生以《〈周易〉与〈文心雕龙〉研究的回顾与展望》(《周易研究》2004年第2期)一文进行了总结,同时也有一些学者继续对这一重要问题进行探讨。如张善文先生《试论周易对文心雕龙的影响》一文,便是其中优秀的一篇。该文从四个方面详细研究了《周易》对《文心雕龙》的影响,一是刘勰引据《周

① 张少康、笠征:《刘勰〈文心雕龙〉和佛教思想的关系》,《北京大学学报》2005年第4期。

② 普慧:《论刘勰及其〈文心雕龙〉的佛教神学思想》,《文艺研究》2006年第10期。

易》卦象,无论是泛举"《易》象""四象",还是直举某卦之象或取例于《象传》的解说,"都每每切合于他所要说明的文学问题,足见刘氏将《易》象的哲理意义与文学理论相沟通,颇有精到之处"①。二是刘勰援引的《周易》其他方面的文辞,包括卦爻辞及《易传》部分,大部分并不属于文论的范畴,"但一经刘勰引述,则十分巧妙地阐明了文学理论中的具体问题,甚至某些内容还成为古代文论中颇有影响的名言"②。三是刘勰往往叙及各种文学现象(包括文体、创作手法等)的源流问题。"在论述这些问题时,他常常探究《周易》各部分内容的创作,或因以推溯文学根源,或用以阐述文学流变,纵非一一精确,却可考见刘氏研讨之功。"③四是刘勰"往往有意或无意地融会《周易》的一些短词简语,化为他自己的语言,自铸诸多美意伟辞,洋溢于字里行间"④。正如作者所指出,通过考察、辨析《周易》对《文心雕龙》的显著影响,"不但对于深入理解《文心雕龙》这部古代文论巨著有一定作用,而且对分析《文心雕龙》与古代哲学的内在联系,并进一步研究我国古代丰富的文学理论的民族特色问题,似亦不无裨益"⑤。李逸津先生则通过辨析《周

① 张善文:《试论周易对文心雕龙的影响》,《洁静精微之玄思——周易学说启示录》,上海远东出版社、上海三联书店 2003 年版,第 223 页。

② 张善文:《试论周易对文心雕龙的影响》,《洁静精微之玄思——周易学说启示录》,第 224 页。

③ 张善文:《试论周易对文心雕龙的影响》,《洁静精微之玄思——周易学说启示录》,第 230 页。

④ 张善文:《试论周易对文心雕龙的影响》,《洁静精微之玄思——周易学说启示录》,第 234 页。

⑤ 张善文:《试论周易对文心雕龙的影响》,《洁静精微之玄思——周易学说启示录》,第 242 页。

易》哲学与《文心雕龙》理论体系的建构，发现刘勰依《周易》之宇宙构成论建立起“文原于道”的文学本体论，再依《周易》之象数系统建立起析理论证的思维模式，又以《周易》话语构建起《文心雕龙》文学理论的话语系统。从而认为：“刘勰是以《周易》哲学的理论框架、思维模式和话语工具，构建起自己的文学理论体系。这就使他的理论超越‘各照隅隙，鲜观衢路’的前代中国文论，而成为‘体大思精’‘笼罩群言’，有明确的理论轴心和严密的论述逻辑的著作。”①

其次，除了上述对传统话题的新的思考，本期“龙学”论文亦有不少新的论题提出。如袁济喜先生《论〈文心雕龙〉的人文精神与当代意义》一文指出：“作为一种经典的创构，《文心雕龙》不仅在于其具体可观的篇章结构，更主要的在于她背后的人文精神的磨炼。而这种人文精神的磨炼。有三大要素，其一是对于古代儒家人文精神的传承，其二是对于佛学精神的张大，其三是刘勰自身人格精神的融入。当然，还有道家与玄学思想等因素的熏陶，这些因素也是不可忽略的。”②袁先生进而发现：

> 这种人文坚守很重要的一点便是无畏的批判精神与勇气。刘勰终其一生，是一位孤独者，他不为当时人所认同，不受当时重视，有时也不得不去叩当时的重要人物沈约的车驾，但是从总的方面来看，他是坚强的，尤其最后重

① 李逸津：《〈周易〉哲学与〈文心雕龙〉理论体系的建构》，中国《文心雕龙》学会编：《文心雕龙研究》第八辑，第 120 页。

② 袁济喜：《论〈文心雕龙〉的人文精神与当代意义》，中国《文心雕龙》学会编：《文心雕龙研究》第八辑，第 423 页。

> 返定林寺，燔发出家，用看似极端的方式来与时流诀别，这种方式在今天看来有些过分，但是当时比起沈约之流的善变，却具有一种人格感召的意义。①

笔者觉得这样的认识是具有深度的，是回到刘勰及其《文心雕龙》本身的“用心”之论。再如王振复先生《“唯务折衷”：〈文心雕龙〉文论思想的文化品格》一文指出：《文心雕龙》的文论思想，究竟是在什么文化和哲学思想的影响下建构起来的呢？王先生认为：“《文心雕龙》文论思想的文化选择，决不是单打一的，说其宗儒抑或宗道（玄）抑或宗佛，均不符其实际，而是道（玄）、儒、佛的三栖相会，是亦儒亦道亦佛又非儒非道非佛，鲜明地呈现出复杂、宏博的精神面貌与人文内涵。《文心》是书，是中国文化史上巨大、复繁、矛盾而深邃的一个文论系统。其基本特色，可用刘勰自述的‘唯务折衷’来概括。”而“‘唯务折衷’有一精神内核，便是刘勰试图在道、儒、佛三学综合基础上的自创新格”。② 笔者以为，此论不仅指出刘勰思想是“三栖相会”，也不仅指出其特点可以“唯务折衷”来概括，而且指出刘勰乃以此“自创新格”，这是颇富见地的。

最后，对《文心雕龙》研究方法的思考和探索。新世纪的“龙学”如何适应时代的发展和要求，开创出一番新天地，这是不少研究者思考过的问题。正如詹福瑞先生说：“二十世纪的

---

① 袁济喜：《论〈文心雕龙〉的人文精神与当代意义》，中国《文心雕龙》学会编：《文心雕龙研究》第八辑，第 438 页。

② 王振复：《“唯务折衷”：〈文心雕龙〉文论思想的文化品格》，《求是学刊》2003 年第 2 期。

《文心雕龙》研究，在该书的校注、理论内容的诠解与理论体系的阐释等方面，都取得了很高的成就。时近21世纪，我们当如何在二十世纪的峰巅之上，把《文心雕龙》的研究进一步引向广阔和深入，是龙学界深思的一个问题。”[①]为此，詹先生提出了“三打通”问题，即“打通《文心雕龙》与六朝文学乃至中国古代文学，打通《文心雕龙》与中国文学批评史，打通《文心雕龙》与现代和西方文论”，而之所以要“打通”，“目的即在于打破《文心雕龙》封闭的研究局面，延展视野，把《文心雕龙》研究导向广阔与深入，使其不仅是二十世纪的显学，也成为本世纪的显学”。[②] 左东岭先生则通过对《文心雕龙》两个主要范畴“体要”与“折衷”研究状况与研究方法的检讨，来思考和探索“龙学”的方法问题。他指出，《文心雕龙》的范畴“存在着潜体系的非系统性与貌似严密而实有裂痕这样两种情形”，因而“在目前该书的范畴研究中，存在着将古代理论范畴理想化的倾向”，研究者“应该采用重构与解构的不同研究方法，以便探讨该书真实的理论内涵与特征，从而将本领域的研究引向深入”。左先生说：“就像其他古代理论家一样，刘勰在《文心雕龙》中所使用的不少范畴并不具备理论的明晰性。由于古人没有严格的逻辑分类意识，所以在使用许多术语时，其实很难严密规定其内涵，而带有一定程度的随意性。这种随意性并不是思维方面出了什么问题，而是为了在不同的场合说明不同的

① 詹福瑞：《延展视野，深化研究——谈〈文心雕龙〉研究的“打通”问题》，中国《文心雕龙》学会编：《文心雕龙研究》第五辑，河北大学出版社2002年版，第37页。

② 参见詹福瑞：《延展视野，深化研究——谈〈文心雕龙〉研究的“打通”问题》，中国《文心雕龙》学会编：《文心雕龙研究》第五辑，第40页。

问题而各有所侧重,再加上中国古人重视整体的感悟而不太在意对概念的严格界定,所以也就形成了与今人不太一致的范畴特征。"正因如此,"前人研究《文心雕龙》的范畴,往往有意无意地按照今人对于范畴的理解来理解刘勰,同时也按照现代的范畴标准来衡量《文心雕龙》的范畴,于是常常认为刘勰所使用的范畴就像今天那样明晰而严密,从而将原本并不太严密的说成是严密的,将原本并不那么明晰的也说成是明晰的,结果往往就把问题弄得复杂化了"。① 应该说,这确实是《文心雕龙》研究中存在的问题。

李建中先生则由"文心雕龙文体论"论争引发的方法论反思,谈到"龙学的困境"问题。他说:"既是跨世纪又是跨海峡的'文心雕龙文体论'论争,在给现代龙学研究带来繁荣和启迪的同时,也从方法论层面引发关于'龙学困境'的反思。在'百年龙学'的语境下重新考量这场学术论争,可以见出龙学研究的三大困境:哲学的逻辑的方法与诗性文论本体的扞格不入,当下理论判断及体系建构对历史复杂语境及变迁的忽略不计,以及用他山之石(西方观念及方法)攻本土之玉(中国文论)时的事与愿违。"②李先生谈到的这"三大困境"也确乎是长期存在的问题。如何走出这样的困境呢?黄维樑先生似乎有破解之道,他说:"笔者近年的《文心雕龙》研究有三个重点:(一)尝试通过与西方文论的比较,重新诠释它;(二)尝试以中西文论合璧的方式,以《文心雕龙》为基础,建立一具中国特色

① 左东岭:《〈文心雕龙〉范畴研究的重构与解构》,《首都师范大学学报》2008 年第 3 期。

② 李建中:《龙学的困境——由"文心雕龙文体论"论争引发的方法论反思》,《文艺研究》2012 年第 4 期。

的文论体系，此体系具有大同性，有普世的价值；（三）尝试把它的理论，用于对古今中外作品的实际批评。”[①]实际上，能在这三者之中突破一点，则功莫大焉；若能于此三者皆有建树，则“龙学”必将步入柳暗花明之境矣。

另外，本期“龙学”论文的一个重要内容是对著名“龙学”家的研究，如对章太炎、刘师培、黄侃、范文澜、刘永济、杨明照、张光年、王元化、牟世金、祖保泉等众多卓有成就的“龙学”家，均有一篇或数篇论文进行研究。尤其是对黄侃、范文澜、王元化等先生的研究，可以说已取得了一定的成绩，这对总结百年“龙学”的经验和教训，以利于“龙学”的进一步发展，无疑是很有必要的。

（三）大学课堂上的“龙学”

随着近年来国学热的持续升温，《文心雕龙》作为国学必修课走上大学讲台，“龙学”的普及和提高可以说取得了良性互动。一方面，越来越多的青年学子认识到《文心雕龙》作为中国文论经典的重要性，从而认真研读；另一方面，百年“龙学”的巨大成就和硕果为他们提供了丰富的阅读素材，使他们站在了更高的学术起点上。显然，几代人不懈的探求使得百年“龙学”异彩纷呈，这正是《文心雕龙》成为大学必修课的背景和基础，而随着《文心雕龙》的普及，其作为国学经典的地位更加稳固而日益突出，这又成为“龙学”进一步发展的强大动力和源泉。这里我们以武汉大学和中国人民大学的《文心雕龙》

① 黄维樑：《请刘勰来评论顾彬——〈文心雕龙〉“古为今用”一例》，《海南师范大学学报》（社会科学版）2008 年第 1 期。

课程为例,来看一下大学课堂上的“龙学”。

2008 年,广西师范大学出版社出版了武汉大学李建中先生的《文心雕龙讲演录》。该书为“大学名师课堂实录”系列之一,它不是一本教材,而是李先生课堂讲授《文心雕龙》的实录,我们可以据此较为完整地看到李先生这门课的讲授内容,体验到李先生的授课风采。随着信息时代的到来,这样的文本越来越多,但对“龙学”而言,可能还绝无仅有,因而是非常珍贵的。全书正文共八讲,分别为:“《文心雕龙》的思想资源”“《文心雕龙》的思维方式”“《文心雕龙》的话语方式”“《文心雕龙》的文体理论”“《文心雕龙》的创作理论”“《文心雕龙》的接受理论”“《文心雕龙》的作家理论”“《文心雕龙》的文学史观”。每讲均为整齐的三节,如第一讲的三节为:“文师周孔”“道法自然”“术兼佛玄”。全书前有“引言”,分为两节:“孤寂人生”“诗性智慧”。后有“结语”,也分为两节:“千年文心”“世纪龙学”。并有“附录”四篇,最后是“后记”。这样一个整饬的讲稿体现出李先生的良苦用心,笔者以为这是与《文心雕龙》非常相配的,是不负刘勰精心结撰之《文心雕龙》的一个真诚表现,令人敬佩。因此,笔者既为曾经在武大讲授《文心雕龙》的黄侃、刘永济等先贤感到欣慰,更为李先生的学生们感到庆幸,他们能聆听这样的“龙学”,应该是感到幸福的。

这份“讲演录”之“附录”的第一篇是“治学感言:我是刘勰的学生”。二十多年前,笔者曾聆听台湾著名“龙学”家王更生先生说过“我是刘勰的小学生”这样的话,让笔者觉得振聋发聩而一直铭记心中。李先生亦有此说,其意何在呢?他的这篇“治学感言”不长,表达了这样三层意思:一是“感谢刘勰,有了他，摘文无虞”。二是“感谢刘勰，有了他，余心有寄”。三是“感谢刘勰，有了他，永不失语”。[①] 我们仅凭这几句话，应该就可以明白李先生为什么说自己是刘勰的学生了。三个“感谢”，不仅发自肺腑，而且言之有物；更重要的是，如此对待先贤和传统文化的态度，令人感动和欣赏。李先生有《古代文论的诗性空间》（湖北人民出版社，2005 年）、《中国古代文论诗性特征研究》（武汉大学出版社，2007 年）等专著，其于中国古代文论的诗性特征有着深入的领悟，这份领悟也体现在了他自己的学术研究和话语表达中。在笔者看来，李先生的这几句“治学感言”便是富有诗性智慧的表达，其整饬的“讲演录”更是充满这样的诗性言说。

在 2008 年于北京首都师范大学举办的“《文心雕龙》与 21 世纪文论研究国际学术研讨会”上，李先生曾有“创生青春版文心雕龙”的发言，引起与会学者的浓厚兴趣。何谓“青春版”？李先生说：“青春的文心青春的（文）体！青年刘勰对青春文心的唯美言说，正是我们这个时代所匮乏的。刘勰当年写《文心雕龙》，是要回应他那个时代的文学和文学理论问题。刘勰的时代问题是什么？佛华冲突、古今冲突以及‘皇齐’文学的浮华和讹滥。青年刘勰内化外来佛学以建构本土文论之体系，归本、体要以救治风末气衰之时弊。我们今天研究《文心雕龙》，同样需要回应我们这个时代的文学和文学理论问题。我们的时代问题是什么？东西方文化及文论冲突中的心理焦虑、古今文化及文论冲突中的立场摇摆以及文学理论和批

---

① 参见李建中：《文心雕龙讲演录》，广西师范大学出版社 2008 年版，第 231—232 页。

评书写的格式化。而青年刘勰在定林寺里的文化持守与吸纳，在皇齐年间的怊怅与耿介，在5世纪末中国文坛的诗性言说，对于救治21世纪中国文论之时弊有着非常重要的意义。”①李先生说：“《文心雕龙》毕竟是一千五百年前的文本，如何能使它活在当下文坛，活在21世纪的青春校园，活在全球化时代广大读者的精神生活之中？这是我写作《文心雕龙讲演录》的心理动机，也是我对这本书之社会反响的心理期待。”②李先生这些充满深情的诗性言说，笔者无不深以为然，尤其是其中“青年刘勰对青春文心的唯美言说，正是我们这个时代所匮乏的”一句，笔者觉得切中肯綮而具有紧迫的现实意义。以此而论，大学讲坛上的《文心雕龙》不仅要延续百年前黄侃等“龙学”先贤的血脉，更有着新世纪的独特担当和承载。笔者稍可补充的是，从李先生“讲演录”的全部内容而言，其文艺学的视野是显然可见的，但笔者觉得这还远远不够。《文心雕龙》固然可以为“文坛”提供无尽的资源，但其决不仅仅是“文学和文学理论问题”，所谓“唯美言说”，是可以做一点广义的理解和应用的。然则，新世纪大学讲坛的“龙学”当有更广阔的视野。在笔者看来，那就是超出文艺学的藩篱，回到《文心雕龙》的本位，回归中华文化的沃土。

应该说，与武汉大学相比，中国人民大学的《文心雕龙》课程就有些不同了。袁济喜先生曾介绍：“随着经典文化在今天社会生活中的复兴，《文心雕龙》的人文价值重新得到认同，比如中国人民大学今年的人文艺术通识课程中，首次将《文心雕

① 李建中：《文心雕龙讲演录》，第242页。

② 李建中：《文心雕龙讲演录》，第242—243页。

龙》作为重要的经典列入全校必修的人文通识课程序列；人民大学国学院也将《文心雕龙》作为经典研读的重要课程来讲授。”[①]2008年，中国人民大学出版社推出了袁济喜、陈建农编著的《〈文心雕龙〉解读》，作为“国学经典解读系列教材”之一，该书选《文心雕龙》37篇，每篇均有“注释”和“解读”，有些篇还有“汇评”。[②] 全书前有“导论”，后附“主要参考书目”。“导论”从“刘勰的生命体验与《文心雕龙》的写作”和“《文心雕龙》的思想与文体特点”两个方面，对《文心雕龙》予以导读。作者认为“《文心雕龙》是中国文学批评史上的一部经典之作，其内容博大精深，体系完备，不仅全面总结了南朝齐梁以前各类文体的源流和文章写作的丰富经验，而且还贯穿了作者对人文精神的深沉思考和执着追求，其开阔的视野，恢弘的气度，使它超越了一般的‘诗文评’类著作，成为一部重要的国学经典”[③]。笔者以为，这一对《文心雕龙》的认识和定位具有足够的思想高度和时代精神，尤其是超出了近百年来对《文心雕龙》作为文艺学著作的主流认识，具有回归元典本位的意义。也许这正是中国人民大学国学院把《文心雕龙》作为本科生必修课的重要原因。可以说，这是具有重要意义的事情，乃是百年“龙学”的巨大成果，当然也是新世纪“龙学”的一个重要转

① 袁济喜：《论〈文心雕龙〉的人文精神与当代意义》，中国《文心雕龙》学会编：《文心雕龙研究》第八辑，第422页。

② 后该书又出“大众阅读系列”版，改题《文心雕龙品鉴》（袁济喜、陈建农编著，中国人民大学出版社2010年版），篇目压缩为31篇，并删掉了原书有些篇后所附的“汇评”。

③ 袁济喜、陈建农编著：《〈文心雕龙〉解读》，中国人民大学出版社2008年版，第1页。

变,代表着一个“龙学”新时代的到来。正是在人大国学院之后,山东大学儒学高等研究院也把《文心雕龙》列入了尼山学堂本科生的必修课。笔者也曾为中文系的本科生开过十余年的《文心雕龙》课,但那一来是选修课,二来是为中文系的学生开设的。但尼山学堂是打通文史哲的国学实验班,《文心雕龙》成为他们的必读书和必修课,这既是因应时代需求的表现,更是百年“龙学”发展的结果。从笔者讲授的实际情况来看,也切实感受到了与给中文系学生讲授《文心雕龙》的不同,尤其是学生对《文心雕龙》的认识不同,他们学习和阅读《文心雕龙》的出发点大为不同。最大的不同,那就是袁先生所说的《文心雕龙》成为“一部重要的国学经典”。实际上,《文心雕龙》原本就是“一部重要的国学经典”,但近百年“龙学”的主要视角并非如此,这导致我们经常忘记了它原本是“一部重要的国学经典”。《文心雕龙》回归大学国学院本科生课堂的实践说明,“龙学”回归国学视野的脚步已然迈出,这便是笔者所谓一个“龙学”新时代的到来。

百年“龙学”原本发端于大学课堂,黄侃著名的《文心雕龙札记》正是课堂教学的产物。新世纪“龙学”的精彩表现之一也在大学课堂上,同样也产生了不少重要的“龙学”著作。如复旦大学的杨明先生说:“自复旦大学中文系开设原典精读课程以来,我为好几届本科同学上过《文心雕龙》精读课。现在的这本小书就是在备课、上课的基础上写成的。”①周兴陆先生也说道:“‘《文心雕龙》精读’是复旦大学汉语言文学专业本科阶段‘精读’系列课程之一,起初由杨明先生领衔主讲,并撰著

① 杨明:《文心雕龙精读》,复旦大学出版社2007年版,第213页。

出版了《文心雕龙精读》教材。杨先生荣休以后,讲授这门课的任务就落到了我肩上。我努力将王运熙先生、杨明先生讲授和研究《文心雕龙》的传统坚持下去,在几轮课程的讲稿基础上,撰写了这薄薄小册,得到了复旦大学本科教学研究及教改激励项目资助,希望出版后能对教学有所帮助。”①他们的这两本精读教材均功力深湛,不仅是出色的教本,其实也是优秀的“龙学”专著。

(四)新生代的“龙学”

新世纪“龙学”的另一个精彩表现,是新一代《文心雕龙》研究者的崛起。周勋初先生曾讲到这样一个问题:

> 上一世纪八九十年代,《文心雕龙》出现过一个高潮,发表的论文多,专著也多。学会成立,名家辈出,专业会议多次举办,《文心雕龙学刊》出版多期,一派欣欣向荣的气象。然盛极则衰,到了世纪之末,已呈难乎为继之势。进入新世纪后,随着老一代专家的退出,以往活跃于《龙》学界的专家不断趋于老龄化,新的一代成长的态势似乎不太明显,于是一些后学逐渐发出哀叹,以为《文心雕龙》这块阵地已经开发殆尽,后人再难措手。据说在一次《文心雕龙》的会议上甚至有一位前辈学者的再传弟子哀叹,像他祖师那样的水平犹如泰山北斗,后人无法企及;像他这一辈人,已成残废。这种过度自我贬损的言论,据说颇引起

---

① 周兴陆:《〈文心雕龙〉精读》,北京大学出版社2015年版,“前言”,第1页。

> 他人的反感，但那些持异议的人，实际上也奉他们的师辈为泰山北斗，以为无法超越。我虽已难出席各地的专业会议，本人也非专业人员，但我还是感到，应该和大家一起，寻找摆脱困境的道路。①

周先生谈到的这次有趣的“龙学”会议场景，恰好是笔者的亲身经历，其实那是一次气氛热烈而轻松的学术讨论和会议总结，当时确实有学者表示了对“龙学”发展前景的担忧，笔者曾作了一个幽默的回应，并无“反感”的言论。实际上，当时那位学者的担忧，代表了不少人的看法，在很大程度上描绘了学术发展过程某些阶段的真实情况。但所谓“一代有一代之文学”②，学术亦然。由于某些特定的历史原因，阶段性的学术断层可能会出现，但学术的发展脚步是不会停止的。这里，我们以三位较为年轻的《文心雕龙》研究者的著作为例，一睹新生代“龙学”的风采。

一位是权绘锦先生，他是一位“70后”，光明日报出版社于2008年出版了他的博士论文《中国文学批评与〈文心雕龙〉》。该书分为四章，分别是“鲁迅与《文心雕龙》”“周作人与《文心雕龙》”“茅盾与《文心雕龙》”“朱光潜与《文心雕龙》”，另有“附录”一篇，为“胡风与《文心雕龙》”。按照一般的理解，鲁迅与《文心雕龙》是有关系的，但其他几位现代文学的大家，研究者很少考虑其与《文心雕龙》的联系。但正因如此，笔者觉

---

① 周勋初：《文心雕龙解析》，凤凰出版社2015年版，第901—902页。

② 王国维：《宋元戏曲考·序》，《王国维戏曲论文集》，中国戏剧出版1984年版，第3页。

得这一选题是较为新颖的。作者指出：

> 自1990年代中期"文论失语症"提出以来，中国现代文学理论与批评被认为是"全盘西化"的产物，是与古代文论"断裂"的结果。在此后"中国文论话语重建"和"古代文论现代转换"的讨论中，现代文学理论与批评的历史价值与现实意义也被完全忽视。……本文认为，"民族性"也是现代文学理论与批评固有的属性与品格。自"五四"以来，中国文学理论与批评在实现现代化转型的同时，在积极吸纳外来文论影响和立足于现代文学发展实际的基础上，也批判地继承了古代文论的优秀传统，吸收了其中的有益营养，从而保证了自己的民族文化身份。因此，为了纠正上述观点的偏颇，也为了在"民族性"论域中与当代文论建设和批评实践形成对话关系，更为了转换研究思路，为现代文学理论与批评研究寻求新的学术增长点，从"民族性"出发，重新审视现代文学理论与批评就成了一个紧迫而重大的课题。①

为此，作者采取了"古今比较"的办法。"通过这一办法，既可以使古代文论中仍然有生命力的部分凸现出来，也可以使现代文学理论与批评和民族文化文论传统之关系得以彰显。"但这显然是有难度的。从作者的实践看，应该说取得了不小的成功。如对周作人与《文心雕龙》的比较，作者指出："'人情物

---

① 权绘锦：《中国文学批评与〈文心雕龙〉》，光明日报出版社2008年版，第8页。

理’‘自然’‘味’是周作人文学理论与批评的常用术语，也是古代文论中的重要范畴，其源头均可追溯到《文心雕龙》。尽管有所改造和变化，但对这些术语的承袭本身就体现了周作人对古代文论的有意撷取。况且，这些概念、术语的内涵和外延在周作人这里仍然有所延续，是在继承基础上的改造，变化中又不乏贯通。”再如朱光潜与《文心雕龙》，作者将他的《文艺心理学》与《神思》进行互释，将他的“创造的批评”与《知音》加以比较，“不仅能够揭示朱光潜理论的‘民族性’特征，还能够使《文心雕龙》中的一些文学思想更为明晰”。① 笔者觉得，不仅作者比较的具体成果是值得重视的，更重要的是这样的选题和思路，为“龙学”开拓了无尽的学术空间和想象力。

另一位是陈迪泳女士，出生于 1969 年的准“70 后”，她出版了一部《多维视野中的〈文心雕龙〉——兼与〈文赋〉〈诗品〉比较》（中国社会科学出版社，2014 年）。这本不算厚的著作有着开阔的视野，作者借用古今中外的文学、文艺心理学、美学、哲学、艺术学等相关的理论和方法的多维视野，对《文心雕龙》与《文赋》《诗品》相比较以展开新的探索性研究和追根溯源。“《文心雕龙》研究的新视野着眼于心物关系新探、生命体验、艺术品格三个方面。《文心雕龙》与《文赋》的比较研究立足于物象美、艺术思维、文体风格等理论形态，从道家哲学、海德格尔哲学、生命哲学、存在主义哲学等方面进行哲学视阈下的比较性解读与溯源。《文心雕龙》与《诗品》的比较研究立足于文学形式、心物关系、情感符号等理论形态，从民族与时代文化、作家心理、生命意识、审美人格等方面进行溯源。《文心雕龙》

---

① 参见权绘锦：《中国文学批评与〈文心雕龙〉》，第 8、9、10 页。

与《文赋》《诗品》的比较研究立足于鉴赏批评的理论形态，从立体主义艺术观念进行溯源。”①应该说，这些角度主要还是文艺学、美学的，但在此范围内也确乎称得上多维视野了。正是通过这种多角度的比较，作者对很多传统的“龙学”问题，提出了自己的新认识，如关于“风骨”和“比兴”，作者指出其“内含隐喻思维”。其云：

> 刘勰提出的“风清骨峻”不只是艺术美，更是理想的人格美在文学作品中隐喻式的体现，它和中国古代文人崇尚高洁的情操、刚正不阿的骨气相关。隐喻思维原是人类基本和原始的认知方式。隐喻实为比喻，由于原始人对宇宙万物感到茫然无知、难以把握，故而只能用自己的身体感知、判断万事万物，这是比喻的手法、隐喻的思维。隐喻作为心理活动，通过类比联想，用一种事物“替代”另一种事物。隐喻思维运用一套基本喻象系统，把人们熟悉的身体和大自然相联系，把疏远的非我之物同化到自我结构和感觉中。同时，随着开放的喻象系统的获得，隐喻思维超越自我局限，走进宽广的天地。②

总体而言，作者多维视野的比较虽有不少未尽成熟之处，但通过这种比较而取得的诸多新的认识却是最为重要的；其提供给“龙学”的意义，主要还不在这些具体的认识本身，而是所

---

① 陈迪泳：《多维视野中的〈文心雕龙〉——兼与〈文赋〉〈诗品〉比较》，中国社会科学出版社2014年版，第2页。

② 陈迪泳：《多维视野中的〈文心雕龙〉——兼与〈文赋〉〈诗品〉比较》，第11页。

昭示的一种思维模式及其方法论意义。

第三位是出生于1984年的马骁英先生，他出版了一部《〈文心雕龙·谐隐〉的诙谐文学理论》（辽宁大学出版社，2014年）。作者认为，《谐隐》“这篇在《文心》五十篇中毫不出众的短小文章，在中国古代诙谐文学理论史上却具有非凡的意义”，正因如此，作者以此为论，写成了一本书。尤其值得赞赏的是：“本书以乾嘉学风为指归，力求考信征实，实事求是，追源溯流，阐幽发微，钩沉训故，析理弘义，意在深入全面、细致入微地阐述《文心雕龙·谐稳》的诙谐文学理论。”①全书分为十章，第一章研究《文心雕龙·谐隐》的诙谐文学理论对前代诙谐文学观念的继承，第二章研究《文心雕龙·谐隐》的诙谐文学理论出现的社会政治、经济、文化背景，第三章对元至正十五年本《文心雕龙·谐隐》进行汇校，第四章研究《文心雕龙·谐隐》的诙谐文学理论的体系性，第五章研究《文心雕龙·谐隐》的诙谐文学理论的主干部分——对“谐”这种诙谐文学体裁的理论阐释，第六章研究《文心雕龙·谐隐》的诙谐文学理论的附属部分——对“谬辞诋戏”之“隐”的理论阐释，第七章研究《文心雕龙·谐隐》的诙谐文学理论的自身独具的不同于西方理论的鲜明特色，第八章研究《文心雕龙·谐隐》的诙谐文学理论对后世诙谐文学理论的影响，第九章研究《文心雕龙·谐隐》的诙谐文学理论对当代文化中的诙谐、滑稽、幽默、喜剧性的现实问题的启示，第十章对《文心雕龙》其他四十九篇与《谐隐》篇有关的内容进行梳理。如对《文心雕龙·谐隐》的诙谐

① 马骁英：《〈文心雕龙·谐隐〉的诙谐文学理论》，辽宁大学出版社2014年版，“前言”，第1页。

文学理论的体系性,作者指出:

> 在中国古代诙谐文学理论发展史上,《文心雕龙·谐隐》的诙谐文学理论,是第一个拥有比较完善、比较严密的体系的理论成果,这种体系性具有里程碑式的意义,前无古人,后启来者。《文心雕龙·谐隐》的诙谐文学理论的体系性,与西方幽默、喜剧理论的体系性,截然不同。西方幽默、喜剧理论的各种体系,都建立在逻辑理性、工具理性和实证科学思维的基础之上。而《文心雕龙·谐隐》的诙谐文学理论,则使自己成为一个鲜活的流动的生命体,运用寄托着生命动态意蕴的、富于民族特色的理论话语和范畴——"本、体、用"等等,在生命体验的基础上,来建立自己的体系,来体现诙谐文学的动态发展,形成了以心理根源论、心理外化论、文体起源论、主旨论、形式论、功能论、主旨与形式反差流弊论等为理论脉络的较为完备的体系。①

无论从作者的选题而言,还是从作者具体构建的这个体系来看,笔者觉得一是体现了"80后"的气魄和胆识,二是体现了"龙学"的精细化趋势,三是对台湾以及国外人文学科研究思路和趋势的借鉴。然则,其具体的论述和结论以及其中尚存的一些粗疏之处就是次要的了,重要的是其所体现出的新世纪"龙学"的新的气象和风景。

除了上述几个方面,我们还必须谈到的是,进入二十一世

① 马骁英:《〈文心雕龙·谐隐〉的诙谐文学理论》,"前言",第4页。

纪的十几年间，中国《文心雕龙》学会每两年召开一次年会，共召开了七次年会（国际学术讨论会）和一次专门国际学术讨论会，共编辑出版了7辑《文心雕龙研究》（丛刊），较之前几个时期，有组织的“龙学”的脚步可以说迈得沉稳而坚实。特别值得一提的是，每次“龙学”会议均有相当规模的台湾“龙学”代表队参加，可以说海峡两岸的“龙学”已初步融为一体，“龙学”国际化的趋势亦日益明显。另一个可喜的变化则是，每次会议均有为数不少的年轻学者参与，这说明“龙学”队伍正增加不少生力军，新老交替有序进行，“龙学”在悄然更新，毫无疑问，这是“龙学”的最大希望。

台湾著名“龙学”家王更生先生曾指出：

> 迨一九四九年，中共建政后，历经改革开放的激荡，与有心人士对西方文学理论、学说、样式、派别、方法的大量引进；兹不但丰富了中国古代文学理论的园地，同时也掀起了研究刘勰及其《文心雕龙》的狂热。根据戚良德编著的《文心雕龙学分类索引》中的记载，特别是在近五十年（一九四九—二〇〇〇），其“单篇论文”之富，“专门著作”之多，参与“学者”之众，研究“风气”之普及，盛况之空前，可谓一千五百多年来，中国“龙学”研究史上所仅见！这种现象的发生，绝对不是学术上的奇迹，而是其来也有自。①

① 王更生：《中国大陆近五十年（一九四九—二〇〇〇）〈文心雕龙〉学研究概观——以戚良德著的〈文心雕龙学分类索引〉为依据》，中国《文心雕龙》学会编：《文心雕龙研究》第九辑，第58—59页。

王先生的这段话是对二十世纪后五十年“龙学”的概括，实际上，以之延伸到新世纪“龙学”，可能更为合适。所谓“盛况之空前”，在昌明中国传统文化的大背景下，二十一世纪“龙学”的盛况较之上个世纪不仅毫不逊色，而且更为系统、深化而全面了，特别是更加回归《文心雕龙》本体及其产生、滋养它的中国文化本身，而在笔者看来，这正是王先生所谓“其来也有自”。《文心雕龙》研究之所以发展成一门“龙学”，与“‘甲骨学’‘敦煌学’‘红学’同时荣登世界‘显学’的殿堂”①，乃是一种历史的选择，其必将为中华文化的复兴增添力量，更会为世界文化和文明的发展作出自己的贡献。

① 王更生：《中国大陆近五十年（一九四九—二〇〇〇）〈文心雕龙〉学研究概观——以戚良德著的〈文心雕龙学分类索引〉为依据》，中国《文心雕龙》学会编：《文心雕龙研究》第九辑，第96页。

山东大学儒学高等研究院教授自选集

◎王绍曾　《文献学与学术史》
◎吉常宏　《古汉语研究丛稿》
◎龚克昌　《中国辞赋学论集》
◎董治安　《先秦两汉文献与文学论集》
◎孟祥才　《学史集》
◎张忠纲　《耘斋古典文学论丛》
◎徐传武　《古代文学、文化与文献》
◎马来平　《追问科学究竟是什么》
◎郑杰文　《墨家与纵横家论丛》
◎冯春田　《〈文心雕龙〉研究》
◎孙剑艺　《里仁居语言论丛》
◎王学典　《史料、史观与史学》
◎黄玉顺　《生活儒学与现象学》
◎张其成　《国学之心与国医之魂》
◎杨朝明　《洙泗文献征信》
◎戚良德　《〈文心雕龙〉与中国文论话语》
◎李平生　《中国近现代史研习录》
◎赵睿才　《唐诗纵横》
◎杜泽逊　《文献探微》
◎叶　涛　《民俗文化与民间信仰》
◎张士闪　《民俗之学：有温度的田野》
◎宋开玉　《语文丛考》

◎徐庆文　《儒学的现代化路径》

◎王承略　《古典文献与学术史论丛》

◎刘　培　《思想、历史与文学》

◎聂济冬　《汉唐文史论集》

◎周纪文　《和谐美散论》

◎赵卫东　《道教历史与文献研究》

◎何朝晖　《书与史》

◎孙　微　《杜诗的阐释与接受》

◎陈　峰　《重访中国现代史学》

◎王加华　《农耕文明与中国乡村社会》

◎龙　圣　《山河之间：明清社会史论集》